御製

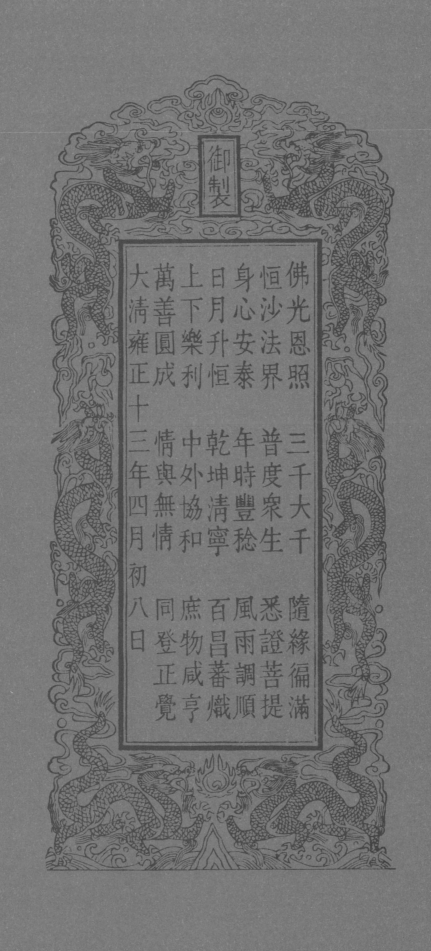

佛光恩照　三千大千　隨緣徧滿
恒沙法界　普度衆生　悉證菩提
身心安泰　年時豐稔　風雨調順
日月升恒　乾坤清寧　百昌蕃熾
上下樂利　中外協和　庶物咸亨
萬善圓成　情與無情　同登正覺
大清雍正十三年四月初八日

第八八册 大乘論（一一）

清刻龍藏佛說法變相圖

略明般若末後一頌讚述

義淨因譯無著菩薩般若頌釋訖詳夫大士判其九喻可謂文致幽深理義玄簡自非地隣極喜誰能發此明慧而西域相承云無著菩薩昔於覩史多天慈氏尊處親受此八十頌開般若要門順瑜伽宗理明唯識之義遂令教流印度若金烏之焰赫扶桑義闡神州等玉兎之光浮雪嶺然而能斷金剛西方乃有多釋考其始也此頌最先即世親大士躬爲其釋此雖神州譯訖而義有闕如故復親覈談筵重詳其妙雅符釋意更譯本經世親菩薩復爲般若七門義釋而那爛陀寺盛傳其論但爲義府幽冲尋者莫測有師子月法師造此論釋復有東印度多聞俗士其名月官遍檢諸家亦爲義釋斯等莫不意符三性

不同中觀矣更有別釋而但順龍猛不會瑜伽瑜伽則眞有俗無以三性爲本中觀乃眞無俗有實二諦爲先般若大宗舍斯兩意致使東夏則道分南北西方乃義隔有空既識分綱理無和雜各准聖旨誠難乖競然而末後一頌云一切有爲法如星翳燈幻露泡夢電雲應作如是觀者而釋文旣隱恐尋者尚昧輒因二九事喻聊題十八之作冀使朝覽遂閑庶罔銷神之滯夜光親授長無按劒之惑然而見等九等即生死之區寰大士了如星等是故處而不著智不住生津婉紅蓮之在潋悲不居圓寂若白玉之沉溺因荅無住涅槃中其九喻云爾

論見　　觀見如星長夜妄執

見心長夜景　妄執久冥舒　三心纔已發
兩分盡皆除

喻星　　以星喻見夜有明無

榆星通夜景　柳色徹明舒　千條光若發
一旦盡皆除

論境　　道境如翳妄覩空華

境色無非障　妄有見塵瑕　但由眞智力
不復覩狂華

喻翳　　以翳喻境元無妄執

大虛本無障　淨境性忘瑕　但由翳眼力
遂使見空華

論識　　言識如燈生生不絕

見起起不已　妄生生未極　留滯死宫中
良由依識力

喻燈　　以燈喻識焰焰無窮

發焰焰不已　舒光光未極　照灼炳霄中

良由膏油力

論界　說界如幻藉業生而會盡

業功莊處巧　由惑生衆相　妄執定非眞

界體全虛妄

喻幻　以幻喻界假匠起而終無

幻師方便巧　假作衆形相　鞹體固非眞

所見皆虛妄

論身　序身如露體不久停

投軀生巘際　寄命死河中　鎮處飄飄夜

還如槖籥風

喻露　以露喻身逢風必落

圓珠停草際　滴淚處華中　悽悽動林夜

索索盡隨風

論受用　陳用如泡待根境識

褁中根色積　託此腹心行　實由三觸合

遂令三受生

喻泡　以泡喻用假滴水風

池中平水積　滴墜有風行　但由三事合

乘使萬泡生

論過　述過如夢由思而起

過去雖無境　尋思意尚通　遂令方寸內

還見九城容

喻夢　以夢喻過因憶乃生

處晝多緣境　良宵記念通　遂令於睡內

重憶本時容

論現　談現如電暫時而有

萬像如電舒　四相等流光　詎知唯一念

妄計有三常

喻電　以電喻現倐忽便亡

震雷鳴四野　擊電動千光　刹那存有念

即體自無常
論末　論末如雲本識能持其種
藏識無初結　波情浪後飛　良由有貪愛
帶種定何疑
喻雲　以雲喻末自體必含於潤
靉靆屯雲結　煥爛景風飛　光華如可愛
含潤理無疑
更以一句收事收喻撮其要義而為一述
見心智滅如星殄　惑境真亡若翳除
想起由識如燈焰　界有藉思同幻車
一身暫顯同朝露　三受忽現等泡虛
憶念過時空夢發　計執現存奔電舒
既知雨潤雲中住　末種常依識藏居
次下別據三性三身真俗般若以明觀行九
喻解九事云

熟觀生界咸如此　智者應可務真常
真常實不玄圓成在目前
覺二體空蛇索盡　了一非無鏡月懸
鏡月懸時實無慮　但作他緣生福處
唯識初心作有依　真如後念還無據
無據即般若勝俗亡真假
福津如筏捐不捐　悲智隨生捨不捨

略明般若末後一頌讚述

音釋

翳（於計切目疾）　燼（徐刃切火餘也）　覈（下革切考也）　媲（匹詣切配也）
巘（語幰切山形似甗者）　槖籥（槖他各切籥以灼切）

妙法蓮華經優波提舍

元魏北天竺三藏法師菩提留支共沙門曇林等譯

清刻龍藏佛說法變相圖

妙法蓮華經優波提舍卷上

大乘論師婆藪槃豆釋

元魏北天竺三藏法師菩提留支共沙門曇林等譯

頂禮正覺海　淨法無爲僧　爲深利智者
開示毗伽典　祈虔牟尼尊　及菩薩聲聞
令法自他利　略出勸伽辯　歸命過未來
現在佛菩薩　弘慈降神力　願施我無畏
大悲止四魔　護菩提增長

序品第一

如是我聞一時佛住王舍城耆闍崛山中與大比丘衆萬二千人俱皆是阿羅漢諸漏已盡無復煩惱心得自在善得心解脫善得慧解脫心善調伏人中大龍應作者作所作已辦離諸重擔逮得已利盡諸有結善得正智心解脫一切心得自在到第一彼岸

菩薩摩訶薩八萬人皆於阿耨多羅三藐三菩提不退轉皆得陀羅尼大辯才樂說轉不退轉法輪供養無量百千諸佛於諸佛所種諸善根常爲諸佛之所稱歎以大慈悲而修身心善入佛慧通達大智到於彼岸名稱普聞無量世界能度無數百千衆生

釋曰此經法門初第一品示現七種功德成就此義應知何等爲七一者序分成就二者衆成就三者如來欲說法時至成就四者依所說法威儀隨順住成就五者依止說因成就六者大衆現前欲聞法成就七者文殊師利菩薩答成就

序分成就者此法門中示現二種勝義成就此義應知何等爲二一者示現諸法門中最勝義成就二者示現自在功德義成就如王舍城勝於一切諸餘城舍耆闍崛山勝餘諸山顯此法門最勝義故如經婆伽婆住王舍城耆闍崛山中故

衆成就者有四種義故成就示現應知何等爲四一者數成就二者行成就三者攝功德成就四者威儀如法住成就數成就者諸大衆無數故行成就者有四種一者謂諸聲聞修小乘行二者謂諸菩薩修大乘行三者謂諸菩薩神通自在隨時示現能修行大乘如颰陀波羅菩薩等十六大賢士具足菩薩不可思議事而常示現種種形相謂優婆塞優婆夷比丘比丘尼等四者謂出家聲聞威儀一定不同菩薩故

皆是阿羅漢等有十六句示現聲聞功德成就皆於阿耨多羅三藐三菩提不退轉等有

十三句示現菩薩功德成就聲聞功德成就者彼十六句三門攝義示現應知何等三門一者上上起門二者總別相門三者攝取事門上上起門者謂諸漏已盡故名爲阿羅漢以心得自在故名爲諸漏已盡以無復煩惱故名爲心得自在以善得心解脱善得慧解脱故名爲心得自在以遠離能見所見故名爲無復煩惱以善得心解脱善得慧解脱故名爲心善調伏人中大龍者行諸惡道如平坦路無所拘礙應行者已行應到處已到故應作者作人中大龍已得對治降伏煩惱之怨敵故所作已辦者更不後生如相應事已成就故離諸重擔者以應作者作所作已辦後生重擔已捨離故逮得已利者已捨重擔證涅槃故盡諸有結者以逮得已利斷諸煩惱因故善得正智心解脱者諸漏已盡故一切心得自在者善知見道修道智故到第一彼岸者善得正智心解脱善得神通無諍三昧等諸功德故大阿羅漢等者心得自在到彼岸故衆所知識者諸王王子大臣人民帝釋天王梵天王等皆識知故又復聲聞菩薩佛等是勝智者彼勝智者皆悉善知是故名爲衆所知識總別相門者皆是阿羅漢等十六句初句是總餘句別故彼阿羅漢名之爲應有十五種應義應知何等十五一者應受飲食卧具供養恭敬等故二者應將大衆教化一切故三者應入聚落城邑等故四者應降伏諸外道等故五者應以智慧速觀察法故六者應不疾不遲説法如法相應不疲倦故七者應靜坐空閑處飲食衣服一切資生

不積不聚少欲知足故八者應一向行善行不著諸禪故九者應行空聖行故十者應行無相聖行故十一者應行無願聖行故十二者應降伏世間禪淨心故十三者應起諸通勝功德故十四者應證第一義勝功德故十五者應如實知同生諸衆得諸功德爲利益一切諸衆生故攝取事門者此十五句攝取十種功德應知示現可說果不可說果故何等爲十一者攝取得功德二句示現如經諸漏已盡無復煩惱故二者三句攝取諸功德一句降伏世間功德如經心得自在故二句降伏出世間學人功德如經善得心解脱善得慧解脱故三者攝取不違功德隨順如來教行故如經心善調伏故四者攝取勝功德如經人中大龍故五者攝取所應作勝功德

所應作者謂能依法供養恭敬尊重如來如經應作者作故六者攝取滿足功德滿足學地故如經所作已辦故七者三句攝取過功德一者過愛二者過求命供養恭敬三者過上下界已過學地故如經離諸重擔故逮得已利故盡諸有結故八者攝取上上功德如經善得正智心解脱故九者攝取應作利益衆生功德如經一切心得自在故十者攝取上首功德如經到第一彼岸故

菩薩功德成就者彼十三句二門攝義示現應知何等二門一者上支下支門二者攝取事門上支下支門者所謂總相别相此義應知皆於阿耨多羅三藐三菩提不退轉者是總相餘者是别相彼不退轉十種示現此義應知何等爲十一者住聞法不退轉如經皆

得陀羅尼故二者樂説不退轉如經大辨才樂説故三者説不退轉如經轉不退轉法輪故四者依止善知識不退轉以身心業依色身攝取故如經供養無量百千諸佛故於諸佛所種諸善根故五者斷一切疑不退轉如經常爲諸佛之所稱歎故六者爲何等何等事説法入彼彼法不退轉如經以大慈悲而修身心故七者入一切智如實境界不退轉如經善入佛慧故八者依我空法空不退轉如經通達大智故九者入如實境界不退轉如經到於彼岸故十者作所應作不退轉如經名稱普聞無量世界能度無數百千衆生故攝取事門者示現諸菩薩住何等清淨地中以何等方便於何等境界中作所應作故地清淨者八地已上三地無相行寂靜清淨故方便者有四種一者攝取妙法方便住持妙法以樂説力爲人説故二者攝取善知識方便以依善知識作所應作故三者攝取衆生方便以不捨衆生故四者攝取智方便以教化衆生令入彼智故又復更有攝取事門示現諸地攝取勝功德不同二乘諸功德故謂第八地中無功用智不同下上故不同下者下功用行不能動故不同上者上無相行不能動自然而行故第九地中得勝進陀羅尼門具足四無礙自在智故第十地中不退轉法輪得受佛位如轉輪王之太子故以得同攝功德義故攝功德成就者示現依何處依何心依何智依何等境界行依何等能辯故依何處者依善知識故依何心者依教化衆生心畢竟利益一切衆生故依何智者依

三種智一者授記密智二者諸通智三者真實智依何等境界行依何等能辯者即三種智所攝應知威儀如法住成就者四種示現何等爲四一者衆圍遶二者前後三者供養恭敬四者尊重讃歎如經爾時世尊四衆圍遶供養恭敬尊重讃歎故

如來欲說法時至成就者爲諸菩薩說大乘經故此大乘修多羅有十七種名顯示甚深功德應知何等十七云何顯示一名無量義經者成就字義故以此法門說彼甚深法妙境界故彼甚深法妙境界者諸佛如來最勝境界故二名最勝修多羅者於三藏中最勝妙藏此法門中善成就故三名大方廣經者無量大乘門中善成就故隨順衆生根住持成就故四名教菩薩法者以爲教化根熟菩薩隨順法器善成就故五名佛所護念者以依如來有此法故六名一切諸佛秘密法者此法甚深唯佛知故七名一切諸佛之藏者如來功德三昧之藏在此經故八名一切諸佛祕密處者以根未熟衆生等非受法器不授與故九名能生一切諸佛經者聞此法門能成諸佛大菩提故十名一切諸佛之道場者以此法門能成諸佛阿耨多羅三藐三菩提非餘修多羅故十一名一切諸佛所轉法輪者以此法門能破一切諸障礙故十二名一切諸佛堅固舍利者謂如來真實法身於此修多羅不敗壞故十三名一切諸佛大巧方便經者依此法門成大菩提已爲衆生說天人聲聞辟支佛等諸善法故十四名說一乘經者以此法門顯示如來阿耨多羅三藐

三菩提究竟之體彼二乘道非究竟故十五名第一義住者以此法門即是諸佛如來法身究竟住處故十六名妙法蓮華經者有二種義何等二種一者出水義以不可盡出離小乘泥濁水故又復有義如彼蓮華出於泥水喻諸聲聞得入如來大衆中坐如諸菩薩坐蓮華上聞說如來無上智慧清淨境界得證如來深密藏故二華開義以諸衆生於大乘中其心怯弱不能生信是故開示諸佛如來淨妙法身令生信心故十七名最上法門者攝成就故攝成就者攝取無量名句字身有頻婆羅阿閦婆等舒盧迦偈故此十七句法門是總餘句是別如經爲諸菩薩說大乘經名無量義如是等故

依所說法威儀隨順住成就者示現依何等何等法說法依三種法故一者依三昧成就以三昧成就二種示現一者成就自在力身心不動故二者離一切障隨自在力故此自在力復有二種一爲隨順衆生不見對治攝取覺菩提分法故二爲對治無量世來堅執煩惱故如經佛說此經已結跏趺坐入於無量義處三昧身心不動如是等故二者依器世間三者依衆生世間震動世界及知過去無量劫事如是等故如經是時天雨曼陀羅華次第乃至歡喜合掌一心觀佛故

依止說因成就者爲諸大衆示現異相不思議事大衆見已生希有心渴仰欲聞生如是念如來今者應爲我說故名依止說因成就是故如來放大光明示現他方諸世界中種種諸事故先爲大衆示現外事六種震動等

次爲示現此法門中内證甚深微密之法又依器世間衆生世間數種種量種種具足煩惱差别具足清淨差别佛法弟子差别示現三寳故復乘差别有世界有佛有世界無佛令衆生見修行者未得果得道者已得果如經諸修行得道者故數種種者示現種種觀故略說四種觀一者食二者聞法三者修行四者樂如經爾時佛放眉間白毫相光次第乃至以佛舍利起七寳塔故行菩薩道者教化衆生依四攝法方便攝取此義應知如經所說當自推取

自此以下示現大衆欲聞現前法成就問一人者多人欲聞生希有心是故唯問文殊師利如是示現世尊弟子隨順於法不相違故令佛世尊現神變相者爲何等義爲說大法故現大相以爲說因現大相者爲說妙法蓮華經故現大瑞相爲說如來所得妙法不可思議等文字章句故有二種義是故仰推文殊師利何等爲二一者現見諸法故二者離諸因緣唯自内心成就彼法故示現種種諸瑞相者以爲示現彼彼事故如彼事相現沒住滅應當善知以文殊師利能記彼事故以文殊師利所作成就因果成就現見彼法故所作成就者此有二種一者功德成就二者智慧成就因成就者一切智成就故又復有因謂緣因故緣因成就者衆相具足故果成就者說大法故種種異異佛國土者爲此示現彼國土中種種異異差别應知淨妙國土者謂無煩惱衆生住處如經照於東方萬八千世界次第乃至悉見彼佛國界莊嚴故如

來爲上首者諸菩薩等依如來住故以彼如來於彼國土諸大衆中得自在故如經又見彼土現在諸佛如是等故

自此已下次明聖者文殊師利以宿命智現見過去因相果相成就十事如現在前是故能答彌勒菩薩云何現見過去因相謂文殊師利自見已身曾於彼彼諸國土中處處修行種種行事故云何現見過去果相謂文殊師利自見已身是過去世妙光菩薩於彼佛所聞此法門爲衆生說故何等名爲成就十事一者現見大義因成就二者現見世間文字章句意甚深因成就三者現見希有因成就四者現見勝妙因成就五者現見受用大因成就六者現見攝取一切諸佛轉法輪因成就七者現見善堅實如來法輪因成就八者現見能進入因成就九者現見憶念因成就十者現見自身所經事因成就大義因成就者八句示現此義應知何等爲八一者欲論大法二者欲雨大法雨三者欲擊大法鼓四者欲建大法幢五者欲然大法燈六者欲吹大法螺七者欲不斷大法鼓八者欲說大法此八句欲示現如來欲論大法等故何等名爲八種大義謂有疑者爲斷疑故已斷疑者增長淳熟彼智身故根淳熟者爲說二種微密境界一者聲聞歡喜境界二者菩薩微密境界大法鼓者二句示現以遠聞故入密境界者令彼進取上上清淨義故進取上上清淨義者令彼進取一切種智得現見故令彼進取一切種智得現見者爲一切法建立名字章句義故建立名字章句義者令入不

可說證智轉法輪故現見世間名字章句意甚深因成就者如經我於過去諸佛曾見此瑞次第乃至故現斯瑞故現見希有因成就者以無量時不可得故不可思議不可稱不可量者示現過彼阿僧祇劫不可得故又復示現五種劫故所謂一夜二晝三月四時五年示現無量無邊諸劫故如經如過去無量無邊不可思議阿僧祇劫爾時有佛號日月燈明次第乃至令得阿耨多羅三藐三菩提成一切種智故現見勝妙因成就者示現諸佛及諸菩薩自受用故如經次復有佛亦名日月燈明次第乃至所可說法初中後善故現見受用大因成就者是時王子受勝妙樂各捨出家復彼大衆於爾許時心不疲倦故如經其最後佛未出家時次第乃至佛授記

已便於中夜入無餘涅槃故現見攝取一切諸佛轉法輪因成就者法輪不斷故如經佛滅度後妙光菩薩持妙法蓮華經滿八十小劫爲人演說故現見善堅實如來法輪因成就者佛滅度後無量時說故如經日月燈明佛八子皆師妙光次第乃至皆令堅固阿耨多羅三藐三菩提心故現見能進入因成就者彼諸王子得大菩提故如經是諸王子次第乃至皆成佛道故現見憶念因成就者爲他說法利益他故如經其最後成佛者名曰然燈次第乃至尊重讚歎故現見自身所經事因成就者以自身受勝妙樂故如經彌勒當知次第乃至佛所護念故汝號求名者示現知彼過去事故又復示現令得彼法具足故

自此已下示現所說法因果相應知

方便品第二

經曰爾時世尊入甚深三昧正念不動以如實智觀從三昧安詳而起起已即告尊者舍利弗言舍利弗諸佛智慧甚深無量其智慧門難見難覺難知難解難入如來所證一切聲聞辟支佛等所不能知何以故舍利弗如來應正遍知已曾親近供養無量百千萬億無數諸佛於百千億那由他佛所盡行諸佛所修阿耨多羅三藐三菩提法舍利弗如來已於無量百千億那由他劫勇猛精進所作成就名稱普聞舍利弗如來畢竟成就希有之法舍利弗難解之法如來能知舍利弗難解法者諸佛如來隨宜所說意趣難解一切聲聞辟支佛等所不能知何以故舍利弗諸佛如來自在說因成就故舍利弗如來成就種種方便種種知見種種念觀種種言辭舍利弗吾從成佛已來於彼彼處廣演言教無數方便引導衆生於諸著處令得解脫舍利弗如來知見方便到於彼岸舍利弗如來知見廣大深遠無障無礙力無所畏不共法根力菩提分禪定解脫三昧三摩跋提皆已具足舍利弗諸佛如來深入無際成就一切未曾有法舍利弗如來能種種分別巧說諸法言辭柔軟悅可衆心止舍利弗不須復說舍利弗佛所成就第一希有難解之法舍利弗唯佛與佛說法諸佛如來能知彼法究竟實相舍利弗唯佛如來知一切法舍利弗唯佛如來能說一切法何等法云何法何似法何相法何體法何等云何何似何相何體如是

等一切法如來現見非不現見

釋曰爾時世尊入甚深三昧正念不動以如實智觀從三昧安詳而起起已即告舍利弗者示現如來得自在力故如來入定無能驚寤故何故唯告尊者舍利弗不告其餘聲聞等者隨深智慧與如來相應故何故不告諸菩薩者有五種義一者爲諸聲聞所應事故二者爲諸聲聞迴心趣向大菩提故三者護諸聲聞恐怯弱故四者爲令餘人善思念故五者爲諸聲聞不起所作已辦心故

諸佛智慧甚深無量者爲諸大衆生尊重心畢竟欲聞如來說故言甚深者顯示二種甚深之義應如是知何等爲二一者證甚深謂諸佛智慧甚深無量故二者阿含甚深謂智慧門甚深無量故言甚深者此是總相餘別相證甚深者五種示現一者義甚深謂依何等義甚深故二者實體甚深三者内證甚深四者依止甚深五者無上甚深何者甚深謂大菩提大菩提者如來所證阿耨多羅三藐三菩提故云何甚深一切聲聞辟支佛等所不能知故名甚深言智慧者謂一切種一切智義故如經諸佛智慧甚深無量其智慧門難見難覺難知難解難入一切聲聞辟支佛等所不能知故阿含甚深者八種示現一者受持讀誦甚深如經已曾親近供養無量百千萬億無數諸佛故二者修行甚深如經於百千萬億那由他佛所盡行諸佛所修阿耨多羅三藐三菩提法故三者果行甚深如經舍利弗如來已於無量百千億那由他劫勇猛精進所作成就故四者增長功德心甚深

如經名稱普聞故五者快妙事心甚深如經舍利弗如來畢竟成就希有之法故六者無上甚深如經舍利弗難解之法如來能知故七者入甚深入甚深者名字章句意難得故自以住持不同外道說因緣法名爲甚深如經舍利弗難解法者諸佛如來隨宜說法意趣難解故八者不共聲聞辟支佛所作住持甚深如經一切聲聞辟支佛等所不能知故

妙法蓮華經優波提舍卷上

妙法蓮華經優波提舍卷下

大乘論師婆藪槃豆釋

元魏北天竺三藏法師菩提留支共沙門曇林等譯

方便品之餘

如是已說妙法功德具足次說如來法師功德成就應知如經何以故舍利弗諸佛如來自在說因成就故如來成就四種功德故能度衆生何等爲四一者住成就如經舍利弗如來成就種種方便故種種方便者謂從兜率天中退沒乃至示現入涅槃故二者教化成就如經種種知見故種種知見者示現染淨諸因故三者功德畢竟成就如經種種念觀故種種念觀者以說彼法成就因緣如法相應故四者說成就如經種種言辭故種種言辭者以四無礙智依何等何等名字章句隨何等何等衆生能受而爲說故又復有義種種方便者種種方便示現外道所有邪法如是如是種種過失故種種方便示現諸佛所有正法如是如是種種功德故如經舍利弗吾從成佛已來廣演言教無數方便引導衆生於諸著處令得解脫故又無數方便者方便令入諸善法故又方便者斷諸疑故又方便者令入增上勝智中故又方便者依四攝法攝取衆生令得解脫故諸著處者彼處處著或著諸界或著諸地或著諸分或著諸乘著諸界者謂著欲色無色界故著諸地者謂著界故依於三昧取禪定地謂初禪地乃至非想非非想地及取滅盡定地等故著諸分者謂著在家出家分故著在家分者著已同類作種種業邪見等故著出家分者著名

聞利養種種覺煩惱等故著諸乘者著聲聞乘菩薩乘故著聲聞乘者樂持小乘戒求須陀洹斯陀含阿那含阿羅漢等故著大乘者謂著利養供養恭敬等故著分別觀種種法相乃至佛地故又復種種知見者自身成就不可思議勝妙境界與諸聲聞菩薩等故如經舍利弗如來知見方便到於彼岸故到彼岸者勝餘一切諸菩薩故又復種種念觀者如經舍利弗如來知見廣大深遠無障無礙力無所畏不共法根力菩提分禪定解脫三昧三摩跋提皆已具足故又第一成就可化衆生依善知識而成就故第二成就根熟衆生令得解脫故第三成就力家自在淨降伏故第四成就復有七種一者種種成就如經舍利弗諸佛如來深入無際成就一切未曾有法故二者言語成就謂得五種美妙音聲言語說法如經如來能種種分別巧說諸法言辭柔輭悅可衆心故三者相成就如經止舍利弗不須復說故有法器衆生心已滿足故四者堪成就所有一切可化衆生皆知如來成就希有勝功德故如經舍利弗佛所成就第一希有難解之法故五者無量種成就說不可盡如經舍利弗唯佛與佛說法諸佛如來能知彼法究竟實相故言實相者謂如來藏法身之體不變義故六者覺體成就如來所說一切諸法唯佛如來自證得故如經舍利弗唯佛如來知一切法故七者隨順衆生意爲說修行法成就彼法何等如是等故如經舍利弗唯佛如來能說一切法故第一種種法門攝取衆生故第二令不散亂住故

第三令取故第四令得解脫故第五令彼修行成就得對治法故第六令彼修行進趣成就故第七令得修行不退失故此七種法爲諸衆生自身所作善成就故又與教化令成就者與二種法令彼成就何等爲二一與證法二與說法一與證法令成就者謂依證法而授與故二與說法令成就者謂依說法而說與故此二種法如向前說依此二法有何次第而得修行即彼前文重說應知又依證法復有五種一者何等法二者云何法三者何似法四者何相法五者何體法故何等法者謂聲聞法辟支佛法諸佛法故云何法者謂起種種諸事說故何似法者依三種門得清淨故何相法者謂三種義一相法故何體法者無二體故無二體者謂無量乘唯一佛乘無二乘故又復有義何等法者所謂有爲無爲法等云何法者謂因緣法非因緣法等何似法者所謂常法無常法等何相法者謂生等三相法不生等三相法何體法者謂五陰體非五陰體故又何似法者謂無常法有爲法因緣法又何相法者謂可見相等法又何體法者所謂五陰能取可取以五陰是苦集體故又五陰者是道諦體故復有異義依說法說何等法者所謂名句字身等故云何法者謂依如來所說法故何似法者謂能教化可化者故何相法者依音聲取以依音聲取彼法故何體法者謂假名體法相義故

自此巳下次依示現三種義說一者決定義二者疑義三者依何事疑義應當善知決定義者有聲聞方便得證深法作決定心相聲

聞道中得方便涅槃證故如是二種證法示現有爲無爲法故如經爾時大衆中有諸聲聞漏盡阿羅漢次第乃至亦得此法到於涅槃故言疑義者謂諸聲聞辟支佛等不能得知是故生疑如經而今不知是義所趣故依何事疑義者聞如來說聲聞解脫與我解脫不異不別是故生疑謂生疑者生因中疑此事云何此事云何此以如來數數爲說甚深境界前說甚深後說甚深不同聲聞以如是故生疑如經爾時舍利弗知四衆心疑次第乃至而說偈言

自此已下次依示現四種事說一者決定心二者因授記三者取授記四者與授記應當善知云何決定心已生驚怖者令斷驚怖以爲利益二種人故是故如來有決定心此驚怖者五種應知一者損驚怖謂小乘衆生如所聞聲取以爲實謗無大乘起如是心如來說言阿羅漢果究竟涅槃我畢竟取如是涅槃是故羅漢不入涅槃如是驚怖二者多事驚怖謂大乘衆生聞菩薩道劫數長遠種種苦行起如是心佛道長遠我於無量無邊劫中行菩薩行久受勤苦如是念故生驚怖心以是故起取異乘心如是驚怖三者顛倒驚怖謂心分別有我我所種種身現諸不善法如是驚怖四者心悔驚怖謂大德舍利弗等起如是心言我不應修證如是小乘之法如是悔已心即自止即此心悔名爲驚怖此義應知五者誑驚怖謂增上慢聲聞之人起如是心云何如來誑於我等如是驚怖因授記者如經止止舍利弗不須復說若說是事一

切世間諸天人等皆生驚怖故此因授記皆生驚怖者有三種義一者欲令彼諸大衆推求甚深妙境界故二者欲令彼諸大衆生尊重心畢竟欲聞如來說故三者欲令諸增上慢聲聞之人捨離法座而起去故第二請者示現過去無量諸佛教化衆生如經是會無數次第乃至聞佛所說則生敬信故第三請者示現今佛教化衆生如經今此會中如我等比次第乃至長夜安隱多所饒益故取授記者以舍利弗等欲得授記如經佛告舍利弗汝已三請豈得不說汝今諦聽如是等故與授記者六種應知一者未聞令聞二者說三者依何等義四者令住五者依法六者遮未聞令聞者如經舍利弗如是妙法諸佛如來時乃說之如優曇鉢華如是等故說者如經舍利弗我以無數方便種種因緣譬喻言辭演說諸法如是等故種種因緣者所謂三乘彼三乘者唯有名字章句言說非有實義以彼實義不可說故依何等義者如經舍利弗諸佛世尊唯以一大事因緣故出現於世如是等故一大事者依四種義應當善知何等爲四一者無上義唯除如來一切智知更無餘事如經欲開佛知見令衆生知得清淨故出現於世故佛知見者如來能證以如實知彼深義故二者同義謂諸聲聞辟支佛佛法身平等如經欲示衆生佛知見故出現於世故法身平等者佛性法身無差别故三者不知義謂諸聲聞辟支佛等不能知彼眞實處故此言不知眞實處者不知究竟唯一佛乘故如經欲令衆生悟佛知見故出現於世

故四者令證不退轉地示現欲與無量智業故如經欲令衆生入佛知見故出現於世故又復示者爲諸菩薩有疑心者令知如實修行故又悟入者未發心者令發心故已發心者令入法故又復悟者令外道衆生生覺悟故又復入者令得聲聞小乘果者入菩提故令住者如經舍利弗但以一佛乘故爲衆生說法故依法者如經舍利弗過去諸佛以無量無數方便種種譬喻因緣念觀方便說法是法皆爲一佛乘故如是等故言譬喻者如依牛故得有乳酪生酥熟酥乃以醍醐此五味中醍醐第一小乘不如其猶如乳大乘爲最猶如醍醐此喻所明大乘無上諸聲聞等亦同大乘無上義故聲聞同者此中示現諸佛如來法身之性同諸凡夫聲聞之人辟支佛等法身平等無差別故此義皆是譬喻示現因緣之義如前所說言念觀者小乘諦中人無我等大乘諦中眞如實際法界法性及人無我法無我等種種觀故言方便者於小乘中觀陰界入猒苦離苦得解脫故於大乘中諸波羅蜜以四攝法攝取自身他身利益對治法故遮者如經舍利弗十方世界中尚無二乘何況有三如是等故無二乘者謂無二乘所得涅槃唯有如來證大菩提究竟滿足一切智慧名大涅槃非諸聲聞辟支佛等有涅槃法唯一佛乘故一佛乘者依四種義說應當善知如來依此六種授記是故前說何等法云何法何似法何相法何體法如是示現何等法者謂未曾聞故云何法者謂種種言辭譬喻顯說故何似法者所謂唯爲一

大事故何相法者爲隨衆生器說諸佛法故何體法者所謂唯有一乘體故一乘體者所謂諸佛如來平等法身彼諸聲聞辟支佛乘非彼平等法身之體以因果行觀不同故自此已下如來說法爲斷四種疑心應知何等四疑一疑何時說二疑云何知是增上慢人三疑云何堪說四疑云何如來不成妄語何時說者諸佛如來於何等時起種種方便說法爲斷此疑如經舍利弗諸佛出於五濁惡世所謂劫濁如是等故云何知是增上慢人者如來不爲增上慢人而說諸法云何知彼是增上慢爲斷此疑如經若有比丘實得阿羅漢者若不信是法無有是處如是等故云何堪說者從佛聞法而起謗心　如來應是不堪說人云何不成不堪說人爲斷此疑如經除佛滅度後現前無佛如是等故云何如來不成妄語者此以如來先說法異今說法異云何如來不成妄語爲斷此疑如經舍利弗汝等應當一心信解受持佛語諸佛如來言無虛妄無有餘乘唯一佛乘故乃至童子戲聚沙爲佛塔如是諸人等皆已成佛道者謂發菩提心行菩薩行者所作善根能證菩提非諸凡夫及決定聲聞本來未發菩提心者之所能得如是乃至小低頭等皆亦如是

譬喻品第三

尊者舍利弗所說偈言

金色三十二　十力諸解脫　同共一法中
而不得此事　八十種妙好　十八不共法
如是等功德　而我皆已失

釋曰此偈示現何義尊者舍利弗自訶責身

言我不見諸佛不往諸佛所及聞佛說法不供養恭敬諸佛無利益衆生事於未得法退尊者舍利弗作如是等訶責自身不見佛者示現不見諸佛如來大人之相不生恭敬供養心故往佛所者示現教化衆生力故放金色光明者示現見佛自身異身獲得無量諸功德故聞說法者示現能作一切衆生之利益故力者示現衆生有疑依十種力斷彼疑故供養者示現能教化衆生力故十八不共法者示現遠離諸障礙故恭敬者示現出生無量福德依如來教得解脫故以人無我及法無我一切諸法悉皆平等是故尊者舍利弗自訶責身言我未得如是法故於未得中退故

自此已下次爲七種具足煩惱染性衆生說七種喻對治七種增上慢心此義應知又復次爲三種染慢無煩惱人三昧解脫見等染慢對治此故說三種平等此義應知何者七種具足煩惱染性衆生一者求勢力人二者求聲聞解脫人三者大乘人四者有定人五者無定人六者集功德人七者不集功德人何等七種增上慢心云何七種譬喻對治一者顛倒求諸功德增上慢心謂世間中諸煩惱染熾然增上而求天人勝妙境界有漏果報對治此故爲說火宅譬喻應知二者聲聞一向決定增上慢心自言我乘與如來乘等無差別如是倒取對治此故爲說窮子譬喻應知三者大乘一向決定增上慢心起如是意無別聲聞辟支佛乘如是倒取對治此故爲說雲雨譬喻應知四者實無謂有增上慢

心以有世間三昧三摩跋提實無涅槃生涅槃想如是倒取對治此故爲說化城譬喻應知五者散亂增上慢心實無有定過去雖有大乘善根而不覺知不覺知故不求大乘狹劣心中生虛妄解謂第一乘如是倒取對治此故爲說繫寶珠譬喻應知六者實有功德增上慢心聞大乘法取非大乘如是倒取對治此故爲說輪王解自髻中明珠與之譬喻應知七者實無功德增上慢心於第一乘不曾修習諸善根本聞第一乘心中不取以爲第一如是倒取對治此故爲說醫師譬喻應知第一人者示世間中種種善根三昧功德方便令喜然後令入大涅槃故第二人者以三爲一令入大乘故第三人者令知種種乘諸佛如來平等說法隨諸衆生善根種子而生芽故第四人者方便令入涅槃城故涅槃城者所謂諸禪三昧城故過後城已然後令入大涅槃城故第五人者示其過去所有善根令憶念已然後教令入三昧故第六人者說大乘法以此法門同十地行滿諸佛如來密與授記故第七人者根未淳熟爲令熟故如是示現得涅槃量爲是義故如來說此七種譬喻何者三種無煩惱人三種染慢所謂三種顛倒信故何等爲三一者信種種乘異二者信世間涅槃異三者信彼此身異爲對治此三種染慢故說三種平等應知何者名爲三種平等云何對治一者乘平等謂與聲聞授菩提記唯一大乘無二乘故是乘平等無差別故二者世間涅槃平等以多寶如來入於涅槃世間涅槃彼此平等無差別故三

者身平等多寶如來已入涅槃復示現自身他身法身平等無差別故如是三種無煩惱人染慢之心見彼此身所作差別不知彼此佛性法身悉平等故謂即此人我證此法故彼人不得此對治故與諸聲聞授記應知問曰彼聲聞等爲實成佛故與授記爲不成佛與授記耶若實成佛菩薩何故於無量劫修習無量種種功德若不成佛云何與之虛妄授記答曰彼聲聞等得授記者得決定心非謂聲聞成就法性如來依彼三種平等說一乘法以佛法身聲聞法身平等無異故與授記非即具足修行功德是故菩薩功德具足諸聲聞人功德未足言授記者六處示現五是佛記一菩薩記如來記者謂舍利弗大迦葉等衆所知識名號不同故別與記富樓那等五百人千二百人等同一名故俱時與記學無學等皆同一號又復非是衆所知識故同與記如來與彼提婆達多授別記者示現如來無怨惡故與比丘尼及諸天女授佛記者示現女人在家出家修菩薩行皆證佛果故與授記菩薩授記者如下文不輕菩薩品中示現應知禮拜讚歎作如是言我不輕汝汝等皆當得作佛者示現衆生皆有佛性故言聲聞人得授記者聲聞有四種一者決定聲聞二者增上慢聲聞三者退菩提心聲聞四者應化聲聞二種聲聞如來授記謂應化者退已還發菩提心者若決定者增上慢者二種聲聞根未熟故如來不與授記應化聲聞是大菩薩與授記者方便令發菩提心故又依何義佛說三乘名爲一乘依同義故

授諸聲聞大菩提記言同義者以佛法身聲聞法身彼此平等無差别故以諸聲聞辟支佛等乘不同故有差别以彼二乘非大乘故如來說言不離我身是無上義一切聲聞辟支佛等二乘法中不說此義以其不能如實解故以是義故諸菩薩等行菩薩行非爲虛妄無上義者自餘經文明無上義無上義者略有十種此義應知何等爲十一者示現種子無上故說雨譬喻汝等所行是菩薩道者謂發菩提心退已還發者前所修行善根不滅同後得果故二者示現行無上故說大通智勝如來本事等三者示現增長力無上故說商主譬喻四者示現令解無上故說繫寶珠譬喻五者示現清淨國土無上故示現多寶如來塔六者示現說無上故說解髻中明珠譬喻七者示現教化衆生無上故地中涌出無量菩薩摩訶薩等八者示現成大菩提無上故示現三種佛菩提故一者示現應化佛菩提隨所應見而爲示現如經皆謂如來出釋氏宫去伽耶城不遠坐於道場得成阿耨多羅三藐三菩提故二者示現報佛菩提十地行滿足得常涅槃證故如經善男子我實成佛已來無量無邊百千萬億那由他劫故三者示現法佛菩提謂如來藏性淨涅槃常恒清涼不變等義如經如來如實知見三界之相次第乃至不如三界見於三界故三界相者謂衆生界即涅槃界不離衆生界有如來藏故無有生死若退若出者謂常恒清涼不變義故亦無在世及滅度者謂如來藏眞如之體不即衆生界不離衆生界故非實

非虛非如非異者謂離四種相有四種相者是無常故不如三界見於三界者謂佛如來能見能證眞如法身凡夫不見故是故經言如來明見無有錯謬故我本行菩薩道今猶未滿者以本願故衆生界未盡願非究竟故言未滿非謂菩提不滿足也所成壽命復倍上數者此文示現如來常命善巧方便顯多數故過上數量不可數知我淨土不毀而衆見燒盡者報佛如來眞實淨土第一義諦之所攝故九者示現涅槃無上故說醫師譬喻十者示現勝妙力無上故自餘經文示現應知多寶如來塔示現一切佛土清淨者示現說佛實相境界中種種諸寶間錯莊嚴故示現有八一者塔二者量三者略四者住持五者示現無量佛六者離穢七者多寶八者同一塔坐塔者示現如來舍利住持故量者方便示現一切佛土清淨莊嚴是出世間清淨無漏善根所生非是世間有漏善根之所生也略者示現多寶佛身一體攝取一切諸佛眞法身故住持者示現諸佛如來法身自在力故示現無量佛者示現彼此所作諸業無差別故遠離穢者示現一切諸佛國土平等清淨故多寶者示現一切諸佛國土同實性故同一塔坐者示現化佛非化佛法佛報佛等皆爲成大事故

自此已下示現法力修行力應知法力者五門示現一者證門二者信門三者供養門四者聞法門五者讀誦持說門彌勒菩薩品中示現四門常精進菩薩品中示現一門彌勒菩薩品中四法門者一是證門如經我說是

如來壽命長遠時六百八十萬億那由他恒河沙等衆生得無生法忍故此言無生法忍者所謂初地證智應知八生乃至一生得阿耨多羅三藐三菩提者謂證初地菩提法故八生一生者謂諸凡夫決定能證初地故隨力隨分八生乃至一生皆證初地故此言阿耨多羅三藐三菩提者以離三界分段生死隨分能見眞如佛性名得菩提非謂究竟滿足如來方便涅槃也二是信門如經復有八世界微塵數衆生皆發阿耨多羅三藐三菩提心故三供養門如經是諸菩薩摩訶薩得大法利時於虛空中雨曼陀羅華如是等故四聞法門如隨喜品所說應知常精進菩薩品中一法門者謂讀誦解說書寫等得六根清淨如經若善男子善女人受持法華經若讀若誦若解說若書寫是人當得八百眼功德次第乃至得千二百意功德故此得六根清淨者謂諸凡夫以經力故得勝根用未入初地菩薩正位此義應知如經以父母所生清淨肉眼見于三千大千世界如是等故又六根清淨者於一一根中悉能具足見色聞聲辨香別味覺觸知法諸根互用此義應知眼所見者聞香能知如經釋提桓因在勝殿上五欲娛樂乃至說法故聞香知者此是智境以鼻根知持力者有三法門示現持力如法師品安樂行品勸持品等廣說法力如經應知其心決定知水必近者受持此經佛性水成阿耨多羅三藐三菩提故修行力者五門示現一者說力二者行苦行力三者護衆生諸難力四者功德勝力五者護法力說力

者有三法門神力品示現一者出廣長舌令憶念故二者謂謦欬聲說偈令聞故令聞聲已如實修行不放逸故三者彈指覺悟衆生令修行者得覺悟故行苦行力者藥王菩薩品示現教化衆生故又行苦行力者妙音菩薩品示現教化衆生故護衆生諸難力者觀世自在菩薩品陀羅尼品示現功德勝力者妙莊嚴王品示現二童子依過去世功德善相有如是力護法力者普賢菩薩品及後品示現又言受持觀世自在菩薩名號若人受持六十二億恒河沙等諸佛名號福德等者有二種義一者信力故二者畢竟知故信力者有二種一者我身如彼觀世自在無異畢竟信故二謂於彼生恭敬心如彼功德我亦如是畢竟得故畢竟知者謂能決定知法界故言法界者名爲法性彼法性者名爲一切諸佛菩薩平等法身平等身者眞如法身初地菩薩乃能證入是故受持六十二億恒河沙等諸佛名號有能受持觀世自在菩薩名號所得功德無差別

第一序品示現七種功德成就第二方便品有五分示現破二明一餘品如向處分易解

妙法蓮華經優波提舍卷下

妙法蓮華經論優波提舍

元魏天竺三藏法師勒那摩提共僧朗等譯

清刻龍藏佛說法變相圖

妙法蓮華經論優波提舍卷上 論本內廣略俱備

大乘論師婆藪槃豆菩薩造

元魏天竺三藏法師勒那摩提共僧朗等譯

頂禮正覺海　淨法無爲僧　爲深利智者
開示毗伽典　祇虔牟尼尊　及菩薩聲聞
令法自他利　略出勒伽辯
歸命過去未來世　現在一切佛菩薩
弘慈降神力　願施我無畏　大悲止四魔
護菩提增長

序品第一

如是我聞一時婆伽婆佛住王舍城耆闍崛山中與大比丘衆萬二千人俱皆是阿羅漢諸漏已盡無復煩惱心得自在善得心解脫善得慧解脫心善調伏人中大龍應作者作所作已辦離諸重擔逮得己利盡諸有結善

得正智心解脱一切心得自在到第一彼岸菩薩摩訶薩八萬人皆於阿耨多羅三藐三菩提不退轉皆得陀羅尼大辯才樂説轉不退法輪供養無量百千諸佛於諸佛所種諸善根常爲諸佛之所稱歎以大慈悲而修身心善入佛慧通達大智到於彼岸名稱普聞無量世界能度無數百千衆生

釋曰此法門初第一品明七種功德成就應知何等爲七一者序分成就二者衆成就三者如來欲説法時至成就四者所依説法隨順威儀住成就五者依止説因成就六者大衆現前欲聞法成就七者文殊師利答成就

又序分成就者此法門中示現二種義成就此義應知何等爲二一者一切諸法門中最勝義成就故二者示現自在功德義成就故

如王舍城勝於諸餘一切城舍故耆闍崛山勝餘諸山故顯此法最勝義故如經婆伽婆佛住王舍城耆闍崛山中故

衆成就者有四種義成就示現應知何等爲四一者數成就二者行成就三者攝功德成就四者威儀如法住成就數成就者謂大衆無數故行成就者有四種一者謂諸聲聞修小乘行二者謂諸菩薩修大乘行三者謂菩薩以神通自在力隨時示現能修行大乘如颰陀婆羅菩薩等十六人具足菩薩不可思議事而常能示現種種形相謂優婆塞優婆夷比丘比丘尼等故四者出家聲聞人威儀一定不同菩薩故

皆是阿羅漢等有十六句示現聲聞功德成就故皆不退轉阿耨多羅三藐三菩提等者

有十三句示現菩薩功德成就故阿羅漢功德成就者彼十六句示現三種門攝義應知何等三種門一者上上起門二者總別相門三者攝取事門上上起門者謂諸漏已盡故名爲阿羅漢以心得自在故名爲諸漏已盡以心無復煩惱故名爲心得自在以善得心解脱善得慧解脱故名爲心得自在以遠離能見所見故名爲無復煩惱以善得心解脱善得慧解脱故名爲心善調伏人中大龍者行諸惡道如平坦路無所拘礙應行者已行應到處已到故應作者已作人中大龍已得對治降伏煩惱怨敵故所作已辦者更不後生如相應事已成就故離諸重擔者以應作者作所作已辦後生重擔已捨離故逮得已利者已捨重擔證涅槃故盡諸有結者已逮得已利斷諸煩惱因故善得正智心解脱者諸漏已盡故一切心得自在者善知見道修道智故到第一彼岸者善得正智心得解脱善得神通無諍三昧等諸功德故大阿羅漢等者心得自在到彼岸故衆所知識者諸王王子大臣人民帝釋天王梵天王等皆識知故又復聲聞菩薩佛等是勝智者彼勝智者皆悉善知是故名衆所知識總別相門者皆是阿羅漢等十六句等初句是總餘句別故皆是阿羅漢者彼阿羅漢名之爲應有十五種義應知何等十五一者應受飲食卧具供養恭敬等故二者應將大衆教化一切故三者應入聚落城邑等故四者應降伏諸外道等故五者應以智慧速觀察諸法故六者應不疾不遲説法如法相應不疲倦故七者應

靜坐空閑處飲食衣服一切資生不積不聚少欲知足故八者應一向行善行不著諸禪故九者應行空聖行故十者應行無相聖行故十一者應行無願聖行故十二者應降伏世間禪淨心故十三者應起諸通勝功德故十四者應證第一義功德故十五者應如實知同生諸衆得諸功德爲利益一切諸衆生故攝取事門者此十五句攝取十種功德應知示現可說果不可說果故何等爲十一者攝取得功德二句示現如經諸漏已盡無復煩惱故二者三句攝取諸功德一句降伏世間功德如經心得自在故二句降伏出世間學人功德如經善得心解脫善得慧解脫故三者攝取不違功德隨順如來教行故如經心善調伏故四者攝取勝功德如經人中大龍故五者攝取所應作勝功德所應作者謂能依法供養恭敬尊重如來故如經應作者作故六者攝取滿足功德滿足學地故如經所作已辦故七者三句攝取過功德一者過愛故二者過求命供養恭敬故三者過上下界已過學地故如經離諸重擔故逮得已利故盡諸有結故八者攝取上上功德如經善得正智心解脫故九者攝取應作利益衆生功德如經一切心得自在故十者攝取上首功德如經到第一彼岸故

得諸菩薩功德成就者彼十三句功德二門攝義示現應知何等二門一者上支下支門二者攝取事門上支下支門者所謂總相別相此義應知皆得阿耨多羅三藐三菩提不退轉者是總相餘者是別相彼不退轉有十

種示現應知何等爲十一者住聞法不退轉如經皆得陀羅尼故二者樂說不退轉如經大辯才樂說故三者說不退轉如經轉不退法輪故四者依止善知識不退轉以已身心業依色身攝取故如經供養無量百千諸佛故於諸佛所種諸善根故五者斷一切疑不退轉如經常爲諸佛之所稱歎故六者爲何等何等事說法入彼彼法不退轉如經以大慈悲而修身心故七者入一切智如實境界不退轉如經善入佛慧故八者依我空法空不退轉如經通達大智故九者入如實境界不退轉如經到於彼岸故十者應作所作住持不退轉如經名稱普聞無量世界能度無量百千衆生故攝取事門者示現諸菩薩住何等清淨地中因何等方便於何等境界中應作所作故地清淨者八地以上三地無相行寂靜清淨故方便者有四種一者攝取妙法方便住持妙法以樂說力爲人說故二者攝取善知識方便以依善知識所作應作故三者攝取衆生方便以不捨衆生故四者攝取智方便以教化衆生令入彼智故又復更有攝取事門示現諸地攝取勝功德不同二乘功德故謂八地中無功用智不同下上故不同下功者下功用行不能動故不同上者上無相行不能動故自然而行故於九地中得勝進陀羅尼門具足四無礙自在智故於第十地中不退轉法輪得佛受位如轉輪王之太子故以得同攝功德義故攝功德成就者示現依何處依何心依何智依何等境界行依何等境界能辨故依何處者依善知識

故依何心者我依衆生心教化畢竟利益一切衆生故依何智者依三種智一者授記密智二者諸通智三者眞實智依何等境界行依何等能辦者即三種智所攝應知威儀如法住成就者有四種示現何等爲四一者衆圍遶二者前後三者供養恭敬四者尊重讚歎如經爾時世尊四衆圍遶供養恭敬尊重讚歎故

如來欲說法時至成就者爲諸菩薩說大乘經故此大乘修多羅有十七種名顯示甚深功德應知何等十七云何顯示一名無量義經者成就字義故以此法門說彼甚深法妙境界法故彼甚深法妙境界者諸佛如來最勝境界故二名最勝修多羅者於三藏中最勝妙藏此法門中善成就故三名大方廣者無量大乘門隨衆生根住持成就故四名教菩薩法者以爲教化根熟菩薩隨順法器善成就故五名佛所護念者依佛如來有此法故六名一切諸佛祕密法者此法甚深唯佛如來知故七名一切佛之藏者如來功德三昧之藏在此經故八名一切諸佛祕密處者以根未熟衆生等非受法器不授與故九名能生一切諸佛經者聞此法門能成諸佛大菩提故十名一切諸佛之道場者聞此法門能成諸佛阿耨多羅三藐三菩提非餘修多羅故十一名一切諸佛所轉法輪者以此法門能破一切諸障礙故十二名一切諸佛堅固舍利經者謂如來眞如法身於此修多羅不敗壞故十三名一切諸佛大巧方便經者依此法門成大菩提已爲衆生說天人聲聞

辟支佛等諸善法故十四名說一乘經者以此法門顯示如來阿耨多羅三藐三菩提究竟之體彼二乘道非究竟故十五名第一義住者以此法門即是如來法身究竟住處故十六名妙法蓮華者有二種義何等爲二種一者出水義以不可盡出離小乘泥濁水故又復有義如彼蓮華出於泥水喻諸聲聞得入如來大衆中坐如諸菩薩坐蓮華上聞說如來無上智慧清淨境界得證如來深密藏故二華開義者以諸衆生於大乘中其心怯弱不能生信是故開示諸佛如來淨妙法身令生信心故十七名最上法門者攝成就故攝成就者攝取無量名句字身頻婆羅阿閦婆等舒盧迦偈故此十七句法門者是總餘句是別故如經爲諸菩薩說大乘經名無量義如是等故

所依說法隨順威儀住成就者示現依何等法說法依三種法故一者依三昧成就故以三昧成就二種法示現何等爲二一者成就自在力身心不動故二者離一切諸障隨自在力故此自在力復有二種一者隨順衆生不見對治攝取覺菩提分法故二者爲對治無量世來堅執煩惱故如經佛說此經名已結跏趺坐入於無量義處三昧身心不動如是等故二依器世間三者依衆生世間震動世界及知過去無量劫事等故如經是時天雨曼陀羅華乃至歡欣合掌一心觀佛故

依止說因成就者彼諸大衆現見異相不可思議事大衆見已生希有心渴仰欲聞生如是念如來今者應爲我說故如來應爲我說

渴仰欲聞生希有心故名依止說因成就是故如來放大光明示現他方諸世界中種種諸事故先爲大衆示現外事六種震動等次爲示現此法門中内證甚深微密之法故又依器世間衆生世間數種種無量種種具足煩惱差別具足清淨差別佛法弟子差別示現三寶故復乘差別有世界有佛有世界無佛令衆生見修行者未得果得道者已得果故如經諸修行得道者故數種種者示現種種觀故略說四種觀一者食二者聞法三者修行四者樂如經爾時佛放眉間白毫相光次第乃至以佛舍利起七寶塔故行菩薩道者教化衆生依四攝法方便攝取此義應知如經中說當自推取

自此以下示現大衆現前欲聞法成就問一人者多人欲聞生希有心是故唯問文殊師利如是示現世尊弟子隨順於法不相違故今佛世尊現神變相者爲何等義爲說大法故現大相以爲說因現大相者爲說妙法蓮華經故現大瑞相爲說如來所得妙法不可思議等文字章句故有二種法是故仰推文殊師利何等爲二一者現見諸法故二者離諸因緣唯自心成就彼法故示現種種諸瑞相者以爲示現彼彼事故如彼事相現沒住滅應知以文殊師利能記彼事故以文殊師利所作成就因果成就現見彼法故所作成就者此有二種一者功德成就二者智慧成就因成就者一切智成就又復有因謂緣因成就者衆相具足也果成就者說大法也種種異佛國土者爲此示現彼國土中種種

異異差別應知淨妙國土者無煩惱衆生住處故如經照於東方萬八千世界乃至悉見彼佛國界莊嚴故如來爲上首者諸菩薩等依如來住故以彼如來於彼國土一切大衆中得自在故如經又見彼土現在諸佛如是等故

自此巳下明聖者文殊師利菩薩以宿命智現見過去因相果相成就十種事如現在前是故能答彌勒云何現見過去因相者謂文殊師利自見巳身曾於彼彼諸佛國土中處處修行種種行事故云何現見過去果相謂文殊師利自見巳身是過去妙光菩薩於彼佛所聞此法門爲衆生說故成就十種事者何等爲十一者現見大義因成就二者現見世間文字章句甚深意因成就三者現見希有因成就四者現見勝妙因成就五者現見受用大因成就六者現見攝取一切諸佛轉法輪因成就七者現見善堅實如來法輪因成就八者現見能進入因成就九者現見憶念因成就十者現見自身所經事因成就

大義因成就者八句示現應知一者欲論大法二者欲雨大法雨三者欲擊大法鼓四者欲建大法幢五者欲然大法炬六者欲吹大法螺七者欲不斷大法鼓八者欲說大法此八句欲示現如來欲論大法等故何者爲八種大義謂有疑者爲斷疑故已斷疑者增長淳熟彼智身故根熟者爲說二種微密境界一者謂聲聞密境界二者菩薩密境界大法鼓者二句示現以遠聞故入密境界者令進取上上清淨義故取上上清淨義者令彼進

取一切種智得現見故令彼進取一切種智得現見者爲一切法建立名字章句義故建立名字章句義者令入不可說證智轉法輪故現見世間名字章句意甚深因成就者如經我於過去諸佛曾見此瑞乃至故現斯瑞故現見希有因成就者以無量時不可得故不可思議不可稱不可量者示現過彼阿僧祇劫不可得故復示現五種劫一者夜二者晝三者月四者時五者年示現彼無量無邊劫故如經如過去無量無邊不可思議阿僧祇劫爾時有佛號日月燈明乃至令得阿耨多羅三藐三菩提成就一切種智故

現見勝妙因成就者以示現諸佛及諸菩薩自受用示現故如經次復有佛亦名日月燈明乃至所可說法初中後善故現見受用大因成就者是時王子受勝妙樂各捨出家復彼大衆於爾許時不生疲倦心故如經其最後佛未出家時乃至佛授記已便於中夜入無餘涅槃故

現見攝取一切諸佛轉法輪因成就者法輪不斷故如經佛滅度後妙光菩薩持妙法蓮華經滿八十小劫爲人演說故現見善堅實如來法輪因成就者佛滅度後無量時說故如經日月燈明佛八子皆師妙光乃至皆令其堅固阿耨多羅三藐三菩提故

現見能進入因成就者彼諸王子得大菩提故如經是諸王子乃至皆成佛道故現見憶念因成就者爲他說法利益他故如經其最後成佛者名曰然燈乃至尊重讚歎故現見自身所經事因成就者以自身受勝妙樂故

如經彌勒當知乃至佛所護念故汝號求名者示現知彼過去事故復示現得彼法具足故自此已下示現所說法說因果相應知

方便品第二

經曰爾時世尊入甚深三昧正念不動以如實智觀從三昧安詳而起起已告舍利弗諸佛智慧甚深無量其智慧門難見難覺難知難解難入如來所證一切聲聞辟支佛等所不能知何以故舍利弗如來應正遍知已曾親近供養無量百千萬億那由他佛於諸佛所盡行諸佛所修阿耨多羅三藐三菩提法舍利弗如來已於無量百千萬億那由他劫勇猛精進所作成就名稱普聞舍利弗如來畢竟成就希有之法舍利弗難解之法如來能知舍利弗難解法者諸佛如來隨宜所說意趣難解一切聲聞辟支佛所不能知何以故舍利弗諸佛如來自在說因成就故舍利弗如來成就種種方便種種知見種種念觀種種言詞舍利弗吾從成佛已來於彼彼處廣演言教無數方便引導衆生於諸著處令得解脫舍利弗如來知見方便到於彼岸舍利弗如來知見廣大深遠無障無礙力無所畏不共法根力菩提分禪定解脫三昧三摩跋提皆已具足舍利弗諸佛如來深入無際成就一切未曾有法舍利弗如來能種種分別巧說諸法言詞柔軟悅可衆心止舍利弗不須復說舍利弗佛所成就第一希有難解之法舍利弗唯佛與佛說法諸佛如來能知彼法究竟實相舍利弗唯佛如來知一切法舍利弗唯佛如來能說一切法何等法云何

法何似法何相法何體法何等云何何似何相何體如是等一切法如來現見非不現見

論曰自此已下示現所說法因果相應知爾時世尊入甚深三昧正念不動以如實智觀從三昧安詳而起起已告舍利弗者示現如來得自在力故如來入定無能驚寤故何故唯告舍利弗不告餘聲聞等隨深智慧與如來相應故何不告諸菩薩者有五種義一者爲諸聲聞所應作事故二者爲諸聲聞迴趣向大菩提故三者護諸聲聞恐怯弱故四者爲令餘人善思念故五者爲諸聲聞不起所作已辦心故

諸佛智慧甚深無量者爲諸大衆生尊重心畢竟欲聞如來說故言甚深者顯示二種甚深之義應知何等爲二一者證甚深謂諸佛智慧甚深無量故二者阿含甚深謂智慧門故言甚深者此是總相餘者是別相證甚深者有五種示現一者義甚深謂依何等義甚深故二者實體甚深三者內證甚深四者依止甚深五者無上甚深甚深者謂大菩提故大菩提者如來所證阿耨多羅三藐三菩提故又甚深者一切聲聞辟支佛所不能知故名甚深言智慧者謂一切種一切智智義故如經諸佛智慧甚深無量其智慧門難見難覺難知難解難入一切聲聞辟支佛所不能知故智慧門者謂說阿含義甚深者示現有八種一者受持讀誦甚深如經舍利弗如來應正遍知已曾親近供養無量百千萬億那由他佛故二者修行甚深如經於百千萬億那由他佛所盡行諸佛所修阿耨多羅三藐

三菩提法故三者果行甚深如經舍利弗如來已於無量百千萬億那由他劫勇猛精進所作成就故四者增長功德心甚深如經名稱普聞故五者快妙事心甚深如經舍利弗如來畢竟成就希有之法故六者無上甚深如經舍利弗難解之法如來能知故七者入甚深入甚深者名字章句意難得故以自在住持不同外道說因緣法名爲甚深如經舍利弗難解法者諸佛如來隨宜所說意趣難解故入者不共聲聞辟支佛所作住持甚深如經一切聲聞辟支佛等所不能知故

妙法蓮華經論優波提舍卷上

音釋

颰 蒲末切

妙法蓮華經論優波提舍卷下（論本內廣略俱備）

大乘論師婆藪槃豆菩薩造

元魏天竺三藏法師勒那摩提共僧朗等譯

方便品之餘

如是已說妙法功德具已次說如來法師功德成就應知如經何以故舍利弗諸佛如來自在說因成就如來成就四種功德故能度衆生何等爲四一者住成就如經舍利弗如來成就種種方便故種種方便者謂從兜率天中退沒乃至示現入涅槃故二者教化成就如經種種知見故種種知見者示現染淨諸因故三者功德畢竟成就如經種種念觀故種種念觀者以說彼法成就因緣如法相應故四者說成就如經種種言辭故種種言辭者以四無礙智依何等何等名字章句隨何等何等衆生能受爲說故復有義種種方便者示現外道邪法如是如是種種過失故示現諸佛正法如是如是種種功德故如經舍利弗吾從成佛已來廣演言教無數方便引導衆生於諸著處令得解脫故復無數方便者方便令入諸善法故復方便者斷諸疑故復方便者令入增上勝智故復方便者依四攝法攝取衆生令得解脫故言著者彼處處著或著界或著諸地或著分或著乘故著界者著欲色無色界故著地者著戒取三昧初禪定地乃至非非想及滅盡定地故著分者著在家出家分故著在家分者著已同類作種種業邪見等故著出家分者著名聞利養種種諸覺煩惱等故著乘者著聲聞乘菩薩乘故著聲聞乘者樂持小乘戒求須陀洹

斯陀含阿那含阿羅漢等故著大乘者著利養供養恭敬等著分別觀種種法相乃至佛地故

復種種知見者自身成就不可思議境界與諸聲聞菩薩故如經舍利弗如來知見方便到於彼岸故到彼岸者勝餘一切諸菩薩故

復種種念觀者如經舍利弗如來知見廣大深遠無障無礙力無所畏不共法根力菩提分禪定解脫三昧三摩跋提皆已具足故又第一成就可化衆生依止善知識成就故第二成就根熟衆生令得解脫故第三成就力家得自在淨降伏故第四說成就者有七種一者種種成就如經舍利弗諸佛如來深入無際成就一切未曾有法故二者言語成就得五種美妙音聲聞說法故如經如來能種種分別巧說諸法言辭柔輭悅可衆心故三者相成就如經止舍利弗不須復說故有法器衆生心已滿足故四者堪成就一切可化衆生皆知如來成就希有功德能說法故如經舍利弗佛所成就第一希有難解之法故五者無量種成就說不可盡如經舍利弗唯佛與佛說法諸佛如來能知彼法究竟實相故實相者謂如來藏法身之體不變義故六者覺體成就如來所說一切諸法唯佛如來自證得故如經舍利弗唯佛如來知一切法故七者隨順衆生意爲說修行法成就彼法何等如是等如經舍利弗唯佛如來能說一切法故第一種種法門攝取衆生故第二令不散亂住故第三令取故第四令得解脫故第五令彼修行成就得對治法故第六能令

得修行進趣成就故第七令得修行不退失故此七種法爲諸衆生自身所作成就故又與教化令成就者與二種法令彼成就何等爲二一與證法二與説法一與證法令成就者謂依證法而授與故二與説法令成就者謂依説法説與故此二種法如向前説依此二種法有何次第而得修行即彼前文句再説應知又依證法復有五種一者何等法二者云何法三者何似法四者何相法五者何體法故何等法者謂聲聞法辟支佛法諸佛法故云何法者謂起種種諸事説故何似法者依三種門得清淨故何相法者謂三種義一相法故何體法者無二體故無二體者謂無量乘唯一佛乘無二乘故又復有義何等法者謂有爲法無爲法等云何法者謂因緣法非因緣法等何似法者謂常法無常法如是等何相法者謂生等三相法不生等三相法何體法者謂五陰體非五陰體又何似法者謂無常法有爲法因緣法又何相法者謂可見相等法又何體法者謂五陰能取可取以五陰是苦集體故又五陰者是道諦體故復有異義依説法説法何等法者謂名句字身故云何法者謂依如來所説法故何似法者能教化可化衆生故何相法者依音聲取故以依音聲取彼法故何體法者謂假名體法相故

自此已下依三種義示現一者決定義二者疑義三者依何事疑義決定義者有聲聞方便證得深法作決定心於聲聞道中得方便涅槃證故如是二種證法示現有爲無爲法

故如經爾時大衆中有諸聲聞漏盡阿羅漢乃至亦得此法到於涅槃故言疑義者諸聲聞辟支佛等不能知故是故生疑如經而今不知是義所趣故依何事疑義者聞如來說聲聞解脫與我解脫不異是故謂生疑生疑者生因中疑此事云何此事云何云何如來數數說甚深境界前說甚深後說甚深不同聲聞以如是等是故生疑如經爾時舍利弗知四衆心疑乃至而說偈言故

自此巳下依四種事說一者決定心二者因授記三者取授記四者與授記應知云何決定心巳生驚怖者令斷驚怖爲利益二種人故是故如來有決定心此驚怖有五種應知一者損驚怖謂如聲聞取以爲實謗無大乘而作是言如來說言阿羅漢果究竟涅槃我畢竟取如是涅槃是故羅漢不入涅槃故二者多事驚怖以大乘衆生聞菩薩道劫數長遠種種苦行生如是心佛道長遠我無量無邊劫中行菩薩行久受勤苦如是念故生驚怖心起取異乘心故三者顛倒驚怖謂心分別有我我所身見諸不善法故四者心悔驚怖謂大德舍利弗等起如是心言我不應證如是小乘之法如是悔巳心即自止即此悔心名爲念驚怖應知五者誑驚怖謂增上慢聲聞作如是心云何如來誑於我等故

因授記者如經止止舍利弗不須復說若說是事一切世間諸天人等皆生驚怖故此因授記皆生驚怖者有三種義一者欲令彼諸大衆推覓甚深境界故二者欲令彼諸大衆生尊重心畢竟欲聞如來說故三者爲欲令

增上慢聲聞離法座而去故第二請者示現過去無量諸佛教化衆生如經是會無數乃至聞佛所說則能敬信故第三請者示現現在佛教化衆生如經今此會中如我等比乃至長夜安隱多所饒益故取授記者以舍利弗等欲得授記如經佛告舍利弗汝以三請豈得不說汝今諦聽如是等故與授記者有六種應知一者未聞令聞二者說三者依何等義四者令住五者依法六者遮未聞令聞者如經舍利弗如是妙法諸佛如來時乃說之如優曇華如是等故

說者如經舍利弗我以無數方便種種因緣譬喻言詞演說諸法如是等故種種因緣者所謂三乘彼三乘者唯有名字章句言說非有實義故以彼實義不可說故

依何等義者如經舍利弗諸佛世尊唯以一大事因緣故出現於世如是等故彼一大事者依四種義應知何等爲四一者無上義唯除如來一切義智智更無餘事如經欲開佛知見令衆生知得清淨故出現於世故佛知見者如來能證以如實知彼深義故二者同義以聲聞辟支佛佛法身平等故如經欲示衆生佛知見故出現於世故法身平等者佛性法身更無差別故三者不知義以一切聲聞辟支佛不知彼眞實處故言不知眞實處者不知究竟唯一佛乘故如經欲令衆生悟佛知見故出現於世四者爲令證不退轉地示現欲與無量智業故如經欲令衆生入佛知見故出現於世故又復示者爲諸菩薩有疑心者令知如實修行故又悟入者未發菩

提心者令發菩提心故已發心者令入法故又復悟者令外道衆生覺悟故又復入者令得聲聞小果者入大菩提故令住者如經舍利弗但以一佛乘故爲衆生說法故依法者如經舍利弗是過去諸佛以無量無數方便種種譬喻因縁念觀方便說法是法皆爲一佛乘故如是等故有譬喻者如依牛故得有乳酪生酥熟酥乃至醍醐此五味中醍醐爲第一小乘不如其猶如乳大乘爲最猶如醍醐故此譬喻明大乘無上諸聲聞等亦同大乘無上義故聲聞同者此中示現諸佛如來法身之性同諸凡夫聲聞辟支佛等法身平等無差別故此義皆是譬喻示現因縁之義如向前說言念觀者於小乘諦中人無我等於大乘諦中眞如法界實際法界法性及人無我法無我等種種觀故言方便者於小乘中觀陰界入猒苦離苦得解脫故於大乘中修諸波羅蜜以四攝法攝取自身他身利益對治法故遮者如經舍利弗十方世界中尚無二乘何況有三如是等故無二乘者無二乘所得涅槃唯佛如來證大菩提究竟滿足一切智慧名大涅槃非諸聲聞辟支佛等有涅槃法唯一佛乘故一佛乘者依四種義說應知如來依此六種授記是故前說何等法云何法何似法何相法何體法如是示現何等法者謂未曾聞故云何法者謂種種言語譬喻說故何似法者所謂唯爲一大事故何相法者爲隨衆生器說諸佛法故何體法者所謂唯一乘體故一乘體者所謂諸佛如來平等法身聲聞辟支佛乘非彼平等法身

之體以因緣果行觀不同故自此巳下如來說法爲斷四種疑心應知何等四種一者疑何時說二者疑云何知是增上慢人三者疑云何堪說四者疑云何如來不成妄語何時說者諸佛如來於何等時起種種方便說法爲斷彼疑如經佛告舍利弗諸佛出於五濁惡世所謂劫濁等故云何知增上慢者如來不爲增上慢人說法云何知彼是增上慢爲斷彼疑故如經若有比丘實得阿羅漢者若不信是法無有是處等故云何堪說者從佛聞法而起謗心如來應是不堪說人云何如來不成不堪說法人爲斷此疑如經除佛滅度後現前無佛如是等故云何如來不成妄語者以如來先說法異今說法異云何如來不成妄語爲斷此疑故如經舍利弗汝等當一心信解受持佛語諸佛如來言無虛妄無有餘乘唯一佛乘故乃至童子戲聚沙爲佛塔如是諸人等皆已成佛道者謂發菩提心行菩薩行者所作善根能證菩提非諸凡夫及決定聲聞未發菩提心者之所能得故如是乃至小低頭等皆亦如是

譬喻品第三

舍利弗說偈

金色三十二　十力諸解脫　同共一法中
而不得此事　八十種妙好　十八不共法
如是等功德　而我皆已失

釋曰此偈示現何義尊者舍利弗自呵責身言我不見諸佛不往諸佛所及聞佛說法不供養恭敬諸佛無利益衆生事於未得法退是故尊者舍利弗作如是言呵責自身不見

者示現不見諸佛如來大人之相不生恭敬供養心故往佛所者示現教化衆生力故放金色光明者示現見佛自身異身獲得無量功德故聞說法示現者能作利益一切衆生故示現力者示現衆生有疑依十力斷彼疑故供養者示現能教化衆生力故十八不共法者示現遠離諸障礙故恭敬者示現出生無量福德依如來教得解脫故以人無我法無我一切諸佛法悉皆平等故是故舍利弗自呵責身言我未得如是法故於未得中退故自此巳下次爲七種具足煩惱染性衆生說七種譬喻對治七種增上慢心此義應知又復次爲三種染慢無煩惱人三昧解脫見等染慢對治此故說三平等此義應知何者七種具足煩惱染性人一者求勢力人二者求聲聞解脫人三者求大乘人四者有定人五者無定人六者集功德人七者不集功德人七種增上慢心者云何七種譬喻對治一者顛倒求諸功德增上慢心以世間中諸煩惱染熾然增上而求天人勝妙境界有漏果報對治此故爲說火宅譬喻應知二者聲聞人一向決定增上慢心自言我乘與如來乘無差別故如是倒取對治此故說窮子譬喻應知三者大乘人一向決定增上慢心起如是意無別聲聞辟支佛乘如是顛倒取對治此故爲說雲雨譬喻應知四者實無而謂有增上慢人以有世間漏三昧三摩跋提實無涅槃而生涅槃想如是倒取對治此故爲說化城譬喻應知五者散亂增上慢心實無有定過去雖有大乘善根而不覺知不覺知故

不求大乘於狹劣心中生虛妄解以爲第一乘如是倒取對治此故爲說繫寶珠譬喩應知六者有實功德人增上慢心聞佛說大乘法而取非大乘如是倒取對治此故爲說輪王解髻中明珠與之譬喩應知七者無實功德增上慢人於第一乘不曾修集諸善根本聞說第一乘心中不取以爲第一如是倒取對治此故爲說醫師譬喩應知第一人者以世間種種善根三昧功德方便令嬉戲然後令入大涅槃故第二人者以三爲一令入大乘故第三人者令知種種乘諸佛如來平等說法隨諸衆生善根種子而生芽故第四人者方便令入涅槃城故涅槃城者所謂諸禪三昧城過彼城已然後令入大般涅槃城故第五人者示其過去所有善根令憶念已然後教令入三昧故第六人者說大乘法以此法門同十地行滿諸佛如來密與授記故第七人者根未淳熟爲令熟故示現得涅槃量爲是義故如來說此七種譬喩何者三種無煩惱人三種染慢所謂三種顛倒信故何等爲三一者信種種乘異二者信世間涅槃異三者信彼此身異爲對治此三種染慢故說三種平等應知何者名三種平等云何對治一者乘平等與聲聞授菩提記唯有大乘無二乘故是乘平等無差別也二者世間涅槃平等以多寶如來入於涅槃世間涅槃彼此平等無差別故三者身平等多寶如來已入涅槃復示現身自身他身法身平等無差別故如是三種無煩惱人染慢之心現彼此身所作差別以不知彼此佛性法身悉平等故

即彼人我證此法故彼人不得此法對治故與諸聲聞授記應知問曰彼聲聞等爲實成佛故與授記爲不成佛與授記也若實成佛者菩薩何故於無量劫修集無量種種功德若不成佛者云何與之虛妄授記答曰彼聲聞授記者得決定心非謂聲聞成就法性故如來依三平等說一乘法故以如來法身與彼聲聞法身平等無異故與授記非即具足修行功德故是故菩薩功德具足諸聲聞人功德未具足言授記者有六處示現五者如來記一者菩薩記如來記者謂大德舍利弗摩訶迦葉等衆所知識故名號不同故與別記富樓那等五百人等千二百人等同一名故俱時與記學無學等俱同一號又復非是衆所知識故一時與記與提婆達多授記者示現如來無怨惡故與比丘尼及諸天女授佛記者示現女人在家出家修菩薩行者皆證佛果故與授記菩薩授記者如下文不輕菩薩品中示現應知禮拜讚歎作如是言我不輕汝汝等皆當得作佛者示現諸衆生皆有佛性故言聲聞人得授記者聲聞有四種一者決定聲聞二者增上慢聲聞三者退菩提心聲聞四者應化聲聞二種聲聞如來與授記謂應化聲聞退已還發菩提心者若決定者增上慢者二種聲聞根未熟故如來不與授記應化聲聞是大菩薩與授記菩薩與授記者方便令發菩提心故

又依何義者故如來說三乘名爲一乘依同義故與諸聲聞大菩提記言同義者以如來法身聲聞法身平等無差別故以諸聲聞辟

支佛異乘不同故有差別不以彼二乘非大乘故如來說言不離我身是無上義一切聲聞辟支佛等二乘法中不說此義以其不能如實解故是故諸菩薩等行菩薩行非爲虛妄無上義者餘殘修多羅明無上義無上義者略有十種應知何者爲十一者示現種子無上故說雨譬喻汝等所行是菩薩道者謂發菩提心退已還發者前所修行善根不滅同後得果故二者示現行無上故說大通智勝如來本事等故三者示現增長力無上故說商主譬喻四者示現令解無上故說繫寶珠譬喻五者示現清淨一切國土無上故示現多寶如來塔六者示現說無上故說髻中明珠譬喻七者示現教化衆生無上故地中涌出無量菩薩摩訶薩等故八者示現成大菩提無上者示現三種佛菩提一者應化佛菩提隨所應見而爲示現故如經皆謂如來出釋氏宫去伽耶城不遠坐於道場得阿耨多羅三藐三菩提故二者示現報佛菩提十地行滿足得常涅槃證故如經善男子我實成佛已來無量無邊百千萬億那由他劫故三者示現法佛菩提謂如來藏性淨涅槃常恒清涼不變等義故如經如來如實知見三界之相乃至不如三界見於三界故三界相者謂衆生界即涅槃界不離衆生界有如來藏故無有生死若退若出者謂常恒清淨清涼不變義故亦無在世及滅度者謂如來藏眞如之體不即衆生界不離衆生界故非實非虛非如非異者謂離四種相有四種相者是無常故不如三界見三界者諸佛如來能

見能證眞如法身凡夫不見故是故經言如來明見無錯謬故我本行菩薩道今猶未滿者以本願故衆生界未盡願非究竟故言未滿者非謂菩提不滿足故所成壽命復倍上數者此文示現如來常念善巧方便顯多數過上數量不可數知故我淨土不毀而衆見燒盡者報佛如來眞實淨土第一義諦之所攝故九者示現涅槃無上故說醫師譬喻十者示現勝妙力士無上故餘殘修多羅說應知多寶如來塔顯示一切佛土清淨者示現諸佛實相境界中種種諸寶間錯莊嚴故示現有八一者塔二者量三者略四者住持五者示現無量佛六者離穢七者多寶八者同一塔坐塔者示現如來舍利住持故量者方便示現一切佛國土清淨莊嚴是出世間清淨無漏善根所生非是世間有漏善根之所生故略者示現多寶如來身一體示現攝取一切佛法身故住持者示現諸佛如來法身自在身力故示現無量佛者示現彼此所作諸業無差別故遠離穢不淨者示現一切佛國土平等清淨故言多寶者示現一切諸佛國土同實性故同一塔坐者示現化佛非化佛法佛報佛等皆爲成大事故自此已下示現法力修行力應知法力者五種門示現一者證門二者信門三者供養門四者聞法門五者讀誦持說門四種門彌勒品中示現一法門常精進菩薩品中示現彌勒品中四種門者一者證門如經我說是如來壽命長遠時六百八十萬億那由他恒河沙等衆生得無生法忍故此言無生法忍者謂初地證智

應知八生乃至一生得阿耨多羅三藐三菩提者謂證初地菩提故八生一生者謂諸凡夫決定能證初地歡喜地隨力隨分八生乃至一生皆證初地故此言阿耨多羅三藐三菩提者以離三界中分段生死隨分能見眞如佛性名得菩提非謂究竟滿足如來方便涅槃也二信門者如經復有八世界微塵數衆生皆發阿耨多羅三藐三菩提心故三供養門者如經是諸菩薩摩訶薩得大法利時於虛空中雨曼陀羅華如是等故四聞法門者如隨喜品所說應知一淨故如經法門常精進菩薩品示現者謂讀誦解說書寫等得六根清淨故如經若善男子善女人受持法華經若讀若誦若解說若書寫是人當得八百眼功德乃至千二百意功德故此得六根清淨者謂諸凡夫人以經力故得勝根用未入初地菩薩正位應知如經以父母所生清淨肉眼見於三千大千世界如是等又六根清淨者於一一根中悉能具足見色聞聲知香味覺觸法等諸根互用應知眼所見者聞香能知如經釋提桓因在勝殿上五欲娛樂乃至說法聞香知者此是智境以鼻根知故持力者有三種法門示現持力如法師品安樂行品勸持品等廣說法力如經應知其心決定知水必近者受持此經得佛性水成阿耨多羅三藐三菩提故修行力無上者五門示現一者說力二者行苦行力三者護衆生諸難力四者功德勝力五者護法力說力者有三種法門神力品中示現一者出廣長舌相者令憶念故二者謂謦欬聲者說偈令聞

故令聞聲已如實修行不放逸故三者彈指令覺悟衆生令修行者得覺悟故行苦行力者藥王菩薩品示現教化衆生故又行苦行力者妙音菩薩品示現教化衆生故護衆生故護衆生諸難力者觀世音菩薩品陀羅尼品示現功德勝力者妙莊嚴王品示現二童子依過去世功德彼童子有如是力故護法力者普賢品及後品中示現又說言受持觀世音菩薩名號及受持六十二億恒河沙諸佛名號彼福德平等者有二種義一者信力故二者畢竟知故信力者有二種一者求我身如彼觀世音無異畢竟信故二者生恭敬心如彼功德我亦如是畢竟得故畢竟知者謂能決定知法界故言法界者名爲法性彼法性者名爲入初地菩薩能證入一切諸佛菩薩平等法身故平等身者謂眞如法身初地菩薩乃至證入是故受持六十二恒河沙等諸佛名號有能受持觀世音名號所得功德無差别

第一序品示現七種功德成就

第二方便品有五分示現破二明一餘品如向處分易解

妙法蓮華經論優波提舍卷下

大寶積經論

元魏天竺三藏法師菩提留支譯

清刻龍藏佛說法變相圖

大寶積經論卷第一

元魏天竺三藏法師菩提留支譯

歸命世間救　苦海度彼岸　大悲降魔怨
我釋寶積經　莊嚴十六種　眞實微妙義
欲令法久住　自利利他故

問曰汝欲釋寶積經應先釋此法門以何義故名爲寶積答曰大乘法寶中一切諸法差別義攝取故所有大乘法寶中諸法差別相者彼盡攝取義故名曰寶積一聚二積三陰四合和義一名異是中一切大乘法中如來爲諸菩薩十六種相差別說法何者十六種相一法邪行相如是菩薩行邪行已名爲行邪行相二正行相如是菩薩行正行已名爲行正行相三行正行利益相菩薩住正行已名法行等行善行四行法行諸相差別五於

諸菩薩所生慈心相爲令生敬重心行說相故六菩薩住正行學戒相故七聲聞戒與菩薩戒中說優劣勝如相故八菩薩善學菩薩戒已能與世間智等饒益他行差別相故九受彼菩薩藏時教修聲聞戒相差別十不善學沙門相差別故十一不學沙門相差別故十二住假名行相差別故十三住眞實行相差別故十四如來方便化度衆生相差別故十五說微密語相差別故十六於菩薩藏中得教誨已善信有益相差別故大乘經中如來爲諸菩薩說如是等十六種相差別法故彼法門中此一切諸相現所說故彼大乘法寶中所有諸相盡攝取故此妙法門名爲寶積問曰云何彼大乘正法寶中所有諸相而此法門中所攝取成答曰迦葉有四法退失

智慧如是等黑朋所攝八種四句攝取行相差別故迦葉菩薩有得四大伏藏如是等六種四句所攝正行利益相差別如是此諸二十二四句具說深淨退益之事迦葉名菩薩者非但名字名爲菩薩如是等有三十二種相差別應知迦葉菩薩功德無量無邊我當以譬喻演說如是十九喻所明諸相差別應知迦葉菩薩欲學此大寶積經乃至其燈明者聖慧根是其黑闇者諸結業是是名住正行中攝諸戒相差別應知迦葉譬如種在空中而能生長者從本以來無有是處乃至能出無量百千聲聞辟支佛報如是等明聲聞戒喻菩薩戒中勝劣相差別攝故應知爾時世尊復告大迦葉言乃至從本以來畢竟淨故如是等攝取世間出世間智饒益他行事

差別相應知迦葉汝等觀內莫外逃走乃至出家人有二種病何等爲二一者懷增上慢而自伏心二者壞他發大乘心如是等攝取受彼菩薩藏時教修聲聞戒相差別應知迦葉沙門沙門者以何義故名爲沙門復云何沙門迦葉有四種沙門乃至如是普明是名菩薩速疾法通如是等攝前三種沙門不善學沙門相差別應知爾時尊者摩訶迦葉白佛言世尊希有希有此大寶積經行大乘者而能作利益乃至讀誦受持書寫此大寶積經彼人即供養一切諸佛如是等於菩薩得教授已善信有益相差別攝故應知如是大乘中所說十六種諸法相差別攝取故此法門名爲寶積應知耳佛住王舍大城問曰何故初明住處答曰佛住此處者欲令敬重彼處故重福衆生敬此處故增長善根是故先明住處問曰何故此法唯王舍城說非餘城郭答曰釋此法門法王住處故喻如王舍王所止住故明王舍此大法門亦復如是法王住處釋成此義故說住王舍城問曰何故唯在耆闍崛山非餘方中答曰說此大乘法比於聲聞緣覺乘中增上義故增上自利利他行故與大比丘衆八千人俱菩薩萬六千人俱問曰既因菩薩明此法門以是義故應說菩薩大名稱衆說聲聞衆有何義也答曰說聲聞衆若有聲聞於大乘中所有疑心爲除彼疑故若有不定助成正信若有自謂得清淨者爲欲捨離彼淨心故復有聲聞謂盡諸結於佛法中無復所修所謂滅諸煩惱等障心生逮得已利爲欲捨離彼慢心故此法門

中爲諸菩薩說煩惱障滅因彼煩惱障及滅智障非餘所說勝於聲聞緣覺中得上果報問曰聲聞衆數此諸菩薩從何而至答曰未來世中有疑惑者爲令除彼疑惑故經家所說從他方諸佛國土而來集會問曰何故說言皆得不退轉也答曰皆得不退轉者已得具足四忍故一生得者聞說此法堪爲器故問曰是諸菩薩從他方諸佛國土而來此土成有何益彼世界中是諸如來各自說法答曰爲益衆生故此世界中亦有衆生彼諸菩薩本所化受既見本同修諸行故是則樂見及本所化諸菩薩法以復受是行餘方亦有無量諸佛爲令生渴仰敬重諮請親近之心說無量佛故令諸衆生生堪得心起勇猛精進不生疲倦復是釋迦如來本所化故憶本

化度修諸願行事從他方來親近如來問曰何故明菩薩多說聲聞少答曰說菩薩衆多者此法門中所辯諸行彼盡因爲諸菩薩說問曰何故先說聲聞衆答曰因彼加持所說法故問曰何故說言從他方來集會皆得一生者說懈怠我慢故令不生往求於正法對治此患故言自樂法故從他方來集會不爲順他心故釋成遠來諸佛世界中此諸菩薩已得佛位尚爲法來況於餘者云何不來問曰如來何故但對迦葉說此法門不對菩薩答曰如來告大迦葉時知堪能說故唯未知覺復未正信以釋成堪知覺信大乘義故是中邪行所攝八種四句上上相釋漸次應知第一四句說退失智慧邪行相事第二四句退失智慧已忘於正念第三四句滅正念已

令滅白法第四四句滅白法已似非菩薩行惡心相第五四句行惡心相已難調伏故第六四句難調伏已行於邪道第七四句行邪道已不應親近而能親近第八四句不應親近而能親近已令不助菩薩行成於邪行對治此故正行所攝亦有八四句上上相釋漸次應知第一四句說爲滿足助道智已令不忘正念第二四句令不忘正念助道智增長故第三四句不忘正念已增長白法第四四句增長白法已行似菩薩心想行故第五四句行不惡心事善調伏故第六四句善調伏已行於正道第七四句既行正道已應親近者而能親近第八四句應親近而能親近已令隨菩薩所行諸行成於正行先所說正行利益有六種四句上上相釋漸次應知第一四句菩薩如是多行正行已習成福德智慧第二四句依功德智慧習成已令得障淨第三四句依障淨已令一切法門助習通達一法門故第四四句依習一切白法門已一切相一切種利益一切衆生故復修行無量功德第五四句既修行無量功德已令過無明住地第六四句依過無明住地已令得無障礙地是名此諸二十二四句之中所說漸次自此已後還彼前四句次第解釋說應知經言迦葉菩薩有四法退失智慧問曰以何義故發此說答曰修大乘者爲得無上菩提方便故愚癡者爲令示現故放逸者令正勤故怯弱小心者令助慰喻使發大意故已行正行者爲令讚歎故問曰明四法者此數無義而說自體明故答曰四筭數者說攝取義故

廣不可盡伏防聽者不樂多聞故以數攝故令憶持則易如繩穿華不使零落故問曰何以故唯定四不多亦不少答曰遮無窮及無義問故復有喻者退失三種助智攝取故明四數復有餘者略說有三種智慧聞思修等是中前三法多示盡失助聞智慧故第四法者多明盡失思修慧等是故說四法次者是諸法中示相近漸次差别解釋義佛告迦葉時勸令聽衆聽衆之徒一心不念餘緣聽故法者捨於人故言聽法若不言法者容有生疑爲欲說法爲欲說人問曰先言菩薩者云何義故名爲菩薩答曰行大乘者此菩薩名爲攝取多義然今略說三義說應知一者信二者修行三者證云何信覺知甚深智慧而能令覺故云何修行爲自利利他因故往行無上菩提云何得證以智慧力故令得證無上菩提退失智慧者明二時有二種失一巳得失二當得失何者退云何失於無漏中失當得餘者世間故二時俱失不甄說退失智慧故問曰無漏亦失答曰解釋不爾說退失智慧者欲明不放逸因於所作事中令作法故言退失智慧何以故有漏智者與無漏智助道因故是有漏智得巳未得二故便失無漏智失者以不得故既證無漏智則無有退失問曰云何不尊重等法令能退失智慧答曰瞋恨故不敬不敬故不聞不聞故不生解以不生解故即現退失智慧恪惜諸法所受諸法祕不盡說故不聞不聞故於未來世中衆緣不具緣不具故退失智慧有樂法者爲作留難說諸因緣沮壞其心說有餘言所犯

覆藏不能悔過等故得聞障報已聞障報故得愚癡因是故未來必得愚癡以愚癡故退智慧其心憍慢自高讚已卑下他人故令恨他已恨他故即爲倒說已顛倒說故於未來世中招倒已招倒故退失智慧問曰何時退失答曰二時中現及未來問曰若布施等諸法亦是退失因有悋等諸法者何故但說唯退失智慧因不說布施等退失因也答曰易失故先說菩提是智性故諸餘波羅蜜者從彼智所生智依止故菩薩於智中邪行已即於菩提及助菩提法中不名正行是故但說退失智慧因不說布施等退失因如是不敬等法退失智慧因四句顯說不樂聞等四法是中不敬重故顯說不樂聞悋惜法故不聞障他法故得不聞障報我慢故妬心倒說如是不能助聞等智退失意此四法已以復有餘智相謂生於四悔法現及未來何者四法一不能生解二衆緣不具三助愚癡福報四及已顛倒故依不聞故於現法中不生正解依不聞故於未來世中衆緣不具依聞障故亦於未來世中得愚癡報依妬心倒說故未來世得顛倒報問曰不尊重敬法及不敬法師者此二句重說中有何義答曰此二句重說中顯示具足不樂聞意設有人瞋謗不敬法故不聞其法敬重法師故樂聽聞法復有瞋恨不敬重法師故不聽聞法復有瞋恨敬重法故能樂聽聞法若二俱瞋恨謗不敬重者彼衆無方而能聽聞是故此二句重說示現具足不樂聽聞法意悋惜諸法所受諸法祕不盡說者此二句有何義悋惜諸法見既

於他所知解中勝故即於法中祕不盡說護得後不敬防慰勝故或復有義若請不請一向不説故悋惜法者或有向説或復不説或復悋惜法故棄捨正法已捨法故即壞其心所受諸法祕不盡説起悋惜心行故説言壞行有樂法者爲作留難説諸因緣沮壞其心説有餘言所犯覆藏不能悔過如是等句有何異義是中有樂法而作留難者此是説有餘言云何樂法者而作留難説諸因緣沮壞其心訶責説有餘言所犯覆藏不能悔過云何沮壞人法並説諸惡所有法從人所欲樂聽聞者彼法及彼人已無實言及無義者而言能種種説旣説已即令不復樂聞云何説諸因緣訶責等所説不正復言無限或復樂聞者爲助種難訪無限等言説聞難訪等即

便不聽亦不樂聞云何不能爲説教故復請而不受有他樂法者來請問説法已慳悋法故即不爲説復不請餘法師等若欲請問不爲許可云何覆藏説其聽者及呵聽衆亦説彼法汝等無智此法甚深不能通達知故已説聽衆故覆藏正法如是障法因緣令得難處果報其心憍慢自高讃已卑下他人如是等句有何義憍慢者説初句云何憍慢若讃已爲勝毁謗於他云何讃已爲勝自所説不善修行不正見他所説皆善修行亦正於中起慢妬心云何毁謗於他若他善説善修行中生不善説不善修憍慢妬心想已憍慢患故令不能得證正覺智慧諸法盡證所攝此要略而説一唯所退失二如何退失三以何時失四所有旣法退失彼盡顯示何處退失

者於智慧中如何退失以何想退失者先已解釋何時退失者現在及未來所有既法而退失者明不敬重等四法已有此不恭敬等四法能令退失智慧等法障故說四對治法復次迦葉菩薩有四法成大智慧何等爲四所謂尊敬重法及敬法師等菩薩順行此敬等法因故得與大智因故生四種智慧何等爲四一者起二者成熟三者滿足助道四者能爲成菩提然彼恭敬故樂聽聞法旣聞法已便得起發智慧隨所聞讀誦受持諸法以清淨心廣爲人說而不求一切名聞利養恭敬等事故令得化他成熟心智善知智慧從多聞生精進不懈怠如救頭然聞法誦持樂如說行不隨言說常求多聞聞則憶持不忘故令得滿足助道智行其實行行不隨言語

及已音聲爲實行故令能得成菩提智慧是中尊敬重法及敬法師者已不敬重故對治說敬重應知隨所聞諸法讀誦受持是中聞者以耳識故誦持者以意識故或復聞者以聞慧故誦持者以思慧故經言以清淨心廣爲人說者已離慳妬嫉心故不求一切名聞利養恭敬等事者是則恪法因故利養者衣服等恭敬者禮拜等名聞者稱揚諸功德已多聞故助勸得聞慧等智已如救頭然修求聞慧爲求聞慧故勸轉明修慧譬如有人或然頭或然衣彼人捨一切諸事先救頭及衣服菩薩亦如是知聞慧是智因智者乃至亦能得一切智因故轉勤求聞爲自利利他故隨所聞法而能誦持及如說行者若隨聞而能取義者彼已順行故則能生如順智非如

但有音聲語言者非如但求聞非但口說或復無義故或復所說皆無出世之益順次解釋不尊敬重法及行順法已成悋惜諸法悋惜法已於樂求法者起諸障礙祕不爲說彼滅此三種智因已無智故則起我慢白法對治尊敬法者已順行法及次法故離慳悋惜心已隨所聞法廣爲人說好樂法故求多聞說具多聞已即能行自利利他之行隨說修行不著語言語言音聲等事菩提心者唯智根本一切智者唯菩提心爲本是以不忘菩提心故忘菩提心及已不忘諸法因故佛告迦葉菩薩有四法忘失菩提心何等爲四欺誑阿闍梨等問曰何故但說有四法能忘失菩提心因不多不少答曰忘失有四種故略說有四種一不正信忘失二信顛倒忘失於菩提心中見有過故三所受諸法皆是假名心故忘失四得法體心忘失此四種忘失中對有四種因如是次第應知是中欺誑阿闍梨師長等者於師長前不能如實語既犯罪不發露故妄語心誑故即成欺誑師長是中阿闍梨者能諫及勸至受隨彼所犯爲令發露此不應作先所犯罪爲欲懺滅故說諸方便汝應如是作師長者若能助益長誘聖者雖非師長已有諸功德故憐愍與樂勸止惡修善爲既犯故令彼已妄語忘失以是義故助得增上業報已助得增上業報故成不正信忘失菩提心應知若彼不能令忘失者如是彼已習妄語及得戒障故忘失菩提心是名初因無疑悔者令生疑悔同修梵行中無疑能令生顛倒疑故同梵行中正修戒行者

於戒中令起疑惑故彼如是同梵行中不至心恭敬及行諂曲心能於戒中生疑惑故生深重業障彼已是故於菩提心中顛倒不正信見過故忘菩提心彼若不能令生疑惑者如是彼已謗說故令忘菩提心是名第二因修大乘人訶罵誹謗廣彰惡名樂修法者隨所有法利彼能令遠利背故若有信樂修大乘者爲欲壞彼故訶罵誹謗廣彰惡名說不善言破壞說無利益無利益語是中不善語者說惡名響彰其諸過所謂破戒發言說謂惡廣彰人短謂非梵行分別說者不稱功德隨彰其說惡有如是等事彼如是向諸菩薩說無利語分別廣彰惡名等若欲修大乘者如是等令退迷惑彼如是向諸菩薩心不恭敬已所有功德則便覆藏已覆藏故令惡深重業障以彼障故本所修戒心即便滅壞若使不能覆藏菩薩眞實功德者彼如是以得戒障故退滅其心是名第三因以諂曲心與他從事非眞實心者欲爲諸法師開彰諸祕密之事令生迷惑故是中諂者已虛僞無有實心而與從事故曲者已心諂掉非眞實心與人隨順爲欲諸法師開彰說行諸祕密之事從諸法師所聞深密微妙法已若有修行大乘者爲彼能起誹謗意作如是意已令助無量惡業已有彼業障故應得順法心而成遠離退失若不能誹謗遠離者彼已如是故於戒障中心得退失略說以何退失所謂心何時退失現法中及已未來行中如何等行於師尊長中不正恭敬等故有何等相具四法故彼已顯說對治彼故說四善法應知經

言菩薩乃至失命因緣不故妄語者護治實語故已不惜身命故何況戲笑者菩薩於微輕罪中生大怖畏故常以眞心與人從事者已離無我諂曲心故是中眞心者實心隨順親近故離無我患者菩薩如實親近不示假名行離諂曲遠離不調伏惡心故於一切菩薩生世尊想能爲諸菩薩於四方中稱揚功德者隨所得法利彼常讚歎故自不愛樂諸小乘法隨所化衆生令彼一切住阿耨多羅三藐三菩提者不樂狹劣小乘已劣弱故旣得上義行所攝取化意欲故此諸句漸次重釋欺誑阿闍梨等復不供養恭敬阿闍梨師長等故於戒法中不生殷重速疾之意自無慚愧悔過見他有慚愧悔過者爲令惱故助不安樂心憂惱彼已無慚愧開令悔故於修大乘人中說諸惡事以謗菩提心所起諸利益他心無故以諂曲心與他從事非實眞心復有不失諸句漸次重釋以實語不忘菩提心集因故不失菩提心所起衆生饒益故自身中所有無量希有諸法知已敬菩提心及一切智因故於菩提心并一切菩薩所起世尊想已敬菩提心故所化衆生彼一切勸令向阿耨多羅三藐三菩提不喜樂求行狹劣小乘之法菩提心者是菩薩應義問曰若是菩薩初發心者我當成於正覺彼心有何等性復有何相有何等念有何功德有何勝事以何所攝爲誰根本是誰現氣因誰所依止答曰初正願性豈欲求相菩提爲念及念衆生以一切智因無量功德一切世間聲聞緣覺願中上故爲勝信地所攝無上菩提根本

慈悲現氣因菩薩戒所依止然是發菩提心略有二種一者出世因二者不出世因是中出世因者若發心已永遂不忘是名出世因不出世因者若心不永遂中忘彼心退亦有二種一者永退二者不永退是中永退者若有數退而復能生不永退者若退已即生然彼心以四種緣四種因及四種力而能生何等四種緣一者見聞如來希有變化故發菩提心二者因於無上菩提以聞法爲憐愍利益衆生故發菩提心三者菩薩爲欲正法久住故發菩提心四者見末世衆生受諸重苦故發菩提心何者四種因一者具性故二者具善知識故三者慈悲爲首故四者不驚怖世間長夜種種深重有聞等因故何等四力一者自力二者他力三者因力四者修行力

是中自力者以自力故堪樂欲發阿耨多羅三藐三菩提心是名自力他力者以他所勸令發心是名他力前所習大乘善法者是名因力現在法中親近知識長夜之中聞思等正法習行善不息者是名修行力是中若廣略此四緣及四因藉故若使內因力及以因力具此二因生彼心者如是故名爲有益名堅不動而生他力修行力生彼心者名爲不應動失應知彼心退轉相亦有四種無性故惡知識所攝於諸衆生不起悲愍心及恐怖世間故不忘菩提心菩薩還憶持彼菩提心故能修行功德智明助道所攝善根法中彼如是修諸行已善法滅不增長因故說諸法

經曰佛語迦葉菩薩成就四法所生善法滅不增長何等爲四但以憍慢心讀誦世間經

典呪術如是等問曰何故唯有四法明因能滅善法不能增長不多亦不少答曰善法有四種滅不增長故此略有四種善法滅不增長事一者不生滅不增長二者不能增長滅不增長故三者除拔根本滅不增長四者作及遠離滅不增長是中不生諸白法滅因者以我慢心故讀誦世間經典求諸呪術不能通達菩薩六波羅蜜及菩薩法藏菩薩以我慢心降伏故悕望名聞利養妬勝憎他常誑故求於世間呪術不能求善白等法已不生諸白法滅盡故能令盡滅及先所得者以緣事故聞習轉弱故是不增長滅何以故貪著利養名聞故親近諸檀越是中利養者衣服等供養者禮拜等著於利養名聞故說著利養名聞耳以著利養名聞故受於邪命資養等顯說應知以親近檀越家故多有親近中諸患若彼有如是二疑助成者故說以如法得財利養以爲不滅因以依諂曲等意故不住聖處彼如是著名聞利養親近諸白衣家故以多緣親故聞等善法不能增長聞等不增長已聞等諸善法悉不增長故令盡義便滅根本因故及增謗菩薩已惡見還增及謗菩薩法藏已瞋故於諸菩薩見諸錯謬等患令爲諸菩薩已虛實等罪謗故令得大罪以此罪業因緣故所有善法從根本拔除遠離滅盡遠離滅因故未聞未曾受持諸修多羅法而能誹謗未聞者未至耳識道故未曾受持者雖至耳識道不誦持諸頌說教及諸修多羅法謗以是義故如來說此修多羅大優波提舍中亦說此義若有邪師能測量如來

意者彼人得大毀謗正法之事是故彼違遠離諸盡法故諸白等法令滅顛倒對治故明此白等法句應知是故如來告迦葉言迦葉菩薩成就四法所生善法轉勝增長不令有失轉復倍勝何等爲四捨離邪法唯求正法如是等是中唯求正法者六波羅蜜菩薩法藏所說正聞非不正聞所明世間呪術等不定聞現事故言非不定聞復是隨如勸心者柔輭善心故顯示何意求世間語言呪術等求因故著我慢者成世間呪術等事求世間呪術語言者成捨利養恭敬名聞之心令捨故言求六波羅蜜及菩薩法藏取以法財利養爲足捨離一切諸邪命等及安住知足聖主性中者以法利爲足如法所得利養心足故捨離一切諸邪命等者遠離諸諂曲等心故安住知足聖主性中者不生疲惓心故得失不以心故彼如是行之正行已爲成自利利他行故防護他心若有失事不諫白人罪過虛實何況覓人長短諸過是菩薩修行六波羅蜜菩薩法藏已於諸佛法中心不通達是中唯佛爲現作證故不生謗心何以故佛菩提無邊及所信根非一故演說諸法亦治諸法總略而明以何退失不能增長如何退失以何時失及何等法彼以顯說以何退失不能增長者謂諸善法如何退失者以我慢心求世間語言呪術等漸次說以何時失者現法中及未來何等法者具足四法白朋中亦爾所有善法生及如何生以何時生及何等法生以何對治說復此諸法漸次以何我慢所攝諸利養等希望求世間語言呪術等

求以隨所家中見利養者則能親近此家身爲利養名聞被縛妬悋心故因彼家所有餘菩薩親近者爲令起瞋及以惡謗因瞋謗彼人故則謗正法白朋法中漸次明離慢等諸患故六波羅蜜所攝菩薩修學正聞故能行順法行順法已如法得施已爲知量捨離一切諸邪命等安住知足聖主性中已著利養名聞謗因緣故不説他人罪過實以不實不求人短離謗菩薩心故能行利益如法等事行如法行故不謗正法捨離滅諸白法因諸法故修行不滅諸白法因已捨離似非菩薩隨一一相習行惡心等修行似菩薩直心修相習諸行故行爲令勸故明顯生滅苦不行諸惱等行故佛語迦葉菩薩有四種諂曲心菩薩常應捨離何等爲四於佛法中心生疑悔不決了如是等問曰何故唯説四法答曰爲因四種諂曲等法故以有此四種諂曲心故説四諂曲應知何等四一者於乘諂曲二者化受諂曲三者助功德諂曲四者助智諂曲是中乘諂曲者於佛法中心生疑惑不決了等及不敬尊復不敬諸戒等法於佛法中生疑惑等故諸大乘中生不信默然行是中於諸佛法中以有故生疑以有大意德故生惑以智不可得故生不決了等事化受諂曲因者於諸衆生起憍慢瞋恨妄想等已慢等心故化諸衆生中恨默故不能化導憍慢瞋恨妄想等於諸尊及弟子并勸諫有益無益等中應知助功德諂曲因者於他利養中生妬悋等心是中見他得利養心起忿惱瞋意妬若見彼求而起惜心是名悋彼如是既起

妬悋心熾盛故於助功德智中恨不修行故諸功德智即便退失助智諂曲因者於諸菩薩廣彰諸惡惡名惡稱惡行等說惡名等事前已解說爲諸菩薩說諸惡等句爲說大乘經應知以謗大乘故菩薩於助道智中默住懈怠不修行故修道智中成於退失以爲此故說朋應知諂曲對治故佛語迦葉菩薩有四質直之相何等爲四所謂所犯諸罪終不覆藏如是等是中所犯諸罪終不覆藏者是總向他發露者發露事故說者有犯能懺悔故彼如是懺悔是以後時不生悔恨等情發起善故或失國土或財者以眞求實故示現不惜諸施等故身命難者以捨離身命不依止餘種種不舉餘事捨彼事已令惑人故意餘事故一切惡事中罵詈誹謗撾打繫縛種種傷害受此苦時但求自責自憶業報不瞋恨他此諸句有何異義是中罵者說虛妄故瞋者虛實俱說故於他苦者已說種姓等說諸惡事故誹謗者以因實見彰惡故撾打責數者於身中具諸緣故責數者具三業故復撾打者以手足等諸身分故煞者依身手等及刀杖故繫縛者以繩索鎖等如是等事中唯責已之業報善惡業報因故不瞋恨他心不懷瞋恨等及無諸結使不懷瞋恨結使彼善堅住信欲之中設使有不可信諸佛法者彼能信以心清淨故顯說於大乘中身心成就此諸句漸次說於諸佛法中以疑心故不修戒行故令諸衆生中行諸邪行行邪行已彼利養中即生慳悋妬心以不能制妬心故見聞有功德利養諸菩薩中起誹謗廣彰惡

名白朋法中漸次亦作依持戒故善持戒者善護諦語護諦語者能順忍法以具忍故得身心清淨以清淨身心故能信諸佛正法略說諂曲者是名心愧恒事何處諂曲於諸佛法中及以衆生以何時諂曲者現法中習不捨故亦至未來隨所有法及隨所説二種四句隨所有眞直之相以何義中復以何時有記等法對治明於白法應知於諸諂曲心中諸菩薩諫及以諸眞直心菩薩説眞直心已爲眞直心菩薩説諸調伏義故防諂曲法故勸彼調順顯示調順及不調順等法故佛語迦葉菩薩有四種不調順散壞之相何等爲四讀誦經典而生戲論法及順法不隨而行於諸教誨中不調散壞如是等四法何故但説四法有中法有四種不調散壞因故何者不調散壞四法一者處不調散壞二者發行中不調散壞三者受用中不調散壞四者共住不調散壞是中不調散壞者名爲不善調伏故喻如惡馬此諸不調散四法能障修彼菩薩行故名爲不調散法是中聞諸法及修行處而生戲論者是名處不調散壞因喻如不調散惡馬以不調故還安本處已爾時不能善住復不能調伏不能散壞菩薩亦爾如法義中多聞已多聞故心不調伏被諸善知識正勸令行修諸法及次法不能正住於教誨中不能正受法行是名發行不調散壞因譬如不調伏惡馬安置正道處中以不調伏故向於惡道不調伏菩薩亦復如是爲諸善知識所勸修行法及次法諸悔之中現以心顛倒分別念故即便倒取損他信施供養恭

敬者是名受用中不調散壞因喻如不調伏惡馬共諸調伏馬同其一處而與諸調伏馬行異故說不調伏也不調伏菩薩亦復如是雖在調伏菩薩同其一處已漏戒行故受諸信施供養恭敬以成其悔恨於善調伏菩薩所行行不相似不樂知見善調伏菩薩中起心誹謗不生恭敬是名處不調伏散壞因譬如不調惡馬共諸調伏馬同其一處以不調伏故心不悅樂善調伏者共不調伏同其一處亦爾不調伏菩薩亦復如是以自有見取義故共諸善調伏菩薩同在一處故心不悅樂善調伏菩薩亦復如是是中調者根調勝故伏者一心滅惡得勝行故轉一此黑法對治說白朋法應知經言善說所聞聞便信受如所說行依止於法不依言說者非姤心諍

勝故但聽聞正法唯求利益不求覓見人諸短菩薩如是行諸行已常得值不離法善知識隨順師教能知依止以餘言語所作皆善不失師意不退戒定者此諸句有異義是中於教誨處隨順師教者是總能令善以喻言語者聞善惡等忍故所作皆善者一切時不犯戒故不失師意者於教誨中心敬重故菩薩如是行諸行已常得值不離阿練善知識故不退戒定以調順心而受供養者所說不退戒定者重明戒以定名說故應知菩薩如是行行已諸常得不離行諸功德善知識見諸善調順菩薩已恭敬愛樂隨順善人勸受等行順向順意順諸功德爲令得利此諸句有何異義是中善調及順等諸句前已解釋恭敬愛樂者示現喜敬重心故順向者樂見

故順意者正親近意故順諸功德者樂聞意故爲令得彼利者順行此法意故菩薩如是行諸行已成不離得衆首善知識略説以何故調順不調順邊壞事及云何而有唯以聞等諸相故以何時現法中及未來習學不止故以何等相具足四法行聞等法對治故説白朋等法應知起次説者行聞等法慢心故順行正法次法等行已於正教授處不如法行既正教授處不如法行已所用受信施中諸事彼令能墮不饒益處彼如是雜垢染心故見諸善調伏心菩薩已即不生恭敬對治漸次説白朋等法應知不調伏諸法中諫已勸修調伏等法故防護住調伏法菩薩錯謬等法勸修不錯謬等法故説錯謬不錯謬等法佛語迦葉菩薩有四錯謬法何等爲四未

與所化信受衆生而共同意是菩薩錯謬乃至攝取破戒惡人等是菩薩錯謬問曰何故但説四法答曰依四種錯謬法故説菩薩有四種錯謬何等四種一者不作錯謬二者過量錯謬三者不正作錯謬四者及惡作錯謬是中不作錯謬者未受化衆生而與同意依化衆生勸令到究竟故信心敬衆生中所説法中斷絶是菩薩錯謬過量錯謬者非器衆生中説深妙上法故於小乘衆生希求大乘而不隨根説是菩薩錯謬不正作錯謬者爲諸上根衆生説小乘法於大乘衆生求小乘不隨根説法是名錯謬惡作錯謬者住正行衆生如法持戒者持罰不敬攝取破戒等於持戒破戒中偏心倒説法故是中持戒者有三義應知住正行者不犯諸業故持戒者不

缺漏諸戒故眞法者敬戒法故有二種相釋
成破戒者破戒缺漏戒故惡法者不敬重諸
戒錯謬者取不正道及示不正道故應知此
四錯謬句顯說四法一者不說二者不相似
說三者不稱根說四者惡說不說者對前後
說法疲倦已生惡心故不相似說者所說無
方便故不稱根說者喜樂小乘法故惡說者
以利養心訓誨行行故是中惡心者以不說
故於諸善根中而便退失不能滿足以不滿
足故調誑衆生已說法中無方便善巧故及
不能攝取諸上善根以樂小乘故及遠離上
善根復常希求利養心訓誨行行故不集功
德及助諸惡故調誑衆生對治彼故白朋所
說應知經言於諸衆生其心平等乃至普令
衆生等住正行於諸衆生其心平等者自已
及他心平等故於不深信衆生化未成熟者
而爲說法防護不作錯謬心知於一切衆生
平等說法者法等故名爲等法於非器衆生
樂小乘等希求大乘者隨力說法防護過量
錯謬應知隨器說故普化一切衆生令入佛
慧者信樂大乘上根衆生而意求小乘法勸
令入佛慧防護不正作錯謬應知普令衆生
等住正行者捨諸利養名聞破戒持戒等心
以等同說法護惡作錯謬事應知諫菩薩不
正取因及不應親近已示現可親近不可親
近因故佛語迦葉菩薩有四非善知識非善
等侶菩薩常應捨彼何等爲四求小乘者但
欲自利乃至親近已成世間利而無法利問
曰何故定說四法答曰因非善知識故說四
種非善知識非善等侶應知何等四種一者

於乘中非善知識二者於行中非善知識三者於佛法中非善知識四者於正法中非善知識是中小乘人者但求已利不求他益性行狹劣相似故勸菩薩令遠離大乘法中故是名於乘中非善知識應知求緣覺者少欲少作背衆生益及修行處令勸菩薩遠離衆生益及諸行等以遠離益故成失行因是名於行中非善知識應知虜伽耶陀者說種種異言故勸令遠離於佛法中以遠離故成失行因是名於正法中非善知識應知彼親近已唯有世間利而無法利於善法中勤修故得成退失因以退失善法因故名爲於法非善知識應知對治非故說四種善知識經言諸來求者是菩薩善知識佛道因緣者對不斷絕大乘法故說諸來求者是菩薩善知識差別應知菩薩作是念我依來求善知識因故修無量功德迴向無上菩提修行不虛故不希求小乘所修布施助成菩提作善根故令不失大乘行說法者是菩薩善知識生智慧淳志者不失行對治以多聞故能令爲他說法是故不求少欲之事聞慧多淳志故雖得世間苦而不疲倦教化人令得出家者是菩薩善知識淳志增長一切善法者不斷正法理對治勸出家故於諸邪法而成遠離以一切善根淳志故作利益而不生懈怠疲倦退失諸佛世尊是菩薩善知識淳志一切佛法增長者對治不失佛法故示現得諸佛教量勝不退故釋成不著利養名聞等既著利養名聞故令遠離退失諸佛法修習淳志諸佛法及以積善根力故不能退失以是義故

從非善知識中諫已勸修如是實行行菩薩事故明不如實及如實諸菩薩相故佛語迦葉菩薩有四非菩薩而似菩薩何等爲四一者貪求利養而不求法乃至樂聚徒衆不樂遠離問曰何故唯有四法答曰因四種非菩薩相故說四種非菩薩相事而似菩薩應知一者多聞相似二者阿蘭若相似三者造作功德行相似四者將諸徒衆相似貪求利養而不求法者菩薩於諸信心中希求利養者雖復持法是名不如實非如實貪求名聞稱已之德不求出世功德者樂名聞菩薩者雖爲阿蘭若是名不如實非如實貪求自樂不能救拔衆生諸苦者以利養希求心縛故菩薩雖作功德行而名不如實非如實樂求聚徒衆不樂遠離者以供養恭敬心縛故菩薩雖是衆首而名不如實非如實行菩薩如是行行已令共持法阿蘭若作諸功德及衆首之事對治彼故說諸真實功德應知經言能信解空亦信業報已信解空故不樂利養等事及信業報故喜樂諸法因樂法故聞修無量功德忍一切無我我所者以忍無我故不喜樂著名聞稱等事於一切衆生起大悲心者以大悲故希求菩薩功德入涅槃意者以涅槃意不樂自樂不捨世間行者以不捨世間故拔衆生苦爲化衆生者心不捨衆生故而行布施者以行施故善知衆生功德雖修行施而不望報者以樂寂靜故行施而不求報耳問曰白朋中演信樂等法說空等法何用答曰布施等助道諸行者意謂與聲聞緣覺等共諸行而欲聞菩薩勝行故及生猶

豫心爲欲顯説聲聞緣覺不共助成正覺諸菩薩法故

大寶積經論卷第一

音釋

甄 居延切 擿 陟瓜切擊也

大寶積經論卷第二

元魏天竺三藏法師菩提留支譯

爾時佛語迦葉菩薩有四種得大伏藏何等爲四能持諸佛能聞六波羅蜜乃至樂著山林心無懈怠

問曰何故但定四法不多不少答曰爲遮無窮故亦是非問故復爲顯示未曾有因故說四種於長夜中善修空故得一切智猶修空因故無明闇蔽世間者爲滅無明故說法以能親近向涅槃心者寂靜甚深以不修故不調伏淨故世間者說上妙法誰能親近故財法二施是妬恪心相違久修習故世間樂阿梨耶爲著阿梨耶故說法時能親近或復攝取一切菩薩行故略說四法諸菩薩有二種助菩薩道行一者助智道行二者助功德道行是中信空無我及不捨涅槃等是助智道行信業報等三句助成功德智廣修六波羅蜜攝取行故助四種行是中不捨化衆生意故財法二施而不望報是名助檀波羅蜜行不捨涅槃意故助戒波羅蜜行向涅槃心菩薩者常恐怖世間常防伏破戒等諸煩惱因故得性持戒法體菩薩成就無我忍及以伏衆生相所依故設使衆生有過及惱時而心不可動能信業報故及意不捨世間故助成精進波羅蜜行助成功德智慧行果信薩婆若事菩薩者雖照世間重苦已心不捨衆生及丈夫志故不離世間諸苦唯在世間爲增長善根故起大精進以大悲故助成禪定波羅蜜大悲者依止根本禪定故信空者助成智慧波羅蜜行菩薩不捨菩提心者是名持

諦語不欺誑故彼菩薩有大悲及信業報心常向世間伴故作衆生處中而不助說顛倒是故大悲及信業報心不捨世間行不捨菩提心因故此諸法如是示現持諦語菩薩諦語者不捨菩提心是即取發心處不望報財法等施是名持勢菩薩施心者於財法二施中破慳恪妬事成向涅槃心者是持寂靜事菩薩寂靜者滅除不寂靜事故能成善因信空無我等是名持智慧菩薩智慧者伏滅諸煩惱對治令得淨菩提善根及能增長乃至得菩提不望報及財法二施等慈令利益他故大悲者是名大悲以大悲爲首及信業報故行世間時唯作衆生益等成就事中所生心喜悦等是名喜或復心向涅槃故能伏諸煩惱以無煩惱故心喜事者名喜或觀諸行無我等諸法離愛敬或憶念如來無量諸功德故生喜者是名喜或後自觀知我堪能出世或見世間諸衆生墮没煩惱塵中已我堪能於此大世間塵中拔諸無明闇蔽衆生已令致寂滅涅槃界中所有此濟拔塵衆生心或我能作他利益及見他益不相離或見衆生受諸樂故心生喜事者是名喜觀諸行無我故除怨親等事得眞如平等作衆生益相違法中自然捨菩提分法是名捨財法等施及不望施報布施愛語及悲不捨作衆生益利益餘向常益持衆生行故明同事耳是故攝取一切菩薩助道行故釋成此四句

問曰今須說空義以何爲空答曰以智慧善釋諸行性相而不得者是名空問曰爲智能滅諸行耶答曰不也然是識相境界故眞實

中無虛妄也而施識境界是不實事於有作地中同識生智慧從發行下忍乃至性法時上中下漸次別分前中後了別已能與無漏智作緣已還滅無漏智故眞實中無故虛妄而識故識境界是不實事於作地中同識生智從發行忍乃至性法時漸次分別前中後了別已與無漏智作緣已還滅無漏智亦與眞實見中障因相識境界中不能緣故退還已眞實境界故見無相境界見法界故過煩惱地非自相見故自相境界唯行識故在彼法事等耳唯識作世間者修道行成向智是相者不能自取相故若作如是依智非性相分別智是自相本無常等智慧非正事有記相是識是故非識劣勝是義不成何故不能取自相故若智非相者智是同相境界彼不虛自取相若能取自相者捨自相故唯有記事相釋成識是不異識隨順報者是不相違若作如是依智共識同生是緣然是事境界如是相累智亦取自相無上等者是事不然何故相違故況自同相相違已色事亦無常若以色事成無常者智即能取然是不成是故智無自取相義智隨順識故彼性是故不滅作眞實境界相故成捨自相義是故智無自相境界或識是眞實相境界問曰以何爲信空業報事能隨順以是義故說言能信諸業報耳答曰以有生故說是故無患此亦有以智分別觀諸行衆生不可見故智知諸行生無相無分別緣此故不善不能住事及無分別事有故諸行誰作是誰果而能相順故生疑惑生疑惑故不信業報以是義故佛語

迦葉寧起衆生見積如須彌不以我慢者起
於我慢心如論中說偈
空除一切見　是諸佛所說　若有空見者
是則不可治　不正觀諸空　能壞無智明
喻若惡捉蛇　及行呪無方　是中迴向故
如來說是偈　知法及次法　鈍根難測量
菩薩善巧世諦第一義諦雖善觀分別諸行
故通達諸因緣集甚深智已久長習故乃識
知因緣事是故不生疑惑成彼隨所如是因
他已不成就性故諸行無分別以是義故有
如是種種分別念佛方便善巧所攝作行而
作所成如應化處故漸次得薩婆若果菩薩
以信心故發上勇猛精進忍無我事故
問曰應說忍無我事答曰以觀衆生想識境
界以有世諦故諸法同唯知善擇分別已求
覓無衆生故作是念此但有法亦如幻無分
別不能自由迭相緣力業煩惱柴火因生故
如燈焰體以本法緣相似義故而相續不斷
然彼生時無所從來滅亦無迹及無所至於
中所有尚希用求者是名無我忍
問曰若無我忍能作無衆生分別及令菩薩
皆衆生益者何故爲說無我忍事答曰於諸
衆生能所作利益義故說菩薩無我忍者唯
爲利益衆生故以彼無我忍故菩薩伏諸煩
惱及觀修衆生相故知諸行緣假無分別事
已設使有衆生患及世間行還來惱菩薩者
以善知衆生故不捨菩提心還持彼心成就
智慧慈悲故不捨衆生及修習種種善根爲
得薩婆若故不捨諸行爲乃得菩提耳
問曰信空及忍無我有何異義答曰信空無

我事者能順分別觀一切諸行故證法界根本處無我忍者自相境界彼能順分別觀衆生物唯見法處本相故信空者除取法性慢無我忍者除衆生性慢

問曰菩薩有衆生相故起大悲何故爲説信無我法是菩薩大悲相違法答曰是大悲因故菩薩證知一切法無我已唯念衆生界此諸衆生是無明闇蔽故但有習於無我法中横計作衆生相已作執此是我我所已愛緣故造復有業以此故還不斷世間生死是故作是念我令衆生信樂此諸法是故菩薩生深重憐愍悲心

問曰向涅槃心者今須釋涅槃義答曰無業煩惱親緣果故無緣故陰流滅故名爲涅槃如緣無故火滅或智慧火燸彼識種無緣滅有未來緣雖有所有有芽生如種火煞滅有芽生滅煩惱火是眞涅槃如樹拔根然彼涅槃有二種一者有餘二者無餘是中有餘者唯滅煩惱無餘者緣無故不從集苦滅故名涅槃至涅槃故名到涅槃亦名住涅槃問曰何者向涅槃心答曰見世間諸患生如是心我云何如是滅煩惱已得彼寂滅甘露處耳向涅槃等意同識生諸白法心集是名向涅槃意

問曰意不捨世間者何者是世間義答曰業煩惱事中迭相緣假無始以來相續不斷世間至世間等故名到世間寂滅世間有學是義菩薩雖見諸患而心發已世間意不捨衆生故唯修發行世間行

問曰若隨心相似發諸行時應修白得白修

果得果者云何菩薩意向涅槃與世間不相似發諸業行答曰菩薩心利益他故久修習行菩薩向涅槃意者以利益他心能違退善知世間多有諸患故菩薩雖猒世間向涅槃意以心不捨衆生故發世間行菩薩作如是念諸菩薩非無漏法體中增長生菩薩法然唯有漏體中增長生諸佛法是故菩薩不捨菩薩法雖見世間諸患而願取世間如佛所說迦葉譬如種在空中而能生長者乃至有諸使雜世間法故能長佛法菩薩爲化衆生故而行布施

問曰令須釋化衆生事答曰以煩惱水所潤作自相諸衆生心戒聞思等修造燸相爲初乃至攢成出世善根燒燸故隨心令安無漏善根種中隨衆生心戒普化故名教化菩薩以善修慈悲及方便善巧爲化衆生心戒故以財法二施攝取衆生攝已觀衆生心所樂隨於力化三乘法中問曰說布施者何故名布施答曰不貪等同生心念及同起一果施法持行布施及不望報心是名布施是中種種化受故報種種果差別義故不望報者捨已之樂不求果報是義問曰說不捨衆生意而行布施者豈不名爲求報也何故復說所行布施心不求報答曰雖不求報行布施化衆生自然有故無患或作如是念此是果報處廣博方便所謂發菩提心已念一切衆生及不捨衆生爲化衆生故行布施行布施已世間得無量果報後乃至得薩婆若事中相違雖現向衆生行施爲遮彼故觀令修菩薩眞實功德故說言所行布施不望其報而示

現此義故說菩薩成就深心直心故不爲希求已之樂故行諸布施等法而求果報然於因及果中心不著不希求唯爲利益衆生令他衆生得佛菩提故而發諸願修諸善根時作如是願菩薩復作是念若有如是法者我修薩婆若已捨與一切衆生然諸法各自有體修諸行者自身得報雖爾我此薩婆若唯爲利益他以此方便義故菩薩從靜心已來所有行令發一切智及布施等諸法因所有依緣一切智等諸果法彼一切法皆是菩薩爲益他故起心現向成利益以是義故菩薩功德不與聲聞緣覺同故名爲菩薩眞實功德是諸聲聞辟支佛行者是世間布施爲化自身故而行布施諸外道爲求外事果報行邪行故對治說住正行意故明四種利益四四句說應知何等四種利益事一者得大伏藏自在事故二者超過魔道故令無諸怨家故三者離諂曲心在空閑處等故於諸受用中無諸譏嫌事故四者助無量福德莊嚴故得助無邊功德事此諸益等次第相釋於中初句得大伏藏者助人功德智慧行是中能值諸佛者助成功德行餘三句助成智慧行依集功德智慧行故第二四句超過魔道故令淨諸障依淨障故第三四句攝一切善根法集一切諸白法門依集一切諸白法門故第四四句助集成無量功德能作一切衆生益事相及得無邊功德應知四種得大伏藏者親近善人能聞正法寂靜思惟順行法乃以次法應知能值佛故親近善人能聞六波羅蜜故能聞正法以無我心親侍說法者故

寂靜思惟心不放逸樂住山林心無懈怠故能行順法及以次法是中能値諸佛者供養諸佛故助成功德行餘三句者聞思修等慧淨故助成智慧行依世間勢事相似法故說此四種得大伏藏等法應知世間四種事一者見事相樂種種戲等二者聽受用事妓樂等三者念受用等事庫藏諸財等四者觸受用事餘食等如是見佛者聞思修等應知菩薩有四種超過魔道法者依四種魔故說超過魔道法應知四種魔者於行大乘法中作障捨菩提心教化衆生中作障於一切衆生所不生惡心於不異行中作障能善覺知一切見故於行滿足中作障及一切衆生起慢心對治說不動乘自捨衆生諸非行因捨諸邪行因及捨不滿足正行因超過魔道應知

菩薩有四法攝一切善根依四種善根故說四種法攝一切善故應知一者一心地修相二者不一心地相是三種化衆生相修苦行相及聞思相離諂曲心在空閑處者示現修相善根於諸衆生行四攝法而不求報者爲化衆生故行行是化衆生故行行是化衆生相爲一切衆生故不惜身命爲求正法是難有苦行相聞無猒足及義無猒足故爲集一切善根及行精進是名聞思相菩薩有四無量福德莊嚴事依欲起發衆生令捨故說四處何等四處疑惑猶豫等爲防墮惡道故樂小乘故及於佛法中起惡心謗等是中心不求報而行布施者迴彼疑惑猶豫等心故於破戒人而生大悲者迴彼墮惡道衆生故稱揚讚歎勸化一切衆生菩提心者迴彼樂小

乘之心故於諸下劣修習忍者迴彼於佛法中起惡心謗等若不護狹劣者於正法中起惡故說菩薩有四種超過無明煩惱地法何等爲四以持禁戒攝取正法及放光明世世資用乃至同意等是名四法超過無明煩惱地菩薩有四無障礙令得具足無障礙智一者法施二者攝護正法三者不起妬心四者不輕謗他耳非但名字名爲菩薩者示現正行差別故發意至漸次說法行等方便示現依勝如等行故菩薩法行者示現聲聞等行中勝故等行者自身及他身與已等故菩薩行行示現不以一切衆生故善行者於菩薩行中示現勝義盡至善淨方便善巧依菩提故行正法行者菩薩行中示現彼方便故是中菩薩行正法行於聲聞緣覺行中示現有五種勝事故常爲一切衆生深益求樂令得住一切智善能稱量已之功德者以深心勝故菩薩深心勝故自身常爲一切衆生深益與樂非諸聲聞緣覺等能以四種勝行勸令信入一切智人智諸菩薩者勸衆生令入一切智慧中非諸聲聞緣覺等善能稱量已之功德不壞他智者菩薩善能知已之所得亦知二乘等行非二乘等能達菩薩功德故無諂曲心者菩薩無執著慢心以證知法無我故修彼第二句聲聞等有說此是福田處勝故深入堅意者菩薩爲化利益衆生故起深入堅意非諸聲聞緣覺等捨衆生益而入涅槃故菩薩等行中示現有八種等故愛敬等者有三種差別故心行時差別故不虛愛敬者示現無所希求心故於怨親中其心同等

者示現於作利益不作利益中等同行行故永能作善知識乃至涅槃者示現一切時愛敬故常籌量至意念具愛敬先意問訊者示現慰喻問訊中等同心故有限量諸成熟心等化喜樂故所許之事終不患息者示現佐助同等事隨所許重擔乃至未下故普爲一切衆生不斷行大悲心無疲倦者示現悲心同等無偏心許諸重擔故復心無疲倦者示現不被縛等同不喜惱心而將諸重擔故永求正法名聞無猒足者示現方便善巧等同文義善巧等故隨化者方便化故但見自過見他過者以不瞋心令彼人說示現於諸說中等同故若不見自過及以瞋心說者是名不等同說以菩提心行一切依儀者示現發願等等同一切善故所作皆等迴向大菩提作願善根行者示現謂六波羅蜜所行布施而不求報如是等一一波羅蜜說有障對治顯說無礙布施等諸波羅蜜事容有身口能忍一切衆生而不能不壞心忍故經言不壞一切衆生忍故爲修集一切諸善根者示現修習三乘善根故勤行精進雖生無色而起禪定行者以有生故色界中善劣應知非三摩跋提中菩薩生色界中者成熟已身佛法故至餘世界親近諸佛故欲界中利益衆生勝故非色界處方便所攝慧行四攝法所攝方便者彼方便者以四攝法所攝示現何等四法一者法行事二者修行事三者性行事四者果修行事有三種相行者於持戒破戒衆生中生慈悲心無二之心及作分別心此教授者是持戒是不持戒所有教授者諸功

德及諸患等彼即捨諸分別希求教授及親近教授故至心聽法者至心勇猛受諸教誨故常樂山林者依寂靜治諸欲貪等故此三句示現修行事何等三句示現性事心不樂著世間衆事者示現心相不散以不亂故不著小乘於大乘中常見大利者過捨小乘心成就順大乘心故離惡知識成親近善友者於寂靜勇猛無暫息衆生親近忍親近寂靜勇猛無暫息化衆生故所説法行者捨摩他毗婆舍那不亂想生所攝隨有念及隨所同侶而有此法行事性果有二種相心淨故及教化衆生是中心淨者以智慧淨故世間出世間應知成四梵行莊嚴遊戲五通者依淨世間智慧受大功德助集依力修果故淨世間智慧應知常依止智慧者修世間智慧而爲知足捨彼心而淨求出世間智慧故是名出世間智慧應知教化衆生事四句示現於諸衆生住邪行正行而意不捨者住不能忍惱等諸患故越堪忍惱而不報故言常決定者所説之言常定及敬前後相覆非前説已後不喜説貴眞實語者愛敬及護實語隨説而行故一切依儀所作之中唯菩提心爲首者依爲得菩提故不喜求利養名聞故如是分別住正行菩薩已爲顯示諸勝功德故説諸喻應知迦葉譬如大地皆能容受者初喻中示現菩薩依衆生令增長發種種愛果種子故然心無分別不求其報者作惡不能報作好不希報於利益及惡中心不足故以第二第三第四喻示現發依義故爲教化衆生令增長善根因盡至事譬如月初生時月輪

光明形色日日轉明滿足增長第五喻依衆生益故示現菩薩增長自成菩提助道行第六喻譬如師子獸王隨所至處不驚不怖安詳而行第七喻示現不恐怖世間涅槃及不著彼二譬如善調象王能持一切重擔不生疲倦第八喻示現荷負世間重擔而不生疲倦譬如蓮華生於水中水不能著第九喻示現世間煩惱不能染故譬如有人伐樹根在還生第十喻示現雖有煩惱染而不證涅槃譬如一切諸方一切諸河水皆入大海入海已皆成一味第十一喻雖有善根及以煩惱迴向發願攝取故示菩提因譬如須彌山王忉利諸天及四天王等皆依止住第十二喻防聲聞同涅槃彼聲聞捨自願及諸善根而取涅槃諸菩薩者雖示涅槃而不捨自願示現於諸善根得大自在譬如國王以臣力故能辨一切國繼等事第十三喻示現釋成云何入涅槃而能作衆生益譬如天起大雲必能降雨皆能增長一切果實第十四喻隨轉輪王所出之處彼處則有具足七寶第十五喻何故不恒說及生示現待時第十六喻譬如隨摩尼珠所在之處彼處則有無量百千萬金銀等寶第十七喻示現同聲聞等涅槃中有過患故彼聲聞等則無譬如忉利諸天入同等園所有用物皆悉同等第十七喻示現彼聲聞等無力不堪證入勝法故菩薩於已及他等行利益一切衆生譬如呪術藥力持毒不能害人諸大城中所有糞穢彼若致甘蔗蒲萄田中則有利第十八第十九喻說菩薩雖未斷諸煩惱示現勝聲聞等以不能

作恚及作大利益訪德之事此諸喻前句顯分別說後句漸次應知彼復云何答曰菩薩從初發心前中後依助成一切衆生善根心不希報於一切好惡中心如大地復非如無分別地諸衆生依已自假力而能受用菩薩不爾然菩薩爲欲生善根因故起敬愛等心如水復非如水於正受增長中而相違菩薩不爾然菩薩爲欲成熟諸善根故說猒離等法心如火復非如火化諸佛世界相違成菩薩不爾然菩薩爲欲教化成熟者示現解脫現氣應化故助正教授心如風復非如風見相假力故而能受用菩薩不爾然菩薩自能增長諸白法心如月復非如月唯能照白月不照黑月菩薩不爾然菩薩於諸黑白法中等心以智慧照明一切法故心如日復非如日畏羅睺障而轉行菩薩不爾然菩薩於一切道生處不畏諸煩惱而行心如師子復非如師子將諸重擔而生退還菩薩不爾然菩薩能忍一切重擔諸苦等心如調伏龍王復非如龍王得利或失利柔軟語苦樂防護益失中有染心菩薩不爾然菩薩於一切世間法中增益之中心不生染心如蓮華復非如蓮華斷莖已不復能生菩薩不爾然菩薩雖復滅諸煩惱以善根力故即能世間生心如不伐樹根復不如樹根伐之唯有正根菩薩不爾然菩薩諸善根迴向發願大菩提及涅槃故心如入海水復非如入海水唯名順如海水菩薩不爾然菩薩依修集大成就大菩提涅槃等諸善根故而能遊戲心如須彌山王所住諸天復非如須彌山王所住者唯樂

著自樂心多放逸菩薩不爾然菩薩以不共方便智慧力故能辦一切諸佛所作之事心如國王以臣力故能辦國繼等事復非如國王以臣力故唯爲自利故防護已之國菩薩不爾然菩薩捨已之樂將護潤益衆生心如天起大雲復非如天起大雲不能常與以時善熟菩薩不爾然菩薩永能增長生諸菩提分等法心如轉輪王所出之處復非如轉輪王所出之處唯一無二大人共生菩薩不爾然菩薩解脫心等共同一時生故心如摩尼珠復非如摩尼珠永不離庳藏迦離沙波那等菩薩不爾然菩薩已入無漏戒中同有所作同受諸樂心如忉利諸天入同等園復非如忉利諸天入同等林已唯能增長諸煩惱業捨身墮惡道中菩薩不爾然菩薩滅諸煩惱不能令墮惡處故如伏滅煩惱毒故復非如持毒已不能害物及無利益菩薩不爾然菩薩以自已煩惱能利益一切衆生心如諸天城中所有糞穢煩惱菩薩亦爾如世間讚歎等事功德過勝彼功德故名無比功德以是義故諸菩薩者名爲無比功德應知正行差別中已說諸勝功德未說正行體性相是故彼體性相以中道義示現捨二邊是中道義應知何者二邊一者外道邊所有我見彼則於陰界入中橫而執是則常見是後時總而說言常是一邊我是一邊二者聲聞緣覺邊若於諸陰等中執無常及執無我是則後時總而說言無常是二邊無我是二邊所有此二邊中間是名無分別智彼無分別義故名無色不可演說義故名不可見非識事住

故名不住離可取所取義故故名無相離能取唯記識等義故名無記不住世間及涅槃義故名無著應知於中是諸外道横執有我故説對治若不觀我人衆生衆生壽命養育丈夫富伽羅及不觀摩那婆等所説應知聲聞緣覺於諸陰中横執無常及以無我對治彼故説若觀色非常亦非無常觀受想行識非常亦非無常乃至我是一邊無我是二邊所有此二中間彼一切無色無行無命無智無覺無著迦葉是名中道諸法眞實正觀説執無常執無我爲因者無破除無常執時亦除無我執事應知示現分别所取之事無量故分别説能取之事亦復無量迦葉若心有實是名一邊若心無實是名二邊是中眞實心者若本所説順執分别無常無我眞實者若分别常我等若無心數者業行所依故無心數者唯造業行故無意者若非思量所説故無識者是報善不善法者順愚癡非愚癡故彼即是不愛果對治彼故説有罪無罪者無諸惡世間出世間故有漏無漏無漏者有漏心不能取故有漏者彼復黒朋所説染等法故白朋等法者諸淨等法故是中若心有實若心無實者此是二及彼所順諸法中有善不善乃至有垢無垢所有此二邊不可得不可説不可辨是名諸法中道眞實正觀是中不可得者以彼見故不可説者唯説彼故體不可説他來問者不能爲正説復有餘傍義善不善者是本餘上上句是正釋應知外道聲聞等對治説中道義已對治説菩薩邊對治説是中有諸外道等常我執倒從何而

起說言如盲者倒地諸聲聞緣覺等修行見人無我已唯覺知行故生諸行無常無我及本見法無我依諸行從無常無我而生菩薩見修行法無我已本習法無我後生橫執有邊依爲三種橫執有邊故示現對治等自相橫執於有無事中說迦葉有是一邊無是二邊乃至無命無知無覺無著是名中道諸法眞實正觀如說應知依有障對治故所執無明爲明說經言迦葉我爲汝等所說十二因緣所謂無明緣行乃至無明滅已憂悲苦惱妄想等滅執有爲無爲及滅餘道故行及滅行如是等諸句此諸執等對治是名不二妄想分別執性離是平等性故說不二相故非明令能生非無明能滅非行等能滅除非滅令可得者雖有分別性相成就如是此所有

智彼能防謗邊非明非無明如是等若不以空故令諸法空但法性自空不以無相故令諸法無相但法自無相乃至但法自無起無取無性如是等示現何義已得明空等相因緣生法妄想分別性或成就性不能令空何以故是諸法體爾若妄想分別性或復成就性故諸法亦空如是乃至無性此說有明及有彼障示現離妄想成就性已防遮護謗邊是中有七種障對治故說明爲空乃至無性七種障一者見對治彼故說空貪瞋癡相因對治彼故說無相復於有中取願對治彼故說無願復造有諸業行對治彼故說無作因彼有果故有生對治彼故說無生生已必起苦樂對治彼故說無起見空故生我慢對治彼故說諸法亦無性耳是中作無我觀遮人

執取相餘者乃至不二等相者諸法執取相故言迦葉非無人故名曰爲空但空自空者遮人及法橫執取相非滅衆生執取相非滅衆生執取相故而修空然空自空示現滅法中執相故以妄執分別性故空是空何況一切法妄者分別中所執取者故如是已空則非事依妄執分別性中無故復非無事已成就性中有故如空者一切諸法亦爾者諸法中執取故示現法無我然彼者成就示現故日月經言前際空中際空後際亦空示現一切時凡夫有學無學體中示現有故汝等當依於空者依了義故於空示現防方便莫依其人者依了義故遮依彼已名住依了義事所有人分別及隨事因彼二富伽羅故言若以得空便依空此示現何義非妄分別空性

覺故應依空義如是依已本以執人我見故壞有取執故我法亦失令轉失疾以作彼及知疾失事釋成故言迦葉寧起我見積如須彌不以空見乃至一切諸見唯空能滅以分別覺空故識知空我慢眞實義令不能得爲得而起謗是則轉難除人見故汝藥動病在内而不出者是名有病經言迦葉若起空見者我說彼人則不可治或以妄執分別性一切諸物一切非事但橫執是義虛空喻者防護轉變不正執取若有空見彼以空故色等法中求非事故於事中作非事分別是名彼者轉變中橫執取是諸色等法性自無喻若起求除空諸衆生者喻行空法體中幻畏彼體已事妄分別故若色等諸法無著徒修諸行護此患故說畫師喻喻若實無鬼畫師自

分別思量已迷没蹤地如是亦無色等事諸凡夫横自分別行念故世間轉輪而行可除彼無智故修行而不虛先者以釋妄分別行今說發行中不虛事若此但是迷心者云何彼心能識知是彼心遮防護難故言先防妄分別發取今須遮說發行事故說幻師喻是中如幻師處者如繫心念智如幻師幻作者觀無事智如食者唯觀無念想智觀如空等故本從聖慧根如實觀見故無彼云何不如實觀而得出世間智遮難故說二木相磨處寂靜思惟縁故火處生聖慧根生已捨彼寂靜觀示現應知爲已生智與無智對治爲當未生遮故說燈明喻智無分別相示現智慧生時即對治無智云何無始煩惱染有始對治能滅遮防護故說著内燈明喻此喻喻中

道義略而釋說廣分別者菩薩住正行戒中故差別應知法行菩薩者說世諦實語理及分別實語現漸教不如聞音聲取以如是相故不依聲聞乘過彼已說是中曾供養及修善根者順向大乘諸甚深法及順空於分別不分別實諦理所攝故世諦及眞實諦所說唯一法界了義中說以是義故順向所依名爲行寂靜行寂靜故名曰順向中道義如是彼法指斥釋說十三種中道之事釋衆生空是衆生無我及法空是法無我横分別始邊及謗邊諍法并彼發願向大菩提如是行已於煩苦中心無猒足及勝信二無我前無我中後無我爲最盡至諸空彼者亦如是釋說神力云何釋衆生空以一相故言若不自觀者示現不自覺知是中有此不分別有三種

不分別事於衆生事中明陰事及彼種種事轉明諸界中彼受用事中諸入等內及外并二中間如凡夫橫執

大寶積經論卷第二

音釋

煗（乃管切火氣也）

大寶積經論第三

元魏天竺三藏法師菩提留支譯

不見我云何釋成人無我示現以一相覺故是中有此覺事故說不常觀知還彼三種事中凡夫計執緣所生常不見凡夫所計自異相見故陰等無常事云何釋法空示現亦以一相不覺故說非無常觀故知是中有此不覺事還彼事中無常趣故內外及二中間是凡夫計執假說相體性不可覺知得無常者若計執已於不可說事中橫安云何釋說法無我示現以一相覺故是中有此覺覺事故還彼事中所覺見聖智境界唯彼自內證知餘人不能說彼有六種相如凡夫所計執假見說性不相似何者六種非色者自測指斥不可得說是此此是不可見者是以彼不可得示他不住者過色根境界故彼處色等根不能住故無相者離念性相故無記者離意識境界故無著者無煩惱事故云何釋成橫計執有邊示現有二種勝相正說故及示現彼體性相正說故是中何者勝正說性相彼上上有八種應知還彼事中常正執無常正執及依常正執故有我取正執及依無常執有無我執及依無我取執故有取實心大執依有我執故說不取實心執彼所依者亦求彼復求者依執故及彼執共順依取不實心所執取不善等執著乃至取染執相有五種障患於染法中有顛倒患謗患發起患麤惡患無常患依執取實心彼對治於淨法中善等所安乃至淨得所安此是成八種諸勝安是諸八種勝安菩薩不覺念順不執著故不

說順不勸他故不悟順不毀他故是中眞實執安者上明依此八種勝安事中凡夫繫念假用性執安言有如是安云何釋謗邊亦以一相故示現有謗事故是中有謗事者如彼信邪法無我一切時執故言無一切法相以是義故略說此橫執謗邊離六種相顯說中道義云何釋成諸法證事如經迦葉明與無明無異無別如是知者是名中道眞實正觀乃至老死滅是無二無別等有三種相釋說證法事還彼本說三種事中及第四因緣事中有障有對治住有爲無爲示現性相不可得故示現勝事不可得故及習彼已證得如實智是中性相不可得者如凡夫計執明與無明性相不可得是中勝事不可得者所有彼凡夫橫計執性相滅生聚集不見二相故是中證得智者所說彼智及依所依念相行不念故及行不障故以內智知諸法無我故云何釋菩薩證法迴發願向大菩提故亦是一相故言若不以空故令諸法空如是等七句說菩薩爲利益衆生故以空故不令諸法空不捨煩惱是義如是不以無願故令諸法無願不以無相故令諸法無相不現起復業生流及念生流一切諸行無性以涅槃滅世間流云何如是行已釋成未離煩惱苦心事亦以一相義故言如諸法有性無性如是等七句說未滅諸怨障等法如實觀證是中如實證者還彼障等諸法以體性行法無我見不染及苦云何勝釋四種相故示現見勝相故示現還彼遠相離勝故示現失禪亂勝故示現心亂勝故是中見勝者經言迦葉非無

人故名曰爲空乃至中際亦空故非但不見人故說空是義何以故住衆生空者不見法空唯法自體空未來於涅槃中作斷慢心善觀所取及至行能取無我智離假名性空所攝不善觀三時過去未來現在故名不正觀眞如智爾燄空假名妄取法慢故言依空不依法無我眞實空彼以不滅本所取衆生空及有取生法故名相退失於此法中菩薩不如是以是義故顯勝說菩薩行示法無我故佛語迦葉汝等當依於空乃至於佛法中則爲退失是中有此遠離勝住衆生無我故自我見是以於凡夫最下中轉復最下有二種相故一不勉苦二行苦此是一相故言迦葉寧起衆生見積如須彌不以空見起增上慢所以者何迦葉一切諸見以空得脫若起空見者彼則不可持此文顯示彼義寧起我見積如須彌者以我見是可對治可令得滅不以空見起增上慢以不見法無我故起增上慢應知我以空故見諸行空妄想執性空亦是空彼不可得體空橫執分別性空橫安顚倒處故以橫安執見故成於空見若起空見者彼不得與對治故不可持應知以不可持故不勉生等諸苦一切時不離煩惱執故不能樂行喻如不可治病人滅二種執取故爲前者說有二種相譬如病人良醫授藥乃至若起空見者我說彼人則不可治此喻示現譬如病人不正將息令動諸患順動病因順不離病因前後故受二種苦受如是人無我見不滅同我見及生空法無我執不離自順煩惱病故前後取二種滅故名爲滅菩薩不

如是是中滅善勝者如經譬如有人怖畏虛空如是等如人空中自念分別橫執計作物怖畏彼已作如是言除此空除此空如是等如是住人無我中不住法無我我慢故生怖畏於虛空處不可說事中橫執虛橫安執已安執故色等故色等想求彼斷事菩薩不爾是中有此心亂勝事故言迦葉譬如畫師自畫作恐怖夜叉鬼像如是等如是失行亂者住人無我故自分別念實有諸境界彼以想等倒故令成顛倒菩薩不爾云何釋說因以二種喻一者幻師喻二者二木相磨喻初喻示現觀能取者人無我智唯取諸行彼以法無我智觀是故法無我智名爲能取及觀然彼人無我智與法無我智爲因以有彼故有此喻若幻師與幻人爲因喻若幻人食彼師

如是行者以法無我智衆生無我智離假名性故空離彼分別故寂可捨相故無有堅固空無物故不牢觀者如食第二喻示現譬如二實證得是中如實證得所有觀彼能取所取寂靜思惟念因不捨離永得彼內知決定智生是中觀所取者謂衆生無我智觀能取者行法無我智彼二如上下二木順故寂靜思惟以寂靜因故內所證知生決定智名爲眞實證此之二木喻顯示有因可得喻如因磨二木故生火生已還燒彼二木如是人無我法無我智行因生是法無我智以緣內智決定生智彼行智所有妄念計執性彼如實觀而能燒去何說遍至空亦以一相義故還彼法無我智中如實見故言譬如然燈時一切黑闇皆悉自滅此喻解釋說是中如實見

故無智等離假名性故空者如是不執故不可取寂滅者不覺故云何如是釋彼空一者業滅煩惱滅是現對治故言迦葉譬如宅内若室若房若屋中過千歲以來乃至其黒闇者諸結業是此喻說是中顯示滅至失者尋即所生智慧光明能滅無始以來諸業煩惱若能如是速滅諸煩惱者何故菩薩久長行世間二喻示現得勝果故言迦葉譬如種在空中乃至諸使雜世間法能長佛法者雜穢良田中能生長種子如是等喻示現此事菩薩向涅槃心故不捨衆生爲得佛法故願取世間已迴向發願諸善根故長夜中行行是中涅槃是無爲喻如虚空彼依故不長諸佛法世間如煩惱雜穢田菩薩大悲亦如煩惱雜穢地處持彼地故能增長菩薩佛法

問曰云何依下劣有爲法中能增長菩薩無上佛法以蓮華喻顯釋故言迦葉譬如卑濕淤泥乃生蓮華菩薩亦爾於生死泥邪定衆生中菩薩乃生佛法問曰若如是者諸聲聞於菩薩中無此十二種勝事何等十二種所謂修習現諸雜善根勝事修智行勝事解脱果所攝盡無生智解脱同至勝事滅降伏諸魔怨等勝事無學勝事阿羅漢勝事應供義故說衆生勝事依四雙八人故明諸法者上勝事現法中得涅槃說法故明衆生中上勝事乃至衆生乃至九衆生處如是中得最寂滅勝事於心得自在勝事及難伏生勝事爲防難故說諸喻應知爲防初勝難故說二種大海生蘇喻無量衆生不受受用相似法故第二防難菩薩智有二自及他無量衆生身

中障對治故第三護難彼有二種丈夫人喻如上夫人處解脱應知如貧人處諸聲聞乘及願是婢使處者不捨衆生故王處者諸大乘願以防護諸怨故初轉輪王喻與如來眞子故防護無學勝事第二轉輪王喻不斷佛種事故防護阿羅漢勝事堪應供故說第三轉輪王喻授薩婆若因故防護說衆上勝事以毗瑠璃喻初攝得菩提心故防護說法者上勝事故說藥樹王喻能與衆生除煩惱病故防護明衆生中上勝事喻者無能捨月輪如是能作一切衆生智慧光明故防護得最寂滅勝事作月初喻集功德智因助得菩提故防護心得自在勝事喻瑠璃珠菩薩得薩婆若果故防護難復生勝事喻如治毗瑠璃珠故心自在勝利養等諸聲聞功德者依菩薩故如是此諸喻略說菩薩於聲聞中示勝功德故自此巳後廣說諸功德有幾種聲聞聲聞戒中菩薩戒有何勝事有四種聲聞復有十三種相諸聲聞戒中菩薩戒有勝事應知是中有四種聲聞者謂應聲聞我慢聲聞作菩提願聲聞及定滅性聲聞是中應聲聞者若爲度衆生故諸佛菩薩所化是名應聲聞我慢聲聞者若唯衆生無我智故及邪法無我慢執智故以爲淨是名我慢聲聞作菩提願聲聞者若從本來憐愍心微少以親近如來及以習故於上妙佛法中身心信作功德相勳成雖彼盡至住無漏戒中而諸佛爲勸說諸方便彼以此因令得修大菩提雖如是修菩提然後行中而是鈍根故及樂淨故非如初發心而有佛性者是故名菩提願聲

聞定滅性聲聞者若從本來愍心微薄性故一向背衆生及怖畏世間苦心故唯住向涅槃故不堪得修大菩提譬如二王子形貌無異等同受王諸樂於中一善達王法技藝等事第二不如是此二王子有技藝中勝故非受用樂處如是菩薩住無漏戒中及滅定性聲聞應知彼復有勝事身中應知及習諸白法處智集處相似處性處家持處行處神力處修行處福田處上勝處因果處及依生處應知譬如種在空中而能生長者無有是處種在雜穢良田中則能生長高原陸地不生蓮華如是等喻示現定滅性聲聞及說菩薩至心信勝事定滅性聲聞如雜穢地諸雜行於雜泥煩惱染諸衆生中背故一定向涅槃界如地處熾然於淨衆生界中同心及住心

反質菩薩向涅槃心及住淨衆生心不捨有煩惱衆生度故取雜染世間及攝取衆生雖迭互等喻集諸白法處示現作勝事聲聞有諸白法微薄唯益自已菩薩法無量利益增長一切衆生如子譬如父以生蘇長養諸子菩薩亦爾自善根無量如生蘇養育增長新學菩薩如子男子虛空雖等示現智集勝事聲聞以無漏智故唯見自身空寂諸煩惱中菩薩者憐愍故同證智令迴與十方一切衆生發願向無上菩提故最大夫人及婢使喻示現相似勝處聲聞念勝解脫最大夫人毋處狹劣小意如父貧窮心增長不成佛子諸菩薩者捨下劣凡夫衆生性念婢使毋處以上念心如灌頂大王成就故名爲佛子初轉輪王喻示現性處勝事如轉輪聖王子成就

諸力成就勢力成就至威以無轉輪王相故不堪作轉輪聖王聲聞亦爾以勤精進故成就諸力諦善巧故成就勢力不捨心故成就至威無佛性相故諸佛如來不與擁護攝取菩薩以第二轉輪王喻示現持家勝事聲聞雖盡至故未來不能持佛家初發心菩薩堪能故第三轉輪聖王喻示現行勝處聲聞雖得盡至諸天聖人不如是恭敬讚歎如新行菩薩毗瑠璃寶珠喻示現神力勝事盡至菩薩從初地以智慧神力故退一切聲聞緣覺雪山藥樹喻示現修行勝事聲聞雖成就智能滅煩惱病智藥滅衆生煩惱病反質菩薩者唯常行益他故星宿喻示現福田勝事雖盡至聲聞不能以智慧光照衆生故不作福田度一切人天如不滅煩惱菩薩一切人天而作福田月初月喻示現於勝中示現勝事一切時聲聞中諸佛如來常勝彼勝中諸菩薩復轉勝彼從菩薩而成故諸菩薩有二種相故轉勝應知如是彼亦教化衆生及成熟佛法是故有菩提及得果隨所化衆生令得解脫譬如嘗作瀯者成奇異怖心不於食者此亦如是應知譬如諸天及人一切世間善持瑠璃此喻示現因果勝事聲聞雖一向修集淨法勝因復值親近無量善知識不能令得大菩提果反質故說諸菩薩者能令得大菩提果故譬如治毗瑠璃寶喻示現依生勝事諸聲聞者依菩薩故而出現世間非菩薩依聲聞而出世間爲滅惡持住義故語尊者摩訶迦葉言迦葉若有國中有駱駝咽黒頭仰眠者乃至彼國無有恐怖怖畏等事是故

迦葉菩薩常應救護利益衆生者有何漸次說自此已後示現得彼果益勝事前所說言雜染煩惱泥中能長菩薩佛法者若爾非彼身中增長者亦非諸菩薩令助彼身中者云何彼身中而能增長菩薩爲衆生故修諸行示現此說若增長彼者亦增長自已經言菩薩常應救護如是等示現至於四方一切世界一切菩薩願利益衆生事眞實畢竟治者所有離良醫療治身患乃至離外道治煩惱是名非眞實治假名故及顛倒故是中菩薩者喻良醫應知一切衆生如病者諸病者如貪等藥者如不淨等觀如有三種相故諸大動而生諸病或以積諸惡故或不應食而食故或以捨諸病故如是此三種因惡心相故生心病或以積諸貪等惡故於長夜中諸貪等習故或以見不應行而行復現有行諸見等事故或行顛倒事捨故是中初煩惱病不淨等對治應知以不淨對治諸貪慈心對治瞋恚四因緣觀對治愚癡如是等說有病故爲說對治諸空等依四種衆生故說一者執見二者樂著三摩跋提三者喜樂諸生四者於非解脫處而作解脫想是中依執著諸見衆生故言一切諸見唯空能治若起空見如是等說應知樂著三摩跋提故說無相一切有無諸念分別相中無相故示現一切有無示令樂著三昧依喜樂諸生故說無願滅一切欲色無色界等故說言無願依非解脫處而作解脫相說非四倒爲滅一切倒故說四倒見常等故於非解脫處而生解脫相捨習顛倒故依有者故廣略說四顛倒對治應知

有凡夫復有六種依著身者對治彼故說諸念處煩惱散者對治彼故說四正勤迭互我慢所縛者故對治說諸如意足離修諸善故對治彼說諸根及力不達諸諦故對治說諸覺道分及喜好吉凶等見對治故說諸道分云何不順觀身隨身見若我所見不分別背善法不信等應知彼對治故說諸根及力迦葉所有閻浮提内諸醫師及醫師弟子中耆婆醫王最爲第一迦葉假使三千大千世界中所有衆生彼一切皆如耆婆醫王如是等耆婆相似諸衆生示現諸論醫方多聞善巧勝故有辯取見教悔見疑悔等難治故是中方便定心故諸見等能作障如尊者闡陀說諸大德我作如是念色是無常乃至然復我行舍摩他空無分別滅愛離欲滅及涅槃中心不安不喜不住不解我意迴轉生猒懈怠心然何者是我所作如是說彼爾時以智慧心念憶涅槃不滅我身見故言我當無我於涅槃中心退轉生惱然何者是我我所不作如是念此唯是行以何誰彼無然此時世間道行不能治故名爲不可治欲攝未入定心故縛作疑悔能散疑悔因故除教誨者唯諸佛如來并諸菩薩無有諸毒患有大力是故唯說見疑悔無力能覺知意不能測及不能說不能誦不能正說不能以言求此助道行已求出世間行有餘中心求然後有餘依衆生無我故有二種應知依法無我有一緣入智等因欲信本智信智唯心是中諫斷無緣覺及無我因緣習中求覓示現證人無我於内外入中及依彼念識處中妄想横念性故

心不可得及成就無色等相見性故示現證法無我然是成就性故作心事有護不正取故言迦葉心一切諸佛不見故言非自然故不見示現住法體故一切諸佛說三時見故如是先說無横念分别性彼横念相示現他性相說故有依止故言彼以何爲性取於中明心及心數法若以意墮唯是相此云何世間成生死釋成如幻唯是一心行者如河流如是行猒離中心何故不得解脱釋成就如風是中遠至者一切事中以彼性故應知如是難知云何得解脱釋成如燈焰以無明緣力故行示現彼盡故不行若心煩惱力故染成不者順如彼煩惱不淨故不見覺解脱防護此患故示現如虚空防護諸患故如虚空無分别示現如雷電念念滅貪等中不住故示現無常相相故示現防作異相患雖淨心念念滅故示現如獼猴彼非希求種種境界故散是以順貪等各不能除成有散故何故不一切等共生釋成如畫師事何故不一切時如是等造業釋成不住故何故退現在業或以本現氣力故生釋成如王事所有業修力最上彼熏心故得增上成顯說若如王者何故自已能生諸苦釋成如怨家故何故自已如怨家釋成如灰聚家示現故身等示現有四倒順等行故防護患有如是以何故生樂處而取生事示現如怨家故有三苦故示現彼處亦生苦故如是苦何故不取苦對治示現如奪人力夜叉鬼等防護樂著三昧故如次復何故不樂對治中示現如賊作事不防護不將彼助道行善根故若以苦中作功

德樂意樂住者如是以何患示現如具有勢無勢憎愛事何故癡狂故著色等故釋成如蛾滅燈故佛語迦葉求是心相而不可得若不可得則不可見乃至如是聖性衆非身作業非口非意彼性中亦無上中下差別求是心相而不可得者有何漸次示現他性相行已如彼他性相求故亦求横妄念及求成就性時彼示現然彼横妄想分別性心理中求不可得是故性相不可得彼亦是以不可得所顯成就性相心彼則無爲後時當說示彼三世生事非如入滅盡定當時心不等三世生如是彼生事應知示現過三世故彼不過三世起已復更生心故若過三世者彼亦不名有防護横執取故傍名示現亦有亦無妄想念他想性等故顯說成就性故有彼則不生者以觀身因故彼則無性者於地獄等定性因故彼無起者作生因故則無滅者已滅故彼則無離者以滅故不離者未滅故彼則無行業者謂陰故彼是無爲者爲顯彼故說此一切彼無爲今欲分別釋安是一切聖性本者以此念故得彼聖處諸聖以此爲顯然彼性以有餘無餘涅槃所顯及菩薩涅槃所顯是中依有餘涅槃故言無有持戒亦無破戒以善學戒故無行有餘滅故非行有餘滅有餘故非不行諸煩惱無心無心數法者離染故是中業者復有煩惱因業故亦無業報者依無餘涅槃故言以是義故作如是說若無苦及無樂者則是聖性如前說言彼則無業者三修多羅句者說彼業差別第四句說衆生差別依菩薩涅槃故言是性平等如虛

空乃至是性眞淨從本已來畢竟淨故是性平等如虛空者示現等同行自益他益故是性無勝一切諸法等味者示現諸淨菩薩中彼不異故一切菩提分法中不異勝故是性寂靜遠離身心寂靜者示現彼體不異故是性隨順向涅槃者示現他身中有彼身業勝故是性寂靜遠離一切煩惱垢者示現雖同解脫滅習有勝故是性無我離我我所者示現淨世界永滅定故是性無惡若虛若實從平等生者示現彼行中世間涅槃無失無得不生分別以平等故實義故涅槃是實虛義故世間不實應知是性眞實第一義諦者示現離彼謗及非外道共故是性無可盡畢竟不生者示現雖得無餘涅槃不斷作衆生益故復是性畢竟不生者示現彼非煩惱業生以得勝自在力生故是性常住一切諸眞如常者示現住世及涅槃者彼不是故說彼性是安樂清淨無我等應知是性眞淨從本以來畢竟淨者示現爾燄障淨故隨所應淨顯示如是淨故是故乃至世間出世間對治差別大義事應知此是以漸次及超次釋應知

迦葉菩薩至於四方應利益衆生者示現以世間出世間智等利益他故至四方者何等四方謂爲教化衆生故從世界至餘世界以神力故從一世界至餘世界中間如從國至餘國故還彼世界中來生故及彼處處取生故令淨他故隨有衆生彼諸菩薩所教化者爲彼淨故作眞實畢竟治者菩薩治煩惱以煩惱大顛狂衆生菩薩治故得成無上大醫教授三種清淨戒行故非著婆等諸大醫王

能治諸見及治除疑悔者或復治大者真實治故名治大大者謂真實不以是義然後真實畢竟治以出世間道行滅煩惱使故成是中間世智有二種一麤二中麤滅煩惱對治故中者以伏對治故所謂多貪欲者不淨觀對治乃至滅一切諸倒有四倒如是滅麤煩惱對治四念處乃至八正道中者伏對治是中麤煩惱於現境界中貪欲等行故轉成中應知是中行者以世間智自境界相防染等煩惱貪伏已令淨性行是中性行是中性行差別在家之者多貪瞋癡等行出家者多依諸見以依彼故及依不正念性念性念分別廣略四種倒非解脫處生解脫執慢是中貪欲等觀不淨對治令清淨瞋者慈悲觀對治癡者因緣觀對治諸見者空對治不正念所

攝分別及性勝分別中無相對治復有希願者無願對治非解脫處生解脫者非不倒對治譬如此處是常是中煩惱何者防麤煩惱依自對治依染境界貪瞋癡事於現境界中貪等行患集是行義滅彼故修念處等諸善提分法以修念處法正念中繫故於未繫念心令得繫念故修行不以此念自心起取言我修念處諸念中繫心已修行正對如意足取住以取住故身心從男女相以內知觀故伏中煩惱於有無漏智行道故出世間法對治滅不欲等依欲等對治非與根力而令作見於有因緣集癡及人無我癡以善提分法伏於有不正道及正道行中決定成如是所有此處相麤中煩惱正防及伏對治事智者是名世界智何者出世間智如是伏貪瞋癡

煩惱染處及所有微細使煩惱對治事智彼復何者於彼伏對治中善巧三處所謂緣智善巧因緣無我無衆生無命無養育無富伽羅法中生信智取信人無我故於空無分別法中不生怖故信法無我故求心生精進所有盡度過諸煩惱對治教四種無智不取故觀內心用意於智同相自相染相及淨相於無智是中有三種想同想義應知彼如是求心何者心可樂可染可恥爲過去未來現在所有過去者是名盡未來者未至現在者念念不住是中過去未來緣成心背無覺觀現在者念念無覺故及諸貪等自緣所生非心所作等諸相心自相應知迦葉是心不在內不在外不在中間覺故如是心求不可得如本說假名說性不可得故是心無色無形無住無相無記無著如是如前六種相知眞如故一切言諸佛不已見不今見不當見故一切諸聖不以知見覺故種相故心有染相應知不順不順故及行行故故心如幻以虛妄憶想分別起種種業行生受種種身心諸道中受種種身生不順染故心如流水生滅不住者還彼生以自順念念流故心如風遠行去不可捉者一切念中難治順行故心如燈焰衆因緣有行者愛潤自在順行染故隨所行而能行故此是行染何處行心如電或向作善處行或如電生善心時心如虛空或向不善如虛空客塵煩惱染故心如獮猴一向貪諸境界故心如畫師一向起作諸業行故迦葉心不一定能逐種種煩惱者或一向煩惱中復能行貪欲瞋癡不住而行故心如獨

行無侣者非彼本有染貪已而有成離已離離欲已而復有欲如是等釋說心如王得一切法自在故於樂法中得自在勢力而行故心如怨家能生一切苦故捨已樂能生苦故心如灰家如魚鉤如夢如青蠅以執無我故自能生苦然以顛倒如怨家助自已苦不猒足故心如奪人力夜叉鬼令修善捨彼見使故心如怨家行不善見諸過故常高下有勢無勢愛憎等解故心如賊至放逸故所作不作一切善根能滅故心樂諸色等色等境界樂著故於永可得甘露界中憶念憶念已令難安故以三種相故心得清淨應知不得得相故非有爲相故二無相故三性相故迦葉是心求不可得若不可得故不可覺知彼名性求覓不可得是不得故彼不可覺知心有如是相觀是心淨因已故有異思惟行求心淨不能得如是思惟已令能得是名不得相如是修行法無我修行行已以慧是真如相心以智見然後真如相心以九種相說對有爲相法故說無爲應知過三世者非三世行故復非如入滅盡定起已復能生故彼非有非無者假名性不可分別測故以真如性可測知彼非二相故彼不生者無生相故彼無性者過生性因相故彼則無起者未來中過諸生故彼則無滅者過分段死故彼無所離者過離念念故無所離者則無來無去無退無生者過轉諸道故是中無行業者過業煩惱故若無爲者則是聖種性是中性相者謂無爲界相應知以見彼故顯諸聖事然彼現法中過五事若聖性彼無有持戒者過作事

故亦無破戒者過無作故無行者過作行故非無行者過作非行故及非行者過不行作行故及未來過有事故是則無心無心數法者過諸復有生發起行故無業者過彼行故無業報者過彼生家故彼無有苦亦復無樂者過彼所依有勢無勢故是中無業無起業行然彼性中非身作業非口非心者依苦樂一切有記動轉故無業者過諸學戒故無起業行者過諸願故然彼性中非身等作業者過不受報故彼性中亦無上下差別者過依彼種種身故然彼有四時九種相差別性相應知不淨時淨時證時及盡時是性平等如虛空者不淨時等至一切諸相如空如虛空遍一切色一切相中眞如亦爾現者淨時見等至此是不淨時一相是性無分別一切諸法等味故是性寂靜遠離身心寂靜者淨時一味及身心寂靜故淨時有二種相應知是相寂靜隨順向涅槃故是性清淨遠離一切煩惱垢者永證故是故隨順及以清淨是故順向盡至證得時是名證時初相是性不等離我我所者過身見證時中第二相故是性無惡若虛若實從平等生者過彼根本惡見故還彼第三相是性眞諦第一義諦者此說永盡時彼盡中住者常故及成就諸樂過三種轉變故是中三種轉變事一者生死等轉二者倒處轉三者退淨轉是性無盡畢竟不生者過生死等轉變故是名成就盡時中初相是性常樂淨無我者過顛倒處轉變故還彼後盡至中第二相是性眞淨從本以來畢竟淨者過失淨轉變故還彼盡至中時第三

相是故乃至世間出世間道行示現益他故言迦葉汝當自觀内莫外逃走乃至迦葉行道比丘隨心所縛應當求解迦葉汝當自觀内者有何漸次如彼性所顯淨諸聖彼已示現如今隨如聖所生彼答顯說

大寶積經論卷第三

音釋

濐（之暑切）

大寶積經論卷第四

元魏天竺三藏法師菩提留支譯

迦葉有當來比丘如犬逐塊者是中向外道如犬者色等五種境界如塊擲者如畏色聲香味觸示現畏諸境界彼畏境界不證知畏因故示現有四種相故唯逐境界住空閑處者爲欲轉得勝境界取空閑處彼住獨無等侶除彼雜染永住無二以身離五欲而心不捨是人有時或念好色聲香味觸貪心微著而不觀內不知不覺故憶念諸境界忍故彼不知云何當得離色聲香味觸彼不以不知覺故後時來入城邑聚落王都等在人衆中還復爲好色聲香味觸五欲所縛故還復退若空閑處死者持俗戒故便得生天有爲上天五欲所愛縛復彼從天上滅亦不離四惡道何等爲四所謂地獄餓鬼畜生阿脩羅道天中生墮盡依貪欲行故黒朋應知依見行故說白朋應知以見人無我故彼對治釋成二種黒白朋等應知如是修諸行已有散心令使攝取以攝者令得解脫是中修多羅句喻以不入定心爲得解脫故說諸方便舍摩他取捨諸煩惱舍摩他等相錯心治故顯說咽喉喻及縛人喻等以一心定心中說解脫方便示現見修相煩惱中說方便令滅故彼障身見愛樂三昧故如咽喉及縛喻等識故證諦時以出世間智作令難故身見如咽喉處病應知如是行行已防有妨等法故說二種空喻不淨心一者讀誦世間外道經書諸論等二者多畜好衣鉢依業及依身故此諸二法能令得二種縛如次一見縛二利養名

聞等縛然此二種能縛以未生善法爲令不生作障當得二種法一者聖種朋二者親近諸檀越已生善法能滅及作汙染故令得二種垢一者忍諸煩惱垢二者貪諸檀越知識等永斷拔諸善根法故令助得二種雨雹壞法一者毀謗正法二者破戒受人信施現法中彼不可治故令得二種癰瘡一者求見他過二者自覆諸罪現法中苦惡行故令得二種燒法一者有垢身心受著袈裟二者受他持戒有功德人所禮拜供養等未來喻者爲得不得不能生故令得二種不可治病一者懷增上慢而自伏心二者壞他發大乘心謗菩薩故依聲聞戒未來更有漸次應知迦葉當自觀内者如是乃至中有誰黠慧調伏貪惱等故說增上戒行多聞喻生猒悔意故明增上心戒行咽喉喻及繫縛人喻者以人無我及法無我故增上智戒行若以調伏貪惱等增上心戒行經所說者何故此中說增上戒行答曰能發起貪惱行故罪多因貪瞋癡等相發起是故說調伏貪惱等是增上戒行問曰云何貪惱等令能發起罪答曰有二種相故如彼不能懺悔如彼懺悔而不成懺悔喻若有諸沙門及婆羅門不知煩惱因故怖畏色等境界住閑空處自心發起不善思惟故亦起貪惱我慢境界或餘處念見貪等隨逐如犬逐土塊以塊打故唯逐塊如是不除貪等故若以聚落等所有親近事作現念是名未除順義故名除及以除竟何故黑朋中說貪調伏不說於惱白朋中說惱調伏不說於貪答曰二俱欲界中故示現有餘調有餘

不調示現有餘調有餘不調者若在空閑處而命終如是末調故住戒者亦壞成增上戒故況復不住戒者如馬下道或錯如是行者行增上戒以錯諸念亦名亂如咽喉病能斷命根如是依人無我行增上智以身見能斷法命根如有人隨所縛處而求解脱如是依法無我行增上智隨所性勝忘念中令計心此三修戒中有八種戒相違法有八種隨順不淨心讀誦世間外道經書諸論等多好衣鉢等無所用故如空横染横染是縛因故漸次說二種縛一者見縛二者名聞利養縛於縛作因故說此漸次以見縛故憎謗聖種朋以利養名聞故親近白衣如垢障因故漸次說二種垢一憎怨謗聖朋忍受諸煩惱二親近白衣故貪諸檀越知識等是垢如雨雹因故次說雨雹忍受諸煩惱故毁謗正法貪諸檀越以親近破戒縁故說破戒受人信施於雨雹因故次有癰瘡以毁謗正法及破戒受人信施故自覆諸罪故燒煮癰瘡因故次說燒法求見他過說有垢身心受著袈裟以自覆罪故受他持戒有功德人所禮拜供養等於燒成病因故次說不可治病故言有垢身心受著袈裟而懐增上慢而集戒心故受他持戒有功德人所作禮拜供養等故壞他住發大乘心對此故說白朋應知此二人中初是見行人第二貪愛行人應知有四種沙門者以何漸次示現如彼違戒法患或親近或捨得人患或得人功德已所有於念中成障或非障者彼示現是中人患有三種依三種人故說應知形服相沙門者心行俱壞依喜

惡故説依義誑詐沙門及名聞沙門行成就而壞心依二種喜欲大及有喜欲是中喜欲惡者若言沙門而非沙門怖大者若有諸德而自意過有自德恒作是念有喜欲者若有德而與德等生心初者有二種壞行一者有餘二者無餘有餘者依四沙門故説應知依於受戒有漏乃至行不淨意業就此三不善調伏等如次示現依乞食故説不淨命依受用故説慳事受用畜聚積宿等依修業故説不淨命依受用故説慳事受用畜積宿等依修業故説懈怠無餘者以破戒故教犯根本戒故壞心者以惡法故及覆藏彼故第二成就行故依行命戒受用及修道應知是中成就行者依行故成就境界者依命故成就威儀者以染心四行故依戒者受用麤澀食故少欲四聖種性者依受用故言不親近諸道俗等故依修道故少言少語故樂寂靜依論説慰喻等應知雖行如是等法皆爲誑詐不爲善淨心者以壞心故依修行行故誑詐應知常有我見者依人無我不滅我見行行故於空法中而生怖畏難如臨深坑依法無我不分別空及彼説者生怨家等相第三者成就行順住念依止及依行隨順諸法應知是中住者持戒念者多聞念彼故得順諸事依止者空閑處坐以空閑坐故順諸功德隨順諸法者少知足少欲等違心於親親中應知是中不滅諸念者示現有猒離欲彼對治故滅熾然等欲三菩提故滅三菩提以道行果故第四人二俱成就以九種成就勢應知一常行勢二多聞勢三欲勢四寂靜思惟勢五

正見勢六證勢七滅勢八修勢九正證勢不求身命者以不惜身命故是名常行勢應知樂聞空等法意喜者明第二多聞勢亦不喜空見等復不喜涅槃修諸梵行何況希求三界不希求諸見法亦應滅法故彼果彼道得涅槃意故說第三欲勢常依止於法不依止文字章句者諸煩惱求內解脫不向外逃走以依止法故求禪解脫思心世間智等第四寂靜思惟勢於一切煩惱常求解脫不向外求見一法本來性無垢畢竟清淨而自依止亦不依他者性不染故有學出世間法自內知見第五正見勢以正法身尚不見佛何況色身者以不見三寶故眞實三寶亦以出世間智分別念故第六證勢以空患離尚不見法何況貪著音聲言說以滅除所應除者故

第七滅勢無所修應修者以修故第八修勢不生生死不著涅槃知一切法本來寂滅不見有縛不求解脫是故不捨世間不證涅槃者以滅世間因故及以得涅槃故不生世間不求涅槃不希求死及壽命不求解不求縛已滅故及有餘分故不行亦不滅是中性滅盡無生智等所攝諸無學法應知是名第九正證勢所有彼三種沙門立沙門名彼名無義及不相似示現以名所代故說貧窮喻云何以名所代異沙門名形服故妄受信施利養自此已後非眞實行沙門及識知起我慢具實行沙門故并持戒識知顛倒說似如持戒故聞思修等智依彼慢故說二喻譬如有人漂沒大水渴乏而死此喻示現以有聞慧故生我慢藥師喻以有思慧故樂著三摩跋

提凡夫離欲者樂著利養恭敬故有學者起悔修三摩䟦提者修慧邪行故示現行正行中起我慢故說餘三喻初名病人喻第二者寶喻第三者死人喻依戒起彼慢故示現有四種破戒比丘自善持戒等喻是中初者假受戒第二者說不善持律明了懈怠三者以行似彼故於破戒障壞故說壞障戒第四者說具受十二頭陀功德是假名持戒是中初者見患滅破戒對治障故名爲破戒應知有者以破戒故不可持彼中一於涅槃中生恐怖不能滅破戒障故修行對治第二以我慢故生得解脫相對治彼故說諸眞實持戒功德然彼戒惡所顯及修道行所顯是中初持戒者說內入非外入故第二說作染業無作善無作非是身等作染業亦無非作是能作

善無行無非行依雜染不雜染依乞食無所行亦無不行依雜染不雜染受用故無名無色無餘涅槃無想無非想無相行中離念一切想故及念無想戒無滅無非滅無學行於涅槃有餘故煩惱無餘故無取無捨常行離喜憂故及捨念同生有故無可取無可捨還彼初境界不取憂喜及取捨念同生故無衆生無衆生名乃至無心無心名依解釋喻旣滅隨所能記及隨所記隨所者無世間無非世間依器世間離不離行人行故言無依止無非依止依雜染及不雜染依六識村田境界故言不以戒自高不謗下他戒依親近家故亦不憶想分別彼戒不分別我是持戒我有如是持戒不分別彼性故無漏亦有世間共可滅尋即顯故說不共然彼若三界非界

非求三界因是二句示現是名以漸次依於戒有順不順諸法故説善學不善學沙門差别事何者不善學沙門是中有三種應知形服相似沙門不惜沙門戒唯形服同不同者行命受用與命戒見心不相似等是中形處及服處故名形服處相似是中服處者以彼僧伽梨等故名服同形處者以剃鬚髮執持鉢故名爲形同以不淨身業等行故名行不相似不淨命故命不相似慳故於受用中不相似懈怠故用行不相似破戒故於持戒中不相似以惡法故於見不相似不調不伏不隱諸根故於心不相似二威儀誑詐沙門者乞資用精進用等應知增上心增上慧同彼行及心不相似成就用意等故增上戒同一心安詳故乃至不樂雜亂故增上心行同少

言少語故增上智行同誑詐等彼行心不同故三名聞沙門者唯求名聞應知舍摩他分同毗婆舍那分同彼二分修同還彼二助行同心性不同是中以戒故有戒分故舍摩他分同戒是三昧因故以多聞故於毗婆舍那分同聞能領得無漏智故以住空閑阿蘭若故彼二修分相似同於空閑處住修因故少欲等彼二助道行同彼少欲等是助習行等故親近他故心不相似應知何者善學沙門有四種相應知行故心故證故及盡至故以不惜身命故於現法中得猒悔行故空等沙門意喜故未來生教化身行故是名行勢應知以依眞如行故信法無我意故不喜涅槃故及不喜空故所應得及所能得彼亦離假名性相不正執故常依了義不依文字者希

求所須義故於煩惱中而求解脫不向外逃走不如隨聲性故是名心勢應知見一切法體永清淨不染以眞如法故作助已形及他不緣他智性不染證故是中諸報等盡見解脫不見假名性相故是名證勢應知一切衆生自性滅故不行善修一切煩惱染等對治故不取滅度眞如不斷故及不觀非事是名盡至勢應知是中貧人喻與不善學沙門以三種相故於名不如義應知壞心成就行成就心而壞行亦壞心及壞行是中壞心成就行有三種應知能聞及所聞以爲知足能說彼中而爲知足得世間三昧故及得彼功德以爲樂著是中漂墮河喻說壞心成就行唯有聞等事應知醫師喻還彼唯有說事應知幻喻得彼世間三昧唯樂著彼事應知摩尼

寶喻成就心而壞行應知死喻說壞心及壞行應知長者子喻成就心及成就行應知以一相義故善學沙門應知說有四種破戒比丘似善持戒有何漸次以眞實沙門示受眞實行以示現如戒相似住假名戒示現假名戒示現假名戒何者住假名戒行有四種應知彼復以我慢等壞身故名爲住假名戒行初者成就六種戒以二種障壞戒何者六種行分戒持成依波羅提木叉所說而行成就行成就壞境界成就於微罪中而見怖畏受而修行於諸戒中有二種障何者二種身見熾盛令戒中起及命知第二捨彼二患離身見熾然處故以律師故於諸犯戒善能發起然以等世間淨故諸利養不能動同生身見第三此同法得世間淨戒復同生身見不解

法無我聞生恐怖懈怠第四離一切與患然以信邪法無我故壞我慢戒住四種不正戒覺知謗等法戒彼相彼無漏應知何者謗等法初住假名戒者亦見有我亦言有我所對治彼故言無我無我所故所作犯戒者是名不作對治彼故言無作無非作故作行彼亦非行對治彼故言無有所作亦無作者故安詳行亦名非行對治彼故言無行無非行故妄念行者是名非行對治彼故言無有所行亦無不行故第二住假名戒行身見朋煩惱隨順亦見名及見色對治彼故言無名無色故未來生想定有及彼想對治彼故言無想無非想故彼識然滅使者亦名不滅對治彼故言無滅無非滅故執人無我及捨取人對治彼故言無取無捨故還彼衆生無我執中亦可取亦不可取對治彼故言無可取無可捨故不以色等執衆生相彼說取善哉對治彼故言無衆生無衆生名語亦說彼取善哉分別對治彼故言無身無身名無口無口名故彼分別是心及彼取分別善哉對治彼故言無心無心分別名第三住戒行者上生世間亦向捨下故非世間對治彼故言無世間無非世間依三昧亦依不貪欲對治彼故言無依止無非依止攝取自戒不毀他戒對治彼故言不以戒自高不毀下他戒第四住假名戒言我是能持戒生分別念對治彼故言亦不分別戒故勝性念等戒分別念對治彼故言不分別戒及不念此戒故是名謗法無漏戒中盡能滅盡是名諸聖持戒無漏足句無所著者出世間故不至三界理不順一切

煩惱故離一切依止對治離三界故是故於有還淨示現勝彼持戒故說諸偈應知

具足持戒者　無垢無所有

初偈第一句離垢故說性清淨貪欲等有餘離已彼因淨故得戒性淨示現同因等淨餘三句者還彼持戒示現同伴等因淨是中破戒同伴及諸同因對治故於戒同伴及諸同因者有三種差別應知是中破戒同伴有三種慢同色等依止因故迷惑意故見如愚癡同樂三摩跋提屈復同伴取念同事念者如麤處同身樂愛喜伴是名第一偈義還彼持戒中一切相明依清淨戒故說第二偈應知

寂滅常畢竟如是等是中有四種性同患對治故說波羅提木叉戒清淨應知以不闕故於受戒禪淨餘者無漏戒淨還依彼持戒無諸患淨故說第三偈

不貪惜身命

如是等有五種患何者彼五患一者利養恭敬患以惜身故二者懈怠患繼念莫死起樂命故三者起願持梵行患希求一切有生故四者唯戒爲足患不正至故五者不出至患如諸外道說成不正理故遠離此五種患故釋成清淨無諸患應知依無煩惱淨故說第四偈

持戒不染世

世法不能染故依集諦所攝染同至熾染起欲處二識著諸愛染故言不依世法耳不依世者滅前復有愛故滅

速得智慧明　以得光明故　於見諦道中

無礙無所有無礙無所有事以修道無明等

及餘對治彼故言
無我無彼相離我他相故依無學道離我慢
清淨故說第五偈
無此無彼岸　亦無有中間
無相行中不著内外入故
無著縛無漏滅煩惱及使熾然滅故無諂及
無漏無我慢差別明依永淨故說第六偈
心不著名色　於有不起願故
不離寂滅法　彼者以持戒不足故
諸根調伏故　於三昧中不足故
不生我我所乃至有頂世間知足故住持戒
故說於戒中永示現依世間淨故說第七偈
應知
雖行持諸戒　其心不自高
示現以持戒故心不生高下無猒足故

亦不以爲上　過是求聖道
淨持戒者此相以三昧不足故求出世間道
依出世間淨故說第八偈
不以戒爲最　不以戒爲足故
亦不貴三昧　不樂著三昧故
過此二事已　修習上智慧
無分别是聖性無分别是修攝取增上智諸
佛所稱歎是故知餘者勝歎事故依有學無
學非有學非無學淨故說第九偈
心解脫身見
滅有分别身見示現學戒淨故
滅除我我所
以滅同生身見故示現無學戒淨
信空佛境界
以信空故示現非學非無學淨事依恪著淨

故說第十偈

依戒得三昧　三昧能修慧

示現未得八聖道戒故說不持戒淨

依因所修慧　速得於淨智　以得淨智故

具足清淨戒

示現以得聖智故後得戒清淨說此偈

時八百比丘不受諸漏心得解脫三萬二千人遠塵離垢得法眼淨示現此教誨中有如是等大利益亦復示現即得大果於化者有學無學等得故及五百比丘得禪定者聞此深法心不信解不能通達從坐而起去者示現彼難調伏能調伏已不能信解不能通達入深法故有二種相不能通達諸法以不信故以信不樂故智慧不能通達諸義故是偈甚深者難知故諸佛如來菩提甚深者意難測量故彼若不淳種諸善根惡知識所攝自信力少難得信受以惡知識所攝故不淳修諸善根以不信多故應知爾時世尊語尊者須菩提須菩提時諸聲聞是如來作堪能化度勝義故是故乃至假名眞實差別應知爾時世尊即時化作二比丘者示現如來方便應度故示現化者有二種相故示現信於同服及見同法事故彼諸比丘攝取爲已說正教誨故彼以妄執取涅槃生我慢故生怖畏爲信故說如實涅槃無有衆生若入涅槃者非諸貪欲等有故而有盡滅彼者如不生故示現涅槃者唯滅不生故言汝等莫作憶想莫作分別者於內外入中是我我所如次即於諸法無著者以貪瞋本來無生故無離者未來不離故是名寂滅者防護此執本非寂

滅而有寂滅所有戒等品彼亦不往不來復不滅盡者以衆生名永寂滅故不往不來者以不染故復不滅盡者性自滅盡故彼者亦無餘若本不寂滅已於後成寂滅汝等可捨離是相所謂涅槃無彼事故言勿我入涅槃以相向涅槃故作涅槃相勿以貪欲等相故識爲涅槃相非貪欲等無故名爲涅槃是名彼者相復無相行中方便設無漏已次後說現法樂行方便入滅盡定行起故或復此是異義經言彼若不淳種諸善根者智慧功德助道行乏少故增上煩惱塵是義非惡知識所攝者以善知識所不攝故壞是義不能信解者離智助道行故能信甚深處是義不能信解者是故總不能通達者不能測量知法體智住故復不能信解已不能正決眞智故

如來化度方便事有二種應知化者以我慢共體故示現同共事故所說能順行教故及得教誨有出世因故說正淨教方便教授故彼復有四種相應知染淨中恐怖故依順說故離授煩惱因於淨法中教授捨恐怖因故及教授現法見最樂行方便故此身復有我見以我正證故依於淨染中順空教授故言我當無辜生怖染以染故世間行是名初相汝等莫作憶想莫作分別者煩惱因示現有二種假名性慢執煩惱分別性故及執彼功德患勝分別故是名第二相淨略有二種應知一者淨道行二者涅槃淨是中有二種相故淨道行是怖畏因應知汝等比丘所有戒品彼不往來復不滅盡者計是眞如中永淨故前者釋有煩惱分別及離煩惱分別亦不

成彼淨道行中煩惱及離煩惱彼分別已於淨道行中而生恐怖有二種相故於淨涅槃因中生恐怖應知汝等可捨離是想所謂涅槃不異假名性想執故莫隨於想莫隨非想者是名涅槃異想憶作心想故莫異想識想莫異想觀名是名寂滅内心之想復莫以想觀想者此二無因故於涅槃中不生恐怖是名第三想應知捨彼二因故教授最上行諸方便等應知捨彼二因事及捨煩惱因於淨法中捨恐怖因是名第四相應知於中乃至如來化度方便應知自此已後說正智作大益應知依六事故說一者爲因事二者依事三者響音事四者寂靜思惟事五者訓誨事六者證法及順法事故言爾時尊者須菩提問彼比丘言汝等比丘去至何所今何從來

諸比丘言須菩提佛所說法無所從來去無所至有何義故作如是說初依涅槃因故以何義故彼處無有來往喻若世間復問誰爲汝師答言我等師者若先來不生亦無有滅有何義故作如是說依第二因事依非色身世尊故彼無生亦無滅是涅槃性故復問汝等云何從誰聞法答言不爲縛不爲解有何義故作如是說第三依響音因事爲說法彼不爲縛依上等生愛對治故不爲解彼已得脫故復問汝等習行何法答曰不爲滅無明不爲生明者有何義故作如是說第四依寂靜思惟事故不爲滅無明故不爲依離無明諸聖聞有彼行故不爲生明者已生故復問汝等師是誰答言若無得無知者是彼弟子若未得及未證者以何義故作如是說依第

五訓誨事故所有化比丘身勸彼故第六證法及順法行事依十事故說應知依有餘涅槃無餘涅槃滅見諦行煩惱滅修道行煩惱滅苦供養尊者行布施行過凡夫地入住聖人地及同得至解脫故復問汝等是誰同習梵行答言若於三界不行亦非不行者有何義故作如是說無餘涅槃有餘事故爾時共諸同法者住故復問汝等幾何當得涅槃也答言如若如來所化人入涅槃者我等亦當得入有何義故作如是說依有餘涅槃彼本起滅故他力相似法本業應故爾時共餘者住故復問汝等煩惱盡耶答言一切諸法畢竟盡相者有何義故作如是說以滅見諦惑故一切法永滅者諸趣惡處故復問汝等已得已利耶答言知斷無我無我所者有何義故作如是說依滅修想煩惱故及滅同生身見故復問汝等破於魔師答言陰魔不可得者何義故作如是說滅苦故及陰魔不可得故未來生彼不可見故是故於中陰伏一切魔怨應知以陰無故餘魔不能行復問汝等奉如來耶答言不以身口心者有何義故作如是說恭敬尊者不以身等得涅槃中得親敬故復問汝等作福田耶答言無取無有作者何等故作如是說檀越作敬不可取及不可作離見動惡等故如次復問汝等斷於生死往來耶答言無常無斷者何義故作如是說過非聖人地故不斷世間令作少方便非上者以有涅槃故此示現不斷等事故復問汝等隨順聖人地行耶答言離一切取有得無礙解脫者有何義故作如是說住聖入地

故離一切取解脫故不橫執離不正取故復問汝等究竟當依止何所答言隨於如來化人所至者有何義故作如是說解脫同至於如來無異勝相似法故示現解脫同至或復以心得自在諸善男子是能隨時以能受於正記爲如是尊者故爲次說正記能作大利益應知何者密語不二相智及一切密語入相不二相何者是所說句處事然是彼性無故所說性熏一相境界性相有故不二彼不二中生執二相是染不執二故名淨雖說所有說一切句處有事者彼亦假名言熏相境界性無故彼二熏相境界性有故彼二於彼不二執二相故有染不執盡故淨如是一切諸佛入彼密語是不二相應知是中五種相者於尊處及彼教授中有五種果事及有五種果益事成就持故說諸密事應知有五種相何者五種尊若有想說彼成就故成就尊事應知復有何義謂涅槃永證彼故佛所說法無所從來去無所至離六種入滅故彼界中諸有等謗不能謗故及無分別學故一切諸法何者是彼尊而能說法彼有何相先來未生亦無有滅依法身無生滅故說何等法若不爲縛不爲解縛解者性相無故爲令覺知彼故以幾種性相說不斷滅無明不生明故明與無明假名性不可得見覺故爲誰說若未得及未正覺正覺不已彼無故何者成就果勝事謂無餘涅槃界故若於三界不行依無餘涅槃界處唯淨眞如住處故作如是說有餘涅槃界若如來化者而入涅槃眞實處唯有性涅槃一切諸法依世諦涅槃故作

如是說能滿聖道行所作已辦故言我作已辦於有我無我我所依證法無我故作如是說伐內怨以內力故諸煩惱怨以證法無我故永滅說故作如是言伐外怨不覺見陰魔故所有外陰所攝陰者外怨聲說應知勝彼者離分別念陰性不覺故應知是中成就果利益事者已恭敬於尊非身等耳以順行法故善淨受信施所施故以了福田不取一切法故度世間苦海度世間者以法無我不斷及常故不退於福田處故行福田地捨取法慢故及法化者名成佛子依如來故言汝等何行去無所至者如如來所化者來故須菩提如是問答諸比丘時有八百比丘不受諸法心得解脫三萬二千人遠塵離垢得法眼淨者此正受記中有此大利益事若有學者得無學成就凡夫得有學地世尊此寶積法門是希有能與住大乘善男子善女人作大利益者自此已後顯此法門說大利益事以有益故於諸菩薩成佛法及化衆生故以中道義訓誨等如次彼善男子善女人得幾功德者示現聞菩薩藏中有教誨信益事迦葉若有善男子善女人如是等示現有五種相現利益信事一世界持時大德二自在成就退因故三轉身故四彼處故成就說堪作器故五聽者作器故及捨身時得見淨業故是中世界大者佛及彼聲聞并諸塔等持者諸寶滿諸世界衣服等是時無量阿僧祇劫故是中有五種相得大自在因退事應知以有量希無量果因故以有盡無盡法故以非上得上樂故助知道彼行性故及以彼引取故

復有五種相令得成就大自在退因事應知一微惡樂因故二不定一向樂因故三不永樂因故四顛倒意受樂因故五依苦身受樂因故是名彼者最後受女身轉身故及彼地處所敬如聖塔故彼處所以爲作器故隨彼法法所讀誦受持等者明說者爲作器故彼人命終時得見如來得身口意業清淨捨身時得見淨故及得淨業故無有諸患而令命終離諸苦受故及以離憂惱因故憂惱心不能降伏故不動眴諸目識諦知諸意有故不動搖手足成就威儀故不失大小便穢心無汙以無畏故不作捲不摸空無諸惡相故隨坐而捨受命者以身調伏故善正言音者以離諸畏難故滑利言音者以離澀惡言故上妙言音者以上妙言說諸佛如來妙法語故愛樂言音者讚歎說諸如來故天人所樂擁護言音及柔輭言音者同法者以理施答對故不背說言音者以無諸妄故快說言音者前後言不相違故可取言音者不違順理語故天擁護言音者信佛法諸天擁護故諸佛所擁護言音者諸佛攝取故不瞋現得惡能忍故不恨者能忍過去惡故不忿惱者不覆諸惡故不懷報者憂悔等熱不能燒故不計過患者不希求貪欲等故不懷者以不希求報故無有異相不怯弱心於戒法中者不取異見故常不放逸勤心精進者不亂寂靜心故以不怯弱心取佛世界清淨者以不喜自身諸佛菩薩所持而取上妙佛世界故離慢及增上慢者得一切佛法現氣故離慢及增上慢者世間三昧三摩跋提微細深心分別

以不求以用一切佛法現氣因得不以勝一
切諸佛三昧爲菩薩藏得教誨中正信利益
事如是無量阿僧祇彼分別從本差別信益
轉無量無邊阿僧祇應知耳
作此寶積論　我所得功德　以勇意請故
願世得究竟　妙法寶積經　無垢大智明
此論除翳障　造寫所得福　所有著諸見
及墮無智網　無障礙佛眼　願世速令得

大寶積經論卷第四

決定藏論

梁三藏法師眞諦譯

清刻龍藏佛說法變相圖

決定藏論卷上

梁 三藏法師眞諦譯

心地品之一

智慧靡不通　於淨更無治　濟世證世盡
頂禮最勝尊　法如所說者　靜地道爲道
未解此三法　世轉如輪轉　聖僧住於法
過縛過餘衆　十分八分人　果道道果故

若諸大士夫欲造論益無知人倒見疑者所言利益從正生言正智者出決定藏論曰本巳說地今廣分別解此地義善答問難五識地心地經言阿羅耶識普爲種本云何知有此是如來藏說故解節經偈云

盛識普種本　深細流如溢　不爲凡人說
恐生我見故

鬱陀南此言持散

執持本分明　種本非是事　身受無識定
亦非氣絶者
以此八種因緣知有阿羅耶識若離此識根有執持實無此理執持有五一者阿羅耶識持先世業復從現因後諸識生如佛阿毗曇說因根塵心業諸識得生二者善不善等六識得生三者於六識中若有一無記識而獨是執所攝持者無有是處四者諸識各依根生隨生一識根有執持餘根應無五者諸根數執持義則不然以此五義因阿羅耶識是故諸根名有執持本者從初諸識不得俱生亦無是處若人問言有阿羅耶識諸識俱生答曰如是汝言無者則爲過失何以故有實義故如阿含故二識俱生何以知之如有一人欲得見聞乃至於知諸識各各自根塵心欲無異根塵無異一識得生餘者何妨此爲實義阿含後說分明者諸識不俱取境不了若以心識與眼識等爲伴取境是則分明何以故曾行諸塵然後追思多不明了諸識不俱意獨緣故不如緣現則易明了諸識俱故故知俱生種本者若離阿羅耶識眼等六識互爲本者則無是處云何知耶善識滅時不善心生不善識滅善心復生善不善滅無記心生下界心滅中界識生中界心滅上識即生上識亦滅下心還生有漏識滅無漏心生無漏心滅有漏還生故知六識不互爲本如次第心滅於無數劫還更得生故知阿羅耶識以爲種本非是事者諸識不俱則無此事何以故此有四事一者器事二者捉身事三者言是我事四者於塵事如此四事念念俱

生若言一識於一念中知四事者無有是處
言身受者若離阿羅耶識有身受者則無如
此義云何知耶猶如有人若實心作不實心
作要先思惟若定心不定心諸受於身種多
生諸受得生故知有阿羅耶識有無識定亦
無此義何以知之若入無相定入無識定者
六識皆滅此人應死如佛所說入無心定而
識不滅言非氣絶者若離阿羅耶識有氣絶
者無有是處云何知耶如善惡二人臨命終
時善人足冷暖上至頂頂若冷時人命即滅
惡人死時從頂冷至足暖氣滅時此人命終
意識常在身阿羅耶識持身故阿羅耶識滅
而身即冷便不覺觸此冷暖二事不由意識
故知有阿羅耶識

鬱陀南

境界相賴起　更互爲因緣　得共相應生
與煩惱俱滅

略說四義知有阿羅耶識事一種現有滅境
界者阿羅耶識因二境生事者在內持事故
二者在外持器不能分別諸相貌故此內持
者執著邪我見習勢力與根色俱時而執持
者即爲境界此欲色界有無色界中唯有執
著邪我見習勢力二者在外持器不分像貌
者在內爲阿羅耶識所持即持外界譬燈持
炷油在於內而有外照阿羅耶識事內外亦
爾此境界者甚深妙細若以世中多聞智人
亦不能了此境是恒而有異云何無異從初
一念來被持境乃至於死生一味事阿羅耶
識於境界中念念生滅在欲界中取境微細
於色界中取境廣大於無色界無量空處無

量識處取無量境於無所有處取微細境於非有想非無想取境甚深微妙此兩境故微妙故一味故念念滅故微小境故廣大境故無量境故微細境故甚深微妙境故知有阿羅耶識事相賴起者阿羅耶識與五心數法相賴得生思觸受想及於作意此五大地是報所攝五法微細世中智人所不能了同緣一境無有別異共不苦不樂無記受俱餘四亦爾大地心數法相賴故同報相賴故微細相賴故同緣一境故非苦非樂相賴故無記相賴故知有阿羅耶識相賴而起更互爲因緣者阿羅耶識與餘諸識互爲因緣此義有二一者種本二者依託云何種本諸善不善無記等識皆因阿羅耶識以爲種本依託者阿羅耶識持諸色根五識得生不持不生有

阿羅耶識時意識得生六識二事爲阿羅耶識更互因緣一者現轉增長種本二者未來欲生之時令受報故增長種本者諸識生善不善無記念念熏修阿羅耶識亦復如是所以者何後生諸識漸增長善惡轉勝令受報者有識於善不善有力者未來世令阿羅耶識受果報種本故依託故能增長故令受報故知有阿羅耶識與諸識互爲作因緣得共相應生者阿羅耶識或共一識相應得生如說於心心有我見憍慢爲相於有意識於無意識阿羅耶識恒相應生此我慢心取阿羅耶識爲境言是我言有我爲相或二識俱生謂於意識或三識共生謂於意意識於五識中隨取一識或四識相應生立五識取二識乃至於五六七識共生六塵現在前故此意

識依心得立因心未滅之時意識不解縛故因心若滅意識則解意識有二境界他塵境界自塵境界他塵者謂取五識塵爲境自境界者謂取於法而此意識於餘七識有異義故阿羅耶識與六識三受相應共生謂苦樂不苦不樂於欲界人天畜生餓鬼少分有三受與自不苦不樂受共生地獄道苦受不離託阿羅耶識受共生三禪地唯有樂受託阿羅耶識受共生四禪乃至非想非非想地唯有不苦不樂受託阿羅耶識受共生如是六識中善不善無記法與阿羅耶識相應共生又阿羅耶識與諸識相應共生與客三受客善不善無記諸識相應得生不得相離何以故不同境界生故猶如眼識俱生不與眼雜阿羅耶識與諸識俱生不得相離亦復如是如諸心數同是心法有種種相相應俱生無有妨礙阿羅耶識而與七識相應俱生亦復如是譬如流水與波俱生無有妨礙又如明鏡諸像俱生不相妨礙於阿羅耶識而與諸識相應得生無有妨礙亦復如是復如眼識或取一色一種一相或取多色多種多相耳識於聲鼻識於香舌識於味身識於觸亦復如是意識徧取種種諸相無妨礙分別六識其義如此心界於前已說至於滅時與四煩惱共相雜生我見憍慢我欲無明此四煩惱於定不定地於善不善無記法中無有妨礙即是穢汙無記之法是故阿羅耶識而與諸識相應生故復與三受相應生故亦與善等相應生故以是義故是故知有阿羅耶識相應共生與煩惱俱滅者阿羅耶識即是一切

煩惱根本云何知耶能起衆生世間根本能生五根及於六識亦起國土世界根本一切業起諸因緣故亦是交互牽報根本云何知耶無有見他衆生不生三受是故佛說衆生遍互爲增上緣是以阿羅耶識爲一切本現在世中是苦諦體未來世中能生集諦是爲一切煩惱根本問曰若言阿羅耶識爲一切法而作根本解脫分善通達分善是諸善根以此與集諦應有妨礙答曰阿羅耶識不爲達分諸善根本世間諸善得增長者達分善根轉更明勝達分善根轉明勝故世間諸善得報亦勝世尊依阿羅耶識爲一切種本故說此言謂眼界色界眼識界乃至意界法界意識界阿羅耶識中有種種性故說種本積聚譬喻如是阿羅耶識而是一切煩惱根

本修善法故此識則滅言修善者諸凡夫人起善思惟而取諸識以爲境界進行安心初觀諸諦若證四諦得眼智明慧則能破壞阿羅耶識未見四諦則不能破何時能見阿羅耶識如是進行若諸聲聞入不退地又諸菩薩入不退地得通達法界則能得見於此識中即見一切諸煩惱聚於内於外即見已身爲煩惱縛於内見身而爲三界麤惡煩惱諸苦所縛一切行種煩惱攝者聚在阿羅耶識中得眞如境智增上行故修習行故斷阿羅耶識即轉凡夫性捨凡夫法阿羅耶識滅此識滅故一切煩惱滅阿羅耶識對治故證阿摩羅識阿羅耶識是無常是有漏法阿摩羅識是常是無漏法得眞如境道故證阿摩羅識阿羅耶識爲麤惡苦果之所追逐阿摩羅

識無有一切麤惡苦果阿羅耶識而是一切煩惱根本不爲聖道而作根本阿摩羅識亦復不爲煩惱根本但爲聖道得道得作根本阿摩羅識作聖道依因不作生因阿羅耶識於善無記不得自在阿羅耶識滅時有異相貌謂來世煩惱不善因滅以因滅故則於來世五盛陰苦不復得生現在世中一切煩惱惡因滅故則凡夫陰滅此身自在即便如化捨離一切麤惡果報得阿摩羅識之因緣故此身壽命便得自在壽命因緣能滅於身亦能斷命盡滅無餘一切諸受皆得清淨乃至如經廣說一切煩惱相故入通達分故修善思惟故證阿摩羅識故知阿羅耶識與煩惱俱滅如是分別眞實解釋心意識義因此解釋心意故於三界中得知一切煩惱之法諸清淨法餘處所說心意識者爲欲教化諸衆生故爲諸衆生未有深智易生信解但說六識問曰有人有阿羅耶識有六識不有人有六識無阿羅耶識不答曰此有四句一者如人無心眠時迷悶心時入無想定生無想天阿那含人入滅盡定此五種人有阿羅耶識則無六識二者阿羅漢及辟支佛不退菩薩如來世尊此四種人以有心處有於六識無阿羅耶識三者凡夫之人須陀洹斯陀含阿那含以有心處有六識有阿羅耶識四者諸阿羅漢及辟支佛菩薩世尊入滅盡定又世尊入無餘涅槃無阿羅耶亦無六識一切內外法各有定性於相不動何故從十八界唯說六識有定性故所餘諸界是根是塵是伴侶故此諸識等日夜牟呫羅羅婆剎那過故

種種因緣眼等諸根色等諸塵心數爲伴種種緣生隨所生處得名不同如火燒物隨所燒處得種種名謂草火木火糞火因眼因色隨識得生皆名眼識乃至心識亦復如是眼等諸界從始至終皆是果報無記有異相識則不爾是故分別識界不明餘界若有比丘欲知識聚修習此行令心清淨多種相貌能了心者略說有三樂著煩惱故染心爲過故斷惑方便故云何比丘知於煩惱作是思惟此心久來樂著煩惱樂煩惱故縱復拔心置無欲處爲欲所牽不樂暫住速疾退還更入欲處如是貪欲處瞋恚處愚癡處睡眠處乃至放逸之處縱復拔心置無放逸處速疾退還入放逸處亦復如是如是比丘知於煩惱云何當知染心爲過此心有染其既自損亦復損他現世起惡來世亦爾從其所作憂悲苦惱諸惡因緣乃至放逸有過患故受種種苦亦復如是知於自心有諸過患云何當知斷惑方便知於自心有如是過憂悲苦惱我今不應隨如是心受諸苦惱應制自心隨逐於我我不逐心如是思量知心有欲拔有欲心置無欲處即令自心見於福利乃至拔放逸心亦復如是如是修行積習善根是時此心無更餘緣於諸善法修習增長而得安住憎惡煩惱見先過患是故比丘修心清淨已知樂著煩惱故已知染心過患故已知斷惑方便故即得速證無上清淨無漏之心又別知心亦說轉心謂爲假名又別知心亦說轉心謂爲他因所治心善有二功德得功德得果之時心則快樂修習善法自在無礙有三

種失染濁於心一者不正思惟二者結使未斷三者現起煩惱比丘有三處住因於六行能受佛教云何三處一者住於解二者住解脫門三者住解脫至因緣法因於六行一者無有異行二者攝心一處三者善根得生四者思度見諦不甞餘味五者無增上慢六者正用信施施有二種一受者施二施者施施果亦二一大富果報二慶悦果報爲應來就故何者爲應來就爲未來法無以未有故如是應生行相云何得住若未來法有行相生若度故生從未來已度於現在終此生彼從未來世終者現世受生因未來法現世法生如是住者無有變異因未來法餘現法生於未來世現世諸法而未來世現世諸法而未有業於現世中即有事生已生具相於未來世未有具相於現世中具相而生若異相生於未來世因未來性故因因性故此兩性故已生異相於現世中現世性故以果性故異相而生以此六種未來世法無義得生何以故其未有處從於此處度於彼處無有是義既自未生豈容有没諸現世法若因未來法現世法生未來諸法不應未生一切諸法無有動相離自相故無有别業未來現在若同有相現世中法獨偏有業無有是處唯業未生而今得生諸行不爾如佛正説諸行無常是説則破今演業無常若如汝説諸行應常僧佉所云是法未有無義得生已生諸法無義得滅此説應是如佛所説是法未生應即受生生已應滅若如汝説此義應非以此諸法若同一相云何分别若可分别是則無窮

未生得生豈有於相未來法性從色等相應無別異果未來者以即未有現世法者言即是果無有此義爲應成就故有此實説可爲證信未來諸法未有行相言未有者而即得生如未來法過去亦然何者過去行法是滅相者從生已過何者現在行法是未滅相從生未過唯生時住何者未來行法乃現有因未生自相未受巳身問曰未來諸法旣本無有能得受生虛空華等石女兔角云何不生答曰此無生因未來行法有正生因問曰若未來法有正生因何故不得一時俱生答曰乃有生因待緣不同是諸行法有近緣者因即能生是故不俱何者因緣佛説有四一者因緣二者次第三者緣緣四者增上初一亦因亦緣餘三但緣非因何者因緣根有色者有依者是以是識者此二種法爲一切種一切色根種一切色法種一切心心法種悉依色根亦依於識除四大色此四大色有二種依一四大種二十一種是種相續依於諸法所説者即是因緣若有色根心心法種而不依耶若入滅定入無想定生無想天未來世識不應更生會當有生是故色根心心法因若有此識不隨色種諸凡夫人生無色界壽命盡故以業盡故從彼没已來生下界此色無種不應更生會應更生是故諸識是色根本從世俗道入初禪定生初禪地欲界不淨及諸淨法已破種本未悉斷除何以故從初禪定後更退還起不淨法從初禪處退生欲界斷有四種一者避斷二者壞斷三者定斷四者大永拔斷何者避斷如有一人著於欲

樂爲斷欲故受離欲戒堅持不犯令得增長以增長故不復著欲欲因煩惱不更得生是名避斷何者壞斷猶如一人有過失想及不淨想青瘀等想及善思惟即壞貪欲未盡欲者不隨於欲於塵境界心不貪著是名壞斷何者定斷猶如一人隨世俗道離於欲染及離色染得證寂定持心相續於欲及色不復更著是名定斷何者大永拔斷猶如聖人修出世道離三界染而即得證於三界中諸煩惱本不復得生何以故於現世中已證無欲畢竟不退已生上界決不更退還生下界譬如稻麥及諸種子種虛空中及乾燥地永不得生非不是種若火焚之皆悉燋滅失於種相諸煩惱本於斷於滅亦復如是聖人若入無餘涅槃是善無記種大悉伏問曰若言是伏而不都滅何不生報答曰已斷不善種本於未來世不能生報亦不自生是大永拔斷具縛人者是心有生有苦有樂不苦不樂此一切心爲三種本善與不善無記等法亦爲種本諸學人者有世善心及染汙無記修道斷惑以爲種本世善心等復爲餘法而作根本無學人者斷惑已盡有世善心若屬世間若出世間及無記者以一切諸煩惱惑不作根本一切善法及無記法即爲根本如是分別諸法根本是處不說阿羅耶識有處說者諸世俗法阿羅耶識悉爲根本一切諸法出世間者無斷道法阿摩羅識以爲種本如佛所說比丘諸阿羅漢爲學心法依於四禪現安樂住亦從此心我說退墮還一一處問曰若如此者諸阿羅漢永斷煩惱云何下地煩

惱更生若不更生云何退墮答曰退有二種一者失退二者住退失退者是凡夫人住退退者通於凡聖依世俗道煩惱已離後復更起名退失退亦住退退依出世道煩惱已斷心著作務不住心故以此中間不能更起現安樂住如前後亦如是亦不更起下地諸惑此住處退非退失退諸阿羅漢一切惑盡若不善法未斷種本云何羅漢心善解脱諸漏已盡若不善法種本已斷云何羅漢於心相續不正思惟豈復更生云何諸惑而得生耶是故依出世道已斷惑盡知無退失已說因緣復有二種一者生因二方便因次第緣者諸心數法以從次第餘法得生此心數法爲生者緣一是識爲識作次第緣亦名爲意亦名意入亦名心界是次第緣復有二種一者已滅二者移處緣緣者此五種識色等諸塵是其緣緣復於心識內外諸入即是緣緣是說緣緣亦有二種一者猗證二不猗證增上緣者眼等內入俱時生者與眼識等爲增上緣能使心作於境界中若俱時生心心數法更互爲緣過去所造善不善業於未來世如意不如意所生果報爲增上緣田水糞等爲諸種子作增上緣世間工巧及諸雜業此等諸智爲增上緣是增上緣復有二種一者不離二者有空此因緣者能生者是所餘緣者唯能增長以是行緣俱時同至是行種本能生諸行是故諸行不俱時生以依四緣了知十因如菩薩地如佛所說緣過去行而心得生緣未來行亦生於心若過去行及未來無何法爲心而作境界言因此境佛說生心以

是此心即無爲境問曰若心境無是佛所說正分明者因雙雙對諸識得生雙雙對者眼色耳聲乃至心法此正佛說云何不妨答曰此是法塵不爲五識而作境界佛說是塵即名爲法緣心緣法夫言心識以方得生佛說此義復何所爲以此心識不取過去識以爲境界亦不取未來諸識爲境去來諸識法塵不攝若有法者有法相聚若無法者無法相聚以此心識隨有法者有法義取隨無義者無義法取以是義故信知諸識無者爲境若以此識不取有無二種境界即不能取一切法義若有說言心識不取有無爲境是人即妨悉檀多義問曰此識若取無法爲境識亦應無答曰去來故無識現在故有問曰眼識不得取無爲境心識云何能取無耶答曰三世境故復應廣說有五種義不現心識取無爲境如佛所說離内外入無有我義是我無者非有爲法非無爲法以是諸識是取無我爲境界者於有智人知緫相法則無不信此是一義色香味觸離此四塵了不能得殿堂輦轝飲食衣服及餘衆具殿堂等法是其所無非有爲法非無爲法以是諸識取無殿等爲境界者於有智人知緫相法則無不信此是二義是諸邪見誹謗一切無因無果無縛無解是諸法無若隨義理有此諸法則非邪見此實都無於邪見人取無爲境無不生識此是三義復於諸行無有常住此無常住亦非有爲亦非無爲而此諸識亦非不取無常爲境於有智人知緫相法非不生識常無境識若不得生於一切行不見於常無有義者

依正智慧則不生猒無染亦爾亦無解脱不得涅槃若以此義一切衆生諸煩惱惑永縛不脱此是四義諸未來行未有生義豈容言滅然諸聖人於未來行亦無不觀生滅之義此是五義以是義故定知諸識取無爲境如佛所説若過去業了無有者則無有苦受樂受此義何謂於過去生已作已滅善不善業爲未來世受愛不愛果是行相續業種所生爲此義故如佛所説有過去業復有二義是諸人説不正因者遮其執故其有説言有自在天梵釋諸天自性神我時節微塵言因此法衆生苦樂皆悉得生復爲諸人説無因者爲遮其故有衆多人説言無因亦説無緣爲諸衆生有淨不淨不從因緣木石等物或有尊重或有輕慢現此事故是故佛説有過去行諸賢聖人不著此處安樂而住此説何義過去諸行生果故有未來諸行爲因故有云何信知現在諸行三相顯現過去果故未來因故自相相續不斷絶故復依兩義現此二法謂於過去及未來行除實執故若去來行其相實有則非去來諸無見人謂去來現在亦無如是見等斷此執故如佛所説有去來界有現在界此義何謂種子相續已生於果故説此義是名過去欲生之者種子相續是名未來現在諸種果未斷者是現在界故説此意比丘知於種子相續是無量法非一種界是名知界何以故從色等陰生老住滅無更別法亦非實有諸未來行遮實有故無有生者斷於實義云何知耶於未來生既自未生云何能生生於他法現世諸生亦不能生

生於現法此言生相是諸行成是諸行生是諸行起諸行現在此明一義而有多名離此多名復有生相諸有智人不說此名以爲生相於此諸法各定種因何用别生此生羸劣而是假名云何知耶夫有生者即行生耶能生行耶若生自行能生行法於有生者行法得起是義不然若能起者是名行生於一行中應有二生謂能生者謂行自生此亦不然如說生義餘三亦爾於現在因先所未有諸行起相是名爲生不以先者是行異相即名爲老起而未滅即名爲住是刹那生諸行壞相是名爲滅若此四法是有爲相何故佛說唯有三相謂生滅住異一切行法三世所現從未來世未生得生是故依未來世是生起者是有爲相此未生故不可著處已生之者於過去世悉皆已滅依過去世此言滅者是有爲相亦不可著已過去故現世所現是住之者依於現世是有爲相是可著處以此住者亦復有異多有過失此是生者誰敢求之如於吉祥不吉相隨是故住異合爲一相以是義故三世所現有爲法相若此三相是諸聖人之所思量何故佛於諸陰中觀起滅相依法而住復更不觀於住異相生及住異此兩種相是起所現是故生及住異此二種相合而爲一說於起邊故言觀起而住所餘一相於第二分安置一邊故說此言觀滅相住復有别義依此相故便證無染爲猒患故得證解脱唯觀二相是所思惟以見無常於諸行法故生猒患所云無常未生者生是名爲生生而即壞是名爲滅是名無常生復多種

謂剎那生謂受生生謂起生生謂別心生謂不如意生謂如意生謂下中上生有上生無上生剎那起者剎那剎那諸行生起是名剎那生受生生者具縛及不具縛從處處墮於處處中諸陰生起名受生生起生生者從於嬰兒乃至壯老名起生生別心生者依種種緣與種種受種種善等及種種道若證解脫及未解脫無量種心名別心生不如意生者地獄畜生餓鬼於三惡趣受諸苦惱是名不如意生如意生者於人天道受快樂報下生者生於欲界中生者生於色界上生者生無色界又第一受胎是名下生第二第三是名中生第四受胎是名上生又受諸惡果是名下生諸無記法除起善果是名中生一切善法一切善果是名上生有上生者從欲界處

乃至不用處無上生者非想非非想處又有上生者謂阿羅漢從於入胎未至最後一剎那陰最後一念名無上生分別老義復有多種何者身老心老壽老變異老陰老身老者髮白齒落皮緩面皺乃至如經身有諸相心老者與樂受應變異生者若以善心轉爲不善於所樂物生愛著處復生變異是處無果是名心老壽老者日夜剎那羅婆牟呼羅過故壽轉減少乃至次第一切轉促是名壽老變異老者一切自在富貴榮華無病色力轉減少失故陰異老者以生人天陰轉增長從此處沒生於惡道下賤之處名陰異老又別一老緣此一老前所說老而便得生何者諸行剎那剎那所生異異名別一老分別住義亦復多種剎那住相續住依緣住一心住如

制法住刹那住者唯生時住相續住者隨處已生諸陰衣食乃至壽盡復外世器乃至劫盡名相續住依緣住者苦樂等受善惡等法各各緣現隨是持住名依緣住一心住者正定心人住現前定名一心住如制法住者隨處境界王領治化國邑聚落於四種姓依先制事而立住止名如制法住無常義者復不一種何者壞無常變異無常別離無常當生無常來至無常壞無常者諸有已生即便失滅名壞無常變異無常者可愛行生不似前者名變異無常別離無常者於可愛物分散別離此三無常於未來世是名當生起於現世是名來至無常受五欲樂不能自持脫有零落愛別離至思惟是事憂悲苦惱乃至如經不肯猒患於行法中諸外道輩多所思惟是等無常亦生猒離唯離欲界於諸行法分生猒離若諸聲聞具足思惟是等無常究竟猒離得證無染乃至解脫

決定藏論卷上

音釋

鬱紆勿切　阿毗曇梵語也此云無比法曇徒含切　暖乃管切温也　呴呼后切　青瘀瘀依據切氣血瘀腫也　羸力追切瘦也　劣力輟切弱也

決定藏論卷中

梁三藏法師眞諦譯

心地品之二

略說生緣所攝自因具足是名爲至何者爲至似因略故因緣具足是以得生故名爲至如是選擇知假名有至若實有則有二種謂至因有不離因有若生因有如來得法從前以來無至爲因豈義得生若如是者永不得生不離法因有以是善法不善無記一時得至復次礙法亦應共生是故兩因皆悉不然復法生因各現諸緣所攝自種如之因即此種子故名爲至餘別因緣在現前故名離餘緣在此牽緣以此自在假名爲至此自在以諸人者諸法被生被滅更樂現前速牽生緣是故名至略有三義一者種子成就二者自在成就三者現前成就種子成就者一切惡法諸無記法及生得善無功用生此諸種子未有定破聖道伏斷諸善種子未爲邪見之所破壞是名種子成就云何知耶諸法種子乃至未壞與不善法若現不現如此等人悉名成就以諸善法功力所造有諸無記生緣所攝諸因具足是名自在成就諸現在法在於現前自相故生是名現前成就何者命根依過去業處處受身爲業所牽有量時住以此牽命即名命根又復命根分別有二謂定不定有隨不隨有少有多有後無後有得自在有不自在閻浮提人離其壽命餘有決定數閻浮提中或壽無量或復短促乃至十歲鬱單越人定壽千年是處隨命無餘緣死餘處不隨於閻浮提壽十歲人是名短促有諸

畜生於一日中七死七生乃至一日一夜非想非非想諸天壽命八萬大劫羅漢壽命亦復有後若諸學人於現在世定入涅槃諸凡夫人最後生身壽命有後其餘諸人無復有後自在命根諸阿羅漢菩薩及佛能延壽命其餘壽命不得自在何者衆生種類似分略說處處受生諸衆生類同界同道同生同類同年同姓長短等行以依此分是諸相似是名衆生種類似分有諸衆生依是界分各有似分於一界中衆生受生以依五道各有似分一一道中諸衆生有諸衆生依生分生一一生生依類分生一一姓生有諸衆生色聲高廣事業似分有諸衆生善惡似分各有似分如殺生人共諸殺生乃至邪見共邪見人如離殺人共諸離殺乃至正見共正見人須陀洹人共須陀洹乃至辟支佛菩薩共菩薩佛共佛名相似分一切衆生皆是假名云何衆生似分而是實法凡夫性者三界見苦所斷煩惱種子未斷名凡夫性又凡夫性復有四種一者無涅槃性二者聲聞性攝三者辟支佛性攝四者佛性所攝離十煩惱無有別性名凡夫性何者和合性因緣具足諸法得生種種因緣種種法生名共作因和合性者復有六種受和合入生和合六入住和合工巧智和合淨和合相從和合受和合者因內外入及思惟等諸識得生三種和合故觸得生因觸和合故得生受入生和合者無明緣行乃至老死六入住和合者依於四食及以命根工巧智相應業作具人力是名工巧和合淨和合者十二難得自他功力相從和合

者如有一人爲大國主如法治化衆生荷賴四海安寧離如是分無别和合字和合者依法性相而立假名依如是義是名爲字句和合者已說依自相法善法惡法淨法不淨法選擇分别以名合爲句是句和合味和合者名與句合字義具足是味和合於諸略義悉皆是名於處中義是名爲句於廣說義稱之爲味唯依於名唯得知名不知於義若依於句知諸法性亦知於鳴不得知廣選諸法依於味身如諸法義以此名身句味身爲五學處得知假名隨方俗語立名不同若於鳴中無處不同耳相聞故何者五學處一者内學二者因學三者聲學四者醫方學五者世工巧學何者起生諸行因果相續未斷是名起生復次起生有種子生猶如諸法有種現起復有起生種子果生如有種子未滅種本現前起生如菩薩地有名流生四非色陰有色流生如内外十入於法入中無作色生有逐流生如次第法十二因緣有逆次第十二因緣以此起生即是相緣無别有法何者齊法依無始時各各分齊種子因果法不相雜諸佛出世及不出世法常然故有滅分齊猶如逆順十二因緣有正法齊謂如五陰及十二入十八界等無有增減有受分齊如三受法亦無增減有住分齊謂一切身乃至壽命諸外法住至一大劫有變分齊如諸衆生已生色界退生欲界有限量齊如諸衆生生有色處身有限量外法世界亦有限量何者應爾爲說諸法爲安諸法爲正知法此中方便即名爲應分别有四一者見應二者因應三者

論義應四者法爾應如聲聞地後當廣說何者迅疾諸行生滅迅疾不住有行迅疾即是生滅有力勢迅疾謂地行象馬及以人等又空行天鳥諸夜叉等有鳴迅疾如聲出時有水迅疾如江河流有火迅疾如大猛炎焚燒乾草射迅疾者如人善射箭去迅速智迅疾者謂諸聖人簡擇修行速知諸義通迅疾者謂大神通運身速疾意速疾者依心速疾神通迅速何者次第各相對諸行相續依次第生是名次第有生次第如十二因緣有滅次第如逆因緣無明滅故乃至老死滅老死滅故憂悲苦惱一切皆滅又有道俗法用次第於晨朝起料理身體著衣營務嬉戲試藝洗浴塗香著華嚴身食諸飲食眠卧消息是俗次第何者道法次第亦晨朝起次第如前乃至著衣持鉢次第乞食得飯便還安坐而食洗手拭鉢淨足坐禪講說讀誦作善思惟於晝日中經行立坐此二種事治心障治法於夜半時眠卧消息於後夜分速疾而起著衣等事於大衆中隨其大小恭敬問訊依次第坐如法行籌并受卧具有生次第從少至老則有八時又有見諦次第先觀苦諦次集滅道又九定次第又學次第以依戒學生於心學次生慧學何者名時依日出入識時分齊依諸行法有生滅故立三世名以名爲時如年時節一月半月日夜刹那羅婆牟忽多過去現在未來等法此名時者離諸行法無有別時何者名數數諸異法令知多少是名爲數復次數者從一二法乃至多數復至數後名阿僧祇以從此後無復數名何者種子離

諸行法無別種子以此行法如是起生如是進入是名種子亦名爲果子果別異不可雜觀何故不雜依現在果知過去因依現在因知未來果以此因亦名爲果因果不雜如穀麥等芽葉枝節未開已開離此諸法無別種子如是觀察一切行法是種子相已說斷壞惡法種子何者斷壞善法種子一者恒事惡法與善相違斷壞善根二者著邪見故邪見重故亦斷善根如諸外道三者以邪見故誹謗一切作五逆罪亦斷善根四者已斷不善惡法種子善根即斷如阿那含登地菩薩復次一切諸法種子以爲一聚與果已竟而至於果謂輭中上復更略說諸種子相而得在於阿羅耶識中一切諸法著妄想習以此習氣亦名寶法亦名假名從此諸法無別有相無不別相如眞如法復次習氣徧一切處諸惡罪法若依此習而攝一切諸法種子諸出世法何者爲本而得生耶諸惡法種不爲其因此出世法眞如境界作緣得生若不取習爲緣得生何故演說三涅槃性復說有人無涅槃性有如此義一切衆生有眞如境而爲緣生障無障故解脫各異有諸衆生永障種本不能通達眞如境界說此衆生無涅槃性有諸衆生不依此義說涅槃性諸智慧障永依於本亦非解脫爲障種本明於此義有聲聞性辟支佛性不如前義是名佛性是故無失說出世法所生相續依阿摩羅識而能得住以此相續與阿羅耶識而爲對治自無住處是無漏界無惡作務離諸煩惱何者爲略又說有三一不淨法二者善法三無記法不

淨作者是則十不善業道身口意生受行不離爲增上緣此身口業使他令知是名不淨作善法者離此十惡而不修習此身口業使他令知是名善作無記者以此威儀如諸工巧此身口業是無記作復有諸業不令他知唯自發心以是心中覺言語依善不淨無記等法是名心作唯身生起此無異法是名身作非是動轉何以故一切行法刹那滅故故無至處唯是言語是謂口業如是心行此思惟法即是心作何以故刹那滅故從此至彼是義不然離行生起更無餘業眼耳心等亦不能取是故作者亦假名有若有諸人隨惡眷屬彼處得生漸以長大其自思惟依此事業我得壽命如是業行樂忍而行是時得知其無覆護依不善根無諸覆護所攝勇猛甚深不正思惟勢力攝故是人即得大不善根此人未得殺生不善餘不善道所生不善亦未得證乃至未作從作之時隨其有犯逐業隨時復生不善猶如前人生惡友處各隨其類增長惡業亦復如是乃至不離無護思事則無覆護以日日中思增長故作是業故諸不善根皆得增長以安邪思不信嬾惰憘忘攀緣惡智共行使習是業使作是業從此向後有種本故以習作故於相續中是現世者名不覆護以依捨因乃至未捨諸不信智此中惡業不信後世有惡果報即名不信嬾惰者此惡法中隨意而住不能捨離是名嬾惰憘忘者諸有過失智人所謗如實不現是名憘忘攀緣者心惱散亂此心相續恒生住是名攀緣惡智者以此顛倒謂惡爲善謂善爲

惡是名惡智以作惡戒爲增上緣此不善等諸不善法惡思爲伴而生不住是惡戒不依前者如實道理則名善法如此分别若有諸人堪受戒者以授善戒如有諸人從他得戒亦從自得有得自戒不從他得唯比丘戒何以故諸比丘戒皆不可得一切人受若比丘戒不從他受堪受戒者不堪受者以此一切若自能得出家戒者如來法制便不得住法律制戒正説難知是故比丘戒法非自受得若有諸戒離比丘戒自能得者何故從他而受此戒守護禁戒有二種分自羞羞他欲自犯戒則羞於他如此禁戒從他而得自羞者我自護持無有缺犯是名得戒有自羞者則有他羞有羞他者未必自羞是故自羞於法力勝是自受者若善護持所生功德無有差别若從他受有此别異應先發心親覲請師作禮等事威儀如法思惟言説令知所作名身口意業作前方便若自受得唯是心作是思離者則非覆護信等五根以取思離爲增上緣則名覆護復受持戒有百種相以從十種不善道法依受遠離不殺生中唯受一分乃至邪見亦受片分是名十種不殺戒中所受多分乃至邪見此别十種復别十種不殺生戒而具足受乃至邪見此更十種若依少時一日一夜若半月日乃至一年受離殺戒乃至邪見是名十種若依多時過度不至壽盡受不殺戒乃至邪見復是十種乃至壽盡受不殺戒乃至邪見更别十種已受不殺見生不殺乃至邪見是名十種自受善戒更勸他受此更十種以善言辭讚歎禁戒此復十

種已受不殺乃至邪見自生歡喜是名十種此十十種受戒相貌合成一百所生功德隨戒多少以此覆護復有八種一者能生覆護二者攝受覆護三者守持覆護四者治犯覆護五者輭覆護六者中覆護七者上覆護八者清淨覆護未受先思我今欲受離惡禁戒是名能生正受之時是名攝受已受戒竟思離諸惡乃增上緣五根所攝時共種本間間善持如所受戒守護思惟近惡友故若煩惱故生起惡作即自羞慚則不缺犯莫令有失應墮惡趣是名守持若喜忘失造作諸惡速疾生念以此過失發露懺悔慚愧自改後不更犯名治犯相若復善道少分之中少時受持唯自守護不勸於他善說言辭不爲讚歎見同善行不生隨喜亦不喜樂是名爲下若復多分善持禁戒不至壽盡已自持戒又勸於他巧說言辭不爲讚歎見同行善不生愛樂是中覆護若復具足受持禁戒乃至小罪皆悉不犯是名爲上若以依此清淨禁戒無恨心故乃至初禪破戒根本即永斷除依舍摩他故是定覆護如初禪中第二第三乃至第四亦復如是復別有異此破戒本遠離對治所攝定道甚深斷除此是第一清淨持戒依此淨戒依定覆護得見眞諦即證阿那含果於是時中諸破戒本悉永斷除依未來禪若得初果於是時中惡道生本皆悉斷除此又有戒皆悉清淨聖人所樂以此第二清淨禁戒是名無漏持戒覆護此無漏戒得羅漢時對治淨異於滅惑果此八種戒已合爲一更分爲三一者受行覆護二者總持覆護三

者清淨覆護前三種戒是受行覆護次有二種是總持覆護下中上戒是方便行是禪定戒及無漏戒是名清淨覆護此三覆護次第轉勝何故如來說此三戒謂比丘戒優婆塞戒及以八戒三因緣故諸受化人能離惡行復離貪欲此中佛說是比丘戒有諸受化唯離惡行不離貪欲此中佛說優婆塞戒何以故在家迫迮生煩惱處恒被繫鏁具足戒品難可受持有諸受化惡行貪欲皆不能離是故如來爲說八戒何以故此受化人二不能故爲前二戒而作因緣其自思惟不堪重禁此前三分現離惡行後有四分現離貪欲不婬一分現二處離比丘戒者四分義攝一者受具足分二者隨具足戒受制戒律三者護他心戒四者具足守戒受具足分者白四羯磨如受大制從初依此比丘禁戒是名比丘受具足分從此向後隨比丘戒於波羅提木叉謂正命等此一切處恒持覆護是名隨具足戒受制戒律有此二分威儀具足是名護他心戒威儀行處如聲聞地後自當說於小罪中見畏不犯同於重戒若有犯者皆悉發露是則名爲具足守戒依於五力得生四分爲有信力解脫戒滿依精進力具正命分依於念力守護諸根依於慧力因緣分滿依於定力四分具足何以故若無五力則無四分有三分攝優婆塞戒何者爲三一者他所貴重離破壞分二者有犯過失改悔清淨三者受持不破不奪他命不盜他財不得邪婬是名初分遠離妄語是第二分遠離飲酒是第三分又五分攝於八戒何者爲五一者離破

壞他二者離壞自他三者有犯改悔四者爲不失戒憶念護持五者念分不散離於奪命及離偷盜是名初分離於婬欲是第二分何以故遠離婬欲不壞自身自妻妾故不壞他身離婬他故離於妄語名第三分次離三處是第四分何以故當習歌舞華香嚴身高廣牀座飲食非時漸漸習知觀身空無我受此戒憶念不犯離不飲酒是第五分何以故恒自憶念我今有戒以依此分醉酒狂逸都不得發比丘尼戒式叉摩尼沙彌沙彌尼戒此等悉屬出家戒故依比丘戒而得此戒優婆夷戒者屬在家故戒相似故如優婆塞禁戒無異何故佛制諸比丘戒亦沙彌戒說此二部比丘尼戒又說三部謂比丘尼式叉摩尼沙彌尼戒以諸女人多煩惱故次第應受比丘尼戒是故佛制比丘尼戒說爲三部若沙彌尼戒於小戒依次更受式叉摩戒若能得住式叉摩戒戒品轉多不得速爲受具足戒決須二歲學行六法若樂住此便授具戒如是多時漸持小戒次第轉久能持具戒何故沙彌戒中制捉金寶八戒不遮以此沙彌住出家戒出家之人而此二品極不相應謂五欲樂嚴身嬉戲隨意放逸二者用舉陳宿遮前品故說離三種謂歌舞作樂香華嚴身高廣牀座及非時食遮第二品離捉金寶以此金寶一切陳宿爲作根本從一切物以此爲勝何故沙彌歌舞嚴身分爲二戒於八戒中合而爲一於出家人不相應故重制爲二於在家人非不相應輕故作一脫若有犯唯一懺悔若出家人犯此二戒應二種懺何故黃

門及不能男不得出家受具足戒此黃門等若作比丘能作女罪作比丘尼摩觸身故能作男罪此二種處不堪住故不得出家受具足戒以此黃門及不能男多煩惱故煩惱障故不能發此正思惟力依於此力數數思惟精勤修習清淨梵行何況能得過人聖法是故不得出家受戒何以故難得善人生於是處不可分別何故黃門及不能男乃受三歸及於五戒亦不得名稱優婆塞優婆夷者親近比丘及比丘尼名優婆塞及優婆夷此黃門等善攝諸根若比丘比丘尼等亦不可得常相親近比丘比丘尼獨處屏覆不得親近及按摩等皆不得如優婆塞等親近比丘故不得稱名優婆塞此黃門等若善持戒得福皆同何者非戒非戒離前所說戒及非戒隨所造作善不善業從身口意以此一切可知非戒及非非戒以是禁戒自可受所從他受此兩種戒所生功德有差别不受戒之時若心意同亦同護持生福無異幾種因緣不得具足比丘禁戒欲得不得略說有六一者心破壞故二者身根不具三者人根不具四者斷善根故五者繫屬他故六者護他心故若王縛録怖畏賊難負他財物畏不得活作是思惟我今苦惱難得活命爲我在家有是等苦諸出家人安樂得活是故我今出家入衆現同行道得活不難依此思惟便即出家爲怖畏故受持禁戒有處律制莫令比丘知我犯禁衆僧和合驅逐出衆其心壞故故非比丘具足禁戒是名心破壞故復更思惟在家難活若其出家資身爲易求往不難乃至盡

壽得修梵行亦如他人修行不異如是思惟即便出家如此出家非破壞心雖得具戒而非清淨若瘻癩癎狂痟等病如遮法説是名第二身根不具是破壞身若得出家不能敬重供養師長如是不能供養於他便復受他清淨梵行師友信施衣食卧具受此重施不易可銷復亦不能增長善法先所修善並皆退失是故身根不具不得出家受具足戒若是黄門及不能男人根壞故不得出家受具足戒女前所説諸因緣等不能男人有三種異一者具足不能二者有時非時三者毀傷損害出生以來本無男根是名具足不能人又半月能男謂前十四日不能唯第十五日能又使他摩觸則能不觸不能又見他行慾則能不見不能是名有時非時又復刀杖傷損病壞墮落值毒觸火呪術所斷先有男根後則失壞悉不能男是名毀傷損害不能男人一者本是黄門而不能男二者本非黄門而不能男三者本是黄門非不能男使他觸身則能生樂是名人根不具斷善根者作諸逆罪汙比丘尼破内外道賊住種種不共住無住壞善根故而不得受具足禁戒何以故是人不羞於自他故不淨染故無慚愧故善法損減繫屬他者謂是王人陰謀王家王所識將負債他息及他人奴他家使人荷任他債自身質債父母不聽繫屬他故不得出家受具足戒護他心者謂諸化人護他心故不得授戒何以故諸龍化身以爲人形求欲出家欲聞正法求受具戒若得具戒眠卧之時還復龍身睡眠逼故已成比丘言是比丘諸

阿監彌諸優婆塞叅承修訊便見龍身於諸比丘皆生疑心謂諸比丘並非實人誰敢供養諸龍諸鬼護他心故不具受戒此六因緣不得出家受具足戒若離諸師及以和尚戒不具足僧數不滿衆不清淨亦不得戒幾種因緣優婆塞戒而不得受略說有二一者心破壞故二者人根不具故心破壞者永不得受一切禁戒不能男者得受五戒而不得名爲優婆塞如前所説諸因緣事復次八戒者心破壞而不得受隨從他故爲利養故心不清淨口説受如戒前所説有諸因緣不得受戒離此諸緣得三種戒復幾種因失比丘戒一者捨戒二者犯重三者失根及二根生四者斷於善根五者命終若已善受諸比丘戒五緣則失佛法滅盡未受戒者欲受不得已受不失何以故於是時中末世已至無有一人心不破壞而求受戒何况能得四種道果優婆塞戒生悔心故善根滅故壽命盡故佛法滅故如比丘戒五戒亦爾復次八戒至明晨朝又心破壞是日命終則失八戒何者無想定離徧淨欲未離上欲作心思惟謂是解脫唯斷於心及心數法如是寂靜名無想定此是假名非别有法略説有三下中上修以下修故於現世退不能速疾還更修習生無想天身光狹劣不同諸天壽命不具中間得退中修者若退失時還習速得生無想天光明轉勝壽命未盡亦得中退上修者勤修習故不得退失若得生彼光明壽命悉皆具足不得中死所以者何生得心滅心數亦滅名無想生何者滅盡離不用處欲未離非想非

非想欲作心思惟求寂靜處無受無想於受想中而見過患即生猒離受體四禪想體四空於八禪定悉皆猒離正滅於心及心數法即入滅定滅六識故是名滅定非滅阿羅耶識故此亦假名非實有法亦有三種下中上修亦如前說唯不說生以諸學人得入滅定謂阿那含名身證者無學人得入滅定二分解脫於無想定學無學人並不修何以故以諸聖人有所生處不見解脫聖人知見不生彼處離於此處別有勝處以生此處永不能得修習善法是障難處何者虛空唯無色處顯現虛空何故處處無一切色說名虛空是故假名說空非是實法何者非數滅以因緣自得現前故生諸法離此生因餘法不生究竟寂滅名非數滅是時諸法即不得生過此生時不復更生未來未起不得言有若未來法因緣應生和合則生爲誰所遮而令不生名之爲常是故無別一法名非數滅是諸學人已見真諦卵生濕生欝單越生無想天生女人黃門及不能男無根二根復有愛願不更得生名非數滅同一種根何以故是諸學人復生愛染能作生業無有是處未拔種本故業受生何以故是諸色心不相應法從於生相至非數滅於心法中非是心數若於色中非是可見非不可見以是義故名不相應色及不如意及有捨處名色分別聲分別者衆生數因非衆生因衆生非衆生因事分別者是口所作住分別者如前說香分別者謂根莖皮心葉華果是香分別香味觸中無事分別住分別者如前色說味相分別者謂甜

若等住亦如前觸有多種分別如前第三境者於十方中即可得知第四境者三世分別第五境者實不實取分別可知第六境者於一邊處得取具足如是自分諸有色塵明了分別何者思惟能生識者共於諸根不破壞者與明了塵同與發心如此思惟能生諸識是名色陰境分思惟雜思惟者於欲界陰入住是處色界色生於此身云何上界諸色與下界共別處而住不別處耶答曰不別處住猶如池水是名色陰雜分思惟色陰分別思惟究竟

決定藏論卷中

音釋

輭而兗切柔也　迫迮迫博陌切迮側革切迫迮窘急也　鏁蘇果切與鎖同　癭於郢切頸瘤也　瘺郎豆切漏病也　痟相邀切消渴病也　甜徒廉切甘也

決定藏論卷下

梁三藏法師眞諦譯

心地品之三

如經中說六種智勝陰入界四諦因緣二十二根如是勝智云何分別

鬱陀南

相義及分別　次第攝受依　依此六種法

了知陰入等

何者色相謂十一種眼等及觸法入中色有依四大有是四大皆是礙相何者受相謂有六種眼等觸生又三種受有二種依謂色及心依色身受何以故五根色故若根有色依眼等受是名身受何故五根不名爲身答曰根自相故用各異故若異相故不同身相是故根受不名身受問曰不離身故有眼等根依根生受故名身受此說無過若說不離言無過者心不離身是故心受亦名身受凡一切受皆名身受答曰身與諸根不得相離心不如是如有衆生生無色處離身有心是故根受得名身受心得離身故名心受是一切受得有二名謂一切受皆是用相三種因緣一者是塵勝力二者思惟勝力三者自在勝力何者想相六種如前又六種生有相想無相想小想大想無量想無用想此一切想得二種異一者世間二出世間緣於欲界是名小想緣於色界是名大想緣空識處名無量想緣無所用處是無用想此欲界等是名有相想非想非非想是無相想出世間想謂諸學人及無學人是一切相分別想相何者行相如前六種後五種事一者爲與諸塵二者

得共俱故三者有爲遠離四者起煩惱業五者心得自在略説三種善不善無記一切牽果是名行相何者識相亦有六種所謂眼識乃至意識是識相分復有三種一者用分二者縁多分境三者住諸異分用分有三境分有六住分亦三如此等分分别十八取塵爲相是五陰相何者陰義色者過去未來現在乃至近遠一切諸色總名陰義如是等色乃至於識如是總攝一切和合皆名陰義何故佛説和合陰義以此諸陰唯是和合無有實我是故佛説名爲陰義何者色陰分别有六一者隨類二者隨相三者識依不依四者離識不離識五者想塵六者色究竟處此一切色所謂四大及依四大是名隨類色相三種一者淨色二者淨塵三者心塵共相者皆是質礙一切諸色皆是共相何者識依不依是衆生類名之爲依復有色處識初入乃至生受是名識依離如是色名爲不依何者離識不離識色不離識名自分共識同用故又復離識名不自分相似相續能生於觸名爲自分雖相似相續不生於觸名不自分有三種想名爲色塵一者色想二者礙想三者種種想色想者三相一者顯現色二者礙色三者聚色此三相塵如次第故取青黒等名爲色想妨人遊行名爲礙想取於男女田宅等相名種種想塵色究竟者略説有二下界墮欲界色界業增上縁若四空處依於作業則無有色依自在定有妙光色何故一切色種得自在智修現定故是妙定色何者受陰分别有五一者受類二者自相三者生處四者

思惟分別五者滅處何者受類用處法何者自相苦樂不苦不樂樂受者生樂住樂壞苦愛著因緣苦受者生苦住苦壞樂離愛因緣不苦不樂者行苦故苦解脫愛緣此一切受皆悉是苦名受苦相何者生處從十六觸受陰得生何者十六謂六根觸礙觸依言觸苦觸樂觸不苦不樂觸欲觸瞋觸無明觸明觸非明無明觸依根取塵名六根觸依塵思惟生於礙觸依心出言名依言觸三種受觸依縛依解欲瞋癡觸則依於縛明非明無明觸依於解脫何者思惟分別一切諸佛八種分別幾種受何者受集何者受滅何者受集行道何者受滅行道何者受味何者受過何者受滅處生相分別有三種受有觸集故則有受集廣說如經是八種相分別受陰一者自相分別二者現因分別三者因滅分別四者現在未來分別五者受滅道分別六者濁用分別七者清淨分別八者受滅處分別名分別何者滅處初禪滅憂根二禪滅苦根三禪滅喜根四禪滅樂根滅盡定滅捨根是名受滅處分別何者想陰分別有五一者隨類二者隨相三者顛倒四者不顛倒五者決定取境別相能生想法是名隨類隨相有六已如前釋取境雖異皆想共相名為隨相凡夫無智無明覆心起邪思惟依二見中出四顛倒依於無常謂以為常是修常想為依見取出二顛倒謂苦中計樂不淨謂淨依於身見出我顛倒於無我中取法我相復有在家名心顛倒如出家人名見顛倒分別又有異想顛倒於四種類生邪修想名想顛倒於四種類

生決定智起信分明名見顛倒何者不顛倒想諸有智人無有無明起正思惟於無常境見於無常於苦見苦於不淨境見於不淨於無我境見於無我起正修想名不顛倒想於此四種能起信樂是名心不顛倒於此四種正見正知名見不顛倒是名想不顛倒何者決定分別有五一塵決定二用決定三者假名決定四者不實決定五者實義決定取塵自相取似相是塵決定於塵生受取別異相名用決定依於自他是名生是性等相隨世俗語作想境界是名假名決定顛倒取塵名不實決定如實取塵是名實義決定何者行陰分別有五一者謂塵二者別住三者不淨四者清淨五者事六種思聚勝力牽果是名行塵生老住等不相應行和合積聚名別住行何以故各各異故名別住行三毒等行名爲不淨信等善根名爲淨行如前五種知與塵等是名爲事何者識陰分別亦五一者入處二者不淨三者依故四者住故五者多種欲界中識依外色入名爲入處色界淨天依於自陰是爲名色識入處則有二入四空處識依自四陰說名入處是入處分別此凡夫識依二種樂生於不淨依現塵用樂故不淨依於未來生老等苦樂故不淨名不淨識依有六種是生識依明等六入識依得生故得六名譬如依糠火牛糞等火亦復如是是名依故分別四識住處如經中說陰依境界爲心住處有色中識住廣說如經乃至我說識不至東餘方亦爾於現世中不樂涅槃自至寂靜清涼得梵自在我說如是此如來說經

中所攝四識住處後當廣說復略說三有緣住處住處究竟有緣住靜佛說此三顯四識住煩惱境類煩惱依住是說名爲煩惱執著以此二種名執著境一者是境二者取境者煩惱緣愛言是我物即是執境我見煩惱思惟是我又有四種貪等身結是業因緣即是取境如上所執是心住處何以故諸煩惱境依心得住猶如濕衣諸塵易住如肥田中種子增長諸凡夫人未得猒離愛欲對治受所牽識未來世中即得受生悉令具足乃至未捨凡夫之性此所受生令具足者是名能住此相續生是名生死所餘如前說於住緣如此一切名有緣住處有色界中諸識來去無色界中說心没生此三處住乃至壽遣如前二處得生增長及於壯大如是量故得知諸識住處究竟若有說言異於此義唯文字殊理則無別何以故文字義別無分別故若有問者則不能答即便思惟我云何對脫若有答後更思惟我實愚癡自不知解而答他問是故智人從一切色乃至行陰愛等諸結暫伏故無能生業結有智慧故根本永盡何以知之諸在家人依貪瞋結則能作業塵味因緣怨憎因緣於出家人戒取實結而能生業戒取煩惱與貪同相願求生天實結煩惱與瞋同相故謗涅槃如此諸結依於心地從思惟生此諸煩惱對治滅故欲取色等以爲境者即得永滅以此滅故諸識有惑於四住處則不復住諸對治識實清淨故如是得知住處寂靜以緣滅故於未來世當生具足應得相續不復更生是名有緣住靜阿摩羅識對

治世識甚深清淨說名不住復次此識不爲緣生空解脫門善修習故不能生業無願解脫門善修習故則能知足無相解脫門善修習故住於不動如前四義得正解脫觀行於塵於我我所無所取著是故色等諸塵滅壞心無渴愛如此諸相心極清淨識清淨故不自滅壞亦復不爲他緣所滅無相續故於十方處不更入生於命於死無貪欲故說無求欲心譬如樹受喻如影於時二無是故無樹是故無影世心滅故說現盡滅是無漏心學解脫故前次第說得寂靜無學解脫故得清淨四餘滅故得梵自在問何故不說識識住處答曰言不自相故識得不淨何以故如來說心自相清淨四處不爾一切煩惱極不淨故知貪欲等微細難見色等不爾非煩惱因

不如色等無有衆生於一識處而起愛著如於色等是故佛說識非住處是名識陰住處分別多種分別者此說有三一者有欲心無欲心有瞋無瞋廣說如經乃至未得解脫及正解脫此如來說則名第一是雜分別界分別故於欲界中心有四種有善不善染汙不染汙於色界中心有三種除去不善無色亦爾無漏有二謂學無學欲界善心分別有二生得學得不染汙四果報威儀工巧變化欲界變化一種生得如天龍鬼無修慧果於色界中無有工巧無色界中但有果報善心如不登高是名第二依界分別又有異心多種分別煩惱種故欲界中五苦集滅道修道破故色無色界五種亦爾則有十五及無漏心復有十六是名第三滅故分別第一是雜復

更分别三品助分爲三摩提一者使動二不
使動一不得定二者得定一不正淨二者正
淨於第一品有染心人欲等障心又於一時
有善心人無記心人欲等不起如是分别有
欲等心無欲等心於第二品或復有時依内
於定安心一處境念滅故而於五塵心生散
亂極令没故嬾惰覆障爲滅嬾惰於喜樂境
不正安故一時浮動正取境故心不浮動沉
没浮動爲煩惱障心不寂靜沉等滅故即得
寂靜正思惟故得根本禪是名心定離前定
相是不定心至究竟道是故正修至滅究竟
故正解脱離前二相不正修習不正解脱取
諸定相知第三品是名識陰分别何者識陰
次第有八種陰一者生作二者治道三者染
因所作四者住作五者分别作六者如處作
七者如麤作八者如器等作何者生作依根
依色生於眼識依意依法亦皆如是如次第
經前説色陰心數所依後説識陰受等心數
在於中説是名生作次第何者治道次第除
四顛倒説四念處於色不淨横計爲淨説身
念處於受計樂説受念處依於想行無我計
我説法念處依心無常横計爲常説心念處
何者染因所作次第男見女色起於愛染何
故受味愛故受味愛者依想顛倒想顛倒者
依行煩惱行煩惱者依於識陰依於根塵塵
用生受取多種塵是名爲想現世塵用生諸
煩惱名之爲行依諸煩惱生不淨識善不善
業於未來處生等苦故更得不淨説識在後
何者住作次第識住四處一者色二者受三
者想四者行何以故欲界中色是色住處於

欲界中具足色故於色界中說爲受住何以故受顯現故於三無色說想住處何以故想顯現故於第四空說行住處何以故大思現故八萬大劫是思果故說住四處是名住作次第分別作次第者以色陰故見色聽聲則知他人以受陰故心有高下生於苦樂以想陰故知名生姓以行陰故分別愚智以識陰故陰中計我是名分別作次第如處作次第者如在家人色受因緣起於鬪諍若出家人想行因緣亦生鬪諍識於二處並爲因緣如麤作次第者色最爲麤六識境故次明受陰有三受故男女等相相可知故貪瞋癡等自可知故離受想行識難知故如器等作次第者色譬如器盛三受故受譬飲食損益身故想譬鮭鮭取異受故行喻食至與苦樂故識譬食者用受等故何者攝受幾陰幾入幾界幾因緣分幾處非處幾根攝受如色陰等乃至識陰色陰一陰十入十界法入法界說於少分六緣少分於處非處亦說少分根則有七受陰攝受者一陰法入法界各說少分一因緣分三緣少分處非處分根中有五想陰攝受者一陰法入法界各說少分三緣少分處非處分根則不攝行陰攝受者一陰法入法界亦說少分四因緣分五緣少分處非處分根中具六三根少分識陰攝受者一陰一入七界二因緣分三緣少分處非處分根中說一三根少分如是陰入乃至於根交互相攝又異攝有十陰等諸法攝自種子是名異攝陰等諸法自共相攝是名相攝陰等諸法徧一切處是名生攝陰等諸法樂受等住名

別住攝如陰等一時俱起名不離攝諸陰等法在於三世名爲時攝諸陰等法依處得生名爲處攝諸陰等法五種等故名具足攝諸陰等法分分不具名少分攝陰等諸法如如相故是名眞攝如陰至根合十六攝又有三種攝一切法色陰法界意入何者陰依幾種色色陰得生依幾種處名攝陰生依於六處色陰得生一者依處二者住處三者卧具處四者根處五者根依處六者如行能故諸定地處識依七處名攝陰生一者欲二者色三者塵四者覺五者觀察六者淨行方便七者清淨欲等四處說在家人觀察之處則是出家精勤持戒淨行方便者得未來禪七者清淨得根本禪爲四種人說七爲四色陰分別後當廣說依色分別

鬱陀南

物種及隣虛　生形與相續　業等剎那獨
境雜說有十

復有幾物色陰攝眼攝相一物眼識所依是色清淨不離攝故則有七物謂眼身地色香味觸三界攝故說有十物七種如前及水火風如眼物等耳鼻及舌亦復如是離四種根身根九物何以故離四根故身得獨生復有聲界不久住故是故別說有處有聲則有十一色等塵物分別如細滑等至健皆是觸入依四大地制於別名依四大淨說於滑觸依堅生重不淨不堅生於麤輕爲淨不合生於輭觸依風水雜則生冷觸持因不具生於飢渴亦生羸劣持因具足依大平等力飽觸生依大不適飲食難銷生諸病觸依身轉變四

大不調生於老觸命根轉變四大不調生於死觸依血不等生過患故食飲毒惡有暫死觸地水相雜則生濁觸去來動轉心起煩惱生疲倦觸離上因緣生消息觸四大調和身色不滅生休健觸和合諸觸四大别住說有六種謂淨四大共不淨大堅共不堅不攝及雜不等平等一切諸塵色等至觸以二識知自識心識或同持知或不同時於色界中現無香味非無種本無有摶食離食欲故香味二塵摶食攝故鼻舌二識無現用故亦有種本色陰攝色則有九物四大依大五塵一切他色假名說陰法入中色得有二種物有假有依定自在定中觀色名爲物有是定果化定共識塵戒非戒色皆是假名又定塵色處果定處色相應故依於定大得生世法依有漏定及無漏定色是世法非出世法何以故有相思惟定因緣故一切定人有能生色不能生色猶如化生若不思惟依前自在無有暗障得淨光明自然而至現在世生是名物有思惟思惟解脫力故得見諸色色未現前是假名有非出世定境界之塵出世定色不可思惟欲色界色云何爲異色界中色極大清淨出光明故極妙微細非下根塵無有苦受過苦受故不可思惟住隣虛塵無妨礙故隨於心想得有麤細是五種異略說色陰有六種相自相共相依依者相關相用相業相妙相地水等大堅潤熱動四大自相眼等諸根淨是自相是名自相皆有障礙是色共相四大是依依者五塵是相關相內入有色用增上故外塵得生多種有一色聚得名堅觸

有潤有熱有動有雜爲內人用是名用相地等四大依攝熟牽是事業相復有別業後當廣說隣虛細色是名妙相妙相三種分破極細有生極細自在極細分破故隣虛極微生極細故風等諸微至中陰色色界中色無色界色自在細故得名極微如佛經說人生中住得平等心修學自心莊嚴自心作自在心共一處住不相妨礙亦無惱害若於此後生色究竟大梵自在是其生處下閻浮提爲聽法故破一切頭作十六分地如一分衆天共住無相妨礙名自在極微如是色陰物種思惟隣虛色相幾種分別略說有五後當廣說如經本地智分破故種分別故獨自分故共伴分故無方分故析色究竟智決定故是隣虛分非身量故是故隣虛不生不滅是故色聚非隣虛生分別隣虛有十五種眼等五根色等五塵四大法色自相分別是名獨分和合隣虛是共伴分何以故地等隣虛不相離故何故有障礙法不離一處共伴住故不無障礙如心大地合根相似故諸事用生爲相似業增上緣故諸色和合共爲根用故得生起若不如是非諸和合眼識等塵根塵無用是故共伴不得相離有一種色或礙不礙如中陰等乃至梵色名共伴分色究意故諸隣虛色無有方分不和合故和合諸色隣虛方分離一方處無隣虛色如前所說五種隣虛有五種眼肉天聖慧法眼似佛眼五種隣虛幾眼境界肉天二眼所不能見餘三眼見何以故唯色和合天眼得見內外上下前後明暗不見隣虛智分別故隣虛色相非體別故

何故隣虛不生不滅可知可説答具足和合前得生故未至後時未得別體於中滅故譬如水滴五種相故隣虛思惟得知不正於色和合以自體故隣虛得住是爲第一不正思惟隣虛生滅是爲第二隣虛色住共伴離伴是名第三唯隣虛中色和合住是名第四隣虛和合能生他色他色得生異於隣虛如是隣虛不正思惟如正心人又取諸相離前五種不正思惟隣虛思惟正故得起五種功德和合色處隣虛分故用行修道於諸境界無疑惑因所作自在是一功德身見滅道漸漸增勝是二功德我慢滅道方便得生是三功德諸煩惱起起而暫止心得清淨是四功德爲空無相二解脱門便得修慧是五功德生者略説色物有五種生依生種生牽生長生

壞生何者依生於四大依造色得生是故四大不名造色是四大虛造色得生此色和合是四大依知色自相於和合中得知有色復更有虛不見自相知無別色略説得知有相非有相若虛不見而言有者譬喻得知若有共依爲得同物爲不同物義有二種量故力故若不同量應得小知小知不得則無是義若有力故依物不同離自相故則無別力此力不同亦無是義是名依生何者種生從自種生譬如穀子至多因緣芽肉等界地灰等生遇諸因緣堅物得軟軟物得堅不熱不動得動動得不動如是好色及不好色有自相故爲自種子多種得生是名種生何者牽生内入業增不動外物而能得生譬如世器宿業牽故内入得生譬如爲業五道入生外諸

色物三種業牽一者如鬱單越依報自生四天王天至第四天二者現業自牽外色得生如第五天三者依他念業外色得生如第六天是名牽生何者增長生具足因緣多種得生謂色增長漸漸具足水雨溉灌芽等增長是名長生離增長生是名壞生造色生者如多種物石磨和合不可分別知別相故不如麻豆麥等諸物一處積聚種別可知何以故猶如生相能生事用爲因增上造色得生若一切行從自種本後便得生何故依四大色説造色生答四大增減造色隨大亦有損益猶如眼識離於四大不別生故譬如大地四大持故如縱持衣三因緣故大地增減方便能令造色增減功用因故業因緣故定自在故地大能造色增減三種力故何者三種能破增力能受器力能生因力水大者能潤力故火能熟故風能燥故是功用故四大增減能令造色增減前業相似諸四大生而得相似是故造色似於四大是名業因緣故定自在者前至大地後時能令造色增減如能轉變四大造色以地爲水以水爲地是定自在又復略説五種因緣異相四大使生異果四大力故功用力故呪術力故神通力故業行力故從於此後未至生處於中陰中諸色和合何因何緣自種子因能牽生業是增上緣以何義故有中陰生云何可信於後無依心心數法更生他處不可至故若如思惟喻於聲響是義不然根亂故有如見二月若如思惟無中陰者譬鏡中影是亦不然面不滅故影譬不然若復思惟如心取境無中間識汝

喻不然心不去故若是等譬破無中陰是義不然是故中陰實有可信是名色陰生分思惟巳生色陰何者前去取於生處他色處生答四大在前向受生處四大依故於處造色與大共生四大處生處障故生又復造色自相徧故不離大故能障生處地等四大麤細可知如次第說地界持故能作事業得說有果水火風界流燒吹等是三大業一切諸聲唯生滅於色和合不久相續於內外二處得知依一時生處處得闇悉皆徧滿如炎光至無前後無遲疾故此風二種謂動不動輪者不動空行則動行於物者恒爲隨順持於幻化持幻化者則是不動異此皆動虛空界者明暗所攝皆是造色是名空界離明暗等空界別相不可知故亦是不動於衆生處有恒光明有恒暗冥此中不動若異此處則名爲動依色和合清淨虛朗光明所攝不清朗者亦是光攝形者謂長短等爲是實法爲假名耶答此是假名何以故以聚集故言此是處言此是形唯言語故唯度量故於八相中無別義故若以看視於可視者體性雜故猶如車等慧有異故故說假名復於法入禪定果色唯得有色何以故餘香味觸生因無故無復用故如是於空行風諸香等塵無共生者以相近故風中有香復於光中出輪外者若諸大法及香等塵不復得現禪定果色於法入中依禪定生非四大生似本色故亦說造色不依四大從色陰中有幾動法是可見者有障礙者答一者二種眼識行處離法入色所餘諸色皆不可見亦有障礙如是分者於

色陰中是形思惟相續者於色陰中有幾種流答有三種一者依二者報生三者長養依者有四報依長養依不等依體性依報流者二種一者前品二者相續前品是報等所牽故次報後生是名相續長養有二滿處長養相增長養滿處者有色增長飲食眠臥梵行禪定依此增長復相增者從依飲食依滿處故恒受樂故依時熟故而得增長諸有色法依此二種而得增長於無色法唯相增故而得增長欲界諸色四食長養何者爲四思識摶觸前二種食未牽牽故是生因緣後二種食是住因緣觸食是受陰等住緣所餘眠等亦能增長於色界色不依摶食不依眠臥不依梵行而得增長諸有色根而隨二流離此二種無別依流果報相續增長壯大有時得見何故是報所攝不名長養答此果報色如安置處不增不減而得住故養相續者依報相續有違從故有增有減非根色者皆有三流心心數法依於依流依於報流若依相增而有增長於法入色無有報生所餘諸法如心心數而可得知於欲界中諸內外色得果報生於色界中離於香味餘者是報復欲界中諸根不具亦是果報於色界中諸根具足皆是果報是聲界者亦是果報非是聲故是名色陰相續思惟業者色陰中攝持界幾業乃至風界一切四大有五種業於此地界開發轉業處所持業爲作依業互相違業平等增業水界業者流攝濕潤違及增長是爲五種火界業者光熟破壞違及增長亦有五種風界業者輕動令燥違及增長是名風業又

有四大於造色生亦有五業何者爲五一者能生二者與依三者住處四者勝持五者增長何以故於開發生前得至故是名能生已得生者不離處故是名與依於增壞等相似性故是名住處如量不減能勝持故是名勝持令增長故是名增長何故眼耳塵色有善不善餘塵不爾答略說有三輭中上思何者爲輭思惟時思決定時思作業時思爲善不善身口業生依極上思二色生故是故業色有善不善是故餘塵不得如此從色和合動揺異相爲不異相答說不異相何以故於此物處已生未生已壞未壞動義不然若動已生而後得動無有自相若未生者則無有動若已壞者不能得動未生同故若不壞者則無行相分明別體至彼因縁是義不然是故動揺無別實有是名色陰業分思惟剎那者此具足故色陰剎那剎那滅故何以故行法得生滅無障故此時生因即是滅因是義不然何以故一因異果不得生故已生作因別相不現故是故行法自滅不縁於他得念滅無有障礙如火等物爲破壞因若是思惟此義不然共行火等同生滅故不似前生唯因能造是火等事滅者滅因是義不然何以故滅者與行不共俱故滅若已有於行滅中諸行相續已斷滅故以是義故不得共俱滅者滅無爲體能作滅因是故不然若滅爲滅因不得一時滅作滅因前後無異故諸相續法永應不生若滅體從滅異義別有滅相即不可得是故不然復次若與火等滅伴能滅作是思惟是故心心數等諸燈炎等有自體滅

即應不有是故不然復次若力更互相成二能滅故此是所滅此是能滅則無分別是故不然復次若二種法各有能分共滅具足而此二種各有半能各半不能是故不然如是等分於色陰中刹那思惟自體滅故諸火等法遮滅因故遮二種滅因故何以知之一切諸行心爲果故如心可知皆有刹那觸者從諸四大造色別相爲當不別答曰有別何以故見別相故如此別相謂是根境餘根大境餘造色境度不度故從諸華香度於麻中等不度變不變故如蘇等中煎煮和合色味等變堅等不然是故知有別相造色四大造色有於別相而體是一譬如見株起於二智取相有異而體是一一者疑智境故二者決智境故是喻不然雖有別相而作一體於四大中亦應如是何以知之是諸四大各自別相若定如是四大一體不應有四此義不然是故造色與大別體是名獨不獨義思惟境者一切諸法色所攝者幾根幾塵答五色是根六色是塵云何根者諸塵成境根不破者黃說如經於初地中幾種因緣諸根破壞不破壞者答有二種一者羸劣二者皆失不如此義皆是成根略說有四變異因緣一者從外緣生云何知之用諸外塵有逆從故他損傷故治損傷故是名外緣二者從於內緣如在於內不善思惟所生欲等諸根損減從正思惟三摩提等諸根增益三者業緣得生如昔業緣有强弱故諸可愛及不可愛四者從自體生一切諸根依自相故時損時益復次心根破壞有幾答曰有四一者從蓋所作於五

蓋中隨一覆心亂心所作亂心作者如著鬼等所求未得如四空定及六神通未得之時自謂言得起邪心故名求未得未了所作如未多聞及諸工巧依是四義心得破壞復次云何色等諸塵於根明了色不至眼於眼明了不極微細見亦明了及可見色無覆障者有光明處又不過遠對眼前塵於眼明了有諸衆生於暗室中亦得了色唯一種不可見色如前諸塵肉眼不見皆天眼見聲者不至無障若有至者若光暗中不過微細住於境處即得明了香味及觸至於自根住境處者是諸天眼可見色者雖復微細有障及遠至住境處皆得明了不住境處不能得見復諸聖人聖慧眼者一切種色皆悉明了如初地說六種境界云何解釋第一境者諸色皆得

入衆生世及於世器二者依三種性皆有分別一者相分別二者事分別三者住分別如是分別青赤白等乃至廣說事分别者作無作色戒非戒色非戒非非戒色住分別者是如意色及不如意及有捨處名色分別聲分別者衆生數因非衆生因衆生非衆生因事分別者是口所作住分別者如前說香分別者謂根莖皮心葉華果是香分别香味觸中無事分別住分別者如前色說味相分別者謂甜苦等住亦如前觸有多種分別如前第三境者於十方中即可得知第四境者三世分別第五者實不實取分別可知第六境者於一邊處得取具足如是自分諸有色塵明了分别何者思惟能生識者於共於諸根不破壞者與明了塵同興發心如此思惟能生

諸識是名色陰境分思惟雜思惟者於欲界陰入住是處色界色生於此身云何上界諸色與下界共別處而住不別處也答曰不別處住猶如沙水是名色陰雜分思非色陰分別思惟究竟

決定藏論卷下

音釋

鮭鮭（鮭古攜切鮭去魚切）溉（古代切澆灌也）綖（蘇甸切與線同）摶（度官切捏聚也）

究竟一乘寶性論

元魏天竺三藏勒那摩提譯

清刻龍藏佛說法變相圖

究竟一乘寶性論卷第一

元魏天竺三藏勒那摩提譯

本教化品第一

我今悉歸命　一切無上尊　爲聞法王藏
廣利諸羣生　諸佛勝妙法　謗以爲非法
愚癡無智慧　迷於邪正故　具足智慧人
善分別邪正　如是作論者　不違於正法
順三乘菩提　對三界煩惱　雖是弟子造
正取邪則捨　善說明句義　初中後功德
智者聞是義　不取於餘法　如我知佛意
堅住深正義　如實修行者　同取於佛語
雖無善巧言　但有眞實義　彼法應受持
如取金捨石　妙義如眞金　巧語如瓦石
依名不依義　彼人無明盲　依自罪業障
謗諸佛妙法　如是之人等　則爲諸佛呵

或有取他心　謗諸佛妙法　如是之人等
則爲諸佛呵　爲種種供養　謗諸佛妙法
如是之人等　則爲諸佛呵　愚癡及我慢
樂行於小法　謗法及法師　則爲諸佛呵
外現威儀相　不識如來教　謗法及法師
則爲諸佛呵　爲求名聞故　起種種異說
謗法及法師　則爲諸佛呵　說乖修多羅
言是眞實義　謗法及法師　則爲諸佛呵
求利養攝衆　誑惑無智者　謗法及法師
則爲諸佛呵　佛觀如是等　極惡罪衆生
慈悲心自在　爲說法除苦　深智大慈悲
能如是利益　我說不求利　爲正法久住

本佛寶品第二

佛體無前際　及無中間際　亦復無後際
寂靜自覺知　既自覺知已　爲欲令他知
是故爲彼說　無畏常恒道　佛能執持彼
智慧慈悲刀　及妙金剛杵　割截諸苦芽
摧碎諸見山　覆藏顛倒意　及一切稠林
故我今敬禮

本法寶品第三

非有亦非無　亦復非有無　亦非即於彼
亦復不離彼　不可得思量　非聞慧境界
出離言語道　內心知清涼　彼眞妙法日
清淨無塵垢　大智慧光明　普照諸世間
能破諸曀障　覺觀貪瞋癡　一切煩惱等
故我今敬禮

本僧寶品第四

正覺正知者　見一切衆生　清淨無有我
寂靜眞實際　以能知於彼　自性清淨心
見煩惱無實　故離諸煩惱　無障淨智者

如實見衆生　自性清淨性　佛法僧境界
無礙淨智眼　見諸衆生性　徧無量境界
故我今敬禮
問曰依何等法有此三寶答曰偈言
眞如有雜垢　及遠離諸垢　佛無量功德
及佛所作業　如是妙境界　是諸佛所知
依此妙法身　出生於三寶

本一切衆生有如來藏品第五

問曰云何得知一切衆生有如來藏答曰偈言
一切衆生界　不離諸佛智　以彼淨無垢
性體不二故　依一切諸佛　平等法性身
知一切衆生　皆有如來藏
又復略說偈言
體及因果業　相應及以行　時差別徧處
不變無差別　彼妙義次第　第一眞法性
我如是略說　汝今應善知
此偈明何義偈言
自性常不染　如寶空淨水　信法及般若
三昧大悲等　淨我樂常等　彼岸功德果
猒苦求涅槃　欲願等諸業　大海珍寶水
無量不可盡　如燈明觸色　性功德如是
見實者說言　凡夫聖人佛　衆生如來藏
眞如無差別　有不淨有淨　及以善淨等
如是次第說　衆生菩薩佛　如空徧一切
而空無分別　自性無垢心　亦徧無分別
如虛空徧至　體細塵不染　佛性徧衆生
諸煩惱不染　如一切世間　依虛空生滅
依於無漏界　有諸根生滅　火不燒虛空
若燒無是處　如是老病死　不能燒佛性

地依於水住　水復依於風　風依於虛空
空不依地等　如是陰界根　住煩惱業中
諸煩惱業等　住不善思惟　不善思惟行
住清淨心中　自性清淨心　不住彼諸法
陰入界如地　煩惱業如水　不正念如風
淨心界如空　依性起邪念　念起煩惱業
依因煩惱業　能起陰界入　依止於五陰
界入等諸法　有諸根生滅　如世界成壞
淨心如虛空　無因復無緣　及無和合義
亦無生住滅　如虛空淨心　常明無轉變
爲虛妄分別　客塵煩惱染　菩薩摩訶薩
如實知佛性　不生亦不滅　又無老病等
菩薩如是知　得離於生死　憐愍衆生故
示現有生滅　佛身不變異　以得無盡法
衆生所歸依　以無邊際故　常住不二法
以離妄分別　恒不執不作　清淨心力故
法身及如來　聖諦與涅槃　功德不相離
如光不離日

本無量煩惱所纏品第六

萎華中諸佛　衆蜂中美蜜　皮糩中堅實
糞穢中眞金　地中珍寶藏　諸果子中芽
朽故弊壞衣　纏裹眞金像　貧賤醜陋女
懷轉輪聖王　燋黑泥模中　有上妙寶像
衆生貪瞋癡　妄想煩惱等　塵勞諸垢中
皆有如來藏　華蜂糩糞穢　地果故弊衣
貧賤女泥模　煩惱垢相似　佛蜜實眞金
寶芽金像王　上妙寶像等　如來藏相似

問曰華佛譬喻爲明何義答曰言萎華者喻諸煩惱言諸佛者喻如來藏偈言

功德莊嚴佛　住在萎華中　淨天眼者見

去華顯諸佛　佛眼觀自法　徧一切衆生
下至阿鼻獄　具足如來藏　自處常住際
以慈悲方便　令一切衆生　遠離諸障礙
如朽故華中　有諸佛如來　天眼者見知
除去萎華果　如來亦如是　見貪煩惱垢
不淨衆生中　具足如來藏　以大慈悲心
憐愍世間故　爲一切衆生　除煩惱華果
問曰蜂蜜譬喻爲明何義答曰言羣蜂者喻諸煩惱言美蜜者喻如來藏偈言
上妙美味蜜　爲羣蜂圍繞　須者設方便
散蜂而取蜜　如來亦如是　以一切智眼
見諸煩惱蜂　圍繞佛性蜜　以大方便力
散彼煩惱蜂　顯出如來藏　如取蜜受用
猶如百千億　那由他諸蟲　遮障微塵蜜
無有能近者　有智者須蜜　殺害彼諸蟲
取上美味蜜　隨意而受用　無漏智如蜜
在衆生身中　煩惱如毒蟲　如來所殺害
問曰糩實譬喻爲明何義答曰言皮糩者喻諸煩惱言內實者喻如來藏偈言
穀實在糩中　無人能受用　時有須用者
方便除皮糩　佛見諸衆生　身有如來性
煩惱皮糩纏　不能作佛事　以善方便力
令三界衆生　除煩惱皮糩　隨意作佛事
如稻穀麥等　不離諸皮糩　內實未淨治
不任美食用　如是如來藏　不離煩惱糩
令一切衆生　煩惱所飢渴　佛自在法王
在衆生身中　能示以愛味　除彼飢渴苦
問曰糞金譬喻爲明何義答曰糞穢譬喻者諸煩惱相似眞金譬喻者如來藏相似偈言
如人行遠路　遺金糞穢中　經百千歲住

如本不變異　淨天眼見已　徧告衆人言
此中有眞金　汝可取受用　佛觀衆生性
没煩惱糞中　爲欲拔濟彼　雨微妙法雨
如於不淨地　漏失眞金寶　諸天眼了見
衆生不能知　諸天既見已　語衆悉令知
教除垢方便　得淨眞金用　佛性金亦爾
墮煩惱穢中　如來觀察已　爲説清淨法

問曰地寶譬喻爲明何義答曰地譬喻者諸煩惱相似寶藏譬喻者如來藏相似偈言

譬如貧人舍　地有珍寶藏　彼人不能知
寶又不能言　衆生亦如是　於自心舍中
有不可思議　無盡法寶藏　雖有此寶藏
不能自覺知　以不覺知故　受生死貧苦
譬如珍寶藏　在彼貧人宅　人不言我貧
寶不言我此　如是法寶藏　在衆生心中
衆生如貧人　佛性如寶藏　爲欲令衆生
得此珍寶故　彼諸佛如來　出現於世間

問曰果芽譬喻爲明何義答曰果皮譬喻者諸煩惱相似子芽譬喻者如來藏相似偈言

如種種果樹　子芽不朽壞　種地中水灌
生長成大樹　一切諸衆生　種種煩惱中
皆有如來性　無明皮所纏　種諸善根地
生彼菩提芽　次第漸增長　成如來樹王
依地水火風　空時日月緣　多羅等種内
出生大樹王　一切諸衆生　皆亦復如是
煩惱果皮内　有正覺子芽　依白淨等法
種種諸緣故　次第漸增長　成佛大法王

問曰衣像譬喻爲明何義答曰弊衣譬喻者諸煩惱相似金像譬喻者如來藏相似偈言

弊衣纏金像　在於道路中　諸天爲人説

此中有金像　種種煩惱垢　纏裹如來藏
佛無障眼見　下至阿鼻獄　皆有如來身
爲令彼得故　廣設諸方便　説種種妙法
金像弊衣纏　墮在曠野路　有天眼者見
爲淨示衆人　衆生如來藏　煩惱爛衣纏
在世間險道　而不自覺知　佛眼觀衆生
皆有如來藏　爲説種種法　令彼得解脱

問曰女王譬喻爲明何義答曰貧女譬喻者諸煩惱相似歌羅邏四大中有轉輪王身喻者生死歌羅邏藏中有如來藏轉輪王相似偈言

譬如孤獨女　住在貧窮舍　身懷轉輪王
而不自覺知　如彼貧窮舍　王有亦如是
懷胎女人者　喻不淨衆生　如彼藏中胎
衆生性亦然　内有無垢性　名爲不孤獨
貧女垢衣纏　極醜陋受苦　處於孤獨舍
懷妊王重擔　如是諸煩惱　染汙衆生性
受無量苦惱　無有歸依處　實有歸依處
而無歸依心　不覺自身中　有如來藏故

問曰模像譬喻爲明何義答曰泥模譬喻者諸煩惱相似寶像譬喻者如來藏相似偈言

如人融眞金　鑄在泥模中　外有燋黑泥
内有眞金像　彼人量已冷　除去外泥障
開模令顯現　取内眞金像　佛性常明淨
客塵所染汙　諸佛善觀察　除障令顯現
離垢明淨像　在於泥模中　鑄師知無熱
然後去泥障　如來亦如是　見衆生佛性
儼然處煩惱　如像在模中　能以巧方便
善用説法椎　打破煩惱模　顯發如來藏

本爲何義説法品第七

問曰餘修多羅中皆說一切空此中何故說
有眞如佛性偈言
處處經中說　內外一切空　有爲法如雲
及如夢幻等　此中何故說　一切諸衆生
皆有眞如性　而不說空寂
答曰偈言
以有怯弱心　輕慢諸衆生　執著虛妄法
謗眞如實性　計身有神我　爲令如是等
遠離五種過　故說有佛性

本身轉清淨成菩提品第八

淨得及遠離　自他利相應　依止深大快
如彼所爲義
初說佛菩提及得菩提方便偈言
向說佛法身　自性清淨體　爲諸煩惱垢
客塵所染汙　譬如虛空中　離垢淨日月
爲彼厚密雲　羅網之所覆　佛功德無垢
常恒及不變　不分別諸法　得無漏眞智
次說無垢清淨體偈言
如清淨池水　無有諸塵濁　種種雜華樹
周帀常圍繞　如月離羅睺　日無雲翳等
無垢功德具　顯現即彼體　蜂王美味蜜
堅實淨眞金　寶藏大果樹　無垢眞金像
轉輪聖王身　妙寶如來像　如是等諸法
即是如來身
次說成就自利利他偈言
無漏及徧至　不滅法與恒　清淨不變異
不退寂靜處　諸佛如來身　如虛空無相
爲諸勝智者　作六根境界　示現微妙色
出于妙音聲　令齅佛戒香　甞佛妙法味
使覺三昧觸　令知深妙法　細思惟稠林

佛離虛空相

次說第一義相應偈言

如空不思議　常恒及清涼　不變與寂靜
徧離諸分別　一切處不著　離礙麤澀觸
亦不可見取　佛淨心無垢

次說佛法身偈言

非初非中後　不破壞不二　遠離於三界
無垢無分別　此甚深境界　非二乘所知
具勝三昧慧　如是人能見　出過於恒沙
不思議功德　唯如來成就　不與餘人共
如來妙色身　清淨無垢體　遠離諸煩惱
及一切習氣　種種勝妙法　光明以爲體
令衆生解脫　常無有休息　所作不思議
如摩尼寶王　能現種種形　而彼體非實
爲世間說法　示現寂靜處　教化使淳熟
授記令入道　如來鏡像身　而不離本體
猶如一切色　不離於虛空

次說如來常住身偈言

世尊體常住　以修無量因　衆生界不盡
慈悲心如意　智成就相應　法中得自在
降伏諸魔怨　體寂靜故常

次說不可思議體偈言

非言語所說　第一義諦攝　離諸覺觀地
無譬喻可說　最上勝妙法　不取有涅槃
非三乘所知　唯是佛境界

本如來功德品第九

自利亦利他　第一義諦身　依彼眞諦身
有此世諦體　果遠離淳熟　此中具足有
六十四種法　諸功德差別

略說偈言

佛力金剛杵　破無智者障　如來無所畏
處衆如師子　如來不共法　清淨如虛空
如彼水中月　衆生二種見
初說十力偈言
處非處果報　業及於諸根　性信至處道
離垢諸禪定　憶念過去世　天眼寂靜智
如是等諸句　說名十種力
如金剛杵者偈言
處非處業性　衆生諸信根　種種道修地
過宿命差別　天眼漏盡等　佛力金剛杵
能刺摧散破　癡鎧山牆樹
次說四無畏偈言
如實覺諸法　遮諸礙道障　說道得無漏
是四種無畏　於所知境界　畢竟知自他
自知教他知　此非遮障道　能證勝妙果
自得令他得　說自他利諦　是諸處無畏
如師子王者偈言
譬如師子王　諸獸中自在　常在於山林
不怖畏諸獸　佛人王亦爾　處於諸羣衆
不畏及善住　堅固奮迅等
次說佛十八不共法偈言
佛無過無諍　無妄念等失　無不定散心
無種種諸想　無作意護心　欲精進不退
念慧及解脫　知見等不退　諸業智爲本
知三世無障　佛十八功德　及餘不說者
佛身口無失　若他來破壞　內心無動相
非作心捨心　世尊欲精進　念淨智解脫
知見常不失　示現可知境　一切諸業等
智爲本展轉　三世無障礙　廣大智行常
是名如來體　大智慧相應　覺彼大菩提

最上勝妙法　爲一切衆生　轉於大法輪
無畏勝妙法　令彼得解脫
次說虛空不相應義偈言
地水火風等　彼法空中無　諸色中亦無
虛空無礙法　諸佛無障礙　猶如虛空相
如來在世間　如地水火風　而諸佛如來
所有諸功德　乃至無一法　共餘世間有
次說三十二大人相偈言
足下相平滿　具足千輻輪　跟傭趺上隆
伊尼鹿王踹　手足悉柔輭　諸指皆纖長
鵝王網縵指　臂肘上下傭　兩肩前後平
左右俱圓滿　立能手過膝　馬王陰藏相
身傭相洪雅　如尼拘樹王　體相七處滿
上半如師子　威德勢堅固　猶如那羅延
身色新淨妙　柔輭金色皮　淨輭細平密
一孔一毛生　毛柔輭上靡　微細輪右旋
身淨光圓帀　頂上相高顯　項如孔雀王
順方若師子　髮淨金精色　喻如因陀羅
額上白毫相　通面淨光明　口含四十齒
二牙白喻雪　深密內外明　上下齒齊平
迦陵頻伽聲　妙音深遠聲　所食無完過
得味中上味　細薄廣長舌　二目淳紺色
眼睫若牛王　功德如蓮華　如是說人尊
妙相三十二　一一不雜亂　普身不可嫌
次說如水中月偈言
秋空無雲翳　月在天及水　一切世間人
皆見月勢力　清淨佛輪中　具功德勢力
佛子見如來　功德身亦爾
本自然不休息佛業品第十
於可化衆生　以教化方便　起化衆生業

教化衆生界 諸佛自在人 於可化衆生
常待時待處 自然作佛事 徧覺知大乘
最妙功德聚 如大海水寶 如來智亦爾
菩提廣無邊 猶如虛空界 放無量功德
大智慧日光 徧照諸衆生 有佛妙法身
無垢功德藏 如我身無異 煩惱障智障
雲霧羅網覆 諸佛慈悲風 吹令散滅盡
次說大乘譬喻略說偈言
帝釋妙鼓雲 梵天日摩尼 響及虛空地
如來身亦爾
初說帝釋鏡像譬喻偈言
如彼毗瑠璃 清淨大地中 天主帝釋身
於中鏡像現 如是衆生心 清淨大地中
諸佛如來身 於中鏡像現 帝釋現不現
依地淨不淨 如是諸世間 鏡像見不見
如來有起滅 依濁不濁心 如是諸衆生
鏡像見不見 天主帝釋身 鏡像有生滅
不可得說有 不可得說無 如來身亦爾
鏡像有生滅 不可得說有 不可得說無
如地普周徧 遠離高下穢 大瑠璃明淨
離垢功德平 以彼毗瑠璃 清淨無垢故
天主鏡像現 及莊嚴具生 若男若女等
於中見天主 及妙莊嚴具 作生彼處願
衆生爲生彼 修行諸善行 持戒及布施
散華捨珍寶 後時功德盡 地滅彼亦滅
心瑠璃池淨 諸佛鏡像現 諸佛子菩薩
見佛心歡喜 爲求菩提故 起願修諸行
不生不滅者即是如來偈言
如毗瑠璃滅 彼鏡像亦滅 無可化衆生
如來不出世 瑠璃寶地淨 示現佛妙像

彼淨心不壞　信根芽增長　白淨法生滅
佛像示生滅　如來不生滅　猶如帝釋王
此業自然有　見是等現前　法身不生滅
盡諸際常住

次說天中妙鼓譬喻偈言

天妙法鼓聲　依自業而有　諸佛說法音
衆生自業聞　如妙聲遠離　功用處身心
令一切諸天　離怖得寂靜　佛聲亦如是
離功用身心　令一切衆生　得證寂滅道
於彼戰鬭時　爲破脩羅力　因鼓出畏聲
令脩羅退散　如來爲衆生　滅諸煩惱苦
爲世間說法　亦勝禪定道

一切世間人不覺自過失偈言

聾不聞細聲　天耳聞不徧　唯智者境界
以聞心不染

次說雲雨譬喻偈言

智有起悲心　徧滿世間處　定持無垢藏
佛雨淨穀因　世間依善業　依風生雲雨
依悲等增長　佛妙法雲雨

依止器世間雨水味變壞偈言

譬如虛空中　雨八功德水　到鹹等住處
生種種異味　如來慈悲雲　雨八聖道水
到衆生心處　生種種解味

無差別心偈言

信於妙大乘　及中謗法者　人遮多鳥鬼
此三聚相似　正定聚衆生　習氣不定聚
身見邪定聚　邪見流生死　秋天無雲雨
人空鳥受苦　夏天多雨水　燒鬼令受苦
佛現世不現　悲雲雨法雨　信法器能得
謗法有不聞

不護衆生偈言

天雨如車軸　澍下衝大地　雹及霹靂石
金剛暴火等　不護微細蟲　山林諸果樹
草穀稻粮等　行人故不雨　如來亦如是
於麤細衆生　相應諸方便　般若悲雲雨
諸煩惱習氣　我邪見衆生　如是種種類
一切智不護

爲滅苦火偈言

知病離苦因　取無病修藥　苦因彼滅道
知離觸修等　無始世生死　彼流轉五道
五道中受樂　猶如臭爛糞　寒熱惱等觸
諸苦畢竟有　爲令彼除滅　降大妙法雨
知天中退苦　人中追求苦　有智者不求
人天自在樂　慧者信佛語　已信者知苦
亦復知苦因　觀滅及知道

次說梵天譬喻偈言

梵天過去願　依諸天淨業　梵天自然現
化佛身亦爾　梵宮中不動　常現於欲界
諸天見妙色　失五欲境界　佛法身不動
而常現世間　衆生見歡喜　不樂諸有樂

有現不現偈言

從天退入胎　現生有父母　在家示嬰兒
習學諸技藝　戲樂及遊行　出家行苦行
現就外道學　降伏於天魔　成佛轉法輪
示道入涅槃　諸薄福衆生　不能見如來

次說日譬喻偈言

如日光初出　普照諸蓮華　有同一時開
亦有一時合　佛日亦如是　照一切衆生
有智如華開　有罪而華合　如日照水華
而日無分別　佛日亦如是　照而無分別

次第偈言

日初出世間　千光次第照　先照高大山
後照中下山　佛日亦如是　次第照世間
先照諸菩薩　後及餘衆生

光明輪不同偈言

色智身二法　大悲身如空　徧照諸世間
故佛不同日　日不能徧照　諸國土虛空
不破無明暗　不示可知境　放種種諸色
光明雲羅網　示大慈悲體　眞如妙境界
佛入城聚落　無眼者得眼　見佛得大利
亦滅諸惡法　無明沒諸有　邪見黑暗障
如來日光照　見慧未見處

次說摩尼珠譬喻偈言

一時同處住　滿足所求意　摩尼寶無心
而滿衆生願　自在大法王　同住於悲心
衆生種種聞　佛心無分別

次說響譬喻偈言

譬如諸響聲　依他而得起　自然無分別
非內非外住　如來聲亦爾　依他心而起
自然無分別　非內非外住

次說虛空譬喻偈言

無物不可見　無觀無依止　過眼識境界
無色不可見　空中見高下　而空不如是
佛中見一切　其義亦如是

次說地譬喻偈言

一切諸草木　依止大地生　地無分別心
而增長成就　衆生心善根　依止佛地生
佛無分別心　而增廣成就　佛聲猶如響
以無名字說　佛身如虛空　徧不可見常
如依地諸法　一切諸妙藥　徧爲諸衆生

不限於一人　依佛地諸法　白淨妙法藥
徧爲諸衆生　不限於一人

本校量信功德品第十一

佛性佛菩提　佛法及佛業　諸出世淨人
所不能思議　此諸佛境界　若有能信者
得無量功德　勝一切衆生　以求佛菩提
不思議果報　得無量功德　故勝諸世間
若有人能捨　摩尼諸珍寶　徧布十方界
無量佛國土　爲求佛菩提　施與諸法王
是人如是施　無量恒沙劫　若復有人聞
妙境界一句　聞已復能信　過施福無量
若有智慧人　奉持無上戒　身口意業淨
自然常護持　爲求佛菩提　如是無量劫
是人所得福　不可得思議　若復有人聞
妙境界一句　聞已復能信　過戒福無量
若人入禪定　焚三界煩惱　過天行彼岸
無菩提方便　若復有人聞　妙境界一句
聞已復能信　過禪福無量　無慧人能捨
唯得富貴報　修持禁戒者　得生人天中
修行斷諸障　悲慧不能除　慧除煩惱障
亦能除智障　聞法爲慧因　是故聞法勝
何況聞法已　復能生信心　我此所說法
爲自心清淨　依諸如來教　修多羅相應
若有智慧人　聞能信受者　我此所說法
亦爲攝彼人　依燈電摩尼　日月等諸明
一切有眼者　皆能見境界　依佛法光明
慧眼者能見　以法有是利　故我說此法
若一切所說　有義有法句　能令修行者
遠離於三界　及示寂靜法　最勝無上道
佛說是正經　餘者顚倒說　雖說法句義

斷三界煩惱　無明覆慧眼　貪等垢所纏
又於佛法中　取少分別說　世典善言說
彼三尚可受　何況諸如來　遠離煩惱垢
無漏智慧人　所說修多羅　以離於諸佛
一切世間中　更無勝智慧　如實知法者
如來說了義　彼不可思議　思者是謗法
不識佛意故　謗聖及壞法　此諸邪思惟
煩惱愚癡人　妄見所計故　故不應執著
邪見諸垢法　以淨衣受色　垢膩不可染

問曰以何因緣有此謗法答曰偈言

愚不信白法　邪見及憍慢　過去謗法障
執著不了義　著供養恭敬　唯見於邪法
遠離善知識　親近謗法者　樂著小乘法
如是等衆生　不信於大乘　故謗諸佛法
智者不應畏　怨家蛇火毒　因陀羅霹靂
刀杖諸惡獸　虎狼師子等　彼但能斷命
不能令人入　可畏阿鼻獄　應畏謗深法
及謗法知識　決定令人入　可畏阿鼻獄
雖近惡知識　惡心出佛血　及殺害父母
斷諸聖人命　破壞和合僧　及斷諸善根
以繫念正法　能解脫彼處　若復有餘人
誹謗甚深法　彼人無量劫　不可得解脫
若人令衆生　覺信如是法　彼是我父母
亦是善知識　彼人是智者　以如來滅後
迴邪見顛倒　令入正道故　三寶清淨信
菩提功德業　我略說七種　與佛經相應
依此諸功德　願於命終時　見無量壽佛
無邊功德身　我及餘信者　既見彼佛已
願得離垢眼　成無上菩提

究竟一乘寶性論卷第一

音釋

曀於計切陰曀也萎於爲切蔫也糩苦外切粗糠也齅許救切以鼻擥氣也跟古痕切足踵也臃丑凶切圓直也趺甫無切足背也踹時兖切腓腸也頤弋支切頷也睫即葉切目旁毛也

究竟一乘寶性論卷第二

元魏天竺三藏勒那摩提譯

論曰第一教化品如向偈中已說應知此論廣門有十一品中則七品略唯一品初釋一品具攝此論法義體相應知偈言

佛法僧寶性　菩提功德業　略說此論體
七種金剛句

此偈明何義言金剛者猶如金剛難可沮壞所證之義亦復如是故言金剛所言句者以此論句能與證義爲根本故此明何義內身證法無言之體以聞思智難可證得猶如金剛名字章句以能詮彼理中證智隨順正道能作根本故名爲句此復何義有二義故何謂二義一者難證義二者因義是名爲義金剛字句應如是知又何謂爲義何謂爲字義者則有七種證義何謂七義一者佛義二者法義三者僧義四者衆生義五者菩提義六者功德義七者業義是名爲義是故經言又第一義諦者所謂心緣尚不能知何況名字章句故所言字者隨以何等名字章句言語風聲能表能說能明能示此七種義是名爲字是故經言又世諦者謂世間中所用之事名字章句言語所說故又此七種金剛句義如諸經中廣說應知應云何知依佛義故如來經中告阿難言阿難所言如來者非可見法是故眼識不能得見故依法義故如來經中告阿難言阿難所言法者非可說事以是故非耳識所聞故依僧義故如來經中告阿難言阿難所言僧者名爲無爲不可身心供養是故非禮拜讚歎故依衆生義故如來經

中告舍利弗言舍利弗言衆生者乃是諸佛如來境界一切聲聞辟支佛等以正智慧不能觀察衆生之義何況能證毛道凡夫於此義中唯信如來是故舍利弗隨如來信此衆生義舍利弗言衆生者即是第一義諦舍利弗言第一義諦者即是衆生界舍利弗言衆生界者即是如來藏舍利弗言如來藏者即是法身故依菩提義故經中説言世尊言阿耨多羅三藐三菩提者名涅槃界世尊言涅槃界者即是法身故依功德義故如來經中告舍利弗言舍利弗如來所説法身義者過於恒沙不離不脱不思議佛法如來智慧功德舍利弗如世間燈明色及觸不離不脱又如摩尼寶珠明色形相不離不脱舍利弗法身之義亦復如是過於恒沙不離不脱不異不思議佛法如來智慧功德故依業義故如來經中告文殊師利言文殊師利如來不分别不分别無分别而自然無分别如所作業自然行故如是等名略説七種金剛字句總攝此論體相應知是故偈言

七種相次第　總持自在王　菩薩修多羅
序分有三句　餘殘四句者　在菩薩如來
智慧分差别　應當如是知

此偈明何義以是七種金剛字句總攝此論一切佛法廣説其相如陀羅尼自在王經序分中三句自餘四句在彼修多羅菩薩如來法差别分應知云何序分有初三句彼修多羅序分中言婆伽婆平等證一切法善轉法輪善能教化調伏無量諸弟子衆如是三種根本字句次第示現佛法僧寶説彼三寶次

第生起成就應知餘四句者說隨順三寶因成就三寶因應知此明何義以諸菩薩於八地中十自在爲首具足得一切自在是故菩薩坐於道場勝妙之處於一切法中皆得自在是故經言婆伽婆平等證一切法故以諸菩薩住九地時於一切法中得爲無上最大法師善知一切諸衆生心到一切衆生根機第一彼岸能斷一切衆生煩惱習氣是故菩薩成大菩提是故經言善轉法輪故以諸菩薩於第十地中得住無上法王位後能於一切佛所作業自然而行常不休息是故經言善能教化調伏無量諸弟子衆故彼善能教化調伏無量諸弟子衆即彼經中次後示現是故經言與大比丘衆俱如是乃至復有無量菩薩衆俱如是次第善能教化聲聞位地

及佛菩提善能調伏一切煩惱如是畢竟有無量功德又說聲聞菩薩諸功德已次說諸佛如來不可思議三昧境界又說諸佛如來三昧境界已次說無垢大寶莊嚴寶殿成就又說大寶莊嚴寶殿成就已次說大衆雲集種種供養讚歎如來雨種種衣雨種種華雨種種香如是等示現佛寶不思議事應知又復次說妙法莊嚴法座又說妙法莊嚴次坐已次說法門名字及示現功德此明法寶功德差別應知又復次說諸菩薩摩訶薩迭共三昧行境界示現種種功德此明僧寶功德差別應知又復次說如來放大光明授諸菩薩摩訶薩太子法王位職又復次說與大無畏不怯弱辯才又復讚歎諸佛如來第一功德又復次說最上第一大乘之法示現如實

修行彼大乘故於法中證果即彼三寶無上功德次第差别序分中義大都已竟應如是知已說自在王菩薩修多羅序分中三寶次說佛性義有六十種法清淨彼功德何以故以有彼清淨無量功德性爲清淨彼性修六十種法爲此義故十地經中數數說金以爲譬喻爲清淨彼佛性義故又復即於此陀羅尼自在王經中說如來業已次說不清淨大毗瑠璃摩尼寶喻是故經言善男子譬如善巧摩尼寶師善知清淨大摩尼寶向大摩尼寶性山中取未清淨諸摩尼寶既取彼寶以嚴灰洗嚴灰洗已然後復持黒頭髮衣以用揩摩不以爲足勤未休息次以辛味飲食汁洗食汁洗已然後復持衣纏裹木以用揩摩不以爲足勤未休息次後復以大藥汁洗藥汁洗已次後復更持細輭衣以用揩摩以細輭衣用揩摩已然後遠離銅鐵等鑛毗瑠璃垢方得說言大瑠璃寶善男子諸佛如來亦復如是善知不淨諸衆生性知已乃爲說無常苦無我不淨爲驚怖彼樂世衆生令猒世間入聲聞法中而佛如來不以爲足勤未休息次爲說空無相無願令彼衆生少解如來所說法輪而佛如來不以爲足勤未休息次復爲說不退法輪次說清淨波羅蜜行謂不見三事令衆生入如來境界如是依種種因依種種性入佛法中入法中已故名無上最大福田又復依此自性清淨如來性故經中偈言

譬如石鑛中　眞金不可見　能清淨見者
見佛亦如是

向說佛性有六十種淨業功德何謂六十所謂四種菩薩莊嚴八種菩薩光明十六種菩薩摩訶薩大悲三十二種諸菩薩業

已說佛性義次說佛菩提有十六種無上菩提大慈悲心已說佛菩提次說諸佛如來功德所謂十力四無所畏十八不共法已說功德次說如來三十二種無上大業如是七種金剛句義彼修多羅廣說體相如是應知問曰此七種句有何次第答曰偈言

從佛次有法　次法復有僧　僧次無礙性
從性次有智　十力等功德　爲一切衆生
而作利益業　有如是次第

已說一品具攝此論法義體相次說七品具攝此論法義體相解釋偈義應知歸敬三寶者此明何義所有如來教化衆生彼諸衆生歸依於佛尊敬如來歸依於法尊敬如來歸依於僧依於三寶說十二偈初明佛寶故說四偈

佛寶品第二

佛體無前際　及無中間際　亦復無後際
寂靜自覺知　既自覺知已　覺他令他覺
是故爲彼說　無畏常恒道　佛能執持彼
智慧慈悲刀　及妙金剛杵　割截諸苦芽
摧碎諸見山　覆藏顛倒意　及一切稠林
故我今敬禮

此偈示現何義偈言

無爲體自然　不依他而知　智悲及以力
自他利具足

此偈略明佛寶所攝八種功德何等爲八一者無爲體二者自然三者不依他知四者智

五者悲六者力七者自利益八者他利益偈言

非初非中後　自性無爲體　及法體寂靜
故自然應知　唯内身自證　故不依他知
如是三覺知　慈心爲說道　智悲及力等
拔苦煩惱刺　初三句自利　後三句利他

此偈明何義遠離有爲名曰無爲應知又有爲者生住滅法無彼有爲是故佛體非初中後故得名無爲法身應知偈言佛體無前際及無中間際亦復無後際故又復遠離一切戲論虛妄分別寂靜體故名爲自然應知偈言寂靜故不依他知者不依他因緣證知故不依他因緣證知者不依他因緣生故不依他因緣生者自覺不依他覺故如是依於如來無爲法身相故一切佛事無始世來自然而行常不休息如是希有不可思議諸佛境界不從他聞不從他聞者不從師聞自在智無言之體而自覺知自覺知已然後爲他生盲衆生令得覺知爲彼證得無爲法身說無上道是故名爲無上智悲應知偈言自覺知既自覺知已覺他令他覺是故爲彼說無畏常恒道故無畏常恒道者明道無畏是常是恒以出世間不退轉法如是次第又拔他苦煩惱根本如來智慧慈悲神力如是三句刀金剛杵譬喻示現又以何者爲苦根本略說言之謂三有中生名色是又何者爲煩惱根本謂身見等虛妄邪見疑惑取等又名色者是彼所攝所生苦芽應知如來智慧慈悲心等能割彼芽以是義故說刀譬喻偈言佛能執持彼智慧慈悲刀故割截諸苦芽故又邪

見疑所攝煩惱見道遠離以世間智所不能知稠林煩惱不能破壞如世間中樹林牆等彼相似法以如來力能破壞彼以是故說金剛杵喻偈言及妙金剛杵故摧碎諸見山覆藏顛倒意及一切稠林故此六種句如來莊嚴智慧光明入一切佛境界經中次第顯說應知應云何知彼經中言文殊師利如來應正徧知不生不滅者此明如來無爲之相又復次說無垢清淨瑠璃地中帝釋王身鏡像現等如是乃至九種譬喻皆明如來不生不滅又言文殊師利如來應正徧知清淨法身亦復如是不動不生心不戲論不分別無分別不思無思不思議無念寂滅寂靜不生不滅不可見不可聞不可齅不可嘗不可觸無諸相不可覺不可知如是等句皆說寂靜差別之相此明何義明佛一切所作事中遠離一切戲論分別寂靜自然次說餘殘修多羅彼中說言如實覺知一切法門者此明如來不依他故證大菩提又復次說如來菩提有十六種是故經言文殊師利如來如是如實覺知一切諸法觀察一切衆生法性不淨有垢有點奮迅於諸衆生大悲現前此明如來無上智悲應知文殊師利如來如是如實覺知一切法者如向所說無體爲體如實覺知如實覺知者如實無分別智知故觀察一切衆生法性者乃至邪聚衆生如我身中法性法體法界如來藏等彼諸衆生亦復如是無有差別如來智眼了了知故不淨者以諸凡夫煩惱障故有垢者以諸聲聞辟支佛等有智障故有點者以諸菩薩摩訶薩等依彼二

種習氣障故奮迅者能如實知種種衆生可化方便入彼衆生可化方便種種門故大悲者成大菩提得於一切衆生平等大慈悲心爲欲令彼一切衆生如佛證智如是覺知證大菩提故次於一切衆生平等轉大法輪常不休息如是三句能作他利益故名爲力應知又此六句次第初三種句謂無爲等功德如來法身相應示現自利益餘三句所謂智等示現他利益又復有義以有智慧故證得第一寂靜法身是故名爲自身利益又依慈悲力等二句轉大法輪示現他利益已說佛寶次明法寶

法寶品第三

論曰依彼佛寶有眞法寶以是義故次佛寶後示現法寶依彼法寶故說四偈

非有亦非無　亦復非有無　亦非即於彼
亦復不離彼　不可得思量　非聞慧境界
出離言語道　內心知清淨　彼眞妙法日
清淨無塵垢　大智慧光明　普照諸世間
能破諸曀障　覺觀貪瞋癡　一切煩惱等
故我今敬禮

此偈示現何義偈言

不思議不二　無分淨現對　依何得何法
離法二諦相

此偈略明法寶所攝八種功德何等爲八一者不可思議二者不二三者無分別四者淨五者顯現六者對治七者離八者離因離者

偈言

滅諦道諦等　二諦攝取離　彼各三功德
次第說應知

此偈明何義前六功德中初三種功德不思議不二及無分別等示現彼滅諦攝取離煩惱應知餘殘有三句淨顯現對治示現彼道諦攝取斷煩惱因應知又證法所有離名爲滅諦以何等法修行斷煩惱名爲道諦以此二諦合爲淨法以二諦相名爲離法應如偈言

不思量無言　智者内智知　以如是義故
不可得思議　清涼無二法　及無分別法
淨顯現對治　三句猶如日

此偈明何義略明滅諦有三種法以是義故不可思議應知以何義故不可思議有四義故何等爲四一者爲有二者爲無三者爲有無四者爲二偈言非有亦非無亦復非有無亦非即於彼亦復不離彼故滅諦有三種法應知者此明何義滅諦非可知有三種法何等爲三一者非思量境界故偈言不可得思量非聞慧境界故二者遠離一切聲響名字章句言語相貌故偈言出離言語道故三者聖人内證法故偈言内心知故又滅諦云何不二法者及云何無分別者如不增不減經中如來說言舍利弗如來法身清涼以不二法故以無分別法故偈言清涼故何者是二而說不二所言二者謂業煩惱言分別者所謂集起業煩惱因及邪念等以知彼自性本來寂滅不二無二行知苦本來不生是名苦滅諦非滅法故名苦滅諦是故經言文殊師利何等法中無心意意識行彼法中無分別以無分別故不起邪念以有正念故不起無明以不起無明故即不起十二有支以不起

十二有支故即名無生是故聖者勝鬘經言世尊非滅法故名苦滅諦世尊所言苦滅者名無始無作無起無盡離盡常恒清涼不變自性清淨離一切煩惱藏所纏世尊過於恒沙不離不脱不異不思議佛法畢竟成就說如來法身世尊如是如來法身不離煩惱藏所纏名如來藏如是等勝鬘經中廣說滅諦應知又以何因得此滅諦如來法身謂於見道修道無分別智三種日相似相對法應知偈言彼眞妙法日故何等爲三一者日輪清淨相似相對法以遠離一切煩惱垢故偈言清淨無塵垢故二者顯現一切色像相似相對法以一切種一切智能照知故偈言大智慧光明故三者對治暗相似相對法以起一切種智對治法故偈言普照諸世間故又以何者是所治法所謂依取不實事相虛妄分別念生貪瞋癡結使煩惱此明何義愚癡凡夫依結使煩惱取不實事相念故起於貪心依瞋恚故於瞋心依於無明虛妄念故起於癡心又復依彼貪瞋癡等虛妄分別取不實事相念起邪念心依邪念心起於結使依於結使起貪瞋癡以是義故身口意等造作貪業瞋業癡業依此業故復有生生不斷不絶如是一切愚癡凡夫依結使煩惱集起邪念依邪念故起諸煩惱依煩惱故起一切業依業起生如是此一切種諸煩惱染業染生染愚癡凡夫不如實知不如實見一實性界如彼如實性觀察如實性而不取相以不取相故能見實性如是實性諸佛如來平等證智又不見如是虛妄法相如實知見如實有法

眞如法界以見第一義諦故如是二法不增不減是故名爲平等證智是名一切種智所治障法應如是知以起眞如智對治法故彼所治法畢竟不復生起現前偈言能破曀障覺觀貪瞋癡一切煩惱等故又此得滅諦如來法身因於見道修道及無分別智廣說如摩訶般若波羅蜜等修多羅中言須菩提眞如如來眞如平等無差別如是等應知已說法寶次說僧寶

僧寶品第四

論曰依大乘法寶有不退轉菩薩僧寶以是義故次法寶後示現僧寶依彼僧寶故說四偈言

正覺正知者　見一切衆生　清淨無有我
寂靜眞實際　以能知於彼　自性清淨心
見煩惱無實　故離諸煩惱　無障淨智者
如實見衆生　自性清淨法　佛法身境界
無礙淨智眼　見諸衆生性　徧無量境界
故我今敬禮

此偈示現何義偈言

如實知內身　以智見清淨　故名無上僧
諸佛如來說

此偈明何義偈言

如實見衆生　寂靜眞法身　以見性本淨
煩惱本來無

此偈明何義以如實見本際以來我空法空應知偈言正覺正知者見一切衆生清淨無有我寂靜眞實際故又彼如實知無始世來本際寂靜無我無法非滅煩惱證時始有此明何義此見自性清淨法身略說有二種法

何等爲二一者見性本來自性清淨二者見諸煩惱本來寂滅偈言以能知於彼自性清淨心見煩惱無實故離諸煩惱故又自性清淨心本來清淨又本來常爲煩惱所染此二種法於彼無漏眞如法界中善心不善心俱更無第三心如是義者難可覺知是故聖者勝鬘經言世尊刹尼迦善心非煩惱所染刹尼迦不善心亦非煩惱所染煩惱不觸心心不觸煩惱云何不觸法而能得染心世尊然有煩惱有煩惱染心自性清淨心而有染者難可了知如是等聖者勝鬘經中廣説自性清淨心及煩惱所染應知又有二種修行謂如實修行及徧修行難證知義如實修行者謂見衆生自性清淨佛性境界故偈言無障淨智者如實見衆生自性清淨性佛法身境

界故徧修行者謂徧十地一切境界故見一切衆生有一切智故又徧一切境界者以徧一切境界依出世間慧見一切衆生乃至畜生有如來藏應知彼見一切衆生有眞如佛性初地菩薩摩訶薩以徧證一切眞如法界故偈言無礙淨智眼見諸衆生性徧無量境界故如是内身自覺知彼無漏法界無障無礙依於二法一者如實修行二者徧修行此明何義謂出世間如實内證眞如法智不共二乘凡夫人等應知此明何義菩薩摩訶薩出世間清淨證智略説有二種勝聲聞辟支佛證智何等爲二一者無障二者無礙無障者謂如實修行見諸衆生自性清淨境界故名無障無礙者謂徧修行以如實知無邊境界故名無礙此明何義偈言

如實知見道　見清淨佛智　故不退聖人
能作衆生依

此偈明何義又依初地菩薩摩訶薩證智清淨見道不退地乘能作見彼無上菩提清淨勝因應知偈言如實知見道見清淨佛智故此初地證智勝餘菩薩摩訶薩布施持戒等波羅蜜功德以是義故菩薩摩訶薩依如實見眞如證智是故能與一切衆生天龍八部聲聞辟支佛等作歸依處偈言故不退聖人能作衆生依故問曰以何義故不明歸依聲聞僧寶答曰菩薩僧寶功德無量是故應供以應供故合應禮拜讃歎供養聲聞之人無如是義以是義故不明歸依聲聞僧寶此有何義偈言

境界諸功德　證智及涅槃　諸地淨無垢
滿足大慈悲　生於如來家　具足自在通
果勝最無上　是勝歸依義

此偈明何義略說菩薩十種勝義過諸聲聞辟支佛故何等爲十一者觀勝二者功德勝三者證智勝四者涅槃勝五者地勝六者清淨勝七者平等心勝八者生勝九者神力勝十者果勝觀勝者謂觀眞如境界是名觀勝偈言境界故功德勝者菩薩修行無猒足不同二乘少欲等是名功德勝偈言功德故證智勝者證二種無我是名證智勝偈言證智故涅槃勝者教化衆生故是名涅槃勝偈言涅槃故地勝者所謂十地等是名地勝偈言諸地故清淨勝者菩薩遠離智障煩惱障是名清淨勝偈言淨無垢故平等心勝者菩薩大悲偏覆是名平等心勝偈言滿足大慈悲

故生勝者諸菩薩生無生故是名生勝偈言生於如來家故神力勝者謂三昧自在神通等力勝是名神力勝偈言具足三昧自在通故果勝者究竟無上菩提故是名果勝偈言果勝最無上故此明何義有黠慧人知諸菩薩功德無量修習菩提無量無邊廣大功德有大智慧慈悲圓滿爲照知彼無量衆生性行稠林猶如初月唯除諸佛如來滿月菩薩摩訶薩知諸聲聞乃至證得阿羅漢道少智慧人無大悲心爲照自身猶如星宿既如是知欲取如來大滿月身修菩提道而當棄捨初月菩薩起心禮拜供養其餘星宿聲聞辟支佛者無有是處此復何義明爲利益一切衆生初始發起菩提之心諸菩薩等已能降伏不爲利益他衆生身爲自利益修持無漏清淨禁戒乃至證得阿羅漢果聲聞之人何况其餘得十自在等無量無邊功德菩薩摩訶薩而同聲聞辟支佛等少功德人無有是處以是義故經中偈言

若爲自身故　修行於禁戒　遠離大悲心
捨破戒衆生　以爲自身故　護持禁戒財
如是持戒者　佛說非清淨　若爲他人故
修行於禁戒　能利益衆生　如地水火風
以爲他衆生　起第一悲心　是名淨持戒
餘似非清淨

三寶品之餘

問曰依何等義爲何等人諸佛如來說此三寶答偈言

依能調所證　弟子爲三乘　信三供養等
是故說三寶

此偈明何義略說依三種義爲六種人故說三寶何等爲三一者調御師二者調御師法三者調御師弟子偈言依能調所證弟子故六種人者何等爲六一者大乘二者中乘三者小乘四者信佛五者信法六者信僧偈言爲三乘故信三供養等故初釋第一義第一第四人歸依兩足中最勝第一尊佛示現調御師大丈夫義故偈言依能調故爲取佛菩提諸菩薩人故偈言爲大乘故爲信供養諸佛如來福田人故偈言信佛供養故以是義故說立佛寶偈言是故說佛寶故已釋第一義第一第四人次釋第二義第二第五人歸依離煩惱中最勝第一法示現調御師所證功德法故偈言依所證故爲自然知不依他知深因緣法辟支佛人故偈言爲中乘故爲信供養第一妙法福田人故偈言信法供養故以是義故說立法寶偈言是故說法寶故已釋第二義第二第五人次釋第三義第三第六人歸依諸衆中最勝第一諸菩薩僧示現調御師弟子於諸佛如來所說法中如實修行不相違義故偈言依弟子故爲從他聞聲聞人故偈言爲小乘故爲信供養第一聖衆福田人故偈言信僧供養故以是義故說立僧寶偈言是故說僧寶故是名略說依三種義爲六種人故諸佛如來說此三寶偈言依能調所證弟子爲三乘信三供養等是故說三寶故又爲可化衆生令次第入以是義故依於世諦示現明說立三歸依此明何義

偈言

可捨及虛妄　無物及怖畏　二種法及僧

非究竟歸依

此偈明何義法有二種何等爲二一所說法二所證法所說法者謂如來說修多羅等名字章句身所攝故彼所說法證道時滅如捨船栰偈言可捨故所證法者復有二種謂依因果二種差别以依何法證何法故此明何義所謂有道有爲相攝若爲有爲相所攝者彼法虛妄偈言及虛妄故若虛妄者彼法非實若非實者彼非眞諦非眞諦者即是無常若無常者非可歸依又復若依彼聲聞道所得滅諦彼亦無物猶如燈滅唯斷少分諸煩惱苦若如是者則是無物若無物者云何爲他之所歸依偈言無物故僧者凡有三乘人三乘人中依聲聞僧常有怖畏常求歸依諸佛如來求離世間此是學人所應作者求究竟故猶進趣向阿耨多羅三藐三菩提故所言怖畏者云何怖畏以阿羅漢雖盡有漏而不斷一切煩惱習氣彼於一切有爲行相極怖畏心常現在前是故聖者勝鬘經言阿羅漢有恐怖何以故阿羅漢於一切無行怖畏相住如人執劒欲來害已是故阿羅漢無究竟樂何以故世尊依不求依如衆生無依彼彼恐怖以恐怖故則求歸依如是阿羅漢有怖畏以恐怖故歸依如來故彼若如是有怖畏者彼人畢竟爲欲遠離彼怖畏處求無畏處以是義故依遠離彼怖畏之處名爲學者當有所作欲得阿耨多羅三藐三菩提無畏之處是故聲聞法僧二寶是少分歸依非究竟歸依偈言二種法及僧非究竟歸依故此明何義偈言

衆生歸處一　佛法身彼岸　依佛身有法
依法究竟僧
此偈明何義如向所說諸佛如來不生不滅
寂靜不二離垢法身故以惟一法身究竟清
淨處故又三乘之人無有救者無歸依者唯
有彼岸無始本際畢竟無盡是可歸依恒可
歸依所謂唯是諸佛如來故如是常恒清淨
不變故可歸依聖者勝鬘經中廣說應知故
問曰以何義故佛法衆僧說名爲寳答曰偈
言
真寳世希有　明淨及勢力　能莊嚴世間
最上不變等
此偈明何義所言寳者有六種相似依彼六
種相似相對法故佛法衆僧說名爲寳何等
爲六一者世間難得相似相對法以無善根
諸衆生等百千萬劫不能得故偈言真寳世
希有故二者無垢相似相對法以離一切有
漏法故偈言明淨故三者威德相似相對法
以具足六通不可思議威德自在故偈言勢
力故四者莊嚴世間相似相對法以能莊嚴
出世間故偈言能莊嚴世間故五者勝妙相
似相對法以出世間法故偈言最上故六者
不可改異相似相對法以得無漏法世間八
法不能動故偈言不變故問曰依何等法有
此三寳而依此法得有世間及出世間清淨
法出生三寳答曰爲彼義故說此二偈
真如有雜垢　及遠離諸垢　佛無量功德
及佛所作業　如是妙境界　是諸佛所知
依此妙法身　出生於三寳
此偈示現何義偈言

如是三寶性　唯諸佛境界　以四法次第
不可思議故

此偈明何義眞如有雜垢者謂眞如佛性未離諸煩惱所纏如來藏故及遠離諸垢者即彼如來藏轉身到佛地得證法身名如來法身故佛無量功德者即彼轉身如來法身相中所有出世間十力無畏等一切諸功德無量無邊故及佛所作業者即彼十力等一切諸佛法自然常作無上佛業常不休息常不捨離常授諸菩薩記彼處次第有四種法不可思議是故名爲如來境界何等四處偈言

染淨相應處　不染而清淨　不相捨離法
自然無分別

此偈明何義眞如有離垢者同一時中有淨有染此處不可思議不可思議者信染因緣法聲聞辟支佛於彼非境界故是故聖者勝鬘經中佛告勝鬘言天女自性清淨心而有染汙難可了知有二法難可了知謂自性清淨心難可了知彼心爲煩惱所染亦難了知天女如此二法汝及成就大法菩薩摩訶薩乃能聽受諸餘聲聞辟支佛等唯依佛語信此二法故偈言染淨相應處故及遠離諸垢者眞如非本染後時言清淨此處不可思議是故經言心自性清淨自性清淨心本來清淨如彼心本體如來如是知是故經言如來一念心相應慧得阿耨多羅三藐三菩提心故偈言不染而清淨故佛無量功德者謂前際後際於一向染凡夫地中常不捨離眞如法身一切諸佛法無異無差別此處不可思議是故經言復次佛子如來智慧無處不至

何以故以於一切衆生界中終無有一衆生身中而不具足如來功德及智慧者但衆生顛倒不知如來智遠離顛倒起一切智無師智無礙智佛子譬如有一極大經卷如一三千大千世界大千世界一切所有無不記録若與二千世界等者悉記二千世界中事若與小千世界等者悉記小千世界中事四天下等者悉記一切四天下事須彌山王等者悉記須彌山王等事地天等者悉記地天宮殿中事欲天等者悉記欲天宮殿中事色天等者悉記色天宮殿中事若與無色天宮等者悉記無色天宮中事彼等三千大千世界極大經卷在一極細小微塵內一切微塵皆亦如是時有一人出興於世智慧聰達具足成就清淨天眼見此經卷在微塵內作如是念云何如此廣大經卷在微塵內而不饒益諸衆生耶我今應當勤作方便破彼微塵出此經卷饒益衆生作是念已爾時彼人即作方便破壞微塵出此經卷饒益衆生佛子如來智慧無相智慧無礙智慧具足在於衆生身中但愚癡衆生顛倒想覆不知不見不生信心爾時如來以無障礙清淨天眼觀察一切諸衆生身旣觀察已作如是言奇哉奇哉云何如來具足智慧在於身中而不知見我當方便教彼衆生覺悟聖道悉令永離一切妄想顛倒垢縛令具足見如來智慧在其身內與佛無異如來即時教彼衆生修八聖道捨離一切虛妄顛倒離顛倒已見如來智與如來等饒益衆生故偈言不相捨離法故及佛所作業者同一時一切處一切時自然無

分別隨順衆生心隨順可化衆生根性不錯不謬隨順作佛業此處不可思議是故經言善男子如來爲令一切衆生入佛法中故無量如來業作有無量說善男子如來所有實作業者於彼一切世間衆生不可量不可數不可思議不可知不可以名字說何以故以難可得與前衆生故以於一切諸佛國土不休息故以一切諸佛悉平等故以過一切諸世間心所作事故以無分別猶如虛空悉平等故以無異無差別法性體故如是等廣說已又說不淨大毗瑠璃摩尼寶珠譬喻言善男子汝依此譬喻應知如來業不可思議故平等徧至故一切處不可呵故三世平等故不斷絕三寶種故諸佛如來雖如是住不可思議業中而不捨離虛空法身雖不捨離虛空法身而於衆生隨所應聞名字章句爲之說法雖爲衆生如是說法而常遠離一切衆生心所念觀何以故以如實知一切衆生諸心行故偈言自然無分別故依此妙法身出生於三寶者偈言

所覺菩提法　依菩提分知　菩提分教化
衆生覺菩提　初句爲正因　餘三爲淨緣
前二自利益　後二利益他

此偈明何義此四種句總攝一切所知境界此明何義初一句者謂所證法應知以彼證法名爲菩提偈言所覺菩提法故第二句依菩提分知者以諸佛菩提功德能作佛菩提因故偈言依菩提分知故第三句菩提分教化者以菩提分令他覺故第四句衆生覺菩提者所化衆生覺菩提故此四種句次第不

取相依此行故清淨菩提出生三寶應知偈言所覺菩提法依菩提分知菩提分教化衆生覺菩提故以一句因三句緣故如來得阿耨多羅三藐三菩提以得菩提者十力等諸佛如來法三十二種諸佛如來作業依如來業衆生聞聲依彼法故得清淨因緣出生三寶應知是故偈言初句爲正因餘三爲淨緣故

究竟一乘寶性論卷第二

音釋

沮慈呂切止之也　迭徒結切互也　揩去皆切拭也　鑛古猛切銅鐵璞也　黠胡八切慧也　鬘莫班切　謬靡幼切誤也

究竟一乘寶性論卷第三

元魏天竺三藏勒那摩提譯

一切衆生有如來藏品第五之一

論曰自此已後餘殘論偈次第依彼四句廣差别說應知此明何義向前偈言

眞如有雜垢　及遠離諸垢　佛無量功德
及佛所作業　如是妙境界　是諸佛所知
依此妙法身　出生於三寶

此偈示現何義如向所說一切衆生有如來藏彼依何義故如是說偈言

法身徧無差　皆實有佛性　是故說衆生
常有如來藏

此偈明何義有三種義是故如來說一切時一切衆生有如來藏何等爲三一者如來法身徧在一切衆生心識偈言法身徧故二者眞如之體一切衆生平等無差别偈言無差故三者一切衆生皆悉實有眞如佛性偈言皆實有佛性故此三句義自下論依如來藏修多羅我後時說應知如偈本言

一切衆生界　不離諸佛智　以彼淨無垢
性體不二故　依一切諸佛　平等法性身
知一切衆生　皆有如來藏　體及因果業
相應及以行　時差别徧處　不變無差别
彼妙義次第　第一眞法性　我如是略說
汝今應善知

此偈示現何義略說此偈有十種義依此十種說第一義實智境界佛性差别應知何等爲十一者體二者因三者果四者業五者相應六者行七者時差别八者徧知一切處九者不變十者無差别初依體因故說一偈

自性常不染　如寶空淨水　信法及般若
三昧大悲等
此初半偈示現何義偈言
自在力不變　思實體柔輭　寶空水功德
相似相對法
此偈明何義向說三種義彼三種義次第依於自相同相如來法身三種清淨功德如如意寶珠虛空淨水相似相對法應知此明何義思者依如來法身所思所修皆悉成就故後半偈者示現何義偈言
有四種障礙　謗法及著我　怖畏世間苦
捨離諸衆生
此偈明何義偈言
闡提及外道　聲聞及自覺　信等四種法
清淨因應知
此偈明何義略說一切衆生界中有三種衆生何等爲三一者求有二者遠離求有三者不求彼二求有有二種何等爲二一者謗解脫道無涅槃性常求住世間不求證涅槃二者於佛法中闡提同位以謗大乘故是故不增不減經言舍利弗若有比丘比丘尼優婆塞優婆夷若起一見若起二見諸佛如來非彼世尊如是等人非我弟子舍利弗是人以起二見因緣從暗入暗從冥入冥我說是等名一闡提故偈言謗法故闡提故遠離求有者亦有二種何等爲二一者無求道方便二者有求道方便無求道方便者亦有二種何等爲二一者多種外道種種邪計謂僧佉衞世師尼揵陀若提子等無求道方便二者於佛法中同外道行雖信佛法而顛倒取彼何

者是謂犢子等見身中有我等不信第一義諦不信眞如法空佛說彼人無異外道復有計空爲有以我相憍慢故何以故以如來爲說空解脱門令得覺知而彼人計唯空無實爲彼人故寶積經中佛告迦葉寧見計我如須彌山而不用見憍慢衆生計空爲有迦葉一切邪見解空得離若見空爲有彼不可化令離世間故偈言及著我故及外道故有方便求道者亦有二種何等爲二一者聲聞偈言怖畏世間苦聲聞故二者辟支佛偈言捨離諸衆生故及自覺故不求彼二者所謂第一利根衆生諸菩薩摩訶薩何以故以諸菩薩不求彼有如一闡提故又亦不同無方便求道種種外道等故又亦不同有方便求道聲聞辟支佛等故何以故以諸菩薩見世間涅槃道平等故以不住涅槃心故以世間法不能染故而修行世間行堅固慈悲涅槃心故以善住根本清淨法中故又彼求有衆生一闡提人及佛法中同闡提位名爲邪定聚衆生又遠離求有衆生中墮無方便求道衆生名爲不定聚衆生又遠離求有衆生中求離世間方便求道聲聞辟支佛及不求彼二平等道智菩薩摩訶薩名爲正定聚衆生又除求於無障礙道大乘衆生餘有四種衆生何等爲四一者闡提二者外道三者聲聞四者辟支佛彼四衆生有四種障故不能證故不能會故不能見如來之性何等爲四一者謗大乘法一闡提障此障對治謂諸菩薩摩訶薩信大乘法故偈言信法故二者橫計身中有我諸外道障此障對治謂諸菩薩摩訶

薩修行般若波羅蜜故偈言及般若故三者怖畏世間諸苦聲聞人障此障對治謂諸菩薩摩訶薩修行虛空藏首楞嚴等諸三昧故偈言三昧故四者背捨利益一切衆生捨大悲心辟支佛障此障對治謂諸菩薩摩訶薩修行大悲爲利益衆生故偈言大悲故是名四種障障四種衆生爲對治彼四種障故諸菩薩摩訶薩信修行大乘等四種對治法得無上清淨法界到第一彼岸何以故依此四種清淨法界修習善法此是諸佛隨順法子於佛家生是故偈言

大乘信爲子　般若以爲母　禪胎大悲乳

諸佛如實子

偈言信等四種法清淨因應知故又依果業故說一偈

淨我樂常等　彼岸功德果　猒苦求涅槃

欲願等諸業

此初半偈示現何義偈言

略說四句義　四種顛倒法　於法身中倒

修行對治法

此偈明何義彼信等四法如來法身因此能清淨彼向說四種法彼次第略說對治四顛倒如來法身四種功德波羅蜜果應知偈言略說四句義故此明何義謂於色等無常事中起於常想於苦法中起於樂想於無我中起於我想於不淨中起於淨想是等名爲四種顛倒應知偈言四種顛倒法故爲對治此四種顛倒故有四種非顛倒法應知何等爲四謂於色等無常事中生無常想苦想無我想不淨想等是名四種不顛倒對治應知偈

言修行對治法故如是四種顛倒對治依如來法身復是顛倒應知偈言於法身中倒故對治此倒說有四種如來法身功德波羅蜜果何等爲四所謂常波羅蜜樂波羅蜜我波羅蜜淨波羅蜜應知偈言修行對治法故是故聖者勝鬘經言世尊凡夫衆生於五陰法起顛倒想謂無常常想苦有樂想無我我想不淨淨想世尊一切阿羅漢辟支佛空智者於一切智境界及如來法身本所不見若有衆生信佛語故於如來法身起常想樂想我想淨想世尊彼諸衆生非顛倒見是名正見何以故唯如來法身是常波羅蜜樂波羅蜜我波羅蜜淨波羅蜜世尊若有衆生於佛法身作是見者是名正見世尊正見者是佛眞子從佛口生從正法生從法化生得法餘財

如是等故又此四種如來法身功德波羅蜜從因向果次第而說淨我樂常應知云何次第從因向果謂誹謗大乘一闡提障實無有淨而心樂著取世間淨此障對治謂諸菩薩摩訶薩信大乘修行證得第一淨波羅蜜果應知於五陰中見有神我諸外道障實無神我而樂著取我此障對治謂諸菩薩摩訶薩修行般若波羅蜜證得第一我波羅蜜果應知此明何義一切外道執著色等非眞實事以爲有我而彼外道取著我相無如是我相虚妄顛倒一切時無我以是義故說言如來如實知一切法無我到第一彼岸而如來無彼我無我相何以故以一切時如實見知不虚妄故非顛倒故此以何義以即無我名爲有我即無我者無彼外道虚妄神我名有我

者如來有彼得自在我是故偈言

知清淨眞空　得第一無我　諸佛得淨體

是名得大身

此偈明何義得大身者謂如來得第一清淨眞如法身彼是諸佛如來實我以得自在體以得第一清淨身偈言諸佛得淨體故以是義故諸佛名得清淨自在偈言是名得大身故以是義故依於此義諸佛如來無漏界中得第一最自在我又復即依如是義故如來法身不名爲有以無我相無法相故以是義故不得言有以如彼相如是無故又復即依如是義故如來法身不名爲無以唯有彼眞如我體是故不得言無法身以如彼相如是有故依此義故諸外道問如來死後爲有身耶爲無身耶有如是等是故如來不記不答

諸聲聞人畏世間苦爲對治彼畏世間苦諸菩薩摩訶薩修行一切世間出世間諸三昧故證得第一樂波羅蜜果應知辟支佛人棄捨利益一切衆生樂住寂靜爲對治彼棄捨衆生諸菩薩摩訶薩修行大悲住無限齊世間常利益衆生證得第一常波羅蜜果應知是名諸菩薩摩訶薩信及般若三昧大悲四種修行如是次第得如來身淨我樂常四種功德波羅蜜果應知又復有義依此四種如來法身名爲廣大如法界究竟如虛空盡未來際此明何義信修行大乘是故諸佛如來常得清淨法界到第一彼岸是故説言廣大如法界修行般若波羅蜜是故諸佛如來成就虛空法身以器世間究竟無我以修行虛空藏等無量三昧以是義故於一切處一切

法中皆得自在是故説言究竟如虛空以修行大悲於一切衆生無限齊時得慈悲心平等是故説言盡未來際又此四種波羅蜜等住無漏界中聲聞辟支佛得大力自在菩薩爲證如來功德法身第一彼岸有四種障何等爲四一者緣相二者因相三者生相四者壞相緣相者謂無明住地即此無明住地與行作緣如無明緣行無明住地緣亦如是故因相者謂無明住地緣行即自無明住地緣行爲因如行緣識無漏業緣亦如是故生相者謂無明住地緣依無漏業因生三種意生身如四種取緣依有漏業因而生三界三種意生身生亦如是故壞相者謂三種意生身緣不可思議變易死如依生緣故有老死三種意生身緣不可思議變易死亦如是應知

又一切煩惱染皆依無明住地根本以不離無明住地聲聞辟支佛大力菩薩未得遠離無明住地垢是故未得究竟無爲淸淨波羅蜜又即依彼無明住地緣以細相戲論習未得永滅是故未得究竟無爲我波羅蜜又即緣彼無明住地有細相戲論集因無漏業生於意陰未得永滅是故未得究竟無爲樂波羅蜜以諸煩惱染業染生染未得永滅是故未證究竟甘露如來法身以未遠離不可思議變易生死常未究竟是故未得不變異體是故未得究竟無爲常波羅蜜又如煩惱染無明住地亦如是如業染無漏業行亦如是如生染三種意生身及不可思議變易生死亦如是如聖者勝鬘經言世尊譬如取緣有漏業因而生三有如是世尊依無明住地緣

無漏業因生阿羅漢辟支佛大力菩薩三種意生身世尊此三乘地彼三種意生身生爲無漏業生依無明住地有緣非無緣如是等勝鬘經中廣說應知

一切衆生有如來藏品第五之二

復次以聲聞辟支佛大力菩薩三種意生身中無淨我樂常波羅蜜彼岸功德身是故聖者勝鬘經言唯如來法身是常波羅蜜樂波羅蜜我波羅蜜淨波羅蜜如是等故此明何義以如來法身自性清淨離一切煩惱障智障習氣故名爲淨是故說言唯如來法身是淨波羅蜜以得寂靜第一自在我故離無我戲論究竟寂靜故名爲我是故說言唯如來法身是我波羅蜜以得遠離意生陰身因故名爲樂是故說言唯如來法身是樂波羅蜜以世間涅槃平等證故故名爲常是故說言唯如來法身是常波羅蜜又復略說有二種法依此二法如來法身有淨波羅蜜應知何等爲二一者本來自性清淨以同相故二者離垢清淨以勝相故有二種法依此二法如來法身有我波羅蜜應知何等爲二一者遠離諸外道邊以離虛妄我戲論故二者遠離諸聲聞邊以離無我戲論故有二種法依此二法如來法身有樂波羅蜜應知何等爲二一者遠離一切苦二者遠離一切煩惱習氣此明何義云何遠離一切苦以滅一切種苦故以滅一切意生身故云何遠離煩惱習氣以證一切法故有二種法依此二法如來法身有常波羅蜜應知何等爲二一者不滅一切諸有爲行以離斷見邊故二者不取無爲

涅槃以離常見邊故以是義故聖者勝鬘經中說言世尊見諸行無常是斷見非正見見涅槃常是常見非正見妄想見故作如是見故以是義故依如是向說法界法門第一義諦即世間法名爲涅槃以此二法不分別故以證不住世間涅槃故是故偈言

無分別之人　不分別世間　不分別涅槃
涅槃有平等

後半偈者示現何義偈言

若無佛性者　不得猒諸苦　不求涅槃樂
亦不欲不願

以是義故聖者勝鬘經言世尊若無如來藏者不得猒苦樂求涅槃亦無欲涅槃亦不願不求如是等此明何義略說佛性清淨正因於不定聚衆生能作二種業何等爲二一者依見世間種種苦惱猒諸苦故生心欲離諸世間中一切苦惱偈言若無佛性者不得猒諸苦故二者依見涅槃樂希寂樂故生求心欲心願心偈言若無佛性者不求涅槃樂亦不欲不願故又欲者求涅槃故求者希涅槃故希者於希求法中不怯弱故欲得者於所求法中方便追求故及諮問故願者所期法中所期法者心心相行是故偈言

見苦果樂果　依此性而有　若無佛性者
不起如是心

此偈明何義凡有所見世間苦果者凡所有見涅槃樂果者此二種法善根衆生有一切依因眞如佛性非離佛性無因緣故起如是心偈言見苦果樂果此依性而有故若無因緣生如是心者一闡提等無涅槃性應發菩

提心偈言若無佛性者不起如是心故以性未離一切客塵煩惱諸垢於三乘中未曾修習一乘信心又未親近善知識等亦未修習親近善知識因緣是故華嚴經性起品言次有乃至邪見聚等衆生身中皆有如來日輪光照作彼衆生利益作未來因善根增長諸白法故向說一闡提常不入涅槃無涅槃性者此義云何爲欲示現謗大乘因故此明何義爲欲迴轉誹謗大乘心不求大乘心故依無量時故如是說以彼實有清淨性故不得說言彼常畢竟無清淨性又依相應義故說一偈

大海器寶水　無量不可盡　如燈明觸色
性功德如是

此初半偈示現何義偈言

佛法身慧定　悲攝衆生性　海珍寶水等
相似相對法

此偈明何義以有三處故次第有三種大海相似相對法於如來性中依因畢竟成就相應義應知何等三處一者法身清淨因二者集佛智因三者得如來大悲因法身清淨因者信修行大乘器相似相對法以彼無量不可盡故偈言佛法身故海相似相對法故集佛智因者般若三昧珍寶相似相對法偈言慧定故珍寶相似相對法故得如來大悲因者大慈悲心水相似相對法偈言悲攝衆生性故水相似相對法故又修行智慧三昧門實相似相對法以彼無分別不可思議有大勢力功德相應故又修行菩薩大悲水相似相對法以於一切衆生柔軟大悲得一味等

味相行故如是彼三種法此三種因和合畢竟不相捨離故名相應後半偈者示現何義偈言

通智及無垢　不離於眞如　如燈明煖色

無垢界相似

此偈明何義有三處次第三種燈相似相對法於如來法界中依果相應義應知何等三處一者通二者知漏盡智三者漏盡此明何義通者有五通光明相似相對法以受用事能散滅彼與智相違所治暗法能治相似相對法故偈言通故明故知漏盡智者無漏智煖煖相似相對法能以燒業煩惱無有餘殘能燒相似相對法故偈言智故煖故漏盡者轉身漏盡色相似相對法偈言無垢故色故又無垢界者常無垢清淨光明具足相無垢相似相對法無垢者以離煩惱障故清淨者以離智障故光明者知自性清淨體彼二是客塵煩惱如是略說六種無漏智離煩惱無學身所攝法於無漏法界中彼此遞共不相捨離不差別法界平等畢竟名相應義應知

又依行義故說一偈

見實者說言　凡夫聖人佛　衆生如來藏

眞如無差別

此偈示現何義偈言

凡夫心顛倒　見實異於彼　如實不顛倒

諸佛離戲論

此偈明何義向明如來法界中一切法眞如清淨明同相依般若波羅蜜無分別智法門等爲諸菩薩摩訶薩說此明何義略明依三種人何等爲三一者不實見凡夫二者實見

聖人三者畢竟成就如來法身是名三種行應知應云何知謂取顛倒離顛倒離戲論如是次第此以何義取顛倒者謂諸凡夫三種虛妄想心見故偈言凡夫心顛倒故離顛倒者以聖人遠離虛妄想心見故偈言見實異於彼故離戲論者正離顛倒及諸戲論以煩惱障智障及煩惱習氣諸佛如來根本永盡故偈言如實不顛倒諸佛離戲論故自此以下即依此行餘四種義廣差別說應知又復即依彼三種人依時差別故說一偈

有不淨雜淨　及以善淨等　如是次第說
衆生菩薩佛

此偈示現何義偈言

體等六句義　略明法性體　次第三時中
說三種名字

此偈明何義謂向所明無漏法性如來廣說種種法門彼諸法門略說依於六種句義所謂攝取體因果業相應及行偈言體等六句義略明法性體故於三時中次第依彼三種名字畢竟應知偈言次第三時中說三種名字故此明何義謂不淨時名爲衆生偈言有不淨故雜淨時名爲菩薩偈言雜淨故於善淨時名爲如來偈言及以善淨故以是義故不增不減經言舍利弗即此法身過於恒沙無量煩惱所纏從無始來隨順世間生死濤波去來生退名爲衆生舍利弗即此法身猒離世間生死苦惱捨一切欲行十波羅蜜攝八萬四千法門修菩提行名爲菩薩舍利弗即此法身得離一切煩惱使所纏過一切苦離一切煩惱垢得淨得清淨得住彼岸清淨

法中到一切衆生所觀之地於一切境界中更無勝者離一切障離一切礙於一切法中得自在力名爲如來應正徧知故偈言如是次第說衆生菩薩佛故自此以下即依彼三時明如來法性徧一切處故說一偈

如空徧一切　而空無分別　自性無垢心
亦徧無分別

此偈示現何義偈言

過功德畢竟　徧至及同相　下至勝衆生
如虛空中色

此偈明何義所有凡夫聖人諸佛如來自性清淨心平等無分別彼清淨心於三時中次第於過失時於功德時於功德清淨畢竟時同相無差別猶如虛空在瓦銀金三種器中平等無異無差別一切時有以是義故經中說有三時次第如不增不減經言舍利弗不離衆生界有法身不離法身有衆生界衆生界即法身法身即衆生界舍利弗此二者義一名異故自此以下即依此三時明如來法性徧至一切處依染淨時不變不異有十五偈此等諸偈略說要義應知偈言

諸過客塵來　性功德相應　眞法體不變
如本後亦爾

此偈明何義偈言

十一偈及二　次第不淨時　煩惱客塵過
第十四十五　於善淨時中　過恒沙佛法
不離脫思議　佛自性功德　本際中間際
及以後際等　如來眞如性　體不變不異

初偈依不淨時不變不異十一偈者

如虛空徧至　體細塵不染　佛性徧衆生

諸煩惱不染　如一切世間　依虛空生滅
依於無漏界　有諸根生滅　火不燒虛空
若燒無是處　如是老病死　不能燒佛性
地依於水住　水復依於風　風依於虛空
空不依地等　如是陰界根　住煩惱業中
諸煩惱業等　住不善思惟　不善思惟行
住清淨心中　自性清淨心　不住彼諸法
陰入界如地　煩惱業如水　不正念如風
淨心界如空　依性起邪念　念起煩惱業
依因煩惱業　能起陰入界　依止於五陰
界入等諸法　有諸根生滅　如世界成壞
淨心如虛空　無因復無緣　及無和合義
亦無生住滅　如虛空淨心　常明無轉變
爲虛妄分別　客塵煩惱染

此虛空譬喻偈示現何義明如來性依不淨時法體不變偈言

不正思惟風　諸業煩惱水　自性心虛空
不爲彼二生　自性清淨心　其相如虛空
邪念思惟風　不能吹散壞　諸業煩惱水
所不能濕爛　老病死熾火　亦不能燒然

此偈明何義如依邪念風輪起業煩惱水聚依業煩惱水聚生陰界入世間而自性心虛空不生亦不起偈言不正思惟風諸業煩惱水自性心虛空不爲彼二生故如是依邪念風災業行煩惱水災老病死等火災吹浸燒壞陰界入世間而自性清淨心虛空常住不可壞如是於不淨時中器世間相似相對法諸煩惱染業染生染有集有滅諸佛如來無爲之性猶如虛空不生不滅常不變易示現法體此自性清淨法門虛空譬喻如陀羅尼

自在王菩薩修多羅中廣說應知彼經中言諸善男子煩惱本無體眞性本明淨一切煩惱羸薄毗婆舍那有大勢力一切煩惱客塵自性清淨心根本一切諸煩惱虛妄分別自性清淨心如實不分別諸佛子譬如大地依水而住水依風住風依空住而彼虛空無依住處諸善男子如是四大地大水大風大空大此四大中唯虛空大以爲最勝以爲大力以爲堅固以爲不動以爲不作以爲不散不生不滅自然而住諸善男子彼三種大生滅相應無實體性刹那不住諸佛子此三種大變異無常諸佛子而虛空界常不變異諸佛子如是陰界入依業煩惱住諸煩惱業依不正思惟住不正思惟依於佛性自性清淨心住以是義故經中說言自性清淨心客塵煩惱染諸善男子所有邪念所有煩惱業所有陰界入如是諸法從於因緣和合而生以諸因緣壞散而滅諸善男子彼自性清淨心無因緣故無和合不生不滅諸善男子如虛空界自性清淨心亦復如是如風大界不正思惟亦復如是如水大界諸業煩惱亦復如是如地大界陰界入等亦復如是是故說言一切諸法皆無根本皆無堅實無住無住本根本清淨無根本故已說不淨時中依無分別相自性清淨心虛空界相似相對法已說依彼起不正念風界相似相對法已說依不正念諸業煩惱因相水界相似相對法已說依彼生陰界入果相轉變地相似相對法未說彼焚燒死病老等諸過患相火相似相對法是故次說偈言

有三火次第　劫燒人地獄　能作種種苦
能熟諸行根

此偈明何義明此三法老病死火於不淨時中不能變異彼如來藏是故聖者勝鬘經言世尊生死者依世諦故說有生死世尊死者謂諸根壞世尊生者新諸根起世尊而如來藏不生不死不老不變何以故世尊如來藏者離有爲相境界世尊如來藏者常恒清涼不變故已說依不淨時不變不異

究竟一乘寶性論卷第三

究竟一乘寶性論卷第四

元魏天竺三藏勒那摩提譯

一切衆生有如來藏品第五之三

次說依淨不淨時不變不異故說二偈

菩薩摩訶薩　如實知佛性　不生亦不滅
復無老病等　菩薩如是知　得離於生死
憐愍衆生故　示現有生滅

此偈示現何義偈言

老病死諸苦　聖人永滅盡　依業煩惱生
諸菩薩無彼

此偈明何義明此老病死等苦火於不淨時依業煩惱本生如世間火依薪本生以諸菩薩得生意生身於淨不淨時畢竟永滅盡以是義故諸業煩惱等常不能燒然而依慈悲力故示現生老病死而遠離生等以見如實故諸菩薩摩訶薩依善根結使生非依業煩惱結使生以依心自在力生依大悲力現於三界示現生示現老示現病示現死而彼無有生老病死諸苦等法以如實見眞如佛性不生不滅是名不淨淨時如修多羅中依受無漏業根本煩惱廣說應知如來於大海慧菩薩經中說言大海慧何者能住世間善根相應煩惱所謂集諸善根無有猒足故以心願生攝取諸有故求見一切諸佛如來故教化一切衆生心不疲倦故攝取一切諸佛妙法故於諸衆生常作利益故常不捨離樂貪諸法結使故常不捨離諸波羅蜜結使故大海慧是名諸菩薩摩訶薩世間善根相應煩惱依此煩惱諸菩薩摩訶薩生於三界受種種苦不爲三界煩惱過患之所染汙大海慧

菩薩白佛言世尊此諸善根以何義故說名煩惱佛告大海慧菩薩言大海慧如是煩惱諸菩薩摩訶薩能生三界受種種苦依此煩惱故有三界非染煩惱三界中生大海慧菩薩以方便智力依善根力故心生三界是故名爲善根根應煩惱而生三界非染心生大海慧譬如長者若居士等唯有一子甚愛甚念見者歡喜而彼一子依愚癡心因戲樂故墮在極深糞廁井中時彼父母及諸親屬見彼一子墮在大廁深坑糞中見已歔欷悲泣啼哭而不能入彼極深廁糞屎器中而出其子爾時彼處衆中更有一長者子或一居士子見彼小兒墮在深廁糞屎井中見已疾疾生一子想生愛念心不起惡心即入深廁糞屎井中出彼一子大海慧爲顯彼義說此譬喻大海慧何者彼義大海慧言極深井糞屎坑者名爲三界大海慧言一子者一切衆生諸菩薩等於一切衆生生一子想大海慧爾時父母及諸親者名爲聲聞辟支佛人以二乘人見諸衆生墮在世間極大深坑糞屎井中既見彼已悲泣啼哭而不能拔彼諸衆生大海慧彼時更有一長者子一居士子者名爲菩薩摩訶薩離諸煩惱清淨無垢以離垢心現見無爲眞如法界以自在心現生三界爲教化彼諸衆生故大海慧是名菩薩摩訶薩大悲畢竟遠離諸有畢竟遠離諸縛而迴生於三界有中以依方便般若力故諸煩惱火不能焚燒欲令一切諸衆生等遠離諸縛而爲說法大海慧我今說此修多羅句依諸菩薩心爲利益一切衆生得自在力而生三

有依諸善根慈悲心力依於方便般若力故是名示現淨不淨時又菩薩摩訶薩以如實智知如來法身不生不滅故得如是菩薩功德法體此修多羅向向前已說自下次說大毗瑠璃摩尼寶喻佛言大海慧譬如無價大毗瑠璃摩尼寶珠善治善淨善光明墮在泥中住一千年彼摩尼寶經千年後乃出彼泥出已水洗洗已極淨極淨洗已然後極明即不失本清淨無垢摩尼寶體大海慧菩薩摩訶薩亦復如是如實知見一切衆生自性清淨光明淨心而爲客塵煩惱所染大海慧諸菩薩等生如是心彼諸煩惱不染衆生自性清淨心是諸煩惱客塵虛妄分別心起而彼菩薩復生是心我今畢竟令諸衆生遠離客塵諸煩惱垢爲之說法如是菩薩不生怯弱心轉於一切衆生生增上力我要畢竟令得解脫菩薩爾時復生是心此諸煩惱無有少體菩薩爾時復生是心諸煩惱無體諸煩惱羸薄是諸煩惱無有住處如是菩薩如實知諸煩惱虛妄分別而有依邪見念而有以正見者諸煩惱垢不能得起菩薩爾時復生是心我應如實觀諸煩惱更不復生以不生煩惱故生諸善法菩薩爾時復生是心我若自起諸煩惱者云何而得爲諸煩惱所縛衆生說法令離諸煩惱縛菩薩爾時復生是心以我不著諸煩惱故是故得爲諸煩惱縛衆生說法我應修行諸波羅蜜結使煩惱相應善根爲欲教化諸衆生故又復云何名爲世間以三界相似鏡像法故此明何義依無漏法界中有三種意生身應知彼因無漏善根所

作名爲世間以離有漏諸業煩惱所作世間法故亦名涅槃依此義故聖者勝鬘經言世尊有有爲世間有無爲世間世尊有有爲涅槃有無爲涅槃故又有爲無爲心心數法相應法故故說名爲淨不淨時此義於第六菩薩現前地說彼諸漏盡無障礙般若波羅蜜解脫現前修行大悲以爲救護一切衆生故不取證如寶鬘經中依漏盡故說入城喻彼經中言善男子譬如有城縱廣正等各一由旬多有諸門路險黒暗甚可怖畏有人入者多受安樂復有一人唯有一子愛念甚重遥聞彼城如是快樂即便捨子欲往入城是人方便得過險道到彼城門一足已入一足未舉即念其子尋作是念我唯一子來時云何竟不與俱誰能養護令離衆苦即捨樂城還至子所善男子菩薩摩訶薩亦復如是爲憐愍故修習五通既修習已垂得盡漏而不取證何以故愍衆生故捨漏盡通乃至行於凡夫地中善男子城者喻於大般涅槃多諸門者喻於八萬諸三昧門路險難者喻諸魔業到城門者喻於五通一足入者喻於智慧一足未舉者喻諸菩薩未證解脫言一子者喻於五道一切衆生顧念子者喻大悲心還子所者喻調衆生能得解脫而不證者即是方便善男子菩薩摩訶薩大慈大悲不可思議如是善男子菩薩摩訶薩大方便力發大精進起堅固心修行禪定得證五通如是菩薩依禪通業善修心淨無漏滅盡定現前如是菩薩即得生於大悲之心爲救一切諸衆生故現前無漏智通而迴轉不取寂滅涅槃以

爲教化諸衆生故迴取世間乃至示現凡夫人地於第四菩薩焰地中爲自利益善起精進爲利益他善起堅固心漏盡現前於第五菩薩難勝地中依止五通自利利他善熟心行無漏滅盡定現前是故於第六菩薩地中無障礙般若波羅蜜起漏盡現前是故於第六菩薩現前地中得漏盡自在說名清淨是菩薩如是自身正修行教化衆生令置彼處得大慈悲心於顛倒衆生生救護心不著寂滅涅槃善作彼方便現前世間門爲衆生故現前涅槃門爲菩提分滿足故修行四禪迴生欲界以爲利益地獄畜生餓鬼凡夫種種衆生示現諸身已得自在故已說依不淨淨時不變不異次說依善淨時不變不異故說二偈

佛身不變異　以得無漏法　衆生所歸依
以無邊際故　常住不二法　以離妄分別
恒不執不作　清淨心力故

此偈示現何義偈言

不生及不死　不病亦不老　以常恒清涼
及不變等故

此偈明何義偈言

以常故不生　離意生身故　以恒故無死
離不思議退　清涼故不病　無煩惱習故
不變故不老　無無漏行故

此偈明何義明如來性於佛地時無垢清淨光明常住自性清淨以本際來常故不生以離意生身故以未來際恒故不死以離不可思議變易死故以本後際來清涼故不病以離無明住地所攝故若如是者不墮三世彼

明不變是故不老以離無漏業迴轉故又復偈言

有二復有二　復有二二句　次第知常等

無漏境界中

此偈明何義常恒清涼及不變等此四種句於無漏法界中次第一一句二二本二一釋義差別如不增不減修多羅中說言舍利弗如來法身常以不異法故以不盡法故舍利弗如來法身恒以常可歸依故以未來際平等故舍利弗如來法身清涼以不二法故以無分別法故舍利弗如來法身不變以非滅法故以非作法故

已說不變異次說無差別無差別者即依此善淨時本際已來畢竟究竟自體相善淨如來藏無差別故說一偈

法身及如來　聖諦與涅槃　功德不相離

如光不離日

此初半偈示現何義偈言

略明法身等　體一而名異　依無漏界中

四種義差別

此偈明何義略說於無漏法界中依如來藏有四種義依四種義有四種名應知何等四種義偈言

佛說不相離　及彼眞如性　法體不虛妄

自性本來淨

此偈明何義佛法不相離者依此義故聖者勝鬘經言世尊不空如來藏過於恒沙不離不脫不異不思議佛法故及彼眞如性者依此義故六根聚經言世尊六根如是從無始來畢竟究竟諸法體故法體不虛妄者依此

義故經中説言世尊又第一義諦者謂不虛妄涅槃是也何以故世尊彼性本際來常以法體不變故自性本來淨者依此義故經中佛告文殊師利言文殊師利如來應正徧知本際以來入涅槃故又復依此四義次第有四種名何等爲四一者法身二者如來三者第一義諦四者涅槃以是義故不增不減經言舍利弗言如來藏者即是法身故又復聖者勝鬘經言世尊不離法身有如來藏世尊不離如來藏有法身世尊依一苦滅諦說名如來藏世尊如是說如來法身無量無邊功德世尊言涅槃界者即是如來法身故後半偈示現何義偈言

覺一切種智　離一切習氣　佛及涅槃體

不離第一義

此四種名於如來法身無漏界中一味一義不相捨離是故雖復有四種名而彼四義不離一法門不離一法體此以何義所證一切法覺一切智及離一切智障煩惱障習氣此二種法於無漏法界中不異不差別不斷不相離以是義故大涅槃經中偈言

無量種功德　一切不思議　不差別解脫

解脫即如來

以是義故聖者勝鬘經言世尊言聲聞辟支佛得涅槃者是佛方便故此明何義言聲聞辟支佛有涅槃者此是諸佛如來方便見諸衆生於生死曠野遠行疲惓恐其退轉爲止息故造作化城如來如是於一切法中得大自在大方便故明如是義世尊如來應正徧知證平等涅槃一切功德無量無邊不可思

議清淨畢竟究竟此明何義依四種義畢竟功德諸佛如來無差別涅槃相無上果中佛及涅槃一切功德不相捨離若離佛地果中證智更無餘人有涅槃法示現如是義依一切種智於諸佛如來無漏法界中譬喻示現此明何義寶髻經中畫師譬喻示現具足一切功德應知偈言

如種種畫師　所知各差別　彼一人知分
第二人不知　有自在國王　勅諸畫師言
於彼彩畫處　具足作我身　國中諸畫師
一切皆下手　若不闕一人　乃成國王像
畫師受勅已　畫作國王像　彼諸畫師中
一人行不在　由無彼一人　國主像不成
以其不滿足　一切身分故　所言畫師者
喻檀等諸行　言國王像者　示一切種智
一人不在者　示現少一行　王像不成者
空智不具足

此偈明何義以是義故寶髻經言善男子諦聽諦聽我今爲汝說此譬喻善男子譬如三千大千世界所有衆生悉善知畫其中或有善能泥塗或能磨彩或巧畫身不善手足或巧手足不善面目時有國王以一張氎與是諸人而告之言凡能畫者皆悉聚集於此氎上畫吾身像爾時諸人悉來集聚隨其所能而共作之有一畫師以緣事故竟不得來諸人畫已持共上王善男子可言諸人悉集作不不也世尊善男子我說此喻其義未顯善男子一人不來故不得言一切集作亦不得言像已成就佛法行者亦復如是若有一行不成就者不名具足如來正法是故要當具

足諸行名爲成就無上菩提故

又此檀等諸波羅蜜一一差别唯是如來所知境界如來知彼種種差别無量無邊應知以彼筭數自在力等不能思議故以對治彼慳等諸垢是故得成清淨檀等諸波羅蜜又以修行一切種一切空智及種種三昧門於第八菩薩不動地中不分别一切菩薩地無間無隔自然依止道智修行得無生法忍成就具足如來無漏戒成就一切功德於第九菩薩善慧地中依阿僧祇三昧陀羅尼海門攝取無量無邊諸佛之法依止解一切衆生根智成就無量無邊功德空智得無生法忍於第十菩薩法雲地中依止一切如來現前空智成就無量無邊功德聚得無生空法忍次後得諸三昧斷一切煩惱障智障依止諸解脱門智成就清淨彼岸功德具足得一切種一切空智以如是等四種地智中非聲聞辟支佛地以彼聲聞辟支佛等去之甚遠以是義故説彼四種成就不差别涅槃界是故偈言

慧智及解脱　不離法界體　無差涅槃界
曰相似相對

此偈明何義以何等慧以何等智以何等解脱彼三不離法界實體明彼四種功德成就無差别涅槃界偈言無差别涅槃界故爲彼四種義次第故有四種相似相對法應知何等爲四一者佛法身中依出世間無分别慧能破第一無明黑暗彼光明照相似相對法應知偈言慧故曰相似相對故二者依智故得一切智智知一切種照一切事放光明羅

網相似相對法應知偈言智故曰相似相對
故三者依止彼二自性清淨心解脫無垢離
垢光明輪清淨相似相對法應知偈言解脫
故曰相似相對故四者即此三種不離法界
不離實體不相捨離相似相對法應知偈言
不離法界故曰相似相對法故是故偈言
不證諸佛身　涅槃不可得　如棄捨光明
日不可得見
此偈明何義以如向說無漏法界中無始世
界來諸佛法身中無漏諸法一切功德不相
捨離以是義故遠離如來無障無礙法身智
慧離一切障涅槃體相不可得見不可得證
如離日光明無日輪可見以是義故聖者勝
鬘經言法無優劣故得涅槃知諸法平等智
故得涅槃平等智故得涅槃平等解脫故得

涅槃平等解脫知見故得涅槃是故世尊說
涅槃界一味等味謂明解脫一味故
無量煩惱所纏品第六
論曰偈言
向說如來藏　十種義示現　次說煩惱纏
以九種譬喻
此偈明何義向依如來藏說無始世界來彼
法恒常住法體不轉變明如來藏有十種義
自此已下依無始世界來煩惱藏所纏說無
始世界來自性清淨心具足法身以九種譬
喻明如來藏過於恒沙煩惱藏所纏如修多
羅說應知九種譬喻者如偈說言
萎華中諸佛　衆蜂中美蜜　皮糩等中實
糞穢中眞金　地中珍寶藏　諸果子中芽
朽故弊壞衣　纏裹眞金像　貧賤醜陋女

懷轉輪聖王　燋黑泥模中　有上妙寶像
衆生貪恚癡　妄想煩惱等　塵勞諸垢中
皆有如來藏
此偈示現何義自此已下依此略説四偈句
義餘殘譬喻五十四偈廣説應知此四行偈
總略説彼廣偈中義應知又依彼義略説二
偈
華蜂糩糞穢　地果故壞衣　貧賤女泥模
煩惱垢相似　佛蜜實眞金　寶牙金像王
上妙寶像等　如來藏相似
此偈示現何義偈言
華蜂等諸喻　明衆生身中　無始世界來
有諸煩惱垢　佛蜜等諸喻　明衆生身中
無始來具足　自性無垢體
又復略説此如來藏修多羅中明一切衆生

界從無始世界客塵煩惱染心從無始世界
來淨妙法身如來藏不相捨離是故經言依
自虛妄染心衆生染依自性清淨心衆生淨
云何自心染依自心染有九種喻謂萎華等
應知偈言
貪瞋癡相續　及結使熏習　見修道雜淨
及淨地有垢　萎華等諸喻　説九種相對
無邊煩惱纏　故説差別相
此偈明何義略説有九種煩惱於自性清淨
如來法身界中如萎華等九種譬喻於諸佛
等常外客相諸煩惱垢亦復如是於眞如佛
性常客塵相何等以爲九種煩惱一者貪使
煩惱二者瞋使煩惱三者癡使煩惱四者增
上貪瞋癡結使煩惱五者無明住地所攝煩
惱六者見道所斷煩惱七者修道所斷煩惱

八者不淨地所攝煩惱九者淨地所攝煩惱此如是等九種煩惱以彼九種譬喻示現應知此明何義世間貪等衆生身中所攝煩惱能作不動地業行緣成就色界無色界果報出世間智能斷名爲貪瞋癡使煩惱偈言貪瞋癡相續故又增上貪瞋癡衆生身中所攝煩惱能作福業罪業行緣但能成就欲界果報唯有不淨觀智能斷名爲增上貪瞋癡等結使煩惱偈言及結使故又阿羅漢身中所攝煩惱能作無漏諸業行緣能生無垢意生身果報唯有如來菩提智能斷名爲無明住地所攝煩惱偈言熏習故又有二種學人何等爲二一者凡夫二者聖人凡夫身中所攝煩惱初出世間心見世出世間法智能斷名爲見道所斷煩惱偈言見道故聖人身中所攝煩惱如先見出世間法修道智能斷名爲修道所斷煩惱偈言修道故又不究竟菩薩謂從初地乃至七地所攝煩惱七住地中所對治法八地已上三住地中修道智能斷名爲不淨地所攝煩惱偈言不淨故又畢竟究竟菩薩身中所攝煩惱八地已上三地修道智所對治法金剛三昧智能斷名爲淨地所攝煩惱偈言及淨地有垢故是名略說九種煩惱次第萎華等九種譬喻我已廣說應知又復即此九種煩惱依八萬四千衆生行故有八萬四千煩惱差別如如來智無量無邊故有如是無量無邊煩惱纏如來藏故言無量煩惱藏所纏如來藏是故偈言

愚癡及羅漢　諸學及大智　次第四種垢
及一二復二　如是次第說　四凡一聖人

二學二大智　名爲不淨地

此偈明何義此九種譬喻於無漏界中如是次第四種譬喻及第五譬喻後時二二煩惱諸垢依煩惱垢染故言不清淨又復云何知此九種貪等煩惱於萎華等九種譬喻相似相對又云何知如來藏於諸佛等九種譬喻相似相對偈言

依佛神力故　有彼衆妙華　初榮時則愛
後萎變不愛　如華依榮悴　有愛有不愛
貪煩惱亦爾　初樂後不樂　羣蜂爲成蜜
瞋心齒諸華　瞋恚心起時　生種種苦惱
稻等內堅實　外爲皮糩覆　如是癡心纏
不見內堅實　猶如臭穢糞　智觀貪亦爾
起欲心諸相　結使如穢糞　譬如彼地中
種種珍寶藏　衆生無天眼　是故不能見
如是自在智　爲無明地覆　衆生無智眼
是故不能見　如子離皮糩　次第生芽等
見道斷煩惱　次第生諸地　以害身見等
攝取妙聖道　修道斷煩惱　故說弊壞衣
七地中諸垢　猶如胎所纏　遠離胎藏智
無分別淳熟　三地知諸垢　如泥模所泥
大智諸菩薩　金剛定智斷　萎華至泥模
如是九種喻　示貪瞋癡等　九種煩惱垢
垢中如來藏　佛等相對法　如是九種義
以三種體攝

此偈明何義謂依法身自性清淨心如來藏等三種實體有諸佛等九種譬喻相似相對法應知三種實體者偈言

法身及眞如　如來性實體　三種及一種
五種喻示現

此偈明何義初三種喻示現如來法身應知三種譬喻者所謂諸佛美蜜堅固示現法身偈言法身故一種譬喻者所謂眞金示現眞如偈言眞如故又何等爲五種譬喻一者地藏二者樹三者金像四者轉輪聖王五者寶像能生三種佛身示現如來性偈言如來性故又法身者偈言

法身有二種　清淨眞法界　及依彼習氣
以深淺義說

此偈明何義諸佛如來有二種法身何等爲二一者寂靜法界身以無分別智境界故如是諸佛如來法身唯自內身法界能證應知偈言清淨眞法界故二者爲得彼因因謂彼寂靜法界說法依可化衆生說彼說法應知以依眞如法身有彼說法名爲習氣偈言爲依彼習氣故彼說法者復有二種一細二麤細者所謂爲諸菩薩摩訶薩演說甚深祕密法藏以依第一義諦說故麤者所謂種種修多羅祇夜和伽羅那伽陀憂波陀那尼陀那等名字章句種種差別以依世諦說故是故偈言

以出世間法　世中無譬喻　是故依彼性
還說性譬喻　如美蜜一味　微細法亦爾
修多羅等說　如種種異味

此偈明何義諸佛美蜜及堅固等三種譬喻此明如來眞如法身有二種義一者徧覆一切衆生二者徧身中有無有餘殘示現一切衆生有如來藏此明何義於衆生界中無有一衆生離如來法身在法身外離於如來智在如來智外如是種種色像不離虛空中是

故偈言

譬如諸色像　不離於虛空　如是衆生身
不離諸佛智　以如是義故　說一切衆生
皆有如來藏　如虛空中色　以性不改變
體本來清淨　如眞金不變　故說眞如喻

此偈明何義明彼眞如如來之性乃至邪聚衆生身中自性清淨心無異無差別光明明了以離客塵諸煩惱故後時說言如來法身如是以一眞金譬喻依眞如無差別不離佛法身故說諸衆生皆有如來藏以自性清淨心雖言清淨而本來無二法故是故經中佛告文殊師利言文殊師利如來如實知見自身根本清淨智以依自身根本智故知諸衆生有清淨身文殊師利所謂如來自性清淨身乃至一切衆生自性清淨身此二法者無二無差別是故偈言

一切諸衆生　平等如來藏　眞如清淨法
名爲如來體　依如是義故　說一切衆生
皆有如來藏　應當如是知

又復偈言

佛性有二種　一者如地藏　二者如樹果
無始世界來　自性清淨心　修行無上道
依二種佛性　得出三種身　依初譬喻故
知有初法身　依第二譬喻　知有二佛身
眞佛法身淨　猶如眞金像　以性不改變
攝功德實體　證大法王位　如轉輪聖王
依止鏡像體　有化佛應現

此偈明何義餘五種譬喻所謂藏樹金像轉輪聖王寶像譬喻示現生彼三佛法身以依自體性如來之性諸衆生藏是故說言一切

衆生有如來藏此示何義以諸佛如來有三種身得名義故此五種喻能作三種佛法身因以是義故說如來性因此明何義此中明性義以爲因義以是義故經中偈言

無始世來性　作諸法依止　依性有諸道
及證涅槃果

此偈明何義無始世界性者如經說言諸佛如來依如來藏說諸衆生無始本際不可得知故所言性者如聖者勝鬘經言世尊如來說如來藏者是法界藏出世間法身藏出世間上上藏自性清淨法身藏自性清淨如來藏故作諸法依止者如聖者勝鬘經言世尊是故如來藏是依是持是住持是建立世尊不離不離智不斷不脫不異無爲不思議佛法世尊亦有斷脫異外離智有爲法亦依亦持亦住持亦建立依如來藏故依性有諸道者如聖者勝鬘經言世尊生死者依如來藏世尊有如來藏故說生死是名善說故及證涅槃果者如聖者勝鬘經言世尊依如來藏故有生死依如來藏故證涅槃世尊若無如來藏者不得猒苦樂求涅槃不欲涅槃不願涅槃故此明何義明如來藏究竟如來法身不差別眞如體相畢竟定佛性體於一切時一切衆生身中皆無餘盡應知此云何知依法相知是故經言善男子此法性法體性自性常住如來出世若不出世自性清淨本來常住一切衆生有如來藏此明何義依法性依法體依法相應依法方便此法爲如是爲不如是不可思議一切處依法依法量依法信得心淨得心定彼不可分別爲實爲不實

唯依如來信是故偈言

唯依如來信　信於第一義　如無眼目者

不能見日輪

此偈明何義略說一切衆生界中有四種衆生不識如來藏如生盲人何等爲四一者凡夫二者聲聞三者辟支佛四者初發菩提心菩薩如聖者勝鬘經中說言世尊如來藏者於身見衆生非其境界世尊如來藏者於取四顚倒衆生非其境界世尊如來藏者於散亂心失空衆生非其境界故此明何義身見衆生者謂諸凡夫以彼凡夫實無色等五陰諸法而取以爲有我我所虛妄執著我我所慢於離身見等滅諦無漏性甘露之法尚不能信何況出世間一切智境界如來藏能證能解無有是處又取四顚倒諸衆生者所謂聲聞辟支佛人以彼聲聞辟支佛等應修行如來藏常而不修行如來藏以爲常而顚倒取一切法無常想修行如來藏無常樂無常修行以不知不覺故應修行如來藏樂而不修行如來藏以爲樂而顚倒取一切法苦想修行如來藏苦樂苦修行以不知不覺故應修行如來藏我而不修行如來藏以爲我而顚倒取一切法無我想修行如來藏無我樂無我修行以不知不覺故應修行如來藏淨而不修行如來藏以爲淨而顚倒取一切法不淨想修行如來藏不淨樂不淨修行以不知不覺故如是聲聞辟支佛等一切不能如實隨順法身修行以是義故第一彼岸常樂我淨法非彼聲聞辟支佛等所知境界如是樂顚倒無常苦無我不淨想等彼如來藏非

其境界如是之義大般涅槃修多羅中池水譬喻廣明此義應知彼經中言迦葉譬如春時有諸人等在大池浴乘船遊戲失瑠璃寶没深水中是時諸人悉共入水求覓是寶競捉瓦石草木沙礫各各自謂得瑠璃珠歡喜持出乃知非眞是時寶珠猶在水中以珠力故水皆澄清於是大衆乃見寶珠故在水下猶如仰觀虛空月形是時衆中有一智人以方便力安徐入水中即便得珠汝等比丘不應如是修習無常苦無我想不淨想等以爲眞實如彼諸人各以瓦石草木沙礫而爲寶珠汝等應當善學方便在在處處常修我想常樂淨想復應當知先所修習四法相貌悉是顛倒欲得眞實修諸想者如彼智人巧出寶珠所謂我常樂淨想故又散亂心失空衆

生者謂初發心菩薩離空如來藏義以失變壞物修行名爲空解脫門此明何義初發心菩薩起如是心實有法斷滅後時得涅槃是菩薩失空如來藏修行又復有人以空爲有物我應得空又生如是心離色等法別更有空我應修行令得彼空彼人不知空以何等法是如來藏偈言

不空如來藏　謂無上佛法　不相捨離相
不增減一法　如來無爲身　自性本來淨
客塵虛妄染　本來自性空

此偈明何義不減一法者不減煩惱不增一法者眞如性中不增一法以不捨離清淨體故偈言不相捨離不增減一法故是故聖者勝鬘經言世尊有二種如來藏空智世尊空如來藏若離若脫若異一切煩惱藏世尊

不空如來藏過於恒沙不離不脱不異不思議佛法故如是以何等煩惱以何等處無如是如實見知名爲空智又何等諸佛法何處具足有如是如實見知名不空智如是明離有無二邊如實知空相此二偈中明如是義又衆生若離如是空智彼人則是佛境界外名不相應不得空不得一心以是義故名散亂心失空衆生何以故以離第一義空智門無分別境界不可得證不可得見是故聖者勝鬘經言世尊如來藏智名爲空智世尊如來藏空智者一切聲聞辟支佛等本所不見本所不得本所不證本所不會世尊一切苦滅唯佛得證壞一切煩惱藏修一切滅苦道故如是此如來藏以法界藏故身見等衆生不能得見已説以身見相對治眞實法界未現前故又如是出世間法身如來藏非顛倒衆生境界已説以無常等世間法對治出世間法界未現前故又如是自性清淨法界如來空藏非散亂心失空衆生境界已説以煩惱垢客塵染空自性清淨功德法不相捨離出世間法身得名故此明何義又依一味等味法界無差别智門觀察出世間自性清淨法身是名如實知見眞如是故經説十住菩薩唯能少分見如來藏何況凡夫二乘人等是故偈言

譬如薄雲中　見虚空有日　淨慧諸聖人
見佛亦如是　聲聞辟支佛　如無眼目者
不能觀如來　如盲不見日　所知一切法
有無量無邊　徧虚空法界　無量智能見
諸如來法身　充滿一切處　佛智慧能見

以無量智故

究竟一乘寶性論卷第四

音釋

歔欷歔朽居切欷香衣切歔欷悲泣氣咽而抽息也嚙五巧切齩也礫郎擊切小石也

究竟一乘寶性論卷第五

元魏天竺三藏勒那摩提譯

爲何義說品第七

問曰眞如佛性如來藏義住無障礙究竟菩薩地菩薩第一聖人亦非境界以是一切智者境界故若如是者何故及爲愚癡顚倒凡夫人說答曰以是義故略說四偈

處處經中說　內外一切空　有爲法如雲
及如夢幻等　此中何故說　一切諸衆生
皆有如來性　而不說空寂　以有怯弱心
輕慢諸衆生　執著虛妄法　謗眞如佛性
計身有神我　爲令如是等　遠離五種過
故說有佛性

此四行偈以十一偈略釋應知偈言

諸修多羅中　說有爲諸法　謂煩惱業等
如雲等虛妄　煩惱猶如雲　所作業如夢
如幻陰亦爾　煩惱業生故　先巳如是說
此究竟論中　爲離五種過　說有眞如性
以衆生不聞　不發菩提心　或有怯弱心
欺自身諸過　未發菩提心　生起欺慢意
見發菩提心　我勝彼菩薩　如是憍慢人
不起正智心　是故虛妄取　不知如實法
妄取衆生過　不知客染心　實無彼諸過
自性淨功德　以取虛妄過　不知實功德
是故不得生　自他平等慈　聞彼眞如性
起大勇猛力　及恭敬世尊　智慧及大悲
生增長五法　不退轉平等　無一切諸過
准有諸功德　取一切衆生　如我身無異
速疾得成就　無上佛菩提

身轉清淨成菩提品第八

論曰已說有垢如自此已下說無垢如應知無垢如者謂諸佛如來於無漏法界中遠離一切種種諸垢轉雜穢身得淨妙身依八句義略差別說彼眞如性無漏法身應知何等爲八偈言

淨得及遠離　自他利相應　依止深快大
時數如彼法

是名八種句義次第一偈示現八種義者何謂八種一者實體二者因三者果四者業五者相應六者行七者常八者不可思議實體者向說如來藏不離煩惱藏所纏以遠離諸煩惱轉身得清淨是名爲實體應知偈言淨故是故聖者勝鬘經言世尊若於無量煩惱藏所纏如來藏不疑惑者於出無量煩惱藏法身亦無疑惑故因者有二種無分別智一者出世間無分別智二者依出世間智得世間依止行智是名爲因偈言得故果者即依此得得證智果是名爲果偈言遠離故業者有二種遠離一者遠離煩惱障二者遠離智障如是次第故名遠離如是遠離自利利他成就是名爲業偈言自他利故相應者自利利他得無量功德常畢竟住持是名相應偈言相應故行常不思議者謂三種佛法身無始世來作衆生利益常不休息不可思議偈言依止深快大故以是義故略說偈言

實體因果業　相應及以行　常不可思議
名佛地應知

又依實體依因於佛地中及得彼方便因故說三偈

向說佛法身　自性清淨體　爲諸煩惱垢

客塵所染汙　譬如虛空中　離垢淨日月
爲彼厚密雲　羅網之所覆　佛功德無垢
常恒及不變　不分別諸法　得無漏眞智

此三行偈以四行偈略釋應知偈言

佛身不捨離　清淨眞妙法　如虛空日月
智離染不二　過恒沙佛法　明淨諸功德
非作法相應　不離彼實體　煩惱及智障
彼法實無體　常爲客塵染　是故說雲喻
遠離彼二因　向二無分別　無分別眞智
及依彼所得

此偈明何義向說轉身實體清淨又清淨者略有二種何等爲二一者自性清淨二者離垢清淨自性清淨者謂性解脫無所捨離以彼自性清淨心體不捨一切客塵煩惱以彼本來不相應故離垢清淨者謂得解脫又彼解脫不離一切法如水不離諸塵垢等而言清淨以自性清淨心遠離客塵諸煩惱垢更無餘故又依彼果離垢清淨故說四偈

如清淨池水　無有諸塵濁　種種雜華樹
周帀常圍繞　如月離羅睺　日無雲翳等
無垢功德具　顯現即彼體　蜂王美味蜜
堅實淨眞金　寶藏大果樹　無垢眞金像
轉輪聖王身　妙寶如來像　如是等諸法
即是如來身

此四行偈以九行偈略釋應知偈言

貪等客煩惱　猶如濁水塵　無分別上智
果法如池水　示現佛法身　一切諸功德
依彼證智果　是故如是說　貪如濁水塵
淨法離垢染　可化諸衆生　如繞池藕華
禪定習氣潤　遠離瞋羅睺　以大慈悲水

徧益諸衆生　如十五日月　遠離雲羅網
光明照衆生　能除諸幽暗　佛無垢日月
離癡雲羅網　智光照衆生　除滅諸黑暗
得無等等法　能與妙法味　諸佛如蜜堅
遠離蜂糟障　眞實妙功德　除斷諸貧窮
能與解脫勢　說藏金剛喻　法體眞實身
增上兩足尊　勝色畢竟成　故說後三喻

又向說以二種智依自利利他業何者爲二一者出世間無分別智二者依出世間無分別智轉身得身行因遠離煩惱得證果智故又何者是成就自利謂得解脫遠離煩惱障遠離智障得無障礙清淨法身是名成就自身利益又何者是成就利他既成就自身利他已無始世來自然依彼二種佛身示現世間自在力行是名成就他身利益又依自利利他成就業義故說四偈

無漏及徧至　不滅法與恒　清涼不變異
不退寂靜處　諸佛如來身　如虛空無相
妙色常湛然　六根甚明淨　佛眼見衆色
耳聞一切聲　鼻能齅諸香　舌能練衆味
身覺三昧觸　意知一切法　除諸稠林行
佛離虛空相

此四行偈以八行偈略釋應知偈言

略說二種法　業智應當知　滿足解脫身
清淨眞法身　解脫身法身　二及一應知
謂無漏徧至　及究竟無爲　煩惱盡無漏
及習氣滅故　無礙及無障　智徧至應知
無爲故不滅　實體故不失　不失名爲本
恒等句解釋　對於恒等句　有四失應知
死無常及轉　不可思議退　以無死故恒

以常故清涼　不轉故不變　寂靜故不退
彼究竟足跡　淨智白法體　具妙色聲等
示現於諸根　如虛空無相　而現色等相
法身亦如是　具足六根相

此偈明何義經中說言如虛空相諸佛亦爾者此依第一義諸佛如來清淨法身自體相不共法故作如是說以是義故金剛般若波羅蜜經言須菩提於意云何可以三十二大人相成就得見如來不須菩提言如我解佛所說義者不以相成就得見如來佛言如是如是須菩提不以相成就得見如來須菩提若以相成就觀如來者轉輪聖王應是如來是故非以相成就得見如來故此明何義以依如來第一義諦清淨法身明如是義又依相應義故說二偈

如空不思議　常恒及清涼　不變與寂靜
徧離諸分別　一切處不著　離癡麤澀觸
亦不可見取　佛淨心無垢

此二行偈以八行偈略釋應知偈言

解脫身法身　亦自利利他　依自利利他
彼處相應義　一切諸功德　不思議應知
以非三慧境　一切種智知　諸衆生佛體
細故非聞境　第一非思慧　以出世深密
世修慧不知　諸愚癡凡夫　本來未曾見
如盲不矚色　二乘如嬰兒　不見日月輪
以不生故常　以不滅故恒　離二故清涼
法性住不變　證滅故寂靜　一切覺故徧
不住無分別　離煩惱不著　無智障離癡
柔輭離麤澀　無色不可見　離相不可取
以自性故淨　離染故無垢

此偈明何義虛空譬喻者明諸佛如來無爲諸功德不離佛法身於所有諸有得不可思議勝大方便業勝大悲業勝大智業爲與一切衆生樂相無垢清淨三種佛身所謂實佛受法樂佛及化身佛常不休息常不斷絶自然修行以爲利益一切衆生應知以不共餘人唯佛如來法身相應故此明何義以依此身相應諸行差別故說八偈

非初非中後　不破壞不二　遠離於三界
無垢無分別　此甚深境界　非二乘所知
具勝三昧慧　如是人能見　出過於恒沙
不思議功德　唯如來成就　不與餘人共
如來妙色身　清淨無垢體　遠離諸煩惱
及一切習氣　種種勝妙法　光明以爲體
令衆生解脫　常無有休息　所作不思議
如摩尼寶王　能現種種形　而彼體非實
爲世間說法　示現寂靜處　教化使淳熟
授記令入道　如來鏡像身　而不離本體
猶如一切色　不離於虛空

此八行偈二十五偈略釋應知偈言

向說佛法身　及一切種智　自在與涅槃
及第一義諦　不可思議法　應供等功德
唯自內身證　應當如是知　彼三身差別
實法報化身　所謂深快大　無量功德身
明實體身者　謂諸佛法身　略說五種相
五功德應知　無爲無差別　遠離於二邊
出離煩惱障　智障三昧障　以離一切垢
故聖人境界　清淨光明照　以法性如是
無量阿僧祇　不可數思議　無等諸功德
到第一彼岸　實法身相應　以快不可數

非思量境界　及遠離習氣　無邊等佛法
次第不離報　受種種法味　示現諸妙色
淨慈悲習氣　無虛妄分别　利益諸衆生
自然無休息　如如意寶珠　滿足衆生心
受樂佛如是　神通力自在　此神力自在
略説有五種　説法及可見　諸業不休息
及休息隱没　示現不實體　是名要略説
有五種自在　如摩尼寶珠　依種種諸色
異本生諸相　一切皆不實　如來亦如是
方便力示現　從兜率陁天　次第入胎生
習學諸技藝　嬰兒入王宫　猒離諸欲相
出家行苦行　推問諸外道　往詣於道場
降伏諸魔衆　成大妙覺尊　轉無上法輪
入無餘涅槃　於不清淨國　現如是等事
世間無休息　宣説無常苦　無我寂靜名
方便智慧力　令彼諸衆生　猒離三界苦
後入於涅槃　以示寂靜道　諸聲聞人等
有是虛妄相　言我得涅槃　法華等諸經
皆説如實法　般若方便攝　迴先虛妄心
令淳熟上果　授妙菩提記　微細大勢力
令愚癡衆生　過險難惡道　深快及以大
次第説應知　初法身如來　第二色身佛
譬如虛空中　有一切色身　於初佛身中
最後身亦爾

自此已下即依如是三種佛身爲樂衆生利益衆生略説二偈

世尊體常住　以修無量因　衆生界不盡
慈悲心如意　智成就相應　法中得自在
降伏諸魔怨　體寂靜故常

此二行偈以六行偈略釋應知偈言

棄捨身命財　攝取諸佛法　爲利益衆生
究竟滿本願　得清淨佛身　起大慈悲心
修行四如意　依彼力住世　以成就妙智
離有涅槃心　常得心三昧　成就樂相應
常在於世間　不爲世法染　得淨甘露處
故離一切魔　諸佛本不生　本來寂靜故
以常可歸依　故言歸依我　初七種譬喻
如來色身常　後三種譬喻　善逝法身常

此諸佛如來依法身轉得無上身不可思議應知依不可思議故說二偈

非言語可說　第一義諦攝　離諸覺觀地
無譬喻可說　最上勝妙法　不取有涅槃
非三乘所知　唯是佛境界

此二行偈以五行偈略釋應知偈言

不可得思議　以言語相故　離言語相者
第一攝義故　第一義攝者　非思量境故
非思量境者　無譬喻知故　無譬喻知者
最無勝上故　最勝無上者　不取有涅槃
不取是二者　不取功德過　前五種譬喻
微細不思議　如來法身常　第六譬喻者
以得自在故　如來色身常

如來功德品第九

論曰已說無垢眞如法身次說依彼無垢眞如法身一切功德如摩尼寶不離光明形色諸相如來法身無量無邊自性清淨無垢功德亦復如是以是義故依佛功德次說二偈言

自利亦利他　第一義諦身　依彼眞諦身
有此世諦體　果遠離淳熟　此中具足有
六十四種法　諸功德差別

此偈示現何義偈言
於自身成就　住持諸佛法　故攝第一身
爲他身住持　諸如來世尊　故有世諦體
佛無量功德　初身攝應知　十力四無畏
大丈夫相等　彼受樂報體　第二佛身攝
此偈明何義明十力等六十四種佛身功德
此云何知依彼義故略說二偈
佛力金剛杵　破無智者障　如來無所畏
處衆如師子　如來不共法　清淨如虛空
如彼水中月　衆生二種見
自此已下功德品中餘殘論偈依此二偈次
第示現彼十力等六十四種如來功德如陀
羅尼自在王經廣說應知初依十力故說二
偈
處非處果報　業及於諸根　性信至處道
離垢諸禪定　憶念過去世　天眼寂靜智
如是等諸句　說十種力名
又依四無畏故說三偈
如實覺諸法　遮諸礙道障　說道得無漏
是四種無畏　於所知境界　畢竟知自他
自知教他知　此非遮障道　能證勝妙果
自得令他得　說自他利諦　是諸處無畏
又依十八不共佛法故說八偈
佛無過無諍　無妄念等失　無不定散心
無種種諸惡　無作意護心　欲精進不退
念慧及解脫　知見等不退　諸業智爲本
知三世無障　佛十八功德　及餘不說者
佛身口無失　若他來破壞　內心無動相
非住心捨心　世尊欲精進　念靜智解脫
知見常不失　示現可知境　一切諸業等

智爲本展轉　三世無障礙　廣大智行常
是名如來體　大智慧相應　覺彼大菩提
最上勝妙法　爲一切衆生　轉於大法輪
無畏勝妙法　令彼得解脱
又依三十二大人相故説十一偈
足下相平滿　具足千輻輪　跟𦟛趺上隆
伊尼鹿王踹　手足悉柔輭　諸指皆纖長
鵝王網縵指　臂肘上下𦟛　兩肩前後平
左右俱圓滿　立能手過膝　馬王陰藏相
身𦟛相洪雅　如尼俱樹王　體相七處滿
上半如師子　威德勢堅固　猶如那羅延
身色新淨妙　柔輭金色皮　淨輭細平密
一孔一毛生　毛柔輭上靡　微細輪右旋
身淨光圓帀　頂上相高顯　項如孔雀王
頥方若師子　髮青金精色　踰如因陀羅
額上白毫相　通面淨光明　口含四十齒
二牙白踰雪　深密内外明　上下齒齊平
迦陵頻伽聲　妙音深遠聲　所食至喉現
得味中上味　細薄廣長舌　二目淳紺色
瞬眼若牛王　功德如蓮華　如是説人尊
妙相三十二　一一不雜亂　普身不可嫌

此佛十力四無畏十八不共法三十二大人相略集一處是名六十四種功德應知偈言

六十四功德　修因及果報　一一各差别
寶女經具説

此偈明何義向説諸佛如來六十四種功德因果差别依此次第寶女經中廣説應知又復依此四處次第有四種喻謂金剛杵及師子王虛空譬喻水中月等有九行偈依彼九偈略説偈言

衝過無慈心　不共他無心　故說杵師子
空水中月喻

又依十力金剛杵喻故說二偈

處非處業性　衆生諸信根　種種道修地
過宿命差別　天眼漏盡等　佛力金剛杵
能刺碎散截　癡鎧山墻樹

此偈示現何義略說偈言

諸如來六力　次第三及一　所知境界中
離三昧諸障　及離餘垢障　如刺如散截
鎧墻及山樹　亦重亦堅固　亦不可破壞
如來十種力　猶如彼金剛　故說金剛杵

又依四無畏師子王喻故說二偈

譬如師子王　諸獸中自在　常處於山林
不怖畏諸獸　佛人王亦爾　處於諸羣衆
不畏及善住　堅固奮迅等

此偈示現何義略說偈言

知病苦知因　遠離彼苦因　說聖道妙藥
爲離病證滅　遠離諸怖畏　善住奮迅城
佛王在大衆　無畏如師子　以知一切法
是故能善住　一切處不畏　離愚癡凡夫
二乘及清淨　以見我無等　於一切法中
心常定堅固　何故名奮迅　過無明住地
自在無礙處　是故名奮迅

又依十八不共法虛空譬喻故說三偈

地水火風等　彼法空中無　諸色中亦無
虛空無礙法　諸佛無障礙　猶如虛空相
如來在世間　如地水火風　而諸佛如來
所有諸功德　乃至無一法　共餘世間有

此偈示現何義略說偈言

聲聞及空行　智者及自在　上上微細法

故示現五大　諸衆生受用　如地水火風
離世離出世　故說虛空大　三十二功德
依止法身有　如世間燈炷　明煖及色相
相應無差別　諸如來法身　一切諸功德
無差別亦爾

又依三十二大丈夫相水中月喻故說二偈

秋空無雲翳　月在天及水　一切世間人
皆見月勢力　清淨佛輪中　具功德勢力
佛子見如來　功德身亦爾

此偈示現何義略說偈言

三十二功德　見者生歡喜　依法報化身
三種佛而有　法身淨無垢　遠離於世間
在如來輪中　衆生見二處　如清淨水中
見於月影像　是三十二相　依色身得名
譬如摩尼珠　不離光我相　色身亦如是
不離三十二

自然不休息佛業品第十

論曰已說無垢諸佛功德次說諸佛如來作業彼諸佛業自然而行常不休息教化衆生應知比依略說有二種法自然而行以是義故依諸佛業自然而行常不休息常作佛事故說六偈

於可化衆生　以教化方便　起化衆生業
教化衆生界　諸佛自在人　於可化衆生
常待處待時　自然作佛事　徧覺知大乘
最妙功德聚　如大海水寶　如來智亦爾
菩提廣無邊　猶如虛空界　放無量功德
大智慧日光　徧照諸衆生　有佛妙法身
無垢功德藏　如我身無異　煩惱障智障
雲霧羅網覆　諸佛慈悲風　吹令散滅盡

此六偈義以十四偈略釋應知偈言

以何等性智　何者何處時　作業不分別
是故業自然　以何等根性　諸衆生可度
以何等智慧　能度諸衆生　又以何者是
化衆生方便　衆生以何處　何時中可化
進趣及功德　爲果爲攝取　彼障及斷障
諸緣不分別　進趣謂十地　功德因二諦
果謂大菩提　攝菩薩眷屬　彼障謂無邊
煩惱及習氣　斷障謂大慈　及大悲心等
是名一切時　常種種因緣　如是等六處
次第說應知　如大海水寶　空日地雲風
諸地如大海　智水功德寶　菩提如空界
廣無中後邊　爲利益衆生　二種業如日
能悉徧照知　一切衆生界　皆有如來性
如地中伏藏　猶如彼大地　體安固不動
爲利益衆生　見彼我無別　客塵煩惱等
本自無體性　一切皆虛妄　如雲聚不實
起大慈悲心　猶如猛風吹　煩惱智障盡
如彼雲聚散　化事未究竟　故常在世間
從本際以來　自然不休息

問曰如向所說諸佛如來不生不滅若如是者即無爲法無爲法者不修行業自然不休息常教化衆生事答曰爲示現彼諸佛大事斷諸疑惑是故依彼不可思議無垢清淨諸佛境界示現大事故以譬喻說一行偈

帝釋妙鼓雲　梵天日摩尼　響及虛空地
如來身亦爾

依此一行修多羅攝取義偈九種譬喻義自此已下廣說餘殘六十六偈應知又復依彼廣說偈義九種譬喻略說彼義及以次第廣

說如來無上利益一切衆生修行究竟以十九偈解釋應知偈言

遠離一切業　未曾有見果　爲一切疑人
除諸疑網故　說九種譬喻　彼修多羅名
廣說此諸法　彼修多羅中　廣說九種喩
彼名智境界　快妙智莊嚴　有智者速入
具足佛境界　說彼天帝釋　瑠璃鏡像等
九種諸譬喩　應知彼要義　見說及徧至
以離諸相智　身口意業密　大慈悲者得
離諸功用心　無分別寂靜　以智故無垢
如大毗瑠璃　帝釋等譬喩　智究竟滿足
故究竟寂靜　以有淨智慧　是故無分別
爲成種種義　故說釋等喩　爲成彼義者
說九種見法　離生離神通　諸佛現是事
是名爲略說　種種義譬喩　先喩解異後
後喩解異前　佛體如鏡像　如彼瑠璃地
人非不有聲　如天妙法鼓　非不作佛事
如彼大雲雨　非不作利益　而亦非不生
種種諸種子　如梵天不動　而非不淳熟
如彼大日輪　非不破諸暗　如彼如意寶
而非不希有　猶如彼聲響　非不因緣有
猶如彼虛空　非不爲一切　衆生作依止
猶如彼大地　而非不住持　一切種種物
以依彼大地　荷負諸世間　種種諸物故
依諸佛菩提　出世間妙法　成就諸白業
諸禪四無量　及以四空定　諸如來自然
常住諸世間　有如是諸業　一時非前後
作如是妙業

校量信功德品第十一

論曰向說四種法自此已下明有慧人於彼

法中能生信心依彼信者所得功德說十四偈

佛性佛菩提　佛法及佛業　諸出世淨人
所不能思議　此諸佛境界　若有能信者
得無量功德　勝一切衆生　以求佛菩提
不思議果報　得無量功德　故勝諸世間
若有人能捨　摩尼珠珍寶　徧布十方界
無量佛國土　爲求佛菩提　施與諸法王
是人如是施　無量恒沙劫　若復有人聞
妙境界一句　聞已復能信　過施福無量
若有智慧人　奉持無上戒　身口意業淨
自然常護持　爲求佛菩提　如是無量劫
是人所得福　不可得思議　若復有人聞
妙境界一句　聞已復能信　過戒福無量
若人入禪定　焚三界煩惱　過天行彼岸
無菩提方便　若復有人聞　妙境界一句
聞已復能信　過禪福無量　無慧人能捨
唯得富貴報　修持禁戒者　得生天人中
修行斷諸障　非慧不能除　慧除煩惱障
亦能除智障　聞法爲慧因　是故聞法勝
何況聞法已　復能生信心

此十四偈以十一偈略釋應知偈言

身及彼所轉　功德及成義　示此四種法
唯如來境界　智者信爲有　及信畢竟得
以信諸功德　速證無上道　究竟到彼岸
如來所住處　信有彼境界　彼非可思議
我等可得彼　彼功德如是　唯深信勝智
欲精進念定　修智等功德　無上菩提心
一切常現前　以常現前故　名不退佛子
彼岸淨功德　畢竟能成就　五度是功德

以不分別三　畢竟及清淨　以離對治法
施唯施功德　持戒唯持戒　餘二度修行
謂忍辱禪定　精進徧諸處　慳等所治法
名爲煩惱障　虛分別三法　是名爲智障
遠離彼諸障　更無餘勝因　唯眞妙智慧
是故般若勝　彼智慧根本　所謂聞慧是
以聞慧生智　是故聞爲勝

又自此已下明向所說義依何等法說依何等義說依何等相說初依彼法故說二偈

我此所說法　爲自心清淨　依諸如來教
修多羅相應　若有智慧人　聞能信受者
依此所說法　亦爲攝彼人

自此已下依彼義故說二偈

依燈電摩尼　日月等諸明　一切有眼者
皆能見境界　依佛法光明　慧眼者能見
以法有是利　故我說此法

自此已下次依彼相故說二偈

若一切所說　有義有法句　能令修行者
遠離於三界　及示寂靜法　最勝無上道
佛說是正經　餘者顛倒說

自此已下依護法方便故說七偈

雖說法句義　斷三界煩惱　無明覆慧眼
貪等垢所纏　又於佛法中　取少分說者
世典善言說　彼三尚可受　何況諸如來
遠離煩惱垢　無漏智慧人　所說修多羅
以離於諸佛　一切世間中　更無勝智慧
如實知法者　如來說了義　彼不可思議
思者是謗法　不識佛意故　謗聖及壞法
此諸邪思惟　煩惱愚癡人　妄見所計故
故不應執著　邪見諸垢法　以淨衣受色

垢膩不可染

自此已下依謗正法故說三偈

愚不信白法　邪見及憍慢　過去謗法障
執著不了義　著供養恭敬　唯見於邪法
遠離善知識　親近謗法者　樂著小乘法
如是等衆生　不信於大乘　故謗諸佛法

自此已下依謗正法得惡果報故說六偈

智者不應畏　怨家蛇火毒　因陀羅霹靂
刀杖諸惡獸　師子虎狼等　彼但能斷命
不能令人入　可畏阿鼻獄　應畏謗深法
及謗法知識　決定令人入　可畏阿鼻獄
雖近惡知識　惡心出佛血　及殺害父母
斷諸聖人命　破壞和合僧　及斷諸善根
以繫念正法　能解脫彼處　若復有餘人
誹謗甚深法　彼人無量劫　不可得解脫

自此已下依於說法師生敬重心故說二偈

若人令衆生　學信如是法　彼是我父母
亦是善知識　彼人是智者　以如來滅後
迴邪見顛倒　令入正道故

自此已下依彼說法所得功德以用迴向故說三偈

三寶清淨性　菩提功德業　我略說七種
與佛經相應　依此諸功德　願於命終時
見無量壽佛　無邊功德身　我及餘信者
既見彼佛已　願得離垢眼　成無上菩提

自此已下略說向義偈言

依何等法說　依何等義說　依何等相說
如彼法而說　如彼義而說　如彼相而說
彼一切諸法　六行偈示現　護自身方便
以七行偈說　明誹謗正法　故有三行偈

六偈示彼因　以二偈示現　於彼說法人
深生敬重心　大衆聞忍受　得彼大菩提
略說三種法　示現彼果報

究竟一乘寶性論卷第五

大乘掌珍論

唐三藏法師玄奘奉　詔譯

清刻龍藏佛說法變相圖

大乘掌珍論卷上

清辯菩薩造

唐三藏法師玄奘奉　詔譯

普爲饒益一切有情正發無上菩提大願等觀世間常爲種種不正尋伺紛擾暴風亂心相續邪見羂網之所羂網生死樊籠之所樊籠無量憂苦毒箭所射諸有所行皆離明慧故我依止如淨虛空絶諸戲論寂靜安樂勝義諦理悲願纏心不忍見彼衆苦所集爲欲解脫自他相續煩惱固縛住無退壞逾於金剛堅固輪圍增上意樂誓處無邊生死大海不憚其中所受無量衆苦災橫發金剛喻不壞精進爲正開覺如是觀察要證出世無分別智方能正知先所未了一切有情聚根勝解界行差別及能破裂自他相續所起一切

有習無習衆苦根本煩惱羅網亦能爲他起眞誓願堅固受持大士戒行然證出世無分別智要須積習能壞一切邪見眼瞙無倒觀空安膳那藥如是積習無倒觀空安膳那藥要藉能遣一切所緣自性聞慧由是或有依廣文義正決擇門已入法性數復勤修勝進加行於廣文義決擇現前甚大劬勞心生懈倦或有雖復未入法性而是利根爲欲令彼易證眞空速入法性故略製此如掌珍論

眞性有爲空　如幻緣生故　無爲無有實
不起似空華

於自他宗計度差別雖有衆多徧計所執然所知境略有二種一者有爲二者無爲以諸愚夫不正覺了勝義諦理有爲無爲無顛倒性妄執諸法自性差別增益種種邪見羂網如世有一無智畫師畫作可畏藥叉鬼像或女人像眩目亂意謂爲實有執實有故自起驚怖或生貪染於彼境界衆多計度增長分別諸見羂網若正覺知勝義諦理有爲無爲無顛倒性爾時如世有智畫師不執彼有眞實自性非如前說有爲無爲境界差別邪見羂網以自纏裹如蠶處繭彼非有故無分別慧趣入行成

爲顯斯義先辯有爲以諸世間於此境上多起分別故說是言眞性有爲空如幻緣生故此中世間同許有者自亦許爲世俗有故世俗現量生起因緣亦許有故眼等有爲世俗諦攝牧牛人等皆共了知眼等有爲是實有故勿違如是自宗所許現量共知故以眞性簡別立宗眞義自體說名眞性卽勝義諦就

勝義諦立有爲空非就世俗衆緣合成有所造作故名有爲即十二處唯除法處一分虛空擇非擇滅及眞如性此中復除他宗所許虛妄顯現幻等有爲若立彼爲空立已成過故若他徧計所執有爲就勝義諦實有自性今立爲宗且如眼處一種有爲就勝義諦辯其體空空與無性虛妄顯現門之差別是名立宗衆緣所起男女羊鹿諸幻事等自性實無顯現似有所立能立法皆通有爲同法喻故說如幻隨其所應假說所立能立法同假說同故不可一切同喻上法皆難令有如說女面端嚴如月不可難令一切月法皆面上有隨結頌法說此同喻如是次第由此半頌是略本處故無有失所立有法皆從緣生爲立此因說緣生故因等衆緣共所生故說名緣生即緣所起緣所起義爲遮異品立異法喻異品無故遮義已成是故不說於辯釋時假說異品建立比量亦無有過

云何此中建立比量謂就眞性眼處性空衆緣生故諸緣生者皆就眞性其自性空牧牛女等尚所共了如有威神呪術藥力加被草木塊塼等物衆緣所現男女象馬宮殿園林水火等相誑惑愚夫種種幻事若彼自性少有實者應非顚倒

故世尊言一切法性非眼所見諸緣生法皆無自性諸有智者若知緣生即知法性若知法性即知空性若知空性即見智者又作是言諸緣生者皆是無生由彼都無生自性故若說緣生即說空性知空性者即無放逸此中一切不空論者皆設難言若立一切有爲

皆空便無色等如緣兔角現量智生理不成就似色等緣諸現量覺亦應不生然彼實有各別内證是故汝宗憎背法性便有違害現量過失及有違害共知過失撥無一切牧牛人等同所了知眼等體故諸有智者今當遣除朋黨執毒住處中慧應共思議我所立宗爲當違害自相續中所生現量爲當違害他相續中所生現量若言違害自相續中所生現量諸現量覺就勝義諦自性皆空衆緣生故如睡夢中諸現量覺非實現量是故我宗且不違害自相續中所生現量若言違害他相續中所生現量非淨眼者顯彼衆多眼瞖眩者所見不實髮髻月等是虛妄現違害現量應正道理是故我宗亦不違害他相續中所生現量若總相說如愚夫等一切世俗所生現量今此不遮世俗有故無容違害言有違害共知過失此亦不然若言違害自論共知不應道理自論許故設違自論是違自宗非是違害共知過失若言違害他論共知亦不應理一切論興皆爲破遣他共知故若言違害牧牛人等共所了知亦不應理諸佛弟子立一切行皆刹那滅諸法無我亦無有情諸勝論者實異色等有異實等諸數論者覺體非思已滅未生皆是實有如是等類廣顯自宗所有道理皆應說名違害共知然不應許以於此中就勝義諦觀察諸法非鬪牧牛人等共知又立宗中以勝義諦簡別所立故定無容如說違害由此亦無違自宗過有餘復言性空論者就勝義諦眼等處空便有有法不成宗過亦有所依不成因過此不應理

牧牛人等共所了知極成眼等總爲宗故即說彼法以爲因故此似有法不成宗過亦似所依不成因過

有諸不善正理論者作是難言若就眞性眼等皆空衆緣生故眼等旣空云何緣生若緣生者云何體空如是宗因更相違故便成與宗相違過失此若矯舉立宗過失方便顯因無同法喻或不成過如說聲是常一切無常故此方便顯非一切故不明了因有不成過以聲攝在一切中故亦無同喻如何是常而非一切此不應理緣生故因及如幻喻皆共知故因喻並成是故汝難終不能令智者意悅有性論者復作是言汝應信受眼根有性有所作故諸無性者非有所作如石女兒眼有所作謂生眼識如所說因有勢用故眼定有性

此若就彼非學所成牧牛等慧所知自性依世俗說成立眼等有爲有性便立已成若就勝義無同法喻唯遮異品所愛義成不應道理如計音聲常住論者說聲是常所聞性故瓶等無常非所聞性聲既所聞是故性常又依世間共知同喻有所作故成相違因能立眼等皆是世俗言說所攝自性有故

餘復難言有爲空者若因若喻皆攝在中種類同故闕此量過今此頌中總說量果於觀察時及立量時眼等一一別立爲宗故無此過總立一切有爲爲宗亦無此過緣生故因二宗皆許非不成故若說眼空其性空故此所說因可有是過亦非無喻幻等有故若立所說喻中幻等以爲宗者便有重立已成過

故有少智者作是難言若立一切有爲性空因有爲故其性亦空是則此因有不成過此似不成非真不成如佛弟子立一切行皆無有我由有因故有難此因諸行中攝亦無我故有不成過又數論者立諸顯事以苦樂癡爲其自性與思别故有難此因顯事中攝亦以樂等爲其性故有不成過又勝論者立聲無常所作性故有難此因用聲爲體亦無常故有不成過如是等類諸敵論者雖廣勤求立論者過如所説理畢竟無能破壞他論若有此理何處誰能建立比量壞我所樂所説道理

復有難言緣生故因終不能立所應立義以性空故如石女兒所發音聲此因於自有不成過若説他宗所許爲因亦不應理以就他宗説性空故其義未了若非有義是因義者此因不成非非有故若是虚妄顯現有義是因義者石女兒聲畢竟無故此喻則無能立之法又由化聲有不定過彼能成辦無量有情利樂事故又非他宗獨所許因能立所立一不成故猶如他宗所不成因相違比量所損害故有太過失所隨逐故如立慧等非心相應行蘊攝故如名身等立虚空等皆非是常德所依故猶如地等立我非思非顯事故猶如最勝如是等類壞一切宗過失隨逐故定應信二宗共許方成爲因由此道理如所説過無容得有

有餘不善正理論者爲顯宗過復作是言若自性空所立能立皆不成就如石女兒所發音聲能立攝在有爲中故同彼所立其性亦

空以俱空故所立能立並不成就彼遣所立能立法體即是遣於有法自相顯立宗過彼因自他互不成故不決定故喻有過故如次前說亦不應理雖設異端終不能掩自宗過失有餘復設別異方便掩自宗過作如是言所說眞性有爲空者此立宗言其義未了若就眞性一切有爲皆無有實是立宗義此所說言亦復攝在有爲中故同諸有爲亦應無實若所說言非無實者有爲亦應皆非無實此言破自所立義故名違自言立宗過失如立一切言說皆妄若就眞性一切有爲都無所有是立宗義即謗一切皆無所有如是所立便墮邪見此中如說

我定依於我　誰言他是依　智者我善調
故得昇天樂

彼就世俗說心爲我就勝義諦立爲非我無違自言立宗過失此亦如是就世俗性說有眼等就勝義諦立彼皆空故無過失復如有說一切生法皆歸於死牟尼所言定無虛妄自身既生亦應歸死不相離故彼所立宗雖能證自亦歸於死是所許故無違自言立宗過失此亦如是說就眞性有爲皆空衆緣生故所立宗言既衆緣生亦應性空不相離故此立宗言雖能證自言說性空是所許故無有自破所立義失如梵志言世尊一切我皆不忍佛言梵志忍此事不此中梵志固忍此事而言一切我皆不忍彼言違自所許事故可有違害自所言過非一切處皆有此失世尊餘處說一切行皆無有我又餘處說諸行無常有生滅法若不爾者既說諸行無我無

常佛亦應有如所說過然無彼失如遮諸行我性常性此立宗言亦許同彼無我常故此亦如是說有爲空所立宗言亦許性空此則順成自所許義是故汝說此言破自所立義故此因不成又如數論立諸顯事樂等爲性雖有難言顯事若以樂等爲性所立宗言亦應用彼樂等爲性所立宗言若非彼性顯事亦應非彼爲性然所立宗無如是過如立有爲無常無我亦無如彼所說宗失此亦如是無所說過意所許故又彼論者不救所立而返難言若就眞性有爲無實所說有爲無實之言亦應無實此難不能免自宗過妄說他宗同彼有失如世癡賊旣被推徵不能自雪而立道理誣罔他言汝亦是賊此非審察所出言詞又彼所言若就眞性一切有爲都無所有是立宗義即謗一切皆無所言如是所立墮邪見者此中宗義如前廣說謂空無性虛妄顯現門之差別非一切種皆謗爲無故汝不應作如是難

復有餘師懷聰叡慢作是難言若諸有爲就勝義諦猶如幻等空無自性即是非有執非有故便爲無見彼欲覆障自宗過難矯設謗言寧俱有過勿空論者所立量成謗勝義諦過失大故此非有言是遮詮義汝執此言表彰爲勝我說此言遮止爲勝此非有言唯遮有性功能斯盡無有勢力更詮餘義如世間說非白絹言不可即執此言詮黑與能說者作立宗過非白絹言唯遮白絹功能斯盡更無餘力詮表黑絹赤絹黃絹今此論中就勝義諦於有爲境避常見邊且遮有性如是餘

處避斷見邊遮於無性雙避二邊遮有無性爲避所餘妄執過失乃至一切心之所行悉皆遮止所行若滅心正隨滅又於餘處說阿難陀若執有性即墮常邊若執無性即墮斷邊如是餘處說迦葉波有是一邊無是第二由如是等阿笈摩故及當所說諸道理故我所立宗無觸如糞無見過失

有不忍見自宗道理過難所集爲欲隱映復作是言性空論者雖常欣求無分別慧而恒分別一切有爲無爲空性即是成立徧計所執虛妄分別失自樂宗如是亦遮故無此過

有餘復言所說空因若就世俗或就勝義於自於他因義不成二宗共許不顯差別總相法門明正理者許爲因故汝所立難似不成過非眞不成如勝論者立聲無常所作性故聲常論者說彼過言分別因義咽喉等作或杖等作如是分別因義不成如數論者立能聞等五有情根非所造色是根性故猶如意根眼等五根造色論者說彼過言根性故因若大造性或樂等性於自於他如是分別因義不成彼二種說似不成過非眞不成故不應理此亦如是復有餘師以聰明慢貪自宗愛昧亂慧目不能觀察善說珍寶自論鄙穢得失差別妄顯所立譬喻過言呪術藥力加被華果塊塼等物令其種種象馬兔等色相顯現我宗不許彼自性空同喻便闕所立無故若言如幻象馬等相無有他實象馬等性說名爲空眼等亦爾無他性故立爲空者便有宗過立已成故彼難不然呪術藥力加被華果塊塼等物衆緣所生象馬等相象馬等

性空說爲喻故所立義成若汝復謂幻術所作象馬等事雖無他實象馬等性然不可說彼性空故此性亦空豈非如彼相狀顯現即有如是諸物自性如汝所說華果等物若爾即應幻術所作象馬等事實有如是象馬等性然實無有故知一切幻術所作象馬等事空無自性是故實有如所說喻所立義成亦無成立已成過失就自性空成立眼等有爲空故

復有諸餘異空慧者別顯喻過雖諸幻士非實士故說名爲空然彼幻士自性不空有虛妄現士相體故由此道理如先所立句義不成喻不成故今應詰彼此虛妄現幻士相體從緣生不彼作是答此從緣生若爾何故復名虛妄以如所顯現不如是有故豈非眼等亦從緣生如所顯現不如是有同喻成故性空義成汝應信受彼作是言不應信受以諸幻士非如實士堪審觀察待彼實士此虛妄故說名爲空非汝等立離前所說眼等有爲別有眼等堪審觀察待彼說此眼等性空可令信受雖無離此所說眼等別有眼等然有如是性空緣生所立能立二法成就但由此喻足能證成所喻義故汝今分別法喻別故便成分別相似過類顯敵論者自慧輕微如勝論者說聲無常所作性故譬如瓶等不應難言瓶等泥團輪等所成可燒可見棒所擊破可是無常聲既不爾應非無常此亦分別法喻別故亦成分別相似過類故應信受眼等性空性空不離緣生因故又如相現即有自性先已破故此亦應爾故汝等言不能解

雪自宗過難有數論師作如是難我立大等諸轉變聚是所顯性緣生故因有不成過一切皆有一切體故諸根徧在一切處故彼幻士中亦有此體立此性空無同法喻此中且依色覺觀察謂諸色覺非緣所顯隨彼別緣有轉異故如隨泥團輪杖陶師心欲樂等差別衆緣有瓶盆等或大或小如是眼等衆緣差別色覺隨彼種種轉異隨眼明昧覺利鈍故隨青等色境界差別覺似青等顯現異故世間現見是所顯物不隨彼緣差別轉變猶如明燈藥珠日等所顯種種環釧等物色覺不爾如觀色覺眼等亦然此義成實世間共了故所說因無不成過又汝所言一切皆有一切體等爲據顯事爲據隱用若據顯事執一切有一切體者如於瓶處有瓶顯事於盆等處亦應徧有此瓶顯事徧有體故如是一瓶即應徧滿無量百千踰膳那處於瓶等處亦應具有盆等顯事非瓶顯事被隱映故盆等顯事亦被隱映形量大故形量大者應爲轉大形量隱映瓶等顯事盆等顯事所隱映故一切處時應不可得是故汝宗據其顯事執一切有一切體者不應道理若據隱用執一切有一切體者如是所執要廣觀察方可正知是實非實恐文煩過不廣觀察汝宗亦許幻士顯處實士顯空我所立喻無不成過是故所立性空義成汝數論師非處投寄亦非諸根徧一切處有所因故如根依處如是能爲樂苦癡覺生因故等多種證因亦應廣說由破諸根徧一切處故幻士中無諸根體非所立空無同法喻是故汝成虛妄分別朋

魍所魅作如是許相應論師有作是說汝就眞性立有爲空緣生故者若此義言諸有爲法從衆緣生非自然有就生無性立彼爲空是則迷成相應師義符會正理又如是說由彼故空彼實是無依此故空此實是有如是空性是天人師如實所說此教意言徧計所執依他起上自上本無非彼性故以非如能詮有所詮性亦非如所詮有能詮性故依他起自性有上徧計所執自性本無由彼故空即妄計事彼自性無依此故空即緣生事此自性有此若無者則爲斷滅於何事上說誰爲空此緣生事即說名爲依他起性依此得有色受想等自性差別假立性轉此若無者假法亦無便成無見不應與言不應共住自墮惡趣亦令他墮如是成立徧計所執自性爲空及依他起自性爲有契當正理若此義言依他起性亦無所有故立爲空汝便墮落如上所說過失深坑亦復成就誹謗世尊聖教過失此中尚與發趣餘乘及諸外道欣求善說離慳嫉者廣興諍論何況同趣一乘諸師論時至故少共決擇此事廣如入眞甘露已具分別故不重辯怖廣文者不欣樂故言有爲法從衆緣生非自然有就生無性說彼爲空此有何義若此義言眼等有爲依他起上不從因生常無滅壞眼等自性畢竟無故說名爲空便立已成同類數論勝論等宗皆共許故然說眼等非所作空自性空故應言無生無性故空不應說言就生無性說彼爲空若彼起時就勝義諦有自性生云何說爲生無自性若實無生此體無故不應說有唯

識實性若爾則有違自宗過若依他起自然生性空無有故說之爲空是則還有立已成過既許依他衆緣而生實不空故應不名空我則不爾云何述成相應師義又如所說由彼故空彼實是無依此故空此實有等若因緣力所生眼等一切世間共許實有是諸愚夫覺慧所行世俗似有自性顯現以勝義諦覺慧尋求猶如幻士都無實性是故說言由彼故空彼實是無爲欲遮墮常邊過故如爲棄捨墮常邊過說彼爲無亦爲棄捨墮斷邊過說此爲有謂因緣力所生眼等世俗諦攝自性是有不同空華全無有物但就眞性立之爲空是故說言依此故空此實是有如是空性是天人師如實所說若就此義說依他起自性是有則爲善說如是自性我亦許故

隨順世間言說所攝福德智慧二資粮故世俗假立所依有故假法亦有然復說言此若無者假法亦無便成無見不應與語如是等過皆不成就又若建立依他起性世俗故有便立已成若立此性勝義諦有無同法喻如已遮遣執定有性亦當遮遣執定無性是故不應謗言增益損減所說依他起性若言我宗立有幻等離言實性同喻無故非能立者離言實性道理不成故無有過若爾外道所執離言實性我等誰能遮破彼亦說有實性我等非慧非言之所行故若衆緣力所生一切依他起性就勝義諦有自性者幻士應有實士自性若有他性亦不應理牛上不應有驢性故非非作性實有實無有性無性二俱攝受如此所立無同法喻或立已成二過所

染故不應理又從緣生諸有爲法就勝義諦若許有性所作故因證彼性空遣彼性有故所立宗違比量過諸從緣生皆共了知世俗有性若有定執勝義諦有應以此理遮破彼宗又彼不應攝受此論就勝義諦二種分別不應理故又如所說非如能詮有所詮性非如所詮有能詮性諸敵論者於此無疑故遮止言立已成過又如所說故依他起自性有上徧計所執自性本無此亦他論於是無疑故遮止言立已成過若言由執能詮所詮徧計所執自性有力生諸煩惱故須遮止此亦不然諸禽獸等不了能詮所詮相應亦於境界不如理執生煩惱故具有種種堪能意樂亦有種種微妙聖言徧計所執自性空教唯益少分不徧一切故我不獨立之爲空且止傍論應辯正論

如是如前所說道理已具成立眼自性空復有餘師作如是難此能遮破有自性言若是實有失所立宗因成不定若非實有即無自性不成能破此亦不然如世尊說梵志當知一切所説實非實言我皆説爲非實非妄由此聖教及諸已說當說道理就勝義諦實與不實皆不建立是故無有如所說過又如汝意所說道理所遮無故能遮亦無非能遮無所遮便有但由所遮本性無故能遮亦無能遮唯能辯了所遮本無自性非能破壞所遮自性如說菩薩不能以空空一切法然一切法本性自空乃至廣說又如能照照所照時不應說言瓶衣等物所照無故能照亦無亦不應言所照物性本無今有又我所立能遮

所遮能立能破有倒無倒皆世俗有若汝遮破所立能立即違自宗此能遮言應非能立性非實故如石女兒所發音聲汝既許有能立比量我亦應爾世俗有故如前已說且止廣諍諸有猒怖廣文義者難受持故如是如前所說比量無諸障難故所立宗謂就眞性眼處性空道理成就又所立因緣生故者略舉名相爲遮所說眼等自性復有餘因謂可壞故隨緣别故可生起故有時能起邪正智故由此等因如其所應隨所對治應正遮破復有說言眼實有性彼相因果皆現有故非實性空現有相等現見眼等相等現有是故眼等非實性空此就勝義無同喻故有性不成若就世俗共知實性便立已成又依同喻因成相違同喻唯有世俗性故

如就眞性眼處性空如是耳鼻舌身與意色聲香味觸處法處性空亦爾修觀行者亦應如是悟入性空又應總别就其眞性成立蘊界緣起念住正斷神足根力覺支波羅蜜多諸三摩地陀羅尼門諸無礙解十力無畏不共法等一切智智皆自性空修觀行者亦應如是悟入性空又諸外道徧計所執大及我執唯量根大實德業等有爲句義悉皆攝在十二處中是彼相故修觀行者亦應如是悟入性空

如是雖由思擇力故悟入性空闕修習力譬如衆鳥翅羽初生未能作用故復精勤習修習力如眩瞖者餌能遣除眩瞖藥故眼得清淨離諸麤大髮蚊蠅等明見境界如是勤習修習力故除遣執取有爲相垢疑惑邪智修

眞觀行初現前時不由他緣受妙喜樂不取一切有爲相故不取一切施物施者及受者故不取一切施者受者及施果故二種三輪皆得清淨乃能正勤攝受無量福智資粮二種重擔終不貪求現非現果亦不愛樂現事當果親近供養所愛有德種種天神亦不妄執德爲作者我爲作者大自在天極微性等常修大捨如是等事皆由已說當說正理證得一切有爲無爲所破能破法性空故如世尊言菩薩不應安住諸事行於布施都無所住應行布施乃至廣說又世尊言若諸菩薩有情想轉不應說名眞實菩薩又世尊言無有少法名能發趣菩薩乘者是諸菩薩尚不希求般涅槃故勤修梵行况復欣樂三界生死如是正修一切有爲性空觀已復應正觀若自性空即無有生若無有生即無過去未來現在於其三世無有罣礙正觀三世皆清淨相依前所説無顛倒理三輪清淨趣大菩提如有問言曼殊室利云何菩薩趣大菩提答言梵志應如菩提復問云何名爲菩提答言梵志此非過去亦非未來及以現在是故菩薩應觀三世皆清淨相三輪清淨趣大菩提

大乘掌珍論卷上

音釋

瞙　忙落切目不明也　眩　黄絹切目無常主也　矯　居夭切　叡　俞芮切深明通達也　眯　莫禮切物入目中也　蚊　無分切　蠅　余陵切

大乘掌珍論卷下

清辯菩薩造

唐三藏法師玄奘奉詔譯

如是已說修觀行者總相悟入有爲性空而未悟入無爲性空若不開示無由悟入若不悟入無分別慧能趣入行終不得成爲開示故復說是言無爲無有實不起似空華此中簡別立宗言詞即上眞性須簡別意如前應知就眞性故立無爲空非就世俗非有爲故說名無爲翻對有爲是無爲義即是虛空擇非擇滅及眞如性謂前所除法處一分光顯悟入虛空性空易開示故唯就空無有質礙初世間共立名虛空故由此爲門悟入所餘無爲空性即此世間所知虛空就眞性故空無有實是名立宗即此所立就眞性故無實虛空二宗皆許爲不起故或假立爲不起法故說名爲因空華無實亦不起故立爲同喻不說遮止異品立爲不同法喻如前應知云何此中建立比量謂就眞性虛空無實以不起故諸不起者愚智同知其性無實猶如空華此所立因不起故者略舉名相復有餘因非所作故非能作故無滅壞故如是等因能遮所說無爲自性是故如應皆得爲因如說汝當守掌此酥勿令烏近爲令所守無損汙故亦應遮彼猫鼠等類

毗婆沙師咸作是難若所立宗無爲無實是無有義空處等至即無所緣云何得有然無障礙是虛空相此若方便立比量言空處等至實有所緣或境實有是等至故或是等至所緣境故如餘等至或如彼緣其餘等至及

彼所緣是有爲故已辯性空則無同喻此就勝義辯虛空相若就世俗所立虛空亦非實有以不起故猶如空華由此比量彼所建立實有不成又即由此我所說因汝言等至所緣境故因有決定相違過失是故我先所立義成無障難故

自部他部有作是言若就眞性虛空無實以不起故此言義准起者皆實若言起者亦無有實是則此因不偏同品因性不成此是義准相似過類似不成過此審定言諸不起者皆無有實非審定言諸無實者悉皆不起雖復勤勇無間所發不偏同品亦許爲因故此無過

有餘難言虛空有性世共知故華亦有性嗢鉢羅等世現見故空華二種雖不相應非無自性故空華喻所立不成此難不然此空華喻就第六轉依士訓釋空之華故說名空華此既非有故喻非無由此道理修觀行者應正悟入虛空性空於擇滅等三種無爲性空道理亦當悟入毗婆沙師不忍遮破擇滅無爲復作是難佛說擇滅對治有爲故名出離若謗言無汝等便有違宗過失又世尊說喜貪俱行諸愛盡滅名爲涅槃寂靜微妙云何言無此中世尊欲令所化於有爲境勤修猒離於無爲境隨順欣樂故就世俗說有擇滅出離涅槃寂靜微妙如佛說有化生有情說有無爲涅槃亦爾許此有故無違宗過但就眞性遮破擇滅故世尊言諸有尋求涅槃有性我說癡人外道弟子乃至廣說又言如來不見生死及以涅槃言涅槃者如來假立此

中都無涅槃自性乃至廣說亦無誹謗聖諦過失以就世俗說有愛苦畢竟不生出離涅槃寂靜微妙無顛倒故非就勝義說有愛苦畢竟不生本性寂滅名爲滅諦由此聖教及所說理就眞性故說無擇滅無此過失

有餘不善正理論者作如是難所立宗言無爲無實無爲旣無所立不成所依不成空華無故有法不成立宗因喩皆有過失此難不然想施設力於唯無有有質礙物立爲虛空由慧簡擇於唯無有煩惱生起立爲擇滅由闕衆緣於唯無有諸法生起立非擇滅於唯無有一切所執立爲眞如想施設力許有假立虛空等故不顯差別由共許力總立有法差別遮遣非所共知立爲宗法彼不起等共所了知立爲因法是故無有立宗因過所說空華雖無有事是不起等法之有法無性性故由是能成所成立義故無有法不成過失

毗婆沙師復作是說此亦不然擇滅實有道所緣故違煩惱故非無實法可有是事此言唯有遮異品故如遮虛空實有性故前已具破不應重執

經部諸師咸作是說立虛空等皆非實有如是比量立已成過若此義言有礙色等無性爲體非立已成辯彼無故所立宗言無爲無實此言正遣執實有性亦復傍遣執實無性銅鍱部師復作是說諸間隙色說名虛空我宗立彼是有爲故汝遣無爲立已成過有爲自性如前已遣故亦不然毗婆沙師與犢子部所執多同應如彼破

相應論師有作是說於勝義上更無勝義眞

如即是諸法勝義故就勝義說眞如空此言稱理而言眞如非實有者此不稱理云何出世無分別智及此後得清淨世智緣無爲境是應正理實不應理如說此智緣無爲境不應正理如是此智緣有爲境亦不應理非執眞如實有應理此實有性難成立故緣眞如智非眞出世無分別智有所緣故及有爲故如此緣智是故經言曼殊室利慧眼何見答言慧眼都無所見又說云何名勝義諦答言此中智尚不行況諸名字又說梵志如來菩提非能現觀又契經言曼殊室利云何見諦答言此中無法可見憶持此等諸契經者不應許此無分別智是能現觀及緣眞如又彼眞如非眞勝義是所緣故猶如色等又汝所說於勝義上更無勝義如是等言若於此上空無此故說名爲空諸衣絹上更無衣絹牧羊人等亦共了知彼亦應名見眞理者又爲對治諸惡見故說如是空於勝義上更有勝義此類惡見曾未有故不應遮彼說如是空又彼眞如非實有性違如前說比量理故如說如來不見生死及以涅槃已正了知非有顛倒所起煩惱本性畢竟無生自性如是正知本性畢竟非是正知非不正知由此聖教應知眞如唯是一切分別永滅非實有性非離非有實性眞如轉依爲相法身成就由得觀空眞對治道一切分別徧計所執種子所依異熟識中分別等種無餘永斷因緣無故畢竟不生本性無生本性常住是名如來轉依法身如契經說曼殊室利言如來者即是畢竟本無生句常無生法是名如來乃至廣

說若言眞如雖離言說而是實有即外道我名想差別說爲眞如如彼眞如雖是實有而就勝義有非有等分別不成我亦如是彼亦計我雖是實有周徧常住作者受者而離分別以非語言所行處故分別覺慧所不緣故名離分別彼教中說言說不行心意不證故名爲我我相既爾而復說言緣眞如智能得解脫非緣我智此有何別並無言說有實性故唯執朋黨說如是言故我不能信受如是似我眞如實有非有且止廣諍諸有猒怖廣文義者難受持故入眞甘露已具分別復有同類乗劣乗者作如是言十二處攝有爲無爲定有自性以有苦等十六聖行觀四聖諦精勤修習見修二道能滅見修所斷一切三界所攝煩惱熾火及令三界衆苦息故若不開示諸法性空誰當能捨如是過失誰復能修如是功德三乗雖有資粮根性勝解差別現觀聖道應無差別如是一切我皆信受爲欲斷除煩惱障故依世俗理彼道差別若離證入法無我性不能永斷所知障故大師應成少分解脫爲不說言解脫解脫無差別耶實有此說皆同解脫煩惱障故作如是言非一切種譬如毛孔與其太虛空性雖同非無差別若不爾者應不能發勝果作用如意神通所證應非眞實究竟且止傍論應辯正論修觀行者如已悟入自宗所計虛空等空亦當悟入他宗所計自性士夫極微自在時方命等諸句義空此中自性士夫論者作是難言我宗三界一切皆似空華轉變非無空華由彼是有同喻不成違所立故今應詰問汝

言三界一切皆似空華轉變如是三界爲是空華爲非空華若言三界皆是空華違害自宗及共知故不應道理若言三界非是空華是則爲無同喻成就失汝本宗若言不失空華無聲所說三界有性故者且應審察汝爲謂我說空華無爲同法喻爲說空華爲同法喻若汝謂我說空華無爲同法喻是惡審察我說空華爲同喻故若說空華爲同法喻即非三界不應說言三界有故彼亦是有此言顯汝自慧輕微又遮詮言遮止爲勝遮所遮已功能即盡無能更表所遮差別如是難辭前已具釋故非智者心所信受

諸數論師復作是說我雖不能親現成立最勝士夫然就共知諸變異聚方便成立彼體實有謂諸顯事有性爲因有種類故諸有種類一切皆見有性爲因如檀片等顯事既是有種類故有性爲因如是顯事有能受者所受用故諸所受用一切皆見有能受者如婆羅門所受飲食顯事既是所受用故有能受者前說比量便爲敵量之所違害此就世俗若以總相立諸顯事有性爲因不辯差別便立已成若立顯事樂等爲因即無同喻因亦不成樂等種類非共許故若以比量成立因言四蘊皆是苦樂癡性是蘊性故如受蘊者此所說癡非受蘊攝同喻不成又汝士夫多體相徧有積聚義即是蘊義由此士夫因成不定又汝樂等各別無能一一立宗是蘊性故因義不成若就勝義有實檀片有性爲因非共許故同喻不成又就世俗若以總相立諸顯事有能受者不辯差別便立已成世所

共知受者有故若立顯事有實受者常住周徧思爲自性同喻不成如是體相諸婆羅門非共許故若就勝義同喻不成受者飲食皆實有性非共許故前說比量無有敵量能爲違害

諸勝論師復作是說諸入出息閉目開目命意行動根變等相定有所相是能相故如見煙等此就世俗若以總相立彼諸相定有所相不辯差別便立已成世俗共知我非無故若立彼相有所相我常住周徧樂等所依便無同喻違所立故若就勝義亦有如是喻不成過時方空等由此道理亦應遮破諸勝論師復作是難極微與意我立無爲成立空因不起故者自不成因若謂此二是有爲攝成立空因緣生故者他不成因應成少分悟入空性若意極微世俗亦許是無爲者可有此難然所立意且非無爲智住因故猶如色等如是句義同異性故念生因故此等餘因如應當說入諸極微亦非無爲能成因故猶如縷等如是其餘有合離數同異等因隨應當說或二極微所成麤物非常爲因是所成故猶如瓶等如是其餘是所作故可滅壞故是有因故此等諸因隨應當說由此道理他所妄執意與極微皆自性空是故無有如所說過如上所說遮破數論勝論句義種種道理無衣等論所執句義亦隨所應當立爲空如是遣除諸過難已修觀行者正比量力悟入自他二宗所執無爲性空

雖聞所成智階梯力已入性空闕勝修力未能永斷所應除障故復精勤習勝修力若於

此中隨有一種爲無爲相有間無間復現行時即應如理觀彼性空遣除彼相令不顯現悟入諸法離自性故其性本空由性空故相不成實則是無相由無相故無所願求則是無願由離相垢故成遠離又離性故緣彼煩惱畢竟不生故成寂靜自性無起故成無生由無生故則無無常亦無有苦亦無無我又無生故則無有相由無相故能以無相一相之行觀一切法悟入無二由此行相勤習勝修增長如是勝修力故遣除麤相令不顯現由此令無所行行相謂取有爲無爲行相如眩瞖者離麤眩瞖眼得清淨不見先來所取諸相雖於此中已得無住然由空等分別現行有功用心猶相續住未得無動了知空等分別現行障礙出世無分別慧爲欲棄捨勇猛正勤如是觀察就勝義故空性境上空等分別亦非實有從緣生故猶如幻等如是勤修復能除遣空等分別除遣彼故空不空等二邊遠離不更以其空等行相觀察諸法如說般若波羅蜜多正現行時於其色上不觀爲常不爲無常不觀爲樂亦不爲苦不觀爲我亦非無我不觀寂靜非不寂靜不觀爲空亦非不空不觀爲相亦非無相不觀爲願亦非無願不觀遠離非不遠離如是於其受想行識一切色聲香味觸法所有眼耳鼻舌身意布施持戒忍辱精進靜慮般若波羅蜜多念住正斷神足根力覺支道支靜慮無色等至神通十力無畏諸無礙解不共佛法諸三摩地陀羅尼門一切智上不觀爲常亦非無常乃至廣說既能如是遠離二邊即能生長

處中妙行此離二邊處中道理由如上說二種比量有爲無爲色類無故說名無色由無色故亦無有等諸分別故無有少法可相表示言彼既然此亦如是故名無示由無性故所依能依皆不成就無有住持故名無住若有爲相或無爲相若所分別非所分別若能分別非能分別如是等相覺慧不行故名無現遠離一切有相無相此境界識皆不生故名無了別由無色故無形質故方維幖幟皆無有故名無幖幟如世尊告迦葉波言常爲一邊無常第二此二中間無色無示無住無現無所了別無有幖幟是則名爲處中妙行如實觀察一切法性廣說乃至有爲一邊無爲第二乃至廣說又如佛告迦葉波言明與無明皆無有二無二差別此中正智是則名爲處中妙行既能如是遠離二邊於能安住無二想上所起分別無二之想亦能了知障礙出世無分別慧寂靜安住如所說因速能永斷永斷彼故即無如是如是分別語意二言並皆止息證得無動無現無相離諸戲論諸法實性於其所緣無動證入自相妙智相續安住雖勤修習無倒空觀而於空性終不作證如是名爲勝義靜慮如世尊言雖修靜慮然不依色而修靜慮如是不依受想行識而修靜慮不依眼耳鼻舌身意而修靜慮不依色聲香味觸法而修靜慮不依於身分別安住而修靜慮不依於心分別安住而修靜慮不依於地水火與風而修靜慮不依於空日月星宿而修靜慮不依帝釋梵王世主而修靜慮不依欲界色無色界而修靜慮不依

此世及以他世而修靜慮不高不下證住無動而修靜慮不依我見而修靜慮如是不依有情命者養育士夫補特伽羅及以意生摩納婆見而修靜慮不依斷常有無有見而修靜慮不爲漏盡而修靜慮不爲趣入正性離生而修靜慮不爲證果而修靜慮不爲畢竟無所造作而修靜慮雖爲修習無倒空觀而修靜慮然於空性不爲作證而修靜慮

相應論者有定執言一切所取能取分別悉皆遠離是出世間無分別智即於其中起堅實想精勤修習有餘於此正審察言如是智生雖無如上所說分別而隨無相境相起故自性分別所隨逐故是有爲故如餘現量有分別覺不成出世無分別智又彼所計離相離言眞如勝義是所緣故如餘所緣不成勝義即由此因俱非最勝如契經言云何此中名勝義諦謂於其中智亦不行又如問言曼殊室利言慧眼者當何所觀答言若有少所觀者即非慧眼由此慧眼無分別故不觀有爲亦復不能觀於無爲以諸無爲非此慧眼所應行故由此理教彼亦應斷於此定執復審察言就勝義諦如是出世無分別智亦非實有從緣生故猶如幻士於中所有妨難過失如理觀見當正遣除若智能斷如是定執此亦如彼有過失故不復精勤審察開示如是等執旣滅除已於所應知無相境性亦無行解因緣闕故餘智不生由無行解是故說名眞實行解如世尊言云何名爲眞實行解謂於諸法都無行解是則名爲眞實行解又如經言如來菩提都無現觀又如問言曼殊

室利諸見諦者當何所見答言無有少法可見所以者何凡有所見皆是虛妄若無所見乃名見諦又如問言云何精勤應修現觀答言若知無有少法思惟分別如是精勤應修現觀復問云何已證現觀答言若能觀一切法皆平等性復問有能見一切法平等性耶答言無能見平等性若有所見是則應成不平等見眞實行解見諦現觀皆同一義修觀行者爾時心意識智不行說名正行無分別慧若能如是行無所行則得如來應正等覺眞實授記如契經言世尊菩薩云何修行於其無上正等菩提得諸如來應正等覺眞實授記梵志菩薩若於是時不行於生不行於滅不行於善不行不善不行世間不行出世不行有漏不行無漏不行有罪不行無罪不行有爲不行無爲不行相應及不相應不行於斷及以不斷不行生死及以涅槃不行於見及聞覺知不行於施及以棄捨不行於戒及以律儀不行於忍不行精進不行靜慮不行等持不行於慧不行於解不行於智不行於證菩薩如是行無所行於其無上正等菩提得諸如來應正等覺眞實授記如是慧行名聖默然如契經言於三十七菩提分法如佛所說如實開示是名說法復於是法雖以身證而不觀察離身有法亦不觀察離法有身如是觀察謂觀無二亦無不二如是觀時不隨觀察現量智見不觀察故名聖默然由是理教審觀察時一切有爲無爲自性無有能爲若心若慧若有分別若無分別境界自性如是知已明慧日光能除一切愚癡黑暗

諸心慧境現　智者由不取　慧行無分別
無所行而行

此中能集諸行種子或爲諸行種子所集故名爲心能持勝德或由彼持令不流散故名爲慧心慧所行名心慧境境地所行是名差別心境即是有爲無爲所有諸相慧境即是有爲無爲所有空性如契經言無相分別慧終不轉現謂顯現即似心慧所行境界性相現義諸謂地等隨其一類或總或別如是眼等及以色等隨其一類或總或別如是色受想行與識隨其一類或總或別如是念住及以正斷神足根力覺支道支波羅蜜多一切神通十力無畏不共佛法諸三摩地陀羅尼門預流一來及以不還若阿羅漢所有道果隨其一類或總或別廣說乃至一切智智於一切法能正了知無顛倒性故名智者由者謂說捨相因緣言不取者無執無見即是覺慧不計度義由不取因爲何所證慧行無分別無所行而行慧者即是無分別智雖復永離一切分別覺慧增益假名爲智以無影像無想無言境界起相自性分別亦無有故名無分別雖無住者而就異位假名建立如言燈滅阿羅漢滅覺慧增益依俗言說於此相續名無分別如分別智名有分別此中意取智無生行說名爲行由此智行自他法性一切種相非所見故不名能見即非能見說名眞見如所證故非非所見作所見相或有分別或無分別眞見得成眞如若是所見性者不應說爲非可見性雖依世俗有平等見說名眞見不應執此不平等見說名眞見諸可

見者皆非眞實起解因故如陽焰火一切可見皆非眞實眞如若是可見性者可見相取不成眞見若非可見不應說言證見眞如見非可見豈名平等又智有爲眞如無爲性不平等若見應成不平等見又諸法性皆非能見見亦應爾俱以無生爲自性故如是非見假名爲見非不平等又一刹那證一切法皆無現觀名眞現觀不應難言返照自體難成立故智應不證智之實性二種俱非可見境性無差別故同時俱證若就勝義似境相智本性無生故無現觀亦無證得如契經言汝不應以現觀證得觀於如來體是無爲出過一切眼所行故如是梵志如來安坐菩提座時證一切法皆無所得永斷一切虛妄顛倒所起煩惱如是等經悉皆隨順且止傍論應辯正論遊履名行無遊履故名無所行是無行解無生起義無分別慧以不行相而爲行故即無所行說名爲行此則略說如前正勤所成立果

修觀行者如是慧行無分別故不行而行行即不行遠離一切所緣作意於一切法都無所住猶如虛空棄捨一切徧計分別憺怕寂然如入滅定觀諸法性諸佛法身不可思議不可了別無二無藏無相無見不可表示無生無滅無有起盡憺怕寂然無有差別無相無影離諸瑕穢超過一切覺慧語言境界道路雖如是觀而無所見不見而見見即不見如是妙見所攝受故能正增長無量福聚能感無邊微妙樂果清淨一味能滅他苦如藥樹王饒益一切正所求願如是正觀如來法

身不見諸法有無相故名爲正見以息一切徧計分別名正思惟由證諸法離諸戲論一切語言悉皆靜息名爲正語由一切法非所作性不造彼因身語意業名爲正業以一切法皆是無增無減法性所有增減皆永不生名爲正命以一切法皆無發起無有造作勇猛方便名正精進以於諸法畢竟不證境性有無無有憶念無所思惟名爲正念以一切種不取諸法無所依住名爲正定如是正觀能修如此八支聖道此義廣如菩薩藏中處處宣說如是正觀非但能修八支聖道亦能圓滿略說六種波羅蜜多雖無加行而有是事其義云何謂能棄捨一切種相及能棄捨一切煩惱是名爲施波羅蜜多能息一切所緣作意修無所得是名爲戒波羅蜜多於諸所緣能不忍受是名爲忍波羅蜜多無取無捨離一切行是名精進波羅蜜多一切作意皆不現行都無所住是名靜慮波羅蜜多於一切法不起戲論遠離二相是名般若波羅蜜多此義廣如梵問經等處處宣說如是妙住有無量門無量經中世尊廣說有大義利多所饒益諸有智者應如實知離諸放逸當勤修學

大乘掌珍論卷下

音釋

嗢 烏沒切　鍱 與涉切銅鐵薄也　隙 乞逆切空隙也　瞖 於計切目疾也　幖幟 幖甲進切幟昌志切　憺怕 怕白各切憺怕安靜也

大乘楞伽經唯識論

天竺三藏法師魏國昭玄沙門統菩提流支譯

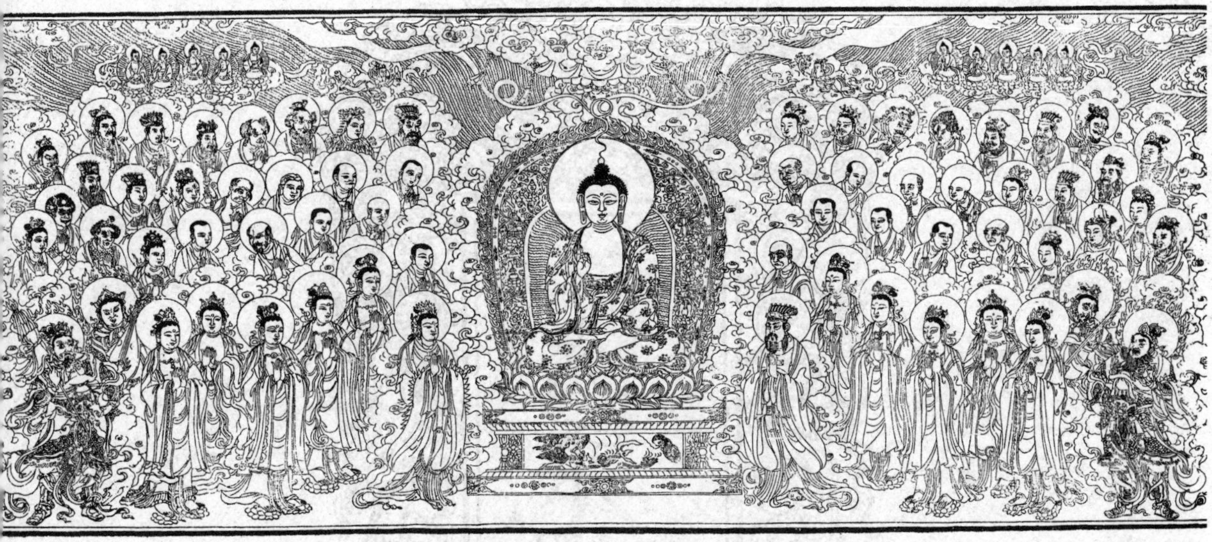

清刻龍藏佛說法變相圖

大乘唯識論序

唯識論者乃是諸佛甚深境界非是凡夫二乘所知然此論始末明三種空何者爲三一者人無我空二者因緣法體空三者眞歸佛性空我空者我六自無但凡夫之人愚癡顛倒於五陰中妄計爲有何以知無凡夫依心識妄想分別於五陰因緣法中見我爲有然此我相於五陰中實不可得若爾般若觀此五陰中一二離二實體不可得猶如兔角若有此我於一中住者應於一中見應於異中見應於和合中見云何一中無我者以有常無常過故若有我與五陰一者五陰無常我亦應無常復有我若與陰一者我是常故陰亦應常若我與陰二者一邊即同前無常一邊即同前常若離二邊者此亦不然離於二

邊別相不可得是故實無神我如是知者名入人無我空因緣法體空者謂諸色等因緣法以隨俗因緣起云何隨俗因緣起世人見牛起於牛想不起馬想見馬起於馬想不起牛想色等法中亦復如是見柱起柱想不起色想見色起色想不起柱想如薪火相待無實以離於薪更無實火以離於火更無實薪於薪更無實火以離於火更無實薪於薪更無實火能作薪因以離於火更無實薪能作火因而見火說假名薪見薪說假名火以相待成故如是能成所成而不離能成因而有所成不離所成因而有能成如彼薪火能成所成亦實無是名因緣法體空眞如法空者所謂佛性清淨之體古今一定故經云佛性者名爲第一義空所言空者體無萬相故言其空無萬相者無有世間色等有爲法故無萬相非是同於無性法以其眞如法體是故經云去入解脱者名不空空是故不同無法空也若如是觀是名解眞如法空唯識論言唯識者明但有內心無色香等外諸境界何以得知如人自有膚翳妄見毛輪揵闥婆城等種種諸色實無前境界但虛妄見有如是諸衆生等外諸境界故言唯識若爾但應言破色不應言破心此亦有義心有二種一者相應心二者不相應心相應心者謂無常妄識虛妄分別與煩惱結使相應名相應心不相應心者所謂常住第一義諦古今一相自性清淨心今言破心者唯破妄識煩惱相應心不破佛性清淨心故得言破心也

大乘楞伽經唯識論 一名破色心論

天親菩薩造

天竺三藏法師魏國昭玄沙門統菩提流支譯

唯識無境界　以無塵妄見　如人目有翳
見毛月等事　若但心無塵　離外境妄見
處時定不定　人及所作事　處時等諸事
無色等外法　人夢及餓鬼　依業虛妄見
如夢中無女　動身失不淨　獄中種種苦
爲彼所逼惱　畜生生天中　地獄不如是
以在於天上　不受畜生苦　若依衆生業
四大如是變　何故不依業　心如是轉變
業熏於異法　果云何異處　善惡熏於心
何故離心說　說色等諸入　爲可化衆生
依前人受法　說言有化生　依彼本心智
識妄取外境　是故如來說　有內外諸入
觀虛妄無實　如是入我空　觀於諸異法
入諸法無我　彼一非可見　多亦不可見
和合不可見　是故無塵法　六塵同時合
塵則有六相　若六唯一處　諸大是一塵
若微塵不合　彼合何所成　言微塵無相
能成則有相　有法方所別　彼不得言一
影障若非大　則彼二非彼　若一行不次
取捨亦不同　差別無量處　微細亦應見
現見如夢中　見所見不俱　見時不分別
云何言現見　先說虛妄見　則依彼虛憶
見虛妄夢者　未寤則不知　迭共增上因
彼此心緣合　無明覆於心　故夢寤果別
死依於他心　亦有依自心　依種種因緣
破失自心識　經說檀拏迦　迦陵摩燈國
仙人瞋故空　是故心業重　諸法心爲本

諸法心爲勝　離心無諸法　唯心身口名
他心知於境　不如實覺知　以非雜識境
唯佛如實知　作此唯識論　非我思量義
諸佛妙境界　福德施羣生

問曰此初偈者明何等義答曰凡作論者皆有三義何等爲三一者立義二者引證三者譬喻立義者如偈言唯識無境界故引證者如偈言以無塵妄見故譬喻者如偈言如人目有翳見毛月等事故又復有義如大乘經中說三界唯心唯是心者但有内心無色香等外諸境界此云何知如十地經說三界虚妄但是一心作故心意與識及了别等如是四法義一名異此依相應心說非依不相應心說心有二種何等爲二一者相應心二者不相應心相應心者所謂一切煩惱結使受想行識與心相應以是故言心意與識及了别等義一名異故不相應心者所謂第一義諦常住不變自性清淨心故言三界虚妄但是一心作是故偈言唯識無境界故已明立義次辯引證問曰以何事驗得知色等外境界無但有内心能虚妄見前境界也答曰偈言以無塵妄見故無塵妄見者明畢竟無色等境界但有内心妄生分别能見色等外諸境界已明引證次顯譬喻問曰若無色等外境界者爲但有言說爲亦有譬況答曰偈言如人目有翳見毛月等事故此明何義譬如人目或有膚翳熱氣病等是故妄見種種諸事於虚空中覩見毛炎等見常二月及以夢幻乾闥婆城如是等法實無前事但虚妄見而有受用色香味等外諸境界皆亦如是無

始世來內心倒惑妄見有用實無色等外諸境界問曰偈言

若但心無塵　離外境妄見　處時定不定
人及所作事

此偈明何義若離色等外諸境界虛妄見者以何義故於有色處眼則見色餘無色處則不見色又復有難若無色等外諸境界虛妄見者以何義故即彼見處於有色時眼則見色於無色時則不見色又復有難若無色等外諸境界虛妄見者如是則應一切時見若不如是應一切時悉皆不見是故偈言若但心無塵離外境妄見處時定不定故又復有難若無色等外諸境界虛妄見者以何義故多人共集同處同時於有色處則同見色於無色處則同不見又復有難若無色等外諸境界虛妄見者以何義故眼翳之人妄見日月毛輪蠅等淨眼之人則不妄見又復有難若等無有色香味等外諸境界虛妄見者以何義故眼翳之人所見日月毛輪蠅等皆悉無用淨眼之人有所見者皆悉有用又復有難若等無有色香味等外諸境界虛妄見者以何義故夢中所見飲食飢飽刀杖毒藥如是等事皆悉無用寤時所見飲食飢飽刀杖毒藥如是等事皆悉有用又復有難若等無有色香味等外諸境界虛妄見者以何義故乾闥婆城實無有城而無城用自餘城者皆實有城而有城用以是義故色香味等外諸境界皆悉實有不同翳夢乾闥婆城等是故處時人所作業皆是實有不同夢等是故偈言處時定不定人及所作事故答曰偈言

處時等諸事　無色等外法　人夢及餓鬼
依業虛妄見
此偈明何義汝言以何義故於有色處眼則
見色餘無色處不見色者此義不然何以故
以彼夢中於無色處則見有色於有色處不
見色故又汝言以何義故又即彼見處於有
色時眼則見色若無色時不見色者汝以何
義於彼夢中一處見有聚落城邑及男女等
或即彼處聚落城邑及男女等皆悉不見或
有時見或時不見非是常見又汝言若無色
等外諸境界虛妄見者如是則應一切時見
若不如是應一切時不見者此義不然何以
故有於處時無色香等外諸境界亦有同處
同時同見亦有同處同時不見是故偈言人
夢及餓鬼依業虛妄見故此明何義以汝向
言若無色等外諸境界云何有時處等見不
見者此義不成是虛妄說何以故以離色等
外諸境界時處等事皆悉成故又汝言以何
義故多人共集同處同時於有色處則同見
色於無色處則同不見又汝言眼翳之人妄
見日月毛輪蠅等淨眼之人不妄見者此義
不然何以故如餓鬼等離色香等外諸境界
處時人等一切皆成此義云何如餓鬼等或
百同業或千同業同見河中皆悉是膿或皆
見血或見小便或見大便或見流鐵或見流
水而兩岸邊多有衆人執持刀杖守掌防護
不令得飲此則遠離色聲香等外諸境界而
虛妄見是故偈言人夢及餓鬼依業虛妄見
故又汝言以何義故夢中所見飲食飢飽刀
杖毒藥如是等事皆悉無用寤時所見飲食

飢飽刀杖毒藥如是等事皆悉有用又汝言以何義故乾闥婆城實無有城而無城用自餘城者皆實有城而有城用者此義不然何以故又偈言

如夢中無女　動身失不淨　獄中種種主為彼所逼惱

此偈明何義如人夢中實無女人而見女人與身交會漏失不淨衆生如是無始世來虛妄受用色香味等外諸境界皆亦如是實無而成以如是等種種譬喻離色香等外諸境界有處時人所作業等四種事成又復更有一種譬喻離色香等外諸境界四種事成皆虛妄不實是故偈言獄中種種主為彼所逼惱故此明何義彼四種事離色香等外諸境界一切皆成云何皆成如地獄中無地獄主而地獄衆生依自罪業見地獄主彼地獄主與種種苦而起心見此是地獄此是地獄處此是地獄時此是夜時此是晝時此中前時此中後時彼是地獄主我是作罪人以惡業故見狗見烏或見鐵鉤或見兩羊或見兩山從兩邊來逼罪人身或見劒樹罪人上時劒刃向下罪人下時劒刃向上周帀而有何以故以業同故同共聚集皆悉同見同受果報若業不同則不同集亦不同見不同受苦以是義故汝言處時定不定人及所作事應有色香等外諸境界處時及人所作業等皆是實者彼亦虛妄以如是義故處時及人所作業等此四種事唯以一種地獄譬喻皆成虛妄應如是知問曰地獄中主烏狗羊等為是衆生為非衆生答曰非是衆生問曰以何義

故非是衆生答曰以不相應故此以何義有五種義彼地獄主及烏狗等非是衆生何等爲五一者如地獄中罪衆生等受種種苦地獄主等若是衆生亦應如是受種種苦而彼一向不受如是種種苦惱以是義故彼非衆生二者地獄主等若是衆生應迭相殺害不可分別此是罪人此是獄主等而實不共迭相殺害可得分別此是罪人此是獄主以是義故彼非衆生三者地獄主等若是衆生形體力等應迭相殺害不應偏爲受罪人畏而實偏爲罪人所畏以是義故彼非衆生四者彼地獄地常是熱鐵地獄主等是衆生者不能忍苦云何能害彼受罪人而實能害彼受罪人以是義故彼非衆生五者地獄主等若是衆生非受罪人不應於彼地獄中生而實生於彼地獄中以是義故彼非衆生此以何義彼地獄中受苦衆生造五逆等諸惡罪業於彼中生地獄主等不造惡業云何生彼以如是等五種義故名不相應問曰若彼主等非是衆生不作罪業不生彼者云何天中得有畜生此以何義如彼天中有種種鳥諸畜生等生在彼處於地獄中何故不爾畜生餓鬼種種雜生令彼爲主答曰偈言

畜生生天中　地獄不如是　以在於天上　不受畜生苦

此偈明何義彼畜生等生天上者於彼天上器世間中有少分業是故於彼器世間中受樂果報彼地獄主及烏狗等不受諸苦以是義故彼地獄中無有實主及烏狗等除罪衆生問曰若如是者地獄衆生依罪業故外四

大等種種轉變形色力等勝者名主及烏狗等云何名爲四大轉變彼處四大種種轉變動手脚等及口言說令受罪人生於驚怖如有兩羊從兩邊來共殺害彼地獄衆生見有諸山或來或去殺害衆生見鐵樹林見棘樹等罪人上時樹刺向下罪人下時樹刺向上以是義故不得說言唯有内心無外境界答曰偈言

若依衆生業　四大如是變　何故不依業
心如是轉變

此偈明何義汝向言依罪人業外四大等如是轉變何故不言依彼衆生罪業力故内自心識如是轉變而心虛妄分別說言外四大等如是轉變又偈言

業熏於異法　果云何異處　善惡熏於心
何故離心說

此偈明何義以汝虛妄分別說言依彼衆生罪業力故外四大等如是轉變生彼罪人種種怖等以何義故不如是說依彼衆生罪業力故内自心識如是轉變是故偈言業熏於異法果云何異處故此以何義彼地獄中受苦衆生所有罪業依本心作還在心中不離於心以是義故惡業熏心還應心中受苦果報何以故以善惡業熏於心識而不熏彼外四大等以四大中無所熏事云何虛妄分別說言四大轉變於四大中受苦果報是故偈言

善惡熏於心　何故離心說

問曰如汝向說何故不言依彼衆生罪業力故内自心識如是轉變而心虛妄分別說言

外四大等如是轉變者此以何義以有阿含證驗知故言阿含者謂佛如來所說言教此以何義若但心識虛妄分別見外境界不從色等外境界生眼識等者以何義故如來經中說眼色等十二種入以如來說十二入故明知應有色香味等外境界也答曰偈言

說色等諸入　爲可化衆生　依前人受法
說言有化生

此偈有何義以汝向言以有阿含證驗知色香味等十二入外諸境界皆悉是有若如是者彼所引經義則不然何以故以復有餘修多羅中如來依彼心業相續不斷不絕是故說有化生衆生又復有餘修多羅中說言無我無衆生無壽者唯因緣和合有諸法生是故偈言依前人受法說言有化生故如來如是說色等入爲令前人得受法故以彼前人未解因緣諸法體空非謂實有色香味等外諸境界是故偈言說色等諸入爲可化衆生故問曰若實無有色等入者以何義故如來經中作如是說答曰偈言

依彼本心智　識妄取外境　是故如來說
有内外諸入

此偈明何義唯是内心虛妄分別見有色等外諸境界此依無始心意識等種子轉變虛妄見彼色香味等外諸境界是故如來依此虛妄二種法故作如是說何者爲二一者本識種子二者虛妄外境界等依此二法如來說有眼色等入如是次第乃至身觸以虛妄心依無始來心意識等種子轉變虛妄見彼色香味等外諸境界是故如來依此虛妄二

種法故作如是說何者爲二一者本識種子二者虛妄外境界等依此二法如來說有身觸等入如是次第是故偈言依彼本心智識妄取外境是故如來說有內外諸入故問曰若依如是偈義說有何功德利益答曰偈言

觀虛妄無實　如是入我空　觀於諸異法
入諸法無我

此偈明何義爲令聲聞解知因彼六根六塵生六種識眼識見色乃至身識覺觸無有一法是實覺者乃至無有一法是實見者爲令可化諸衆生等作是觀察入人無我空是故偈言觀虛妄無實如是入我空故觀於諸異法入諸法無我者此下半偈復明何義觀於諸異法者菩薩觀察唯有內心識云何觀察謂菩薩觀無外六塵唯有內識虛妄見有內外根塵而實無有色等外塵一法可見乃至實無一觸可覺如是觀察得入因緣諸法體空問曰若一切法畢竟無者何故向言唯有識等若爾彼識亦應是無何故說言唯有內識答曰我不說言一切諸法皆畢竟無如是則入諸法無我問曰若爾云何入法無我答曰爲遮虛妄法故遮虛妄法者以諸外道一切凡夫虛妄分別實有色等一切法體爲欲遮彼虛妄分別故說色等一切諸法畢竟空無非無言處皆悉空無無言處者所謂諸佛如來行處如是唯有眞識更無餘識不能如是分別觀察入於識空如是依識說入一切諸法無我非謂一向謗眞識我說言無有佛性實識問曰如汝向言唯有內識無外境界若爾內識爲可取爲不可取若可取者同色

香等外識境界若不可取者則是無法云何說言唯有內識無外境界答曰如來方便漸令衆生得入我空及法空故說有內識而實無有內識可取若不如是則不得說我空法空以是義故虛妄分別此心知彼心彼心知此心問曰又復有難云何得知諸佛如來依此義故說有色等一切諸入而非實有色等諸入又以識等能取境界以是義故不得說言無色等入答曰偈言

彼一非可見　多亦不可見　和合不可見
是故無塵法

此偈明何義汝向說言色等諸入皆是實有何以故以識能取外境界者此義不然何以故有三義故無色等入何等爲三一者爲實有一微塵如彼外道衛世師等虛妄分別離於頭目身分等外實有神我微塵亦爾離色香等實有不耶二者爲實有多微塵差別可見不耶三者爲多微塵和合可見不耶此明何義若實有彼一微塵者則不可見如彼外道衛世師等虛妄分別離於頭目身分等外有一神我不可得見微塵亦爾離色香等不可得見是故無一實塵可見是故偈言彼一非可見故若實有多微塵差別者應一一微塵歷然可見而不可見以是義故多塵差別亦不可見是故偈言多亦不可見故若多微塵和合可見者此亦不然何以故以一微塵實無有物云何和合是故不成是故偈言和合不可見是故無塵法故問曰云何不成答曰偈言

六塵同時合　塵則有六相　若六唯一處

諸大是一塵

此偈明何義若諸微塵從六方來六塵和合若如是者塵有六方若有六方則有六相又若微塵有六處所者不容餘塵是故偈言六塵同時合塵則有六相故若六微塵唯一處者一微塵處有六微塵若如是者六塵一處若一處者則六微塵不可得見何以故彼此微塵無差別故若如是者一切麤物山河等事亦不可見是故偈言若六唯一處諸大是一塵故一塵者無物如向前答一多和合不可得見故罽賓國毗婆沙師問曰我無如是過失何以故以我微塵無六方相以離色香味觸而與麤物和合成四大等一切麤物答曰偈言

若微塵不合　彼合何所成　言微塵無相能成則有相

此偈明何義爲微塵和合成四大等爲離微塵別成四大此明何義若以微塵成四大者不得說言微塵無相不相和合若離微塵成四大者彼四大是誰家四大若如是者不得說言塵無六相是故偈言若微塵不合彼合何所成故此明何義若彼微塵不相和合成四大者不得說言塵無六相與麤物合成四大等汝言與麤物合成四大者但有言說都無實事是故微塵不成一物若彼微塵不成一物說言成彼四大等物悉皆虛妄是故偈言言微塵無相能成則有相故又偈言

有法方所別　彼不得言一　影障若非大則彼二非彼

此偈明何義汝向說言微塵和合及不和合

此義不然何以故偈言有法方所别彼不得言一故有法方所别者東方所有微塵方處異於西方微塵方處西方所有微塵方處異於東方微塵方處如是乃至上方下方微塵方處皆亦如是若微塵體如是差别云何言一是故偈言有法方所别彼不得言一故影障若非大者此明何義若一一微塵無有方處者以何義故東方日出西方有影日在西方東方有影若微塵無東西方相以何義故日照一相不照餘相是故微塵不成諸大是故偈言影障若非大故則彼二非彼者何者爲二一光照處二影障處此明何義若彼微塵不障此塵則不得言塵有方所何以故以微塵無方所分處十方差别以彼東方微塵來者不能障於西方微塵西方微塵亦不能障於東方微塵若彼此塵不相障者則一切塵聚在一處若一切塵聚在一處者是則無處以是義故一切四大皆是微塵皆微塵者則不可見如向所説問曰何故不説四大影障乃言微塵有影障耶答曰我還問汝爲離微塵别有四大但説四大有影障耶問曰難者釋云不離微塵而有影障答曰不離微塵有四大者則非四大有影障也以何義故不言微塵自有影障非四大等有影障耶問曰爲是微塵有影障爲是四大有影障耶且置是事不須分别而色等入相不可令無答曰我還問汝以何等法是諸入相問曰難者釋言眼等境界青黄赤白如是等法此是諸入相答曰我意正爲思惟此事欲益衆生何以故眼等内入取青黄等外諸境界爲是一物

爲是多物若是多物向巳說多不可得見若是一物亦不可取偈言

若一行不次　取捨亦不同　差別無量處
微細亦應見

此偈明何義若純一青物不雜黄等若人分別眼境界者行於地中不得說言有次第行是故偈言若一行不次故此句明何義若純一青是一物者舉一足時卽應徧躡一切青處以不徧躡是故非一取捨亦不同者此句明何義若純一青物者舉足步時何故唯當足所躡處及步中間足未躡處所有空處以何義故不一時躡而有到處有不到處又若一物則不得言足躡此處不躡彼處是故偈言取捨亦不同故差別無量處者此句明何義若純青一叚是一物者以何義故有多差別象馬車等不共一處若是一者白象住處亦應馬住若爾不應有象馬等住處差別又若一者以何義故象所到處馬等不到又若一者象馬中間何故有空是故偈言差別無量處故微細亦應見者此句明何義若彼青等是一物者於彼水等諸青物中有青色等麤細諸蟲以何義故但見麤蟲不見細蟲是故偈言微細亦應見故問曰以何義故意識思惟彼青黄等荅曰以汝向言虛妄分別諸入等相青等境界以爲實有是故我觀微塵差別而彼微塵不成一物不成一物故色等境界眼等不取是故成我唯有内識無外境界問曰依信說有信者有四種一者現見二者比知三者譬喻四者阿含此諸信中現信最勝若無色等外境界者云何世人言我現

見此青等物答曰偈言
現見如夢中　見所見不俱　見時不分別
云何言現見
此偈明何義我已先說夢見虛妄諸凡夫人煩惱夢中有所見事皆亦如是是故偈言現見如夢中故見所見不俱者此句明何義如現見色不知色義此明何義如彼現見青色等時作如是念我雖現見青黃色等彼時不見青色等義何以故以於後時意識分別然後了知意識分別時無眼等識以眼等識於先滅故云何說言我現見彼青黃色等於佛法中無如是義何以故以一切法念念不住故以見色時無彼意識及以境界意識起時無彼眼識及以境界以是義故不得說言於四信中現信最勝是故偈言見所見不俱見時不分別云何言現見故問曰此義不然何以故凡所見外境界者先眼識見後時意識憶念了知是故畢有色香味等外諸境界以是義故不得言無彼外境界何以故以見青等外諸境界名爲現見青等境界答曰此義不然何以故汝向說言先眼識見後時意識憶念了知此義不成何以故我已先說內自心識虛妄分別有外境界而無色等外諸境界向說眼識虛妄分別如說夢中一切所見依彼前時虛妄分別後時意識思惟憶念此以何義依彼前時虛妄分別色等境界虛妄眼識起心相應虛妄意識虛妄分別作是思惟我分別知青等境界故不得言眼見境界意識分別以是義故眼識見色後時憶念此義不成問曰如夢見色虛妄憶念寤時亦爾

虛妄分別若如是者以何義故世人見夢皆知虛妄寤時所見皆不虛妄是故寤時所見色等不同夢中虛妄所見答曰偈言

先說虛妄見　則依彼虛憶　見虛妄夢者
未寤則不知

此偈明何義汝向說言如夢見色皆是虛妄寤時所見皆不如是此比決者義不相應何以故以夢見者當未寤時皆謂爲實及至寤時方知虛妄見故偈言見虛妄夢者未寤則不知故如是世間諸凡夫人爲無始來虛妄顚倒分別集熏無明睡夢中不實虛妄分別見外境界謂以爲實以夢寤者見彼境界皆是虛妄此以何義以得出世對治實智無有分別如實覺知一切世間色等外法皆是虛妄依彼出世清淨實智更得世間及出世間勝智現前如實知見一切境界皆悉虛妄知是義者與夢不異問曰若但自心如是轉變虛妄分別見外境界彼無實者以何義故遇善知識聞說善法值惡知識聞說惡法若無一切外境界者彼云何說若不說者云何得聞若不聞者此云何成答曰偈言

迭共增上因　彼此心緣合　無明覆於心
故夢寤果別

此偈明何義一切衆生虛妄分別思惟憶念彼說我聞依彼前人說者意識於此聽人聞者意識起如是心彼說我聞而實無有彼前境界是故偈言迭共增上因彼此心緣合故問曰若如夢中虛妄心識無實境界寤亦爾者以何義故夢中寤中行善惡法愛與不愛果報不等答曰偈言無明覆於心故夢寤果

別故此明何義我已先說唯有內心無外境界以夢寤心差別不同是故不依外境界等成就善業不善業故問曰若彼三界唯是內心無有身口外境界者以何義故屠獵師等殺害猪羊及牛馬等若彼非是屠獵師等殺害猪羊牛馬等者以何義故屠獵師等得殺生罪是故應有外色香等身口境界答曰偈言

死依於他心　亦有依自心　依種種因緣

破失自心識

此偈明何義如人依鬼毗舍闍等是故失心或依自心是故失心或有憶念愛不愛事是故失心或有夢見鬼著失心或有聖人神通轉變前人失心如經中說大迦旃延比丘令娑羅那王見惡夢等又毗尼中有一比丘夜蹋瓜皮謂殺蝦蟇死入惡道是故偈言依種種因緣破失自心識故死依於他心亦有依自心者此云何知以依仙人瞋心瞋毗摩質多羅阿修羅王故殺餘衆生此依他心他衆生心虛妄分別命根謝滅以彼身命相續斷絕應如是知又偈言

經說檀拏迦　迦陵摩燈國　仙人瞋故空

是故心業重

此偈明何義若有死者不依他心不依自心若如是者以何義故如來欲成心業爲重是故經中問優波離長者言長者汝頗曾聞以何因緣檀拏迦國迦陵伽國摩燈伽國曠野空寂無有衆生及草木等優波離長者白佛言瞿曇我昔曾聞依仙人瞋心殺害如是無量衆生是故得知唯有意業若不爾者如來

何故於諸經中作如是說是故偈言經說檀拏迦迦陵摩燈國仙人瞋故空故問曰依仙人瞋心依仙人思殺害如是三國衆生非依仙人瞋心而死答曰如來於汝外道經中問久學尼乾子言於三業中何者爲重久學尼乾子答如來言身業爲重佛言尼乾子此彼彼城中所有衆生爲多爲少久學外道言無量無邊不可數知佛言尼乾子若有惡人欲殺害此諸衆生者幾日可殺尼乾子言非是一年二年所殺佛告久學尼乾子言摩燈伽等三國衆生汝頗曾聞云何而死爲身業殺爲意業殺尼乾子言瞿曇我昔曾聞仙人瞋心以意業殺爾數衆生佛言尼乾子若如是者云何而言身業爲重尼乾子言如是如是我不審諦謬聞而說以是義故證成我義三界唯心無身口業此以何義如世人言賊燒山林聚落城邑不言火燒此義亦爾唯依心故善惡業成以是義故經中偈言

諸法心爲本　諸法心爲勝　離心無諸法
唯心身口名

唯心身口名者但有心識無身口業身口業者但有名字實是意業身口名說問曰若但唯心無外境界此義不然何以故他心智者觀察他心他衆生心是外境界云何說言無外境界又復有難他心智者爲實知心爲不實知若不知者云何說言知於他心若實知者云何說言無外境界答曰偈言

他心知於境　不如實覺知　以非離識境
唯佛如實知

此偈明何義他心智者不如實知何以故以

自内心虛妄分别以爲他心不能了知何以故以自心意意識雜故是故偈言他心知於境不如實覺知以非雜識境故問曰爲一切聖人皆不能知他衆生心爲有知者答曰偈言唯佛如實知故此明何義如彼佛地如實果體無言語處勝妙境界唯佛能知餘人不知以彼世間他心智者於彼二法不如實知以彼能取可取境界虛妄分别故彼世間人虛妄分别此唯是識無量無邊甚深境界非是心識可測量故偈言

作此唯識論　非我思量義　諸佛妙境界

福德施群生

此偈明何義此是諸佛甚深境界非是我等思量所知何以故以彼非是心意意識思量境界故若如是者是誰境界偈言諸佛妙境界故此明何義唯諸佛如來以一切種智於一切所知境界皆如實而知故

大乘楞伽經唯識論

音釋

犍闥婆城（梵語無翻謂龍蜃所現幻作城郭也犍渠焉切闥他達切）楞伽（梵語也此云不可徃山名也楞盧登切）翳（於罽切蔽也）寤（五故切寐覺也）膿（奴冬切膗血也）迭（徒結切更迭也）罽賓（梵語也此云賤種罽居例切）躡（脫輒切蹈也）蹋（達合切踐也）蝦蟇（蝦音遐蟇音麻）拏（奴加切）

大乘唯識論

陳三藏法師眞諦譯

唯識二十論

唐三藏法師玄奘奉詔譯

清刻龍藏佛說法變相圖

二論同卷

大乘唯識論

唯識二十論

大乘唯識論

天親菩薩造

陳三藏法師真諦譯

修道不共他　能說無等義　頂禮大乘理
當說立及破　無量佛所修　除障及根本
唯識自性靜　昧劣人不信

於大乘中立三界者唯有識如經言佛子三界者唯有心心意識是總名應知此心有相應法唯言者爲除色塵等

實無有外塵　似塵識生故　猶如瞖眼人

見毛二月等

大乘中立義外塵實無所有若爾云何見有外塵爲證此義故言似塵識生故由識似塵現故衆生於無塵中見塵爲顯此識故立斯譬如眼有病及眼根亂於無物中識似二月及鹿渴等而現唯識義亦如是是故三界實無外塵識轉似塵顯三性二諦同無性性名非安立

處時悉無定　無相續不定　作事悉不成

若唯識無塵

此偈欲顯何義若離六塵色等識生不從塵生何因此識有處得生非一切處生於此中或生不生而不恒生若衆人同在一時一處是識不定相續生非隨一人如人眼有翳見毛二月等餘人則不見復有何因翳眼人所

見髮蠅等塵不能作髮蠅等事餘塵能作又夢中所得飲食衣服毒藥刀杖等不能作飲食等事餘物能作又乾闥婆城實非有不能作城事餘城能作若同無塵是四種義云何不同是故離塵定處定時不定相續及作事是四義悉不成非不成定處等義成如夢云何夢中離諸塵有處或見國園男女等非一切處或是處中有時見有時不見而不恒見是故離塵定處定時得成立如餓鬼續不定如餓鬼相續不定得成云何得成一切同見膿河等膿徧滿河故名膿河猶如酥甕餓鬼同業報位故一切悉見膿等徧滿河中非一如見膿河餘糞穢等河亦爾或見有人捉持刀杖遮護不令得近如此唯識相續不定離塵得成如夢害作事如夢離男女交會時出

不淨爲相嫐害得成作事亦爾如此由各各譬處時定等四義得成復次如地獄一切由地獄譬四義得成立云何得成見獄卒及共受逼害如地獄中諸受罪人見獄卒等定處定時見狗烏山等來平等見非一受逼害亦爾實無獄卒等由同業報增上緣故餘處亦如是由此通譬四義得成何故獄卒狗烏等不許是實衆生無道理故是獄卒不成地獄道受罪人故如地獄苦不能受故若彼地獄人更互相害云何得分別此是地獄人彼是獄卒若同形貌力量無更互相怖畏義於赤鐵地火焰恒起彼自不能忍受燒然苦云何於中能逼害他彼非地獄人云何得生地獄中云何畜生得生天上如是地獄畜生及餓鬼別類等生地獄中名爲獄卒是事不然

如畜生生天 地獄無雜道 地獄中苦報由彼不能受

若畜生生天由雜業能感起世界樂生中受天樂報獄卒等不爾不受地獄苦報故是故畜生及餓鬼無道理得生地獄中

由罪人業故 似獄卒等生 若許彼變異於識何不許

由地獄人業報故四大別顯生獄卒等種種差別顯現色形量異說名獄卒等變異亦爾或顯現動摇手足等生彼怖畏作殺害事或有兩山相似羺羊乍合乍離鐵樹林中鐵樹利刺或低或竪彼言不無此事何故不許由識起業識有變異而說是四大有此變異復次

業熏習識内 執果生於外 何因熏習處

於中不說果
是罪人業於地獄中能見如此等四大聚及
其變異此業熏習在地獄人識相續中不在
餘處此熏習處是識變異似獄卒等是業果
報而不許在本處非熏習處而許業果生何
因作如此執阿含是因若但識似色等塵生
無色等外塵佛世尊不應說實有色等諸入
此阿含非因以非阿含意故
色等入有教　爲化執我人　由隨別意說
如說化生生
如佛世尊說有化生衆生由別意故說約相
續不斷乃至來生復次佛說
無衆生及我　但法有因果
由此別說知是別教佛世尊說色等諸入亦
如是爲度宜聞說入衆生此說依教意別教
意云何
識自種子生　顯現起似塵　爲成内外入
故佛說此二
此偈欲顯何義似塵識從自種子勝類變異
生是種子及似塵顯現爲似色識生方便門
故佛世尊次第說眼入色入乃至似觸識從
自種子至變異差別生是種子及似觸顯現
爲似觸識生方便門故佛世尊說爲身入及
觸入若約此義說入有何利益
若他依此教　得入人無我　由別教能除
分別入法空
若佛世尊由此義說諸入受化弟子得入人
空從唯六雙但六識生無一法爲見者乃至
爲觸者若知此義說入人空所化弟子得入
人我空由別說者由說唯識教得入法我空

云何得入法空一切法唯識生似色塵等無有一法色等爲相若知如此得入法空若一切法一向無是唯識亦應無云何得成立非一切法一向無説爲法空非知此義名入法空若爾云何得入法空由除分別性相故得入法空如凡夫分別所有法相由此法相一切法空無所有是名法空不由不可言體諸佛境界説諸法空如此唯識由別識所分別體無所有故空若入此理得成立唯識入法我空不由撥一切法無若不如此別識應成別識境唯識義則不成識塵實有故此云何可信由此義佛世尊説色等入是有不由實有色等入爲眼識等境界由如此理是義可信

外塵與鄰虛　不一亦不異　彼聚亦非塵
鄰虛不成故

此偈欲顯何義是色等入各各是眼識等境爲當與鄰虛一如有分色鞞世師所執爲當不一由鄰虛各別故爲當是鄰虛聚色入與鄰虛成一作眼識境是義不然是有分色於分中不可見異體故亦非多鄰虛各各不可見故亦非多鄰虛聚集成塵由鄰虛不成一物故云何不成

一時六共聚　鄰虛成六方　若六同一處
聚量如鄰虛

有六鄰虛從六方來與一鄰虛共聚是一鄰虛不成一物有六方分故是一鄰虛處他方鄰虛不得住故若一鄰虛處即是六處一切同一處故則一切聚物量同鄰虛更互不相過故如鄰虛量聚亦不應可見若汝言鄰虛

不得聚集無方分故此過失不得起故是鄰
虛聚更互相應罽賓國毗婆沙師作如此說
則應問之如汝所說鄰虛聚物此聚不異鄰
虛
若鄰虛不合　聚中誰和合　復次無方分
鄰虛聚不成
若鄰虛無和合於聚中此和合屬何法若汝
言鄰虛更互得和合此義不然何以故鄰虛
無方分故若和合不成何況有假名聚應如
此說聚有方分若和合義不可立無方分鄰
虛云何和合得成是故鄰虛不成一物鄰虛
和合若可然若不可然今所不論
若物有方分　不應成一物
鄰虛東方分異餘五方乃至下方分亦如是
若分有異鄰虛聚分爲體云何得成一物一
影障復云何若一鄰虛無有方分日正出時
云何一邊有影何故作如此問是鄰虛無有
別分正爲日所照復次此鄰虛與彼鄰虛若
並無方分云何相障何以故此鄰虛無有餘
分是處相合他來則障若無有障一切六方
鄰虛同一處故則一切聚同鄰虛量此義已
如前說是影及障屬聚不屬鄰虛云何不許
此義汝今許聚是有異鄰虛不故說影障屬
聚耶不也
若同則無二
若聚不異鄰虛此影及障則不屬聚何以故
但形相分別謂之爲聚何用作此思量是色
等諸塵體相未破何者爲其體眼等境界及
青等類此義即應思量此眼等境界及青等
類汝執爲塵體爲是多物爲是一物若爾有

何失若多者其失如前若一者亦有過如偈
言
若一無次行　俱無以未得　及別類多事
亦無細難見
若一切青黄等無有隔別是眼境界執爲一物於地則無次第行若一下足應徧行一切此間已得彼處未得於一時中此二不成何以故一時中一物不應有已得未得不應有多別類如象馬等軍亦不應有多別事何以故是一物處多物則在其中此彼差別云何得成復次云何爲一是二所至中間則空復次是最細水蟲與大同色無不可見義若汝由相差別色等諸塵執有別物不由差別義若爾決定約鄰虛別類應分判塵差別則鄰虛不成一物色等五塵非眼等境界是故唯識義得成諸塵者謂識及識法爲體離能取所取故無增立正因果故不減無無因及不平等因二空及十二緣生即是其自性如偈言是有是無由依諸量可決是非一切量中證量最勝若塵實無如此證智云何得起所謂我證如此
證智如夢中
如夢時離塵見山樹等色無有外塵證智亦如此
是時如證智　是時不見塵　云何塵可證
如汝所說證智起時謂我如此證此時中汝不得見塵但意識分別眼識以滅故是塵云何可證若人說剎那剎那滅此人是時執色乃至觸已謝若非五識所量意識不能憶持是故五塵決定是五識所量量者是名見是

故色等六塵說是所證是義不然謂先已證後方憶持何以故如說似塵識離色等六塵眼等六識似六塵起此義如前說從此生憶持從此似塵識有分別意識與憶持相應似前所起之塵後時得生是故不可執由憶持起謂先以識證塵若如夢中識無塵得起覺時若爾如世人自知夢識無塵亦應自知覺識無塵旣無此事故知覺時所見塵異夢中所見復次夢有更起義覺時則不爾非一切無塵此言非證

夢見塵非有　未覺不能知

如是虛妄分別串習惛熟世人見非實塵如夢所見謂爲實有覺則不爾如實能解夢塵非有如是若觀行人修出世治道得無分別智入非安立聖諦見位得覺悟是時無分別智後得清淨世智如如理見六塵實無所有此義平等若由自相續轉勝故衆生六識似六塵起實不從塵生者由事善惡友聽受正邪二法衆生有正邪二定云何得成若所親近及說實無

更互增上故　二識正邪定

一切衆生由更互識增上故有二種識定成或正定或邪定更互者自他共成自他事是故別識相續勝能故別識相續勝能生不從外塵起若如夢識無境界覺識亦如此者云何夢覺二人行善作惡愛憎兩果未來不同

夢識由眠壞　未來果不同

是正因能令夢心無有果報謂惛睡所壞故心弱不能成善惡業問若一切惟有識則無身及言云何牛羊等畜生非屠兒所害而死

若彼死非屠兒所作屠兒云何得殺生罪答
曰
自他識轉異　死事於此成　如他失心等
因鬼等心力
猶如鬼神等心變異故令他或失念或得夢或著鬼等諸變異得成復次有神通人心願故有如此事如娑羅那王等得夢由大迦旃延心願故復次阿蘭若仙人瞋心故毗摩質多羅王見怖畏事如是猶他識變異能斷他命根因此事故同類相續斷說名爲死此義應知復次
云何檀陀林　空寂由仙瞋
若由他識變異增上不許衆生死世尊成立心重罰最爲大罪問優波離長者汝曾聞不云何檀陀柯林迦陵伽林摩登迦林空寂清淨長者答言瞿曇曾聞由仙人瞋心
心重罰大罪　若爾云何成
若汝執有諸鬼神愛敬仙人故殺害此中衆生不由仙人瞋心若爾云何由此業心重罰大罪劇於身口重罰由仙人瞋心故如是多衆生死故心重罰成大罪若一切唯識他心通人爲知他心爲不知若爾有何所以若不知云何得他心通若知云何言識無境
他心通人智　不如境云何　如知自心故
不知如佛境
是他心智境云何不如由無智故如不可言體他心則成佛境如此不能知故此二境界不如是如此顯現故能取所取分別未滅故此唯識理無窮簡擇品類甚深無底
成就唯識理　我造隨自能　如理及如量

難思佛等境
我等作一切功用不能思度此理此理非覺觀所緣故何人能徧通達此境是佛境界何以故諸佛世尊於一切法知無礙故如量如理此境唯佛所見
婆藪盤豆菩薩造唯識論竟（婆藪盤豆即天親也）
菩提留支法師先於北魏飜出唯識論惠愷以陳天嘉四年歲次癸未正月十六日於廣州制旨寺請三藏法師羅那那陀重譯此論行飜行講至三月五日方竟此論外國本有義疏飜得兩卷三藏法師更釋本文惠愷注記又得兩卷末有僧忍法師從晉安齎舊本達番禺愷取新文對雠校當舊本大意雖復略同偈語有異長行解釋詞繁義闕論初無歸敬有識君子宜善尋之今謹別鈔偈文安於論後庶披閱者爲易耳此論是佛法正義外國盛弘

修道不共他　能説無等義　頂禮大乘理
當説立及破　無量佛所修　除障及根本
唯識自性靜　昧劣人不信　實無有外塵
似塵識生故　猶如翳眼人　見毛二月等
處時悉無定　無相續不定　作事悉不成
若唯識無塵　定處等義成　如夢如餓鬼
續不定一切　同見膿河等　如夢害作事
復次如地獄　一切見獄卒　及共受逼害
如畜生生天　地獄無雜道　地獄中苦報
由彼不能受　由罪人業故　似獄卒等生
若許彼變異　於識何不許　業熏習識内
執果生於外　何因熏習處　於中不説果
色等入有教　爲化執我人　由隨別意説

如說化生生　識自種子生　顯現起似塵
爲成內外入　故佛說此二　若他依此教
得入人無我　由別教能除　分別入法空
外塵與鄰虛　不一亦不異　彼聚亦非塵
鄰虛不成故　一時六共聚　鄰虛成六方
若六同一處　聚量如鄰虛　若鄰虛不合
聚中誰和合　復次無方分　鄰虛聚不成
若物有方分　不應成一物　影障復云何
若同則無二　若一無次行　俱無以未得
及別類多事　亦無細難見　證智如夢中
是時如證智　是時不見塵　云何塵可證
如說似塵識　從此生憶持　夢見塵非有
未覺不能知　更互增上故　二識正邪定
夢識由眠壞　未來果不同　由他識變異
死事於此成　如他失心等　因鬼等心力
云何檀陀林　空寂由仙瞋　心重罰大罪
若爾云何成　他心通人智　不如境云何
如知自心故　不知如佛境　成就唯識理
我造隨自能　如理及如量　難思佛等境

大乘唯識論

唯識二十論

世親菩薩造
唐三藏法師玄奘奉詔譯

安立大乘三界唯識以契經說三界唯心心意識了名之差别此中說心意兼心所唯遮外境不遣相應內識生時似外境現如有眩瞖見髮蠅等此中都無少分實義即於此義有設難言頌曰

若識無實境　則處時決定　相續不決定
作用不應成

論曰此說何義若離識實有色等外法色等識生不緣色等何因此識有處得生非一切處何故此處有時識起非一切時同一處時有多相續何不決定隨一識生如眩瞖人見髮蠅等非無眩瞖有此識生復有何因諸眩瞖者所見髮等無髮用等夢中所得飲食刀杖毒藥衣等無飲等用尋香城等無城等用餘髮等物其用非無若實同無色等外境唯有內識似外境生定處定時不定相續有作用物皆不應成非皆不成頌曰

處時定如夢　身不定如鬼　同見膿河等
如夢損有用

論曰如夢意說如夢所見謂如夢中雖無實境而或有處見有村園男女等物非一切處即於是處或時見有彼村園等非一切時由此雖無離識實境而處時定非不得成說如鬼言顯如餓鬼河中膿滿故名膿河如說酥瓶其中酥滿謂如餓鬼同業異熟多身共集皆見膿河非於此中定唯一見等言顯示或見糞等及見有情執持刀杖遮捍守護不令

得食由此雖無離識實境而多相續不定義成又如夢中境雖無實而有損失精血等用由此雖無離識實境而有虛妄作用義成如是且依別別譬喻顯處定等四義得成復次頌曰

一切如地獄　同見獄卒等　能爲逼害事

故四義皆成

論曰應知此中一地獄喻顯處定等一切皆成如地獄言顯在地獄受逼害苦諸有情類謂地獄中雖無眞實有情數攝獄卒等事而彼有情同業異熟增上力故同處同時衆多相續皆共見有獄卒狗烏鐵山等物來至其所爲逼害事由此雖無離識實境而處定等四義皆成何緣不許獄卒等類是實有情不應理故且此不應那落迦攝不受如彼所受苦故互相逼害應不可立彼那落迦此獄卒等形量力既等應不極相怖應自不能忍受鐵地炎熱猛焰恒燒然苦云何於彼能逼害他非那落迦不應生彼如何天上現有傍生地獄亦然有傍生鬼爲獄卒等此救不然頌曰

如天上傍生　地獄中不爾　所執傍生鬼

不受彼苦故

論曰諸有傍生生天上者必有能感彼器樂業生彼定受器所生樂非獄卒等受地獄中器所生苦故不應許傍生鬼趣生㮈落迦若爾應許彼那落迦業增上力生異大種起勝形顯量力差別於彼施設獄卒等名爲生彼怖變現種種動手足等差別作用如羝羊山乍離乍合剛鐵林刺或低或昂非事全無然

不應理頌曰
若許由業力　有異大種生　起如是轉變
於識何不許
論曰何緣不許識由業力如是轉變而執大種復次頌曰
業熏習餘處　執餘處有果　所熏識有果
不許有何因
論曰執那落迦由自業力生差別大種起形等轉變彼業熏習理應許在識相續中不在餘處有熏習識汝便不許有果轉變無熏習處翻執有果此有何因有教爲因謂若唯識似色等現無別色等佛不應說有色等處此教非因有別意故頌曰
依彼所化生　世尊密意趣　說有色等處
如化生有情
論曰如佛說有化生有情彼但依心相續不斷能往後世密意趣說不說實有化生有情說無有情我但有法因故說色等處契經亦爾依所化生宜受彼教密意趣說非別實有依何密意說色等十頌曰
識從自種生　似境相而轉　爲成内外處
佛說彼爲十
論曰此說何義似色現識從自種子緣合轉變差別而生佛依彼種及所現色如次說爲眼處色處如是乃至似觸現識從自種子緣合轉變差別而生佛依彼種及所現觸如次說爲身處觸處依斯密意說色等十此密意說有何勝利頌曰
依此教能入　數取趣無我　所執法無我
復依餘教入

論曰依此所說十二處教受化者能入數取趣無我謂若了知從六二法有六識轉都無見者乃至知者應受有情無我教者便能悟入有情無我復依此餘說唯識教受化者能入所執法無我謂若了知唯識現似色等法起此中都無色等相法應受諸法無我教者便能悟入諸法無我若知諸法一切種無入法無我是則唯識亦畢竟無何所安立非知諸法一切種無乃得名爲入法無我然達愚夫遍計所執自性差別諸法無我如是乃名入法無我非諸佛境離言法性亦都無故名法無我餘識所執此唯識性其體亦無名法無我不爾餘識所執境有則唯識理應不得成許諸餘識有實境故由此道理說立唯識教普令悟入一切法無我非一切種撥有性故復云何知佛依如是密意趣說有色等處非別實有色等外法爲色等識各別境耶頌曰

以彼境非一　亦非多極微　又非和合等
極微不成故

論曰此何所說謂若實有外色等處與色等識各別爲境如是外境或應是一如勝論者執有分色或應是多如執實有衆多極微各別爲境或應多極微和合及和集如執實有衆多極微皆共和合和集爲境且彼外境理應非一有分色體異諸分色不可取故理亦非多極微各別不可取故又理非和合或和集爲境一實極微理不成故云何不成頌曰

極微與六合　一應成六分　若與六同處
聚應如極微

論曰若一極微六方各與一極微合應成六分一處無容有餘處故一極微處若有六微應諸聚色如極微量展轉相望不過量故則應聚色亦不可見迦濕彌羅國毗婆沙師言非諸極微有相合義無方分故離如前失但諸聚色有相合理有方分故此亦不然頌曰

極微既無合　聚有合者誰　或相合不成
不由無方分

論曰今應詰彼所說理趣既異極微無別聚色極微無合聚合者誰若轉救言聚色展轉亦無合義則不應言極微無合無方分故聚有方分亦不許合故極微無合不由無方分是故一實極微不成又許極微合與不合其過且爾若許極微有分無分俱爲大失所以者何頌曰

極微有方分　理不應成一　無應影障無
聚不異無二

論曰以一極微六方分異多分爲體云何成一若一極微無異方分日輪纔舉光照觸時云何餘邊得有影現以無餘分光所不及又執極微無方分者云何此彼展轉相障以無餘分他所不行可說此彼展轉相礙既不相礙應諸極微展轉處同則諸色聚同一極微量過如前說云何不許影障屬聚不屬極微豈異極微許有聚色發影爲障不爾若爾聚應無二謂若聚色不異極微影障應成不屬聚色安布差別立爲極微或立色聚俱非一實何用思擇極微聚爲猶未能遮外色等相此復何相謂眼等境亦是青等實色等性應共審思此眼等境青等實性爲一爲多設爾

何失二俱有過多過如前一亦非理頌曰

一應無次行　俱時至未至　及多有間事
并難見細物

論曰若無隔別所有青等眼所行境執爲一物應無漸次行大地理若下一足至一切故又應俱時於此於彼無至未至一物一時理不應有得未得故又一方處應不得有多象馬等有間隙事若處有一亦即有餘云何此彼可辯差別或二如何可於一處有至不至中間見空又亦應無小水蟲等難見細物彼與麤物同一處所量應等故若謂由相此彼差別即成別物不由餘義則定應許此差別物展轉分析成多極微已辯極微非一實物是則離識眼等色等若根若境皆不得成由此善成唯有識義諸法由量刊定有無一切量中現量爲勝若無外境寧有此覺我今現證如是境耶此證不成頌曰

現覺如夢等　已起現覺時　見及境已無
寧許有現量

論曰如夢等時雖無外境而亦得有如是現覺餘時現覺應知亦爾故彼引此爲證不成又若爾時有此現覺我今現證如是色等爾時於境能見已無要在意識能分別故時眼等識必已謝故剎那論者有此覺時色等現境亦皆已滅如何此時許有現量要曾現受意識能憶是故決定有曾受境見此境者許爲現量由斯外境實有義成如是要由先受後憶證有外境理亦不成何以故頌曰

如說似境識　從此生憶念

論曰如前所說雖無外境而眼識等似外境

現從此後位與念相應分別意識似前境現即說此爲憶曾所受故以後憶證先所見實有外境其理不成若如夢中雖無實境而識得起覺時亦然如世自知夢境非有覺時既爾何不自知既不自知覺境非有寧知夢識實境皆無此亦非證頌曰

未覺不能知　夢所見非有

論曰如未覺位不知夢境非外實有覺時乃知如是世間虛妄分別串習昏熟如在夢中諸有所見皆非實有未得眞覺不能自知若時得彼出世對治無分別智乃名眞覺此後所得世間淨智現在前位如實了知彼境非實其義平等若諸有情由自相續轉變差別似境識起不由外境爲所緣生彼諸有情近善惡友聞正邪法二識決定既無友教此云何成非不得成頌曰

展轉增上力　二識成決定

論曰以諸有情自他相續諸識展轉爲增上緣隨其所應二識決定謂餘相續識差別故令餘相續差別識生各成決定不由外境若如夢中境雖無實而識得起覺識亦然何緣夢覺造善惡行愛非愛果當受不同頌曰

心由睡眠壞　夢覺果不同

論曰在夢位心由睡眠壞勢力羸劣覺心不爾故所造行當受異熟勝劣不同非由外境若唯有識無身語等羊等云何爲他所殺若羊等死不由他害屠者云何得殺生罪頌曰

由他識轉變　有殺害事業　如鬼等意力
令他失念等

論曰如由鬼等意念勢力令他有情失念得

夢或著魅等變異事成具神通者意念勢力令他夢中見種種事如大迦多衍那意願勢力令娑剌拏王等夢見異事又如阿練若仙人意憤勢力令吠摩質咀利王夢見異事如是由他識轉變故令他違害命根事起應知死者謂衆同分由識變異相續斷滅復次頌曰

彈宅迦等空　云何由仙忿　意罰爲大罪

此復云何成

論曰若不許由他識轉變增上力故他有情死云何世尊爲成意罰是大罪故返問長者鄔波離言汝頗曾聞何因緣故彈宅迦林末蹬伽林羯凌伽林皆空閑寂長者白佛言喬答摩我聞由仙意憤恚故若執神鬼敬重仙人知嫌爲殺彼有情類不但由仙意憤恚者云何引彼成立意罰爲大罪性過於身語由此應知但由仙忿彼有情死理善成立若唯有識諸他心智知他心不設爾何失若不能知何謂他心智若能知者唯識應不成雖知他心然不如實頌曰

他心智云何　知境不如實　如知自心智

不知如佛境

論曰諸他心智云何於境不如實知如自心智此自心智云何於境不如實知由無知故二智於境各由無知所覆蔽故不知如佛淨智所行不可言境此二於境不如實知由似外境虛妄顯現故所取能取分別未斷故唯識理趣無邊決擇品類差別難度甚深非佛誰能具廣決擇頌曰

我已隨自能　略成唯識義　此中一切種

難思佛所行

論曰唯識理趣品類無邊我隨自能已略成立餘一切種非所思議超諸尋思所行境故如是理趣唯佛所行諸佛世尊於一切境及一切種智無礙故

唯識二十論

音釋

瞖於罽切目病也　甕烏貢切汲瓶也　羺奴侯切胡羊也　鞞駢迷切　芋胡故切與互同　劇竭戟切尤甚也　藪蘇后切　番禺番音潘禺音愚番禺南海縣名　纔牆來切暫也　隟乞逆切與隙同　串古患切與慣同　羸倫爲切瘦弱也　憤武粉切懣也　蹬唐亘切

寶髻經四法優波提舍

元魏天竺三藏法師毗目智仙等譯

清刻龍藏佛說法變相圖

寶髻經四法優波提舍翻譯記

寶髻經者是大集中之一集也其宗四法玄深奧密天親菩薩略開其門是故名爲優波提舍聖自在力行之彼古時人處會出於此今興和三年歲次辛酉九月朔旦庚午之日烏萇國人刹利王種三藏法師毗目智仙中天竺國婆羅門人瞿曇流支護法大士魏驃騎大將軍開府儀同三司御史中尉勃海高仲密愛法之人沙門曇林道俗相假於鄴城內金華寺譯四千九百九十七字

寶髻經四法優波提舍

天親菩薩造

元魏天竺三藏法師毗目智仙等譯

如是我聞一時婆伽婆住王舍城耆闍崛山中與大比丘僧大菩薩衆俱爾時世尊告寶髻菩薩言善男子菩薩四種發起精進不離布施何等爲四一者滿足一切衆生發起精進二者滿足一切佛法發起精進三者究竟相隨形好發起精進四者清淨佛之世界發起精進如是四種發起精進乃至盡此修多羅說如是菩薩四種正法大乘經攝諸菩薩行證明說此今解釋以何義故彼不可量無垢精勤不動最勝堅固精進大力具足如是世尊而說此經偈言

世尊牟尼王　不可量精進　無垢勤不動
最勝精進力　說此修多羅　爲何所饒益

又復何義名爲世尊何所饒益在王舍城以何義故世尊告彼寶髻菩薩何故菩薩名爲寶髻彼善男子菩薩四種發起精進不離布施如是菩薩是何種姓此義須釋何故發起四種精進不多不少何者布施幾種布施滿足衆生發起精進此應解釋何者衆生爲有爲無衆生若有一切諸法離衆生說云何可避衆生若無而言滿足一切衆生則不相應菩薩布施爲當滿足一切衆生爲不滿足若皆滿足何因緣故一切衆生不覺不知如世尊說彼言龍王若我四法已取衆生彼諸衆生一切皆應知我說法若不滿足自違所說修多羅言若說滿足一切佛法發起精進彼說何者名爲佛法又復云何菩薩布施如是

滿足一切佛法何須更說六波羅蜜若彼布施如是滿足是則無有五波羅蜜若有六者自違所說修多羅言若說究竟相隨形好發起精進相隨形好此義須說何者相好又復此義世尊已說若世尊說究竟相好發起精進尸波羅蜜佛如是說若有菩薩希望欲得相隨形好而布施者當知彼是取著菩薩以何義故此中隨說尸波羅蜜彼處則遮如是因緣此義須說若說清淨佛之世界發起精進諸佛世界幾種清淨幾種不淨此義須說又此世尊釋迦牟尼佛之世界爲是清淨爲不清淨若皆清淨違阿彌陀莊嚴經說於彼經中如來說言我今出於五濁惡世阿耨多羅三藐三菩提覺若不清淨何故此說菩薩四種發起精進不離布施此義須說以要言之何者滿足一切衆生發起精進如是乃至何者清淨佛之世界發起精進世尊已說此皆是難

如是第一無垢清淨勝修多羅如所問難彼義今說此所說法其義云何以何義故彼無障礙不可稱量離垢勝慧不可思議勝身口音第一天人阿修羅衆之所供養寂靜勝行不可思議無等等光已說此經偈言

無礙廣無量　勝慧三界上　身不可思議
口意亦如是　天人阿修羅　衆等所供養
何義故說此　無上離垢行　正教佛已說
寂靜第一行　有不可思議　無等等光明

此義今說爲有疑者斷疑饒益於大會中有天有人有阿脩羅若龍夜叉鳩槃茶等聞佛世尊爲菩薩說飲食車乘衣服莊嚴種種珍

寶若馬若象修道之處園林戲處城邑聚落多人住處或以洲潬妻子頭目手足心皮肉血骨髓上身等分以用布施聞此說已生於疑心菩薩幾許發起精進如是種種難行布施如來觀知彼生疑心斷彼疑故爲說此經言善男子菩薩四種發起精進不離布施一切智人已說此法非謂菩薩懈怠布施是故四種發起精進如是饒益又復如來何所饒益而說如是檀波羅蜜施行清淨有人憶念欲聞佛說檀波羅蜜施行清淨聞已饒益何人欲聞此我今說所謂寶髻諸菩薩等如是大聖菩薩衆俱善應世界而來至此種種勝妙供養世尊供養已訖問言世尊未知菩薩幾種淨行願世尊說我今欲聞世尊說言善男子菩薩具有四種淨行何等爲四一者波羅蜜淨行二者菩提分法淨行三者通智究竟淨行四者衆生淳熟淨行何者布施波羅蜜淨行彼云何說彼世尊說菩薩四種發起精進不離布施如是等如是饒益又復此義何所利益此我今說爲自利益爲他利益不知自他利益因故如來示彼自他利因是故爲說此修多羅一切智人何以故示有人起發菩提心已四種發起精進布施彼人自他利益具足非唯憶念究竟相好發起精進滿足佛法發起精進是故布施得自利益滿足衆生發起精進淨佛世界發起精進是故布施得他利益如是饒益又復更有何所饒益此義今說若有菩薩不學施智令彼菩薩學施智故如是饒益一切智示若有菩薩不學施智而亦行施得名爲施非波羅蜜如世尊

說檀波羅蜜彼中說言若人恒伽河沙等劫修行布施不學施智如是菩薩得名爲施非波羅蜜又復更有何所饒益此義今說若有菩薩欲少行施多得果報以何方便彼不學人一切智人善方便學彼不學人饒益彼故爲說此經一切智人四種示現以此方便少行布施多得果報如善方便修多羅說善方便菩薩少施作廣廣作無量如是饒益又復更有何所饒益此義今說若有菩薩離於願智令彼菩薩願智和合如是饒益一切智示菩薩無願則不布施又如是願我今食等布施滿足願未來世以無上法布施滿足力無所畏不共法等如是佛法相隨形好皆悉證得我得善淨佛之世界如是饒益又復更有何所饒益此義今說菩薩求於四種具足不學其因覺因饒益一切智示若汝欲求四種具足應行四種發起精進行於布施何等爲四一者衆僧具足二者智具足三者身具足四者佛世界具足一切智示若汝欲求四種具足應行四種發起精進行於布施若說滿足一切衆生發起精進得僧具足若說滿足一切佛法發起精進得智具足若說究竟相隨形好發起精進得身具足若說清淨佛之世界發起精進得佛世界具足如是饒益自他利益故說此經

又復何義名爲世尊何所饒益在王舍城此之二難如菩提心優波提舍彼說應知何故菩薩名寶髻者彼義今說如是無量無數百千阿僧祇劫善根究竟得珠寶髻直十三千大千世界滿中七寶是故彼聖名爲寶髻譬

如以手執金剛故名金剛手如是髻中有寶珠故名爲寶髻三善具足優波提舍彼説應知何故發起四種精進不多不少彼義今説以思念因此之四種發起精進思念饒益具足究竟彼有何物思念饒益此我今説自他利益彼不須多亦不得少又復思念饒益究竟不得説少如是四種世尊已説譬如丈夫兩脚得行更不用多一不得行此亦如是

何者布施幾種布施此二種難三善具足優波提舍彼説應知何者衆生爲有爲無如菩提心優波提舍彼説應知菩薩布施爲當滿足一切衆生爲不滿足彼義今説菩薩滿足云何滿足菩薩普於一切衆生心皆平等捨一切物普施衆生滿足一切衆生願故菩薩云何捨一切物所有一切内外之物願令一切衆生解脱清淨心捨乞求人來如自己物自物想取一切衆生平等心故若菩薩施離彼我過捨衣食等布施滿足一切衆生若不取者非菩薩過菩薩心於一切乞者猶如龍王譬如龍王一切求者皆悉等與若不受者非龍王過譬如龍王興大密雲覆於虚空平等降雨藥草叢林樹木生長陂池悉滿高處不受非龍王咎如是菩薩平等普施一切乞者若有不受非菩薩過滿足一切衆生願故菩薩布施作如是願我爲滿足一切衆生無上樂故種種物施一切生處我常滿足一切衆生是故菩薩作願布施一切生處得大富樂以彼願力布施力熏生生處處種種布施無量衆生皆悉滿足離殺生等種種不善是無畏施一切衆生皆悉滿足如世尊説止殺

生故是則布施一切衆生不畏不憎如是等故如爲示現畢竟涅槃無量衆生住涅槃樂爲諸菩薩授佛記已然後菩薩自取涅槃如是因縁捨苦得樂如是滿足一切衆生

何者佛法彼義今說法身依止十力無畏不共法等此是佛法彼一切法皆是佛知故名佛法如彼聖者文殊師利所說偈言

不思議正覺　不可量如來　縁覺聲聞等
所不能測量　況一切衆生　能知彼如來
凡夫戲論行　如來無戲論　唯佛能知佛
佛法行依止　自然身心智　除佛無能解

又復云何菩薩布施如是滿足一切佛法何須說六彼義今說實有六種以何意故唯說布施此義今說此是菩薩善方便意如善方便菩薩布施則能滿足六波羅蜜如善方便修多羅說郁伽羅問修多羅說在家菩薩布施滿足六波羅蜜云何滿足所謂菩薩異異種物彼彼求者皆悉施與心不分別如是名爲檀波羅蜜依菩提心修行布施如是名爲尸波羅蜜於乞求者不瞋不動如是名爲羼提波羅蜜若布施他我何所用無如是心有如是力如是名爲毗梨耶波羅蜜若有來乞若施施已不熱不悔自心喜樂善意心生如是名爲禪波羅蜜若布施已於一切法心無所得不望果報如彼黠慧無有少法貪著喜樂如是不著唯願阿耨多羅三藐三菩提如是名爲般若波羅蜜如是滿足六波羅蜜以要言之一切具足又如世尊大乘經說無量具足如是一切皆此中攝又住大地諸菩薩等有如是意彼住大地諸菩薩意布施滿足

一切佛法又復對治諸衆生故世尊說法或有衆生以布施門爲說滿足一切佛法或有衆生乃至慧門又復爲示菩薩願故菩薩滿足乞求者意作如是願如我滿足彼求者意以此善根願令滿足一切佛法如是說者則無有過

何者相好彼義今說三十二相所謂手足皆有輪文善安平住手網縵指手足柔輭七處平滿指長身寬正直大身項則如貝身毛上靡因尼鹿腨䏶手臂平陰馬王藏皮妙金色一孔一毛眉間則有白毫顯面師子上身肩前後圓其背平正味中上味身體圓滿如尼拘陀頂上高圓脩廣長舌妙梵音聲師子頰頰齒則鮮白齊平而密有四十齒目睫紺青如牛王眼八十種好隆赤膩甲圓指錦文脉深不現手足踝平骨節堅密二足趺平足下文長手足平正文深膩潤舌次第語脣色赤好如頻婆果不高不下舌赤輭少白象王舌雷吼雲聲善美音聲如文殊嚮滿足衆好兩臂平等身體淨潔衣裳亦爾普身柔輭衆分皆等次第善密身分分善分分寬博善坐圓滿舌正美言語論次第齊舌皆深行密仙王普皆可喜第一善淨離闇電光普徧光明師子牛王龍王鵞步右旋轉行舌不長短舌則圓美腹脇不彰離於惡欲身無黑黶無有垢惡外圓而利又不前却高隆而淨無有垢穢笑微而緩目如青葉居婆羅耶笑則如法眉面處所次第相應眉正不邪不少不多皆悉離過不可毀呰皆不可嫌諸根善勝額中善滿第一可喜面額相類上身平滿不白不黑有

種種香不堅不濁次第善緊勝妙文章有難提旋跋陀摩那應量身形髮順不亂佛何以故此中教示相好究竟尸波羅蜜彼中便遮此義今說初業菩薩憶念相好希望欲得饒益彼故方便教示彼未久行故愛相好捨離饒益悲心布施相應饒益如是故遮又復若人貪著妙色究竟相好希望憶念爲彼人遮若有衆生成熟饒益彼須教示此有衆生見如來身相好莊嚴發菩提心故如是說如轉女身修多羅說又復未發菩提心者饒益教示又復久發菩提心者空等相應饒益故遮又具福德滿足饒益是故教示智具滿足饒益故遮又求世尊相隨形好滿足究竟取著故遮又復貪著喜樂等過寂靜饒益爲彼故遮如是因緣此經不遮諸佛世界幾種清淨幾種不淨彼義不說彼不清淨要有二種何者等二一者衆生相二者行相衆生相者謂衆生過言行相者所謂行過彼衆生過惡行衆生依止種種虛妄諸見彼行過者坑坎塠阜棘刺等過如是地多食飲衣服寶等受用皆不具足如是相對衆生功德行功德故世界清淨彼復菩薩無量種種願力自在應如是知諸佛世界功德無邊菩薩願力自在無邊發起精進是亦無邊如是種種不可盡說又此諸佛世界清淨唯說少分餘者應知如世尊說有十二種諸功德場和合聚集彼清淨覺得佛世界何等十二一者劫場和集故得以功德場皆究竟故二者時場和集故得以法行等不過時故三者衆生場和集故得以法智故四者世界場和集故得以善淨故

五者調御衆生場和集故得以無轡故六者乘場和集故得以一行故七者陀羅尼場和集故得以無餘物故八者佛法場和集故得以無一切外道法故九者功德場和集故得以不諂故十者直心深心場和集故得以本性淨生淨衆生處淨故十一者聖場和集故得以不離福田故十二者道場和集故得以乘前佛所乘來故又此世尊釋迦牟尼佛之世界爲是清淨爲不清淨今説清淨何以故知以世尊心善清淨故若復有人心不清淨故見此佛世界不淨依彼意故世尊説言我今出於五濁惡世阿耨多羅三藐三菩提覺如無垢稱修多羅説菩薩欲得淨佛世界當淨其心隨其心淨佛世界淨爾時慧命舍利弗承佛威神作是疑念若菩薩心淨佛世界淨者今我世尊釋迦牟尼行菩薩時意豈不淨而佛世界不淨若此爾時世尊以知慧命舍利弗念而問之言舍利弗於意云何汝舍利弗勿作是念日月豈不淨耶而盲者不見慧命舍利弗言不也世尊是盲者過非日月咎佛言舍利弗衆生如是無智罪故不見如來世界清淨非如來咎舍利弗我此世界常自清淨而汝不見爾時螺髻梵王語慧命舍利弗言大德舍利弗仁意莫謂此佛世界爲不清淨今此世尊釋迦牟尼世界清淨慧命舍利弗問梵王言此佛世界云何清淨螺髻梵王言大德舍利弗譬如他化自在天宮莊嚴殊妙我見世尊釋迦牟尼世界清淨功德莊嚴亦復如是慧命舍利弗復言梵王我今唯見此佛世界丘陵坑坎棘刺沙礫土石諸

山穢惡充滿螺髻梵言大德舍利弗仁者如是心有丘陵坑坎等穢信不清淨故見此佛世界不淨復次大德舍利弗若有能於一切衆生心皆平等深心清淨則見此佛世界清淨爾時世尊足指按地即時三千大千世界無量百千不可計數功德珍寶具足莊嚴譬如寶莊嚴佛無量功德勝妙珍寶莊嚴世界時此三千大千世界亦復如是大衆皆見歎未曾有而皆自見坐寶蓮華爾時世尊告慧命舍利弗言舍利弗汝今爲見我佛世界無量功德勝莊嚴不慧命舍利弗言我見世尊本所不見本所不聞今見世尊不可思議莊嚴世界清淨悉見佛言舍利弗我佛世界清淨如是下劣衆生見不淨耳舍利弗譬如諸天共寶器食隨其業力飯則不同如是舍利弗衆生共生一佛世界若心淨者則見世尊世界清淨我今以此修多羅量故說清淨以要言之滿足衆生發起精進一切衆生等心示現滿足佛法發起精進自證示現究竟相好發起精進此則示現普賢依止清淨世界發起精進一切衆生富樂示現又復有義初如猒病二如聞藥三如希藥四如病人所居舍宅又復示現初大悲力二示智力三身心力四者直心深心修力如是示現又復有義初說不捨一切衆生二者得力四無所畏不共法等一切佛法三者得身著不可嫌四者得佛無上法王相應世界又復有義滿足衆生發起精進檀波羅蜜毗梨耶波羅蜜爲示現故滿足佛法發起精進般若波羅蜜智波羅蜜故究竟相好發起精進羼提波羅蜜方

便波羅蜜故淨佛世界發起精進尸波羅蜜
禪波羅蜜如是示現

寶髻經四法優波提舍

音釋

髻吉詣切 烏萇梵語此云烏仗那此云苑北印度境也萇仲良切 驃騎驃毗召切騎奇寄切驃騎官名 潬蕩旱切水中沙處為潬 羼提梵語也此云忍辱羼初限切 網縵縵謨官切網縵謂佛手指間皮連如鴈掌 腨市兗切腓腸也 䏶部禮切股也 頤頰頤盈之切頷也頰吉協切面旁也 睫即涉切目旁毛也 踝戶瓦切足骨也 黶幺減切黑痕也 搥都回切聚土也 礫郎狄切小石也

大丈夫論

北涼世沙門釋道泰譯

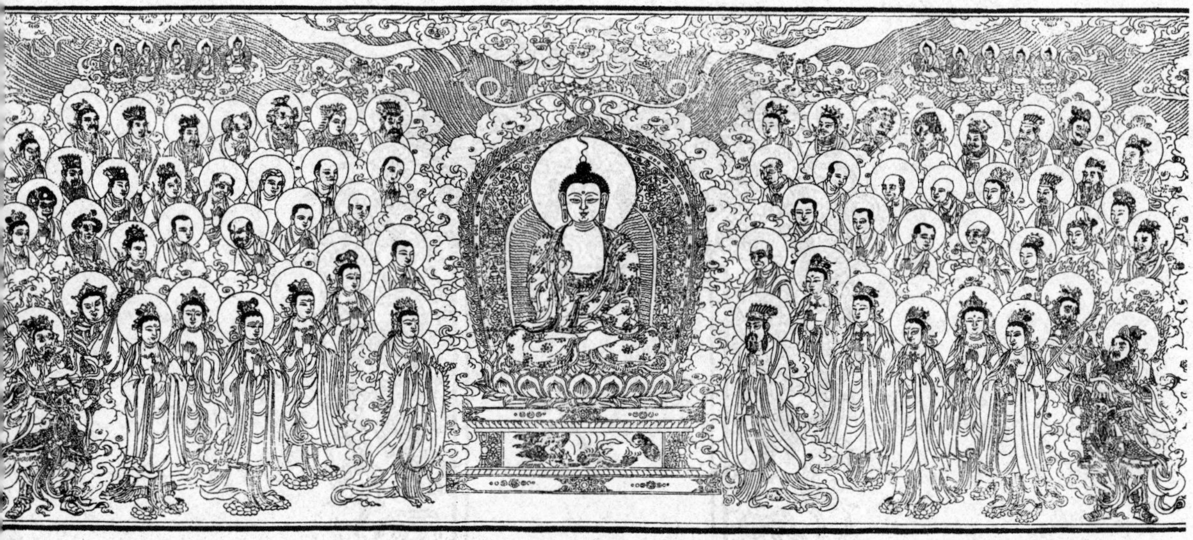

清刻龍藏佛說法變相圖

大丈夫論上

提婆羅菩薩造

北涼世沙門釋道泰譯

施勝品第一

敬禮等正覺　大悲哀世尊　因彼起正法
三界中眞濟　衆中第一尊　無量功德藏
菩提本所行　我當說少分　我今哀愍彼
開演妙施門　一切諸賢士　應當歡喜聽
菩薩行施時　大地皆震動　巨海涌衆寶
慧雲雨妙華　無心猶如是　況有情識者
菩薩施廣大　猶如虛空界　假使五通仙
充滿十方刹　聽聞猶尚難　況復分別說
無有地方所　而不以水施　淨水浸大地
無有不徧處　無有一切物　菩薩所未施
無有一衆生　不曾受施者　論者諸大地

一切應禮汝　何故禮大地　菩薩行施處
菩薩一日施　種種衆雜物　辟支佛百劫
不能知邊際　所以不能知　大悲爲施體
能成種智果　施因爲最大　此是智者說
施能到彼岸　若一到彼岸　諸度悉具足
波羅蜜義者　名爲和集聲　譬如多人處
名之爲大衆　菩提之種子　能成大智果
一切衆事具　莫不由施成　施是生天道
出世之胞胎　無相施爲妙　平等爲最勝
身及物皆施　無有所悋惜　一切處皆施
無有方所者　一切時皆施　無有不施時
於此四施中　心智常不動　如是行施者
名不思議施　若施一衆生　一切盡蒙樂
若不如是施　是名爲欺誑　雖名施一人
是爲施一切　所以名一切　大悲心普故
大悲所以普　爲求種智故　施佛及羅漢
世名良福田　大悲平等施　是爲最勝施
無量財寶施　不如暫止息　悲心施一人
功德如大地　爲已施一切　得報如芥子
救一厄難人　勝餘一切施　衆星雖有光
不如一月明　衆生垢心重　所施恒爲已
菩薩悲心施　如灰去衆穢　救濟慈悲施
普爲群生類　如是慈悲施　功德無窮盡
如此微妙施　安樂諸衆生　貪求佛智慧
心無有猒足　如是悲心施　能除無明障
開導愚冥者　使得智慧眼　能滅諸結使
銷伏老病死　施與悲心俱　衆生之甘露

施勝味品第二

大悲所起施　意願成菩提　如是知見人
能成一切施　如是一切施　終成一味智

大悲心爲體　能起種種施　種種救衆生
得到於智處　能除諸愛結　及以無明垢
能令一切衆　悉皆得安樂　如是悲心施
誰不生愛樂　大悲心所起　功德之施利
不能生愛樂　背離於救濟　是人爲愛繫
菩提甚難得　諸欲求佛者　愛樂施甘味
智人喜惠施　甘樂菩提味　深見三有過
涅槃味甚樂　速疾欲遠離　一念頃不住
又見於施樂　復過於涅槃　愛樂施自在
心則忘菩提　心既忘菩提　謂菩提難得
自觀樂施心　由悲衆生故　不覺施味樂

施有三樂味

一者求報施味二者求解脱施味三者求大悲心施味此三種味者名增長樂味施

施主體品第三

受者得無量珍寶心大歡喜施者行少施時心大歡喜過於受者百千萬倍若能如是施是爲第一行

成就救濟者　飲大悲甘露　菩薩行此行
永除慳病老

菩薩悲心以施爲體世間衆生以結使爲體純以衆苦以爲一味爲得樂故行悲心施日以照明爲用月以清涼爲性菩薩以悲爲體智慧及財施安樂於一切如從歌羅邏乃至老時十時差別雖至於老不捨嬰孩之相菩薩虚渴施心救濟衆生亦不捨凡夫離欲至於非想不離凡夫之相菩薩不捨施心救濟衆生亦復如是欲除施渴當飲大施之水施渴暫息餘渴不已愛樂施故一切衆生依食而存大悲亦爾依施而存菩薩法身不依飲

食而得存濟大悲爲食菩薩身存悲心如火欲施如飢施與如食菩薩樂與無有猒足悲如大海施如沃燋救濟心爲水如沃燋呑流欲向菩提以衆生爲伴悲心爲體施無猒足如海呑衆流無有止息

一切衆生來　各各索異物　菩薩皆施與
心無有疲倦　諸苦惱衆生　盡皆爲除滅
設有未除者　心無有猒足

施主乞者增長品第四

有大悲者能處生死種種施與滅衆生苦若能如此善住生死

福德善丈夫　悲心施惠手　拔貧窮淤泥
不能自出者

悲心爲體能行大施滅衆生苦如盛熱時與大雲雨起大悲雲雨於施雹摧破貧窮如壞山石極貧窮者無限濟施令彼窮者永離貧苦以大施雨普益一切衆生貧窮永無住處菩薩爲救衆生修行施時魔及眷屬皆生嫉妬愁憂苦惱菩薩修行無量財施法施之時慳貪嫉妬悉皆驚號莫不愁怖

慈心端嚴身　悲心爲千眼　施爲金剛杵
菩薩如帝釋　悉皆能摧壞　貧窮阿脩羅
菩薩悲心弓　種種施爲箭　破貧窮怨賊
永無有住處　悲心堅固根　愛語以爲莖
忍辱爲枝條　布施以爲果　求者爲烏鹿
乞者如大風　能吹施果落　貧者得滿足
菩薩出時夜　慈心如滿月　淨施以爲光
求如拘牟頭　以淨施光明　令彼得開敷

乞者既得滿足歡喜悅豫轉相施與亦如菩薩施乞求者展轉相聞亦如菩薩菩薩布施

流聞一切諸貧窮者皆來歸向如曠野樹行人熱時皆往歸趣菩薩愛樂名得勝處何以故能使乞求者來使我得施福故以施福故名得勝處一切衆生皆來歸集如是大士悉應敬禮菩薩心喜即覺身輕以此相故當知必有來乞求者若有人來語菩薩言有乞者來菩薩歡喜即以財物而賞使者菩薩即以餘物而與乞者見乞者來歡喜愛敬求者言乞作此語時懷憐愍心若有乞者不知菩薩體性樂施菩薩執手歡喜與語猶如親友懷彼不知使生知相彼乞求者得財歡喜傍人見之亦復歡喜願此救濟我者長存於世此乃乞者眞濟菩薩見乞者時身心歡悅面如滿月使彼乞者歡喜悅豫如甘露塗心菩薩和顏悅色用慈心眼視於前人如飲甘露譬如有人盜竊他物至市賣之若得速售心大歡喜菩薩得施乞者物時心大歡喜復過於此如巨富人多饒財寶千子具足隨意恣與愛念歡喜不及菩薩於乞求者心大歡喜菩薩見乞求者時心大歡喜勝於他人見所親者若見前人得多財寶隨心恣意而自矜高菩薩見之倍生歡喜若見乞者發言時菩薩施渴心重耳聞乞言如飲甘露若聞乞言心生愛重無能壞者若聞具足財壞其愛心菩薩於乞求者常生愛念若聞具足聲則壞其愛味菩薩觀前受施福田頗有共我等者遂見貪愛衆生則與我等所以者何彼貪心無足我施心無猒彼貪心者愛大施主菩薩見多乞者亦深生愛敬貪求者常求施主欲乞施者常求乞者所欲與之菩薩常與世人相

乞者皆就施者而乞菩薩就乞者而施乞者聞施者財物匱盡生大苦惱菩薩求乞者不得時心生憂惱復過於彼百千萬倍於求乞者菩薩思惟佛言求不得苦眞復如是菩薩於乞求者生難遭想所以者何若無乞者檀波羅蜜則不滿足無上菩提則不可得是故於乞求者深生悲惱若有乞者無上菩提便爲手執不難菩薩聞乞者言與我與我心生歡喜此人即便與我無上菩提世間愚癡衆生若聞乞財則生輕慢不生愛敬菩薩念言所以名爲乞者多是愚癡衆生以慳心故與作惡名如是人者乃可名爲施者雖有財物復無施心雖有財施心復無受者若具足三事是大福德人如有貧人得大寶藏心生恐懼或王賊水火來見侵奪遇值親友而語之言我今爲汝作諸方便令無喪失即大歡喜菩薩得乞者以爲善伴心大歡喜亦復如是菩薩悲心徧一切處於彼乞者特生憐愍菩薩悲心見乞求者和顏悅色使彼乞者生必得之想乞者見菩薩顏色和悅之時即生決定必得之想菩薩見乞者時語言汝來欲須何等隨意而取安慰之言善來賢者莫生恐怖我當爲汝作依止處如是種種安慰乞者常以愛語使彼乞者心得清涼種種財寶隨意而與諸乞求者貪火熾盛菩薩常以施乳滅貪求火若能如是種種施者名爲生人若不如是名爲死人受施者大得財物餘人見之歡喜讃歎菩薩爾時菩提之果如在掌中悲心淨則施淨若無悲心施不清淨菩薩作是思惟善調順意者敬悲心勝能使施淨菩

薩見貧窮者悲心極重衆生極貧得菩薩施使成巨富譬如有人得如意珠所欲皆得諸貧窮者得值菩薩一切貧苦悉皆除滅菩薩先行財施次捨所親後捨手足復捨身命如是漸漸次第而捨菩薩往乞者所與其財寶喚其乞者與其諸親若乞者自來現求索相與其手足若發言求索便捨身命若不來者自往施之有來求者尚捨身命況復財物而不施與菩薩成就悲心如自已體未曾捨離見來求者於已身所生於他想菩薩身中生其惱熱云何愚癡乃於我身生於他想語乞者言一切財物先皆與汝都是汝物汝今但取云何言乞諸求者言何時見與菩薩報言我先於三界尊前發弘誓願是時與汝汝今云何方從我乞菩薩發心願一切衆生於我

財物生已有想如辞頭河飛鳥走獸往至其所隨意而飲無遮護者與以不與先以捨離更不言與亦復不生歡喜之心何以故先以與竟以一切所捨使諸衆生皆當得樂菩薩於一切衆生是走使者一切衆生皆是施主諸貧窮者心充足時菩薩爾時檀波羅蜜悉得滿足檀波羅蜜滿足之時知功德滿足慳貪者見乞者時則背其面修功德者見乞者時歡喜瞻視親近乞者則得菩薩施時見受施者展轉相施便生歡喜一切衆生讚歎歡喜菩薩聞其讚歎心大歡悅勝得解脫快樂菩薩悲心施時見一切衆生多得財寶充足快樂諸衆生等得快樂已而發願言我當久處生死修諸功德不求解脫菩薩既見衆生能久處生死心大歡喜我今便爲得現果報

設當不得菩提亦爲具足

勝解脫品第五

菩薩思惟常所愛勝解脫者來覺悟我彼來者不爲財寶爲欲成就我大事故來菩薩或爲人王修諸功德者來而白王言有乞者來王即念言此言乞者乃是勝解脫來我今得之王自念言我今不爲貪著王位爲欲利益一切衆生不應空居王位應修施果滿足而彼使者乃是覺悟我者凡爲乞者甚難爲顔心懷慙恥言色變異菩薩即知其意而安慰言若有所須隨意而求乞求者既得財物心大歡喜施者受者二俱歡喜如涅槃樂三有生死熾然大苦菩薩處之如涅槃樂何以故爲欲救濟諸衆生故菩薩念言悲衆生者即是我解脫以大施惠救濟衆生衆生得樂即是我解脫雖復大施若無悲心不名爲施若有悲心施即是解脫菩薩思念我於往昔三界尊前聞解脫極樂我今已證何以故稱意而施即是解脫若阿羅漢解脫樂與悲心所起施樂相似者我則愛之若不相似我則不愛唯愛施樂以爲解脫悲心起施所得快樂無有比類無悲心施解脫之樂百千萬分不得爲喻悲心起施所得喜樂若當可以喻爲喻最爲極大是故不可爲喻

施主增長品第六

悲心起施能與衆生樂聚如是施主與衆生樂者勝於解脫名爲最勝施主成他樂因修悲者於一切衆生得平等心如是者名爲檀越不能如是施者名爲乞者若行施時使聞者悲泣是名善施若不如是不名善施主若

行布施能使受者子孫恣意受用歡喜讚歎名健施主若乞而與不名施主自往而與名善施主若捨一切財物愛心而與不名施主有悲心者雖不與物名大施主諸來求欲皆使隨意稱彼本望名善施主不能稱彼本望雖復大富名貧窮者富者雖與無悲愍心名曰與不名施主悲愍心施是名施主若不食噉無有果報施雖與不名爲施無悲心施雖與不名爲施有悲心者雖復不施名之爲施若求報施名爲施者商賈之人亦可名施若求報施果報猶尚無量況有悲心不求報施果報何可稱計若求報施唯可自樂不能救濟徒自疲勞悲心施者能有救濟後得果時能大利益貧窮者不如有財者有財者不如能食者能食者不如能施者悲心施者善一切衆生富者應施施者應悲富者能施富得堅牢施者能悲施得堅牢修施者得富修定者得解脱修悲心者得無上菩提果中最勝

恭敬乞者品第七

菩薩思惟因彼乞者得證菩提我當以此菩提迴與一切衆生以報恩故我今因施衆生得無比樂因此樂故得成菩提如此菩提我當施與乞者我今因施乞者得於快樂勝解脱樂因中施樂猶尚如是況無上菩提我當捨之施諸乞者如是乞者其恩甚重無以可報如此乞者乃能與我作大樂因若以財寶不足報恩當以所得無上菩提而施與之以我福故願使乞者於將來世亦如我今成大施主菩薩内自思惟因於乞者得施快樂使乞者得無上菩提爲法施檀越諸乞求者見

菩薩大施而問之言爲求何等而行大施菩薩答言我今不求人天果報聲聞涅槃願得無上菩提拔濟一切衆生諸慳貪者而作念言菩薩云何能行大施心不疲猒菩薩答言我師三界尊悲念一切衆生我今無以報師恩故施無疲猒一切之樂無勝解脱樂者我愛衆生勝愛解脱我以愛念衆生欲令得解脱故修種種施若生死不極苦者我施終不求菩提以生死苦故我施求菩提拔生死苦者誰之所作煩惱以業之所造作使一切衆生以悲心爲體常樂惠施

施慳品第八

不念恩人無有悲心若無悲心不能行施若不施者不能濟度衆生生死無悲心者無復親友有悲心者能有親友計我者以愛爲體救濟者以悲爲體心有重愛無有知者有重悲心者亦無能知若不行施覆蔽悲心如以畫石乃知眞僞若見苦厄者能行大施則知有悲心慳心多者正使所親從乞則成怨憎悲心多者假使怨家亦如親友慳心多者雖施泥土重於金玉悲心多者雖施金玉輕於草木慳心多者喪失財寶心大憂惱悲心多者雖有財寶無施處時心懷悲苦復過於彼捨財物者凡有二種一者命終時捨二者布施時捨死時捨者一切都捨無有毫氂至於後世布施者施於少物得大果報何有知見此過患而不行施若行施時令受者喜悦自亦喜悦若人不能深生喜悦便自欺誑若有乞者有所求索爲求有故施與少物心則歡喜復有施者自往施與不求果報而行大施

餘有少許心中快樂不可爲喻設有美食若不施與而食噉者不以爲美設令惡食得行布施然後食者心中歡悅以爲極美若行施竟有餘自食善丈夫者心生喜樂如得涅槃無信心者誰信是語設有美食有飢者在前不能施與是人食尚不能施與況勝解脫能施與人設令多有財物有來乞者尚無心施何況少物不見是人於生死中有少樂處適可住於涅槃若人於大水邊不能以少水施與生死之中苦惱無量汝莫在中住適可速入般涅槃如有大水欲施人不以爲難如有悲心欲取涅槃亦不爲難世間糞土易得於水慳貪之人聞乞糞土猶懷悋惜況復財物

財物施品第九

如有二人一則大富一則貧窮有乞者來如是二人俱懷苦惱有財物者懼其求索無財物者我當云何得少財物與之如是二人憂苦雖同果報各異悲惱念者生天人中受無量樂慳貪者生餓鬼中受無量苦若菩薩有悲愍心於前衆生便爲具足況復與少物如人大富多有財寶隨意而用心生歡樂菩薩悲心念施憂惱過於是人百千萬倍有悲心者無有財物見人乞時不忍言無悲苦墮淚見苦惱者不能墮淚何得名爲修行悲者勝者設聞他苦尚不能堪忍況復眼見他苦惱而不救濟者無有是處有悲心者見貧苦衆生無財可與悲苦歎息無可爲喻救衆生者見衆生受苦悲泣墮淚以墮淚故知其心輭菩薩體淨悉皆顯現何以故知其顯現見苦衆生時眼中墮淚以是故知菩薩其體淨輭

菩薩悲心猶如雪聚雪聚見日則皆融消菩薩悲心見苦衆生悲心雪聚故眼中流淚菩薩有三時一者見修功德人以愛敬故爲之墮淚二者見苦惱衆生無功德者以悲愍故爲之墮淚三者修大施時悲喜踊躍亦復墮淚計菩薩墮淚已來多四大海水世間衆生捨於親屬悲泣墮淚不及菩薩見貧苦衆生無財施時悲泣墮淚菩薩入救衆生禪極樂心相應無盡寶藏自然而出一切乞者自然而至善丈夫者能以財物大施乞者乞者得財物已亦行大施菩薩能以財物施於衆生使其富足以等悲心聞乞者聲爲之雨淚乞者見菩薩雨淚雖不言與當知必得菩薩見乞者來時極生悲苦乞者得財物時心生歡喜得滅悲苦菩薩聞乞言時悲泣墮淚不能自止乞者言足爾時方止菩薩修行種種施已衆生滿足便入山林修行禪定云何滅除諸衆生三毒苦患菩薩財物倍多無乞者可施我今何爲守之而住今當捨之出家

捨一切品第十

菩薩大有財物無有乞者喚之不來菩薩思惟故當斷諸結使無有來者菩薩悲心一切衆生衆苦圍遶發願度諸衆生菩薩諸有所索一切皆捨無物不與欲求佛智最上救濟一切衆生尊有勝悲心欲行救濟何物不捨有悲心者爲他故涅槃尚捨況復捨身捨身命財有何難也捨財物者不如捨身捨身者不如捨於涅槃涅槃尚捨有何不捨悲心徹髓得自在悲作救濟者大菩薩施都無難也是一切衆生最親與他作向樂因悲者一切

都捨離諸疲勞一切衆生真濟怨親平等身命尚與何物不捨一切衆生極重財利樂愛命重於財物一切衆生捨財爲易捨命爲難菩薩捨一切財物歡喜不如捨身命時得勝歡喜種種施味悉知以施爲食因之得存與他樂者欲知施身氣味故施身見他乞肢體者心中歡喜勝於捨財歡喜如樂施者得歡喜樂不如菩薩捨身時得勝歡喜閻浮提人乞財物者無我福德故得乞身者來捨財者財物由他或不稱意捨身者我得自在隨意施與不由於他此身不牢不定速朽之物可愛念者可速疾取諸食肉者語菩薩言汝今以熱肉血施我我當何以報恩菩薩報言若欲報恩者更語餘人有悲心者能施身肉可往取之若能如是便是報恩語乞者言汝今爲我取不堅身使我得堅牢身汝恩極重何以可報未來世中捨身之果即用施汝我爲救濟一切衆生故捨於身命捨身者得於法身得法身者得一切種智使一切衆生皆得此果捨此身者得於法身法身者能與一切衆生利樂能如此思惟云何不生喜樂速捨此身菩薩捨身時作是思惟我爲衆生作親友者我以度生死應度一切衆生脱於生死如是故我今捨身菩薩作是思惟我此捨身功德不屬非衆生數還以養我功德法身若心如是決定之時捨身無有難想菩薩捨身所以不難以當成法身故是故歡喜貪愛重者多得財時歡喜無量不及菩薩捨身歡喜百千萬倍菩薩以智慧悲心爲體爲衆生故求於法身菩薩捨身時樂勝於世人得轉輪

聖王自在快樂如刹利種若壞敵陣能捨身命得生天上捨身命時歡喜無量菩薩以智慧悲心捨身命時歡喜最勝復過於彼凡愚衆生爲財利故在於敵陣捨於身命或爲解脱投巖赴火喪身無數況復菩薩以智慧悲心爲一切而不捨身命愚癡衆生以愛著心爲國土故捨於身命菩薩智慧悲心爲物而捨身命何足爲難菩薩發誓願時一切皆捨雖有是語一切衆生實未得利修行布施爾時一切衆生得利益受用菩薩捨身不足爲難知身無常苦空不淨爲衆生故而不捨離是則爲難菩薩悲心爲衆生捨身不足爲難樂捨無有猒足此則爲難假設使一凡夫令及大地力不能就甚生憂惱菩薩見苦衆生未度脱時心懷悲惱復過於是悲心故菩薩觀身輕於草土爲衆生捨身何足爲難若人爲己身故一念中受不殺戒是人命終必生天上菩薩爲衆生捨於身命所有功德生死之中無有受處唯至菩提乃能容受菩薩若聞有人來乞身時即時生念我已久捨此身而不自取方從我索必當謂我有慳惜心而試我耳

捨陰受陰品第十一

阿羅漢捨後邊身得涅槃樂不及菩薩爲衆生捨身時樂阿羅漢得解脱不如菩薩爲衆生故受身時樂菩薩生念我以不取涅槃爲衆生故得受是身是最爲妙菩薩念言我捨身命用施復更受身不入解脱是爲最勝我樂聞如來濟度衆生功德我得救衆生悲心氣味不取涅槃甚愛樂此事菩薩爲衆生捨

身施時雖不證涅槃勝得涅槃者以不得爲衆生捨身氣味故菩薩受是陰身極是大苦如爲衆生捨身時樂等無有異世間凡夫爲貧窮病苦之所纏逼不能捨離樂欲捨身衆生猒患陰身不能救濟者欲速入涅槃菩薩思惟涅槃甚樂生死陰身極爲大苦我當代一切衆生受此陰身之苦使得解脱阿羅漢身盡佛亦身盡身雖同不能救濟佛滅身爲善

捨身命品第十二

菩薩爲一切種智故大悲心爲衆生故捨身捨命得果報不空若一切捨身不得果報名空捨身菩薩捨身爲著財衆生欲使生羞恥故菩薩爲衆生捨身命者易於慳貪者捨一團飯菩薩捨於身命爲慳貪者生其羞恥菩薩所以施命爲護他命故何以故他命即是我命菩薩雖捨身命不濟他者爲觀陰身過故爲益衆生復更受身若非大悲何有智者而樂陰身若無大悲施味者不能樂處生死菩薩常樂行施大悲自在隨受生死身如涅槃樂

現悲品第十三

菩薩悲心極大在於身中無有知者菩薩捨身命時一切天人所以得知菩薩悲心極以深大徧一切衆生無有見者以財施法施無畏施悉得知見一切衆生身者無不是病無有知者以三事故知其有病何者爲三飲食衣湯藥即是病相菩薩悲心以三事得顯何者爲三即是財法無畏施也菩薩與一切衆生作樂爲滅一切衆生苦故捨身救之菩薩

不求果報視如芻草菩薩大悲作種種方便猶如乳聚以血施人易於世人以水用施如菩薩昔日五處出血施諸夜叉鬼踊躍歡喜無可爲喻爲欲救濟一切諸衆生故有餘人問菩薩言大悲者有何氣味能便捨血易於捨水大悲心菩薩答言以不求果報爲他得樂故捨身命何以故樂無相爲首入悲心樂有人見菩薩大悲疑之爲是悲體以大施故知是悲體世人生疑爲當悲來入菩薩身中菩薩往入悲心中菩薩捨身者一切所不能共唯大悲者能得一切種智時一切衆生所不能共有大悲心爲益衆生所欲皆得無有難者決定得空心欲利益衆生大悲常在心者無上菩提便如在手中無異得住無生忍者能顯現陀羅尼得住十地自在當知如佛

法施品第十四

財施者人道中有百千萬財施果報能得法施唯大悲者能得法施財施果報後身得無量樂悲者法施現證涅槃樂施歡喜甘露滿足菩薩悲一味以是因緣無一刹那欲趣解脱種種法施竟請諸聽法者我得法施果時必受我請菩薩時施名爲欲施非根本施成佛時施名根本法施

佛智處虛空　大悲爲密雲　法施如甘雨
充滿陰界地　四攝爲方便　安樂解脱因
修治八正道　能得涅槃果

財施除衆生身苦法施除衆生心苦無量劫財施爲得法施果法施能與衆生無畏施極猒患生死智者求涅槃悲救衆生者求於法施菩薩愛錢財爲修施故修行施時爲得法

施見衆生有二種貪愛愚癡貪愛多者施財寶愚癡多者施與其法施財者爲其作無盡錢財法施者爲得無盡智故財施者爲得身樂法施爲得心樂隨所化衆生所欲得義稱意滿足稱之無疲倦意得大功德得法施歡喜增益端正如秋滿月常爲衆生心眼不離財施者爲衆生所愛法施者常爲世間之所敬重財施者愚人所愛法施者爲智者所愛財施壞財貧窮法施壞功德貧窮者此二種施誰不敬重財施者能與現樂法施者能與天道涅槃之樂樂愛悲者能愛一切衆生愛一切衆生即是愛已阿羅漢捨於衆生入涅槃去尚不爲智者所愛況苦衆生者誰當愛樂常行惠施遠離十惡恭敬父母若如是者是報我恩若欲續佛種者當以悲心爲首饒益於他佛常能思念成就衆生事

大丈夫論卷上

音釋

歌羅邏梵語也此云凝滑邏朗可切　淤泥淤依據切滓濁泥也　售承呪切去手也　賷匱求位切乏也　諱頭梵語也亦云信度此云驗河諱音信　氂力之切十毫曰氂

大丈夫論卷下

提婆羅菩薩造
北涼沙門釋道泰譯

發菩提心品第十五

施事已足爲一切衆生親者未曾一念不與悲心相應菩薩悲心徧緣一切無不緣者以悲心徧故後成佛時得一切種智無有障礙以悲心故捨聲聞解脱發菩提心此初一念之心唯佛知其邊量况菩提行解脱樂方初一念發菩提心猶如大地金大地土不相方喻初發心時以能淨諸結使招一切功德菩提是發心果爲一切衆生求樂菩薩發菩提心竟未發願者問解脱云何以何因緣故問以發心者如從解脱中來是故問言云何爲解脱相爲往到解脱故知爲解脱來耶已發願者答言發菩提心時歡喜快樂猶如解脱是故得知欲供養一切諸佛者當發菩提之心欲報佛恩者當發堅牢菩提之心除發菩提心更無有法能至菩提若無菩提心則不得佛果若不得佛果則不能救度衆生欲與一切衆生無量大樂當發菩提之心何以故菩提心者是一切衆生樂因一切諸色不離四大一切樂事不離菩提心怪哉云何乃不畏生死之苦乃畏無畏菩提之心若欲止息一切衆生苦者無過發菩提之心發菩提心者是初止息因初止息得無上止息得財寶利不如得功德利得功德利不如得智慧利得智慧利不如得菩提心利若放逸廢忘不念菩提心者如禽獸無異汝今云何不發悲心當知悲心者即是大菩提欲趣向佛智應

發菩提之心爲結使所障者不能發解脱之心爲業報障者不能發菩提之心云何邪趣云何正趣爲有愛所牽以四空爲解脱者名爲邪趣發菩提心修八正道名爲正趣爲得富報者修行於施爲得樂報者修行悲心爲欲救濟安樂衆生者當堅發菩提之心不修福者有三事難得一者不得親近善友二者不能悲心猒離三者不能敬尚佛慧若未發菩提心者應當發心得一切種智發菩提心者

功德勝品第十六

有人等以財物施一福田心不同故得報有種種有得三有樂者有得寂滅樂者有得利他樂者思願勝故得報不同以愛心作福者受報時愚闇悲心修福者受果時得於智慧不敗壞菩提心爲饒益衆生作福者當知此福爲福中最勝其餘修福名相似福非第一福佛一味智慧當知此福爲最第一饒益世間故三寶種不斷知業知果知歸依佛慈悲計我行福如行惡者甚可慚愧善丈夫者見人天世間無救終不爲已修福生死中苦尚不可聞況復眼見衆生受身極可患猒云何爲我修福作業悲者所不能作一刹那頃不離悲心爲衆生親友云何爲我作福有甞功德味者得自在修福得他報恩勝氣味夢中尚不爲已修福況復覺時以智能見過終不求有造福悲心者終不爲解脱修福智者棄求有業悲者棄解脱業所以者何悲者爲利益他故無勝智慧平等造作因福果福無與等者從十力得智爲已得樂捨利他樂名背

恩者唯我能知從佛得知故一切衆生是我修福之伴設當得果而獨受用名背恩者極難得樂豈得獨受其如是丈夫爲一切所棄設得千涅槃樂不爲饒益不如救一衆生苦勝得千涅槃樂解脫樂尚不獨受何以故見世間衆生無歸無救故尚不獨受解脫樂況復無上菩提

勝解脫品第十七

更有餘三昧定慧境界衆生皆悉作佛以有此三昧故不欲取於解脫頭陀除一切過惡寂滅如在口中眞濟者爲衆生苦故而不證取

定慧悲自在　見世間衆苦　世間眞濟者
終不越度去

如海潮終不過限修悲者百劫苦行若能度於一人終不出生死力能得解脫爲衆生故處於生死於三種施一切時常如節會不樂已樂爲他作樂者日夜於生死中而不處歡喜快樂如處涅槃菩薩常爲衆生作利益業歡喜樂味智菩薩乃於夢中得歡喜樂勝於解脫菩薩得爲他作樂歡喜氣味諸有衆生不得氣味證於解脫智人若得解脫知利他樂歡喜氣味者必當還來利益衆生畏於生死爲自利益求於解脫以爲極樂者不如菩薩受陰身時歡喜快樂爲利他故若自一已受逼迫苦者乃可入於涅槃一切衆生受逼迫苦云何捨於衆生入於涅槃見自已苦者入於涅槃悲者見一切衆生苦皆住已心云何捨於衆生入於涅槃若能爲他作樂歡喜即是涅槃若不如是即是生死於衆生有平

等悲者爲他作樂歡喜即是涅槃佛所讃説若解脱如利益一人歡喜樂者爲智者所愛若與他重樂不計功者即是解脱悲者爲他作樂不望果報若能如是即是解脱若不如是即是生死若爲已求樂者即是苦也捨於已樂爲他求樂即是涅槃世間衆生以破苦故名爲解脱修悲者能破他苦即是勝解脱也破他苦者二倶得樂何有智者捨二解脱取一解脱世間人言有智者得於解脱菩薩作是思惟我不信是語何有智人捨救他樂取於解脱自已得樂能與他作樂三有中樂勝解脱樂菩薩爲衆生受苦勝於他人爲已得解脱樂

饒益他品第十八

世間衆生爲已樂故於生死中身心疲勞菩薩心得休息悲心作饒益他生死中除對治法更無有樂菩薩除利益他更無有樂菩薩得作利他歡喜樂知利他者即是自利捨自已利愛利他樂知利已樂即是利他樂知利他樂即是利已樂知利他樂時即自已樂故人有上中下愚人者見他得樂心生苦惱中人者已自苦時知他苦上人者見他樂時心生快樂見他苦時如自已苦菩薩四攝法中與他同利云何同利他苦則苦他樂則樂是名同利悲心平等無有他想菩薩與衆生同苦同樂菩薩自已身特生苦惱何以故不能救衆生苦故不觀過去不觀未來隨衆生意作滅苦對治菩薩自意亦如他意世間衆生與他利樂還望返報菩薩與他利樂不望其報菩薩雖悲心平等愛一切衆生然於怨憎

中倍與利樂於怨憎邊與利樂時心中歡喜如捨身命時歡喜者名爲平等若不如是名不平等於怨憎中倍與利樂者名稱悲心所作菩薩於一切衆生等生悲心然於惡行衆生倍生憐愍譬如大富長者唯有一子愛念之心徹於骨髓菩薩愛念一切衆生亦復如是如有惡子不欲父得勝已事者是名背恩一切怨憎衆生於菩薩所同一味惡菩薩於怨憎衆生同一味悲心世間衆生得報恩者生其歡喜若菩薩於怨憎人所與其利樂心生歡喜倍過於是世間衆生若罵時他不還報便大歡喜菩薩得他罵時心大歡喜有愛心者於三界中悉皆普徧菩薩悲心亦普徧三界菩薩悲地獄衆生不如悲愛著三界愚癡衆生衆生樂於已樂爲無量大苦之所繫縛菩薩爲利他樂故爲無量大苦之所繫縛一切衆生皆同一事皆欲離苦得樂與他利樂爲勝有爲利向已者亦是悲因亦是喜因爲利向他者見之生於悲喜自爲已利所以生悲喜自爲已利所以生悲見其得樂所以歡喜四無量心者內心欲修緣四攝法者爲衆生利樂名爲最勝修四無量者能與世法及出世法因世法出世法及四無量心即是同一境界何以故同一利益衆生得同一無上菩提果故悲者能利他智者能捨不生希有心不生高下心

勝施他苦品第十九

菩薩見他苦時即是菩薩極苦見他樂時即是菩薩大樂以是故菩薩恒爲利他凡愚衆生見他苦時自已爲樂見他苦不以爲苦賢

人者自苦以樂樂他不以已苦凡愚衆生爲已少樂而大苦他賢人者爲與他少樂自受大苦惡行者修少樂因得大樂時雖生歡喜不及菩薩以少樂利他人時心大歡喜倍過於是菩薩見他受苦以身代之身雖受苦不以爲苦心中快樂生大歡喜菩薩悲心得自在樂不爲三有諸苦之所逼惱菩薩飲悲甘露故不爲諸苦所苦不爲苦所苦故能爲他受苦凡愚衆生見他苦時心中生樂見他樂時心中生苦菩薩見他苦時則苦樂時則樂無悲心者見他苦時如月極冷有悲心者見他受苦如夏盛日不問愚智見他苦時皆生猒離生憂惱因有悲心者深生憐愍作決定心一切衆生苦即是我苦菩薩作念若不能發大精進者何由能壞此大苦菩薩與一切衆生同利苦樂皆同須勤勞得成菩提菩薩作念我得菩提已捨與一切衆生還於生死之中從初發心還至菩提復捨與衆生然不可得菩薩爲利他故行四攝法終不疲猒猶如大地持一切物終不疲猒爲已身者自受其樂尚生疲猒菩薩爲他作樂不生疲猒菩薩爲他作樂見阿鼻苦如涅槃樂於餘苦邊有何疲猒若爲一切衆生受樂自受無量地獄常作勇猛與他作樂不生疲猒以何因縁爲他作樂不生疲猒菩薩觀一切衆生不見他想都如自已衆生爲結使所著於一切處皆欲害他爲悲所持者於一切苦無不欲受菩薩爲他受逼迫苦如苦者樂解脫樂菩薩樂代他受逼迫苦時即大悲心淨智慧觀他受苦悲心即在中住悲心住處則苦不得住

雖復悲者爲一切衆生苦之所纏如是爲他利樂心生歡喜勝解脱樂菩薩見他受苦如自已苦自已得樂欲與他人自覺勝於涅槃悲者常欲自受其苦與他樂悲之與苦不得一刹那頃而得共住行惡者見苦時欲得遠避見他得樂心不喜悦菩薩見他苦時不欲遠離無愛者無一切苦業何以故除他人苦生大歡喜故菩薩與他大樂不必歡喜見他與人少樂心大歡喜何以故體性爾故菩薩見他得樂自已亦樂菩薩見人與他少樂云何不生歡喜

愛悲品第二十

若人不知身心常爲極苦所縛則不能知他心中苦無悲者無惡不作若見他衰禍心不調輭此人名爲極惡行者若有重恩者何時能念臨死之人雖有美藥以爲極苦爲極行惡無善德者得慈悲甘藥作極苦想若人巨富多饒財寶但自食噉不與他人爲人所呵雖有智慧多聞若無悲心亦爲人之所譏呵若見苦惱衆生難得悲心者非功德器猶如破器不任盛水有悲心者見苦衆生雖不能救濟可不能歎言苦哉衆生見衆生爲貪欲瞋恚愚癡所病生老病死之苦常爲衆苦之所惱逼怪哉衆生墮是大苦世間衆生身苦心苦常爲結業之所破壞嗚呼怪哉世間衆生逼迫之苦何有菩薩而不生悲身住於駃流没生死無窮可畏大苦海衆生常爲苦苦所苦行苦所苦壞苦所苦若見一苦足生悲因況復具足三苦愚癡衆生常爲百千諸苦所苦若見一苦應生悲心況復百千諸苦應

當了知世間諸苦於一一苦中未生悲心者應當生悲已生悲心應當增長況復無量若聞世間種種無量諸苦名尚應輭況有心者而不生悲若聞世間悲呼之聲枯樹猶應生華況有心者而不生悲世間苦一味心柔輭者易生悲心有悲心者菩提之果便在掌中

覺悟偉丈夫品第二十一

悲心極豐富　他利己生樂　貧窮悲心人
不能貪此樂　嬰愚愛自在　悲心則背去
悲心已背去　衆苦皆來集

愛自在者處生死中欲分苦與他共廻流生死悲心者於世間衆生分寂滅樂共之而去有愛心者樂於三有知愛過者則樂涅槃作利益他者則樂悲心愛自在者常樂世間受身爲己樂故悲自在者常樂受身爲樂他故愛自在者常樂己樂以爲自縛悲心者恒爲欲與他樂而爲自縛愛自在者常爲己樂無有疲猒悲心者爲與他樂而無疲猒愚愛小者不愛自己亦不愛他菩薩亦愛自己愚癡衆生常爲我者實是爲他

大丈夫品第二十二

菩薩悲心唯有一事之所逼迫當爲他事苦來逼迫更無餘事是名成就悲聚棄於涅槃如棄其苦受於有身如取解脱與世間利樂者名此爲悲知涅槃功德生死過患然不捨有爲如是一切盡是大悲功德一切處離欲以涅槃爲體而不取涅槃名勇健者大悲因縁故能入生死周旋往返觀諸有盡滅知衆生是苦爲救爲依心持大悲猒惡己身求十力身大悲之處得處非處功德如轉輪聖王

雖有千子然愛相好具者佛亦如是於一切衆生愛有悲心者唯能作福無智無悲名爲丈夫有福有智名善丈夫若修福修悲修智名大丈夫應有悲者有悲者應共語說敬禮悲者具一切功德

說悲品第二十三

世間人天阿脩羅等受身有種種苦唯有菩薩徹髓悲者知一切善法以悲爲首智人當知如似一切諸字悉曇爲首一切善法皆入悲中如似一舍衆色皆入若見虛空淨即見大悲淨見虛空無邊大悲亦無邊佛說若欲現前見我當恭敬大悲若欲見我當觀三界皆悉受苦苦無邊故大悲亦無邊苦住故大悲亦住大悲住在何處住在一切衆生貪欲瞋恚愚癡生老病死種種苦聚與諸眷屬在中而住有大悲心能知他苦此名與佛共住有三種施一切功德養身猶如乳母是名大悲

施悲淨品第二十四

猶如雪山生一切藥大悲雪山生三種施一切功德除悲更無有法能與世間作樂施作悲體能爲世間作種種樂無上果報爲三施所成悲是三施之因衆生祖母能生如來一切衆生無上最勝歸依誰不恭敬能生三施是名大悲菩薩大悲功德極多在心中住唯有一事而不遠離無有染著常作利益他事無有疲猒世間出世間樂及利他樂皆從悲生是以我今恭敬於悲能利益世間大悲者我亦恭敬種種功德實如所說有二功德最勝能利益他及自淨悲悲能淨於施是以我

今愛敬施能莊嚴於悲我亦愛敬悲諸有同悲意者亦復愛敬悲能淨心體施能淨業道能淨心體能淨業道即能淨涅槃道能淨無上菩提道悲能淨捨無悲者垢汙於捨施能淨悲悲能淨施是名世間端正悲能生信敬猶如大地爲衆華莊嚴大悲亦復如是世間衆生爲煩惱日之所燒逼得悲心者皆生涼樂猶如夏熱之時得清涼風皆得止息

愛悲勝品第二十五

施緣取取緣愛有愛則有取無愛則無取有悲必有捨無悲亦無捨愛故取增長捨故悲增長受恩者生愛愛是過患怨則增長悲心愛增長爲自已樂則害他悲增長能與他樂自已則苦愛增長而害他者則非希有悲心者捨已身命而與他人是爲希有愛著者名愚賤人常在貧窮受諸苦惱有悲功德者常處富貴貪愛者不得斷絕有止足時得智慧則能斷絕止足得悲心者無有止足常施他故愛心者能招集一切諸苦成大苦聚悲心者能生一切功德若悲不捨不淨業者我所不欲設悲不能救濟我亦不欲若悲不樂求菩提亦非我所欲愛心者能生一切苦悲心者能生一切樂從悲起身口業者名爲勝業悲心者能爲一切衆生作無盡樂

智悲解脫品第二十六

智悲二事何者爲勝智者唯能自歸依悲者能使他人歸依無上之道有悲無智非智者所愛有智無悲亦非智者所愛能障無上道智不與悲心相應能障無上道智菩薩以爲無智一念不樂生死悲不欲解脫解脫味如

甘露悲者以爲無味如美食無鹽以爲無味
解脱雖甘若無悲心菩薩以爲無味若大悲
與解脱别解脱皆應敬禮以大悲是諸佛母
故解脱者名永無餘滅一切事悲心如善呪
能呪死者還活若受有相續不斷身者是常
過若取解脱是斷過離二邊故名之爲佛救
一切衆生若無佛者則無解脱若無悲者亦
無得佛悲能生解脱以是事故菩薩取悲悲
體一事能作二事一能救衆生二能生佛種
智

發願品第二十七

菩薩思惟一切衆生共有無量種苦我當發
於悲心成一切種智滅一切衆生無量種共
有之苦菩薩見一切衆生沉没無量無邊生
死苦海得平等悲心嬰愚無知樂解脱者生

放捨心世間大苦聚生我勝悲心菩薩思惟
我有悲心觀苦衆生未得菩提道我云何使
衆生得解脱道菩薩思惟一切世間我最少
福我今不能救濟衆生菩薩思惟我於三界
衆生作大親友而衆生常爲身苦心苦逼惱
我今名爲空惡活者菩薩思惟我身生不能
破世間苦不能利益衆生我用受是身爲菩
薩思惟我是一切衆生親友我當養育於怨
家作大利益菩薩思惟一切衆生能爲我作
端嚴業不使一衆生作不端嚴意菩薩作是
思惟言利他者求他人之相都不可得都如
自已何者爲他即是利已菩薩思惟若有可
願使一切衆生身心之苦一時俱集我身常
爲受之使衆生得樂不以爲苦菩薩思惟我
菩提道中住一切所有諸苦我皆能堪忍所

以者何衆生没溺生死苦海我不能度脱菩薩思惟雖有重結使然菩提道難得如是但有悲智二事爲伴心終不疲猒菩薩思惟善逝所行道我今從中去我今於世間悲心施衆生當思惟我如彼無異菩薩思惟我今爲世間依救當發弘誓願修大莊嚴智慧爲善伴我今佛慧芽將生菩薩思惟我欲滅衆生苦使一切衆生得樂欲作一切衆生事我常爲悲心之所教詔菩薩思惟生死之苦聞尚疲猒悲者能得堪忍世間苦故爲悲心向不生死門菩薩思惟生死苦極可猒惡欲入涅槃大悲語言苦惱衆生未度云何捨棄而去菩薩思惟有爲苦具足涅槃出世樂我今知生死有爲苦涅槃無爲樂悲心常樂三種施菩薩思惟我甚畏諸有以悲心救衆生故樂

處諸有悲心語菩薩言我使汝處生死終不放汝何以故爲報恩故菩薩思惟解脱樂爲度衆生尚不欲食悲心遮我使不得食況生死不堅牢樂菩薩思惟一切樂中第一佛説涅槃是涅槃雖樂我智不欲去所以智不欲去者悲和合故菩薩思惟我今敬向涅槃所以者何涅槃中無生老病死故涅槃雖樂悲心所牽爲衆生故而不得去悲心是諸佛之母是以不捨向於涅槃若涅槃就我猶尚不證況棄衆生而向涅槃菩薩思惟我欲向涅槃悲是佛母就我與乳云何捨去無上菩提設當不與衆生利樂我亦不求況復涅槃菩薩思惟不應向涅槃捨無歸依衆生故悲心故使我不證涅槃涅槃是盡生邊若無生者何能救拔衆生菩薩思惟受生者有二種樂

一者救衆生樂二者解脱樂我云何捨二種樂取一種樂菩薩思惟一切凡夫盡共有一切種智性一切種智凡夫易得以是故我愛凡夫不愛解脱菩薩思惟隨有苦衆生處悲心得生悲得增長以是故我愛有中菩薩語悲心言汝使我得清淨增長使一切衆生盡得清淨盡得增長菩薩語悲心言衆生在苦爲百千衆苦之所逼迫今日使衆生必得安樂與我成辦此事菩薩語悲心言衆生爲愛所縛爲死所攝見世間無歸無依爲救衆生故受種種苦菩薩思惟我愛大丈夫見有衆生墮在苦中捨涅槃樂爲安樂衆生自勉勵此事菩薩思惟向救衆生得無生忍決定智得受記別得受記別者我今供養恭敬菩薩思惟佛得徧淨眼使我現前合掌請佛願授我記

等同發願品第二十八

十方諸佛現在前者爲救衆生事我今作發菩提願一切衆生所作事我已堪作爲作諸佛大悲皆稱我等善哉我所有若智若福使我一切無歸依爲作解脱世尊使我常莫樂小智之心世尊使我如世尊具足十力若衆生結使熾火燒心使我以法水滅衆生結使熾火摧破魔怨得賢智得轉法輪壞一切衆生煩惱隨有一切衆生我皆一時爲轉法輪一切所作福皆用爲是以此福德使我得最勝法身猶如虚空徧一切處得二種身教化世間以我此福與諸佛和合救衆生使得解脱種種煩惱異相作苦能爲苦因我所有福以智慧力滅衆生苦使我以此福一切衆生

滿虛空界爲作一味樂使我常滿所願陰蓋賊衆能劫功德世間畏死使我以此福救藏一切衆生隨世間幾時而住我善法亦住以我善故一切世間出世間悉皆離苦得樂常一時和合一切衆生菩薩思惟自今已去常從乞者請受教令從今已往常於我身所深生體信莫生他想種種所欲隨其給使滿足菩薩思惟使我從今乃至菩提無有一身不見佛時菩薩思惟使我從今生死長遠設我不見佛時莫一刹那頃離於悲心菩薩思惟使我迫至成佛見外衆生所受諸苦極逼惱我身我皆代受使我身身得徹髓悲心使我身身得受佛智解脱菩薩思惟使我悲心猶如虛空一切山河樹木飛鳥走獸皆依空住一切衆生一切時皆入我悲中我依一切衆生得立善根以我此善迴與一切衆生得解脱果一切道路橋船方所皆是衆生共有使我一切諸善亦一切衆生共有菩薩思惟地水火風一切衆生共有使我所修諸善亦一切衆生共有我因一切衆生所得善根迴與一切衆生得無礙智菩薩思惟我所作諸善使一切衆生得離魔界入於佛界使我得智恒十波羅蜜佛智現前使一切衆生得安隱樂得不動心一切衆生所有煩惱使互相救濟菩薩語福德言一切衆生爲無明所障不知自苦他苦汝當開解菩薩布施行淨水時使一切衆生除有愛結渴得無上道悲我施水時願使一切衆生免恩愛僮僕恒得自在得法財富使我福如河慈心無垢華持戒以爲底施如駛流水除衆生渴苦使我悲心恒

如大河菩薩思惟我悲心如海淨戒如海潮忍辱如波浪智如海蟲動慈心如一味水凡我所施者使成慈心海使施福得悲甘露除衆生生老病死

勝發願品第二十九

若我於一切衆生起於悲心與利樂時願使大悲堅固以悲滅衆生苦使一切衆生苦皆來逼我我今以此無畏施福使一切衆生皆得大悲我今所有忍辱功德於將來世刀兵劫時以我悲心滅一切衆生瞋以施食功德饑饉劫時使得飲食充足一切衆生以水施衆生功德使成就悲心住一切衆生心中以衣施衆生功德使一切衆生得慚愧心以燈明施佛因緣功德使我將來得於佛日滅一切闇以施眼功德使我將來世願一切衆生速得佛眼以我捨頭功德使一切衆生向菩提心以我藥施因緣功德使一切衆生除生老病死病以我走使供給衆生功德因緣使一切衆生得無上無漏成菩提道以我華幢蓋供養佛塔因緣功德使一切衆生得高勝福以我旛供養舍利功德因緣使一切衆生除闇得明以鈴聲供養因緣使一切衆生得梵音聲以香華瓔珞供養因緣功德使一切衆生除諸結使垢煩惱臭穢以供養三寶因緣功德使一切衆生常值三寶不曾空缺以我於險道中爲諸商賈除險道畏功德因緣使一切衆生出生死畏以我度衆生海難功德因緣使一切衆生度生死海以我所有淨善因緣功德使一切衆生摧破四魔得成正覺我當得三菩提我於衆中雖道是語爲欲

安慰衆生故說是語以此功德使一切衆生得無上菩提一切衆生菩提即是我菩提一切衆生爲癡所障使得無上菩提以此因緣功德使一切衆生於前成佛我後成佛以我於生死中往返因緣功德使一切衆生皆得作佛以我發善心功德因緣使一切衆生皆得佛智若有見聞受持讀誦者皆作無上菩提之因我欲滿一切衆生欲願我願故未滿我若見苦衆生悲吟之聲以此功德使一切衆生皆得作佛歡喜瞻覩設我修諸善行不使一切衆生作佛者我尚不喜聞況復履行菩薩語功德言汝若不能擁護衆生作依止者我亦不欲於汝及以果報何以故爲衆生修福不自爲已故若衆生盡我善如虛空於三昧中與衆生樂施以菩提心勝丈夫悲發願此名說悲心亦名五種說亦名救衆生總名大丈夫行賢偈有五百古書有八百阿闍梨犢子部提波羅大菩薩生在南方是所作竟

大丈夫論卷下

音釋

駛（疎士切疾也）　儜（泥耕切因弱也）

入大乘論

北涼沙門釋道泰譯

清刻龍藏佛說法變相圖

入大乘論卷上

堅意菩薩造
北涼沙門釋道泰譯

義品第一

今欲解入大乘義問曰何故說入大乘義答曰我爲衆生欲遮苦因故汝今當知或復有人近惡知識爲惡所誤偏執巳法專著邪見顛倒思惟不解實義不順佛智誹謗聖說誹謗聖說者則壞正法壞正法者得大罪報如世尊說謗法之罪重於五逆惡道長遠久受苦報如偈說曰

誹謗大乘法　決定趣惡道　此人受業報
實智之所說　生墮地獄中　大火熾然身
焚燒甚苦痛　業報罪信爾　熾然大鐵犁
具滿五百數　而耕其舌上　徧碎身苦惱

若從地獄出　復受餘惡報　諸根常缺漏
永不聞法音　設使得聞者　復生於誹謗
以謗法因緣　還墮於地獄
謗法衆生聞如是說於大乘中便生疑心如
尊者提婆所説偈
薄福之人　不生於疑　能生疑者　必破諸有
若有疑者皆應聽法聞已意解便得開悟得
開悟已即生信心生信心已便生喜樂生喜
樂已如是次第生聞思修乃至具足得一切
種智因謗大乘而墮惡道亦由大乘起諸善
業如人因地倒還依地而起又因於智趣善
提道亦與衆生共和合有若離衆生則無有
得菩提道者從衆生界出生一切諸佛菩提
如尊者龍樹所説偈
不從虚空有　亦非地種生　但從煩惱中
而證成菩提
問曰汝説善入摩訶衍論如是功德云何名
爲摩訶衍耶答曰菩薩藏處名摩訶衍問曰
佛不説三乘亦摩訶衍乎答曰如是此大乘
中亦説三乘即名三藏如菩薩藏經中説佛
告阿闍世王族姓子藏有三種何等爲三謂
聲聞藏辟支佛藏菩薩藏族姓子非以聲聞
乘故名爲三藏亦非以辟支佛乘故名爲三
藏唯諸菩薩所學大乘得名三藏何以故夫
説法者具足三乘乃名三藏以菩薩説法能
具三乘故是故我説名三藏耶族姓子有三
種學人聲聞學辟支佛學菩薩學聲聞乘者
不學辟支佛乘何以故非所解故辟支佛乘
者不學菩薩乘何以故亦非所解故族姓子
唯諸菩薩雖學聲聞辟支佛乘而不證於聲

聞辟支佛道學菩薩乘深知菩薩所行之法常樂隨順以是義故菩薩乘者名爲三藏非謂聲聞辟支佛乘於餘經中以具分別是故我今但略說耳如汝意謂非三藏者汝今但以增一阿含中阿含長阿含雜阿含百千等偈以爲一藏毗尼阿毗曇二百千偈名爲二藏盡具修習名爲三藏若如是說不名三藏所以者何諸餘經等則非佛說有如是過阿含毗尼阿毗曇等亦是三藏雜藏舍頭羅經胎經諫王本生辟支佛因緣如是八萬四千法藏尊者阿難從佛受持者如是一切皆有非佛語過若無過者當知一切盡是佛說如是所說若皆是藏此則便有百千等藏汝言三藏是語自壞復有阿難所不受者佛成道二十年後方於僧中自言我年老大須供給人若能爲我作給侍者當自言能爾時大衆和合即差阿難爲佛侍者阿難便語同梵行人如來有八萬四千法聚我今悉能受持唯先二十年中有二比丘所受持者皆悉不了以是義故當知阿難所受持者不名多聞佛所說法中阿難實有不任器者如中阿含說釋提桓因語鬱多羅言尊者我聞他心智觀閻浮提一切衆生無有盡能受持佛法唯除尊者餘不能了以是因緣當知阿難非悉能持一切佛法聲聞弟子及以阿難不任法器諸大乘經已具廣說如首楞嚴經中佛爲淨月藏天子說阿難所持少不足言不受持者乃有無量我所知法百千億分不說其一阿難於我所說法中百千億分不持其一善男子我於一日一夜十方世界梵釋四天王天

龍夜叉乾闥婆及諸菩薩一切來集爲說智慧修多羅偈頌章句衆生所行諸波羅蜜及說聲聞辟支佛乘猒惡生死讚歎涅槃滿足諸波羅蜜乃至爲諸天子廣演說法一日一夜假使滿閻浮提如微塵數多聞智慧皆如阿難於一日一夜百千億分亦不能持具足一分乃至復滿十方微塵世界皆如阿難不能盡持亦復如是處處經中亦說阿難不任法器以是義故當知阿難不能盡持一切佛法問曰如來世尊不說阿難於多聞中爲第一耶答曰佛於聲聞衆中假說阿難以爲第一非謂菩薩又復汝等於阿難所持尚不盡聞況於大乘具足深義汝意若謂是聲聞乘即大乘者此事不然何以故因果異故若聲聞乘因與大乘因而不異者果亦應不異現見果異故當知因亦異何以故聲聞學者但斷結障觀無常行從他聞法菩薩所斷微細諸習乃至究竟觀一切法不從他聞得自然智無師智以是義故非以聲聞乘同大乘也問曰佛不說解脫無異也答曰聲聞解脫時頗能令使須彌山等盡向道場悉皆曲躬光明徧照十方世界八十由旬一切魔衆悉來降不菩薩解脫如上所說悉能爲之以是義故佛於餘經雖說解脫相等無異大小實殊猶如蟲齧芥子中空雖有空名當與十方世界中空得爲一不空雖不異大小有別又如螢火欲等日月亦如蚊子比金翅鳥如婆留支比丘說佛本行偈

一切諸光明　燈焰與掣電　星月照差別
日光最第一　飛行諸禽獸　蚊蟻及與蜂

衆鳥飛各異　金翅最不同
以是故雖少相似大小有殊當知因旣有異果豈同耶汝言解脫無異如是觀察解脫不同聲聞解脫名愛盡解脫非一切解脫但爲鈍根少智衆生假分別說大乘解脫斷煩惱習一切都盡爲利根菩薩廣分別說如汝今說聲聞解脫即大乘解脫者如來則非一切種智有如是過如佛小疾遣目連詣耆毱所問當須何藥是時耆毱已亡七日生忉利天目連即便詣彼天所爾時耆毱將入後園即便問言如來有疾當須何藥答曰用酥如來身者猶如金剛諸惡已滅豈有疾乎而問耆毱如婆拘羅比丘於九十劫前以一藥果施同梵行者於九十劫中身常無病於最後身年至八十初無微病故以此一訶棃勒果微施因緣尚得無病況復如來億百千萬阿僧祇劫具足檀波羅蜜備諸功德乃至截身手足髓腦血肉而施病者以是因緣豈得疾耶如經所說則現如來非一切智如來又時入城乞食空鉢還歸爲度於提婆達多令使出家如枯樹經說見大火聚爾時諸比丘中便有生退心者爲度馬師滿宿故數數罵婆羅門奪賴闍薩遮尼乾孫陀利等於九十日中受食馬麥目連舍利弗入於匋室乃有如是等事汝意若謂有餘業者此則不然何以故如來已盡一切諸惡具滿一切無量功德有餘惡業則有大過汝曾不聞諸經中說如來永斷一切煩惱業結習耶如摩陀遮離所說偈讚

一切結習盡　唯有救世者　一切智所有

功德悉成滿

有三種習所謂業習煩惱習威儀習此三種習如來永盡以是因緣若有餘業此則大過汝今若謂是方便者此亦不然何以故汝意先謂佛身是實不言方便及與應化汝常自言佛身是一何得復有方便應化汝於何經聞說方便及應化耶汝經中說唯有後邊身不言别有法身與應化方便身異而我十住經中所說别有法身不與方便應化身同是故大乘經中說佛是一切智則無有過汝小乘中說一切智非則有大失若謂聲聞乘即是大乘此事不然大乘者與聲聞乘則有差别以廣大故汝意若謂聲聞乘中顯示大乘是亦不然何以故理相違故聲聞乘者從他聞法大仙之乘紹三寶種不斷絶故如毗瑠璃寶終不出於水精之中體差别故是故大乘微妙甚深其心廣大菩薩摩訶薩次第修學始從初地乃至十地具足一切功德智業是故佛說名爲摩訶衍乘若聲聞乘從摩訶衍出則有是理是故菩薩修學十地具滿一切諸波羅蜜故能出生三乘善法如十地經說金剛藏菩薩語解脱月菩薩言佛子譬如字章字本爲初一切文字皆出字本如是佛子一切佛法亦復如是以地爲初亦從於地而得究竟成自然智是故大乘名曰甚深出生一切聲聞功德非謂小乘能出大也佛說十地猶如金聚具足無失云何不受如來以慈悲力爲鈍根故說聲聞乘而汝信受便自偏執受行小法不信大乘平等正教是故當知佛說大乘名最吉勝問曰世尊昔說於我

滅後當來世中多有衆生起諸諍論此是佛說此非佛說是故如來以法印印之若義入修多羅隨順毗尼不違法相是名佛說答曰佛亦不言聲聞乘者非是我說乃至菩薩大乘亦復如是佛說不異等一切故以法印印汝言入者爲是義入修多羅爲文字入耶若以文字入者無有是處何以故十二部經一切文偈章句各異是故當知非文字入若以義入理不相違義者若順修多羅義與法相相應其義顯現是故名爲順修多羅耶若顯示聲聞法名聲聞乘隨順入修多羅若顯示辟支佛法名辟支佛乘隨順入修多羅若顯示菩薩法名菩薩乘隨順入修多羅若我顯示十地功德明菩薩行是名眞說隨順入於大乘但汝意偏黨獨謂入小乘三藏大乘三

藏中我已說入是故三藏即是大乘何以故十二部中說毗佛略即是大乘如中阿含說云何名比丘所謂知法以能善解十二部經修多羅乃至優波提舍毗佛略者是摩訶衍何以故毗佛略經爲諸衆生說修對治法故名毗佛略亦有衆多乘故名毗佛略亦以多莊嚴具故名毗佛略亦能出生無量大果報故名毗佛略非是稱量所能知故名毗佛略除斷一切諸邪見故名毗佛略若汝意謂我聲聞法中廣說修多羅偈頌章句亦名毗佛略者無有是處何以故汝依阿含說爲毗佛略但有言語若但言語此非可信若阿含經中必有斯義何處章句爲聲聞說是毗佛略若無定文是故當知毗佛略者顯發大乘非謂聲聞小乘說也汝聲聞經一部所說終無

百千偈讃文句況復當有億萬廣說如來世尊教諸聲聞唯示無常令猒生死使知苦本速求涅槃從初如是乃至奉行句味尠少則無甚深廣大之義大乘經說菩薩所爲其事深廣如大喻經賢劫三昧結解脱經華首經如是等悉是摩訶衍皆名毗佛略如結解脱經中善財童子詣善知識海幢比丘所十二年中入大海三昧白海幢言此三昧中深廣無邊更有法門大此三昧不説是語已於大海三昧中見大蓮華佛從中出即以右手摩海幢頂讃言善哉善哉善男子更有普眼法門汝當受持海幢即受普眼法門章句次第爲他廣說告善財言善男子我於一刹那頃所可受持普眼法門用大海水盡以磨墨積大紙聚猶如須彌山天下草木持以爲筆三千世界水陸衆生悉爲書師於一刹那頃所受法門百千分中猶不能書盡其一分況復一日一夜乃至十二年中所受甚深無量無邊大分要義善財童子於一善知識所從聞法已能如是無量無邊過億千數況復諮問微塵世界諸佛等邊及善知識所受教法以是因緣具足大乘名毗佛略無量無邊非聲聞也此義甚深是故一切聲聞所修行法悉入摩訶衍道最爲大吉是名隨順修多羅義今當復說隨順毗尼三乘聖道皆同斷貪欲瞋恚愚癡名爲毗尼修多羅者分別因果阿毗曇者分別法相亦斷煩惱摩訶衍者亦說斷除貪欲瞋恚愚癡煩惱一切惡法佛教聲聞淨巳三業名爲毗尼爲菩薩說淨巳三業乃至成佛兼及衆生滿足一切尸波羅蜜菩

薩所持是自性戒發菩提心得眞實果是故當知摩訶衍者隨順毗尼不違法相者三乘經說不違十二因緣大乘亦不違十二因緣善觀察者能知大乘即三法印若不善觀察則無大乘亦不具三乘若誹謗摩訶衍者是大過罪汝今若言此是魔說佛所不說然諸經中實無此語若但口言爲大乘者是魔所說終不可信汝意若謂是佛說者猶如師子身中生蟲則還食師子三乘皆爾不獨大乘是故當知摩訶衍者非魔所及唯佛能說問曰汝非魔說我是魔乎答曰我與汝等俱非魔也問曰若謂我與汝等俱非魔說言魔說者此則應遮答曰我大乘法利及與衆生順於法相故多魔事是故如來於大乘中說言遮魔汝小乘法唯能自度魔不擾惱何須遮乎是以如來昔於法華及般若經中說於當來世多有衆生喜起嫉妬故遮誹謗墮於惡趣汝所誦習於何部經中言摩訶衍是魔所說若汝經中不言摩訶衍魔所說者自言魔說此亦叵信汝意若謂聲聞法中亦有遮斷但事已久滅難可證據此亦不然何以故非處所故若假令遮佛以神力則能守護此法經劫亦不墜没是故當知汝言久者但有言語假令魔說能除滅障不違正法雖曰魔說即是正法與佛語不異何以故如佛所說依法不依於人是以我今但從正理不取名字又我等所求能滅智障煩惱障者即是世尊若實魔者終不能說菩薩之法何以故魔不能知菩薩從禪定生聞思修慧猒離欲惡不善之法是大乘義唯佛能說從於初地乃至

十地如是次第四禪四無量心四無色定滅受想定菩提心諸波羅蜜隨宜方便成熟攝衆生法十善道戒聞智慧不放逸離世八法八聖道轉法輪堅持頭陀具足功德苦空無常無我寂滅十二因緣出入諸禪三解脱門諸陀羅尼三十七品助道之法諸神通門實諦四辯禪智二輪以自莊嚴皆悉和合遊戲諸法而於生死涅槃等中不背生死亦不向涅槃心常猒惡正觀諸地出離諸地不墮聲聞辟支佛地淨佛國土隨順法忍無生法忍不退轉地受正位地力無所畏不共法相好法身爲衆生故住於生死順轉決定轉隨順不轉決定不轉如是等因果次第法不共法非覺法魔不能説非魔境界故魔有四種若言陰魔作是説若我終不説佛有陰身又復若言真是魔説如斯語者彌勒菩薩亦應遮止有尊者賓頭盧尊者羅睺羅如是等十六人諸大聲聞散在諸渚於餘經中亦説有九十九億大阿羅漢皆於佛前取籌護法住壽於世東方弗婆提渚麥渚栗渚師子渚閻浮渚大閻浮渚跋提梨伽處罽賓乃至阿耨大池諸賢聖等皆住守護佛法若言摩訶衍是魔所説者則爲佛法之大患也諸賢聖等悉應遮斷是故當知言魔説者皆是妄語空作斯説又大菩薩諸賢聖等皆護大乘是摩訶衍紹三寶種不令斷絶問曰如汝所説若摩訶衍是三寶種皆悉擁護菩薩聲聞如今云何於誹謗大乘者何不遮止使斯人輩不墮地獄不趣惡道不壞佛法答曰業報決定不可除斷業有二種一者決定增長二者決定

受報非諸菩薩聲聞賢聖所能除滅造作惡業決定受報不可救止如瞿伽離比丘誹謗摩訶衍經是魔所說當知是人必墮地獄無能拔者問曰汝言謗摩訶衍能入惡道亦是麤語我未信耶答曰汝言佛說摩訶衍是魔語者即是誹謗三世諸佛亦是一切衆生大怨所言甚麤獷當受惡口不善重報如佛偈說

人生於世間　如斧在口中　自斬害其身
斯皆由惡業

汝謗摩訶衍如是麤語非我所說我今但欲令汝不起誹謗爲利益故便作是說猶如病人食不應食良醫瞻病禁斷不聽爲憐愍汝妄作綺語言摩訶衍是魔所說過去諸佛已說摩訶衍未來諸佛當說摩訶衍現在諸佛今說摩訶衍是名遮斷誹謗摩訶衍論菩薩爲斷誹謗大乘是故演說初入摩訶衍論品

問曰汝已遮他不令誹謗今當云何入摩訶衍行答曰菩薩當先具種性隨順善行所解廣大內心廣大界分廣大種性廣大性既具足其心調柔漸損煩惱少貪瞋癡好修諸善精勤誦習如是衆生六根廣大能發大願欲求佛道種性相根如佛所說下根下性下發道意所願亦下中根中性中發道意所願亦中上根上性上發道意所願亦上是故諸佛隨其根性則以慈心分別教授問曰若諸衆生各有根性云何應爲隨根說法答曰上根衆生爲說菩薩深妙法藏以知根性堪菩薩行故說菩薩藏問曰爲菩薩藏者當住何地答曰有十種行到解脫地能聽菩薩藏時得

十種法行離解脫行便得入於菩薩之行何等爲十一者修菩薩解脫行若多若少皆悉修習二者菩薩所有之法若多若少皆悉書寫三者菩薩藏法若多若少皆悉供養四者菩薩之法若多若少皆悉轉讀五者菩薩之法若多若少皆悉聽受六者菩薩之法若多若少皆悉受持七者菩薩之法若多若少皆悉習誦漸漸通利八者菩薩之法若多若少皆悉爲他分别演説九者菩薩之法若多若少皆悉思惟善解義趣十者菩薩之法若多若少獨處思惟修習增明是名菩薩十行第八者是菩薩聞慧第九者是菩薩思慧第十者是菩薩修慧問曰菩薩得是聞思修已當入何行答曰爲得地已入解脫門如是次第聞思修生爲見法界得於地已修三解脫門

問曰何等名爲三解脫門答曰行空無相無願問曰云何爲空答曰觀我人衆生無有自體性相常寂問曰云何解了答曰當入十二因縁問曰是空解脫異十二因縁法耶答曰空與十二因縁等無異相空即十二因縁十二因縁即是空何以故因縁假起無有自體如尊者龍樹所説偈

十二因縁空　我今欲解脫　假名因縁法
此即是中道

一切諸法悉皆空寂何以故皆屬因縁無自性故問曰若一切法因縁生者何故説言無體性耶答曰所言因縁世諦故説第一義諦則無體性亦無有生旣無有生亦無有滅無生無滅即眞寂滅眞寂滅者即是一切諸法寂滅是故我説一切諸法無有體性如老母

經中世尊所説姊譬如因人因桴因鼓衆緣
和合便有聲出如此之聲不在三世亦非内
外及在中間其性空寂無生無滅姊今當知
一切諸法體性亦然老母經中佛自説空是
故菩薩於無量劫修集福德禪定智慧悉入
三解脱法門善觀生滅皆悉空寂猶如幻焰
乾闥婆城皆同夢化佛偈説言
初覺十二緣　衆生皆悉空　刹那頃所得
幻焰乾闥婆
如是次第入空解脱門其心快樂逮得義利
問曰外道各著我見云何遮斷答曰如是外
道於内外色皆生染著取我我所順生死流
彼著我者我能施與飲食財利如是種種依
止我見衆生等見彼我我所者我之造作是
我瓶物如是等名依止我所彼所作業若一
若異若一異若不一不異取著偏執但以言
語誑惑於世及以己身以是義故流轉生死
不解因緣諸法性空問曰是諸外道不解因
緣而起四執何者爲過答曰僧佉所説有計
一過作與作者一相與相者一分與有分一
如是等皆名爲一優樓佉計異尼揵陀計一
異若提子計非一非異一切外道及摩陀羅
等異計皆悉不離如是四種問曰僧佉人言
作與作者一有何過答曰語有二故不名爲
一作是因法作者名果是事不同云何説一
若實異言一此則顛倒何以故以作者即是
作故作與作者前後時異云何爲一問曰前
後一用如種生芽時雖前後但相似相續故
名爲一答曰此亦有過若作在先作者在後
生未生異云何爲一譬如有瓶終不得並如

牛角不相因生作以作者亦復如是復次所以作與作者不得為一聲別義別因緣別時別字別體別若如是者則有多過若但一者不應二名聲義體相先後異故不得為一若作與作者一如取泥團陶師輪繩酥酪等物皆悉應得以不得故當知非一如我心不得為一若是一者心無常故我亦應無常以是故作與作者相與相者量與量者分與分者悉同是破有一瓶等亦應被遮如色與瓶一及白氎青葉長短方圓如是等物亦悉應遮問曰比舍師計異有何過耶答曰若作與作者異亦有大過問曰云何為過唯願說之答曰若瓶與泥異作瓶時應取縷作氎時應取泥以作瓶不取縷故當知不異復次泥團因微塵成瓶因泥團成若瓶異泥團者瓶則無體泥團成瓶故不得為異泥團於微塵為作者於瓶為作若作與作者異泥於微塵瓶但名異不應有二以是故作與作者不得為異因縷成氎因蒲成席皆亦同是說復次若有一瓶異則一切法壞何以故若有一非瓶離應有瓶若有一是瓶則為多瓶有一非故異亦應非是則無瓶以是義故汝計異者即壞一切法問曰如此說者非壞一切法何以故有一依瓶立是故有一瓶等皆成答曰若有一與瓶合有一應是瓶若瓶與有一合瓶亦應名有一以有一合故不得為異復次有一異者猶如白氎此亦有過何以故白則非氎氎亦非白白與氎異餘物亦然如燒氎時白不應燒若氎燒時白亦燒者不得為異汝以言物異相異此事不然汝先言六事各異此

則應遮問曰尼揵陀先言一異有何過耶答曰汝所謂一異者或說作以作者一或說作以作者異此亦多過問曰有何過耶答曰若作即是作者事則不成若作與作者異事亦不成何以故因果各異云何爲一以衆緣成異故不得爲異作相作者相亦皆如是問曰如瓶相破而體不破以體不破故亦得爲異以見體在而相破故若破瓶時本成體無不得爲異答曰若言一同僧佉破若言異同比舍師破如葉青氎白亦皆俱破問曰若提子計不一不異有何過耶答曰前三計者各有所執汝說不一應當是異若說不異即應是一何所執故而言不一不異若無所執妄有所說則壞法相問曰汝說大乘亦無所執汝亦應壞一切法相答曰我之所執世間現見是因緣法汝之所說但是顛倒不順法相故問曰何者是法相而說我壞法相耶答曰無體相者即是體相問曰云何無體相爲體相耶答曰空名無體相問曰云何名空以有爲空以無爲空耶答曰我不以有義故名空亦不以無義故名空以離於有無故名爲空如尊者龍樹所說偈

執有名爲常　計無則爲斷　若離於有無
是名眞實空

復次如龍樹中論中說偈

執有取體相　執無著無體　不存於有無
是名眞實觀

以是故以離有無名空離斷常故名爲中道若能覺悟如是法相故名爲佛是故十二因緣義名之爲空問曰十二因緣以何爲證而

知爲空答曰譬如瓶泥團輪繩及以陶師衆緣和合然後成就非即泥團是瓶亦非離泥團有瓶但假名説瓶屬衆因緣無有體相無體相故無生無生故體相寂滅因緣所成是故無體若諸法定有自體不假因緣則無是處以無自相故無瓶瓶無故一切法亦無如尊者提婆所説偈

一法若有體　諸法亦復然　一切法本無
因緣皆悉空　眞實觀一法　諸法不二相
諦了是空已　則見一切空

問曰因緣生法即是體相答曰是事不然何以故若有體相若無體相非汝所及如汝所説以因緣爲體相者因緣從他生故云何有體言體相者自生而起不屬因緣若屬因緣則無自性譬如假借非自有耶是故因緣假他而成無有自體如尊者龍樹所説偈

因緣所生法　是即無自性　若無自性者
云何有體相

問曰諸法體相世間現見云何無耶答曰是事不然凡愚妄見此非可信生滅之法皆悉是空生滅流速無暫停時相似相續故妄見爲實猶如燈焰念念生滅凡夫愚人謂爲一焰亦如駛流影響幻焰如佛所説幻及幻者都無所有而妄見者謂之爲實若是實者餓鬼不應見水爲火沙石膿血而諸衆生以善惡故隨業而見若有淨心利根衆生則能見空夜叉餓鬼遠見其水近則見火便生疑惑若物有實不應二見以二見故則知非實但妄見故當知一切諸法皆無體相以無體相故都無生滅問曰若一切法無生無滅云何

得有來去計斷常過答曰以見種子故便計來去若得法空則離斷常如因種子有芽莖枝葉華果次第而見芽生故種子滅是以不斷及至果生故華滅亦無常過如尊者提婆所說偈

諸法相續有　則非是斷滅　因滅故果生
不得名爲常

以是故見因緣空即離斷常問曰癡因緣行云何而得離於斷常答曰因無明故有善惡行乃至因生故有老死凡夫不解因緣相續妄計爲實無明體空故行亦體空乃至生體空故老死體空以世間假名有相續故無斷滅過念念不住無有常過以凡夫衆生死此生彼相似相續故如佛所說第一義中無有衆生死此生彼但以世諦假名說故識爲種子行業爲田以慢土覆無明爲糞愛水爲潤父母精氣衆緣和合生名色芽是故名色無有自體猶如牀脚相假而用初名歌羅邏二名安浮陀三名肉段四名堅實五名諸胞開張六名爲觸生法次第相假而有不名爲斷菩薩善解因緣法故即知其空以因緣空故一切法空解法空故無斷常過如出胎經中佛所說偈

隨假名字　而得諸法　名中無法　是則眞實

以是故非言說故有法若隨名字有諸法者法則多體猶如空法無一無多問曰若一切法無體汝言有過現見有故答曰若法是有言無則過法既非有云何言過以是故諸法如初後亦復然若諸法定有體相後涅槃時應是斷滅若先非是空後言空者則是邪見

壞於正法亦無解脱如尊者提婆所說偈
不空而見空　我應得涅槃　邪見非涅槃
如來之所說
諸法本空故恒見是空如過去佛所見空相
今亦復然是故我說因緣法空是則無過如
是先立第一義諦後分別世諦我及衆生作
與作者乃至一異則無過失如尊者龍樹所
說偈
不說分別諦　不得於實諦　若不得實諦
則無得涅槃
復次說偈
諸佛演說法　常依於二諦　分別於世諦
及與第一義　若不能分別　眞俗二聖諦
如是則不知　佛法甚深義
是故因緣法空名爲眞如法性實際是名修
習第一義禪見因緣空即是空解脱門若見
空者則不見諸法相是名無相解脱門見無
相故無所願求是名無願解脱門安住如是
三解脱門識種子於三界内則更不生名色
等芽識無取著滅三有苦三有滅故得寂滅
涅槃如尊者提婆所說偈
識是種子義　遊行於六處　若見諸塵空
有芽則斷滅
問曰菩薩度空出於生死云何能得勝於聲
聞答曰菩薩得世間利出世間利度爾焰地
故雖出世間能住世間教化衆生聲聞不然
怖畏生死求速滅度以出世間道見於法界
見法界已到涅槃岸菩薩不爾何以故菩薩
見衆生苦起大悲心爲欲度彼堅住莊嚴於
阿僧祇劫修行出世間道於一念頃觀一切

法界觀法界已衆生緣故不取果證乃能度脫如佛阿耨大池經中說譬如二人欲墮山頂一人有力善巧方便以巧便故雖墮還起得昇山頂一人力少復無方便即住還墮不能復起菩薩於無爲法中不證不著如善巧人得昇山頂聲聞之人以證著無爲故如少方便者墮而不起譬如長者唯有一子以飢儉故遠至他國經數十年長者後時住一大城其家巨富多積珠珍漸得備力故還來本國菩薩有無量無邊阿僧祇功德到爾焰地向於涅槃以愍衆生故還入生死於阿僧祇劫久受勤苦菩薩摩訶薩乘大菩乘求無上果不可思議出過一切聲聞辟支佛上具足一切功德智慧是故超度爾焰之地云何菩薩乘大菩乘譬如有人乘船入海遇大惡風濤波如山有如是等無量衆難諸伴心急生大恐怖是時船師巧持帆故能度衆難有福德人得度難已獲大珍寶菩薩摩訶薩處生死海亦復如是爲惡知識不信所難趣向惡道第一阿僧祇劫修治淨地行求淨解脫第二阿僧祇劫修淨禪定行第三阿僧祇劫修淨智慧行除爾焰地障是故菩薩名乘菩乘滿足十地得無礙無障一切行具足故得阿耨多羅三藐三菩提是故以爾焰智得成大果

入大乘論卷上

音釋

摩訶衍梵語也此云大乘衍以淺切 齧倪結切咬也 掣尺列切曳也 趜居六切 數數並色角切猶屢屢也 麤獷麤倉胡切獷古猛切 桴音浮擊鼓杖也 佉丘伽切

入大乘論卷下

堅意菩薩造

北涼沙門釋道泰譯

識論空品第二

問曰汝先説調順乘大菩乘得妙果報菩薩所得境界甚難了知答曰菩薩行處微妙甚難於三阿僧祇劫乃可成就無量百千萬億那由他劫在凡夫中無有出世之法如尊者提婆所説偈

無量億劫中　常在凡夫地　汝今應當知
未來亦如是

是故菩薩行處甚大亦復難得散亂衆生得聞甚難能説亦難況復修行如尊者提婆所説偈

生得值法難　聽説亦復難　生死雖無際
聽法故有邊

問曰尊者先所説十地願時爲我分別演説何等爲菩薩十地答曰初歡喜地二離垢地三名明地四名焰地五難勝地六現前地七深遠地八不動地九善慧地十法雲地云何名歡喜地出過凡夫得不思議出世間道心生歡喜故名歡喜地云何名爲離垢地離破戒垢故名爲離垢地云何名明地依十二門禪得明智慧故名爲明地云何名焰地得增上覺意分別道品燒煩惱薪功德熾然故名焰地云何名難勝地修習十智雖伏煩惱未能勝故名爲難勝地云何名現前地能逆順觀十二因緣得法現前故名爲現前地云何名深遠地愛佛功德智慧次第不聞餘心深入法相故名深遠地云何名不動地離色等

相堅固難動故名爲不動地云何名善慧地入四辯才解一切音聲隨其所問於一刹那頃悉皆能答故名善慧地云何名法雲地能受一切佛法猶如大雲能注法雨故名法雲地是名菩薩具足十地如是十地是菩薩安住行處亦能滿足一切智慧如十地經中之所廣說若能如是知菩薩十地者是名善知安住行處亦名善知菩薩廣大功德處所亦名善知如來無量功德廣大處所若不能如是知者我今立決定誓當知是人於菩薩法及如來法皆悉不了菩薩摩訶薩從初發意乃至十地常修四行如寶頂經中說善知無明行諸波羅蜜行分別道品行成熟衆生行如是四行總入二輪所謂福輪智輪菩薩諸地悉具二種智果福果問曰云何成就二果

答曰初地福果爲閻浮提王第二地福果爲轉輪聖王主四天下第三地福果爲天帝釋第四地福果爲焰摩天王第五地福果爲兜率陀天王第六地福果爲化樂天王第七地福果爲他化自在天王第八地福果爲千世界梵第九地福果爲二千世界梵第十地福果爲三千大千世界淨居天王如華嚴經廣說如來出生果報及攝受世界是名菩薩福輪云何名菩薩智輪初地菩薩於一刹那頃得百三昧見百諸佛神通能過百佛國土能動百佛世界光明徧照百佛世界能成就百衆生能知過去百劫未來百劫能入百法門能現百身復爲一身以百菩薩莊嚴眷屬若以願力復過於此百千萬億無量無邊亦非筭數譬喻所知若身力若光明力若神通力

若眼力若聲力若行力若莊嚴力若住持力若解脫力造衆善業是名初住菩薩於刹那頃成就如是無量功德二住菩薩得千三昧如是廣說三住菩薩得十萬三昧餘亦如初住廣說四住菩薩得億三昧餘亦如初住廣說五住菩薩得千億三昧餘亦如初住廣說六住菩薩得萬億三昧餘亦如初住廣說七住菩薩得億百千那由他三昧餘亦如初住廣說八住菩薩得十三千大千世界微塵數三昧餘亦如初住廣說九住菩薩得十佛世界百千阿僧祇微塵數三昧諸餘功德如初住廣說十住菩薩得十佛世界不可說不可說億百千那由他微塵數三昧諸餘功德如初住廣說於一刹那頃乃至見十佛世界不可說不可說億百千那由他微塵數諸佛如初住菩薩於一刹那頃見百佛世界乃至成就百衆生十住菩薩亦復如是問曰如佛所說一世界中無二佛出云何菩薩見十佛世界不可說不可說億百千那由他微塵數諸佛答曰諸佛說言一世界中無二佛者爲彼鈍根小心衆生不爲利根大心者說如汝經中說一世界無二轉輪聖王無二佛出然諸四天下實有衆多轉輪聖王諸佛出世亦復如是問曰釋迦牟尼佛亦能徧一切佛國何必餘佛答曰若如汝言但一佛能徧滿一切世界者不應有過去大釋迦牟尼佛七佛出世得成正覺是以我言多佛無過假使釋迦牟尼佛神力能徧一切世界令無量諸菩薩等廣修萬行功德滿足皆當成佛無有一人獨成正覺而障諸菩薩使不成佛無有是處

如阿含枯樹法輪及餘諸經說是經時有六十比丘漏盡意解俱得阿羅漢果菩薩亦爾功行齊等同時成佛當知十方有無量諸佛又金沙阿含二部經說有佛始成有佛現在有佛滅度復次說偈

過去無量佛　未來亦復然　及今成佛者
皆滅於愁憂　一切尊重法　念本皆修行
未來亦復然　正覺法如是
曇無毱多亦說是偈
頂禮一切佛　漏盡無有上　無量諸佛身
正覺最勝尊　正覺所生處　并及得菩提
能轉正法輪　入無漏涅槃　若住若經行
如來之所坐　卧如師子王　我今皆悉禮
上下諸世尊　方面及四維　法身與舍利
敬禮諸佛塔　東方及北方　在世兩足尊

厥名曰難勝　彼佛所說偈　若以此偈頌
常讃於世尊　生死百劫中　終不墮惡趣

如佛爲尊者目連說言非汝退神足但是舍利弗以神通力用其衣帶繫難勝座如是等佛而汝經中自作此說況摩訶衍辯明諸佛無量無邊等於法界同虛空界諸佛世界悉有諸佛初地菩薩身行清淨雖有結使而不能擾七住菩薩不名斷結亦不名有結云何名不有結不斷結以不爲結使所擾故名爲無結愛佛功德故名爲有結第二阿僧祇劫滿足得於八地一切行具足無有所作一切結使盡故得成菩薩空靜住處得滅盡定如阿羅漢如是得無生法忍若諸佛不勸請者即於彼定入無餘涅槃如經中說得無生法忍離煩惱障如阿羅漢得寂滅無餘離於生

死得十自在何等爲十壽命自在得心自在衆具自在作業自在生處自在解脱自在神通自在願自在法自在智自在得如是自在善修如意足故降伏四魔何等爲四陰魔煩惱魔死魔天魔爲衆生故皆悉一味得無緣明慈猶如如意藥樹隨衆生所願皆使成就問曰云何菩薩自身作業能令衆生隨願令得答曰菩薩以慈心爲體猶如見毒而能殺人衆生見菩薩故便得利益問曰八住菩薩已盡結使云何最後身菩薩生羅睺羅答曰誠如所言若最後身菩薩有實欲者乃至無佛可得況羅睺羅問曰云何無佛答曰若毀戒無尸波羅蜜若無尸波羅蜜則無諸波羅蜜如佛所説若無戒則無施無施則無忍無忍則無精進無精進則無禪定無禪定則無智慧無智慧則無一切諸功德無一切諸功德則無佛無佛則無羅睺羅汝何以疑生羅睺羅有結無結八住菩薩無諸煩惱如阿羅漢以方便力故現受五欲作諸過惡捨四天下轉輪王位令使衆生得猒離心猶如娑留枝比丘説佛本偈

一身爲多身　作已極爲勝　非實亦非虚
名各令喜悦　放恣生欲意　盛壯狂所亂
現同行於欲　引令到彼岸　禪智能燒滅
欲界諸結使　欲結甚狂逸　能示現其心

菩薩觀欲知如幻夢是故以此令轉其意大悲菩薩作諸幻術而化其心問曰云何作此幻術誑惑衆生答曰菩薩常以四攝法方便教化一切衆生同事利益爲破結使故如翅燒菩薩本事因緣以欲狂心擔負死屍走喚

歌舞菩薩方便示現同彼為除彼女熾欲憂患故現同事不名妄語一切菩薩方便同事皆非妄語世間幻術少有利益菩薩得無量解脫如幻三昧門諸有所為能大利益成就衆生故無有過問曰羅睺羅為是應化為真實耶答曰二俱無過菩薩身者即是天身如本起經說佛告阿難如來為衆生故出現於世不以天身轉於法輪何以故欲令衆生不懈怠故佛以天身得成正覺非我凡夫之所能成以是故天中天為憐愍衆生故示現世間有其父母妻子眷屬若是幻化現有羅睺羅此亦無過若是實人亦無有過菩薩方便得不思議解脫住於大地成就衆生互為化生父母兄弟妻子問曰羅睺羅是菩薩耶答曰不但羅睺羅獨是菩薩住迦毗羅衛城諸釋種童子阿難難陀提婆達多阿㝹樓馱等皆是大力不退轉菩薩如婆羅樓志於本行經中所說偈

或是大丈夫　或是佛所化　提婆達多者
大仙之同伴　或復為父子　常作內眷屬
菩薩有大力　權變能為此　共佛及餘人
菩薩諸大仙　阿難難陀等　那律釋摩男
跋陀與桎沙　憂婆桎麗等　作父子眷屬
咸皆共圍遶

問曰提婆達多於五百身中常與菩薩而作大怨云何復言名菩薩耶答曰提婆達多非佛怨耶何以故若提婆達多是佛怨者菩薩修善提婆達多恒造諸惡云何世世得與菩薩共俱相值以是義故提婆達多非菩薩怨譬如二人各行一人趣東一人向西步步相

遠而常違背云何爲伴得相值耶若提婆達多是菩薩怨者如來世尊應有大過問曰有何過耶答曰若爾者佛非一切智亦無神力是爲愚癡則不能得擁護衆生非金剛身如來便應有餘業不能斷盡云何知佛非一切智如來在耆闍崛山爲提婆達多推石所壓而不覺知是故當知如來非一切智云何名爲無有神力提婆達多持杵打害不能禁制以是當知無有神力云何名爲愚癡現見害至而不知避是以當知爲愚癡耶云何名爲不能擁護衆生提婆達多作五逆罪而不救度是以當知不能擁護衆生云何名非金剛身轉輪聖王以少福報而無怨害何況如來轉法輪王爲石所壓身血流現當知如來非金剛身云何名有餘作業不能斷盡爲他所打當知如來餘業不盡若欲令佛無是過者如來便應悉滅怨敵但以善巧方便欲令衆生起猒惡心現作逆害墮於地獄欲示業報不可壞故又復欲爲墮地獄者歸依如來請佛救護又爲來世豪貴之人入佛法中若有恃其勢力復以鞭杖加打於人令此衆生便作是念如來之身猶被毀害況我凡夫薄福德者汝言逆罪但是菩薩善權方便如是逆罪名雖有五而實有三破僧害佛如是等業世間所無提婆達多是大賓伽羅菩薩爲遮衆生起逆罪故現作二業墮於地獄菩薩摩訶薩隨所應作以化衆生乃至現同魔業令魔波旬以三玉女顯現如來無欲之相又雨刀劒一切鉾矟顯現如來無瞋恚相亦無貪愛及愚癡相問曰天魔來意欲壞如來正覺

之心汝云何言欲顯如來無貪瞋耶答曰不爲遮斷何以故若如來出過魔界猶爲魔遮者大梵天王亦出魔界云何不遮菩提是道之妙果無能奪者亦無與者故不可壞言魔擾亂凡有二義何等爲二一者實有惡業爲魔所擾二者爲進新學令心堅固爲魔逼試實是菩薩眞善知識現作魔來增益功德譬如道路以恐畏故疾度險難猶如好牛以少鞭杖則得調利問曰天魔亦有是菩薩耶答曰非但此世界魔是菩薩十方世界魔王者多是菩薩如維摩詰經中所說十方世界作魔王者多是住不可思議解脫菩薩能乞手足頭目髓腦如是言者皆是住不可思議解脫菩薩何以故若非菩薩者未堪斯事譬如香象蹴蹋非驢所及唯諸菩薩乃能行耳如彼廣說以是義故當知菩薩善知衆生種種所行爲欲顯其功德智慧方便力故或現作殺殺者作乞乞者問曰若羅睺羅實是菩薩者云何復言聲聞阿羅漢耶答曰菩薩亦名聲聞亦名阿羅漢何以故令一切衆生聞阿耨多羅三藐三菩提故名聲聞於一切天人阿修羅應受供故名爲應供菩薩摩訶薩爲化衆生故現作聲聞阿羅漢問曰諸餘聲聞亦是菩薩也答曰諸餘聲聞亦有是菩薩者如法華經中舍利弗等五百弟子悉是菩薩皆當作佛一切聲聞皆是阿鞞跋致菩薩如不退轉法輪經中廣說以是故當知菩薩皆現爲聲聞問曰一切聲聞皆成佛不答曰聲聞成佛此亦無過問曰云何無過答曰先斷結障後斷智障淨治諸地向一切智是以無

過問曰燒滅結使如焦穀芽云何得佛答曰若如汝言斷滅結使不得成佛者汝及一切衆生皆具諸煩惱即應是佛汝意若謂具煩惱人非是佛者離煩惱者應當得佛汝言燒煩惱結如焦穀芽而不成佛亦無是處我不欲令具煩惱種生佛法芽汝癡無智顛倒解故謂煩惱爲佛法種阿羅漢初斷煩惱後除智障修菩提道得成正覺阿羅漢中有少斷智障者有不斷者有得無諍三昧者有不得無諍三昧者有得五神通者有不得五神通者有得四辯者有不得四辯者有得禪出入自在者有不得禪出入自在者何以故不斷一切智障故問曰云何名爲智障答曰出世間無明名爲智障猶如娑羅留枝本行中說偈

無明有二種　世間出世間　世間無明行
賢聖已遠離　愚癡無妙解　不能如實知
依止此心識　法界諸險處　未能及本原
云何決定出　法身證涅槃　唯佛能了知

佛婆伽婆乃能知其體性智慧及大悲斷結是名聲聞所斷智障聲聞有二種一者勤修禪定是鈍根人二者迴向菩提能斷智障是利根人樂行禪者如寶良經說猶如水精終不能成摩尼寶珠聲聞修禪亦復如是終不能成菩提果也此是諸佛境界非我所知一乘多乘今但略舉其義以明佛教不相違背我未能了譬如長者遠行疲極現作化城此經中說但有一乘實無有三佛亦自說唯有一乘更無二三問曰如來以何行得斷結使而成佛耶答曰經中說言佛告阿難能修四

如意足者若住一劫若住多劫乃盡生死一切諸經皆同是說若汝言無煩惱者我亦如是若有親愛信歸於我當爲汝說問曰云何住壽答曰阿羅漢無煩惱與八住菩薩同善修如意足故能隨意住世乃至盡於生死羅睺羅賓頭盧等盡住於世爲以此身住世爲更有餘身住若以實身而住世者則無其義若變化身住壽多劫斯有是處亦如僧祇中說青眼如來等爲化菩薩故在光音天與諸聲聞衆無量百千億那由他劫住如彼天中聲聞住壽多劫當知此界亦有聲聞能如是住聲聞無結能如是住者當知八地菩薩亦能如是盡生死住問曰佛言彌勒菩薩一生補處以是因緣當知菩薩有生耶云何得名無生乎答曰言有生者是戲論法菩薩摩訶薩以方便力示現受生非是真實如維摩詰語彌勒菩薩言無生可得云何如來授仁者記一生當得阿耨多羅三藐三菩提爲過去生未來生現在生若以過去生過去生已滅未來生未來生未至現在生亦無住故如觀過去未來現在生皆不可得是故我說八住菩薩於第二阿僧祇劫盡有作行住無作行如阿羅漢斷結使而說偈言

從初發意來　方便行諸地　得到第八地
自在盡諸結

順修諸行品第三

問曰如向所說八地菩薩善斷煩惱一切結使云何成佛得一切智答曰菩薩摩訶薩除身諸惡寂滅結使離於生死遊戲自在金剛力士常隨護助獲得清淨金剛之身如如來

藏經中廣說得四辯智淨治第九地於二千梵中得自在力能善說法爲大法師能入如來秘密之藏淨治第十地得無量無邊禁呪方術能令一切自在無礙作摩醯首羅天子亦爲一切世間依止問曰所言摩醯首羅者爲同世間摩醯更有異耶答曰是淨居自在非世間自在汝言摩醯首羅者名字雖同而人非一有淨居摩醯首羅有毗舍闍摩醯首羅其淨居者如是菩薩鄰於佛地猶如羅縠障於一刹那頃十方世界微塵數法悉能了知能以口吹十方世界皆大震動又以一身徧一切佛國亦如皇太子初受職時以已業力故大寶蓮華自然化出受一切種智位坐寶蓮華王座有無量菩薩亦坐蓮華上而自圍遶坐寶蓮華已十方世界諸佛放大光明照此菩薩受灌頂位如轉輪聖王長子受王位時受灌頂已即於彼坐斷除智境微細之障得首楞嚴三昧毗楞嚴三昧法華三昧得一切實法決定三昧不可思議解脫三昧甚深無畏海水三昧微妙清淨離垢三昧諸法平等無言說三昧乃至金剛三昧得如是諸三昧已悉無障礙一切行滿足覺一切智障成阿耨多羅三藐三菩提成正覺已得如來十力得四辯智十八不共法能徧至一切佛國得一切諸佛不壞法身徧滿一切法界一切身口意業相皆悉除滅得無爲寂滅處登如來地有二因緣於一切世間顯現色身悉以本願無作業力二以衆生分別想異是故能作種種色像皆悉應之是名如來無礙法身問曰如經中說從初出家能住佛法名爲

法身答曰此事不然汝若以是名爲法身唯法無佛則無三歸若欲令具三歸依者始從初地乃至十地在淨居天成於正覺自在應化名爲法身具足三寶問曰若以如是名法身者虚誑無實何以故如來具足功德捨兜率天降閻浮提上於王宫於後邊身得成菩提云何而言於淨居天得成佛道名爲法身耶答曰非閻浮提成佛十地功德非欲界法況於閻浮提得成正覺我先不言八住菩薩盡一切結漏能作千世界梵王九住菩薩作二千世界梵王十住菩薩作三千大千世界梵王以誓願力故生淨居天斯有是處於閻浮提實身成佛者則非其義以是義故當知淨居天成佛非閻浮提乎問曰假使生於閻浮提得成佛者亦能於三千大千世界而得自在答曰此事不然何以故福德果報決定有處汝不知故而作是説若釋迦牟尼衆生閻浮提於三千大千世界得自在者於一切十方世界亦應自在問曰縱令十方皆使自在復有何過答曰若爾者但是一佛世界十方諸佛則無依果復次如諸經説皆謂釋迦如來王領三千大千世界不言乃至十方世界若如汝語則無因果如經中説諸佛出世國土衆生皆是依報各有齊限是故當知在淨居天成於正覺領三千大千世界非閻浮提問曰若佛非閻浮提成正覺者如來四塔則無利益答曰我先不巳説耶若以結使因緣受身則無成道無尸波羅蜜若無尸波羅蜜則無諸波羅蜜若無諸波羅蜜則無佛若無佛則無四塔問曰汝之所説皆非義理何

以故一切諸部論師皆說一切諸佛皆從閻浮提出而釋迦如來生於林彌尼園在伽耶城坐於道場成等正覺於波羅㮈而轉法輪拘尸那城入般涅槃是故汝言非也答曰此事不然何以故我意不欲令諸如來於此而出在首陀會天而成正覺若首陀會成正覺者則無王宮生亦無出家亦無成道何以故若爾如來便無親族亦無生處亦無有滅如法華經智照經如來出生經皆廣說如來不生不滅迦葉亦自說言我依一切種智出家當知此義即是示現如來不生於金棺內而出其脚迦葉致禮則明如來不滅是故當知如來法身不生不滅問曰如來都無少生滅耶答曰我今依理正說如來實無生滅非為虛妄如來但以方便示現生滅皆是不可思議為化衆生故如佛於修賴經中說我於娑婆世界若以實身現者則無一人而受我化是故此處最為甚深亦是秘密亦名顯現皆為下根衆生智慧微淺不能得知甚深之法是故方便為現斯事以偈頌曰

大乘甚深廣　顯現易可說　鈍智心狹劣
聞則懷驚疑　真是佛子者　能知其甚深
今乃真實說　但為求佛者　成就於二乘
人天諸利根　受福乘此乘　是名大乘道
大乘能出生　聲聞緣覺道　若遮大乘者
云何得諸果　猶如諸字本　離本則無字
若離摩訶衍　亦無一切乘　鈍根少智者
不信於大乘　以不能信故　則無一切乘
自利而兼他　是名無上乘　是故當親近
乃至成佛道

是義甚深難可顯現不應處處而爲人說問曰雖不得一切處說應爲能解者說若發大心增長智慧應爲是人具足分別如前所說答曰有四不思議所謂佛不思議禪定不思議龍神不思議業報不思議佛不思議應顯現法唯有利根衆生從盧舍那佛以來所說諸法悉能堪受問曰云何得從彼佛以爲次第乃至今耶答曰如來法身爲化衆生有四方便何等爲四一者多檀多囉波羅比地二者多檀多羅尼比致三者阿亶多波羅比致四者阿亶多羅比致此四深妙秦言無以譯之故存胡本耳問曰若如來法身常是寂滅無相無爲云何而得隨順有相答曰以本願力故如入滅盡定比丘雖無心想以先要心若打揵椎聲發至耳隨其聲發即得出定菩薩亦復如是發菩提心本誓願力若使我得寂滅法身爾時心識雖復無相以無作力故教化衆生是故如來無相法身便能普應隨順有相如三千大千世界百億兜率天百億炎摩天皆悉俱時示現色身現色身已或復捨壽或現入胎或現初生或作釋梵四天王等接事左右或現行七步或現師子吼或復自言天上人間最尊最上是後邊身斷生老病死或現童子或現入宫或現出家或現苦行或現坐道場或現降魔或現初成佛或現覺悟衆生或現久成佛或現釋梵請轉法輪或現成熟不成熟衆生或現度脱已成熟者或現當入涅槃或現已入涅槃或現閻浮提全身舍利分身舍利或現兜率下來乃至現度脱成熟衆生隨應所見皆爲現形或復數

數示現或復暫時示現如是說者名眞實義終不三阿僧祇劫修行諸波羅蜜而成四十五十年果便滅盡耶云何當說因如須彌只羅山等果如芥子微塵分許是故汝說即是顛倒如我法中乃可令使因如芥子果如須彌只羅大山此合斯義是故三阿僧祇因得盡一切生死果報應化衆生法身常存如法華壽量所明亦如文殊師利受記品中說也彼云何名爲多但多羅尼比致如佛所說我作佛事已竟語諸比丘我涅槃時到如是十方諸佛亦復如是爲化衆生故作如是語其實不滅一切佛國神通變化皆與虛空法界齊等是故當知法身是常色身應化故無常若以色身觀佛者不名見如來如佛說偈

若以色見佛　音聲求如來　是人行邪道

不名爲見佛

以是義故以法身觀佛名眞見如來如蓮華比丘尼見佛色身便作是念我最先見佛佛言汝不先見我唯須菩提識於法身已先見我是故當知位階十住名見法身若禮法身即禮一切色身如佛於法華經中說若人稱名供養觀世音法身者勝供養六十二億諸佛色身何以故以其位階十地得佛法身亦名菩薩亦名爲佛以是故知法身爲本無量色身皆依法身而現化出是故佛便假說六十二億恒河沙色身不如供養一法身乎如佛於寶積經中所說如是迦葉如世間人月初出時恭敬禮拜至其盛滿而不恭敬何以故從初以至滿故如是迦葉若善男子欲恭敬我者先當敬禮菩薩何以故以佛從菩薩

地得滿足故乃至經歷生死變化色像利益衆生以是義故彼已得佛果是佛實說非虚妄也問曰若未入菩薩地者受具戒比丘得爲禮不答曰得禮以初發心菩薩勝於一切聲聞辟支佛故如尊者羅睺羅所說偈

若發深心 如生菩薩 故爲一切 之所恭敬

問曰云何受具足戒比丘而禮不具足戒未入正位菩薩耶答曰應禮菩薩何以故聲聞戒要須受得盡壽便捨菩薩發心成就自性第一義戒解脱戒是故聲聞雖受具足戒猶應禮彼未入正位菩薩以菩薩體性不殺遠離刀杖乃至蟲蟻盡無殺心而有慚愧如是廣說體性不盜乃至體性不邪見如波羅提木叉戒命終時捨罷道時捨菩薩大士性戒成就乃至道場終不中捨以是義故雖受具戒應爲作禮問曰成就體性戒者乃可供養不應禮拜答曰不然以有戒功德故亦應禮拜豈但供養汝言不受戒菩薩不應向禮我今復當爲汝廣說不但以白四羯磨故而受具足戒如毗尼毗婆沙中説有十種受具足戒菩薩有種種受戒何等爲十如佛自言善來比丘自然已得受具足戒如摩訶迦葉自誓因緣受具足戒如憍陳如見諦故受具足戒如波闍波提比丘尼以八法受具足戒如達摩提那比丘尼遣使受具足戒如須陀耶耶沙彌論義受具足戒如耶舍比丘等善來受具足戒如跋陀羅波楞伽三歸受具足戒如邊地第五律師受具足戒中國白四羯磨受具足戒是以菩薩常受具足戒未曾捨離問曰若被法服菩薩得禮白衣菩薩不答

曰菩薩方便具足五通隨順衆生一切形相而同其服亦隨一切衆生入於諸趣同其狀類大菩薩等隨衆生業報變化受身如尊者拘摩羅陀所說偈言

諸趣悉變化　唯除淨居天　隨業種種轉
無處不受生

以是故知諸菩薩常同利益隨其受生而化導之以方便力但爲衆生不隨煩惱業報所繫如尊者提婆所說偈

或現作師長　或復爲弟子　以種種方便
爲化諸凡愚　自在於諸趣　常爲衆恭敬
若不恭敬者　是大憍慢業

是以菩薩雖形服在俗應得禮敬猶如如來爲化衆生作若干種形亦如化佛迦沙王作老比丘形作瓦師形作力士形作琴瑟伎術師形亦現種種在家人形雖爲種種無量形狀一切皆應恭敬禮拜是故雖同俗服應加禮敬如佛所說偈

嚴飾諸行而寂滅　調伏決定修梵行
於諸衆生捨刀杖　是名沙門婆羅門

是以於諸菩薩不應取其形狀相貌而生分別菩薩但爲三界衆生作大舍宅或化爲佛或化爲天人乃至化爲種種畜生一切皆應禮彼菩薩功德妙聚不應作心禮其狀貌如彼世人致禮形像遠敬法身豈存金石泥團土木而尊事乎是故菩薩以諸方便作内外形利益衆生禮無咎也是以如來非是涅槃非不涅槃如羅睺羅所說偈

生死苦長遠　應當入涅槃　以大慈悲力
久住而不捨

是故當知隨生死久遠法身常住色身應現猶如燈滅是故菩薩法身勝於諸佛色身諸佛色身於欲界而成正覺菩薩法身住於淨居菩薩法身住於諸佛一切種智諸佛色身爲化衆生令諸釋梵四天王等皆悉恭敬是以佛說供養六十二億恒河沙諸佛色身不如供養菩薩一法身也如集一切福德三昧經中所說喜樂正法終不說佛入於涅槃如法華經中說偈

常在靈鷲山　及餘諸住處　凡愚無智者
雖在而不見

如入一切世界大莊嚴三昧經中說告善男子汝見如來法身不白言世尊唯然已見於一毛孔見億百那由他諸佛世界身口業等徧滿一切諸佛世界又如來密藏中說持速疾菩薩觀如來頂上至無量諸佛世界猶不能見如目連尋如來說法音聲乃至野馬世界猶不能盡於佛音聲如首楞嚴經中所說如來處於宮中而現無量世界初生轉法輪入涅槃如密藏經中說如來法身住於一切衆生身中光影外現猶如淨緣裹摩尼珠無所障蔽亦復如是是故當知如來法身徧在一切諸衆生中如佛所說乃至枯樹焦木亦悉皆入不應生害況復餘類是故不應稱量衆生除諸如來無能知者如維摩詰所說一切佛土皆悉嚴淨此娑婆世界亦是大心衆生有如來藏故釋迦如來以善方便令諸聲聞大弟子等現五濁世諸外道等雖計一異如是人等一切身中亦有法身悉從菩薩善方便生皆爲顯發摩訶衍道是故當知菩薩

於三千大千世界教化衆生故種種不同若利根衆生爲讃大乘而無譏嫌令心易解若鈍根衆生入邪見林著愚癡網得見諸佛菩薩因縁故滅諸邪見乃入大乘是故摩訶衍於諸乘中最爲根本若有衆生受持信解此大乘者當知是人業報煩惱皆悉消除如世尊爲阿闍世王解諸疑悔經中所説光相勿作是言何以故汝於餘佛世界十劫修諸禪定不如於此娑婆世界能一食頃修行慈心何以故於餘世界斷除煩惱亦復不如於此娑婆世界一食頃中修習善業如與文殊師利授記中説及餘諸經皆具分別若有衆生誹謗正法如般若經及法華中廣説其謗法過逆罪若能受持信解大乘乃至五無間等皆悉消盡如佛所説偈

所作重惡業　能深自悔責　敬信大乘法
拔除諸罪根

佛説如是眞實法相信心次第相續連注皆悉空寂先所造惡即能消滅如世尊解除疑悔經中説也大王觀察汝心以何心殺父爲過去心未來心現在心耶若過去心過去心已滅若心已滅則無方所亦無住處若未來心未來心未至若現在心現在心不住譬如幻化非青黄赤白紫玻瓈色體性純淨乃至非相非可見如是廣説即得勝趣是故當知摩訶衍者是根本乘如彌勒莊嚴經中説發菩提心事解菩提心住菩提心得大利益不墮惡趣解菩提心淨菩提心從地至地漸漸增益而得法身能現神通如盧舍那佛所作變化而説偈言

若得無垢身　色像則無量　或出於閻浮
或處於兜率　從於定光佛　乃盡生死際
知時與非時　當知定光化　非是形色處
亦復非無相　悉由於本行　亦如水中月
身口意皆密　悉是不共法　一切諸世界
色身現解脫　持世諸天人　欲觀見佛頂
無邊不思議　過於億世界　目連諸弟子
至心求佛聲　亦過百千界　尋聲無邊際
法身功德業　一切無能知　不可以形類
言辭巧宣說　見聞唯佛力　非我之境界
念報佛恩者　頂戴信奉行　今我所說法
迴施諸衆生　悉滅煩惱結　得證無上道

入大乘論卷下

音釋

鉾矟 鉾莫侯切與矛同　矟色角切矛屬
蹴蹋 蹴子六切躡也　蹋達合切踐也
阿鞞跋致 梵語也此云不退轉　鞞駢迷切　跋蒲撥切
揵搥 梵語也與揵椎同此云磬又云鐘隨有瓦木銅鐵鳴者皆曰揵椎　揵渠焉切　椎音鎚

辯中邊論

唐三藏法師玄奘奉制譯

清刻龍藏佛說法變相圖

辯中邊論卷第一

世親菩薩造

唐三藏法師玄奘奉　制譯

辯相品第一

稽首造此論　善逝體所生　及教我等師
當勤顯斯義

此中最初安立論體頌曰

唯相障真實　及修諸對治　即此修分位
得果無上乘

論曰此論唯說如是七義一相二障三真實四修諸對治五即此修分位六得果七無上乘今於此中先辯其相頌曰

虛妄分別有　於此二都無　此中唯有空
於彼亦有此

論曰虛妄分別有者謂有所取能取分別於

此二都無者謂即於此虚妄分別永無所取能取二性此中唯有空者謂虚妄分別中但有離所取及能取空性於彼亦有此者謂即於彼二空性中亦但有此虚妄分別若於此非有由彼觀爲空所餘非無故如實知爲有若如是者則能無倒顯示空相復次頌曰

故說一切法　非空非不空　有無及有故　是則契中道

論曰一切法者謂諸有爲及無爲法虚妄分別名有爲二取空性名無爲依前理故說此一切法非空非不空由有空性虚妄分別故說非空由無所取能取性故說非不空有故者謂有空性虚妄分別故無故者謂無所取能取二性故及有故者謂虚妄分別中有空性故及空性中有虚妄分別故是則契中道者謂一切法非一向空亦非一向不空如是理趣妙契中道亦善符順般若等經說一切法非空非有　如是已顯虚妄分別有相無相此自相今當說頌曰

識生變似義　有情我及了　此境實非有　境無故識無

論曰變似義者謂似色等諸境性現變似有情者謂似自他身五根性現變似我者謂染末那與我癡等恒相應故變似了者謂餘六識了相麤故此境實非有者謂似義似根無行相故似我似了非眞現故皆非實有境無故識無者謂所取義等四境無故能取諸識亦非實有復次頌曰

虚妄分別性　由此義得成　非實有全無　許滅解脫故

論曰虛妄分別由此義故成非實有如所現起非真有故亦非全無於中少有亂識生故如何不許此性全無以許此滅得解脫故若異此者繫縛解脫則應皆無如是便成撥無雜染及清淨失已顯虛妄分別自相此攝相今當說但有如是虛妄分別即能具攝三種自性頌曰

唯所執依他　及圓成實性　境故分別故
及二空故說

論曰依止虛妄分別境故說有遍計所執自性依止虛妄分別性故說有依他起自性依止所取能取空故說有圓成實自性已顯虛妄分別攝相當說即於虛妄分別入無相方便相頌曰

依識有所得　境無所得生　依境無所得
識無所得生

論曰依止唯識有所得故先有於境無所得生復依於境無所得故後有於識無所得生由是方便得入所取能取無相復次頌曰

由識有得性　亦成無所得　故知二有得
無得性平等

論曰唯識生時現似種種虛妄境故名有所得以所得境無實性故能得實性亦不得成由能得識無所得故所取能取二有所得平等俱成無所得性顯入虛妄分別無相方便相已此差別異門相今次當說頌曰

三界心心所　是虛妄分別　唯了境名心
亦別名心所

論曰虛妄分別差別相者即是欲界色無色界諸心心所異門相者唯能了境總相名心

亦了差別名爲受等諸心所法今次當説此生起相頌曰

一則名緣識　第二名受者　此中能受用
分別推心所

論曰緣識者謂藏識是餘識生緣故藏識爲緣所生轉識受用主故名爲受者此諸識中受能受用想能分別思作意等諸相應行能推諸識此三助心故名心所今欲當説此雜染相頌曰

覆障及安立　將導攝圓滿　三分別受用
引起并連縛　現前苦果故　唯此惱世間
三二七雜染　由虛妄分別

論曰覆障故者謂由無明覆如實理障眞見故安立故者謂由諸行植本識中業熏習故將導故者謂有取識引諸有情至生處故攝故者謂名色攝有情自體故圓滿故者謂六内處令諸有情體具足故三分別故者謂觸能分別根境識三順二受故受用故者謂由受支領納順違非二境故引起故者謂由愛力令先業所引後有得起故連縛故者謂取令識緣順欲等連縛生故現前故者謂由有力令已作業所與後有諸異熟果得現前故苦果故者謂生老死性有逼迫酬前因故唯此所説十二有支逼惱世間令不安隱三雜染者一煩惱雜染謂無明愛取二業雜染謂行有三生雜染謂餘支二雜染者一因雜染謂煩惱業二果雜染謂所餘支七雜染者謂七種因一顛倒因謂無明二牽引因謂行三將導因謂識四攝受因謂名色六處五受用因謂觸受六引起因謂愛取有七猒怖因謂

生老死此諸雜染無不皆由虛妄分別而得生長此前總顯虛妄分別有九種相一有相二無相三自相四攝相五入無相方便相六差別相七異門相八生起相九雜染相如是已顯虛妄分別今次當說所知空性頌曰

諸相及異門　義差別成立　應知二空性
略說唯由此

論曰應知所取能取空性略說但由此相等五所知空性其相云何頌曰

無二有無故　非有亦非無　非異亦非一
是說爲空相

論曰無二謂無所取能取有無謂有二取之無此即顯空無性爲性故此空相非有非無云何非有無二有故云何非無有二無故此顯空相非有非無此空與彼虛妄分別非異非一若異應成法性異法便違正理如苦等性若一則應非淨智境亦非共相此即顯空與妄分別離一異相所知空性異門云何頌曰

略說空異門　謂眞如實際　無相勝義性
法界等應知

論曰略說空性有此異門云何應知此異門義頌曰

由無變無倒　相滅聖智境　及諸聖法因
異門義如次

論曰即此中說所知空性由無變義說爲眞如眞性常如無轉易故由無倒義說爲實際非諸顛倒依縁事故由相滅義說爲無相此中永絕一切相故由聖智境義說爲勝義性是最勝智所行義故由聖法因義說爲法界

以一切聖法緣此生故此中界者即是因義無我等義如理應知云何應知空性差別頌曰

此雜染清淨　由有垢無垢　如水界全空
淨故許爲淨

論曰空性差別略有二種一雜染二清淨此成染淨由分位別謂有垢位說爲雜染出離垢時說爲清淨雖先雜染後成清淨而非轉變成無常失如水界等出離客塵空淨亦然非性轉變此空差別復有十六謂內空外空內外空大空空空勝義空有爲空無爲空畢竟空無際空無散空本性空相空一切法空無性空無性自性空此等略義云何應知頌曰

能食及所食　此依身所住　能見此如理
所求二淨空　爲常益有情　爲不捨生死
爲善無窮盡　故觀此爲空　爲種姓清淨
爲得諸相好　爲淨諸佛法　故菩薩觀空

論曰能食空者依內處說即是內空所食空者依外處說即是外空此依身者謂能所食所依止身此身空故名內外空諸器世間說爲所住此相寬廣故名爲大所住空故名爲大空能見此者謂智能見內處等空空智空故說名空空如理者謂勝義即如實行所觀真理此即空故名勝義空菩薩修行爲得二淨即諸有爲無爲善法此二空故名有爲空及無爲空爲於有情常作饒益而觀空故名畢竟空生死長遠無初後際觀此空故名無際空不觀爲空便速猒捨爲不猒捨此生死故觀此無際生死爲空爲所修善至無餘依

般涅槃位亦無散捨而觀空故名無散空諸聖種姓自體本有非習所成說名本性菩薩爲此速得清淨而觀空故名本性空菩薩爲得大士相好而觀空故名爲相空菩薩爲令力無畏等一切佛法皆得清淨而觀此空故名一切法空是十四空隨別安立此中何者說名爲空頌曰

補特伽羅法　實性俱非有　此無性有性
故別立二空

論曰補特伽羅及法實性俱非有故名無性空此無性空非無自性空以無性爲自性故名無性自性空於前所說能食空等爲顯空相別立二空此爲遮止補特伽羅法增益執空損減執如其次第立後二空如是已顯空性差別此成立義云何應知頌曰

此若無雜染　一切應自脫　此若無清淨
功用應無果

論曰若諸法空未生對治無容雜染者一切有情不由功用應自然解脫若對治已生亦不清淨則應求解脫勤勞無果既爾頌曰

非染非不染　非淨非不淨　心性本淨故
由客塵所染

論曰云何非染非不染以心性本淨故云何非淨非不淨由客塵所染故是名成立空差別義此前空義總有二種謂相安立相復有二謂無及有空性有相離有離無離異離一以爲其相應知安立即異門等

辯障品第二

已辯其相障今當說頌曰

具分及一分　增盛與平等　於生死取捨

說障二種性
論曰具分障者謂煩惱障及所知障於諸菩薩種性法中具爲障故一分障者謂煩惱障障聲聞等種性法故增感障者謂即彼貪等行平等障者謂即彼等分行取捨生死能障菩薩種性所得無住涅槃名於生死有取捨障如是五障隨其所應說障菩薩及聲聞等二種種性復次頌曰

九種煩惱相　謂愛等九結　初二障猒捨
餘七障眞見　謂能障身見　彼事滅道寶
利養恭敬等　遠離徧知故

論曰煩惱障相略有九種謂愛等九種結愛結障猒由此於順境不能猒離故恚結障捨由此於違境不能棄捨故餘七結障眞見於七徧知如次障故謂慢結能障僞身見徧知修現觀時有間無間我慢現起由此勢力彼不斷故無明結能障身見事徧知由此不知諸取蘊故見結能障滅諦徧知由薩迦耶及邊執見怖畏滅故由邪見謗滅故取結能障道諦徧知取餘法爲淨故疑結能障三寶徧知由此不信受三寶功德故嫉結能障利養恭敬等徧知由此不見彼過失故慳結能障遠離徧知由此寶著資生具故復有別障能障善等十種淨法其相云何頌曰

無加行非處　不如理不生　不起正思惟
資糧未圓滿　闕種性善友　心極疲猒性
及闕於正行　鄙惡者同居　倒麤重三餘
般若未成熟　及本性麤重　懈怠放逸性
著有著資財　及心性下劣　不信無勝解
如言而思義　輕法重名利　於有情無悲

匱聞及少聞　不修治妙定
論曰如是名爲善等法障所障善等其相云
何頌曰
善菩提攝受　有慧無亂障　迴向不怖慳
自在名善等
論曰如是善等十種淨法誰有前說幾種障
耶頌曰
如是善等十　各有前三障
論曰善有三障一無加行二非處加行三不
如理加行菩提有三障一不生善法二不起
正思惟三資糧未圓滿發菩提心名爲攝受
此有三障一闕種性二闕善友三心極疲猒
性有慧者謂菩薩於了此性有三種障一闕
正行二鄙者共住三惡者共住此中鄙者謂
愚癡類樂毀壞他名爲惡者無亂有三障一
顛倒麤重二煩惱等三障中隨一有餘性三
能成熟解脫慧未成熟性障斷滅名無障此
有三障一俱生麤重二懈怠性三放逸性迴
向有三障令心向餘不向無上正等菩提一
貪著諸有二貪著資財三心下劣性不怖有
三障一不信重補特伽羅二於法無勝解三
如言而思義不慳有三障一不尊重正法二
尊重名譽利養恭敬三於諸有情心無悲愍
自在有三障令不得自在一匱聞生長能感
匱法業故二少聞三不修治勝三摩地
復次如是諸障於善等十隨餘義中有十能
作即依彼義應知此名十能作者一生起能
作如眼等於眼識等二安住能作如四食於
有情三任持能作謂能任持如器世間於有
情世間四照了能作如光明於諸色五變壞

能作如火等於所熟等六分離能作如鍊等於所斷等七轉變能作如金師等轉變金等成鐶釧等八信解能作如烟等於火等九顯了能作如因於宗十至得能作如聖道等於涅槃等依如是義故說頌言

能作有十種　謂生任持照　變分離轉變　信解顯至得　如識因食地　燈火鎌工巧　烟因聖道等　於識等所作

於善等障應知亦然一生起障謂於其善以諸善法應生起故二安住障謂於菩提以大菩提不可動故三任持障謂於攝受以菩提心能任持故四照了障謂於有慧以有慧性應照了故五變壞障謂於無亂轉滅迷亂名變壞故六分離障謂於無障此於障離繫故七轉變障謂於迴向以菩提心轉變相故八信解障謂於不怖無信解者有怖畏故九顯了障謂於不慳於法無慳者爲他顯了故十至得障謂於自在此是能得自在相故所障十法次第義者謂有欲證無上菩提於勝善根先應生起勝善根力所任持故必得安住無上菩提爲令善根得增長故次應發起大菩提心此菩提心與菩薩性爲所依止如是菩薩由已發起大菩提心及勝善根力所持故斷諸亂倒起無亂倒由見道中無亂倒故次於修道斷一切障既斷障已持諸善根迴向無上正等菩提由迴向力所任持故於深廣法便無怖畏既無怖畏便於彼法見勝功德能廣爲他宣說開示菩薩如是種種功德力所持故疾證無上正等菩提於一切法皆得自在是名善等十義次第雖善等法即是

覺分波羅蜜多諸地功德而總別異今應顯
彼菩提分等諸障差別頌曰
於覺分度地　有別障應知
論曰復於覺分波羅蜜多諸地功德各有別
障於菩提分有別障者頌曰
於事不善巧　懈怠定減二　不植羸劣性
見麤重過失
論曰於四念住有於諸事不善巧障於四正
斷有懈怠障於四神足有三摩地減二事障
一於圓滿欲勤心觀隨減一故二於修習八
斷行中隨減一故於五根有不植圓滿順解
脫分勝善根障於五力有羸劣性障謂即五
根由障所雜有羸劣性於七等覺支有見過
失障此是見道所顯示故於八聖道支有麤
重過失障此是修道所顯示故於到彼岸有
別障者頌曰
障富貴善趣　不捨諸有情　於失德減增
令趣入解脫　障施等諸善　無盡亦無間
所作善決定　受用法成熟
論曰此說十種波羅蜜多所得果障以顯十
種波羅蜜多自性之障謂於布施波羅蜜多
說富貴自在障於淨戒波羅蜜多說善趣障
於安忍波羅蜜多說不捨有情障於精進波
羅蜜多說減過失增功德障於靜慮波羅蜜
多說令所化趣入法障於般若波羅蜜多說
解脫障於方便善巧波羅蜜多說施等善無
窮盡障由此迴向無上菩提令施等善無窮
盡故於願波羅蜜多說一切生中善無間轉
障由大願力攝受能順善法生故於力波羅
蜜多說所作善得決定障由思擇力及修習

力能伏彼障非彼伏故於智波羅蜜多說自他受用法成熟障不如聞言而覺義故於十地功德有別障者頌曰

遍行與最勝　勝流及無攝　相續無差別　無雜染清淨　種種法無別　及不增不減　并無分別等　四自在依義　於斯十法界　有不染無明　障十地功德　故說爲十障

論曰於遍行等十法界中有不染無知障十地功德如次建立爲十地障謂初地中所證法界名遍行義由通達此證得自他平等法性第二地中所證法界名最勝義由通達此作是思惟是故我今於同出離一切行相應遍修治是爲勤修相應出離第三地中所證法界名勝流義由通達此知所聞法是淨法界最勝等流爲求此法設有火坑量等三千大千世界投身而取不以爲難第四地中所證法界名無攝義由通達此乃至法愛亦皆轉滅第五地中所證法界名爲相續無差別義由通達此得十意樂平等淨心第六地中所證法界名無雜染無清淨義由通達此知緣起法無染無淨第七地中所證法界名種種法無差別義由通達此知法無相不行契經等種種法相中第八地中所證法界名不增不減義由通達此圓滿證得無生法忍於諸清淨雜染法中不見一法有增有減有四自在一無分別自在二淨土自在三智自在四業自在法界爲此四種所依名四自在所依止義第八地中唯能通達初二自在所依止義第九地中亦能通達智自在所依義圓滿證得無礙解故第十地中復能通達業自

在所依義隨欲化作種種利樂有情事故復略頌曰

已說諸煩惱　及諸所知障　許此二盡故
一切障解脫

論曰由此二種攝一切障故許此盡時一切障解脫前障總義有十一種一廣大障謂具分障二狹小障謂一分障三加行障謂增盛障四至得障謂平等障五殊勝障謂取捨生死障六正加行障謂九煩惱障七因障謂於善等十能作障八入真實障謂覺分障九無上淨障謂到彼岸障十此差別趣障謂十地障十一攝障謂略二障

辯中邊論卷第一

音釋

闕（去月切虧缺也）鎌（離鹽切鍥也）鐶釧（鐶胡關切指鐶也釧樞絹切臂鐶也）

辯中邊論卷第二

世親菩薩造

唐三藏法師玄奘奉　制譯

辯眞實品第三

已辯其障當說眞實頌曰

眞實唯有十　謂根本與相　無顛倒因果
及麤細眞實　極成淨所行　攝受并差別
十善巧眞實　皆爲除我見

論曰應知眞實唯有十種一根本眞實二相眞實三無顛倒眞實四因果眞實五麤細眞實六極成眞實七淨所行眞實八攝受眞實九差別眞實十善巧眞實此復十種爲欲除遣十我見故十善巧者一蘊善巧二界善巧三處善巧四緣起善巧五處非處善巧六根善巧七世善巧八諦善巧九乘善巧十有爲無爲法善巧此中云何根本眞實謂三自性一遍計所執自性二依他起自性三圓成實自性依此建立餘眞實故於此所說三自性中許何義爲眞實頌曰

許於三自性　唯一常非有　一有而不眞
一有無眞實

論曰即於如是三自性中遍計所執相常非有唯常非有於此性中許爲眞實無顛倒故依他起相有而不眞唯有非眞於依他起許爲眞實有亂性故圓成實相亦有非有唯有非有於此性中許爲眞實有空性故云何相眞實頌曰

於法數取趣　及所取能取　有非有性中
增益損減見　知此故不轉　是名眞實相

論曰於一切法補特伽羅所有增益及損減

見若知此故彼便不轉是遍計所執自性眞實相於諸所取能取法中所有增益及損減見若知此故彼便不轉是名依他起自性眞實相於有非有所有增益及損減見若知此故彼便不轉是名圓成實自性眞實相此於根本眞實相中無顚倒故名相眞實無顚倒眞實者謂無常苦空無我性由此治彼常等四倒云何應知此無常等依彼根本眞實立耶頌曰

無性與生滅　垢淨三無常　所取及事相
和合苦三種　空亦有三種　謂無異自性
無相及異相　自相三無我　如次四三種
依根本眞實

論曰無常三者一無性無常謂遍計所執此常無故二生滅無常謂依他起有起盡故三垢淨無常謂圓成實位轉變故苦三種者一所取苦謂遍計所執是補特伽羅法執所取故二事相苦謂依他起三苦相故三和合苦謂圓成實苦相合故空有三者一無性空謂遍計所執此無理趣可說爲有由此非有說爲空故二異性空謂依他起如妄所執不如是有非一切種性全無故三自性空謂圓成實二空所顯爲自性故無我三者一無相無我謂遍計所執此相本無故名無相即此無相說爲無我二異相無我謂依他起此相雖有而不如彼遍計所執故名異相即此異相說爲無我三自相無我謂圓成實無我所顯以爲自相即此自相說爲無我如是所說無常苦空無我四種如其次第依根本眞實各分爲三種四各三種如前應知因果眞實謂

四聖諦云何此依根本眞實頌曰
苦三相已說　集亦有三種　謂習氣等起
及相未離繫　自性二不生　垢寂二三滅
遍知及永斷　證得三道諦
論曰苦諦有三謂無常等四各三相如前已說集諦三者一習氣集謂遍計所執自性執習氣二等起集謂業煩惱三未離繫集謂未離障眞如滅諦三者一自性滅謂自性不生故二二取滅謂所取能取二不生故三本性滅謂垢寂二即擇滅及眞如道諦三者一遍知道二永斷道三證得道應知此中於遍計所執唯有遍知於依他起有遍知及永斷於圓成實有遍知及證得故依此三建立道諦麤細眞實謂世俗勝義諦云何此依根本眞實頌曰
應知世俗諦　差別有三種　謂假行顯了
如次依本三　勝義諦亦三　謂義得正行
依本一無變　無倒二圓實
論曰世俗諦有三種一假世俗二行世俗三顯了世俗此三世俗如其次第依三根本眞實建立勝義諦亦三種一義勝義謂眞如勝智之境名勝義故二得勝義謂涅槃此是勝果亦義利故三正行勝義謂聖道以勝法爲義故此三勝義應知但依三根本中圓成實立此圓成實總有二種無爲有爲有差別故無爲總攝眞如涅槃無變異故名圓成實有爲總攝一切聖道於境無倒故亦名圓成實極成眞實略有二種一者世間極成眞實二者道理極成眞實云何此二依彼根本眞實立耶頌曰

世極成依一　理極成依三

論曰若事世間共所安立串習隨入覺慧所取一切世間同執此事是地非火色非聲等是名世間極成眞實此於根本三眞實中但依遍計所執而立若有理義聰叡賢善能尋思者依止三量證成道理施設建立是名道理極成眞實此依根本三眞實立淨所行眞實亦略有二種一煩惱障淨智所行眞實二所知障淨智所行眞實云何此二依彼根本眞實而立頌曰

淨所行有二　依一圓成實

論曰煩惱所知二障淨智所行眞實唯依根本三眞實中圓成實立餘二非此淨智境故云何應知相名分別眞如正智攝在根本三眞實耶頌曰

名遍計所執　相分別依他　眞如及正智圓成實所攝

論曰相等五事隨其所應攝在根本三種眞實謂名攝在遍計所執相及分別攝在依他圓成實攝眞如正智差別眞實略有七種一流轉眞實二實相眞實三唯識眞實四安立眞實五邪行眞實六清淨眞實七正行眞實云何應知此七眞實依三根本眞實立耶頌曰

流轉與安立　邪行依初二　實相唯識淨正行依後一

論曰流轉等七隨其所應攝在根本三種眞實謂彼流轉安立邪行依根本中遍計所執及依他起實相唯識清淨正行依根本中圓成實立善巧眞實謂爲對治十我見故說有

十種云何於蘊等起十我見耶頌曰

於蘊等我見　執一因受者　作者自在轉
增上義及常　雜染清淨依　觀縛解者性

論曰於蘊等十法起十種我見一執一性二執因性三執受者性四執作者性五執自在轉性六執增上義性七執常性八執染淨所依性九執觀行者性十執縛解者性爲除此見修十善巧云何十種善巧眞實依三根本眞實建立以蘊等十無不攝在三種根本自性中故如何攝在三自性中頌曰

此所執分別　法性義在彼

論曰此蘊等十各有三義且色蘊中有三義者一所執義色謂色之遍計所執性二分別義色謂色之依他起性此中分別以爲色故三法性義色謂色之圓成實性如色蘊中有此三義受等四蘊界等九法各有三義隨應當知如是蘊等由三義別無不攝入彼三性中是故當知十善巧眞實皆依根本三眞實而立如是雖說爲欲對治十種我見故修蘊等善巧而未說此蘊等別義且初蘊義云何應知頌曰

非一及總略　分段義名蘊

論曰應知蘊義略有三種一非一義如契經言諸所有色等若過去若未來若現在若內若外若麤若細若劣若勝若遠若近二總略義如契經言如是一切略爲一聚三分段義如契經言說名色蘊等各別安立色等相故由斯聚義蘊義得成又見世間聚義名蘊已說蘊義界義云何頌曰

能所取彼取　種子義名界

論曰能取種子義謂眼等六內界所取種子義謂色等六外界彼取種子義謂眼識等六識界已說界義處義云何頌曰

能受所了境　用門義名處

論曰此中能受受用門義謂六內處若所了境受用門義是六外處已說處義緣起義云何頌曰

緣起義於因　果用無增減

論曰於因果用若無增益及無損減是緣起義應知此中增益因者執行等有不平等因損減因者執彼無因增益果者執有我行等緣無明等生損減果者執無明等無行等果增益用者執無明等於生行等有別作用損減用者執無明等於生行等全無功能若無如是三增減執應知彼於緣起善巧已說緣起義處非處義云何頌曰

於非愛愛淨　俱生及勝主　得行不自在是處非處義

論曰處非處義略由七種不得自在應知其相一於非愛不得自在謂由惡行雖無愛欲而墮惡趣二於可愛不得自在謂由妙行雖無愛欲而昇善趣三於清淨不得自在謂不斷五蓋不修七覺支決定不能作苦邊際四於俱生不得自在謂一世界無二如來二轉輪王俱時出現五於勝主不得自在謂女不作轉輪王等六於證得不得自在謂女不證獨覺無上正等菩提七於現行不得自在謂見諦者必不現行害生等事諸異生類容可現行多界經中廣說此等應隨決了是處非處如是已說處非處義根義云何頌曰

根於取住續　用二淨增上
論曰二十二根依於六事增上義立謂於取
境眼等六根有增上義命根於住一期相續
有增上義男女二根於續家族有增上義於
能受用善惡業果樂等五根有增上義於世
間淨信等五根有增上義於出世淨未知等
根有增上義已說根義世義云何頌曰
因果已未用　是世義應知
論曰應知因果已未受用隨其所應三世義
別謂於因果俱已受用是過去義若於因果
俱未受用是未來義若已受用因未已受用
果是現在義已說世義諦義云何頌曰
受及受資糧　彼所因諸行　二寂滅對治
是諦義應知
論曰應知諦者即四聖諦一苦聖諦謂一切
受及受資糧契經中說諸所有受皆是苦故
受資糧者謂順受法二集聖諦謂即彼苦所
因諸行三滅聖諦謂前二種究竟寂滅四道
聖諦謂即苦集能對治道已說諦義乘義云
何頌曰
由功德過失　及無分別智　依他自出離
是乘義應知
論曰應知乘者謂即三乘此中如應顯示其
義若從他聞涅槃功德生死過失而起此智
由斯智故得出離者是聲聞乘不從他聞涅
槃功德生死過失自起此智由斯智故得出
離者是獨覺乘若自然起無分別智由斯智
故得出離者名無上乘已說乘義云何有爲
無爲法義頌曰
有爲無爲義　謂若假若因　若相若寂靜

若彼所觀義

論曰應知此中假謂名等因謂種子所攝藏識相謂器身并受用具及轉識攝意取思惟意謂恒時思量性識取謂五識取現境故思惟即是第六意識以能分別一切境故如是若假若因若相及相應法總名有爲若寂靜者謂所證滅及能證道能寂靜故彼所觀義謂即眞如是寂靜道所緣境故如是所説若諸寂靜若所觀義總名無爲應知此中緣蘊等十義所起正知名蘊等善巧

眞實總義略有二種謂即能顯所顯眞實能顯眞實謂即最初三種根本能顯餘故所顯眞實謂後九種是初根本所顯示故所顯九者一離增上慢所顯眞實二對治顛倒所顯眞實三聲聞乘出離所顯眞實四無上乘出離所顯眞實由麤能成熟細能解脱故五能伏他論所顯眞實依喻道理降伏他故六顯了大乘所顯眞實七入一切種所知所顯眞實八顯不虛妄眞如所顯眞實九入我執事一切祕密所顯眞實

辯修對治品第四

已辯眞實今次當辯修諸對治即修一切菩提分法此中先應説修念住頌曰

以麤重愛因　我事無迷故　爲入四聖諦
修念住應知

論曰麤重由身而得顯了故觀察此入苦聖諦身以有麤重諸行爲相故以諸麤重即行苦性由此聖觀有漏皆苦諸有漏受説爲愛因故觀察此入集聖諦心是我執所依緣事故觀察此入滅聖諦怖我斷滅由斯離故觀

察法故於染淨法遠離愚迷入道聖諦是故爲入四聖諦理最初說修四念住觀已說修念住當說修正斷頌曰

已遍知障治　一切種差別　爲遠離修集
勤修四正斷

論曰前修念住已能遍知一切障治品類差別今爲遠離所治障法及爲修集能對治道於四正斷精勤修習如說已生惡不善法爲令斷故乃至廣說已說修正斷當說修神足頌曰

依住堪能性　爲一切事成　滅除五過失
勤修八斷行

論曰依前所修離集精進心便安住有所堪能爲勝事成修四神足是諸所欲勝事因故住謂心住此即等持故次正斷說四神足此堪能性謂能滅除五種過失修八斷行何者名爲五種過失頌曰

懈怠忘聖言　及惛沉掉舉　不作行作行
是五失應知

論曰應知此中惛沉掉舉合爲一失若爲除滅惛沉掉舉不作加行已或滅除惛沉掉舉復作加行俱爲過失爲除此五修八斷行云何安立彼行相耶頌曰

爲斷除懈怠　修欲勤信安　即所依能依
及所因能果　爲除餘四失　修念智思捨
記言覺沉掉　伏行滅等流

論曰爲滅懈怠修四斷行一欲二正勤三信四輕安如次應知即所依等所依謂欲勤所依故能依謂勤依欲起故所因謂信是所依欲生起近因若信受彼便希望故能果謂安

是能依勤近所生果勤精進者得勝定故爲欲對治後四過失如數修餘四種斷行一念二正知三思四捨如次應知即記言等記言謂念能不忘境記聖言故覺沉掉者謂即正知由念記言便能隨覺惛沉掉舉二過失故伏行謂思由能隨覺沉掉失已爲欲伏除發起加行滅等流者謂彼沉掉既斷滅已心便住捨平等而流已說修神足當說修五根所修五根云何安立頌曰

已種順解脫　復修五增上　謂欲行不忘不散亂思擇

論曰由四神足心有堪能順解脫分善根滿已復應修習五種增上一欲增上二加行增上三不忘境增上四不散亂增上五思擇增上此五如次第即信等五根已說修五根當說修五力何者五力次第云何頌曰

即損障名力　因果立次第

論曰即前所說信等五根有勝勢用復說爲方謂能伏滅不信障等亦不爲彼所凌雜故此五次第依因果立以依前因引後果故謂若決定信有因果爲得此果發勤精進勤精進已便住正念住正念已心則得定心得定已能如實知既如實知無事不辦故此次第依因果立如前所說順解脫分既圓滿已復修五根何位修習順決擇分爲五根位五力位耶頌曰

順決擇二二　在五根五力

論曰順決擇分中煖頂二種在五根位忍世第一法在五力位已說修五力當說修覺支所修覺支云何安立頌曰

覺支略有五　謂所依自性　出離幷利益
及三無染支
論曰此支助覺故名覺支由此覺支位在見道廣有七種略爲五支一覺所依支謂念二覺自性支謂擇法三覺出離支謂精進四覺利益支謂喜五覺無染支此復三種謂安定捨何故復說無染爲三頌曰
由因緣所依　自性義差別　故輕安定捨
說爲無染支
論曰輕安即是無染因緣麤重爲因生諸雜染輕安是彼近對治故所依謂定自性即捨故此無染義別有三說修覺支已當說修道支所修道支云何安立頌曰
分別及誨示　令他信有三　對治障亦三
故道支成八
論曰於修道位建立道支故此道支廣八略四一分別支謂正見此雖是世間而出世後得由能分別見道位中自所證故二誨示他支謂正思惟正語一分等起發言誨示他故三令他信支此有三種謂正語正業正命四對治障支亦有三種謂正精進正念正定由此道支略四廣八何緣後復各分爲三頌曰
表見戒遠離　令他深信受　對治本隨惑
及自在障故
論曰正語等三如次表已見戒遠離令他信受謂由正語論議決擇令他信知已有勝慧由正業故不作邪業令他信知已有淨戒由正命故應量應時如法乞求衣鉢等物令他信已有勝遠離正精進等一如次對治本隨二煩惱及自在障此所對治略有三種一根

本煩惱謂修所斷二隨煩惱謂惛沉掉舉三自在障謂障所引勝品功德此中正精進別能對治初爲對治彼勤修道故正念別能對治第二繫念安住正等相中遠離惛沉及掉舉故正定別能對治第三依勝靜慮速能引發諸神通等勝功德故修治差別云何應知

頌曰

有倒順無倒　無倒有倒隨　無倒無倒隨
是修治差別

論曰此修對治略有三種一有顛倒順無顛倒二無顛倒有顛倒隨三無顛倒無顛倒隨如是三種修治差別如次在異生有學無學位菩薩二乘所修對治有差別相云何應知

頌曰

菩薩所修習　由所緣作意　證得殊勝故
與二乘差別

論曰聲聞獨覺以自相續身等爲境而修對治菩薩通以自他相續身等爲境而修對治聲聞獨覺於身等境以無常等行相思惟而修對治若諸菩薩於身等境以無所得行相思惟而修對治聲聞獨覺修念住等但爲身等速得離繫若諸菩薩修念住等不爲身等離不離繫但爲證得無住涅槃菩薩與二乘所修對治由此三緣故而有差別

修對治總義者謂開覺修損減修瑩飾修發上修鄰近修謂鄰近見道故證入修增勝修初位修中位修後位修有上修無上修謂所緣作意至得殊勝

辯修分位品第五

已說修對治修分位云何頌曰

所說修對治　分位有十八　謂因入行果
作無作殊勝　上無上解行　入出離記說
灌頂及證得　勝利成所作

論曰如前所說修諸對治差別分位有十八種一因位謂住種性補特伽羅二入位謂已發心三加行位謂發心已未得果證四果位謂已得果五有所作位謂住有學六無所作位謂住無學七殊勝位謂已成就諸神通等殊勝功德八有上位謂超聲聞等已入菩薩地九無上位謂已成佛從此以上無勝位故十勝解行位謂勝解行地一切菩薩十一證入位謂極喜地十二出離位謂次六地十三受記位謂第八地十四辯說位謂第九地十五灌頂位謂第十地十六證得位謂佛法身十七勝利位謂受用身十八成所作位謂變化身此諸分位差別雖多應知略說但有三種其三者何頌曰

應知法界中　略有三分位　不淨淨不淨
清淨隨所應

論曰於眞法界位略有三隨其所應攝前諸位一不淨位謂從因位乃至加行二淨不淨位謂有學位三清淨位謂無學位云何應知依前諸位差別建立補特伽羅頌曰

依前諸位中　所有差別相　隨所應建立
諸補特伽羅

論曰應知依前諸位別相如應建立補特伽羅謂此住種性此已發心等

修分位總義者謂堪能位即種性位發趣位即入加行位不淨位淨不淨位清淨位有莊嚴位遍滿位謂遍十地故無上位

辯中邊論卷第二

音釋

叡（俞芮切明達也）惛（呼昆切不明了也）掉（徒弔切摇動也）懦（乃管切與愞同）

辯中邊論卷第三 辯中邊論頌附

世親菩薩造
唐三藏法師玄奘奉制譯

辯得果品第六

已辯修位得果云何頌曰

器說爲異熟　力是彼增上　愛樂增長淨
如次即五果

論曰器謂隨順善法異熟力謂由彼器增上力令諸善法成上品性愛樂謂先世數修善力今世於善法深生愛樂增長謂現在數修善力令所修善根速得圓滿淨謂障斷得永離繫此五如次即是五果一異熟果二增上果三等流果四士用果五離繫果復次頌曰

復略說餘果　後後初數習　究竟順障滅
離勝上無上

論曰略說餘果差別有十一後後果謂因種性得發心果如是等果展轉應知二最初果謂最初證出世間法三數習果謂從此後諸有學位四究竟果謂無學法五隨順果謂因漸次應知即是後後果攝六障滅果謂能斷道即最初果能滅障故說爲障滅七離繫果謂即數習及究竟果學無學位如次遠離煩惱繫故八殊勝果謂神通等殊勝功德九有上果謂菩薩地超出餘乘未成佛故十無上果謂如來地此上更無餘勝法故此中所說後六種果即究竟等前四差別如是諸果但是略說若廣說即無量

果總義者謂攝受故差別故宿習故後後引發故標故釋故此中攝受者謂五果差別者謂餘果宿習者謂異熟果後後引發者謂餘

四果標者謂後後等四果釋者謂隨順等六果分別前四果故

辯無上乘品第七

已辯得果無上乘今當說頌曰

總由三無上　說爲無上乘　謂正行所緣
及修證無上

論曰此大乘中總由三種無上義故名無上乘三無上者一正行無上二所緣無上三修證無上此中正行無上者謂十波羅蜜多行此正行相云何應知頌曰

正行有六種　謂最勝作意　隨法離二邊
差別無差別

論曰即於十種波羅蜜多隨修差別有六正行一最勝正行二作意正行三隨法正行四離二邊正行五差別正行六無差別正行最勝正行其相云何頌曰

最勝有十二　謂廣大長時　依處及無盡
無間無難性　自在攝發起　得等流究竟
由斯說十度　名波羅蜜多

論曰最勝正行有十二種一廣大最勝二長時最勝三依處最勝四無盡最勝五無間最勝六無難最勝七自在最勝八攝受最勝九發起最勝十至得最勝十一等流最勝十二究竟最勝此中廣大最勝者終不欣樂一切世間富樂自在志高遠故長時最勝者三無數劫熏習成故依處最勝者普爲利樂一切有情爲依處故無盡最勝者迴向無上正等菩提無窮盡故無間最勝者由得自他平等勝解於諸有情發起施等波羅蜜多速圓滿故無難最勝者於他有情所修善法但深隨

喜令自施等波羅蜜多速圓滿故自在最勝者由虛空藏等三摩地力令所修施等速圓滿故攝受最勝者無分別智之所攝受能令施等極清淨故發起最勝者在勝解行地最上品忍中至得最勝者在極喜地等流最勝者在次八地究竟最勝者在第十地及佛地中菩薩如來因果滿故由施等十波羅蜜多皆有如斯十二最勝是故皆得到彼岸名何等名爲十到彼岸頌曰

十波羅蜜多　謂施戒安忍　精進定般若方便願力智

論曰此顯施等十度別名施等云何各別作業頌曰

饒益不害受　增德能入脫　無盡常起定受用成熟他

論曰此顯施等十到彼岸各別事業如次應知謂諸菩薩由布施波羅蜜多故於諸有情普能饒益由淨戒波羅蜜多故於諸有情不爲損害由安忍波羅蜜多故他損害時深能忍受由精進波羅蜜多故增長功德由靜慮波羅蜜多故起神通等能引有情令入正法由般若波羅蜜多故能正教授教誡有情令得解脫由方便善巧波羅蜜多故迴向無上正等菩提能令施等功德無盡由願波羅蜜多故攝受隨順施等勝生一切生中恒得值佛恭敬供養常起施等由力波羅蜜多故具足思擇修習二力伏滅諸障能令施等常決定轉由智波羅蜜多故離如聞言諸法迷謬受用施等增上法樂無倒成熟一切有情如是已說最勝正行作意正行其相云何頌曰

菩薩以三慧　恒思惟大乘　如所施設法
名作意正行
論曰若諸菩薩以聞思修所成妙慧數數作
意思惟大乘依布施等如所施設契經等法
如是名爲作意正行此諸菩薩以三妙慧思
惟大乘有何功德頌曰
此增長善界　入義及事成
論曰聞所成慧思惟大乘能令善根界得增
長思所成慧思惟大乘能正悟入所聞實義
修所成慧思惟大乘能令所求事業成滿謂
能趣入修治地故作意正行有何助伴頌曰
此助伴應知　即十種法行
論曰應知如是作意正行由十法行之所攝
受何等名爲十種法行頌曰
謂書寫供養　施他聽披讀　受持正開演
諷誦及思修
論曰於此大乘有十法行一書寫二供養三
施他四若他誦讀專心諦聽五自披讀六受
持七正爲他開演文義八諷誦九思惟十修
習行十法行獲幾所福頌曰
行十法行者　獲福聚無量
論曰修行如是十種法行所獲福聚其量無
邊何故但於大乘經等說修法行獲最大果
於聲聞乘不如是說頌曰
勝故無盡故　由攝他不息
論曰於此大乘修諸法行由二緣故獲最大
果一最勝故二無盡故由能攝益他諸有情
是故大乘說爲最勝由雖證得無餘涅槃利
益他事而恒不息是故大乘說爲無盡如是
已說作意正行隨法正行其相云何頌曰

隨法行二種　謂諸無散亂　無顛倒轉變
諸菩薩應知
論曰隨法正行略有二種一無散亂轉變二
無顛倒轉變菩薩於此應正了知此中六種
散亂無故名無散亂六散亂者一自性散亂
二外散亂三内散亂四相散亂五麤重散亂
六作意散亂此六種相云何應知頌曰
出定於境流　味沉掉矯示　我執心下劣
諸智者應知
論曰此中出定由五識身當知即是自性散
亂於境流者馳散外緣即外散亂味沉掉者
味著等持惛沉掉舉即内散亂矯示者即相
散亂矯現相已修定加行故我執者即麤重
散亂由麤重力我慢現行故心下劣者即作
意散亂依下劣乘起作意故菩薩於此六散
亂相應遍了知當速除滅如是已説無散亂
轉變無顛倒轉變云何應知頌曰
智見於文義　作意及不動　二相染淨客
無怖高無倒
論曰依十事中如實智見應知建立十無倒
名此中云何於文無倒頌曰
知但由相應　串習或翻此　有義及非有
是於文無倒
論曰若於諸文能無間斷次第宣唱説名相
應共計此名唯目此事展轉憶念名爲串習
但由此二成有義文與此相違文成無義如
實知見此二文者應知是名於文無倒於義
無倒其相云何頌曰
似二性顯現　如現實非有　知離有非有
是於義無倒

論曰似二性顯現者謂似所取能取性現亂識似彼行相生故如現實非有者謂如所顯現實不如是有離有者謂此義所取能取性非有故離非有者謂彼亂識現似有故如實知見此中義者應知是名於義無倒於作意無倒者頌曰

於作意無倒　知彼言熏習　言作意彼依

現似二因故

論曰所取能取言所熏習名言作意即此作意是所能取分別所依是能現似二取因故由此作意是戲論想之所熏習名言作意如實知見此作意者應知是於作意無倒於不動無倒者頌曰

於不動無倒　謂知義非有　非無如幻等

有無不動故

論曰前說諸義離有非有此如幻等非有無故謂如幻作諸象馬等彼非實有象馬等性亦非全無亂識似彼諸象馬等而顯現故如是諸義無如現似所取能取定實有性亦非全無亂識似彼所取能取而顯現故等聲顯示陽焰夢境及水月等如應當知以能諦觀義如幻等於有無品心不動散如實知見此不動者應知是於不動無倒於二相無倒者謂於自相及共相中俱無顛倒於自相無倒者頌曰

於自相無倒　知一切唯名　離一切分別

依勝義自相

論曰如實知見一切眼色乃至意法皆唯有名即能對治一切分別應知是於自相無倒此依勝義自相而說若依世俗非但有名可

取種種差別相故於共相無倒者頌曰

以離眞法界　無別有一法　故通達此者

於共相無倒

論曰以無一法離法無我者故眞法界諸法共相攝如實知見此共相者應知是於共相無倒於染淨無倒者頌曰

知顛倒作意　未滅及已滅　於法界雜染

清淨無顛倒

論曰若未斷滅顛倒作意爾時法界說爲雜染已斷滅時說爲清淨如實知見此染淨者如次是於染淨無倒於客無倒其相云何頌曰

知法界本性　清淨如虛空　故染淨非主

是於客無倒

論曰法界本性淨若虛空由此應知先染後淨二差別相是客非主如實知見此客相者應知是名於客無倒於無怖無高俱無顛倒者頌曰

有情法無故　染淨性俱無　知此無怖高

是於二無倒

論曰有情及法俱非有故彼染淨性亦俱非有以染淨義俱不可得故染淨品無減無增由此於中無怖無慢如實知見無怖高者應知是名於二無倒無倒行總義者謂由文無倒能正通達止觀二相由義無倒能正通達諸顛倒相由作意無倒於倒因緣能正遠離由不動無倒善取彼相由自相無倒修彼對治無分別道由共相無倒能正通達本性清淨由染淨無倒了知未斷及已斷障由客無倒如實了知染淨二相由無怖無高二種無

倒諸障斷滅得永出離此十無倒如次安立於彼十種金剛句中何等名爲十金剛句謂有非有無顛倒所依幻等喻無分別本性清淨雜染清淨虛空喻無減無增爲攝如是十金剛句有二頌言

應知有非有　無顛倒所依　幻等無分別
本性常清淨　及雜染清淨　性淨喻虛空
無減亦無增　是十金剛句

且初安立十金剛句自性者謂自性故所緣故無分別故釋難故自性故者謂三自性即圓成實遍計所執及依他起是初三句如次應知所緣故者即三自性無分別故者謂由此無分別即無分別智及於此無分別即本性清淨如次應知安立境智謂三自性及無分別釋難故者謂所餘句且有難言遍計所執依他起相若實是無云何可得若實是有不應諸法本性清淨爲釋此難說幻等喻如幻事等雖實是無而現可得復有難言若一切法本性清淨如何得有先染後淨爲釋此難說有染淨及虛空喻謂如虛空雖本性淨而有雜染及清淨時復有難言有無量佛出現於世一一能度無量有情令出生死入於涅槃云何生死無斷滅失涅槃界中無增益過爲釋此難說染及淨無減無增又有情界及清淨品俱無量故第二安立彼自性者如有頌言

亂境自性因　無亂自性境　亂無亂二果
及彼二邊際

如是已說隨法正行離二邊正行云何應知如寶積經所說中道行此行遠離何等二邊

頌曰

異性與一性　外道及聲聞　增益損減邊
有情法各二　所治及能治　常住與斷滅
所取能取邊　染淨二三種　分别二邊性
應知復有七　謂有非有邊　所能寂怖畏
所能取正邪　有用并無用　不起及時等
是分别二邊

論曰若於色等執我有異或執是一各爲一邊爲離此執說中道行謂觀無我乃至儒童見有我者定起此執我異於身或即身故若於色等執爲常住是外道邊執無常者是聲聞邊爲離此執說中道行謂觀色等非常無常定執有我是增益有情邊定執無我是損減有情邊彼亦撥無假有情故爲離此執說中道行謂我無我二邊中智定執心有實是增益法邊定執心無實是損減法邊爲離此執說中道行謂於是處無心無思無意無識執有不善等諸雜染法是所治邊執有善等諸清淨法是能治邊爲離此執說中道行謂於二邊不隨觀說於有情法定執爲有是常住邊定執非有是斷滅邊爲離此執說中道行謂即於此二邊中智執有無明所取能取各爲一邊若執有明所取能取各爲一邊如是執有所治諸行能治無爲乃至老死及能滅彼諸對治道所取能取各爲一邊此所能治所取能取即是黑品白品差别爲離此執說中道行謂明與無明無二無一分乃至廣說明無明等所取能取皆非有故雜染有三謂煩惱雜染業雜染生雜染煩惱雜染復有三種一諸見二貪瞋癡相三後有願此能對

治謂空智無相智無願智業雜染謂所作善惡業此能對治謂不作智生雜染有三種一後有生二生巳心心所念念起三後有相續此能對治謂無生智無起智無自性智如是三種雜染除滅說爲清淨空等智境謂空等法三種雜染隨其所應非空等智令作空等由彼本性是空性等法界本來性無染故若於法界或執雜染或執清淨各爲一邊本性無染非染淨故爲離此執說中道行謂不由空能空於法法性自空乃至廣說

復有七種分別二邊何等爲七謂分別有分別非有各爲一邊彼執實有補特伽羅以爲壞滅立空性故或於無我分別爲無爲離如是二邊分別說中道行謂不爲滅補特伽羅方立空性然彼空性本性自空前際亦空後際亦空中際亦空乃至廣說分別所寂分別能寂各爲一邊執有所斷及有能斷怖畏空故爲離如是二邊分別說虛空喻分別所怖分別從彼所生可畏各爲一邊執有遍計所執色等可生怖故執有從彼所生苦法可生畏故爲離如是二邊分別說畫師喻前虛空喻爲聲聞說今畫師喻爲菩薩說分別所取分別能取各爲一邊爲離如是二邊分別說幻師喻由唯識智無境智生由無境智生復捨唯識智境既非有識亦是無要託所緣識方生故由斯所喻與喻同法分別正性分別邪性各爲一邊執如實觀爲正爲邪二種性故爲離如是二邊分別說兩木生火喻謂如兩木雖無火相由相鑽截而能生火火既生巳還燒兩木此如實觀亦復如是雖無聖道

正性之相而能發生正性聖慧如是正性聖慧生已復能除遣此如實觀由斯所喻與喻同法然如實觀雖無正性相順正性故亦無邪性相分别有用分别無用各爲一邊彼執聖智要先分别方能除染或全無用爲離如是二邊分别説初燈喻分别不起分别時等各爲一邊彼執能治畢竟不起或執與染應等時長爲離如是二邊分别説後燈喻如是已説離二邊正行差别無差别正行云何頌曰

差别無差别　應知於十地　十波羅蜜多
增上等修集

論曰於十地中十到彼岸隨一增上而修集者應知説爲差别正行於一切地皆等修集布施等十波羅蜜多如是正行名無差别

六正行總義者謂即如是品類最勝由此思惟如所施設大乘法等由如是品無亂轉變修奢摩他及無倒轉變修毗鉢舍那爲如是義修中道行而求出離於十地中修習差别無差别行如是已説正行無上所緣無上其相云何頌曰

所緣謂安界　所能立任持　印内持通達
增證運最勝

論曰如是所緣有十二種一安立法施設所緣二法界所緣三所立所緣四能立所緣五任持所緣六印持所緣七内持所緣八通達所緣九增廣所緣十分證所緣十一等運所緣十二最勝所緣此中最初謂所安立到彼岸等差别法門第二謂眞如第三第四如次應知即前二種到彼岸等差别法門要由通

達法界成故第五謂聞所成慧境任持文故第六謂思所成慧境印持義故第七謂修所成慧境内別持故第八謂初地中見道境第九謂修道中乃至七地境第十謂即七地中世出世道品類差別分分證境第十一謂第八地境第十二謂第九第十如來地境應知此中即初第二隨諸義位得彼彼名如是已說所緣無上修證無上其相云何頌曰

修證謂無闕　不毀動圓滿　起堅固調柔
不住無障息

論曰如是修證總有十種一種性修證緣無闕故二信解修證不謗毀大乘故三發心修證非下劣乘所擾動故四正行修證波羅蜜多得圓滿故五入離生修證起聖道故六成熟有情修證堅固善根長時集故七淨土修證心調柔故八得不退地受記修證以不住生死涅槃非此二種所退轉故九佛地修證無二障故十示現菩提修證無休息故

無上乘總義者略有三種無上乘義謂正行無上故正行持無上故正行果無上故何故此論名辯中邊頌曰

此論辯中邊　深密堅實義　廣大一切義
除諸不吉祥

論曰此論能辯中邊行故名辯中邊即是顯了處中二邊能緣行義又此能辯中邊境故名辯中邊即是顯了處中二邊所緣境義或此正辯離初後邊中道法故名辯中邊此論所辯是深密義非諸尋思所行處故是堅實義能摧他辯非彼伏故是廣大義能辦利樂自他事故是一切義普能決了三乘法故又

能除滅諸不吉祥永斷煩惱所知障故

我辯此論諸功德　咸持普施群生類
令獲勝生增福慧　疾證廣大三菩提

辯中邊論卷第三

辯中邊論頌

唐三藏法師玄奘奉詔譯

清刻龍藏佛說法變相圖

辯中邊論頌

彌勒菩薩說

唐三藏法師玄奘奉詔譯

辯相品第一

唯相障眞實　及修諸對治　即此修分位
得果無上乘　虛妄分別有　於此二都無
此中唯有空　於彼亦有此　故說一切法
非空非不空　有無及有故　是則契中道
識生變似義　有情我及了　此境實非有
境無故識無　虛妄分別性　由此義得成
非實有全無　許滅解脫故　唯所執依他
及圓成實性　境故分別故　及二空故說
依識有所得　境無所得生　依境無所得
識無所得生　由識有得性　亦成無所得
故知二有得　無得性平等　三界心心所

是虛妄分別　唯了境名心　亦別名心所
一則名緣識　第二名受者　此中能受用
分別推心所　覆障及安立　將導攝圓滿
三分別受用　引起并連縛　現前苦果故
唯此惱世間　三二七雜染　由虛妄分別
諸相及異門　義差別成立　應知二空性
略說唯由此　無二有無故　非有亦非無
非異亦非一　是說為空相　略說空異門
謂眞如實際　無相勝義性　法界等應知
由無變無倒　相滅聖智境　及諸聖法因
異門義如次　此雜染清淨　由有垢無垢
如水界全空　淨故許為淨　能食及所食
此依身所住　能見此如理　所求二淨空
為常益有情　為不捨生死　為善無窮盡
故觀此為空　為種性清淨　為得諸相好
為淨諸佛法　故菩薩觀空　補特伽羅法
實性俱非有　此無性有性　故別立二空
此若無雜染　一切應自脫　此若無清淨
功用應無果　非染非不染　非淨非不淨
心性本淨故　由客塵所染

辯障品第二

具分及一分　增盛與平等　於生死取捨
說障二種性　九種煩惱相　謂愛等九結
初二障猒捨　餘七障眞見　謂能障身見
彼事滅道寶　利養供敬等　遠離遍知故
無加行非處　不如理不生　不起正思惟
資糧未圓滿　闕種性善友　心極疲猒性
及闕於正行　鄙惡者同居　倒麤重三餘
般若未成熟　及本性麤重　懈怠放逸性
著有著資財　及心性下劣　不信無勝解

如言而取義 輕法重名利 於有情無悲
匱聞及少聞 不修治妙定 善菩提攝受
有慧無亂障 廻向不怖慳 自在名善等
如是善等十 各有前三障 於覺分度地
有別障應知 於事不善巧 懈怠定減二
不植羸劣性 見麤重過失 障富貴善趣
不捨諸有情 於失德減增 令趣入解脫
障施等諸善 無盡亦無間 所作善決定
受用法成熟 遍行與最勝 勝流入無攝
相續無差別 無雜染清淨 種種法無別
及不增不減 并無分別等 四自在依義
於斯十法界 有不染無明 障十地功德
故說爲十障 已說諸煩惱 及諸所知障
許此二盡故 一切障解脫

辯眞實品第三

眞實唯有十 謂根本與相 無顛倒因果
及麤細眞實 極成淨所行 攝受并差別
十善巧眞實 皆爲除我見 許於三自性
唯一常非有 一有而不眞 一有無眞實
於法數取趣 及所取能取 有非有性中
增益損減見 知此故不轉 是名眞實相
無性與生滅 垢淨三無常 所取及事相
和合苦三種 空亦有三種 謂無異自性
無相及異相 自相三無我 如次四三種
依根本眞實 苦三相已說 集亦有三種
謂習氣等起 及相未離繫 自性二不生
垢寂二三滅 遍知及永斷 證得三道諦
應知世俗諦 差別有三種 謂假行顯了
如次依本三 勝義諦亦三 謂義得正行
依本一無變 無倒二圓實 世極成依一

理極成依三　淨所行有二　依一圓成實
名遍計所執　相分別依他　眞如及正智
圓成實所攝　流轉與安立　邪行依初二
實相唯識淨　正行依後一　於蘊等我見
執一因受者　作者自在轉　增上義及常
雜染清淨依　觀縛解者性　此所執分別
法性義在彼　非一及總略　分段義名蘊
能所取彼取　種子義名界　能受所了境
用門義名處　緣起義於因　果用無增減
非於愛愛淨　俱生及勝主　得行不自在
是處非處義　根於取住續　用二淨增上
因果已未用　是世義應知　愛及受資糧
彼所因諸行　三寂滅對治　是諦義應知
由功德過失　及無分別智　依他自出離
是乘義應知　有爲無爲義　謂若假若因
若相若寂靜　若彼所觀義

辯修對治品第四

以麤重愛因　我事無迷故　爲入四聖諦
修念住應知　已遍知障治　一切種差別
爲遠離修集　勤修四正斷　依住堪能性
爲一切事成　滅除五過失　勤修八斷行
懈怠忘聖言　及惛沉掉舉　不作行作行
是五失應知　爲斷除懈怠　修欲勤信安
即所依能依　及所因能果　爲除餘四失
修念智思捨　記言覺沉掉　伏行滅等流
已種順解脫　復修五增上　謂欲行不忘
不散亂思擇　即損障名力　因果立次第
順決擇二二　在五根五力　覺支略有五
謂所依自性　出離并利益　及三無染支
由因緣所依　自性義差別　故輕安定捨

說爲無染支　分别及誨示　令他信有三
對治障亦三　故道支成八　表見戒遠離
令他深信受　對治本隨惑　及自在障故
有倒順無倒　無倒有倒隨　無倒無倒隨
是修治差别　菩薩所修習　由所緣作意
證得殊勝故　與二乘差别

辯修分位品第五

所說修對治　分位有十八　謂因入行果
作無作殊勝　上無上解行　入出離記說
灌頂及證得　勝利成所作　應知法界中
略有三分位　不淨淨不淨　清淨隨所應
依前諸位中　所有差别相　隨所應建立
諸補特伽羅

辯得果品第六

器說爲異熟　力是彼增上　愛樂增長淨
如次即五果　復略說餘果　後後初數習
究竟順障滅　離勝上無上

辯無上乘品第七

總由三無上　說爲無上乘　謂正行所緣
及修證無上　正行有六種　謂最勝作意
隨法離二邊　差别無差别　最勝有十二
謂廣大長時　依處及無盡　無間無難性
自在攝發起　得等流究竟　由斯說十度
名波羅蜜多　十波羅蜜多　謂施戒安忍
精進定般若　方便願力智　饒益不害受
增德能入脫　無盡常起定　受用成熟他
菩薩以三慧　恒思惟大乘　如所施設法
名作意正行　此增長善界　入義及事成
此助伴應知　即十種法行　謂書寫供養
施他聽披讀　受持正開演　諷誦及思修

行十法行者　獲福聚無量　勝故無盡故
由攝他不息　隨法行二種　謂諸無散亂
無顛倒轉變　諸菩薩應知　出定於境流
味沉掉矯示　我執心下劣　諸智者應知
智見於文義　作意及不動　二相染淨客
無怖高無倒　智但由相應　串習或翻此
有義及非有　是於文無倒　似二性顯現
如現實非有　知離有非有　是於義無倒
於作意無倒　知彼言熏習　言作意彼依
現似二因故　於不動無倒　謂知義非有
非無如幻等　有無不動故　於自相無倒
知一切唯名　離一切分別　依勝義自相
以離眞法界　無別有一法　故通達此者
於共相無倒　知顛倒作意　未滅及已滅
於法界雜染　清淨無顛倒　知法界本性
清淨如虛空　故染淨非主　是於客無倒
有情法無故　染淨性俱無　知此無怖高
是於二無倒　異性與一性　外道及聲聞
增益損減邊　有情法各二　所治及能治
常住與斷滅　所取能取邊　染淨二三種
分別二邊性　應知復有七　謂有非有邊
所能寂怖畏　所能取正邪　有用并無用
不起及時等　是分別二邊　差別無差別
應知於十地　十波羅蜜多　增上等修集
所緣謂安界　所能立任持　印內持通達
增證運最勝　修證謂無闕　不毀動圓滿
起堅固調柔　不住無障息　此論辯中邊
深密堅實義　廣大一切義　除諸不吉祥

辯中邊論頌

順中論

元魏婆羅門瞿曇般若流支譯

清刻龍藏佛說法變相圖

順中論翻譯記

諸國語言中天音正彼言那伽夷離淳那此云龍勝名味皆足上世德人言龍樹者片合一箱未是全當龍勝菩薩通法之師依大般若而造中論衆典於義包而不悉大乘論師名阿僧佉解未解處別爲此部魏尚書令儀同高公延國上賓瞿曇流支在第供養正通佛法對釋曇林出斯義論武定元年歲次癸亥八月十日丙寅揮辭凡有一萬三千七百二十七字

順中論卷上

龍　勝　菩　薩　造

元魏婆羅門瞿曇般若流支譯

入大般若波羅蜜經初品法門第一

歸命一切智

不滅亦不生　不斷亦不常　不一不異義

不來亦不去　佛已說因緣　斷諸戲論法

故我稽首禮　說法師中勝

如是論偈是論根本盡攝彼論我今更解彼

復有義如是如是如彼義說如是如是斷諸

衆生憘樂取著如是如是隨義造論無有次

第問曰汝說此論義無次第或有次第何意

因緣而說義論如所依法如是造論答曰此

如是義世尊已於大經中說言憍尸迦於未

來世若善男子若善女人隨自意解爲他說

此般若波羅蜜彼人唯說相似般若波羅蜜

非說真實般若波羅蜜帝釋王言世尊何者

是實般若波羅蜜而言相似非實般若波羅

蜜佛言憍尸迦彼人當說色無常乃至說識

無常如是說苦無我不寂靜空無相無願如

是乃至說一切智彼如是人不知方便有所

得故如是應知帝釋王言世尊何者是實般

若波羅蜜佛言憍尸迦尚無有色何處當有

常與無常如是乃至無一切智何處復有常

與無常如是等故又言憍尸迦若善男子若

善女人如是教他修行般若波羅蜜而說般

若波羅蜜作如是言善男子來修行般若波

羅蜜汝善男子乃至無有少法可取汝心勿

於少法中住何以故如是般若波羅蜜中無

有正法若過法者是則無法於何處住何以

故憍尸迦如一切法自體性空若其彼法自體空者彼法無體若無體者是名般若波羅蜜若是般若波羅蜜者彼無少法可取可捨若生若滅若斷若常若一義若異義若來若去此是真實般若波羅蜜依彼因緣故造此論我如是知般若波羅蜜此方便故我今解釋所謂入中論門彼善男子善女人言我知色無常乃至識無常苦無我等以此因緣故是相似般若波羅蜜非是眞實般若波羅蜜問曰若說色空無相無願云何此法唯是相似非實般若波羅蜜耶此三解脫世尊所說非有爲故云何彼空亦相似耶答曰以取著故問曰取著何法答曰於色取著於空取著若有取著云何得是般若波羅蜜此取著者豈非是見一切諸見皆因如來說空故斷又復何人即見彼空彼人復以何法對治唯無二際是則能除無二際故名爲非際是故如來已爲迦葉如是說言一切諸見見空得出若人取空於空生見我不能救以此義故師說偈言

空對一切見　是如來所說　於空生見者
彼則無對治

又復餘師名羅睺羅跋陀羅言

一切見對治　如來說空是　不愛空不著
著空空亦物　不愛空不空　此二非不愛
無能壞佛語　佛語處處徧

又復經中佛說偈言

夫人不正見　少智故取空　如捉蛇不堅
如呪不善成

諸如是等取著於色取著色體或分別空分

別不空彼如是色畢竟無物云何當有空與不空又如彼色一切諸法皆亦如是如佛世尊如是說言如不異色別更有空亦無異空別更有色如色於空空於色義亦復如是如是等故又復經中佛言迦葉若有何人見法不空如是之人法亦是空空亦是法又佛說言所言空者空自體空所言色者色自體空若有少法而不空者彼則有空一切諸法皆無自體何處當有空與不空依此義故有偈說言

若法有不空　空亦得言有　無有法不空
依何法說空

我依此知以此著故相似義成問曰若師如是以此方便解釋般若波羅蜜義以何義故先造中論名爲造作而非是經答曰若人愚癡非是黠慧彼人起心如是分別毀呰諸經謂經不熟唯論是實餘法無論爲彼人故此有偈言

伏煩惱怨盡　救有救惡道　如來有伏救
此二餘法無

此偈非唯直是根本亦以讚嘆供養如來亦斷一切戲論分別諸取著等故說此偈問曰云何答曰有無量種供養如來以如來有無量功德今且略說三種供養一者隨法順行供養二者資財奉施供養三者自身禮拜供養此初隨法順行供養供養中勝以此偈法供養如來供養中勝非物供養問曰此說何人供養如來答曰若人通達不生際者又復有說言須菩提於先禮我論師如是以此偈法供養如來問曰供養世尊第一上吉是故

論初應法供養謂此偈法如說能斷一切取著戲論等者今應當說答曰汝聽我今爲說善意思念言戲論者所謂取著有得有物二及不實取諸相等是戲弄法故名戲論彼今略說所謂取體若取非體取體非體或取非體非非體等此偈於彼一切皆斷問曰云何皆斷答曰偈言

佛已說因緣　斷諸戲論法　故我稽首禮
說法師中勝

因緣生者皆是戲論問曰因緣生者云何戲論答曰因緣生者世尊已於小乘中說隨順次第得入法義亦以對治外道取法問曰云何對治答曰外道惡見彼有體見有斷常見如是樂著一切世界摩醯首羅時節微塵勝及自性斷滅等生如是分別彼外道人如是分別則失因緣彼人如是樂戲論故名爲惡見此之戲論是諸外道取著之法爲斷此故世尊已說無明因緣而生於行無明滅故諸行滅等以如是故有世界生以如是故則世界滅非餘法故如是生滅問曰摩醯首羅時節微塵勝者自性及斷滅等此等因緣能生世界滅世界者此諸因緣可是戲論若因緣生因緣滅者云何戲論答曰以取著故次第乃至取著涅槃如來亦遮何況不遮取著因緣外道之人取著體故失於善道行於惡道戲論不實問曰云何答曰摩醯首羅若作世界彼爲是常爲是無常爲爲他作不爲他作彼爲生已而有所作爲是未生而有所作爲有而作爲無而作彼如是等皆悉不然若作世界爲常而作無常而作爲爲他作不爲他

作爲生不生爲有爲無如是一切皆不相應無道理故問曰云何名爲無道理耶答曰若是常法云何而得造作世界若是常法作世界者虚空亦應得作世界是事不可若是無常作世界者瓶等亦應造作世界若常無常作世界者虚空與瓶皆應得作是事不可若汝意謂常無常過離常無常更別有作作世界者是則無窮作世界作更復有作之所作故此復有過瓶亦應是作世界作是事不可若汝意謂此是過者則無作者而作世界此義不成問曰云何不成答曰無衆生故若無作者尚自非有況復有作如其無作得有造作是則無物亦應得作若其得作兔角亦應作石女兒又亦應作虚空華鬘是事不可亦可作瓶而皆不作若已生者當知不得造作世界如瓶不作若未生者亦不得作如石女兒若是有者不作世界猶如其人若是無者不作世界猶如兔角此於世界常無常等不相似過又復如是摩醯首羅常無常等若是世界之因緣者世間罪福亦是所作是事不可若如是者一切罪福則無果報然今現見世間罪福皆有果報又復勝等無物體故不作世界此義成就先已廣説以無因緣是故彼無若丈夫作丈夫不成自不成故不能成法若有丈夫可有轉行如勝是常無因緣故勝無轉行以是常故如丈夫覺丈夫無覺則常如勝若如是者一切諸法皆悉是常若無物者何法爲常若無法常云何分別流轉行等迦毘羅師汝是弟子云何有勝有丈夫者汝當説之令義成就爾乃於後常等法成

問曰云何無勝答曰云何有勝問曰以阿含故答曰我今亦以阿含故無問曰以道理故有勝成就失相攝故答曰何者道理問曰有勝以見次第有壞相故如見樹皮知有樹心答曰若如是者是汝家中私量所量道理成就實無此勝見壞相故猶如兔角兔角是有見壞相故如樹皮等若汝意謂雖無面等而是有者不相類故則知無勝以不生故如石女兒若如虛空則不成就若如涅槃是則無物無體云何成有不有此我今說汝雖有語都無義理如汝向者見宗因喻而有所說皆不相應此我今說破汝勝法有無量種不可具說略說少分於汝法中言丈夫者此無衆生無因緣故猶如兔角如汝向者言丈夫是世界因緣已引喻者世界因緣今共籌量若不能說緣具則滅緣具滅故是則有過譬喻則滅汝則退壞一切諍對不成就者無譬喻故應先自觀己之朋已說自因相若其是常則非作者若是無常亦非作者若爲他作亦非作者不爲他作亦非作者若體已生亦非作者若是未生亦非作者若其是有亦非作者若其是無亦非作者皆有譬喻不能具說當審思量自朋有喻他朋無喻如是如是摩醯首羅時微塵等世界因緣則不成就若此成就作與所作迭互相作無如是事若有此事摩醯首羅則能作勝勝亦能作摩醯首羅如是等故如是外道說作所作迭互相違皆不相應問曰如汝所說緣具不成是則有過譬喻則滅復退壞者此我今說何等緣具何者滅相若何等人宗因喻等三是緣具彼如

是人則三種滅唯因譬喻此二有過以緣具故宗則無滅以是言說之根本故又義成故此久已說有三種滅因喻二滅若人分別此之三分具足和合故名緣具彼如是人應三種滅若復有人因三相語則是緣具彼人三種云何有滅若緣具過若譬喻滅云何彼人而當有滅若緣具過汝未知故作如是說說喻滅已得緣具過若復退壞答曰云何如是摑打虛空若能捨離摩醯首羅之朋分已則可起心自謂黠慧爾乃攝取若耶須摩之朋分也汝此語言不能說於出世間法與世間法復不相應以其虛妄最凡鄙故此如是故則不須答若耶須摩論師說言此言語法云何復離世諦之法此我今說以何者是彼因三相若何者法語爲緣具復以何者是因三相

問曰朋中之法相對朋無復自朋成如聲無常以造作故因緣壞故作已生故如是等故若法造作皆是無常譬如瓶等聲亦如是作故無常諸如是等一切諸法作故無常答曰何名作法爲作名作離作名作此今解釋若以作故名爲作者聲是作法聲皆是作是故名作若如是者朋法不攝則不得言聲是朋法若汝意謂有如是過聲與作異聲則非作若法離作不得言作以如是故知聲非作若聲非作是則無法若無法者云何言常或言無常若分別物分別物法云何作聲爲有故作爲無故作此今解釋有法不作無亦不作若法有無亦不成作若汝說言聲是作法故無常者是事不然又如汝說三種相故是名

作法因及因語皆是緣具則不相應問曰云何名爲不相應耶答曰以不成故一切作法無三種相無朋對故作朋之對彼朋不作是故相破若不作者是則無法若無法者云何破壞如是兩朋非等非勝非有作法若無法壞亦可說言角兔破壞以無體故義不相應若汝意謂無常之朋常朋相對如是隨起此我今說汝甚愚癡以不成法而欲成法此無常者名爲無物若無物者則無自朋自朋不成不得隨起不得迴轉若如是者不得言朋如虛空等以無物故若汝說言他朋常者是義不然問曰云何不然答曰常不成故如此常者爲是有物爲是無物若是有物瓶則是常以有物故若常無物兔角應常以無物故是故不得言常無常若汝說言作法隨自朋不離是義不然以其自朋不成就故問曰云何不成答曰此說不成與朋相似得言相似以相似故有自他朋而汝朋者則不相應以所成法未成就故問曰云何名爲所成未成答曰以所成法是無常故無常無物如其無物何處相似何者相似謂瓶無常二相似生若如是說所成之法有異相似得言相似以相似故有自他朋此所成法若有二種得言相似瓶與無常有二種法得言相似無二種法故不相似彼所成法若未生者何名無常云何名爲所成成就云何無常所成成就問曰云何名爲所成不成答曰然此所成或時是聲或是無常或聲無常若合或和此等一切皆不可成若不可成爲於何處有所成法若分別物分別物法若有相似若汝意謂離

聲無常二種法外更攝餘物名所成若是義不然物不成故彼何者物離聲等二於何處攝而得言物彼若是聲彼則不得名爲所成以成就故若是無常彼無法故所成不成聲不能破若是合者是亦不然物與無物不可得合是故不合和亦如是而不可得若復意謂聲異所成是義不然無常與聲不別異故不異成故若汝說言有朋法作是義不然離朋有法義不成就於佛法中離物以外更無物法問曰緣具所成此二相對名物物法答曰緣具所成二皆不成離作物外更無作法如是作法與朋不離若作離朋朋則非作唯作是法離作無法不離於聲而有作法是故偈言

生作唯相貌　作者亦如是　一切生不實

生法如兔角

如是作法非有故有非無故有亦復非是有無故有如是思量作法三相義不相應作法無物語於何處得爲緣具若三種滅若緣具過又復語言於三種相則不相應語所說法皆空無故無自相故句之與語非一非異離字無句非一非異字微塵成因微塵有然彼微塵無分可得以無分故微塵自無不能有成若起若滅問曰如汝所言所說法空以法空故語三種相皆不成者是義不然所說有故此語所說有可得故因緣壞等云何而言所說法空遮三種相答曰因緣破壞義不相應不成就故聲因緣壞云何相應以念念故以不住故既是無物何處得有因緣破壞以不生故猶如兔角若復無常此語三相若常

無常二不相應如虛空無又亦如甁無有因緣如是因緣一切皆無有二過故此等一切悉皆如是邪法所攝皆是戲論破外道故佛說因緣問曰若如是者云何因緣得言戲論如來世尊以諸因緣是實故說佛如是說此無明等是大苦聚和合而生若無明滅大苦聚滅如來世尊說苦聖諦或說苦滅若是實者云何戲論答曰賢面當聽此今略說何名無明以不能知四顚倒故說名無明云何名實又言苦是苦聖諦者如來世尊不如是說如勝思惟梵天問經佛言梵天若彼苦是實聖諦者一切牛賭諸畜生等應有實諦何以故以彼皆受種種苦故又言梵天若彼集是實聖諦者六道衆生應有實諦何以故以彼因集生諸趣故又言梵天若彼滅是實聖諦者一切世間墮邪斷見說滅法者應有聖諦何以故彼說滅法爲涅槃故又言梵天若彼道是實聖諦者緣於一切有爲道者應有實諦何以故以彼依有爲法求離有爲法故以是故知苦非實諦又復說言知苦無生是名苦實聖諦是故如來經說偈言

一諦名不生　有人說四諦　道場不見一
何況復有四　如是未來世　當有諸比丘
惡意出家已　如是壞我法

是故得知一切諸法悉皆不生通達知者是實聖諦是故如來復有說言須菩提乃至無有微塵等法故名不生彼何法知而得名爲知不生法若無生忍而得名爲無生法忍以是故知苦等四法非四聖諦若如彼人之所分別則非是智若有能知不生不滅乃得言

諦乃得言智此如是義聖須菩提問如來言
爲苦是涅槃　苦智是涅槃　爲集是涅槃
集智是涅槃　爲滅是涅槃　滅智是涅槃
爲道是涅槃　道智是涅槃　佛言須菩提
苦非是涅槃　苦智非涅槃　苦集非涅槃
集智非涅槃　苦滅非涅槃　滅智非涅槃
道非是涅槃　道智非涅槃　又復須菩提
四聖諦平等　我說是涅槃　如是涅槃者
非苦非苦智　如是次第至　非道非道智
時聖須菩提　白佛言世尊　復以何者是
四聖諦平等　佛言須菩提　所言平等者
隨在於何處　非苦非苦智　如是次第至
非道非道智　若彼一切法　一切法真如
不虛妄真如　如是法平等　我說彼涅槃
而非是苦等　一切法不生　以無自體故
如是說能知　一切法不生　是名真聖諦

問曰若如是者以何義故如來經中說四聖諦答曰此爲次第隨順入故佛如是說非第一義或實或妄語是故世尊說言梵天言實聖諦實聖諦者何處無實無妄語等以是義故四顛倒起此智非實如是苦諦實不成就我義成就問曰我則不說非智爲實我說非智覺故名實云何而說於無常法謂是常法故名非智於苦謂樂故名非智無我謂我故名非智不淨謂淨故名非智如是等者皆非是智若於無常能知無常於苦知苦於無我法能知無我於不淨法能知不淨如是知者彼得言智彼得言實如是我說智名爲實非無智實答曰此癡臭氣風來熏我以戲論故此癡最大樂著智故問曰云何答曰偈言

若其有無常　可得言有常　既無少無常
何處當有常　若其少有苦　可得言有樂
既無微少苦　何處當有樂　若少有無我
可得言有我　既無有無我　何處當有我
若有不寂靜　可得有寂靜　既無不寂靜
何處有寂靜
而於色體貪取著已或分別常分別無常色
自體空畢竟無物何處有常及有無常如是
等類如色如是至一切法皆此因緣成就戲
論然此因緣亦是戲論非唯因緣如是戲論
乃至取佛亦是戲論問曰云何答曰善男子
聽汝勿憍慢佛智難解世尊偈言
持心如金剛　深信佛智慧　知心地無我
能聞微細智
令汝善意生金剛心善面汝今聽說戲論不
戲論相問曰云何答曰此如是義佛大經中
覺菩薩故言須菩提非體不覺非體須菩提
言世尊云何體能覺非體耶佛言不爾須菩
提須菩提言世尊云何非體能覺體耶佛言
不爾須菩提須菩提言世尊云何體能覺體
耶佛言不爾須菩提須菩提言世尊云何非
體能覺非體耶佛言不爾須菩提須菩提言
世尊云何一切法不可得耶不可覺耶不可
證耶若體不覺非體非體不覺體體不覺體
非體不覺非體此當無耶佛言有覺有得非
此四句法須菩提言世尊云何覺佛言須菩
提非體非非體彼如是覺何處無戲論彼如
是覺非戲論非戲論法彼如是覺慧命須菩
提白佛言世尊菩薩摩訶薩何者戲論佛言
須菩提色常無常者菩薩摩訶薩戲論須菩

提受想行識常無常者菩薩摩訶薩戲論若知色若不知色者菩薩摩訶薩戲論如是知受想行識不知受想行識者菩薩摩訶薩戲論知苦聖諦者戲論斷集者戲論證滅者戲論修道者戲論修行四禪者戲論修行四無量四無色三摩跋提四念處四正勤四如意足五根五力七覺分八聖道者戲論修行空解脫門無相無願解脫門者戲論修行八解脫九次第隨順行三摩跋提者戲論得須陀洹果斯陀含果阿那含果阿羅漢果辟支佛道者戲論我得緣覺菩提者戲論我具足滿十菩薩地者戲論我得菩薩行者戲論我教化衆生令成就者戲論我生如來十力者戲論我得四無所畏四無礙智十八不共法滿足者戲論我得一切具足者戲論我斷一切結習者戲論彼菩薩摩訶薩修行般若波羅蜜已知色若常無常戲論不應如是戲論菩薩如是不戲論乃至我得一切智者戲論不應如是戲論如是不戲論何以故自體自體不戲論非自體非自體不戲論自體非自體不戲論非自體自體不戲論更無有法可以戲論何處戲論誰爲戲論何者戲論云何戲論是故須菩提色不戲論乃至識不戲論略說乃至菩提不戲論如是須菩提菩薩摩訶薩如是不戲論應如是修行般若波羅蜜須菩提言世尊云何色不戲論乃至識不戲論略說乃至菩提不戲論佛告慧命須菩提言須菩提色無自體乃至識無自體略說乃至一切智無自體彼不戲論須菩提如是因緣色不戲論乃至識不戲論乃至一切智不戲

論如是菩薩摩訶薩修行般若波羅蜜成菩薩法汝今善意知此戲論不戲論相偈言

佛已説因縁　斷諸戲論法　故我稽首禮
説法師中勝

此偈成就四種所得戲論則斷

順中論卷上

音釋

憘 許既切悦好也 黠 胡戛切慧也 䐗 陟魚切與猪同

順中論卷下

龍勝菩薩造

元魏婆羅門瞿曇般若流支譯

入大般若波羅蜜經初品法門第二

問曰阿闍梨意爲何義故而造此論答曰依順道理入大般若波羅蜜義爲令衆生捨諸戲論取著等故既捨離已依順道理速入般若波羅蜜故既依道理速入般若波羅蜜已捨諸戲論一切取著捨諸戲論取著等已速疾成就無上正覺爲此義故師造此論問曰此無因緣而作是說答曰此因緣者第一因緣謂令衆生依順道理入於般若波羅蜜已速成正覺問曰若如是者何者般若波羅蜜耶答曰豈可不作如是說言

不滅亦不生　不斷亦不常　不一不異義
不來亦不去

此如是偈是修多羅道理阿含如次第釋令釋偈句非滅不滅非生不生應知諸句皆如是說問曰以何義故不如是言此法非滅故名不滅此法非生故名不生或可說言此法無滅故名不滅此法無生故名不生如是等耶答曰如是之義以於阿含道理有妨是故不得作如是說問曰云何有妨答曰何法無滅何法無生問曰第一義諦答曰若如是者有二種諦所謂世諦第一義諦若有二諦汝朋則成問曰若異世諦有第一義諦成我朋分爲有何過如說偈言

如來說法時　依二諦而說　謂一是世諦
二第一義諦　若不知此理　二諦兩種實
彼於佛深法　則不知實諦

答曰汝快善說我說亦爾依於二諦如來說法依二諦說說法眞如不破不二若其二者異第一義法眞如別有世諦法眞如一法眞如尚不可得何處當有二法眞如而可得也若說二諦此如是說不異世諦而更別有第一義諦以一相故謂無相故此如是義師偈說言

若人不知此　二諦之義者　彼於佛深法則不知眞實

問曰此云何諦答曰若此不破問曰此之二諦何物不破答曰一相所謂無相無自體如本性空如此則是諦如有偈中說諦相言

二種法皆無　戲論不戲論　不分別不異此義是諦相

若如此偈云何如來依二諦說一切如來皆無所依不依世諦亦復不依第一義諦如來說法心無所依何用多語但說所論舊所諍者如前所說第一義諦若滅若生二皆無者此則應說云何名爲第一義諦問曰涅槃是常彼涅槃處無生無滅若如是者一切外道朋皆成就彼外道人豈可不作如是說言我涅槃常寂靜不動不變不壞有法有物彼涅槃中無滅無生此等皆是外道之人分別涅槃取著涅槃此不相應常我勝者外道所說常我勝者以無體故答曰云何汝涅槃者何者涅槃而涅槃中無生無滅問曰貪欲瞋癡及陰等盡更不復生是名涅槃答曰此名盡者謂生無體滅故名盡彼滅云何可於滅中復有滅耶或於體中有無體耶何故遮我汝此語者爲依何物以爲境界而說此語爲體

境界非體境界爲體非體二種境界一切諸法皆不如是以相違故若不生者是則無體彼義云何於彼不生無體之中爲有生不而汝遮我此不生中則無有生依如道理阿含義故汝難不退涅槃空故以異涅槃更無法故如是成就有如是說何者名爲第一義空彼處說言第一義諦名爲涅槃彼涅槃者涅槃亦空復有經中說言世尊言涅槃者名爲寂靜無一切相無一切念復有說言此涅槃者涅槃所謂體非體空如是等說如是一切種種思量第一義諦體不可得是故不得遮生遮滅若汝意謂第一義諦微少有體而可說者即是我證汝今何用思量此處又如經說我今說之如來說言文殊師利如所說法無如是法如是不說亦如是無亦不可得問曰如是說者云何而避答曰若無少法無體聚物若或可說若不可說一切皆無如是名避捨此二諦所攝諍對問曰言誰語義爲有何過答曰若如是說則於道理阿含有妨問曰云何道理阿含有妨答曰如先聖者須菩提言何時世尊本爲菩薩摩訶薩時修行般若波羅蜜故正觀此法彼時正觀色不生乃至正觀一切智不生正觀凡夫不生乃至正觀佛不生而汝意謂此誰語義別有法者則不相應又舍利弗不如是說如慧命須菩提所說語義我如是知色不生乃至一切智不生凡夫不生乃至佛不生耶如是阿含有妨礙故是誰語義則不相應若汝復謂是誰語義雖不離法而說言離譬如乳渧水渧像身磨物石身第一義諦亦復如是言誰語義此

我今釋此不相應此乳等體則是有體汝取體已滯等法外更異法遮汝今云何第一義諦可有體耶若有體者此滅生等則可遮言不離法有是故汝義則不相應爲有何法非滅非生問曰第一義諦答曰彼是何法問曰涅槃答曰彼復何物問曰煩惱陰盡則名爲滅亦名無體如是我說名爲涅槃是我意解答曰若如是者斷滅之法亦是涅槃若彼先生煩惱業陰後時盡滅盡滅無體亦是涅槃未來未生亦是涅槃如是涅槃直是斷滅若如是者斷滅之法則是涅槃義可成就未來是無此既未至云何相應以是義故汝應可差放捨如是攝取涅槃問曰汝涅槃涅槃何類答曰經中可不如是說言一切諸法無始來滅本性不生無自體耶又復經中說言世尊若有沙門諸法本性寂滅相中求涅槃體我說彼人名爲外道如是等耶又復經中有說偈言

無始寂不生　本來自性滅　而轉法輪時
世尊開顯法

又阿闍梨復說偈言

不寂靜不得　不斷亦不常　不滅亦不生
如是名涅槃

如是思量道理阿含第一義諦有物不成以是義故先說道理非滅不滅非生不生如是一切如是則爲不二義成此如是說不生是色不異不生別更有色色是不生不異於色別有不生乃至一切智乃至佛如是盡滅則不異色乃至一切智乃至佛此如是說若盡若色若復不二此一切法非合非離乃至一

切智乃至佛者此義成就此語太煩可捨不須第一義諦言說甚多如是知已可捨此語不須更論修多羅義我今解釋或依道理或以阿含彼阿含者何者阿含所謂一切大乘經典一切大乘修多羅中皆說如是不滅等句然於般若波羅蜜中說此處多此是阿含今說道理問曰云何道理阿含此如是偈如經意釋答曰汝清淨心至心善聽我今解釋此之滅名於體上有非無體有如是生如是斷如是常如是等彼如是體種種思量皆不可成問曰彼體云何不成答曰以因緣故若何等法有因緣者彼無自體若無自體彼法無體此無體者無自體故譬如兔角以無因緣是故無法此一切法皆無自體以因緣故如幻如夢若汝意謂彼實有體有自體者云何知有因緣生故猶如瓶者此我今釋如是因緣分別無義若法自體何用因緣先自有故若無自體何用因緣以無法故以是義故分別因緣則無義理若說體者應如是知彼無體者無自體故是故如來如是說言須菩提一切和合皆無自體以因緣故一切和合和合皆空如是一切體不成就問曰云何滅等而不成就答曰體滅異體彼體不生故不成就問曰云何不生而得有體答曰無自體故若何等法無自體者彼法無生則如兔角自體無體問曰彼云何無答曰以因緣故若言有體無因緣者無如是法若汝意謂空數緣滅非數緣滅如是等法非有因緣而有不無是義不然問曰云何不然答曰如是滅者汝豈可不作是思惟彼滅云何爲有爲無又

復何者空等無爲既非是生云何爲有若是有者兎角亦有是義不可問曰若何等法自體無者彼生則無云何而言彼復無滅答曰汝心憍慢自謂數數被破自愛已朋攝滅不捨我於向者可不說言以不生故若不生者滅云何成若不滅者而復云何得成不生不生法中非唯無滅亦復無斷如是若常若一若異若來若去此等一切於不生中皆不成就如說偈言

於不生體中　則無滅可得　不滅則不生
皆不可成就

如是二法則無前後謂法先生後時滅二或亦先滅後時生二問曰云何無耶答曰以有爲法無無始故又一切法悉皆空故問曰若人有爲無無始者則無此過我則不爾有爲有始摩醯首羅時微塵等有爲因緣有無始故是故何人有爲無始則無此過或先生已於後時滅或滅已後時乃生無決定故有爲無始非此決定則非我義我則不爾有爲有始摩醯首羅時微塵等有爲因緣有無始故又毗耶婆如是說言生者必死死者必生如是等故答曰汝既倒已方始作勢此我於先可不已遮摩醯首羅時微塵等非因緣耶若非因緣云何成始又復汝引摩醯首羅時微塵等爲有因緣爲無因緣若更有者是則有爲無始義成若更無者摩醯首羅時微塵等非有爲始以非因故猶如兎角一切法體皆無因緣是義不成若是何人攝受此意有爲無始彼始是人則得見過以其說言有爲有始有爲無始是故名見問曰汝唯如是與他

朋過不住自朋答曰若說體者得如是過過
不在我又我如是自體空中一切法中我無
分別有爲之法有何者始何者無始有何者
終何者無終始是等也如阿闍梨所說偈言
一切體中空　何者終不終　終者是何終
非終非何終
如是思量滅生二種次第相對如父子者義
不相應則無此滅問曰云何無耶答曰思量
此滅如是滅法或在前有或後時有或二時
有或一或異若或二者一切不成又復滅者
滅名無體失盡非常諸如是等若無體者彼
復云何成有成無若汝意謂體亦是滅非是
非體如是體者云何滅體而復可壞如瓶可
滅以有體故若無生者何處有體或得有滅
或有或無如是如來有偈說言

何人不取生　彼人無物滅　彼不著有無
不取世界物
此滅如是云何成有若成就無又此滅者滅
名無常於汝法中無常三種一者念念壞滅
無常二者和合離散無常三者畢竟如是無
常此如是等三種無常有無所攝世尊皆遮
問曰云何皆遮答曰世尊說言須菩提若有
體者可得言盡復有說言無常之物則爲不
實非生滅相若體有滅無常不成如是滅義
若依道理阿含思量皆不成就是故於滅不
應攝取問曰此義云何爲唯遮滅若有若無
爲復遮餘一切法體答曰取一切體若有若
無此取皆遮非唯遮滅問曰何義故遮答曰
斷過過故師如是說所謂偈言
若取有著常　無則墮斷見　是故黠慧者

不依止有無

又復有說所謂偈言

若人見於有　或見無是癡　彼不知修行

寂靜安隱處

又復有說言迦旃延有則墮常無則墮斷又復經中說言迦葉有是一邊無是一邊中者非有亦非是無以無體故此義應知無自體故一切體有一切體無義皆不然此如是義如世尊說言須菩提於體自體一切法中若有若無義皆不然須菩提言實爾世尊如是處處攝一切體若有若無一切皆遮以無體故以不生故有無皆無亦無有滅問曰如是如是於一切法不生法中無有滅者如一切法不生之義汝今應說此義云何復無斷耶答曰此斷名者則於體有非於無體彼體不成問曰云何不成答曰自體他體悉皆無體以無體故猶如兔角非有自體非有他體非體不體以不生故如是一切體不生者此義則成如阿闍梨如說偈言

或自體他體　或體或無體　如是見不見

佛法第一義

是故無體則亦無斷又復如是常斷之相是有所攝或非有攝如是二種世尊皆遮問曰此何故遮答曰佛爲教成迦旃延故有無皆遮世尊眞知體非體者是故無斷又此若有本性成者云何得言無法無物或復言異或言無體此若有法可斷可滅可失等者可得名斷然後有法本性自無云何不失而或言斷如說偈言

若法本性有　此可得言無　若言本性異

此義不可得　以本性無故　變異不可得
若本性有者　可得言變異
又復此中前言有體言有體已後時言無常
斷過成如偈說言
若有自體者　非無而亦常　先有後時無
則成就斷見
此攝常斷二種過失故如是遮若說體者成
斷常過以依如是道理阿含思量彼斷則不
可成彼如是斷則不成就問曰云何不成答
曰以無因故以不滅故所謂斷者名滅無體
無體無因若或無滅猶如兔角若法有體可
得言因可得言滅其猶如瓶師如是說所謂
偈言
法有因有滅　彼可見如牙　滅中無滅者
是故無滅因

此無因故則知是無復不滅故汝心如是欲
求眞實不應著斷問曰我今已解受此無斷
若攝此斷一切惡中最爲鄙惡云何不常答
曰我上豈可不說不生若不生者云何有常
若不生常兔角亦常是則不可故非有常世
尊說言若法不生不得言常亦復非斷是故
常斷二皆不成以墮邊故若汝意謂虛空我
等不生而有亦得是常如說有法無有因緣
而實是常以是義故虛空我等常則成者是
義不然何用思惟石女之子或黑或白虛空
等無而汝思惟是常亦爾問曰彼虛空等云
何無物答曰空等畢竟物不可得猶如兔角
畢竟如是六根各各皆不能得如是空等亦
不可得是故知無以是無故虛空等常義則
不成又不生故無義則成如汝意謂是有法

者若當未有法不成有法不成以不生故無自體故若有體者以自體故彼是有故不須和合以是有故若無自體無自體中則無有法以無物故猶如兔角如偈說言

體無自體故　是則無有法　此因緣此生　此義不如是

若汝意謂虛空是有以有相者彼相亦無無初無後亦無二故復有不生若不生法而有相者兔角應有長短等相此義不然若汝意謂我相可得彼相六識所不取故相不可得若汝意謂相現見者則失自法以根得故若如是者汝所立我是無常等若汝意謂非根境界相則不攝問曰雖如是破而實有我一句說故此若一句攝兩字說則知彼有猶如澡鑵我亦如是兩字說故則知有我（此一我字翻彼二字）答曰此語不成一箱語故如彼虛空亦夢等（此一夢字翻彼二字）我亦如是是故無我如彼虛空又亦如夢此等一切二字所說皆悉是無我亦如是是故無我又復無我以其作故若物是作則知無我猶如彼瓶如是身作故身無我以是作故若汝意謂以於身中見命等相知有我者命等相中無常無常如是思量常則不成若汝意謂我實不說有法是常亦復不說無法為斷更復有法於三世轉不滅名常若無法者不得有義是故我說有法是常若無法者則為是斷汝作是意我今解釋若有法者是則得言三世流轉常法定住不動不變云何而得三世流轉若流轉者則是無常問曰云何無常答曰若過去者云何是常若過去者則是無常云何過去過去名失名

盡名滅名爲無體彼云何常若其無體云何過去若有物體云何過去若其有者石女之子亦應是常以無體故又若過去常義不成未來世常義亦不成問曰云何不成答曰此未來者名爲無體名爲不生名爲不出彼若如是云何爲常若其常者兔角亦常此義不可若謂有物云何未來若或是常若或未來義不相應又現在常義亦不成問曰云何不成答曰此現在者現法流轉故名現在彼現在法一念不住若一念住一劫亦住而此住相實不可得以無住故念亦是無若念轉者云何是常若不生者何有現在未來過去時節成就時無體故若有體者是則過去未來現在則不是時若是時者過去未來現在非體時或與體若一若異義皆不成又時與體有尚不成何況過去未來現在或復是常若有體常體自不成體不成故云何成常是故常無如汝意謂如其無物則非法者此最不成汝何意故謂無物者則非是法若以無物則非法者是則有法亦非是法以無與有共相對故以無法無有法亦無以彼無法不成就故如其無法不成法者云何有法而得成法云何有法欲爲有法若汝意謂此有法者更有因緣有此有法則有法與彼無法則不相對此今解釋若汝分別此有法者更有有法二者平等相似相對不同無者此之有法更有有法更無有法此我今釋若彼有法更有有法是則無窮若汝意謂從於無法而有有法是則無因而有法生是則有法義不成就如是無法而有法生無信樂者如是有無

汝捨勿攝又有法朋相對朋示彼有法者若其有體得言有法若無體者是則不得名爲有法彼體不成體若不成云何而得成有成無汝可捨此有無分别何用此爲復有義釋如是滅生斷常等法其義云何爲一物中一時而有爲當前後此我今釋不相應法云何一處互相違故滅等相違不得同處於一物中云何不壞若汝意謂於一念中有滅有生有斷常等則不相應若汝復謂於一物中非一念轉異異念中差别轉者則不相應問曰云何名爲不相應耶答曰若如是者更異法滅更異法生更異法斷更異法常如是等故此一物中云何别異若汝意欲避如是過異物異滅物外異生異斷異常如是等者此則不成問曰云何不成答曰若如是者則於一物亦得言有亦得言無無此道理是故一異義則不成非唯滅等一異不成復何者法若有滅等彼共滅等一異不成問曰云何爲唯滅等一異不成爲一切法一異不成答曰一切諸法皆亦如是一異不成如偈句言亦非一義非異義故問曰云何一切諸法一異不成答曰以不生故如石女兒若法生者一異義成若一切法皆不生者一異之義云何可成如石女兒本自不生無自體故又無自體以因緣故因緣法者無法可得若因緣者則非是生經中說故此一異義則不成就問曰云何因緣名爲不生若不生者云何而說名爲因緣若因緣者云何不生若不生者云何因緣如其因緣名不生者義不相應答曰此不相應若說因緣則不相應若體是有云何

因緣以先有故如其無者則是無法云何因緣以無法故如其無法有因緣者是則兔角亦須因緣因者無體以無物故如虚空華是故此義道理則成思惟因緣則是不生何者因緣問曰因緣二種一内二外内者所謂無明緣行乃至老死外因緣者所謂一切器世間中種子芽等答曰此如是法今共籌量若汝分别此無明等十二諸分因緣法者如汝所説此十二分爲如車分於車爲分名爲因緣爲此十二而共和合名爲因緣爲一一分自是因緣爲二二分二分因緣爲當於此一切分外更有因緣爲唯相貌此一切法如是思量皆不相應問曰云何名爲不相應耶答曰以念念故者唯是一則無因緣問曰云何是一則無因緣答曰若如是者唯一無明得

爲因緣餘非因緣又復二者亦非因緣以滅與生二不俱故如生不生則不和合分别車分亦不相應因緣和合不可得故現見車分於一時中有法和合無明等分於一時中不見有法如是因緣説名因緣如車分車無明等分則不如是滅生生滅法無和合若無和合爲説何法若無所説云何説法所有言説是法相貌云何相貌可得言有如阿闍梨提婆偈言

一法名無體　以無和合故　若一無體者

是則無和合

若離諸分更别有法則非因緣以不生故如是因緣不生義成如佛説言言因緣者因緣則空是故應捨因緣之義不應攝受如是思量一義異義二皆不成又見一已取異相對

既見異故取一相對相對不成如偈說言

異異因緣外　更無有法生　不異因緣外
則無法可得　異異更無異　不異異亦無
如其異無者　異更不可得

如是一異應捨勿攝如是捨已知本性空心念彼空何用攝受虛妄不實問曰如是如是一切諸法本性自空此第一義是眞是實我今始解如來實語如世尊說一切諸法本性自空無自體故此復云何世間之人一切現見去來不成答曰以阿含故問曰何者阿含答曰此如是義於大經中如來說言須菩提一切諸法去來行空彼人不覺取著不捨而彼空法不去不來無有一法而不空者又復說言一切諸法悉不來者此是阿含又道理故若法不生則無去來猶如兔角此義成就又偈說言

已去則不去　未去亦未去　離已去不去
現去則不去

此復廣說何者爲去何法是去去者是誰若是我去以無我故去義不成汝法我常不動不搖云何能去若我能去虛空亦去而此虛空實無去法我者不能從於此方而到彼方無離無合汝所立我過一切處則無去處自在秉執徧一切故以是義故我則不去若汝意謂以身隨心是故有行此義不然以其有常無常過故又以有分無分過故又以有色無色過故心非作故身不隨行不可得心身有無常不成就云何此方行到彼方如迦毘羅弟子意謂由勝因緣丈夫流轉如是名行丈夫作已迴故名還是故由勝得有去來

此我解釋汝今乃以虛空之華作歡喜丸與石女兒令使食之汝勝是無而汝意謂由勝力故丈夫去來勝雖是常而能令使丈夫去來義亦如是如汝意解如丈夫行則非是作不不成就有所行法若村城等此先已遮以不生故又復更有說有爲者彼則無去無動搖故行是相貌如是相貌非有爲體如是皆說一切有爲念念無常如是不住云何有行是故偈言有生得言行亦得言作者如是故知有爲之法雖生雖行如是生者於先已遮復有偈言

有爲無來處　念念不住故　又亦無去處
如是故無住

如是有爲行至異處則無此理無行作故如是有爲有尚不成況有行去若到已還自體空故若汝意謂陰有行去有爲不攝此義不然陰不成故問曰云何不成答曰因緣空故此義云何猶如兔角畢竟如是無有因緣色等諸陰亦復如是因緣畢竟不可得也此如是知因緣空故色等陰無如阿闍梨所說偈言

離色之因緣　色則不可得　亦復不離色
而見色因緣　離色之因緣　色自成就色
物不得因緣　不得無因緣

應如是知無因緣故色則是無如是一切若汝意謂微塵是有此不成故如是行義則不可成如汝說言一切現見有行去來此義不然現不成故問曰云何不成答曰此現者名或知或物此我今釋若知應說何者是知是誰之現若六境界是可得者境界無故云何

可得知是現耶有念念者彼則無現乃至不
疑有現無現是則爲勝知現之知此知非現
知境界故知不成故說有物人則捨自法物
云何現此之現相量遮法中廣遮此事此何
者現今何者現又復如來有偈說言
眼則不見色　識則不知法　此第一隱密
世間不能知
如是之義阿闍梨言
何人自於自　不曾能自見　若不能見自
云何能見他
如是無現現不可得如汝說言一切現見有
去來者此義不然去來非色云何言現非眼
所得非意所念彼不成有豈可現見若汝意
謂以有比故知是有者比亦不成前有現故
比之與現俱不成故比者名知是意分別如
是比者唯意能取意所攝故是故此義則不
如是意亦無故問曰此如是義若法不生則
無去來亦復無現誰安隱心不狂之人而受
此義謂於一切不生法中而有去來如是異
義如是一義如是常義如是斷義如是生義
如是滅義此等一切以不生故皆悉不成又
一切法云何不生答曰偈言
非自亦非他　非二非無因　一切法如是
是故皆不生
順中論卷下

攝大乘論本

唐三藏法師玄奘奉詔譯

清刻龍藏佛說法變相圖

攝大乘論本卷上

無著菩薩造
唐三藏法師玄奘奉 詔譯

總標綱要分第一

阿毗達磨大乘經中薄伽梵前已能善入大乘菩薩爲顯大乘體大故說謂依大乘諸佛世尊有十相殊勝殊勝語一者所知依殊勝殊勝語二者所知相殊勝殊勝語三者入所知相殊勝殊勝語四者彼入因果殊勝殊勝語五者彼因果修差別殊勝殊勝語六者即於如是修差別中增上戒殊勝殊勝語七者即於此中增上心殊勝殊勝語八者即於此中增上慧殊勝殊勝語九者彼果斷殊勝殊勝語十者彼果智殊勝殊勝語由此所說諸佛世尊契經諸句顯於大乘真是佛語

復次云何能顯由此所說十處於聲聞乘曾不見說唯大乘中處處見說謂阿賴耶識說名所知依體三種自性一依他起自性二徧計所執自性三圓成實自性說名所知相體唯識性說名入所知相體六波羅蜜多說名彼入因果體菩薩十地說名彼因果修差別體菩薩律儀說名此中增上戒體首楞伽摩虛空藏等諸三摩地說名此中增上心體無分別智說名此中增上慧體無住涅槃說名彼果斷體三種佛身一自性身二受用身三變化身說名彼果智體由此所說十處顯於大乘異聲聞乘又顯最勝世尊但爲菩薩宣說是故應知但依大乘諸佛世尊有十相殊勝殊勝語

復次云何由此十相殊勝殊勝如來語故顯於大乘眞是佛語遮聲聞乘是大乘性由此十處於聲聞乘曾不見說唯大乘中處處見說謂此十處是最能引大菩提性是善成立隨順無違爲能證得一切智智此中二頌

所知依及所知相　彼入因果彼修異
三學彼果斷及智　最上乘攝是殊勝
此說此餘見不見　由此最勝菩提因
故許大乘眞佛語　由說十處故殊勝

復次云何如是次第說此十處謂諸菩薩於諸法因要先善巧方於緣起應得善巧次後於緣所生諸法應善其相善能遠離增益損減二邊過故次復如是善修菩薩應正通達善所取相令從諸障心得解脫次後通達所知相已先加行位六波羅蜜多由證得故應更成滿增上意樂得清淨故次後清淨意樂

所攝六波羅蜜多於十地中分分差別應勤
修習謂要經三無數大劫次後於三菩提所
學應令圓滿既圓滿已彼果涅槃及與無上
正等菩提應現等證故說十處如是次第又
此說中一切大乘皆得究竟

所知依分第二

此中最初且說所知依即阿賴耶識世尊何
處說阿賴耶識名阿賴耶識謂薄伽梵於阿
毗達磨大乘經伽他中說

無始時來界　一切法等依　由此有諸趣
及涅槃證得

即於此中復說頌曰

由攝藏諸法　一切種子識　故名阿賴耶
勝者我開示

如是且引阿笈摩證復何緣故此識說名阿
賴耶識一切有生雜染品法於此攝藏爲果
性故又即此識於彼攝藏爲因性故是故說
名阿賴耶識或諸有情攝藏此識爲自我故
是故說名阿賴耶識復次此識亦名阿陀那
識此中阿笈摩者如解深密經說

阿陀那識甚深細　一切種子如暴流
我於凡愚不開演　恐彼分別執爲我

何緣此識亦復說名阿陀那識執受一切有
色根故一切自體取所依故所以者何有色
諸根由此執受無有失壞盡壽隨轉又於相
續正結生時取彼生故執受自體是故此識
亦復說名阿陀那識此亦名心如世尊說心
意識此中意有二種第一與作等無間緣所
依止性無間滅識能與意識作生依止第二
染汙意與四煩惱恒共相應一者薩迦耶見

二者我慢三者我愛四者無明此即是識雜染所依識復由彼第一依生第二雜染了別境義故等無間義故思量義故意成二種

復次云何得知有染汙意謂此若無不共無明則不得有成過失故又五同法亦不得有成過失故所以者何以五識身必有眼等俱有依故又訓釋詞亦不得有成過失故又無想定與滅盡定差別無有成過失故謂無想定染意所顯非滅盡定若不爾者此二種定應無差別又無想天一期生中應無染汙成過失故於中若無我執我慢又一切時我執現行現可得故謂善不善無記心中若不爾者唯不善心彼相應故有我我所煩惱現行非善無記是故若立俱有現行非相應現行無此過失此中頌曰

若不共無明　及與五同法　訓詞二定別
無皆成過失　無想生應無　我執轉成過
我執恒隨逐　一切種無有　離染意無有
二三成相違　無此一切處　我執不應有
眞義心當生　常能爲障礙　俱行一切分
謂不共無明

此意染汙故有覆無記性與四煩惱常共相應如色無色二纏煩惱是其有覆無記性攝色無色纏爲奢摩他所攝藏故此意一切時微細隨逐故

心體第三若離阿賴耶識無別可得是故成就阿賴耶識以爲心體由此爲種子意及識轉何因緣故亦說名心由種種法熏習種子所積集故

復次何故聲聞乘中不說此心名阿賴耶識

名阿陀那識由此深細境所攝故所以者何由諸聲聞不於一切境智處轉是故於彼雖離此說然智得成解脫成就故不爲說若諸菩薩定於一切境智處轉是故爲說若離此智不易證得一切智智

復次聲聞乘中亦以異門密意已說阿賴耶識如彼增壹阿笈摩說世間衆生愛阿賴耶樂阿賴耶欣阿賴耶喜阿賴耶爲斷如是阿賴耶故說正法時恭敬攝耳住求解心法隨法行如來出世如是甚奇希有正法出現世間於聲聞乘如來出現四德經中由此異門密意已顯阿賴耶識於大衆部阿笈摩中亦以異門密意說此名根本識如樹依根化地部中亦以異門密意說此名窮生死蘊有處有時見色心斷非阿賴耶識中彼種有斷阿賴耶如是所知依說阿賴耶識爲性阿陀那識爲性心爲性阿賴耶爲性根本識爲性窮生死蘊爲性等由此異門阿賴耶識成大王路復有一類謂心意識義一文異是義不成意識兩義差別可得當知心義亦應有異復有一類謂薄伽梵所說衆生愛阿賴耶乃至廣說此中五取蘊說名阿賴耶有餘復謂貪俱樂受名阿賴耶有餘復有薩迦耶見名阿賴耶此等諸師由教及證愚於藏識故作此執如是安立阿賴耶名隨聲聞乘安立道理亦不相應若不愚者取此藏識安立彼說阿賴阿名如是安立則爲最勝云何最勝若五取蘊名阿賴耶生惡趣中一向苦處最可猒逆衆生一向不起愛樂於中執藏不應道理以彼常求速捨離故若貪俱樂受名阿賴

耶第四靜慮以上無有具彼有情常有猒逆於中執藏亦不應理若薩迦耶見名阿賴耶於此正法中信解無我者恒有猒逆於中執藏亦不應理阿賴耶識内我性攝雖生惡趣一向苦處求離苦蘊然於藏識我愛隨縛未嘗求離雖生第四靜慮以上於貪俱樂恒有猒逆然於藏識我愛隨縛雖於此正法信解無我者猒逆我見然於藏識我愛隨縛是故安立阿賴耶識名阿賴耶成就最勝如是已説阿賴耶識安立異門安立此相云何可見安立此相略有三種一者安立自相二者安立因相三者安立果相此中安立阿賴耶識自相者謂依一切雜染品法所有熏習爲彼生因由能攝持種子相應此中安立阿賴耶識因相者謂即如是一切種子阿賴耶識於一切時與彼雜染品類諸法現前爲因此中安立阿賴耶識果相者謂即依彼雜染品法無始時來所有熏習阿賴耶識相續而生

復次何等名爲熏習熏習能詮何爲所詮謂依彼法俱生俱滅此中有能生彼因性是謂所詮如苣藤中有華熏習苣藤與華俱生俱滅是諸苣藤帶能生彼香因而生又如所立貪等行者貪等熏習依彼貪等俱生俱滅此心帶彼生因而生或多聞者多聞熏習依聞作意俱生俱滅此心帶彼記因而生由此熏習能攝持故名持法者阿賴耶識熏習道理當知亦爾復次阿賴耶識中諸雜染品法種子爲別異住爲無別異非彼種子有別實物於此中住亦非不異然阿賴耶識如是而生有能生彼功能差別名一切種子識復次阿

賴耶識與彼雜染諸法同時更互爲因云何可見譬如明燈焰炷生燒同時更互又如蘆束互相依持同時不倒應觀此中更互爲因道理亦爾如阿賴耶識爲雜染諸法因雜染諸法亦爲阿賴耶識因唯就如是安立因緣所餘因緣不可得故

云何熏習無異無雜而能與彼有異有雜諸法爲因如衆纈俱纈所纈衣當纈之時雖復未有異雜非一品類可得入染器後爾時衣上便有異雜非一品類染色絞絡文像顯現阿賴耶識亦復如是異雜能熏之所熏習於熏習時雖復未有異雜可得果生染器現前已後便有異雜無量品類諸法顯現如是緣起於大乘中極細甚深又若略說有二緣起一者分別自性緣起二者分別愛非愛緣起此中依止阿賴耶識諸法生起是名分別自性緣起以能分別種種自性爲緣性故復有十二支緣起是名分別愛非愛緣起以於善趣惡趣能分別愛非愛種種自體爲緣性故於阿賴耶識中若遇第一緣起或有分別自性爲因或有分別宿作爲因或有分別自在變化爲因或有分別實我爲因或有分別無因無緣若遇第二緣起復有分別我爲作者我爲受者譬如衆多生盲士夫未曾見象復有以象說而示之彼諸生盲有觸象鼻有觸其牙有觸其耳有觸其足有觸其尾有觸脊梁諸有問言象爲何相或有說言象如犂柄或說如杵或說如箕或說如臼或說如箒或有說言象如石山若不解了此二緣起無明生盲亦復如是或有計執自性爲因或有計

執宿作爲因或有計執自在爲因或有計執實我爲因或有計執無因無緣或有計執我爲作者我爲受者阿賴耶識自性因性及果性等如所不了象之自性

又若略説阿賴耶識用異熟識一切種子爲其自性能攝三界一切自體一切趣等此中五頌

外内不明了　於二唯世俗　勝義諸種子
當知有六種　刹那滅俱有　恒隨轉應知
決定待衆緣　唯能引自果　堅無記可熏
與能熏相應　所熏非異此　是爲熏習相
六識無相應　三差别相違　二念不俱有
類例餘成失　此外内種子　能生引應知
枯喪由能引　任運後滅故

爲顯内種非如外種復説二頌

外或無熏習　非内種應知　聞等熏習無
果生非道理　作不作失得　過故成相違
外種内爲緣　由依彼熏習

復次其餘轉識普於一切自體諸趣應知説名能受用者如中邊分别論中説伽他曰

一則名緣識　第二名受者　此中能受用
分别推心法

如是二識更互爲緣如阿毗達磨大乘經中説伽他曰

諸法於識藏　識於法亦爾　更互爲果性
亦常爲因性

若於第一緣起中如是二識互爲因緣於第二緣起中復是何緣是增上緣如是六識幾緣所生增上所緣等無間緣如是三種緣起謂窮生死愛非愛趣及能受用具有四緣如

是已安立阿賴耶識異門及相復云何知如是異門及如是相決定唯在阿賴耶識非於轉識由若遠離如是安立阿賴耶識雜染清淨皆不得成謂煩惱雜染若業雜染若生雜染皆不成故世間清淨出世清淨亦不成故云何煩惱雜染不成以諸煩惱及隨煩惱熏習所作彼種子體於六識身不應理故所以者何若立眼識貪等煩惱及隨煩惱俱生俱滅此由彼熏成種非餘即此眼識若已謝滅餘識所間如是熏習熏習所依皆不可得從此先滅餘識所間現無有體眼識與彼貪等俱生不應道理以彼過去現無體故如從過去現無體業異熟果生不應道理又此眼識貪等俱生所有熏習亦不成就然此熏習不住貪中由彼貪欲是能依故不堅住故亦不得住所餘識中以彼諸識所依別故又無決定俱生滅故亦復不得住自體中由彼自體決定無有俱生滅故是故眼識貪等煩惱及隨煩惱之所熏習不應道理又復此識非識所熏如說眼識所餘轉識亦復如是如應當知復次從無想等上諸地沒來生此間爾時煩惱及隨煩惱所染初識此識生時應無種子由所依止及彼熏習並已過去現無體故復次對治煩惱識若已生一切世間餘識已滅爾時若離阿賴耶識所餘煩惱及隨煩惱種子在此對治識中不應道理此對治識自性解脫故與餘煩惱及隨煩惱不俱生滅故復於後時世間識生爾時若離阿賴耶識彼諸熏習及所依止久已過去現無體故應無種子而更得生是故若離阿賴耶識煩惱雜

染皆不得成
云何爲業雜染不成行爲緣識不相應故此
若無者取爲緣有亦不相應
云何爲生雜染不成結相續時不相應故若
有於此非等引地沒已生時依中有位意起
染汙意識結生相續此染汙意識於此中有
中滅於母胎中識羯羅藍更相和合若即意
識與彼和合旣和合已依止此識於母胎中
有意識轉若爾即應有二意識於母胎中同
時而轉又即與彼和合之識是意識性不應
道理依染汙故時無斷故意識所緣不可得
故設和合識即是意識即是此和合意識即是
一切種子識爲依止此識所生餘意識是一
切種子識若此和合識是一切種子識即是
阿賴耶識汝以異名立爲意識若能依止識
是一切種子識是則所依因識非一切種子
識能依果識是一切種子識不應道理是故
成就此和合識非是意識但是異熟識是一
切種子識
復次結生相續已若離異熟識執受色根亦
不可得其餘諸識各別依故不堅住故是諸
色根不應離識若離異熟識識與名色更互
相依譬如蘆束相依而轉此亦不成若離異
熟識已生有情識食不成何以故以六識中
隨取一識於三界中已生有情能作食事不
可得故若從此沒於等引地正受生時由非
等引染汙意識結生相續此非等引染汙之
心彼地所攝離異熟識餘種子體定不可得
復次生無色界若離一切種子異熟識染汙
善心應無種子染汙善心應無依持又即於

彼若出世心正現在前餘世間心皆滅盡故爾時便應滅離彼趣若生非想非非想處無所有處出世間心現在前時即應二趣悉皆滅離此出世識不以非想非非想處爲所依趣亦不應以無所有處爲所依趣亦非涅槃爲所依趣又將没時造善造惡或下或上所依漸冷若不信有阿賴耶識皆不得成是故若離一切種子異熟識者此生雜染亦不得成

云何世間清淨不成謂未離欲纒貪未得色纒心者即以欲纒善心爲離欲纒貪故勤修加行此欲纒加行心與色纒心不俱生滅故非彼所熏爲彼種子不應道理又色纒心過去多生餘心間隔不應爲今定心種子唯無有故是故成就色纒定心一切種子異熟果識展轉傳來爲今因緣加行善心爲增上緣如是一切離欲地中如應當知如是世間清淨若離一切種子異熟識理不得成

云何出世清淨不成謂世尊說依他言音及内各別如理作意由此爲因正見得生此他言音如理作意爲熏耳識爲熏意識爲兩俱熏若於彼法如理思惟爾時耳識且不得起意識亦爲種種散動餘識所間若與如理作意相應生時此聞所熏意識與彼熏習久滅過去定無有體云何復爲種子能生後時如理作意相應之心又此如理作意相應是世間心彼正見相應是出世心曾未有時俱生俱滅是故此心非彼所熏既不被熏爲彼種子不應道理是故出世清淨若離一切種子異熟果識亦不得成此中聞熏習攝受彼種

子不相應故

復次云何一切種子異熟果識爲雜染因復爲出世能對治彼淨心種子又出世心昔未曾習故彼熏習決定應無旣無熏習從何種生是故應答從最清淨法界等流正聞熏習種子所生此聞熏習爲是阿賴耶識自性爲非阿賴耶識自性若是阿賴耶識自性云何是彼對治種子若非阿賴耶識自性此聞熏習種子所依云何可見乃至證得諸佛菩提此聞熏習隨在一種所依轉處寄在異熟識中與彼和合俱轉猶如水乳然非阿賴耶識是彼對治種子性故此中依下品熏習成中品熏習依中品熏習成上品熏習依聞思修多分修作得相應故又此正聞熏習種子下中上品應知亦是法身種子與阿賴耶識相違非阿賴耶識所攝是出世間最淨法界等流性故雖是世間而是出世心種子性又出世心雖未生時已能對治諸煩惱纒已能對治諸嶮惡趣已作一切所有惡業朽壞對治又能隨順逢事一切諸佛菩薩雖是世間應知初修業菩薩所得亦法身攝聲聞獨覺所得唯解脫身攝又此熏習非阿賴耶識是法身解脫身攝如如熏習下中上品次第漸增如是如是異熟果識次第漸減即轉所依旣一切種所依轉已即異熟果識及一切種子無種子而轉一切種永斷

復次云何猶如水乳非阿賴耶識與阿賴耶識同處俱轉而阿賴耶識一切種盡非阿賴耶識一切種增譬如於水鵝所飮乳又如世間得離欲時非等引地熏習漸減其等引地

熏習漸增而得轉依又入滅定識不離身聖所說故此中異熟識應成不離身非爲治此滅定生故又非出定此識復生由異熟識既間斷已離結相續無重生故又若有執以意識故滅定有心此心不成定不應成故所緣行相不可得故應有善相相應過故不善無記不應理故應有想受現行過故觸可得故於三摩地有功能故應有唯滅想過失故應有其思信等善根現行過故拔彼能依令離所依不應理故有譬喻故如非徧行此不有故又此定中由意識故執有心者此心是善不善無記皆不得成故不應理若復有執色心無間生是諸法種子此不得成如前已說又從無色無想天沒滅定等出不應道理又阿羅漢後心不成唯可容有等無間緣

如是若離一切種子異熟果識雜染清淨皆不得成是故成就如前所說相阿賴耶識決定是有此中三頌

菩薩於淨心　遠離於五識　無餘心轉依
云何汝當作　若對治轉依　非斷故不成
果因無差別　於永斷成過　無種或無體
若許爲轉依　無彼二無故　轉依不應理

復次此阿賴耶識差別云何略說應知或三種或四種此中三種者謂三種熏習差別故一名言熏習差別二我見熏習差別三有支熏習差別四種者一引發差別二異熟差別三緣相差別四相貌差別

此中引發差別者謂新起熏習此若無者行爲緣識取爲緣有應不得成此中異熟差別者謂行有爲緣於諸趣中異熟差別此若無

者則無種子後有諸法生應不成此中緣相差別者謂即意中我執緣相此若無者染汙意中我執所緣應不得成

此中相貌差別者謂即此識有共相有不共相無受生種子相有受生種子相等共相者謂器世間種子不共相者謂各別内處種子共相即是無受生種子不共相即是有受生種子對治生時唯不共相所對治滅共相爲他分別所持但見清淨如瑜伽師於一物中種種勝解種種所見皆得成立此中二頌

難斷難徧知　應知名共結　瑜伽者心異
由外相大故　淨者雖不滅　而於中見淨
又清淨佛土　由佛見清淨

復有別頌對前所引種種勝解種種所見皆得成立

諸瑜伽師於一物　種種勝解各不同
種種所見皆得成　故知所取唯有識

此若無者諸器世間有情世間生起差別應不得成

復有麤重相及輕安相麤重相者謂煩惱隨煩惱種子輕安相者謂有漏善法種子此若無者所感異熟無所堪能有所堪能所依差別應不得成復有有受盡相無受盡相有受盡相者謂已成熟異熟果善不善種子無受盡相者謂名言熏習種子無始時來種種戲論流轉種子故此若無者已作現作善惡二業與果受盡應不得成又新名言熏習生起應不得成復有譬喻相謂此阿賴耶識幻焰夢翳爲譬喻故此若無者由不實徧計種子故顛倒緣相應不得成復有具足相不具足

相謂諸具縛者名具足相世間離欲者名損滅相有學聲聞及諸菩薩名一分永拔相阿羅漢獨覺無諸如來名煩惱障全永拔相及煩惱所知障全永拔相如其所應此若無者如是次第雜染還滅應不得成

何因緣故善不善法能感異熟其異熟果無覆無記由異熟果無覆無記與善不善互不相違善與不善互相違故若異熟果善不善性雜染還滅應不得成是故異熟識唯無覆無記

攝大乘論本卷上

音釋

纈胡結切繒染爲文也 箒止酉切篲也 伽他梵語也此云頌他徒河切 羯羅藍梵語也此云凝滑羯居謁切 嶮虛檢切與險同 瑜伽梵語也此云相應 翳於計切障也 瑜容朱切

攝大乘論本卷中

無著菩薩造

唐三藏法師玄奘奉詔譯

所知相分第三

已說所知依所知相復云何應觀此略有三種一依他起相二偏計所執相三圓成實相此中何者依他起相謂阿賴耶識爲種子虛妄分別所攝諸識此復云何謂身身者受者識彼所受識彼能受識世識數識處識言說識自他差別識善趣惡趣死生識此中若身身者受者識彼所受識彼能受識世識數識處識言說識此由名言熏習種子若自他差別識此由我見熏習種子若善趣惡趣死生識此由有支熏習種子由此諸識一切界趣雜染所攝依他起相虛妄分別皆得顯現如此諸識皆是虛妄分別所攝唯識爲性是無所有非眞實義顯現所依如是名爲依他起相此中何者偏計所執相謂於無義唯有識中似義顯現此中何者圓成實相謂即於彼依他起相由似義相永無有性此中身身者受者識應知即是眼等六內界彼所受識應知即是色等六外界彼能受識應知即是眼等六識界其餘諸識應知此是諸識差別

又此諸識皆唯有識都無義故此中以何爲喻顯示應知夢等爲喻顯示謂如夢中都無其義獨唯有識雖種種色聲香味觸舍林地山似義顯現而於此中都無有義由此喻顯應隨了知一切時處皆唯有識由此等言應知復有幻誑鹿愛翳眩等喻若於覺時一切時處皆如夢等唯有識者如從夢覺便覺夢

中皆唯有識覺時何故不如是轉眞智覺時亦如是轉如在夢中此覺不轉從夢覺時此覺乃轉如是未得眞智覺時此覺不轉得眞智覺此覺乃轉其有未得眞智覺者於唯識中云何比知由教及理應可比知此中教者如十地經薄伽梵說如是三界皆唯有心又薄伽梵解深密經亦如是說謂彼經中慈氏菩薩問世尊言諸三摩地所行影像彼與此心當言有異當言無異佛告慈氏當言無異何以故由彼影像唯是識故我說識所緣唯識所現故世尊若三摩地所行影像即與此心無有異者云何此心還取此心慈氏無有少法能取少法然即此心如是生時即有如是影像顯現如質爲緣還見本質而謂我今見於影像及謂離質別有所見影像顯現此心亦爾如是生時相似有異所見影現即由此教理亦顯現所以者何於定心中隨所觀見諸青瘀等所知影像一切無別青瘀等事但見自心由此道理菩薩於其一切識中應可比知皆唯有識無有境界又於如是青瘀等中非憶持識見所緣境現前住故聞思所成二憶持識亦以過去爲所緣故所現影像得成唯識由此比量菩薩雖未得眞智覺於唯識中應可比知如是已說種種諸識如夢等喻即於此中眼識等識可成唯識眼等諸識既是有色亦唯有識云何可見此亦如前由教及理若此諸識亦體是識何故乃似色性顯現一類堅住相續而轉與顛倒等諸雜染法爲依處故若不爾者於非義中起義顛倒應不得有此若無者煩惱所知二障雜染

應不得有此若無者諸清淨法亦應無有是故諸識應如是轉此中有頌

亂相及亂體　應許爲色識　及與非色識
若無餘亦無

何故身身者受者識所受識能受識於一切身中俱有和合轉能圓滿生受用所顯故何故如說世等諸識差別而轉無始時來生死流轉無斷絶故諸有情界無數量故諸器世界無數量故諸所作事展轉言說無數量故各別攝取受用差別無數量故諸愛非愛業果異熟受用差別無數量故所受死生種種差別無數量故

復次云何安立如是諸識成唯識性略由三相一由唯識無有義故二由二性有相有見二識別故三由種種種種行相而生起故所以者何此一切識無有義故得成唯識有相見故得成二種若眼等識以色等識爲相似眼識識爲見乃至以身識識爲見若意識以一切眼爲最初法爲最後諸識爲相以意識識爲見由此意識有分別故以一切識而生起故此中有頌

唯識二種種　觀者意能入　由悟入唯心
彼亦能伏離

又於此中有一類師說一意識彼彼依轉得彼彼名如意思業名身語業又於一切所依轉時似種種相二影像轉謂唯義影像及分別影像又一切處亦似所觸影像而轉有色界中即此意識依止身故如餘色根依止於身此中有頌

若遠行獨行　無身寐於窟　調此難調心

我說眞梵志

又如經言如是五根所行境界意各能受意爲彼依又如所說十二處中說六識身皆名意處若處安立阿賴耶識識爲義識應知此中餘一切識是其相識若意識識及所依止是其見識由彼相識是此見識生緣相故似義現時能作見識生依止事如是名爲安立諸識成唯識性

諸義現前分明顯現而非是有云何可知如世尊言若諸菩薩成就四法能隨悟入一切唯識都無有義一者成就相違識相智如餓鬼傍生及諸天人同於一事見彼所識有差別故二者成就無所緣識現可得智如過去未來夢影緣中有所得故三者成就應離功用無顚倒智如有義中能緣義識應無顚倒不由功用智眞實故四者成就三種勝智隨轉妙智何等爲三一得心自在一切菩薩得靜慮者隨勝解力諸義顯現二得奢摩他修法觀者纔作意時諸義顯現三已得無分別智者無分別智現在前時一切諸義皆不顯現由此所說三種勝智隨轉妙智及前所說三種因緣諸義無義道理成就

若依他起自性實唯有說似義顯現之所依止云何成依他起何因緣故名依他起從自熏習種子所生依他緣起故名依他起生剎那後無有功能自然住故名依他起

若徧計所執自性依依他起實無所有似義顯現云何成徧計所執何因緣故名徧計所執無量行相意識徧計顚倒生相故名徧計所執自相實無唯有徧計所執可得是故說

名徧計所執

若圓成實自性是徧計所執永無有相云何成圓成實何因緣故名圓成實由無變異性故名圓成實又由清淨所緣性故一切善法最勝性故由最勝義名圓成實

復次有能徧計有所徧計徧計所執自性乃成此中何者能徧計何者所徧計何者徧計所執自性當知意識是能徧計有分别故所以者何由此意識用自名言熏習爲種子及用一切識名言熏習爲種子是故意識無邊行相分别而轉普於一切分别計度故名徧計又依他起自性名所徧計又若由此相令依他起自性成所徧計此中是名徧計所執自性由此相者是如此義復次云何徧計能徧計度緣何境界取何相貌由何執著由何起語由何言説何所增益謂緣名爲境於依他起自性中取彼相貌由見執著由尋起語由見聞等四種言説而起言説於無義中增益爲有由此徧計能徧計度

復次此三自性爲異爲不異應言非異非不異謂依他起自性由異門故成依他起即此自性由異門故成徧計所執即此自性由異門故成圓成實由何異門此依他起成依他起依他熏習種子起故由何異門即此自性成徧計所執由是徧計所緣相故又是徧計所徧計故由何異門即此自性成圓成實如所徧計畢竟不如是有故

此三自性各有幾種謂依他起略有二種一者依他熏習種子而生起故二者依他雜染清淨性不成故由此二種依他别故名依他

起徧計所執亦有二種一者自性徧計執故二者差別徧計執故由此故名徧計所執圓成實性亦有二種一者自性圓成實故二者清淨圓成實故由此故成圓成實性

復次徧計有四種一自性徧計二差別徧計三有覺徧計四無覺徧計有覺者謂善名言無覺者謂不善名言如是徧計復有五種一依名徧計義自性謂如是名有如是義二依義徧計名自性謂如是義有如是名三依名徧計名自性謂徧計度未了義名四依義徧計義自性謂徧計度未了名義五依二徧計二自性謂徧計度此名此義如是體性

復次總攝一切分別略有十種一根本分別謂阿賴耶識二緣相分別謂色等識三顯相分別謂眼識等并所依識四緣相變異分別謂老等變異樂受等變異貪等變異逼害時節代謝等變異㮈落迦等諸趣變異及欲界等諸界變異五顯相變異分別謂即如前所說變異所有變異六他引分別謂聞非正法類及聞正法類分別七不如理分別謂諸外道聞非正法類分別八如理分別謂正法中聞正法類分別九執著分別謂不如理作意類薩迦耶見爲本六十二見趣相應分別十散動分別謂諸菩薩十種分別一無相散動二有相散動三增益散動四損減散動五一性散動六異性散動七自性散動八差別散動九如名取義散動十如義取名散動爲對治此十種散動一切般若波羅蜜多中說無分別智如是所治能治應知具攝般若波羅蜜多義

若由異門依他起自性有三自性云何三自性不成無差別若由異門成依他起不即由此成徧計所執及圓成實若由異門成徧計所執不即由此成依他起及圓成實若由異門成圓成實不即由此成依他起及徧計所執復次云何得知如依他起自性徧計所執自性顯現而非稱體由名前覺無稱體相違故由名有衆多多體相違故由名不決定雜體相違故此中有二頌

由名前覺無　多名不決定　成稱體多體
雜體相違故　法無而可得　無染而有淨
應知如幻等　亦復似虛空

復次何故如所顯現實無所有而依他起自性非一切一切都無所有此若無者圓成實自性亦無所有此若無者則一切皆無若依他起及圓成實自性無有應成無有染淨過失既現可得雜染清淨是故不應一切皆無此中有頌

若無依他起　圓成實亦無　一切種若無
恒時無染淨

諸佛世尊於大乘中說方廣教彼教中言云何應知徧計所執自性應知異門說無所有云何應知依他起自性應知譬如幻焰夢影光影谷響水月變化云何應知圓成實自性應知宣說四清淨法何等名爲四清淨法一者自性清淨謂眞如空實際無相勝義法界二者離垢清淨謂即此離一切障垢三者得此道清淨謂一切菩提分法波羅密多等四者生此境清淨謂諸大乘妙正法教由此法教清淨緣故非徧計所執自性最淨法界等

流性故非依他起自性如是四法總攝一切清淨法盡此中有二頌

幻等説於生　説無計所執　若説四清淨
是謂圓成實　自性與離垢　清淨道所緣
一切清淨法　皆四相所攝

復次何緣如經所説於依他起自性説幻等喻於依他起自性爲除他虛妄疑故他復云何於依他起自性有虛妄疑由他於此有如是疑云何實無有義而成所行境界爲除此疑説幻事喻云何無義心心法轉爲除此疑説陽焰喻云何無義有愛非愛受用差別爲除此疑説所夢喻云何無義淨不淨業愛非愛果差別而生爲除此疑説影像喻云何無義種種識轉爲除此疑説光影喻云何無義種種戲論言説而轉爲除此疑説谷響喻云何無義而有實取諸三摩地所行境轉爲除此疑説水月喻云何無義有諸菩薩無顛倒心爲辯有情諸利樂事故思受生爲除此疑説變化喻

世尊依何密意於梵問經中説如來不得生死不得涅槃於依他起自性中依徧計所執自性及圓成實自性生死涅槃無差別密意何以故即此依他起自性由徧計所執分成生死由圓成實分成涅槃故

阿毗達摩大乘經中薄伽梵説法有三種一雜染分二清淨分三彼二分依何密意作如是説於依他起自性中徧計所執自性是雜染分圓成實自性是清淨分即依他起是彼二分依此密意作如是説於此義中以何喻顯以金土藏爲喻顯示譬如世間金土藏中

三法可得一地界二土三金於地界中土非實有而現可得金是實有而不可得火燒鍊時土相不現金相顯現又此地界土顯現時虛妄顯現金顯現時眞實顯現是故地界是彼二分識亦如是無分別智火未燒時於此識中所有虛妄徧計所執自性顯現所有眞實圓成實自性不顯現此識若爲無分別智火所燒時於此識中所有眞實圓成實自性顯現所有虛妄徧計所執自性不顯現是故此虛妄分別識依他起自性有彼二分如金土藏中所有地界

世尊有處說一切法常有處說一切法無常有處說一切法非常非無常依何密意作如是說謂依他起自性由圓成實性分是常由徧計所執性分是無常由彼二分非常非無常依此密意作如是說如常無常無二如是苦樂無二淨不淨無二空不空無二我無我無二寂靜不寂靜無二有自性無自性無二生不生無二滅不滅無二本來寂靜非本來寂靜無二自性涅槃非自性涅槃無二生死涅槃無二亦爾如是等差別一切諸佛密意語言由三自性應隨決了如前說常無常等門此中有多頌

如法實不有　如現非一種　非法非非法
故說無二義　依一分開顯　或有或非有
依二分說言　非有非非有　如顯現非有
是故說爲無　由如是顯現　是故說爲有
自然自體無　自性不堅住　如執取不有
故許無自性　由無性故成　後後所依止
無生滅本寂　自性般涅槃

復有四種意趣四種祕密一切佛言應隨決了四意趣者一平等意趣謂如說言我昔曾於彼時彼分即名勝觀正等覺者二別時意趣謂如說言若誦多寶如來名者便於無上正等菩提已得決定又如說言由唯發願便得往生極樂世界三別義意趣謂如說言若已逢事爾所殑伽河沙等佛於大乘法方能解義四補特伽羅意樂意趣謂如爲一補特伽羅先讚布施後還毀呰如於布施如是尸羅及一分修當知亦爾如是名爲四種意趣四祕密者一令入祕密謂聲聞乘中或大乘中依世俗諦理說有補特伽羅及有諸法自性差別二相祕密謂於是處說諸法相顯三自性三對治祕密謂於是處說行對治八萬四千四轉變祕密謂於是處以其別義諸言諸字即顯別義如有頌言

覺不堅爲堅　善住於顛倒　極煩惱所惱
得最上菩提

若有欲造大乘法釋略由三相應造其釋一者由說緣起二者由說從緣所生法相三者由說語義此中說緣起者如說

言熏習所生　諸法此從彼　異熟與轉識
更互爲緣生

復次彼轉識相法有相有見識爲自性又彼以依處爲相徧計所執爲相法性爲相由此顯示三自性相如說

從有相有見　應知彼三相

復次云何應釋彼相謂徧計所執相於依他起相中實無所有圓成實相於中實有由此二種非有及有非得及得未具已具眞者同

時謂於依他起自性中無徧計所執故有圓成實故於轉時若得彼即不得此若得此即不得彼如說

依他所執無　成實於中有　故得及不得
其中二平等

說語義者謂先說初句後以餘句分別顯示或由德處或由義處由德處者謂說佛功德最清淨覺不二現行起無相法住於佛住逮得一切佛平等性到無障處不可轉法所行無礙其所安立不可思議遊於三世平等法性其身流布一切世界於一切法智無疑滯於一切行成就大覺於諸法智無有疑惑凡所現身不可分別一切菩薩等所求智得佛無二住勝彼岸不相間雜如來解脫妙智究竟證無中邊佛地平等極於法界盡虛空性窮未來際最清淨覺者應知此句由所餘句分別顯示如是乃成善說法性最清淨覺者謂佛世尊最清淨覺應知是佛二十一種功德所攝謂於所知一向無障轉功德於有無無二相眞如最勝清淨能入功德無功用佛事不休息住功德於法身中所依意樂作業無差別功德修一切障對治功德降伏一切外道功德生在世間不爲世法所礙功德安立正法功德授記功德於一切世界示現受用變化身功德斷疑功德令入種種行功德當來法生妙智功德如其勝解示現功德無量所依調伏有情加行功德平等法身波羅蜜多成滿功德隨其勝解示現差別佛土功德三種佛身方處無分限功德窮生死際常現利益安樂一切有情功德無盡功德等復

次由義處者如說若諸菩薩成就三十二法乃名菩薩謂於一切有情起利益安樂增上意樂故令入一切智智故自知我今何假智故摧伏慢故堅牢勝意樂故非假憐愍故於親非親平等心故永作善友乃至涅槃爲後邊故應量而語故含笑先言故無限大悲故於所受事無退弱故無猒倦意故聞義無猒故於自作罪深見過故於他作罪不瞋而誨故於一切威儀中恒修治菩提心故不悕異熟而行施故不依一切有趣受持戒故於諸有情無有恚礙而行忍故爲欲攝受一切善法勤精進故捨無色界修靜慮故方便相應修般若故由四攝事攝方便故於持戒破戒善友無二故以殷重心聽聞正法故以殷重心住阿練若故於世雜事不愛樂故於下劣乘曾不欣樂故於大乘中深見功德故遠離惡友故親近善友故恒修治四梵住故常遊戲五神通故依趣智故於住正行不住正行諸有情類不棄捨故言決定故重諦實故大菩提心恒爲首故如是諸句應知皆是初句差別謂於一切有情起利益安樂增上意樂此利益安樂增上意樂句有十六業差別應知此中十六業者一展轉加行業二無顛倒業三不待他請自然加行業四不動壞業五無求染業此有三句差別應知謂無染繫故於恩非恩無愛恚故於生生中恒隨轉故六相稱語身業此有二句差別應知七於樂於苦於無二中平等業八無下劣業九無退轉業十攝方便業十一猒惡所治業此有二句差別應知十二無間作意業十三勝進行業

此有七句差別應知謂六波羅蜜多正加行故及四攝事正加行故十四成滿加行業此有六句差別應知謂親近善士故聽聞正法故住阿練若故離惡尋思故作意功德故此復有二句差別應知助伴功德故此復有二句差別應知十五成滿業此有三句差別應知謂無量清淨故得大威力故證得功德故十六安立彼業此有四句差別應知謂御衆功德故決定無疑教授教誡故財法攝一故無雜染心故如是諸句應知皆是初句差別如說

由最初句故　句別德種類　由最初句故
句別義差別

入所知相分第四

如是已說所知相入所知相云何應見多聞熏習所依非阿賴耶識所攝如阿賴耶識成種子如理作意所攝似法似義而生似所取事有見意言

此中誰能悟入所應知相大乘多聞熏習相續已得逢事無量諸佛出現於世已得一向決定勝解已善積集諸善根故善備福智資粮菩薩

何處能入謂即於彼有見似法似義意言大乘法相等所生起勝解行地見道修道究竟道中於一切法唯有識性隨聞勝解故如理通達故治一切障故離一切障故

由何能入由善根力所任持故謂三種相練磨心故斷四處故緣法義境止觀恒常殷重加行無放逸故

無量諸世界無量人有情剎那剎那證覺無

上正等菩提是爲第一練磨其心由此意樂能行施等波羅蜜多我已獲得如是意樂我由此故少用功力修習施等波羅蜜多當得圓滿是爲第二練磨其心若有成就諸有障善於命終時即便可受一切自體圓滿而生我有妙善無障礙善云何爾時不當獲得一切圓滿是名第三練磨其心此中有頌

人趣諸有情　處數皆無量　念念證等覺
故不應退屈　諸淨心意樂　能修行施等
此勝者已得　故能修施等　善者於死時
得隨樂自滿　勝善由永斷　圓滿云何無

由離聲聞獨覺作意斷作意故由於大乘諸疑離疑以能永斷異慧疑故由離所聞所思法中我我所執斷法執故由於現前現住安立一切相中無所作意無所分別斷分別故此中有頌

現前自然住　安立一切相　智者不分別
得最上菩提

由何云何而得悟入由聞熏習種類如理作意所攝似法似義有見意言由四尋思謂由名義自性差別假立尋思及由四種如實徧智謂由名事自性差別假立如實徧智如是皆同不可得故以諸菩薩如是如實爲入唯識勤修加行即於似文似義意言推求文名唯是意言推求依此文名之義亦唯意言推求名義自性差別唯是假立若時證得唯有意言爾時證知若名若義自性差別皆是假立自性差別義相無故同不可得由四尋思及由四種如實徧智於此似文似義意言便能悟入唯有識性

於此悟入唯識性中何所悟入如何悟入入
　唯識性相見二性及種種性若名若義自性
　差別假自性差別義如是六種義皆無故所
　取能取性現前故一時現似種種相義而生
　起故如暗中繩顯現似蛇譬如繩上蛇非眞
　實以無有故若已了知彼義無者蛇覺雖滅
　繩覺猶在若以微細品類分析此又虛妄色
　香味觸爲其相故此覺爲依繩覺當滅如是
　於彼似文似義六相意言伏除非實六相義
　時唯識性覺猶如蛇覺亦當除遣由圓成實
　自性覺故
如是菩薩悟入意言似義相故悟入徧計所
　執性悟入唯識故悟入依他起性云何悟入
　圓成實性若已滅除意言聞法熏習種類唯
　識之想爾時菩薩已遣義想一切似義無容

得生故似唯識亦不得生由是因緣住一切
　義無分別名於法界中便得現見相應而住
　爾時菩薩平等平等所緣能緣無分別智已
　得生起由此菩薩名已悟入圓成實性此中
　有頌
　法補特伽羅　法義略廣性　不淨淨究竟
　名所行差別
如是菩薩悟入唯識性故悟入所知相悟入
　此故入極喜地善達法界生如來家得一切
　有情平等心性得一切菩薩平等心性得一
　切佛平等心性此即名爲菩薩見道
復次爲何義故入唯識性由緣總法出世止
　觀智故由此後得種種相識智故爲斷及相
　阿賴耶識諸相種子爲長能觸法身種子爲
　轉所依爲欲證得一切佛法爲欲證得一切

智智入唯識性又後得智於一切阿賴耶識所生一切了別相中見如幻等性無倒轉是故菩薩譬如幻師於所幻事於諸相中及說因果常無顛倒

於此悟入唯識性時有四種三摩地是四種順決擇分依止云何應知應知由四尋思於下品無義忍中有明得三摩地是煖順決擇分依止於上品無義忍中有明增三摩地是頂順決擇分依止復由四種如實徧智已入唯識於無義中已得決定有入眞義一分三摩地是諦順忍依止從此無間伏唯識想有無間三摩地是世第一法依止應知如是諸三摩地是現觀邊

如是菩薩已入於地已得見道已入唯識於修道中云何修行於如所說安立十地攝一切經皆現前中由緣總法出世後得止觀智故經於無量百千俱胝那庾多劫數修習故而得轉依爲欲證得三種佛身精勤修行聲聞現觀菩薩現觀有何差別謂菩薩現觀與聲聞異由十一種差別應知一由所緣差別以大乘法爲所緣故二由資持差別以大福智二種資糧爲資持故三由通達差別以能通達補特伽羅法無我故四由涅槃差別攝受無住大涅槃故五由地差別依於十地而出離故六七由清淨差別斷煩惱習淨佛土故八由於自他得平等心差別成熟有情加行無休息故九由生差別生如來家故十由受生差別常於諸佛大集會中攝受生故十一由果差別十力無畏不共佛法無量功德果成滿故此中有二頌

名事互爲客 其性應尋思 於二亦當推
唯量及唯假 實智觀無義 唯有分别三
彼無故此無 是即入三性
復有教授二頌如分别瑜伽論說
菩薩於定位 觀影唯是心 義想旣滅除
審觀唯自想 如是住内心 知所取非有
次能取亦無 後觸無所得
復有别五現觀伽他如大乘經莊嚴論說
福德智慧二資粮 菩薩善備無邊際
於法思量善決已 故了義趣唯言類
若知諸義唯是言 即住似彼唯心理
便能現證眞法界 是故二相悉蠲除
體知離心無别物 由此即會心非有
智者了達二皆無 等住二無眞法界
慧者無分别智力 周徧平等常順行
滅依榛梗過失聚 如大良藥銷衆毒
佛說妙法善成立 安慧并根法界中
了知念趣唯分别 勇猛疾歸德海岸

彼入因果分第五

如是已說入所知相彼入因果云何可見謂由施戒忍精進靜慮般若六種波羅蜜多云何由六波羅蜜多得入唯識復云何六波羅蜜多成彼入果謂此菩薩不著財位不犯尸羅於苦無動於修無懈於如是等散動因中不現行時心專一境便能如理簡擇諸法得入唯識菩薩依六波羅蜜多入唯識已證得六種清淨增上意樂所攝波羅蜜多是故於此設離六種波羅蜜多現起加行由於聖教得勝解故及由愛重隨喜欣樂諸作意故恒常無間相應方便修習六種波羅蜜多速得

圓滿此中有三頌

已圓滿白法　及得利疾忍　菩薩於自乘
甚深廣大教　等覺唯分别　得無分别智
希求勝解淨　故意樂清淨　前及此法流
皆得見諸佛　了知菩提近　以無難得故

由此三頌總顯清淨增上意樂有七種相謂資粮故堪忍故所緣故作意故自體故瑞相故勝利故如其次第諸句伽他應知顯示

何因緣故波羅蜜多唯有六數成立對治所治障故證諸佛法所依處故隨順成熟諸有情故爲欲對治不發趣因故立施戒波羅蜜多不發趣因謂著財位及著室家爲欲對治雖已發趣復退還因故立忍進波羅蜜多退還因者謂處生死有情違犯所生衆苦及於長時善品加行所生疲怠爲欲對治雖已發趣不復退還而失壞因故立定慧波羅蜜多失壞因者謂諸散動及邪惡慧如是成立對治所治障故唯立六數又前四波羅蜜多是不散動因次一波羅蜜多不散動成就此不散動爲依止故如實等覺諸法眞義便能證得一切佛法如是證諸佛法所依處故唯立六數由施波羅蜜多故於諸有情能正攝受由戒波羅蜜多故於諸有情能不毁害由忍波羅蜜多故雖遭毁害而能忍受由精進波羅蜜多故能助經營彼所應作即由如是攝利因緣令諸有情於成熟事有所堪任從此已後心未定者令其得定心已定者令其解脱於開悟時彼得成熟如是隨順成熟一切有情唯立六數應如是知

此六種相云何可見由六種最勝故一由所

依最勝謂菩提心爲所依故二由事最勝謂具足現行故三由處最勝謂一切有情利益安樂事爲依處故四由方便善巧最勝謂無分别智所攝受故五由迴向最勝謂迴向無上正等菩提故六由清淨最勝謂煩惱所知二障無障所習起故若施是波羅蜜多耶設波羅蜜多是施耶有施非波羅蜜多應作四句如於其施如是於餘波羅蜜多亦作四句如應當知何因緣故如是六種波羅蜜多此次第說謂前波羅蜜多隨順生後波羅蜜多故

復次此諸波羅蜜多訓釋名言云何可見於諸世間聲聞獨覺施等善根最爲殊勝能到彼岸是故通稱波羅蜜多又能破裂慳悋貧窮及能引得廣大財位福德資粮故名爲施又能息滅惡戒惡趣及能取得善趣等持故名爲戒又能滅盡忿怒怨讎及能善住自他安隱故名爲忍又能遠離所有懈怠惡不善法及能出生無量善法令其增長故名精進又能消除所有散動及能引得內心安住故名靜慮又能除遣一切見趣諸邪惡慧及能真實品别知法故名爲慧

云何應知修習如是波羅蜜多應知此修略有五種一現起加行修二勝解修三作意修四方便善巧修五成所作事修此中四修如前已說成所作事修者謂諸如來任運佛事無有休息於其圓滿波羅蜜多復更修習六到彼岸又作意修者謂修六種意樂所攝愛重隨喜欣樂作意一廣大意樂二長時意樂三歡喜意樂四荷恩意樂五大志意樂六純

善意樂若諸菩薩乃至若干無數大劫現證無上正等菩提經爾所時一一剎那假使頓捨一切身命以殑伽河沙等世界盛滿七寶奉施如來乃至安坐妙菩提座如是菩薩布施意樂猶無猒足經爾所時一一剎那假使三千大千世界滿中熾火於四威儀常乏一切資生衆具戒忍精進靜慮般若心恒現行乃至安坐妙菩提座如是菩薩所有戒忍精進靜慮般若意樂猶無猒足是名菩薩廣大意樂又諸菩薩即於此中無猒意樂乃至安坐妙菩提座常無間息是名菩薩長時意樂又諸菩薩以其六種波羅蜜多饒益有情由此所作深生歡喜蒙益有情所不能及是名菩薩歡喜意樂又諸菩薩以其六種波羅蜜多饒益有情見彼於己有大恩德不見自身於彼有恩是名菩薩荷恩意樂又諸菩薩即以如是六到彼岸所集善根深心迴施一切有情令得可愛勝果異熟是名菩薩大志意樂又諸菩薩復以如是六到彼岸所集善根共諸有情迴求無上正等菩提是名菩薩純善意樂如是菩薩修此六種意樂所攝愛重作意又諸菩薩於餘菩薩六種意樂修習相應無量善根深心隨喜如是菩薩修此六種意樂所攝隨喜意樂又諸菩薩深心欣樂一切有情六種意樂所攝六種到彼岸修亦願自身與此六種到彼岸修恒不相離乃至安坐妙菩提座如是菩薩修此六種意樂所攝欣樂作意若有聞此菩薩六種意樂所攝作意修已但當能起一念信心尚當發生無量福聚諸惡業障亦當消滅何況菩薩

此諸波羅蜜多差別云何可見應知一一各有三品施三品者一法施二財施三無畏施戒三品者一律儀戒二攝善法戒三饒益有情戒忍三品者一耐怨害忍二安受苦忍三諦察法忍精進三品者一被甲精進二加行精進三無怯弱無退轉無喜足精進靜慮三品者一安住靜慮二引發靜慮三成所作事靜慮慧三品者一無分別加行慧二無分別慧三無分別後得慧

如是相攝云何可見由此能攝一切善法是其相故是隨順故是等流故如是所治攝諸雜染云何可見是此相故是此因故是此果故如是六種波羅蜜多所得勝利云何可見謂諸菩薩流轉生死富貴攝故大生攝故大朋大屬之所攝故廣大事業加行成就之所攝故無諸惱害此薄塵垢之所攝故善知一切功論明處之所攝故勝生無罪乃至安坐妙菩提座常能現作一切有情一切義利是名勝利如是六種波羅蜜多互相決擇云何可見世尊於此一切六種波羅蜜多或有處所以施聲說或有處所以戒聲說或有處所以忍聲說或有處所以勤聲說或有處所以定聲說或有處所以慧聲說如是所說有何意趣謂於一切波羅蜜多修加行中皆有一切波羅蜜多互相助成如是意趣此中有一嗢柁南頌

數相及次第　訓詞修差別　攝所治功德
互決攝應知

攝大乘論本卷中

音釋

眩 熒絹切目無常主也　**瘀** 依據切血氣瘀積也　**捺落迦** 梵語也此云地獄　**捺** 奴葛切　**殑伽** 梵語也此云天堂來　**殑** 其京切　**析** 先的切分也　**燸** 乃管切

攝大乘論本卷下

無著菩薩造
唐三藏法師玄奘奉詔譯

彼修差別分第六

如是已說彼入因果彼修差別云何可見由菩薩十地何等爲十一極喜地二離垢地三發光地四焰慧地五極難勝地六現前地七遠行地八不動地九善慧地十法雲地如是諸地安立爲十云何可見爲欲對治十種無明所治障故所以者何以於十相所知法界有十無明所治障住云何十相所知法界謂初地中由徧行義第二地中由最勝義第三地中由勝流義第四地中由無攝受義第五地中由相續無差別義第六地中由無雜染清淨義第七地中由種種法無差別義第八地中由不增不減義相自在依止義土自在依止義第九地中由智自在依止義第十地中由業自在依止義陀羅尼門三摩地門自在依止義此中有三頌

徧行最勝義　及與勝流義　如是無攝義
相續無別義　無雜染淨義　種種無別義
不增不減義　四自在依義　法界中有十
不染汙無明　治此所治障　故安立十地

復次應知如是無明於聲聞等非染汙於諸菩薩是染汙復次何故初地說名極喜由此最初得能成辦自他義利勝功能故何故二地說名離垢由極遠離犯戒垢故何故三地說名發光由無退轉等持等至所依止故大法光明所依止故何故四地說名焰慧由諸菩提分法焚滅一切障故何故五地名極難

勝由眞諦智與世間智更互相違合此難合令相應故何故六地說名現前由緣起智爲所依止能令般若波羅蜜多現在前故何故七地說名遠行至功用行最後邊故何故八地說名不動由一切相有功用行不能動故何故九地說名善慧由得最勝無礙智故何故十地說名法雲由得總緣一切法智含藏一切陀羅尼門三摩地門譬如大雲能覆如空廣大障故又於法身能圓滿故得此諸地云何可見由四種相一得勝解謂得諸地深信解故二得正得謂得諸地相應十種正法行故三得通達謂於初地達法界時徧能通達一切地故四得成滿謂修諸地到究竟故修此諸地云何可見謂諸菩薩於地地中修奢摩他毗鉢舍那由五根修何等爲五謂集總修無相修無功用修熾盛修無喜足修如是五修令諸菩薩成辦五果謂念念中銷融一切麤重依止離種種相得法苑樂能正了知周徧無量無分限相大法光明順清淨分無所分別無相現行爲令法身圓滿成辦能正攝受後後勝因由增勝故說十地中別修十種波羅蜜多於前六地所修六種波羅蜜多如先已說後四地中所修四者一方便善巧波羅蜜多謂以前六波羅蜜多所集善根共諸有情迴求無上正等菩提故二願波羅蜜多謂發種種微妙大願引攝當來波羅蜜多殊勝衆緣故三力波羅蜜多謂由思擇修習二力令前六種波羅蜜多無間現行故四智波羅蜜多謂由前六波羅蜜多成立妙智受用法樂成熟有情故又此四種波羅蜜多

應知般若波羅蜜多無分別智後得智攝又於一切地中非不修習一切波羅蜜多如是法門是波羅蜜多藏之所攝復次凡經幾時修行諸地可得圓滿有五補特伽羅經三無數大劫謂勝解行補特伽羅經初無數大劫修行圓滿清淨增上意樂行補特伽羅及有相行無相行補特伽羅於前六地及第七地經第二無數大劫修行圓滿即此無功用行補特伽羅從此已上至第十地經第三無數大劫修行圓滿此中有頌

清淨增上力　堅固心昇進　名菩薩初修
無數三大劫

增上戒學分第七

如是已說因果修差別此中增上戒殊勝云何可見如菩薩地正受菩薩律儀中說復次應知略由四種殊勝故此殊勝一由差別殊勝二由共不共學處殊勝三由廣大殊勝四由甚深殊勝差別殊勝者謂菩薩戒有三品別一律儀戒二攝善法戒三饒益有情戒此中律儀戒應知二戒建立義故攝善法戒應知修一切佛法建立義故饒益有情戒應知成熟一切有情建立義故共不共學處殊勝者謂諸菩薩一切性罪不現行故與聲聞共相似遮罪有現行故與彼不共於此學處有聲聞犯菩薩不犯有菩薩犯聲聞不犯菩薩具有身語心戒聲聞唯有身語二戒是故菩薩心亦有犯非諸聲聞以要言之一切饒益有情無罪身語意業菩薩一切皆應現行皆應修學如是應知說名爲共不共殊勝廣大殊勝者復由四種廣大故一由種種無量學

處廣大故二由攝受無量福德廣大故三由攝受一切有情利益安樂意樂廣大故四由建立無上正等菩提廣大故甚深殊勝者謂諸菩薩由是品類方便善巧行殺生等十種作業而無有罪生無量福速證無上正等菩提又諸菩薩現行變化身語兩業應知亦是甚深尸羅由此因緣或作國王示行種種惱有情事安立有情毗柰耶中又現種種諸本生事示行逼惱諸餘有情真實攝受諸餘有情先令他心深生淨信後轉成熟是名菩薩所學尸羅甚深殊勝由此略說四種殊勝應知菩薩尸羅律儀最爲殊勝如是差別菩薩學處應知復有無量差別如毗柰耶瞿沙方廣契經中說

增上心學分第八

如是已說增上戒殊勝增上心殊勝云何可見略由六種差別應知一由所緣差別故二由種種差別故三由對治差別故四由堪能差別故五由引發差別故六由作業差別故所緣差別者謂大乘法爲所緣故種種差別者謂大乘光明集福定王賢守健行等三摩地種種無量故對治差別者謂一切法總相緣智以楔出楔道理遣阿賴耶識中一切障麤重故堪能差別者謂住靜慮樂隨其所欲即受生故引發差別者謂能引發一切世界無礙神通故作業差別者謂能振動熾然徧滿顯示轉變往來卷舒一切色像皆入身中所往同類或顯或隱所作自在伏他神通施辯念樂放大光明引發如是大神通故又能引發攝諸難行十難行者一自誓難行誓受

無上菩提願故二不退難行生死衆苦不能退故三不背難行一切有情雖行邪行而不棄故四現前難行怨有情所現作一切饒益事故五不染難行生在世間不爲世法所染汙故六勝解難行於大乘中雖未能了然於一切廣大甚深生信解故七通達難行具能通達補特伽羅法無我故八隨覺難行於諸如來所說甚深祕密言辭能隨覺故九不離不染難行不捨生死而不染故十加行難行能修諸佛安住解脫一切障礙窮生死際不作功用常起一切有情一切義利行故復次隨覺難行中於佛何等祕密言辭彼諸菩薩能隨覺了謂如經言云何菩薩能行惠施若諸菩薩無少所施然於十方無量世界廣行惠施云何菩薩樂行惠施若諸菩薩於一切施都無欲樂云何菩薩於惠施中深生信解若諸菩薩不信如來而行布施云何菩薩於施策勵若諸菩薩於惠施中不自策勵云何菩薩於施耽樂若諸菩薩無有暫時少有所施云何菩薩其施廣大若諸菩薩於惠施中離娑洛想云何菩薩其施清淨若諸菩薩殟波陀慳云何菩薩其施究竟若諸菩薩不住究竟云何菩薩其施自在若諸菩薩於惠施中不自在轉云何菩薩其施無盡若諸菩薩不住無盡如於布施於戒爲初於慧爲後隨其所應當知亦爾云何能殺生若斷衆生生死流轉云何不與取若諸有情無有與者自然攝取云何欲邪行若於諸欲了知是邪而修正行云何能妄語若於妄中能說爲妄云何貝戍尼若能常居最勝空住云何波魯師

若善安住所知彼岸云何綺間語若正說法品類差別云何能貪欲若有數數欲自證得無上靜慮云何能瞋恚若於其心能正憎害一切煩惱云何能邪見若一切處徧行邪性皆如實見甚深佛法者云何名爲甚深佛法此中應釋謂常住法是諸佛法以其法身是常住故又斷滅法是諸佛法以一切障永斷滅故又生起法是諸佛法以變化身現生起故又有所得法是諸佛法八萬四千諸有情行及彼對治皆可得故又有貪法是諸佛法自誓攝受有貪有情爲已體故又有瞋法是諸佛法又有癡法是諸佛法又異生法是諸佛法應知亦爾又無染法是諸佛法成滿眞如一切障垢不能染故又無汙法是諸佛法生在世間諸世間法不能汙故是故說名甚深佛法又能引發修到彼岸成熟有情淨佛國土諸佛法故應知亦是菩薩等持作業差別

增上慧學分第九

如是已說增上心殊勝增上慧殊勝云何可見謂無分別智若自性若所依若因緣若所緣若行相若任持若助伴若異熟若等流若出離若至究竟若加行無分別後得勝利若差別若無分別後得譬喻若無功用作事若甚深應知無分別智名增上慧殊勝此中無分別智離五種相以爲自性一離無作意故二離過有尋有伺地故三離想受滅寂靜故四離色自性故五離於眞義異計度故離此五相應知是名無分別智於如所說無分別智成立相中復說多頌

諸菩薩自性　遠離五種相　是無分別智
不異計於眞　諸菩薩所依　非心而是心
是無分別智　非思義種類　諸菩薩因緣
有言聞熏習　是無分別智　及如理作意
諸菩薩所緣　不可言法性　是無分別智
無我性眞如　諸菩薩行相　復於所緣中
是無分別智　彼所智無相　相應自性義
所分別非餘　字展轉相應　是謂相應義
非離彼能詮　智於所詮轉　非詮不同故
一切不可言　諸菩薩任持　是無分別智
後所得諸行　爲進趣增長　諸菩薩助伴
說爲二種道　是無分別智　五到彼岸性
諸菩薩異熟　於佛二會中　是無分別智
由加行證得　諸菩薩等流　於後後生中
是無分別智　自體轉增勝　諸菩薩出離

得成辦相應　是無分別智　應知於十地
諸菩薩究竟　得清淨三身　是無分別智
得最上自在　如虛空無染　是無分別智
種種極重惡　由唯信勝解　如虛空無染
是無分別智　解脫一切障　得成辦相應
如虛空無染　是無分別智　常行於世間
非世法所染　如瘂求受義　如瘂正受義
如非瘂受義　三智譬如是　如愚求受義
如愚正受義　如非愚受義　三智譬如是
如五求受義　如五正受義　如求那受義
三智譬如是　如末解於論　求論受法義
次第譬三智　應知加行等　如人正閉目
是無分別智　即彼復開目　後得智亦爾
應知如虛空　是無分別智　於中現色像
後得智亦爾　如末尼天樂　無思成自事

種種佛事成　常離思亦爾　非於此非餘
非智而是智　與境無有異　智成無分別
應知一切法　本性無分別　所分別無故
無分別智無

此中加行無分別智有三種謂因緣引發數習生差別故根本無分別智亦有三種謂喜足無顛倒無戲論無分別差別故後得無分別智有五種謂通達隨念安立和合如意思擇差別故復有多頌成立如是無分別智

鬼傍生人天　各隨其所應　等事心異故
許義非眞實　於過去事等　夢像二影中
雖所緣非實　而境相成就　若義義性成
無無分別智　此若無佛果　證得不應理
得自在菩薩　由勝解力故　如欲地等成
得定者亦爾　成就簡擇者　有智得定者
思惟一切法　如義皆顯現　無分別智行
諸義皆不現　當知無有義　由此亦無識

般若波羅蜜多與無分別智無有差別如說菩薩安住般若波羅蜜多非處相應能於所餘波羅蜜多修習圓滿云何名爲非處相應修習圓滿謂由遠離五種處故一遠離外道我執處故二遠離未見眞如菩薩分別處故三遠離生死涅槃二邊處故四遠離唯斷煩惱障生喜足處故五遠離不顧有情利益安樂住無餘依涅槃界處故聲聞等智與菩薩智有何差別由五種相應智差別一由無分別差別謂於蘊等法無分別故二由非少分差別謂於通達眞如入一切種所知境界普爲度脫一切有情非少分故三由無住差別謂無住涅槃爲所住故四由畢竟差別謂無

餘依涅槃界中無斷盡故五由無上差別謂於此上無有餘乘勝過此故此中有頌

諸大悲爲體　由五相勝智　世出世滿中
說此最高遠

若諸菩薩成就如是增上尸羅增上質多增上般若功德圓滿於諸財位得大自在何故現見有諸有情匱乏財位見彼有情於諸財位有重業障故見彼有情若施財位障生善法故見彼有情若乏財位猒離現前故見彼有情若施財位即爲積集不善法因故見彼有情若施財位即便作餘無量有情損惱因故是故現見有諸有情匱乏財位此中有頌

見業障現前　積集損惱故　現有諸有情
不感菩薩施

果斷分第十

如是已說增上慧殊勝彼果斷殊勝云何可見斷謂菩薩無住涅槃以捨雜染不捨生死二所依止轉依爲相此中生死謂依他起性雜染分涅槃謂依他起性清淨分二所依止謂通二分依他起性轉依謂即依他起性對治起時轉捨雜染分轉得清淨分又此轉依略有六種一損力益能轉謂由勝解力聞熏習住故及由有羞恥令諸煩惱少分現行不現行故二通達轉謂諸菩薩已入大地於眞實非眞實顯現不顯現現前住故乃至六地三修習轉謂猶有障一切相不顯現眞實顯現故乃至十地四果圓滿轉謂永無障一切相不顯現最清淨眞實顯現於一切相得自在故五下劣轉謂聲聞等唯能通達補特伽羅空無我性一向背生死一向捨生死故六

廣大轉謂諸菩薩兼通達法空無我性即於生死見爲寂靜雖斷雜染而不捨故若諸菩薩住下劣轉有何過失不顧一切有情利益安樂事故違越一切菩薩法故與下劣乘同解脫故是爲過失若諸菩薩住廣大轉有何功德生死法中以自轉依爲所依止得自在故於一切趣示現一切所有之身於最勝生及三乘中種種調伏方便善巧安立所化諸有情故是爲功德此中有多頌

諸凡夫覆眞　一向顯虛妄　諸菩薩捨妄
一向顯眞實　應知顯不顯　眞義非眞義
轉依即解脫　隨欲自在行　於生死涅槃
若起平等智　爾時由此證　生死即涅槃
由是於生死　非捨非不捨　亦即於涅槃
非得非不得

彼果智分第十一

如是已說彼果斷殊勝彼果智殊勝云何可見謂由三種佛身應知彼果智殊勝一由自性身二由受用身三由變化身此中自性身者謂諸如來法身一切法自在轉所依止故受用身者謂依法身種種諸佛衆會所顯清淨佛土大乘法樂爲所受故變化身者亦依法身從覩史多天宮現沒受生受欲踰城出家往外道所修諸苦行證大菩提轉大法輪入大涅槃故此中說一嗢柁南頌

相證得自在　依止及攝持　差別德甚深
念業明諸佛

諸佛法身以何爲相應知法身略有五相一轉依爲相謂轉滅一切障雜染分依他起性故轉得解脫一切障於法自在轉現前清淨

分依他起性故二白法所成爲相謂六波羅蜜多圓滿得十自在故此中壽自在心自在衆具自在由施波羅蜜多圓滿故業自在生自在由戒波羅蜜多圓滿故勝解自在由忍波羅蜜多圓滿故願自在由精進波羅蜜多圓滿故神力自在五通所攝由靜慮波羅蜜多圓滿故智自在法自在由般若波羅蜜多圓滿故三無二爲相謂有無無二爲相由一切法無所有故空所顯相是實有故有爲無爲無二爲相由業煩惱非所爲故自在示現有爲相故異性一性無二爲相由一切佛所依無差別故無量相續現等覺故此中有二頌

我執不有故　於中無別依　隨前能證別
故施設有異　種姓異非虛　圓滿無初故
無垢依無別　故非一非多

四常住爲相謂眞如清淨相故本願所引故所應作事無竟期故五不可思議爲相謂眞如清淨自內證故無有世間喻能喻故非諸尋思所行處故復次云何如是法身最初證得謂緣總相大乘法境無分別智及後得智五相善修於一切地善集資糧金剛喻定破滅微細難破障故此定無間離一切障故得轉依復次法身由幾自在而得自在略由五種一由佛土自身相好無邊音聲無見頂相自在由轉色蘊依故二由無罪無量廣大樂住自在由轉受蘊依故三由辯說一切名身句身文身自在由轉想蘊依故四由現化變易引攝大衆引攝白法自在由轉行蘊依故五由圓鏡平等觀察成所作智自在由轉識

蘊依故復次法身由幾種處應知依止略由
三處一由種種佛住依止此中有二頌
諸佛證得五性喜　皆由等種自界故
離喜都由不證此　故求喜者應等證
由能無量及事成　法味義德俱圓滿
得喜最勝無過失　諸佛見常無盡故
二由種種受用身依止但爲成熟諸菩薩故
三由種種變化身依止多爲成熟聲聞等故
應知法身由幾佛法之所攝持略由六種一
由清淨謂轉阿賴耶謂得法身故二由異熟
謂轉色根得異熟智故三由安住謂轉欲行
等住得無量智住故四由自在謂轉種種攝
受業自在得一切世界無礙神通智自在故
五由言說謂轉一切見聞覺知言說戲論得
令一切有情心喜辯說智自在故六由拔濟
謂轉拔濟一切灾横過失得拔濟一切有情
一切災横過失智故應知法身由此所說六
種佛法之所攝持諸佛法身當言有異當言
無異依止意樂業無別故當言無異無量依
身現等覺故當言有異如說佛法身受用身
亦爾意樂及業無差別故當言無異不由依
止無差別故無量依止差別轉故應知變化
身如受用身說應知法身幾德相應謂最清
淨四無量解脫勝處徧處無諍願四無礙解
六神通三十二大士相八十隨好四一切相
清淨十力四無畏三不護三念住拔除習氣
無忘失法大悲十八不共佛法一切相妙智
等功德相應此中有多頌
憐愍諸有情　起和合遠離　常不捨利樂
四意樂歸禮　解脫一切障　牟尼勝世間

智周徧所知　心解脱歸禮　能滅諸有情
一切惑無餘　害煩惱有染　常哀愍歸禮
無功用無著　無礙常寂定　於一切問難
能解釋歸禮　於所依能依　所說言及智
能說無礙慧　常善說歸禮　爲彼諸有情
故現知言行　往來及出離　善教者歸禮
諸衆生見尊　皆審知善士　暫見便深信
開道者歸禮　攝受住持捨　現化及變易
等持智自在　隨證得歸禮　方便歸依淨
及大乘出離　於此誑衆生　摧魔者歸禮
能說智及斷　出離能障礙　自他利非餘
外道伏歸禮　處衆能伏說　迷離二雜染
無護無忘失　攝御衆歸禮　徧一切行住
無非圓智事　一切時徧知　實義者歸禮
諸有情利樂　所作不過時　所作常無虛
無忘失歸禮　晝夜常六返　觀一切世間
與大悲相應　利樂意歸禮　由行及由證
由智及由業　於一切二乘　最勝者歸禮
由三身至得　具相大菩提　一切處他疑
皆能斷歸禮

諸佛法身與如是等功德相應復與所餘自性因果業相應轉功德相應是故應知諸佛法身無上功德此中有二頌

尊成實勝義　一切地皆出　至諸衆生上
解脫諸有情　無盡無等德　相應現世間
及衆會可見　非見人天等

復次諸佛法身甚深最甚深此甚深相云何可見此中有多頌

佛無生爲生　亦無住爲住　諸事無功用
第四食爲食　無異亦無量　無數量一業

不堅業堅業　諸佛具三身　現等覺非有
一切覺非無　一一念無量　有非有所顯
非染非離染　由欲得出離　了知欲無欲
悟入欲法性　諸佛過諸蘊　安住諸蘊中
與彼非一異　不捨而善寂　諸佛事相雜
猶如大海水　我已現當作　他利無是思
衆生罪不現　如月於破器　徧滿諸世間
由法光如日　或現等正覺　或涅槃如火
此未曾非有　諸佛身常故　佛於非聖法
人趣及惡趣　非梵行法中　最勝自體住
佛一切處行　亦不行一處　於一切身現
非六根所行　煩惱伏不滅　如毒呪所害
由惑至惑盡　證佛一切智　煩惱成覺分
生死爲涅槃　具大方便故　諸佛不思議

應知如是所說甚深有十二種謂生住業住甚深安立數業甚深現等覺甚深離欲甚深斷蘊甚深成熟甚深顯現甚深示現等覺涅槃甚深住甚深顯示自體甚深斷煩惱甚深不可思議甚深若諸菩薩念佛法身由幾種念應修此念略說菩薩念佛法身由七種念應修此念一者諸佛於一切法得自在轉應修此念於一切世界得無礙通故此中有頌

有情界周徧　具障而闕因　二種決定轉
諸佛無自在

二者如來其身常住應修此念眞如無間解脫垢故三者如來最勝無罪應修此念一切煩惱及所知障並離繫故四者如來無有功用應修此念不作功用一切佛事無休息故五者如來受大富樂應修此念清淨佛土大富樂故六者如來離諸染汙應修此念生在

世間一切世法不能染故七者如來能成大事應修此念示現等覺般涅槃等一切有情未成熟者能令成熟已成熟者令解脫故此中有二頌

圓滿屬自心　具常住清淨　無功用能施
有情大法樂　徧行無依止　平等利多生
一切佛智者　應修一切念

復次諸佛清淨佛土相云何應知如菩薩藏百千契經序品中說謂薄伽梵住最勝光曜七寶莊嚴放大光明普照一切無邊世界無量方所妙飾間列周圓無際其量難測超過三界所行之處勝出世間善根所起最極自在淨識爲相如來所觀諸大菩薩衆所雲集無量天龍藥叉健達縛阿素洛揭路荼緊捺洛莫呼洛伽人非人等常所翼從廣大法味喜樂所持作諸衆生一切義利蠲除一切煩惱災橫遠離衆魔過諸莊嚴如來莊嚴之所依處大念慧行以爲遊路大止妙觀以爲所乘大空無相無願解脫爲所入門無量功德衆所莊嚴大寶華王之所建立大宮殿中如是現示清淨佛土顯色圓滿形色圓滿分量圓滿方所圓滿因圓滿果圓滿主圓滿輔翼圓滿眷屬圓滿任持圓滿事業圓滿攝益圓滿無畏圓滿住處圓滿路圓滿乘圓滿門圓滿依持圓滿復次受用如是清淨佛土一向淨妙一向安樂一向無罪一向自在復次應知如是諸佛法界於一切時能作五業一者救濟一切有情灾橫爲業於暫見時便能救濟盲聾狂等諸灾橫故二者救濟惡趣爲業拔諸有情出不善處置善處故三者救濟非

方便爲業令諸外道捨非方便求解脫行置於如來聖教中故四者救濟薩迦耶爲業授與能起三界道故五者救濟乘爲業拯拔欲趣餘乘菩薩及不定種性諸聲聞等安處令修大乘行故於此五業應知諸佛業用平等此中有頌

因依事性行　別故許業異　世間此力別
無故非導師

若此功德圓滿相應諸佛法身不與聲聞獨覺乘共以何意趣佛說一乘此中有二頌

爲引攝一類　及任持所餘　由不定種性
諸佛說一乘　法無我解脫　等故性所同
得二意樂化　究竟說一乘

如是諸佛同一法身而佛有多何緣可見此中有頌

一界中無二　同時無量圓　次第轉非理
故成有多佛

云何應知於法身中佛非畢竟入於涅槃亦非畢竟不入涅槃此中有頌

一切障脫故　所作無竟故　佛畢竟涅槃
畢竟不涅槃

何故受用身非即自性身由六因故一色身可見故二無量佛衆會差別可見故三隨勝解見自性不定可見故四別別而見自性變動可見故五菩薩聲聞及諸天等種種衆會間雜可見故六阿賴耶識與諸轉識轉依非理可見故佛受用身即自性身不應道理何因變化身非即自性身由八因故謂諸菩薩從久遠來得不退定於覩史多及人中生不應道理又諸菩薩從久遠來當懷宿住書筭

數印工巧論中及於受用欲塵行中不能正知不應道理又諸菩薩從久遠來已知惡說善說法教往外道所不應道理又諸菩薩從久遠來已能善知三乘正道修邪苦行不應道理又諸菩薩捨百拘胝諸贍部洲但於一處成等正覺轉正法輪不應道理若離示現成等正覺唯以化身於所餘處施作佛事即應但於覩史多天成等正覺何不施設徧於一切贍部洲中同時佛出既不施設無教無理雖有多化而不違彼無二如來出現世言由一四洲攝世界故如二輪王不同出世此中有頌

佛微細化身　多處胎平等　為顯一切種
成等覺而轉

佛受用身及變化身既是無常云何經說如來身常此二所依法身常故又等流身及變化身以恒受用無休廢故數數現化不永絕故如常受樂如常施食如來身常應知亦爾

由六因故諸佛世尊所現化身非畢竟住一所作究竟成熟有情已解脫故二為令捨離不樂涅槃為求如來常住身故三為令捨離輕毀諸佛令悟甚深正法教故四為令於佛深生渴仰恐數見者生猒怠故五令於自身發勤精進知正說者難可得故六為諸有情極速成熟令自精進不捨軛故此中有二頌

由所作究竟　捨不樂涅槃　離輕毀諸佛
深生於渴仰　內自發正勤　為極速成熟
故許佛化身　而非畢竟住

諸佛法身無始時來無別無量不應為得更作功用此中有頌

佛得無別無量因　有情若捨勤功用
證得恒時不成因　斷如是因不應理

阿毗達磨大乘經中攝大乘品我阿僧伽略釋究竟

攝大乘論本卷下

音釋

楔先結切櫼也　殟烏沒切　昗戍尼梵語也此云嘿舌戍詩注切　覩史多梵語也此云知足覩薰五切　軛於革切

中邊分別論

陳三藏法師眞諦譯

清刻龍藏佛說法變相圖

中邊分別論卷上

天親菩薩造

陳三藏法師眞諦譯

相品第一

恭敬善行子　能造此正論　爲我等宣說

今當顯此義

初立論體

相障及眞實　研習對治道　修住而得果

無上乘唯爾

此七義是論所說何者爲七一相二障三眞實四研習對治五修住六得果七無上乘今依相說此偈言

虛妄分別有　彼處無有二　彼中唯有空

於此亦有彼

此中虛妄分別者謂分別能執所執有者但

有分别彼處者謂虛妄分别無有二者謂能執所執此二永無彼中者謂分别中唯有空者謂但此分别離能執所執故唯有空於此者謂能所空中亦有彼者謂有虛妄分别若法是處無由此法故是處空其所餘者則名爲有若如是知即於空相智無顛倒次説偈言

故説一切法　非空非不空　有無及有故是名中道義

一切法者謂有爲名虛妄分别無爲名空非空者謂由空由虛妄分别非不空者謂由能執所執故有者謂虛妄分别有故無者謂能執所執無故及有者謂於虛妄中有眞空故於眞空中亦有虛妄分别故是名中道義者謂一切法非一向空亦非一向不空如是等文不違般若波羅蜜等如經説一切法非空非不空如是已説虛妄分别有相無相竟今當次説其自體相故説偈言

塵根我及識　本識生似彼　但識無有彼　彼無故識無

似塵者謂本識顯現相似色等似根者謂識似五根於自他相續中顯現似我者謂意識與我見無明等相應故似識者謂六種識本識者謂阿梨耶識生似彼者謂似塵等四物亂識有者謂但有亂識無彼者謂無四物何以故似塵似根非實形識故似我似識顯現不如境故彼無故識無者謂塵既是無識亦是無是識所取四種境界謂塵根我及識所攝實無體相所取既無能取亂識亦復是無如是説體相已今當顯名義故説偈言

亂識虛妄性　由此義得成　非實有無故
滅彼故解脫

亂識虛妄性由此義得成者謂一切世間但唯亂識此亂識云何名虛妄由境不實故由體散亂故非實有者謂顯現似四物四物永無故非實無故者謂非一切永無由亂識生故云何不許亂識永無故偈言滅彼故解脫若執永無繫縛解脫皆不成就則起邪見撥淨不淨品如是說虛妄體相已今當次說虛妄攝相若言唯是虛妄云何能攝三性故說偈言

分別及依他　真實唯三性　由塵與亂識
及二無故說

分別性者謂是六塵永不可得猶如空花依他性者謂唯亂識有非實故猶如幻物真實性者謂能取所取二無所有真實有無故猶如虛空說虛妄攝相已今當說入虛妄無所有方便相故說偈言

由依唯識故　境無體義成　以塵無有體
本識即不生

一切三界但唯有識依如此義外塵體相決無所有此智得成由所緣境無有體故能緣唯識亦不得生以是方便即得入於能取所取無所有相偈言

是故識成就　非識爲自性

所識諸塵既無有體是故識性無理得成偈言

應知識不識　由是義平等

不識者由自性不成就是故非識此法真實無所有性而能顯現似非實塵故說爲識說

入虛妄無所有方便相已今當顯虛妄總相故說偈言

虛妄總類者　三界心心法

虛妄者若約界立謂欲色無色界若約生立謂心及心法是總類相說總相已別相今當說偈言

唯塵智名心　差別名心法

心者但了別塵通相若了塵別相說名爲心法謂受想引行等說總別相已次顯生起相偈言

第一名緣識　第二是用識　於塵受分別引行謂心法

緣識者謂阿梨耶識餘識生緣故用識者謂因梨耶識於塵中起名爲用識於塵受者謂領塵苦等說名受陰分別者謂選擇塵差別是名想陰引行者能令心捨此取彼謂欲思惟及作意等名爲行陰如是受等名爲心法說生起相已當說虛空染汙相故說偈言

覆藏及安立　將導與攝持　圓滿三分成領觸幷牽引　執著及現前　苦故惱世間三種二種難　亦七由虛妄

覆藏者由無明能障如實見故安立者由諸行能安立業熏習於本識中故將導者由本識及意識能令衆生往受生處故攝持者謂由名色能攝持自體五聚故圓滿者謂由六入能生長故三分成者依根塵識諸觸成故領觸者由樂苦等爲損益故牽引者由貪愛令業能牽後生故執著者由四取能令諸識染著欲等四處隨從得生故現前者由業有謂已作諸業趣向來生爲與果報故苦者由

生老死故惱世間者謂三界由無明乃至老死等所逼惱恒受苦難故三種二種難亦七由虛妄者三種難者謂煩惱業生煩惱難者謂無明貪愛取業難者謂行及有生難者謂所餘七分二種難者所謂因果因難者謂煩惱業分果難者謂所餘分七難者謂七種因一顛倒因謂無明二牽引因謂諸行三將因謂本意二識四攝因謂名色六入五受用因謂觸受六引出因謂愛取有七猒怖因謂生老死由虛妄者如是苦難從虛妄生集虛妄義有九種相所謂有相無相自相攝相入無相方便相差別相衆名相生緣相染相義現於前說虛妄已當說方便爲顯空義由此相應故說偈言

體相及衆名　眞義與分別　成立理應知

略解空如是

云何應知空相偈言

無二有此無　是二名空相　故非有非無

不異亦不一

無二者謂無所取能取有此無者謂但有所取能取無是二名空相者謂無及有無是名空相此顯眞空無有二相是法以二無爲性不可說有不可說無云何非有是二無故云何非無是二無有故故偈言非有非無是名眞空相不異亦不一者與虛妄分別不異相亦不一相若異者謂法性與法異是義不然譬如五陰與無常性及苦性若一者清淨境界智及通相不成就如是道理顯現空與虛妄離一異相是故說不有非不有非一非異相云何衆名應知偈言

如如及實際　無相與眞實　法界法身等
略說空衆名

云何衆名義應知偈言

非變異不倒　相滅聖境界　聖法因及依
是衆名義次

無異爲義故是故名如如恒如是不捨故無顚倒爲義故說實際非顚倒種類及境界故相滅爲義故說無相離一切相故無分別聖智境界故第一義智爲體故說眞實聖法因爲義故是故說法界聖法依此境生此中因義是界義攝持法爲義故說法身如是空衆名義已顯云何空分別應知偈言

亦染亦清淨　如是空分別

何處位空不淨何處位空淨有垢亦無垢若在此位中與垢相應是位處說不淨是諸垢法未得出離不淨若在此位出離諸垢此位處說淨若已與垢相應後時無垢不離變異法故云何不無常爲此問故答偈言

水界全空淨　法界淨如是

客塵故離滅故不是自性變異故復有分別此空有十六一內空二外空三內外空四大空五空空六第一義空七有爲空八無爲空九畢竟空十無前後空十一不捨空十二性空十三相空十四一切法空十五非有空十六非有性空如是略說空應知偈言

食者所食空　身及依處空　能見及如理
所求至得空

此中能食空者依內根故說所食空者依外塵故說身者是能食所食依處是重空故說內外空大空者世器徧滿故說名大此空說

大空內入身及世器此法是空無分別智能見此空此無分別智空故名空空如道理依第一義相觀此法空是名爲得此菩薩修行空是此法空爲何修行爲至得二善一有爲善二無爲善此空是名有爲無爲空爲常利益他爲一向恒利益他故修此空故說畢竟空爲不捨生死此生死無前後諸衆生不見其空疲猒故捨離生死此空是名無前後空爲善無窮盡諸佛入無餘涅槃因此空不捨他利益事是名不捨空爲清淨界性性義者種類義自然得故故立名性此空名性空爲得大相好是大人相及小相爲得此二相修行此空是名相空爲清淨佛法故菩薩行彼十力四無畏等諸佛不共法爲清淨令出菩薩修此空是名一切法空如是十四種空已安立應知分別此相是十四中何法名空偈言

人法二皆無　此中名爲空　彼無非是無
此中有別空

人法二無有是法名空是無有法決定有亦空如上說能食等十四處此二法是名空爲顯空眞實相故是故最後安立二空一非有空二非有性空立二空何所爲爲離人法增益爲離人法空毀謗如次第如是空分別應知云何空成立義應知偈言

若言不淨者　衆生無解脫　若言無垢者
功用無所施

若諸法空對治未起時爲客塵不染故自然清淨煩惱障無故不因功力一切衆生應得解脫若對治已起自性故不淨爲得解脫修

道功用無果報故作如是果故說偈言

不染非不染　非淨非不淨　心本清淨故
煩惱客塵故

云何不染非不染本心自性清淨故云何不淨非不淨煩惱客塵故如是空分別略說已安立空衆義者應知有二種一爲體相二爲安立何者爲體相爲有相故無有相故是有相者離有離無相離一離異相安立者衆名等四義應知分別中邊分別論相品爲解釋偈已究竟

障品第二

徧及一方重　平等及取捨　今說二種障

此中徧障者煩惱障及一切智障爲菩薩種性諸人二障圓滿故一方障者煩惱障爲聲聞性等諸人重障者是前諸人欲等諸行中隨一麤煩惱平等障者平等諸行中隨行中隨一生死取捨障者菩薩性諸人爲障無住處涅槃故如理相應二種人障已說一菩薩性人二聲聞等性人復有煩惱相九種偈言

九結名惑障

九種諸惑結此中說煩惱障此諸煩惱障爲障誰偈言

猒離及除捨　實見及身見

愛欲結者障猒離心心堅礙結者障除捨心因此惑違逆礙境界中不能生捨除心諸餘結者覆障眞實見云何起障是諸煩惱次第愛恚及身見偈言

身見所依法　滅道三寶障　利養恭敬等
輕財知止足

是諸餘煩惱是此五處障我慢結者欲滅離身見時障對正觀智有異品無異品無異品

我慢數行故此身見不得滅無明結者欲遠
離身見依處時爲眞實見障因此不得遠離
取陰故見結者欲通達滅諦時爲作障身見
及邊見於滅諦生怖畏故邪見於滅諦起誹
謗故取結者是通達道諦時爲作障依別道
理思擇求得清淨故疑結者欲通達三寶時
爲作障不信受三寶功德故嫉妬結者欲遠
離利養恭敬時爲作障不見此過失故慳悋
結者欲行輕財知足時爲作障令貪著財物
等故偈言

善法障復十

復有別障十種善法等處應知何者爲十處
偈言

不行非法所　所行不如理　不生不思量
資糧不具足　性友不相稱　心疲故猒離
修行不相稱　惡怨人共住　麤惑三隨一
般若不成就　自性重煩惱　懈怠與放逸
著有及欲塵　下劣心亦爾　不信無願樂
如言思量義　不敬法重利　於衆生無悲
聞灾及少聞　三昧資糧滅

如是諸障何者爲善法偈言

善菩提攝取　有智無迷障　迴向不怖嫉
自在善等十

如是善等諸法中何者被障何者爲障應知
答偈言

此十各三障　十事中應知

善法有三障一者不修行二非處修行三修
行不如理菩提有三種障一者不生善二不
生正思量三資糧不圓滿攝取菩提者發菩
薩心是名攝取菩提此心有三種一與性不

相應行二朋友不相應三心疲極猒離有智者是菩薩體性爲知此法有三障一修行不相稱二惡友人共住三與惡怨人共住此中惡人者愚癡凡人惡怨人者礙菩薩功德觀菩薩過失無迷者心不散亂有三障一顛倒麤失二煩惱等三障中隨一有餘三令成熟解脫般若未熟未滿無障者滅離諸障是名無障此爲三障一自性麤惑二懈怠三放逸菩提迴向有三障令心迴向餘處不得一向迴向無上菩提一貪著諸有二貪著有資糧法三下劣品心無怖畏有三障一於人不生信重心二於正法中不生願欲三如名字言語思量諸義無悲者有三障一不尊重正法二尊重利養恭敬三於衆生中不起大悲心自在者有三障因此三不得自在一無聞慧

無聞者生起業惑正法宍故二聞慧少弱三者三昧事不成熟還復是此障善等諸法中十種隨一分作因依此義故應知障中何者爲十因第一生因譬如眼入爲眼識作生因二住因譬如四種食爲一切衆生三持因如所持能攝持譬器世界爲衆生生世界四明了因如光明爲色五變異因如火等爲成熟等諸事六相離因如鎌等爲川等七迴轉因如金銀師爲迴轉金銀令成鐶釧八必比因譬如烟爲火等必比知九令信因譬如立證因分爲所立義十至得因如道等爲涅槃等諸果作因如是生障善處應知此應令生故住障者菩提處此不應壞動故持障者菩提攝取處菩提心能持故明了障者有智處此應顯了故變異障者無迷處迷轉滅故有變

異相離障者無障處此障相離爲體故迴轉障者迴向處菩提心迴向爲體相故必比障者無怖畏處爲不信故怖畏令信障者無嫉妒處於法不嫉妒令人信故至得障者自在處無所繫屬至得爲體相故偈言

助道十度地　得有餘別障

助道品法處者

處不明懈怠　三昧少二種　不種及羸弱
諸見麤惡過

念處者依處不明了爲障四正勤處懈怠四如意足處禪定少二種爲不圓滿欲精進心思量四種隨一不具足爲修習不具足滅資糧入法隨一不具故五根處不下解脫分善法種子故力處是五根羸弱與非助道相類起故覺分處諸見過失見道所顯故道分處麤惡過失此修道所顯現故波羅蜜障者偈言

富貴及善道　不捨衆生障　增減功德失
令諸衆生入　解脫無盡量　令善無有間
所作常決定　同用令他熟

此十種波羅蜜能生此法此法是波羅蜜果爲障波羅蜜果故是故顯説障波羅蜜檀波羅蜜者何法爲障自在增上障尸羅波羅蜜者障善道爲障羼提波羅蜜障不捨離衆生毗梨耶波羅蜜障增益功德損減過失禪波羅蜜者障受化衆生令入正位（四十心正位）般若波羅蜜者障令他解脫漚和拘舍羅波羅蜜障檀等波羅蜜無盡無減爲迴向菩提故諸波羅蜜無盡無減波尼陀那波羅蜜者障一切生處善法中無間生起依願力故能攝持

隨從善法生處婆羅波羅蜜者障善法決定事思擇修習力弱故不能折伏非助道故闇那波羅蜜者障自身及他同用法樂及成熟兩處不如聞言通達義故於十種地中復有次第障偈言

徧滿最勝義　勝流第一義　無所繫屬義
身無差別義　無染清淨義　法門無異義
不減不增義　四自在依義　此法界無明
此染是十障　非十地扶助　諸地是對治

法界中十種義徧一切處等無染濁無明此無明十種菩薩地中次第應知是障非地助道故法界中何者爲十種義一者徧滿義依菩薩初地法界義徧滿一切處菩薩入觀得通達因此通達得見自他平等一分二者最勝義依第二地觀此法已作是思惟若依他共平等出離一切種治淨出離應化勤行三者勝流義因三地法界傳流知所聞正法第一爲得此法廣量三千大千世界火坑能自擲其中四無所繫屬義因此四地因此觀法愛一向不生五身無差別義因第五地十種心樂清淨平等六無染清淨義因第六地十二生因處無有一法可染可淨如此通達故七法門無異義因第七地無相故修多羅等法別異相不行不顯故八不減不增義因八地得滿足無生法忍故若不淨淨品中不見一法有減有增故此中復有四種自在何者爲四一無分別自在二淨土自在三智自在四業自在此中法界是第一第二自在依處八地中通達智自在依義因九地得四無礙辯故業自在依義因十地如意欲變化作衆

生利益事復有略說偈言

已說煩惱障　及一切智障　是攝一切障

盡彼得解脫

此二種障滅盡無餘故得出離解脫一切障障總義者一大障是徧滿故二小障者一方障故三修行障者重惑四至得障平等煩惱五至得勝負障取捨障六正行障者是九種煩惱結七因障善等處由十種因義故八入眞實障者是助道障九無上善障者十波羅蜜障十勝負捨離障十地障攝集障略說有二種一解脫障二一切智障

中邊分別論障品第二竟

眞實品第三

此品眞實應說何者眞實偈言

根本相眞實　無顛倒眞實　果因俱眞實

細麤等眞實　成就清淨境　攝取分破實

勝智實十種　爲對治我見

如是十種眞實何者爲十一根本眞實二相眞實三無顛倒眞實四果因眞實五細麤眞實六成就眞實七清淨境界眞實八攝取眞實九分破眞實十勝智眞實勝智又十種眞實爲對治十種我執應知何者爲十一陰勝智二界勝智三入勝智四生緣勝智五處非處勝智六根勝智七世勝智八諦勝智九乘勝智十有爲無爲勝智此中何者根本眞實三種自性一分別自性二依他自性三眞實自性一切餘眞實此中所立故三性中何者名眞實可信受偈言

性三一恒無　二有不眞實　三有無眞實

此三本眞實

分別性相者恒常不有此相分別性中是眞

實無顛倒故依他性相者有不實唯有散亂執起故此相依他性中是眞實眞實性相者有無眞實此相眞實相中是眞實何者相眞實偈言

增益損減謗　於法於人中　所取及能取
有無中諸見　知常見不生　是眞實家相

人等及法等有增益謗見有損減謗見不得起爲知見此法故此法分別性中是眞實相能執所執增益損減謗見不得起爲知見此法故此法依他性中是眞實相有中無中增益損減見不得起爲知見此法故此法眞實性中是眞實相如是根本眞實相說名相眞實無顛倒眞實者爲對治常等顛倒故有四種一無常二苦三空四無我此四云何根本眞實所立此中無常云何應知偈言

無常義有三　無義生滅義　有垢無無義
本實中次第

根本眞實中有三種性此性中次第應知三種無常義一無有物爲義故說無常二生滅爲義三有垢無垢爲義偈言

若三一取苦　二相三相應

根本眞實中次第三種苦一取苦人法執著所取故相苦者三受三苦爲相故相應苦者與有爲相應故有爲法通相故此三苦於次第性中應立偈言

無空不如空　性空合三種

分別性者無別道理令有無有物是其空依他性相者無有如所分別不一向無此法不如有是空眞實性相者二空自性是故說名自性空偈言

無相及異相　自相三無我

分別性者相體無有故是此無相是其無我依他者有相不如所分別不如相者是其無我眞實性者是二無我是故自體是其無我如是二種根本眞實中顯說有三種無常一無物無常二生滅無常三有垢無垢無常三種苦一取苦二相苦三相應苦三種空一無有空二不如空三自性空三種無我一無相無我二異相無我三自性無我果因眞實此根本眞實中應立何者果因苦諦集諦滅諦道諦云何根本眞實得立偈言

苦相等已說　苦諦如前說

無倒眞實中如三苦三無常等因此四無倒應知苦諦三種集諦應知何者爲三偈言

集諦復有三　熏習與發起　及不相離等

熏習集諦者執著分別性熏習發起習集諦者煩惱及業不相離集諦者如如與惑障不相離三種滅義故應知滅諦何者爲三偈言

體滅二種滅　垢淨前後滅

自性無生能執所執二法不生垢寂滅二種一數緣滅二法如如是三種滅一無體滅二二滅三自性滅道諦有三於二根本眞實中云何得安立偈言

觀智及除滅　證至道有三

說道諦如是一者觀察分別性二爲觀察除滅依他性三爲觀察證至眞實性如是此中爲觀察爲除滅爲證至故安立道諦應知麤細眞實者俗諦及眞諦此二諦根本眞實中云何得立偈言

麤義有三種　立名及取行　顯了名俗諦

俗諦有三種一立名俗諦二取行俗諦三顯了俗諦因此三義根本眞實中應安立三種俗諦次第應知偈言

眞諦三中一

勝境諦者一眞實性中應知此勝境云何眞實偈言

一義二正修　三正得眞實

義眞實者法如如眞實智境界故至得眞實者涅槃功德究竟故正行眞實者聖道無勝境故云何有爲無爲法共得眞實性所攝答偈言

無變異無倒　成就二眞實

無爲法者無變異成得入眞實性攝一切有爲法道所攝無顛倒成就故境界品類中無顛倒故成就眞實者於根本眞實中云何偈言

安立成就者　一處世俗成

分別性中得立是物處共立印定數習故因此所立印定起世智一切世間人一處同一世智如此物是地非火此物是色非聲如是等此俗成就屬一性偈言

離名無體故　三處道理成即三性

上品諸人於義於理中聰明在於覺觀地中依三量四道理中依一道理若物若事得成就此二名道理成就清淨境眞實有二種一清淨煩惱障智境二清淨智障智境如是清淨智境眞實偈言

清淨境二種　攝在於一處

一處者眞實性云何如此無別性作清淨智境故三種根本眞實性中五攝眞實云何安

立偈言

相及於分別　名字二性攝

如是相應依五種攝品類根本性中云何得立相及分別依他性中攝名者分別性中攝偈言

聖智與如如　此二一性攝

如如及聖智依眞實性中攝三種根本性中分破眞實云何得立分破眞實有七種何者爲七偈言

生實二性攝　處邪行亦爾　相識及清淨

正行眞性攝

一者生起眞實二相眞實三識眞實四依處眞實五邪行眞實六清淨眞實七正行眞實此中生起眞實者於根本眞實中在二處應知分別依他性處知生起眞實依處及邪行眞實亦如是根本性中二性攝相識清淨正行四法一眞實性攝此四種云何一性攝聖境聖智所顯故勝智眞實者爲對治十種我見故說何者陰等處十種我見偈言

一因及受者　作者及自在　增上義及常

垢染清淨依　觀者及縛解　此處生我見

如是十種我邪執於陰等諸法中起爲對治十種邪執故說十種勝智何者十種我邪執一者一執二因執三受者執四作者執五自在執六增上執七常住執八染者淨者執九觀者執十縛解作者執云何十種勝智根本眞實中得立三種性中五陰等諸法如義道理被攝故云何得在三性中偈言

分別種類色　法然色等三

色陰有三種一分別色色處分別性二種類

色色處依他性種類云何名依他此立五法中體性不同故立別種類名色三法然色色處眞實性色通相故如色受等諸陰亦如是及界入諸法如是三性中應等被攝故十種勝智眞實根本眞實中應知如是已說爲對治十種我見五陰等勝智五陰等義未說此義今說偈言

不一及總舉　差別是陰義

立陰義有三初立義者是陰名字有三義一道路義二燒熱義三重擔義復有聚義是陰義聚有三義一者多義如經中說若色過去現在未來若遠若近若麤若細等經中廣說此色多故名聚如是等色攝在一處此言顯總舉色等諸陰體相種種故更互無相攝故說有差別此三義一多二總三異是名聚義聚即是陰義因此義相似世間中聚偈言

能取所取取　種子是界義

復有別攝名界界名顯何義顯種子義能取種子者名眼等諸界所取種子者色等諸界取種子者識等諸界偈言

受塵分別用　入門故名入

復有別法名入此中三受爲受用三受門故說六內入分別塵境及受用門故六種說外入何者十二因緣義偈言

因果及作事　不增損爲義

因果及事業不增益不損減義是名十二因緣義增益因者行等諸分別立不平等因故損減因者分別立無因義故增益果者行等諸分有我依無明得生如是分別損減果者無行等諸法從無明生增益事者無明等諸

因生行等諸果時節分別有作意事損減事者分別無功用故因果事中離此二執此義無增益無損減應知十二因緣說偈言

不欲欲清淨　同生及增上　至得及起行繫屬他爲義

處非處有七種繫屬他義故應知此中一不欲繫屬他者因惡行若不欲決入惡道二欲繫屬他者因善行入善道若不欲決入善道三清淨繫屬他者不離滅五蓋不修七覺分不得至苦邊際四同生繫屬他兩如來無前後兩轉輪王一世界中不得共生五及增上繫屬他者女人不得作轉輪王六至得繫屬他者女人不得作辟支佛及佛七起行繫屬他者已見四諦人不得造殺等諸行凡夫能造行故如多界經中廣說如是隨思擇根者

二十二種因六義佛立二十二根復有六義何者爲六偈言

取住及相接　受用二清淨

能取爲義故乃至二種清淨爲義故此六事中爲增上故說二十二法名根爲能取六塵事增上故眼等六法說爲根爲攝相續令住增上乃至生死說壽命爲根爲處世相接續增上說男女二根受用增上故五受說爲根意等業被受用故世間清淨增上故說信等五法爲根爲出世清淨增上故說未知欲知等三無漏爲根偈言

果因已受用　有用及未用

復有別名三世如義相應果因已用故立過去世果因未用故立未來世因已用謝果未謝故立現在世偈言

受及受資糧　爲生彼行因　滅彼及對治
爲此不淨淨
復有別名四諦何者爲四一者苦諦何法名
苦受及受資糧如經中說一切諸受皆是苦
受資糧受生緣根塵等諸法應知爲生彼行
因何者集諦爲感諸苦一切邪行偈言
滅彼及對治　爲此不淨淨
爲此因果二法寂滅故說滅諦爲對治此二
名道諦因此世諦說不淨因此眞諦說淨偈
言
得失無分別　智依他出離　因智自出離
復有別名三乘如義相應應知涅槃及生死
功德過失觀智從他聞依他得出離因果故
立名聲聞乘因此智慧如前說自不從他不
依他行出離因果名辟支佛乘依無分別智
自出離因果是名大乘應知偈言
有言說有因　有相有爲法　寂靜義及境
後說無爲法
有別名有爲無爲言說者名句味等因者種
子所攝阿梨耶識相者世器身及所受用生
起識所攝心及取分別如此等法有言說有
因有相有相應法是名說有爲法此中說心
者是法恒起識相解相取者五識分別意識
此有三分別故無爲法者寂靜義及寂靜境
寂靜義者滅諦寂靜境者道諦如如此中道
諦云何得寂靜名此法若緣境界若顯果依
寂靜因此義五陰等十處聖智及聖智方便
說名十種勝智應知偈言
此十名眞實
合眞實義者若略說眞實有二種一能顯眞

實譬如鏡二所顯眞實譬如影何者能顯眞實三根本眞實所餘眞實得顯現故所顯眞實有九種一無增上慢所顯眞實二對治顛倒所顯眞實三聲聞乘出離所顯眞實四辟支乘出離所顯眞實五大乘出離所顯眞實因此麤眞實成熟衆生及法微細眞實者解脫衆生及法六諸說隨負處所顯眞實者依正譬喻依正道理能令諸說隨不負處七顯了大乘所顯眞實八一切種所知攝一切法所顯眞實九顯了不如及如所顯眞實十我執依處法一切義意入所顯眞實中邊分別論眞實品說竟

中邊分別論卷上

音釋

鎌力鹽切鍥也 刈魚祭切割也 鐶胡關切指鐶也 釧樞絹切臂鐶也

中邊分別論卷下

天親菩薩造
陳三藏法師眞諦譯

對治修住品第四

修習對治者三十七道品修習今當說此論中初說偈言

麤行貪因故　種故不迷故　爲入四諦故
修四念處觀

由身故麤行得顯現思擇麤行故得入苦諦此身者麤大諸行爲相故麤大者名行苦因此行苦一切有漏諸法於中聖人觀苦諦受者貪受依處思擇諸受故得入集諦心者我執依處爲思擇此心得入滅諦離我斷怖畏故法者不淨淨二品爲思擇此法離不淨淨品無明故得入道諦是故初行爲令入四諦中修習四念處所安立次修習正勤偈言

已知非助道　一切種對治　爲上二種故
修習四正勤

爲修習四念處究竟故非助道黑法及助道品白法一切種已明了所見故爲滅離非助道法爲生起助道法四種正勤得起第一爲滅已生非善惡法如經中廣說爲滅爲塞爲生爲長偈言

隨事住於彼　爲成就所須　捨離五失故
修習八資糧

爲離爲得黑白二種法修習正勤已心者無障有助故得住此心住有四能四能者一隨教得成就隨教得成就者說名四如意足一切所求義成就因緣故此中住者心住名三摩提應知是故四正勤後次第說四如意足

隨事隨教住者爲滅五種過失爲修習八種資糧故應知何者名失耶偈言

懈怠忘尊教　及下劣掉起　不作意作意
此五失應知

懈怠者没嬾惡處忘尊教者如師所立法名句味等不憶不持故下劣掉起者兩障合爲一憂喜爲體故沉浮是其事此位中沉浮時不作意第四過失若無此二而作意是第五過失爲滅此五失安立八種禪定資糧爲滅懈怠何者爲四一欲二正勤三信四猗復有四法次第應知偈言

依處及能依　此因緣及果

欲者正勤依處能依者正勤此依處名欲有何因是名信若有信即生欲此能依者名正勤果此果名猗若在正勤得所求禪定故餘四種資糧一念二智三作意四捨滅餘四種失如次第對治此念等四法次第應知偈言

縁境界不迷　高下能覺知　滅彼心功用
寂靜時放捨

念者不忘失境界智者不忘失境界時覺知沉浮兩事覺知已爲滅此作功用意是名作意此沉浮二法寂滅已起放捨心放流相續名捨滅四如意足後次第說修習五根此五根云何得立偈言

已下解脫種　欲事增上故　境界不迷没
不散及思擇

此中增上次第五處流爲修四勤故心已隨教得住因此心已下解脫分善根種子一欲增上故二勤修增上故三不亡境界增上故四不散動增上故五思擇法增上故如次第

信等五根應知偈言

說力損惑故　前因後是果

信等五法如前所說爲有勝力故說名力勝力者何義能損離非助惑故若五法非信等諸對治惑不相障故故說根力有次第云何信等五法前後次第說五種法如前後爲因果故云何如此若人信因信果爲求得此果故決勤行因此勤行已守境不移若念止住心得三昧（平等住不高不下一三受故二一境故又有五種住未說）若心得定觀知如實境因此義是故五法立次第若人已下種解脫分善根已說五根是其位若人已下通達分善根者爲在五根位中爲當在力位中偈言

二二通達分　五根及五力

煖位及頂位立行五根忍位及世第一法立行五力若人下解脫善根種此二二位決定通達分若未不如此力次說覺分此云何安立偈言

依分自體分　第三出離分　第四功德分

三種滅惑分

見道位中顯立覺分覺者何義無分別如如智是名覺分者何義同事法朋是名分義此七法中覺依止分者是名念覺自性分者是名擇法覺出離分者名正勤覺功德者名喜覺無染無障分三法謂猗定捨云何說三法爲無染障分偈言

因緣依處故　自性故言說

無障無染因者猗惑障爲重行作因故此猗與麤重因對治故依止者是禪定自性者不捨覺分次說道分此法云何安立偈言

分決及令至　令他信三種　對治不助法

說道有八分

修習道位中顯立道分見道分決分是正見此見世間正見出世正見後得因此智自所得道及果決定分別令他至分者正思惟及正言因有發起語言能令他知及得令他信分者有三種正言正業正命此三法次第偈言

見戒及知足　應知令他信

令他信分者三處依正言說言說共相難正義共思擇義時他得信是人有智是故令他信智依正業他得信持戒不作不如法事故依正命者他得信輕財知足如法如量行見衣服等四命緣故是故令他信知足輕財知足煩惱對治分者三種正勤正念正定此三法如次第偈言

大惑及小惑　自在障對治

非助道煩惱有三一修習道所斷煩惱是名大惑二心沉沒掉起煩惱是名小惑三自在障者能障礙顯出勝品功德第一煩惱者正勤是其對治云何如此因正勤修道得成故若道得成思惟煩惱滅第二煩惱者正念是其對治寂靜相處若正念正寂靜相處沉沒及掉起滅故第三煩惱者正定是其對治依止禪定故能顯出六神通功德故此修習對治若略說有三種應知偈言

隨不倒有倒　隨顛倒不倒　無倒無隨倒

修對治三種

修習對治有三何者三一者隨應無倒法與倒相雜二者顛倒所隨逐無見倒三者無顛

倒無倒法隨逐如次第凡夫位中有學聖位中無學聖位中菩薩修對治者有別異何者別偈言

境界及思惟　至得有差別

聲聞及辟支自相續身等念處者法是境界若菩薩自他相續身等念處諸法是其境界聲聞及辟支由無常等諸相思惟身等諸法若諸菩薩無生得道理故思惟觀察若聲聞及緣覺修習四念處等諸法爲滅離身等諸法若菩薩修習此等法不爲滅離故修習諸法非不爲滅離故修習諸法但爲至得無住處涅槃修習對治已說住者何者

修住品第五

修住有四種　因入行至得　有作不作意
有上亦無上　願樂位入位　出位受記位
說者位灌位　至位功德位　作事位已說

修住位有十八何者十八一因位修住若人已住自性中二入位修住已發心三行位修住從發心後未至果四果位修住已得時五有功用位修住有學聖人六無功用位修住無學聖人七勝德位修住求行得六神通人八有上位修住過聲聞等位未入初地菩薩人九無上位修住諸佛如來此位後無別位故十願樂位修住諸菩薩人一切願樂行位中十一入位修住者初菩薩地十二出離位修住初地後六地十三受記位修住第八地十四能說師位修住第九地十五灌頂位修住第十地十六至得位修住諸佛法身十七功德位修住諸佛應身十八作事位修住諸佛化身一切諸住無量應知今但略說偈言

法界復有三　不淨不淨淨　清淨如次第
若略說此位有三一不淨位住者從因位乃至行住二不淨淨位住者有學聖人三清淨位住無學聖人偈言
此中安立人　應知如道理
因此住別異故如道理應知諸凡聖人別異安立此人者自性中住此人已入位如是等修住已說何者得果

得果品第六

器果及報果　此是增上果　愛樂及增長
清淨果次第
器果者果報與善根相應報果者器果增上故善根最上品愛樂果者宿世數習故愛樂善法增長果者現世數習功德善根故善根圓滿清淨果者滅離諸障此位果有五種次第應知一者報果二增上果三者隨流果四功用果五相離果偈言
上上及初果　數習究竟果　隨順及對治
相離及勝位　有上無上故　略說果如是
若略說果有十種一者上上果從自性發心乃至修行應知後後次第二初果者初得出世諸法數習果者從初果後有學位中究竟果者無學諸法隨順果者爲因緣故應知上上果對治果者是滅道因此得初果此中初道名對治果相離果數習果圓滿果爲遠離惑障故如次第有學無學諸聖人果勝位果者神通等諸功德有上果者菩薩地爲勝餘乘故無上果者諸如來地如是四種果爲分別圓滿果故爲略說如是名若廣說則無量此中修習對治合集衆義覺悟修習令薄修

習熟治修習上事修習蜜合修習智到境一家故上品修勝品得修初發修中行修最後修有上修無上修者境界無勝思量無集至得無勝故修住合集衆義應成修住住者此人住自性中作事修住者從發心乃至修行位名最淨住最淨位住有莊嚴位住徧滿十地故無上位住果合集衆義一攝持果二最勝果三宿習果四上上引出果五略果六廣果此中攝持果者五種果餘果是五種果别異宿世所集故名果報果上上引出故有四種餘果若略說上上果有四種若廣說隨順果有六是四種果分别廣說故中邊分别論中此處有四三品一對治品二修住品三得果品已廣說究竟一器果二果報果三愛樂果四增長果五清淨果攝一切果盡

無上乘品第七

無上乘今當說偈言

無上乘三處　修行及境界　亦說聚集起

無上有三種大乘中因此三義乘成無上何者三義一修行無上二境界無上三集起得無上此中何者名修行無上十波羅蜜修行中應知偈言

修行復六種

此十波羅蜜中隨一有六種何者六偈言

無比及思擇　隨法與離邊　别及通六修

如是六修一無比修二思擇修三隨法修四離邊修五别修六通修此中無比十二種何者爲十二偈言

廣大及長時　增上體無盡　無間及無難
自在及攝治　極作至得流　究竟無比知

此處無比義　知十波羅蜜

如是十二種無比修行一廣大無比二長時無比三增上四無盡五無間六無難七自在八攝治九極作十至得十一勝流十二究竟何者廣大無比不欲樂一切世間及出世富樂故是故廣大無比應知何者長時無比一一處三阿僧祇劫修習得成故何者增上無比一切衆生徧滿利益事故何者無盡無比由迴向無上菩提故最極無窮無盡故何者無間修無比由得自他平等樂修故因一切衆生施等功德能圓滿成就十波羅蜜故何者無難無比隨喜他所行諸波羅蜜自波羅蜜得圓滿故何者自在無比由破虛空等諸禪定力故施等波羅蜜得滿足成就何者攝治無比由一切波羅蜜無分別智所攝治護故何者極作無比地前方便願樂行地中最上法忍及道品隨一所成故何者至得無比於初地中得未曾見出世法故何者勝流無比離初地應知餘八種上地中何者究竟無比第十地及佛地中應知何以故菩薩道及佛果圓滿故此處無比義知十波羅蜜者如是十二無比義於十法中皆悉具有是故十法通得名波羅蜜多何者名十波羅蜜爲顯此十法別名故說偈言

施戒忍精進　定般若方便　願力及闍那
此十無比度

此十波羅蜜別事云何偈言

財利不損害　安受增功德　除惡及令入
解脫與無盡　常起及決定　樂法成熟事

如是十波羅蜜次第事應知由施故菩薩能

利益衆生由持戒故不損害衆生壽命財物及眷屬等由忍辱故若他起損惱等事安心忍受由精進故生長他功德損滅他罪障等由禪定故因神通等諸功德令他衆生背惡歸善得入正位由般若故顯説正教令他解脱由方便故迴向善根趣大菩提施等功德令流無盡由願力故能受住捨隨樂生處於彼生中能事諸佛及聞正法於施等中恒行不息利益衆生由思擇修習力故伏滅對治決定能行施等諸度利益衆生由智故滅離如言法無明施等諸行及施等增上縁法得共受用此二菩薩能成熟衆生無比修行已説何者思量修行偈言

如言説正法　思量大乘義　是菩薩常事

依三種般若

依十種施等波羅蜜如諸佛所安立所説修多羅等諸法大乘中如理思惟數數聽聞思量修習故聞思修慧恒思惟行若因三慧修行思惟生何功德偈言

爲長養界入　爲得事究竟

若人因聞慧行思惟者一切善根思惟得增長若因思慧修行思惟者如所聞名句義此理得入意得生顯現故若因修慧修行思惟者如所求正事得成就爲入地爲治淨故此修行思惟有伴應知偈言

十種正行法　共相應應知

此思惟修行者十種正法行所攝持應知何者十種法行偈言

書寫供養施　聽讀及受持　廣説及讀誦

思惟及修習

大乘法修行有十一書寫二供養三施與他四若他讀誦一心聽聞五自讀六自如理取名味句及義七如道理及名句味顯說八正心聞誦九空處如理思量十已入意爲不退失故修習偈言

無量功德聚　是十種正行

此十種正行有三種功德一無量功德道二行方便功德道三清淨功德道云何大乘中佛說最極大果報聲聞乘等法不如是說云何如此有二種因偈言

最勝無盡故　利他不息故

最勝者小乘經但爲自利故大乘自利利他平等是故最勝第一爲自利故第二爲利他故是故有下有上是故說勝大菩提者至無餘涅槃他利益事如因地中無息故故說無盡無盡故勝小乘思惟修行已說何者隨法修行偈言

隨法有二種　不散動顛倒

隨法修行者如是二種一無散動修行二無顛倒變異修行此中散動有六種滅除此六種散動故說無散動何者六種散動一自性散動二外緣散動三內散動四相散動五麤惑散動六思惟散動此六散動何者爲相應知故說偈言

起觀行六塵　貪味下掉起　無決意於定
思量處我慢　下劣心散亂　智者應當知

如是爲相六種散動菩薩應知應離何者六相一從禪定起散動由五識故是名性散動六塵中若心行動是名外散動是禪定貪味憂悔掉起是名內散動下地意未決未息是

名相散動因此相入定故有我執思惟定中所起名麤散動因此麤思惟生我慢起行故下劣品思惟名思惟散動下乘思惟起行故前兩散動未得令不得次兩已得令退第五令不得解脫第六令不得無上菩提應知此中無倒十種處應知何者十偈言

言辭義思惟　不動二相處　不淨及淨客
無畏及無高

此中何法名無倒無倒者如理如量知見此無倒十種處一者名句味無倒如偈說

聚集數習故　有義及無義　是言辭無倒

若名句味若有相應名言無間不相離說故此物是其名數數習故名句等有義若翻此三無義若有如此知見名名句味無倒何者義無倒偈言

顯現似二種　如顯不實有　是名義無倒
遠離有無邊

諸義顯現有二一顯所執二顯能執由二相生故如是無所有如所顯現義中若生如此知見是名義無倒云何如此義者遠離有相能執所執無有故遠離無相似能似所言辭有故何者思惟無倒偈言

此言熏言思　彼依思無倒　爲顯二種因

所執能執言所熏習言語思惟是能執所執虛妄分别依處若起如此知見一切處是名思惟無倒何者思惟爲能執所執虛妄作顯現因此思惟言語名句味兩法所生故爲二法作依處離此思惟無倒境故何者不動無倒偈言

如幻等不有　亦有義應知　是不動無倒

有無不散故

是義亦有亦無如前已説此有無譬如幻化幻化者爲象馬等實體故無有非無唯似象等散亂有故義亦如是不有如所顯現能執所執故非不有唯相似散亂相有故等者如野馬夢幻水月等譬如是道理應知已見幻等譬義故心不僻行是名不動無倒因此無倒心有無執中心不散動故何者二相無倒偈言

一切唯有名　爲分別不起　是別相無倒

一切諸法唯有名言何者名一切眼及色乃至心及法如此知見一切虛妄分別爲對治故説名別相無倒何者名別相爲虛妄爲眞實偈言

此相名眞實

眞實別相中是無倒云何如此若爲俗諦故一切諸法不但有名如是執故何者通相無倒偈言

出離於法界　更無有一法　故法界通相
此知是無倒

無有別法離無我眞實有體是故法界一切通相體平等故如是知見是名通相無倒何者淨不淨無倒偈言

顛倒邪思惟　未滅及已滅　此不淨及淨
是彼不顛倒

顛倒不正思惟在及未盡是名法界不清淨若不在及盡是名法界清淨若有此知見是名不淨及淨無倒如此次第何者客無倒偈言

法界性淨故　譬之如虛空　此二種是客

是彼不顛倒
復有法界如眞虛空自性淨故是二種法非
舊法故名客先不淨後乃淨若有此知見是
名客相無倒何者無怖及無高顛倒偈言
染汙及清淨　法人二俱無　無故無怖慢
是二處無倒
人者無染汙無清淨法亦如是先無染汙後
無清淨云何如此人及法非實有故是故二
中無有一物是淨品及不淨品不淨品時無
有一法被損減清淨品時無有一物被增益
爲此二法生怖畏生高慢若有如此知見是
名無怖畏無高慢無倒如是十種無倒十種
金剛足中如次第應安立何者名十種金剛
足一有無無倒二依處無倒三幻化譬無倒
四無分別無倒五自性清淨無倒六不淨無
倒七淨無倒八如眞空譬無倒九不減無倒
十不增無倒已說隨法修行何者遠離二邊
修行如寶頂經中佛爲迦葉等說無相中道
何者二邊爲離此故此中道應知偈言
別異邊一邊　外道及聲聞　增益與損減
二種人及法　非助對治邊　斷常名有邊
能取及所取　染淨有二三　分別二種邊
應知有七種　有無及應止　能止可畏畏
能取所取邊　正邪事無事　不生及俱時
有無分別邊
色等諸陰立我別異一邊立我與色一一邊
爲離此二邊佛說中道不見我不見人不見
衆生及不見壽者云何如此若人執我見者
不離此二執壽者別異身亦別異若不取執
異即是壽者即是身此二見決定有爲此中

道此二執不得起色等常住是外道邊無常是聲聞邊爲離此二邊故佛說中道色等諸法不觀常及無常故是名中道有我者增益邊毀謗無我者損減邊毀謗有假名人故爲離此二邊故佛說中道有我無我二彼中間非二所觸無分別故心實有是增益法邊不實有損減法邊爲離此二邊故佛說中道此處無意無心無識無作意一切不善法名不淨品名非助道一切善法等是淨品名對治邊爲離此二邊故佛說中道佛說此二種邊不去不來無譬無言有者名常邊人及法無者名斷邊人及法離此二邊故佛說中道是二種中間名中道如前說無明者所取一邊能取第二邊如無明明亦如是一切有爲法所取一邊能取一邊無爲法亦如是如無明乃至老死所取能取老死滅所取一邊能取第二邊是滅道者所取能取如是所取能取二邊由黒分白分別異故爲離此二邊故佛說中道佛說無明及此二無二無如經廣說云何如此無明及明等所取能取體無故染汙有三種一煩惱二業三生染汙煩惱染汙復有三一者諸見二者欲瞋癡起相三更有生願爲對治此三佛說知空解脫門知無相解脫門知無願解脫門業染汙者善惡造作爲對治此業佛說智慧無造作生染汙者更有中生已生意心及心法念念生有生相續不斷爲對治此佛說智慧無生智慧無起智慧無自性如是三種染汙滅除名清淨知空等者及染汙空等是名境界清淨智及一切對治名行清淨因此行煩惱除不更起名果

清淨此三種清淨染汙空等如三種清淨所作空等諸法自性故法界自性無別異故復有智慧空等諸法非染汙所造及非智所造作

云何如是空等諸法自性有故法界自性無染汙故若人思惟分別法界有時染汙有時清淨是邊自性無染汙法自體無染淨故此執成邊爲遠離此邊故佛說此中道非二空作空令諸法空諸法自體空如是等如寶頂經廣說復有七種分別二邊何者七一有中分別一邊二無中分別一邊有眞實人爲滅此人是故立空有眞實無我爲滅此法是故立不空因此二分別起有執無執爲離此二邊故佛說中道空者不滅人等何所爲無所爲一切諸法自然性故如經廣說一切無明等諸惑應止令滅明等諸法道應生能令止滅如此分別應止及能止故空中生怖畏爲離此二種分別邊佛說空譬可畏分別一邊因此可畏起怖畏復是一邊分別所作色等諸塵起怖畏及起苦怖畏爲離此二種怖畏分別邊佛說畫師譬前譬者依小乘人說今譬依菩薩說所取分別一邊能取分別一邊爲離此二邊佛說幻師譬云何如此唯識智所作無塵智無塵智者滅除唯識智塵無體故識亦不生此中是相似正位分別一邊邪位分別一邊分別眞實見爲正位分別邪位爲離此二邊佛說兩木截火譬譬如兩木無火相從此起火火起成還燒兩木如是不正位相及正位相眞實見正通達爲相聖智根起成已是眞實見相正位復有了滅此中譬

與其相似眞實見邪位相無有邪位相邪位亦無隨順眞實位故分別有事一邊分別無事一邊有事者智慧先分別作意復有分別無功用爲離此二種功德邊佛說燈光譬分別無生一邊分別等時一邊若分別對治道無生分別煩惱長時爲離此二邊佛說第二燈光譬離十二邊修行已說云何勝有等修行偈言

勝有等修行　應知於十地

何者勝有等修行十地中隨一此中波羅蜜最勝無比此波羅蜜名勝修行若一切處同無差別是名有等修行修行無上已說何者境界無上偈言

安立及性界　所成能成就　持決定依止

通達及廣大　品行及生界　最勝等應知

如是境界有十二何者十二一安立法名境界二法性境界三所成就境界四能成境界五持境界六決持境界七定依止境界八通達境界九廣行境界十品行境界十一生境界十二最勝境界此中第一者波羅蜜等諸法如佛所安立第二法如如第三第四此二如前次第通達法界故得行波羅蜜等諸法故第五聞慧境界第六思慧境界云何名決持已知此法能持故第七修慧境界依内依體得持故第八初地中見境界第九修道境界乃至七地中第十是七種地中世及出世道如品類諸法得成故第十一八地中第十二九地等三處是第一第二境界如前說處位中平等境界所餘境界者前二所顯差別境界已說何者習起偈言

具足及不毀　避離令圓滿　生起及堅固
隨事無住處　無障及不捨　十習起應知
如是習起有十種此中因緣具足名性習起不毀謗大乘法是名願樂習起避下乘法是名發心習起修行圓滿波羅蜜名修行習起生起聖道名入正位習起堅固善根長時數習故名成熟衆生習起心隨事得成名淨土習起不住生死涅槃中得不退位受記不退墮生死涅槃故滅盡諸障佛地習起不捨此事名顯菩薩習起如是此論名中邊分別了中道故復有分別中道及二邊故是中兩邊能現故離初後此中兩處不著如理分別顯現故故名中邊分別論偈言
此論分別中　甚深眞實義　大義一切義
除諸不吉祥
此中邊分別論名義如前説甚深祕密義非覺觀等境界故眞實堅義諸説不可破故無上菩提果故大義自他利益事爲義故一切義因此論三乘義得顯現故能除一切不吉祥不吉祥者三品煩惱及三品生死能離滅此生死及煩惱不吉祥故能滅四德障故能攝持四德故故説除不吉祥無上衆義者略説無上有三種一正行二正依持三正行果此修行如品類無比如方便如佛所立諸法大乘中思惟等如前説如道理無散動無倒若修奢摩他無散動若修毗婆舍那無顛倒變異如所爲爲出離隨中道故如處十地中如勝有等行無倒衆義者名句無倒故通達禪定相義無倒故通達智慧相思惟無倒故得遠離顛倒因緣故無不散動顛倒故是中

道相分明所得令成就別相無倒故依此起對治得生死分別道通相無倒故得通達淨品自性不淨及淨無倒故惑障未滅及滅得智各無倒故不淨及淨如實見無怖畏無高慢無倒故滅除諸障得出離故偈言

空湼槃一路　佛日言光照　聖衆行純熟
盲者不能見　已知佛正教　壽命在喉邊
諸惑力盛時　求道莫放逸

此中邊分別論無上乘品究竟婆藪盤豆釋迦道人大乘學所造偈言

我今造此論　爲世福慧行　普令一切衆
如願得菩提

中邊分別論卷下

音釋

猗（於宜切）　婆藪盤豆（梵語也此云世親藪蘇后切）

大乘起信論

唐三藏實叉難陀奉 制譯

清刻龍藏佛說法變相圖

大乘起信論卷上

馬鳴菩薩造

唐三藏實叉難陁奉　制譯

歸命盡十方　普作大饒益　智無限自在
救護世間尊　及彼體相海　無我句義法
無邊德藏僧　勤求正覺者　爲欲令衆生
除疑去邪執　起信紹佛種　故我造此論

論曰爲欲發起大乘淨信斷諸衆生疑暗邪執令佛種性相續不斷故造此論有法能生大乘信根是故應說說有五分一作因二立義三解釋四修信五利益此中作因有八一總相爲令衆生離苦得樂不爲貪求利養等故二爲顯如來根本實義令諸衆生生正解故三爲令善根成熟衆生不退信心於大乘法有堪任故四爲令善根微少衆生發起信

心至不退故五爲令衆生消除業障調伏自心離三毒故六爲令衆生修正止觀對治凡小過失心故七爲令衆生於大乘法如理思惟得生佛前究竟不退大乘信故入爲顯信樂大乘利益勸諸含識令歸向故此諸句義大乘經中雖已具有然由所化根欲不同待悟緣别是故造論此復云何謂如來在世所化利根佛色心勝一音開演無邊義味故不須論佛涅槃後或有能以自力少見於經而解多義復有能以自力廣見諸經乃至解義或有自無智力因他廣論而得解義亦有自無智力怖於廣説樂聞略論攝廣大義而正修行我今爲彼最後人故略攝如來最勝甚深無邊之義而造此論

云何立義分謂摩訶衍略有二種有法及法言有法者謂一切衆生心是心則攝一切世間出世間法依此顯示摩訶衍義以此心真如相即示大乘體故此心生滅因緣相能顯示大乘體相用故所言法者略有三種一體大謂一切法真如在染在淨性恒平等無增無減無别異故二者相大謂如來藏本來具足無量無邊性功德故三者用大能生一切世出世間善因果故一切諸佛本所乘故一切菩薩皆乘於此入佛地故

云何解釋分此有三種所謂顯示實義故對治邪執故分别修行正道相故此中顯示實義者依於一心有二種門所謂心真如門心生滅門此二種門各攝一切法以此展轉不相離故心真如者即是一法界大總相法門體以心本性不生不滅相一切諸法皆由妄

念而有差别若離妄念則無境界差别之相是故諸法從本已來性離語言一切文字不能顯說離心攀緣無有諸相究竟平等永無變異不可破壞惟是一心說名真如故從本已來不可言說不可分别一切言說唯假非實但隨妄念無所有故言真如者此亦無相但是一切言說中極以言遣言非其體性有少可遣有少可立問曰若如是者衆生云何隨順悟入答曰若知雖說一切法而無能說所說雖念一切法而無能念所念爾時隨順妄念都盡名爲悟入

復次真如者依言說建立有二種别一真實空究竟遠離不實之相顯實體故二真實不空本性具足無邊功德有自體故復次真實空者從本已來一切染法不相應故離一切法差别相故無有虛妄分别心故應知真如非有相非無相非有無相非非有無相非一相非異相非一異相非非一非異相略說以一切衆生妄分别心所不能解故立爲空據實道理妄念非有空性亦空以所遮是無能遮亦無故言真實不空者由妄念空無故即顯真心常恒不變淨法圓滿故名不空亦無不空相以非妄念心所行故唯離念有之所證

故心生滅門者謂依如來藏有生滅心轉不生滅與生滅和合非一非異名阿賴耶識此識有二種義謂能攝一切法能生一切法復有二種義一者覺義二者不覺義言覺義者謂心第一義性離一切妄念相離一切妄念相故等虛空界無所不徧法界一相即是一切如來平等法身依此法身說一切如來爲

本覺以待始覺立爲本覺然始覺時即是本覺無別覺起立始覺者謂依本覺有不覺依不覺說有始覺又以覺心源故名究竟覺不覺心源故非究竟覺如凡夫人前念不覺起於煩惱後念制伏令不更生此雖名覺即是不覺如二乘人及初業菩薩覺有念無念體相別異以捨麤分別故名相似覺如法身菩薩覺念無念皆無有相捨中品分別故名隨分覺若超過菩薩地究竟道滿足一念相應覺心初起始名爲覺遠離覺相微細分別究竟永盡心根本性常住現前是爲如來名究竟覺是故經說若有衆生能觀一切妄念無相則爲證得如來智慧又言心初起者但隨俗說求其初相終不可得心尚無有何況有初是故一切衆生不名爲覺以無始來恒有無明妄念相續未曾離故若妄念息即知心相生住異滅皆悉無相以於一心前後同時皆不相應無自性故如是知已則知始覺不可得以不異本覺故

復次本覺隨染分別生二種差別相一淨智相二不思議用相淨智相者謂依法熏習如實修行功行滿足破和合識滅轉識相顯現法身清淨智故一切心識相即是無明相與本覺非一非異非是可壞非不可壞如海水與波非一非異波因風動非水性動若風止時波動即滅非水性滅衆生亦爾自性清淨心因無明風動起識波浪如是三事皆無形相非一非異然性淨心是動識本無明滅時動識隨滅智性不壞不思議用相者依於淨智能起一切勝妙境界常無斷絶謂如來身

具足無量增上功德隨衆生根示現成就無量利益復次覺相有四種大義清淨如虛空明鏡一眞實空大義如虛空明鏡謂一切心境界相及覺相皆不可得故二眞實不空大義如虛空明鏡謂一切法圓滿成就無能壞性一切世間境界之相皆於中現不出不入不滅不壞常住一心一切染法所不能染智體具足無邊無漏功德爲因熏習一切衆生心故三眞實不空離障大義如虛空明鏡謂煩惱所知二障永斷和合識滅本性清淨常安住故四眞實不空示現大義如虛空明鏡謂依離障法隨所應化現如來等種種色聲令彼修行諸善根故

不覺義者謂從無始來不如實知眞法一故不覺心起而有妄念然彼妄念自無實相不離本覺猶如迷人依方故迷迷無自相不離於方衆生亦爾依於覺故而有不覺妄念迷生然彼不覺自無實相不離本覺復待不覺以說眞覺不覺旣無眞覺亦遣

復次依於覺故而有不覺生三種相不相捨離一無明業相以依不覺心動爲業覺則不動動則有苦果不離因故二能見相以依心動能見境界不動則無見三境界相以依能見妄境相現離見則無境以有虛妄境界緣故復生六種相一智相謂緣境界生愛非愛心二相續相謂依於智苦樂覺念相應不斷三執著相謂依苦樂覺念相續而生執著四執名等相謂依執著分別名等諸安立相五起業相謂依執名等起於種種諸差別業六業繫苦相謂依業受苦不得自在是故當知

一切染法悉無有相皆因無明而生起故復次覺與不覺有二種相一同相二異相言同相者如種種瓦器皆同土相如是無漏無明種種幻用皆同眞相是故佛說一切衆生無始已來常入涅槃菩提非可修相非可生相畢竟無得無有色相而可得見見色相者當知皆是隨染幻用非是智色不空之相以智相不可得故廣如彼說言異相者如種種瓦器各各不同此亦如是無漏無明種種幻用相差別故

復次生滅因緣者謂諸衆生依心意識轉此義云何以依阿賴耶識有無明不覺起能見能現能取境界分別相續說名爲意此意復有五種異名一名業識謂無明力不覺心動二名轉識謂依動心能見境相三名現識謂現一切諸境界相猶如明鏡現衆色像現識亦爾如其五境對至即現無有前後不由功力四名智識謂分別染淨諸差別法五名相續識謂恒作意相應不斷任持過去善惡等業令無失壞成熟現未苦樂等報使無違越已曾經事忽然憶念未曾經事妄生分別是故三界一切皆以心爲自性離心則無六塵境界何以故一切諸法以心爲主從妄念起凡所分別皆分別自心心不見心無相可得是故當知一切世間境界之相皆依衆生無明妄念而得建立如鏡中像無體可得唯從虛妄分別心轉心生則種種法生心滅則種種法滅故言意識者謂一切凡夫依相續識執我我所種種妄取六種境界亦名分離識亦名分別事識以依見愛等熏而增長故無

始無明熏所起識非諸凡夫二乘智慧之所能知解行地菩薩始學觀察法身菩薩能少分知至究竟地猶未知盡唯有如來能總明了此義云何以其心性本來清淨無明力故染心相現雖有染心而常明潔無有改變復以本性無分別故雖復徧生一切境界而無變易以不覺一法界故不相應無明分別起生諸染心如是之義甚深難測唯佛能知非餘所了此所生染心有六種別一執相應染聲聞緣覺及信相應地諸菩薩能遠離二不斷相應染信地菩薩勤修力能少分離至淨心地永盡無餘三分別智相應染從具戒地乃至具慧地能少分離至無相行地方得永盡四現色不相應染此色自在地之所除滅五見心不相應染此心自在地之所除滅六根本業不相應染此從菩薩究竟地入如來地之所除滅不覺一法界者始從信地觀察地行至淨心地能少分離入如來地方得永盡相應義者心分別異染淨分別異知相緣相同不相應義者即心不覺常無別異知相緣相不同染心者是煩惱障能障眞如根本智故無明者是所知障能障世間業自在智故此義云何以依染心執著無量能取所取虛妄境界違一切法平等之性一切法性平等寂滅無有生相無明不覺妄與覺違是故於一切世間種種境界差別業用皆悉不能如實而知

復次分別心生滅相者有二種別一麤謂相應心二細謂不相應心麤中之麤凡夫智境麤中之細及細中之麤菩薩智境此二種相

皆由無明熏習力起然依因依緣因是不覺緣是妄境因滅則緣滅緣滅故相應心滅因滅故不相應心滅問若心滅者云何相續若相續者云何言滅答實然今言滅者但心相滅非心體滅如水因風而有動相以風滅故動相即滅非水體滅若水滅者動相應斷以無所依無能依故以水體不滅動相相續衆生亦爾以無明力令其心動無明滅故動相即滅非心體滅若心滅者則衆生斷以無所依無能依故以心體不滅心動相續

復次以四種法熏習義故染淨法起無有斷絶一淨法謂眞如二染因謂無明三妄心謂業識四妄境謂六塵熏習義者如世衣服非臭非香隨以物熏則有彼氣眞如淨法性非是染無明熏故則有染相無明染法實無淨業眞如熏故說有淨用云何熏習染法不斷所謂依眞如故而起無明爲諸染因然此無明即熏眞如旣熏習已生妄念心此妄念心復熏無明以熏習故不覺眞法以不覺故妄境相現以妄念心熏習力故生於種種差別執著造種種業受身心等衆苦果報

妄境熏義有二種別一增長分別熏二增長執取熏妄心熏義亦二種別一增長根本業識熏令阿羅漢辟支佛一切菩薩受生滅苦二增長分別事識熏令諸凡夫受業繫苦無明熏義亦二種別一根本熏成就業識義二見愛熏成就分別事識義

云何熏習淨法不斷謂以眞如熏於無明以熏習因緣力故令妄念心猒生死苦求涅槃樂以此妄心猒求因緣復熏眞如以熏習故

則自信己身有眞如法本性清淨知一切境界唯心妄動畢竟無有以能如是如實知故修遠離法起於種種諸隨順行無所分別無所取著經於無量阿僧祇劫慣習力故無明則滅無明滅故心相不起心不起故境界相滅如是一切染因染緣及以染果心相都滅名得涅槃成就種種自在業用

妄心熏義有二種一分別事識熏令一切凡夫二乘猒生死苦隨已堪能趣無上道正意熏令諸菩薩發心勇猛速疾趣入無住涅槃眞如熏義亦二種別一體熏二用熏體熏者所謂眞如從無始來具足一切無量無漏亦具難思勝境界用常無間斷熏衆生心以此力故令諸衆生猒生死苦求涅槃樂自信己身有眞實法發心修行

問若一切衆生同有眞如等皆熏習云何而有信不信者從初發意乃至涅槃前後不同無量差別如是一切悉應齊等答雖一切衆生等有眞如然無始來無明厚薄自性差別過恒沙數我見愛等纏縛煩惱亦復如是唯如來智之所能知故令信等前後差別又諸佛法有因有緣因緣具足事乃成辦如木中火性是火正因若無人知或有雖知而不施功欲令出火焚燒木者無有是處衆生亦爾雖有眞如體熏因力若不遇佛諸菩薩等善知識緣或雖不修勝行不生智慧不斷煩惱能得涅槃無有是處

又復雖有善知識緣儻内無眞實習因力必亦不能猒生死苦求涅槃樂要因緣具足乃能如是云何具足謂自相續中有熏習力諸

佛菩薩慈悲攝護乃能猒生死苦信有涅槃種諸善根修習成熟以是復值諸佛菩薩示教利喜令修勝行乃至成佛入于涅槃用熏者即是衆生外緣之力有無量義略說二種一差别緣二平等緣差别緣者謂諸衆生從初發心乃至成佛蒙佛菩薩等諸善知識隨所應化而爲現身或爲父母或爲妻子或爲眷屬或爲僕使或爲知友或作寃家或復示現天王等形或以四攝或以六度乃至一切菩提行緣以大悲柔輭心廣大福智藏熏所應化一切衆生令其見聞乃以憶念如來等形增長善根此緣有二一近緣速得菩提故二遠緣久遠方得故此二差别復各二種一增行緣二入道緣平等緣者謂一切諸佛及諸菩薩以平等智慧平等志願普欲拔濟一切衆生任運相續常無斷絶以此智願熏衆生故令其憶念諸佛菩薩或見或聞而作利益入淨三昧隨所斷障得無礙眼於念念中一切世界平等現見無量諸佛及諸菩薩此體用熏復有二别一未相應二巳相應未相應者謂凡夫二乘初行菩薩以意意識熏唯依信力修行未得無分别心修行未與眞如體相應故未得自在業修行未與眞如用相應故巳相應者謂法身菩薩得無分别心與一切如來自體相應故得自在業與一切如來智用相應故唯依法力任運修行熏習眞如滅無明故

復次染熏習從無始來不斷成佛乃斷淨熏習盡於未來畢竟無斷以眞如法熏習故妄心則滅法身顯現用熏習起故無有斷

復次眞如自體相者一切凡夫聲聞緣覺菩薩諸佛無有增減非前際生非後際滅常恒究竟從無始來本性具足一切功德謂大智慧光明義徧照法界義如實了知義本性清淨心義常樂我淨義寂靜不變自在義如是等過恒沙數非同非異不思議佛法無有斷絶依此義故名如來藏亦名法身問上說眞如離一切相云何今說具足一切諸功德相答雖實具有一切功德然無差別相彼一切法皆同一味一眞離分別相無二性故以依業識等生滅相而立彼一切差別之相此云何立以一切法本來唯心實無分別以不覺故分別心起見有境界名爲無明心性本淨無明不起即於眞如立大智慧光明義若心生見境則有不見之相心性無見則無不見即於眞如立徧照法界義若心有動則非眞了知非本性清淨非常樂我淨非寂靜是變異不自在由是具起過於恒沙虛妄雜染以心性無動故即立眞實了知義乃至過於恒沙清淨功德相義若心有起見有餘境可分別求則於內法有所不足以無邊功德即一心自性不見有餘法而可更求是故滿足過於恒沙非異非一不可思議諸佛之法無有斷絶故說眞如名如來藏亦復名爲如來法身復次眞如用者謂一切諸佛在因地時發大慈悲修行諸度四攝等行觀物同己普皆救脫盡未來際不限劫數如實了知自他平等而亦不取衆生之相以如是大方便智滅無始無明證本法身任運起於不思議業種種自在差別作用周徧法界與眞如等而亦

無有用相可得何以故一切如來唯是法身第一義諦無有世諦境界作用但隨衆生見聞等故而有種種作用不同此用有二一依分別事識謂凡夫二乘心所見者是名化身此人不知轉識影現見從外來取色分限然佛化身無有限量二依業識謂諸菩薩從初發心乃至菩薩究竟地心所見者名受用身身有無量色色有無量相相有無量好所住依果亦具無量功德莊嚴隨所應見無量無邊無際無斷非於心外如是而見此諸功德皆因波羅蜜等無漏行熏及不思議熏之所成就具無邊喜樂功德相故亦名報身又凡夫等所見是其麤用隨六趣異種種差別無有無邊功德樂相名爲化身初行菩薩見中品用以深信眞如得少分見知如來身無去無來無有斷絕唯心影現不離眞如然此菩薩猶未能離微細分別以未入法身位故淨心菩薩見微細用如是轉勝乃至菩薩究竟地中見之方盡此微細用是受用身以有業識見受用身若離業識則無可見一切如來皆是法身無有彼此差別色相互相見故

問若佛法身無有種種差別色相云何能現種種諸色答以法身是色實體故能現種種色謂從本已來色心無二以色本性即心自性說名智身以心本性即色自性說名法身依於法身一切如來所現色身徧一切處無有間斷十方菩薩隨所堪任隨所願樂見無量受用身無量莊嚴土各各差別不相障礙無有斷絕此所現色身一切衆生心意識不能思量以是眞如自在甚深用故

大乘起信論卷上

音釋

摩訶衍梵語也此云大乘衍音演　慣古患切習也　輭乳兗切柔也

大乘起信論卷下

馬鳴菩薩造

唐三藏實叉難陁奉制譯

復次爲令衆生從心生滅門入眞如門故令觀色等相皆不成就云何不成就謂分析麤色漸至微塵復以方分析此微塵是故若麤若細一切諸色唯是妄心分別影像實無所有推求餘蘊漸至刹那求此刹那相別非一無爲之法亦復如是離於法界終不可得如是十方一切諸法應知悉然猶如迷人謂東爲西方實不轉衆生亦爾無明迷故謂心爲動而實不動若知動心即不生滅即得入於眞如之門對治邪執者一切邪執莫不皆依我見而起若離我見則無邪執我見有二種一人我見二法我見人我見者依諸凡夫說有五種一者如經中說如來法身究竟寂滅猶如虛空凡愚聞之不解其義則執如來性同於虛空常恒徧有爲除彼執明虛空相唯是分別實不可得有見有對待於諸色以心分別說名虛空色旣唯是妄心分別當知虛空亦無有體一切境相唯是妄心之所分別若離妄心即境界相滅唯眞如心無所不徧此是如來自性如虛空義非謂如空是常是有二者如經中說一切世法皆畢竟空乃至涅槃眞如法亦畢竟空本性如是離一切相凡愚聞之不解其義即執涅槃眞如法唯空無物爲除彼執明眞如法身自體不空具足無量性功德故三者如經中說如來藏具足一切諸性功德不增不減凡愚聞已不解其義則執如來藏有色心法自相差別爲除此

執明以眞如本無染法差別立有無邊功德相非是染相四者如經中說一切世間諸雜染法皆依如來藏起一切法不異眞如凡愚聞之不解其義則謂如來藏具有一切世間染法爲除此執明如來藏從本具有過恒沙數清淨功德不異眞如過恒沙數煩惱染法唯是妄有本無自性從無始來未曾暫與如來藏相應若如來藏染法相應而令證會息妄染者無有是處五者如經中說依如來藏有生死得涅槃凡愚聞之不知其義則謂依如來藏生死有始以見始故復謂涅槃有其終盡爲除此執明如來藏無有初際無明依之生死無始若言三界外更有衆生始起者是外道經中說非是佛教以如來藏無有後際證此永斷生死種子得於涅槃亦無後際依人我見四種見生是故於此安立彼四法我見者以二乘鈍根世尊但爲說人無我彼人便於五蘊生滅畢竟執著怖畏生死妄取涅槃爲除此執明五蘊法本性不生不生故亦無有滅不滅故本來涅槃若究竟離分別執著則知一切染法淨法皆相待立是故當知一切諸法從本已來非色非心非智非識非無非有畢竟皆是不可說相而有言說示教之者皆是如來善巧方便假以言語引導衆生令捨文字入於眞實若隨言執義增妄分別不生實智不得涅槃

分別修行正道相者謂一切如來得道正因一切菩薩發心修習令現前故略說發心有三種相一信成就發心二解行發心三證發心信成就發心者依何位修何行得信成就

堪能發心當知是人依不定聚以法熏習善根力故深信業果行十善道猒生死苦求無上覺值遇諸佛及諸菩薩承事供養修行諸行經十千劫信乃成就從是已後或以諸佛菩薩教力或以大悲或因正法將欲壞滅以護法故而能發心既發心已入正定聚畢竟不退住佛種性勝因相應或有衆生久遠已來善根微少煩惱深厚覆其心故雖值諸佛及諸菩薩承事供養唯種人天受生種子或種二乘菩提種子或有推求大菩提道然根不定或進或退或有值佛及諸菩薩供養承事修行諸行未得滿足十千大劫中間遇緣而發於心遇何等緣所謂或見佛形相或供養衆僧或二乘所教或見他發心此等發心皆悉未定若遇惡緣或時退墮二乘地故復次信成就發心略說有三一發正直心如理正念眞如法故二發深重心樂集一切諸善行故三發大悲心願拔一切衆生苦故

問一切衆生一切諸法皆同一法界無有二相據理但應正念眞如何假復修一切善行救一切衆生答不然如摩尼寶本性明潔在鑛穢中假使有人勤加憶念而不作方便不施功力欲求清淨終不可得眞如之法亦復如是體雖明潔具足功德而被無邊客塵所染假使有人勤加憶念而不作方便不修諸行欲求清淨終無得理是故要當集一切善行救一切衆生離彼無邊客塵垢染顯現眞法彼方便行略有四種一行根本方便謂觀一切法本性無生離於妄見不住生死又觀一切法因緣和合業果不失起於大悲修諸

善行攝化衆生不住涅槃以眞如離於生死涅槃相故此行隨順以爲根本是名行根本方便二能止息方便所謂慚愧及以悔過此能止息一切惡法令不增長以眞如離一切過失相故隨順眞如止息諸惡是名能止息方便三生長善根方便謂於三寶所起愛敬心尊重供養頂禮稱讚隨喜勸請正信增長乃至志求無上菩提爲佛法僧威力所護業障清淨善根不退以眞如離一切障具一切功德故隨順眞如修行善業是名生長善根方便四大願平等方便謂發誓願盡未來際平等救拔一切衆生令其安住無餘涅槃以知一切法本性無二故彼此平等故究竟寂滅故隨順眞如此三種相發大誓願是名大願平等方便菩薩如是發心之時則得少分見佛法身能隨願力現八種事謂從兜率天宮來下入胎住胎出胎出家成佛轉法輪般涅槃然猶未得名爲法身以其過去無量世來有漏之業未除斷故或由惡業受於微苦願力所持非久被繫有經中說信成就發心菩薩或有退墮惡趣中者此爲初學心多懈怠不入正位以此語之令增勇猛非如實說又此菩薩一發心後自利利他修諸苦行心無怯弱尚不畏墮二乘之地況於惡道若聞無量阿僧祇劫勤修種種難行苦行方始得佛不驚不怖何況有起二乘之心及墮惡趣以決定信一切諸法從本已來性涅槃故

解行發心者當知轉勝初無數劫將欲滿故於眞如中得深解故修一切行皆無著故此菩薩知法性離慳貪相是清淨施度隨順修

行檀那波羅蜜知法性離五欲境無破戒相是清淨戒度隨順修行尸羅波羅蜜知法性無有苦惱離瞋害相是清淨忍度隨順修行羼提波羅蜜知法性離身心相無有懈怠是清淨進度隨順修行毗梨耶波羅蜜知法性無動無亂是清淨禪度隨順修行禪那波羅蜜知法性離諸癡闇是清淨慧度隨順修行般若波羅蜜

證發心者從淨心地乃至菩薩究竟地證何境界所謂眞如以依轉識說爲境界而實證中無境界相此菩薩以無分別智證離言說眞如法身故能於一念徧往十方一切世界供養諸佛請轉法輪唯爲衆生而作利益不求聽受美妙音詞或爲怯弱衆生故示大精進超無量劫速成正覺或爲懈怠衆生故經於無量阿僧祇劫久修苦行方始成佛如是示現無數方便皆爲饒益一切衆生而實菩薩種性諸根發心作證皆悉同等無超過法決定皆經三無數劫成正覺故但隨衆生世界不同所見所聞根欲性異示所修行種種差別

此證發心中有三種心一眞心無有分別故二方便心任運利他故三業識心微細起滅故又此菩薩福德智慧二種莊嚴悉圓滿已於色究竟得一切世間最尊勝身以一念相應慧頓拔無明根具一切種智任運而有不思議業於十方無量世界普化衆生

問虛空無邊故世界無邊世界無邊故衆生無邊衆生無邊故心行差別亦復無邊如是境界無有齊限難知難解若無明斷永無心

相云何能了一切種成一切種智答一切妄境從本已來理實唯一心爲性一切衆生執著妄境不能得知一切諸法第一義性諸佛如來無有執著則能現見諸法實性而有大智顯照一切染淨差别以無量無邊善巧方便隨其所應利樂衆生是故妄念心滅了一切種成一切種智問若諸佛有無邊方便能於十方任運利益諸衆生者何故衆生不常見佛或覩神變或聞說法答如來實有如是方便但要待衆生其心清淨乃爲現身如鏡有垢色像不現垢除則現衆生亦爾心未離垢法身不現離垢則現

云何修習信分此依未入正定衆生說何者爲信心云何而修習信有四種一信根本謂樂念眞如法故二信佛具足無邊功德謂常樂頂禮恭敬供養聽聞正法如法修行迴向一切智故三信法有大利益謂常樂修行諸波羅蜜故四信正行僧謂常供養諸菩薩衆正修自利利他行故修五門行能成此信所謂施門戒門忍門精進門止觀門云何修施門謂若見衆生來從乞求以已資財隨力施與捨自慳著令其歡喜若見衆生危難逼迫方便救濟令無怖畏若有衆生而來求法以已所解隨宜爲說修行如是三種施時不爲名聞不求利養亦不貪著世間果報但念自他利益安樂迴向阿耨多羅三藐三菩提云何修戒門所謂在家菩薩當離殺生偷盜邪婬妄言兩舌惡口綺語慳貪瞋嫉諂誑邪見若出家者爲欲折伏諸煩惱故應離憒閙常依寂靜修習止足頭陀等行乃至小罪心生

大怖慚愧悔責護持如來所制禁戒不令見者有所譏嫌能使衆生捨惡修善云何修忍門所謂見惡不嫌遭苦不動常樂觀察甚深句義云何修精進門所謂修諸善行心不懈退當念過去無數劫來爲求世間貪欲境界虛受一切身心大苦畢竟無有少分滋味爲令未來遠離此苦應勤精進不生懈怠大悲利益一切衆生其初學菩薩雖修行信心以先世來多有重罪惡業障故或爲魔邪所惱或爲世務所纏或爲種種病緣之所逼迫如是等事爲難非一令其行人廢修善品是故宜應勇猛精進晝夜六時禮拜諸佛供養讚歎懺悔勸請隨喜迴向無上菩提發大誓願無有休息令惡障銷滅善根增長

云何修止觀門謂息滅一切戲論境界是止義明見因果生滅之相是觀義初各別修漸次增長至于成就任運雙行其修止者住寂靜處結跏趺坐端身正意不依氣息不依形色不依虛空不依地水火風乃至不依見聞覺知一切分別想念皆除亦遣除想以一切法不生不滅皆無相故前心依境次捨於境後念依心復捨於心以心馳外境攝住內心後復起心不取心相以離真如不可得故行住坐卧於一切時如是修行恒不斷絶漸次得入真如三昧究竟折伏一切煩惱信心增長速成不退若心懷疑惑誹謗不信業障所纏我慢懈怠如是等人所不能入

復次依此三昧證法界相知一切如來法身與一切衆生身平等無二皆是一相是故說名一相三昧若修習此三昧能生無量三昧

以眞如是一切三昧根本處故或有衆生善根微少爲諸魔外道鬼神惑亂或現惡形以怖其心或示美色以迷其意或現天形或菩薩形乃至佛形相好莊嚴或說總持或說諸度或復演說諸解脫門無怨無親無因無果一切諸法畢竟空寂本性涅槃或復令知過去未來及他心事辯才演說無滯無斷使其貪著名譽利養或數瞋數喜或多悲多愛或恒樂昏寐或久不睡眠或身嬰疹疾或性不勤策或卒起精進即便休廢或情多疑惑不生信受或捨本勝行更修雜業愛著世事溺情從好或令證得外道諸定一日二日乃至七日住於定中得好飲食身心適悅不饑不渴或復勸令受女等色或令其飲食乍少乍多或使其形容或好或醜若爲諸見煩惱所亂即便退失往昔善根是故宜應審諦觀察當作是念此皆以我善根微薄業障厚重爲魔鬼等之所迷惑如是知已念彼一切皆唯是心如是思惟刹那即滅遠離諸相入眞三昧心相既離眞相亦盡從於定起諸見煩惱皆不現行以三昧力壞其種故殊勝善品隨順相續一切障難悉皆遠離起大精進恒無斷絕若不修行此三昧者無有得入如來種性以餘三昧皆是有相與外道共不得值遇佛菩薩故是故菩薩於此三昧當勤修習令成就究竟修此三昧現身即得十種利益一者常爲十方諸佛菩薩之所護念二者不爲一切諸魔惡鬼之所惱亂三者不爲一切邪道所惑四者令誹謗深法重罪業障皆悉微薄五者滅一切疑諸惡覺觀六者於如來境

界信得增長七者遠離憂悔於生死中勇猛不怯八者遠離憍慢柔和忍辱常爲一切世間所敬九者設不住定於一切時一切境中煩惱種薄終不現起十者若住於定不爲一切音聲等緣之所動亂

復次若唯修止心則沉没或生懈怠不樂衆善遠離大悲是故宜應兼修於觀云何修耶謂當觀世間一切諸法生滅不停以無常故苦苦故無我應觀過去法如夢現在法如電未來法如雲忽爾而起應觀有身悉皆不淨諸蟲穢汙煩惱和雜觀諸凡愚所見諸法於無物中妄計爲有觀察一切從緣生法皆如幻等畢竟無實觀第一義諦非心所行不可譬喻不可言説觀一切衆生從無始來皆因無明熏習力故受於無量身心大苦現在未來亦復如是無邊無限難出難度常在其中不能覺察甚爲可愍如是觀已生決定智起廣大悲發大勇猛立大誓願願令我心離諸顛倒斷諸分別親近一切諸佛菩薩頂禮供養恭敬讃歎聽聞正法如説修行盡未來際無有休息以無量方便拔濟一切苦海衆生令住涅槃第一義樂作是願已於一切時隨已堪能修行自利利他之行行住坐卧常勤觀察應作不應作是名修觀復次若唯修觀則心不止息多生疑惑不隨順第一義諦不出生無分別智是故止觀應並修行謂雖念一切法皆無自性不生不滅本來寂滅自性涅槃而亦即見因緣和合善惡業報不失不壞雖念因緣善惡業報而亦即見一切諸法無生無性乃至涅槃修行止者對治凡夫樂

著生死亦治二乘執著生死而生怖畏修行觀者對治凡夫不修善根亦治二乘不起大悲狹小心過是故止觀互相助成不相捨離若止觀不具必不能得無上菩提復次初學菩薩住此娑婆世界或值寒熱風雨不時饑饉等苦或見不善可畏衆生三毒所纏邪見顛倒棄背善道習行惡法菩薩在中心生怯弱恐不可值遇諸佛菩薩恐不能成就清淨信心生疑欲退者應作是念十方所有諸佛菩薩皆得大神通無有障礙能以種種善巧方便救拔一切險厄衆生作是念已發大誓願一心專念佛及菩薩以生如是決定心故於此命終必得往生餘佛刹中見佛菩薩信心成就永離惡趣如經中說若善男子善女人專念西方極樂世界阿彌陀佛以諸善根迴向願生決定得生常見彼佛信心增長永不退轉於彼聞法觀佛法身漸次修行得入正位

云何利益分如是大乘祕密句義今已略說若有衆生欲於如來甚深境界廣大法中生淨信覺解心入大乘道無有障礙於此略論當勤聽受思惟修習當知是人決定速成一切種智若聞此法不生驚怖當知此人定紹佛種速得授記假使有人化三千大千世界衆生令住十善道不如於須臾頃正思此法過前功德無量無邊若一日一夜如說修行所生功德無量無邊不可稱說假令十方一切諸佛各於無量阿僧祇劫說不能盡以眞如功德無邊際故修行功德亦復無邊若於此法生誹謗者獲無量罪於阿僧祇劫受大

苦惱是故於此應決定信勿生誹謗自害害他斷三寶種一切諸佛依此修行成無上智一切菩薩由此證得如來法身過去菩薩依此得成大乘淨信現在今成未來當成是故欲成自利利他殊勝行者當於此論勤加修學

我今已解釋　甚深廣大義　功德施群生
令見真如法

大乘起信論卷下

音釋

鈍徒困切不利也　鑛俱猛切　羼提梵語也此云忍辱羼初限切　逼迫逼彼力切迫音伯　憒鬧憒古對切亂也鬧奴教切不靜也　疹丑刃切病也　溺奴的切沒也

大乘起信論序

揚州 僧 智愷 作

夫起信論者乃是至極大乘甚深祕典開示如理緣起之義其旨淵弘寂而無相其用廣大寬廓無邊與凡聖爲依衆法之本以其文深旨遠信者至微故於如來滅後六百餘年諸道亂興魔邪競扇於佛正法毁謗不停時有一高德沙門名曰馬鳴深契大乘窮盡法性大悲內融隨機應現愍物長迷故作斯論盛隆三寶重興佛日起信未久迴邪入正使大乘正典復顯於時緣起深理更彰於後代迷群異見者捨執而歸依闇類偏情之黨弃著而臻湊自昔已來久蘊西域無傳東夏者良以宣譯有時故前梁武皇帝遣聘中天竺摩伽陀國取經幷諸法師遇值三藏拘蘭難陀譯名眞諦其人少小博採備覽諸經然於大乘偏洞深遠時彼國王應即移遣法師苦辭不免便就汎舟與瞿曇及多侍從幷送蘇合佛像來朝而至未旬便值侯景侵擾法師秀採擁流含珠未吐慧日暫停而欲還反遂囑值京邑英賢慧顯智韶智愷曇振慧旻與假黃鉞大將軍太保蕭公勃以大梁承聖三年歲次癸酉九月十日於衡州始興郡建興寺敬請法師敷演大乘闡揚祕典示導迷徒遂翻譯斯論一卷以明論旨玄文二十卷大品玄文四卷十二因緣經兩卷九識義章兩卷傳語人天竺國月支首那等執筆人智愷等首尾二年方訖馬鳴沖旨更曜於時邪見之流伏從正化余雖慨不見聖慶遇玄旨美其幽宗戀愛無已不揆無聞聊由題記儻遇

智者賜垂改作

大乘起信論

馬鳴菩薩造

梁天竺三藏法師眞諦譯

歸命盡十方　最勝業遍知　色無礙自在
救世大悲者　及彼身體相　法性眞如海
無量功德藏　如實修行等　爲欲令衆生
除疑捨邪執　起大乘正信　佛種不斷故

論曰有法能起摩訶衍信根是故應說說有五分云何爲五一者因緣分二者立義分三者解釋分四者修行信心分五者勸修利益分

初說因緣分

問曰有何因緣而造此論答曰是因緣有八種云何爲八一者因緣總相所謂爲令衆生離一切苦得究竟樂非求世間名利恭敬故二者爲欲解釋如來根本之義令諸衆生正解不謬故三者爲令善根成熟衆生於摩訶衍法堪任不退信故四者爲令善根微少衆生修習信心故五者爲示方便消惡業障善護其心遠離癡慢出邪網故六者爲示修習止觀對治凡夫二乘心過故七者爲示專念方便生於佛前必定不退信心故八者爲示利益勸修行故有如是等因緣所以造論

問曰修多羅中具有此法何須重說答曰修多羅中雖有此法以衆生根行不等受解緣別所謂如來在世衆生利根能說之人色心業勝圓音一演異類等解則不須論若如來滅後或有衆生能以自力廣聞而取解者或有衆生亦以自力少聞而多解者或有衆生無自心力因於廣論而得解者自有衆生復

以廣論文多爲煩心樂總持少文而攝多義能取解者如是此論爲欲總攝如來廣大深法無邊義故應說此論已說因緣分

次說立義分

摩訶衍者總說有二種云何爲二一者法二者義所言法者謂衆生心是心則攝一切世間法出世間法依於此心顯示摩訶衍義何以故是心眞如相即示摩訶衍體故是心生滅因緣相能示摩訶衍自體相用故所言義者則有三種云何爲三一者體大謂一切法眞如平等不增減故二者相大謂如來藏具足無量性功德故三者用大能生一切世間出世間善因果故一切諸佛本所乘故一切菩薩皆乘此法到如來地故已說立義分

次說解釋分

解釋分有三種云何爲三一者顯示正義二者對治邪執三者分別發趣道相顯示正義者依一心法有二種門云何爲二一者心眞如門二者心生滅門是二種門皆各總攝一切法此義云何以是二門不相離故心眞如者即是一法界大總相法門體所謂心性不生不滅一切諸法唯依妄念而有差別若離心念則無一切境界之相是故一切法從本已來離言說相離名字相離心緣相畢竟平等無有變異不可破壞唯是一心故名眞如以一切言說假名無實但隨妄念不可得故言眞如者亦無有相謂言說之極因言遣言此眞如體無有可遣以一切法悉皆眞故亦無可立以一切法皆同如故當知一切法不可說不可念故名爲眞如

問曰若如是義者諸衆生等云何隨順而能得入答曰若知一切法雖說無有能說可說雖念亦無能念可念是名隨順若離於念名爲得入

復次此眞如者依言說分別有二種義云何爲二一者如實空以能究竟顯實故二者如實不空以有自體具足無漏性功德故所言空者從昔已來一切染法不相應故謂離一切法差別之相以無虛妄心念故當知眞如自性非有相非無相非非有相非非無相非有無俱相非一相非異相非非一相非非異相非一異俱相乃至總說依一切衆生以有妄心念念分別皆不相應故說爲空若離妄心實無可空故所言不空者已顯法體空無妄故即是眞心常恒不變淨法滿足則故名不空亦無有相可取以離念境界唯證相應故

心生滅者依如來藏故有生滅心所謂不生不滅與生滅和合非一非異名爲阿黎耶識此識有二種義能攝一切法生一切法云何爲二一者覺義二者不覺義所言覺義者謂心體離念離念相者等虛空界無所不遍法界一相即是如來平等法身依此法身說名本覺何以故本覺義者對始覺義說以始覺者即同本覺始覺義者依本覺故而有不覺依不覺故說有始覺又以覺心源故名究竟覺不覺心源故非究竟覺此義云何如凡夫人覺知前念起惡故能止後念令其不起雖復名覺即是不覺故如二乘觀智初發意菩薩等覺於念異念無異相以捨麤分別執著相故名相似覺如法身菩薩等覺於念住

念無住相以離分別麤念相故名隨分覺如菩薩地盡滿足方便一念相應覺心初起心無初相以遠離微細念故得見心性心性即常住名究竟覺是故修多羅說若有衆生能觀無念者則爲向佛智故又心起者無有初相可知而言知初相者即謂無念是故一切衆生不名爲覺以從本來念念相續未曾離念故說無始無明若得無念者則知心相生住異滅以無念等故而實無有始覺之異以四相俱時而有皆無自立本來平等同一覺故

復次本覺隨染分別生二種相與彼本覺不相捨離云何爲二一者智淨相二者不思議業相智淨相者謂依法力熏習如實修行滿足方便故破和合識相滅相續心相顯現法身智淳淨故此義云何以一切心識之相皆是無明無明之相不離覺性非可壞非不可壞如大海水因風波動水相風相不相捨離而水非動性若風止滅動相則滅濕性不壞故如是衆生自性清淨心因無明風動心與無明俱無形相不相捨離而心非動性若無明滅相續則滅智性不壞故不思議業相者以依智淨相能作一切勝妙境界所謂無量功德之相常無斷絶隨衆生根自然相應種種而現得利益故

復次覺體相者有四種大義與虛空等猶如淨鏡云何爲四一者如實空鏡遠離一切心境界相無法可現非覺照義故二者因熏習鏡謂如實不空一切世間境界悉於中現不出不入不失不壞常住一心以一切法即眞

實性故又一切染法所不能染智體不動具足無漏熏衆生故三者法出離鏡謂不空法出煩惱礙智礙離和合相淳淨明故四者緣熏習鏡謂依法出離故遍照衆生之心令修善根隨念示現故所言不覺義者謂不如實知眞如法一故不覺心起而有其念念無自相不離本覺猶如迷人依方故迷若離於方則無有迷衆生亦爾依覺故迷若離覺性則無不覺以有不覺妄想心故能知名義爲説眞覺若離不覺之心則無眞覺自相可説

復次依不覺故生三種相與彼不覺相應不離云何爲三一者無明業相以依不覺故心動説名爲業覺則不動動即有苦果不離因故二者能見相以依動故能見不動則無見三者境界相以依能見故境界妄現離見則無境界以有境界緣故復生六種相云何爲六一者智相依於境界心起分別愛與不愛故二者相續相依於智故生其苦樂覺心起念相應不斷故三者執取相依於相續緣念境界住持苦樂心起著故四者計名字相依於妄執分別假名言相故五者起業相依於名字尋名取著造種種業故六者業繫苦相以依業受果不自在故當知無明能生一切染法以一切染法皆是不覺相故

復次覺與不覺有二種相云何爲二一者同相二者異相言同相者譬如種種瓦器皆同微塵性相如是無漏無明種種業幻皆同眞如性相是故修多羅中依於此眞如義故説一切衆生本來常住入於涅槃菩提之法非可修相非可作相畢竟無得亦無色相可見

而有見色相者唯是隨染業幻所作非是智色不空之性以智相無可見故言異相者如種種瓦器各各不同如是無漏無明隨染幻差別性染幻差別故

復次生滅因緣者所謂衆生依心意意識轉故此義云何以依阿黎耶識說有無明不覺而起能見能現能取境界起念相續故說爲意此意復有五種名云何爲五一者名爲業識謂無明力不覺心動故二者名爲轉識依於動心能見相故三者名爲現識所謂能現一切境界猶如明鏡現於色像現識亦爾隨其五塵對至即現無有前後以一切時任運而起常在前故四者名爲智識謂分別染淨法故五者名爲相續識以念相應不斷故住持過去無量世等善惡之業令不失故復能成熟現在未來苦樂等報無差違故能令現在已經之事忽然而念未來之事不覺妄慮是故三界虛僞唯心所作離心則無六塵境界此義云何以一切法皆從心起妄念而生一切分別即分別自心心不見心無相可得當知世間一切境界皆依衆生無明妄心而得住持是故一切法如鏡中像無體可得唯心虛妄以心生則種種法生心滅則種種法滅故

復次言意識者即此相續識依諸凡夫取著轉深計我我所種種妄執隨事攀緣分別六塵名爲意識亦名分離識又復說名分別事識此識依見愛煩惱增長義故

依無明熏習所起識者非凡夫能知亦非二乘智慧所覺謂依菩薩從初正信發心觀察

若證法身得少分知乃至菩薩究竟地不能盡知唯佛窮了何以故是心從本已來自性清淨而有無明爲無明所染有其染心雖有染心而常恒不變是故此義唯佛能知所謂心性常無念故名爲不變以不達一法界故心不相應忽然念起名爲無明染心者有六種云何爲六一者執相應染依二乘解脫及信相應地遠離故二者不斷相應染依信相應地修學方便漸漸能捨得淨心地究竟離故三者分別智相應染依具戒地漸離乃至無相方便地究竟離故四者現色不相應染依色自在地能離故五者能見心不相應染依心自在地能離故六者根本業不相應染依菩薩盡地得入如來地能離故不了一法界義者從信相應地觀察學斷入淨心地隨分得離乃至如來地能究竟離故言相應義者謂心念法異依染淨差別而知相緣相同故不相應義者謂即心不覺常無別異不同知相緣相故又染心義者名爲煩惱礙能障眞如根本智故無明義者名爲智礙能障世間自然業智故此義云何以依染心能見能現妄取境界違平等性故以一切法常靜無有起相無明不覺妄與法違故不能得隨順世間一切境界種種知故

復次分別生滅相者有二種云何爲二一者麤與心相應故二者細與心不相應故又麤中之麤凡夫境界麤中之細及細中之麤菩薩境界細中之細是佛境界此二種生滅依於無明熏習而有所謂依因依緣依因者不覺義故依緣者妄作境界義故若因滅則緣

滅因滅故不相應心滅緣滅故相應心滅
問曰若心滅者云何相續若相續者云何說
究竟滅答曰所言滅者唯心相滅非心體滅
如風依水而有動相若水滅者則風相斷絶
無所依止以水不滅風相相續唯風滅故動
相隨滅非是水滅無明亦爾依心體而動若
心體滅則衆生斷絶無所依止以體不滅心
得相續唯癡滅故心相隨滅非心智滅復次
有四種法熏習義故染法淨法起不斷絶云
何爲四一者淨法名爲眞如二者一切染因
名爲無明三者妄心名爲業識四者妄境界
所謂六塵熏習義者如世閒衣服實無於香
若人以香而熏習故則有香氣此亦如是眞
如淨法實無於染但以無明而熏習故則有
染相無明染法實無淨業但以眞如而熏習
故則有淨用云何熏習起染法不斷所謂以
依眞如法故有於無明以有無明染法因故
即熏習眞如以熏習故則有妄心以有妄心
即熏習無明不了眞如法故不覺念起現妄
境界以有妄境界染法緣故即熏習妄心令
其念著造種種業受於一切身心等苦此妄
境界熏習義則有二種云何爲二一者增長
念熏習二者增長取熏習妄心熏習義有二
種云何爲二一者業識根本熏習能受阿羅
漢辟支佛一切菩薩生滅苦故二者增長分
別事識熏習能受凡夫業繫苦故無明熏習
義有二種云何爲二一者根本熏習以能成
就業識義故二者所起見愛熏習以能成就
分別事識義故云何熏習起淨法不斷所謂
以有眞如法故能熏習無明以熏習因緣力

故則令妄心猒生死苦樂求涅槃以此妄心有猒求因緣故即熏習真如自信己性知心妄動無前境界修遠離法以如實知無前境界故種種方便起隨順行不取不念乃至久遠熏習力故無明則滅以無明滅故心無有起以無起故境界隨滅以因緣俱滅故心相皆盡名得涅槃成自然業妄心熏習義有二種云何爲二一者分別事識熏習依諸凡夫二乘人等猒生死苦隨力所能以漸趣向無上道故二者意熏習謂諸菩薩發心勇猛速趣涅槃故

真如熏習義有二種云何爲二一者自體相熏習二者用熏習自體相熏習者從無始世來具無漏法備有不思議業作境界之性依此二義恒常熏習以有力故能令衆生猒生死苦樂求涅槃自信己身有真如法發心修行問曰若如是義者一切衆生悉有真如等皆熏習云何有信無信無量前後差別皆應一時自知有真如法勤修方便等入涅槃答曰真如本一而有無量無邊無明從本已來自性差別厚薄不同故有過恒河沙等上煩惱依無明起差別我見愛染煩惱依無明起差別如是一切煩惱依於無明所起前後無量差別唯如來能知故又諸佛法有因有緣因緣具足乃得成辦如木中火性是火正因若無人知不假方便能自燒木無有是處衆生亦爾雖有正因熏習之力若不遇諸佛菩薩善知識等以之爲緣能自斷煩惱入涅槃者則無是處若雖有外緣之力而內淨法未有熏習力者亦不能究竟猒生死苦樂求涅

槃若因緣具足者所謂自有熏習之力又爲諸佛菩薩等慈悲願護故能起猒苦之心信有涅槃修習善根以修善根成熟則值諸佛菩薩示教利喜乃能進趣向涅槃道

用熏習者即是衆生外緣之力如是外緣有無量義略說二種云何爲二一者差別緣二者平等緣差別緣者此人依於諸佛菩薩等從初發意始求道時乃至得佛於中若見若念或爲眷屬父母諸親或爲給使或爲知友或爲怨家或起四攝乃至一切所作無量行緣以起大悲熏習之力能令衆生增長善根若見若聞得利益故此緣有二種云何爲二

一者近緣速得度故二者遠緣久遠得度故是近遠二緣分別復有二種云何爲二一者增長行緣二者受道緣平等緣者一切諸佛菩薩皆願度脫一切衆生自然熏習恒常不捨以同體智力故隨應見聞而現作業所謂衆生依於三昧乃得平等見諸佛故此體用熏習分別復有二種云何爲二一者未相應謂凡夫二乘初發意菩薩等以意意識熏習依信力故而能修行未得無分別心與體相應故未得自在業修行與用相應故二者已相應謂法身菩薩得無分別心與諸佛智用相應唯依法力自然修行熏習眞如滅無明故復次染法從無始已來熏習不斷乃至得佛後則有斷淨法熏習則無有斷盡於未來此義云何以眞如法常熏習故妄心則滅法身顯現起用熏習故無有斷

復次眞如自體相者一切凡夫聲聞緣覺菩薩諸佛無有差別增減非前際生非後際滅

畢竟常恒從本已來自性滿足一切功德所謂自體有大智慧光明義故遍照法界義故眞實識知義故自性清淨心義故常樂我淨義故清涼不變自在義故具足如是過於恒沙不離不斷不異不思議佛法乃至滿足無有所少義故名爲如來藏亦名如來法身

問曰上說眞如其體平等離一切相云何復說體有如是種種功德答曰雖實有此諸功德義而無差別之相等同一味唯一眞如此義云何以無分別離分別相是故無二復以何義得說差別以依業識生滅相示此云何示以一切法本來唯心實無於念而有妄心不覺起念見諸境界故說無明心性不起即是大智慧光明義故若心起見則有不見之相心性離見即是遍照法界義故若心有動非眞識知無有自性非常非樂非我非淨熱惱衰變則不自在乃至具有過恒沙等妄染之義對此義故心性無動則有過恒沙等諸淨功德相義示現若心有起更見前法可念者則有所少如是淨法無量功德即是一心更無所念是故滿足名爲法身如來之藏

復次眞如用者所謂諸佛如來本在因地發大慈悲修諸波羅蜜攝化衆生立大誓願盡欲度脫等衆生界亦不限劫數盡於未來以取一切衆生如已身故而亦不取衆生相此以何義謂如實知一切衆生及與已身眞如平等無別異故以有如是大方便智除滅無明見本法身自然而有不思議業種種之用即與眞如等遍一切處又亦無有用相可得何以故謂諸佛如來唯是法身智相之身第

一義諦無有世諦境界離於施作但隨衆生見聞得益故說爲用此用有二種云何爲二一者依分別事識凡夫二乘心所見者名爲應身以不知轉識現故見從外來取色分齊不能盡知故二者依於業識謂諸菩薩從初發意乃至菩薩究竟地心所見者名爲報身身有無量色色有無量相相有無量好所住依果亦有無量種種莊嚴隨所示現即無有邊不可窮盡離分齊相隨其所應常能住持不毀不失如是功德皆因諸波羅蜜等無漏行熏及不思議熏之所成就具足無量樂相故說爲報身又爲凡夫所見者是其麤色隨於六道各見不同種種異類非受樂相故說爲應身

復次初發意菩薩所見者以深信眞如法故少分而見知彼色相莊嚴等事無來無去離於分齊唯依心現不離眞如然此菩薩猶自分別以未入法身位故若得淨心所見微妙其用轉勝乃至菩薩地盡見之究竟若離業識則無見相以諸佛法身無有彼此色相迭相見故問曰若諸佛法身離於色相者云何能現色相答曰即此法身是色體故能現於色所謂從本已來色心不二以色性即智故色體無形說名智身以智性即色故說名法身遍一切處所現之色無有分齊隨心能示十方世界無量菩薩無量報身無量莊嚴各各差別皆無分齊而不相妨此非心識分別能知以眞如自在用義故

復次顯示從生滅門即入眞如門所謂推求五陰色之與心六塵境界畢竟無念以心無

形相十方求之終不可得如人迷故謂東爲西方實不轉衆生亦爾無明迷故謂心爲念心實不動若能觀察知心無念即得隨順入眞如門故

對治邪執者一切邪執皆依我見若離於我則無邪執是我見有二種云何爲二一者人我見二者法我見人我見者依諸凡夫說有五種云何爲五一者聞修多羅說如來法身畢竟寂寞猶如虛空以不知爲破著故即謂虛空是如來性云何對治明虛空相是其妄法體無不實以對色故有是可見相令心生滅以一切色法本來是心實無外色若無外色者則無虛空之相所謂一切境界唯心妄起故有若心離於妄動則一切境界滅唯一眞心無所不遍此謂如來廣大性智究竟之義非如虛空相故二者聞修多羅說世間諸法畢竟體空乃至涅槃眞如之法亦畢竟空從本已來自空離一切相以不知爲破著故即謂眞如涅槃之性唯是其空云何對治明眞如法身自體不空具足無量性功德故三者聞修多羅說如來之藏無有增減體備一切功德之法以不解故即謂如來之藏有色心法自相差別云何對治以唯依眞如義說故因生滅染義示現說差別故四者聞修多羅說一切世間生死染法皆依如來藏而有一切諸法不離眞如以不解故謂如來藏自體具有一切世間生死等法云何對治以如來藏從本已來唯有過於恒沙等諸淨功德不離不斷不異眞如義故以過恒沙等煩惱染法唯是妄有性自本無從無始世來未曾

與如來藏相應故若如來藏體有妄法而使證會永息妄者則無是處故五者聞修多羅說依如來藏故有生死依如來藏故得涅槃以不解故謂衆生有始以見始故復謂如來所得涅槃有其終盡還作衆生云何對治以如來藏無前際故無明之相亦無有始若說三界外更有衆生始起者即是外道經說又如來藏無有後際諸佛所得涅槃與之相應則無後際故法我見者依二乘鈍根故如來但爲說人無我以說不究竟見有五陰生滅之法怖畏生死妄取涅槃云何對治以五陰法自性不生則無有滅本來涅槃故

復次究竟離妄執者當知染法淨法皆悉相待無有自相可說是故一切法從本已來非色非心非智非識非有非無畢竟不可說相而有言說者當知如來善巧方便假以言說引導衆生其旨趣者皆爲離念歸於眞如以念一切法令心生滅不入實智故

分別發趣道相者謂一切諸佛所證之道一切菩薩發心修行趣向義故略說發心有三種云何爲三一者信成就發心二者解行發心三者證發心信成就發心者依何等人修何等行得信成就堪能發心所謂依不定聚衆生有熏習善根力故信業果報能起十善猒生死苦欲求無上菩提得值諸佛親承供養修行信心經一萬劫信心成就故諸佛菩薩教令發心或以大悲故能自發心或因正法欲滅以護法因緣能自發心如是信心成就得發心者入正定聚畢竟不退名住如來種中正因相應若有衆生善根微少久遠已

來煩惱深厚雖值於佛亦得供養然起人天種子或起二乘種子設有求大乘者根則不定若進若退或有供養諸佛未經一萬劫於中遇緣亦有發心所謂見佛色相而發其心或因供養衆僧而發其心或因二乘之人教令發心或學他發心如是等發心悉皆不定遇惡因緣或便退失墮二乘地

復次信成就發心者發何等心略說有三種云何爲三一者直心正念眞如法故二者深心樂集一切諸善行故三者大悲心欲拔一切衆生苦故問曰上說法界一相佛體無二何故不唯念眞如復假求學諸善之行答曰譬如大摩尼寶體性明淨而有鑛穢之垢若人雖念寶性不以方便種種磨治終無得淨如是衆生眞如之法體性空淨而有無量煩惱染垢若人雖念眞如不以方便種種熏修亦無得淨以垢無量遍一切法故修一切善行以爲對治若人修行一切善法自然歸順眞如法故略說方便有四種云何爲四一者行根本方便謂觀一切法自性無生離於妄見不住生死觀一切法因緣和合業果不失起於大悲修諸福德攝化衆生不住涅槃以隨順法性無住故二者能止方便謂慚愧悔過能止一切惡法不令增長以隨順法性離諸過故三者發起善根增長方便謂勤供養禮拜三寶讚歎隨喜勸請諸佛以愛敬三寶淳厚心故信得增長乃能志求無上之道又因佛法僧力所護故能銷業障善根不退以隨順法性離癡障故四者大願平等方便所謂發願盡於未來化度一切衆生使無有餘

皆令究竟無餘涅槃以隨順法性無斷絕故
法性廣大遍一切衆生平等無二不念彼此
究竟寂滅故菩薩發是心故則得少分見於
法身以見法身故隨其願力能現八種利益
衆生所謂從兜率天退入胎住胎出胎出家
成道轉法輪入於涅槃然是菩薩未名法身
以其過去無量世來有漏之業未能決斷隨
其所生與微苦相應亦非業繫以有大願自
在力故如修多羅中或說有退墮惡趣者非
其實退但爲初學菩薩未入正位而懈怠者
恐怖令彼勇猛故又是菩薩一發心後遠離
怯弱畢竟不畏墮二乘地若聞無量無邊阿
僧祇劫勤苦難行乃得涅槃亦不怯弱以信
知一切法從本已來自涅槃故解行發心者
當知轉勝以是菩薩從初正信已來於第一
阿僧祇劫將欲滿故於眞如法中深解現前
所修離相以知法性體無慳貪故隨順修行
檀波羅蜜以知法性無染離五欲過故隨順
修行尸波羅蜜以知法性無苦離瞋惱故隨
順修行羼提波羅蜜以知法性無身心相離
懈怠故隨順修行毗梨耶波羅蜜以知法性
常定體無亂故隨順修行禪波羅蜜以知法
性體明離無明故隨順修行般若波羅蜜證
發心者從淨心地乃至菩薩究竟地證何境
界所謂眞如以依轉識說爲境界而此證者
無有境界唯眞如智名爲法身是菩薩於一
念頃能至十方無餘世界供養諸佛請轉法
輪唯爲開導利益衆生不依文字或示超地
速成正覺以爲怯弱衆生故或說我於無量
阿僧祇劫當成佛道以爲懈慢衆生故能示

如是無數方便不可思議而實菩薩種性根等發心則等所證亦等無有超過之法以一切菩薩皆經三阿僧祇劫故但隨衆生世界不同所見所聞根欲性異故示所行亦有差別又是菩薩發心相者有三種心微細之相云何爲三一者眞心無分別故二者方便心自然遍行利益衆生故三者業識心微細起滅故又是菩薩功德成滿於色究竟處示一切世間最高大身謂以一念相應慧無明頓盡名一切種智自然而有不思議業能現十方利益衆生問曰虚空無邊故世界無邊世界無邊故衆生無邊衆生無邊故心行差別亦復無邊如是境界不可分齊難知難解若無明斷無有心想云何能了名一切種智答曰一切境界本來一心離於想念以衆生妄見境界故心有分齊以妄起想念不稱法性故不能決了諸佛如來離於見相無所不遍心眞實故即是諸法之性自體顯照一切妄法有大智用無量方便隨諸衆生所應得解皆能開示種種法義是故得名一切種智又問曰若諸佛有自然業能現一切處利益衆生者一切衆生若見其身若覩神變若聞其說無不得利云何世間多不能見答曰諸佛如來法身平等遍一切處無有作意故而說自然但依衆生心現衆生心者猶如於鏡鏡若有垢色像不現如是衆生心若有垢法身不現故已說解釋分

次說修行信心分

是中依未入正定聚衆生故說修行信心何等信心云何修行略說信心有四種云何爲

四一者信根本所謂樂念真如法故二者信佛有無量功德常念親近供養恭敬發起善根願求一切智故三者信法有大利益常念修行諸波羅蜜故四者信僧能正修行自利利他常樂親近諸菩薩衆求學如實行故修行有五門能成此信云何爲五一者施門二者戒門三者忍門四者進門五者止觀門云何修行施門若見一切來求索者所有財物隨力施與以自捨慳貪令彼歡喜若見厄難恐怖危逼隨己堪任施與無畏若有衆生來求法者隨己能解方便爲說不應貪求名利恭敬唯念自利利他迴向菩提故云何修行戒門所謂不殺不盜不婬不兩舌不惡口不妄言不綺語遠離貪嫉欺詐諂曲瞋恚邪見若出家者爲折伏煩惱故亦應遠離憒鬧常處寂靜修習少欲知足頭陀等行乃至小罪心生怖畏慚愧改悔不得輕於如來所制禁戒當護譏嫌不令衆生妄起過罪故云何修行忍門所謂應忍他人之惱心不懷報亦當忍於利衰毀譽稱譏苦樂等法故云何修行進門所謂於諸善事心不懈退立志堅強遠離怯弱當念過去久遠已來虚受一切身心大苦無有利益是故應勤修諸功德自利利他速離衆苦

復次若人雖修行信心以從先世已來多有重罪惡業障故爲魔邪諸鬼之所惱亂或爲世間事務種種牽纏或爲病苦所惱有如是等衆多障礙是故應當勇猛精勤晝夜六時禮拜諸佛誠心懺悔勸請隨喜迴向菩提常不休廢得免諸障善根增長故云何修行止

觀門所言止者謂止一切境界相隨順奢摩他觀義故所言觀者謂分別因緣生滅相隨順毗婆舍那觀義故云何隨順以此二義漸漸修習不相捨離雙現前故若修止者住於靜處端坐正意不依氣息不依形色不依於空不依地水火風乃至不依見聞覺知一切諸想隨念皆除亦遣除想以一切法本來無相念念不生念念不滅亦不得隨心外念境界後以心除心心若馳散即當攝來住於正念是正念者當知唯心無外境界即復此心亦無自相念念不可得若從坐起去來進止有所施作於一切時常念方便隨順觀察久習淳熟其心得住以心住故漸漸猛利隨順得入真如三昧深伏煩惱信心增長速成不退唯除疑惑不信誹謗重罪業障我慢懈怠如是等人所不能入

復次依是三昧故則知法界一相謂一切諸佛法身與衆生身平等無二即名一行三昧當知真如是三昧根本若人修行漸漸能生無量三昧或有衆生無善根力則爲諸魔外道鬼神之所惑亂若於坐中現形恐怖或現端正男女等相當念唯心境界則滅終不爲惱或現天像菩薩像亦作如來像相好具足或說陀羅尼或說布施持戒忍辱精進禪定智慧或說平等空無相無願無怨無親無因無果畢竟空寂是真涅槃或令人知宿命過去之事亦知未來之事得他心智辯才無礙能令衆生貪著世間名利之事又令使人數瞋數喜性無常准或多慈愛多睡多病其心懈怠或卒起精進後便休廢生於不信多疑

多慮或捨本勝行更修雜業若著世事種種牽纏亦能使人得諸三昧少分相似皆是外道所得非真三昧或復令人若一日若二日若三日乃至七日住於定中得自然香美飲食身心適悅不饑不渴使人愛著或亦令人食無分齊乍多乍少顏色變異以是義故行者常應智慧觀察勿令此心墮於邪網當勤正念不取不著則能遠離是諸業障應知外道所有三昧皆不離見愛我慢之心貪著世間名利恭敬故真如三昧者不住見相不住得相乃至出定亦無懈慢所有煩惱漸漸微薄若諸凡夫不習此三昧法得入如來種性無有是處以修世間諸禪三昧多起味著依於我見繫屬三界與外道共若離善知識所護則起外道見故

復次精勤專心修學此三昧者現世當得十種利益云何為十一者常為十方諸佛菩薩之所護念二者不為諸魔惡鬼所能恐怖三者不為九十五種外道鬼神之所惑亂四者遠離誹謗甚深之法重罪業障漸漸微薄五者滅一切疑諸惡覺觀六者於如來境界信得增長七者遠離憂悔於生死中勇猛不怯八者其心柔和捨於憍慢不為他人所惱九者雖未得定於一切時一切境界處則能減損煩惱不樂世間十者若得三昧不為外緣一切音聲之所驚動

復次若人唯修於止則心沉沒或起懈怠不樂衆善遠離大悲是故修觀修習觀者當觀一切世間有為之法無得久停須臾變壞一切心行念念生滅以是故苦應觀過去所念

諸法恍惚如夢應觀現在所念諸法猶如電光應觀未來所念諸法猶如於雲忽爾而起應觀世間一切有身悉皆不淨種種穢汙無一可樂如是當念一切衆生從無始世來皆因無明所熏習故令心生滅已受一切身心大苦現在即有無量逼迫未來世苦亦無分齊難捨難離而不覺知衆生如是甚為可愍作此思惟即應勇猛立大誓願願令我心離分別故遍於十方修行一切諸善功德盡其未來以無量方便救拔一切苦惱衆生令得涅槃第一義樂以起如是願故於一切時一切處所有衆善隨已堪能不捨修學心無懈怠唯除坐時專念於止若餘一切悉當觀察應作不應作若行若住若卧若起皆應止觀俱行所謂雖念諸法自性不生而復即念因緣和合善惡之業苦樂等報不失不壞雖念因緣善惡業報而亦即念性不可得若修止者對治凡夫住著世間能捨二乘怯弱之見若修觀者對治二乘不起大悲狹劣心過遠離凡夫不修善根以此義故是止觀二門共相助成不相捨離若止觀不具則無能入菩提之道

復次衆生初學是法欲求正信其心怯弱以住於此娑婆世界自畏不能常值諸佛親承供養懼謂信心難可成就意欲退者當知如來有勝方便攝護信心謂以專意念佛因緣隨願得生他方佛土常見於佛永離惡道如修多羅說若人專念西方極樂世界阿彌陀佛所修善根迴向願求生彼世界即得往生常見佛故終無有退若觀彼佛真如法身常

勸修習畢竟得生住正定故已說修行信心分

次說勸修利益分

如是摩訶衍諸佛祕藏我已總說若有衆生欲於如來甚深境界得生正信遠離誹謗入大乘道當持此論思量修習究竟能至無上之道若人聞是法已不生怯弱當知此人定紹佛種必爲諸佛之所授記假使有人能化三千大千世界滿中衆生令行十善不如有人於一食頃正思此法過前功德不可爲喻復次若人受持此論觀察修行若一日一夜所有功德無量無邊不可得說假令十方一切諸佛各於無量無邊阿僧祇劫歎其功德亦不能盡何以故謂法性功德無有盡故此人功德亦復如是無有邊際其有衆生於此論中毀謗不信所獲罪報經無量劫受大苦惱是故衆生但應仰信不應誹謗以深自害亦害他人斷絶一切三寶之種以一切如來皆依此法得涅槃故一切菩薩因之修行入佛智故當知過去菩薩已依此法得成淨信現在菩薩今依此法得成淨信未來菩薩當依此法得成淨信是故衆生應勤修學

諸佛甚深廣大義　我今隨分總持說

迴此功德如法性　普利一切衆生界

大乘起信論

音釋

序

弃磬志切與棄同　湊倉奏切聚也　騁是正切與聘同　鉞音越大斧也　勃蒲没切　闡昌演切顯也　愷可亥切　沖持中切深也　慨苦愛切嘆也　揆瞿癸切度也

論

分齊分扶問切齊才詣切分齊限量也　迭徒結切更互也　恍惚恍虛廣切惚呼骨切恍惚不分明也　狹胡夾切隘也

迴諍論

後魏三藏毗目智仙等譯

清刻龍藏佛說法變相圖

序迴諍論翻譯記

後魏三藏毗目智仙述

迴諍論者龍樹菩薩之所作也數舒盧迦三十二字此論正本凡有六百大魏都鄴興和三年歲次大梁建辰之月朔次癸酉辛卯之日烏萇國人刹利王種三藏法師毗目智仙共天竺國婆羅門人瞿曇流支在鄴城内金華寺譯時日所費二十餘功大數凡有一萬一千九十八字對譯沙門曇林之筆驃騎大將軍開府儀同三司御史中尉渤海高仲密啓請供養具記時事以彰以聞令樂法者若見若聞同崇翻譯矣

迴諍論

後魏三藏毗目智仙等譯

偈初分第一

問曰偈言

若一切無體　言語是一切　言語自無體
何能遮彼體　若語有自體　前所立宗壞
如是則有過　應更說勝因　若謂如勿聲
是義則不然　聲有能遮聲　無聲何能遮
汝謂遮所遮　如是亦不然　如是汝宗相
自壞則非我　若彼現是有　汝可得有迴
彼現亦是無　云何得取迴　說現比阿含
譬喻等四量　現得阿含成　譬喻亦能成
智人知說法　善法有自體　世人知有體
餘法亦如是　出法出自體　是聖人所說
如是不出法　不出法自體　諸法若無體
無體不得名　有自體有名　唯名云何名
若離法有名　於彼法中無　說離法有名
彼人則可難　法若有自體　可得遮諸法
諸法若無體　竟爲何所遮　若有瓶有泥
可得遮瓶泥　見有物則遮　見無物不遮
若法無自體　言語何所遮　若無法得遮
無語亦成遮　如愚癡之人　妄取燄爲水
若法遮妄取　其事亦如是　取所取能取
遮所遮能遮　如是六種義　皆悉是有法
若無取所取　亦無有能取　則無遮所遮
亦無有能遮　若無遮所遮　亦無所能遮
則一切法成　彼自體亦成　汝因則不成
無體云何因　若法無因者　云何得言成
汝若無因成　諸法自體迴　我亦無因成
諸法有自體　若有因無體　是義不相應

世間無體法 則不得言有 前遮後所遮
如是不相應 若後遮及並 如是知有體

偈上分第二

我語言若離 因緣和合法 是則空義成
諸法無自體 若因緣法空 我今說此義
何人有因緣 彼因緣無體 化人於化人
幻人於幻人 如是遮所遮 其義亦如是
言語無自體 所說亦無體 我如是無過
不須說勝因 汝言勿聲者 此非我譬喻
我非以此聲 能遮彼聲故 如或有丈夫
妄取化女身 而生於欲心 此義亦如是
同所成不然 響中無因故 我依於世諦
故作如是說 若不依世諦 不得證眞諦
若不證眞諦 不得涅槃證 若我宗有者
我則是有過 我宗無物故 如是不得過

若我取轉迴 則須用現等 取轉迴有過
不爾云何過 若量能成法 彼復有量成
汝說何處量 而能成此量 若量離量成
汝諍義則失 如是則有過 應更說勝因
猶如火明故 能自照照他 彼量亦如是
自他二俱成 汝語言有過 非是火自照
以彼不相應 如見闇中瓶 又若汝說言
火能自他照 如火能燒他 何故不自燒
又若汝說言 火能自他照 闇亦應如是
自他二俱覆 於火中無闇 何處自他住
彼闇能殺明 火云何有明 如是火生時
即生時能照 火生即到闇 義則不相應
若火不到闇 而能破闇者 火在此處住
應破一切闇 若量能自成 不待所量成
是則量自成 非待他能成 若不待所量

而汝量得成　如是則無人　用量量諸法
若所量之物　待量而得成　是則所量成
待量然後成　若物無量成　是則不待量
汝何用量成　彼量何所成　若汝彼量成
待所量成者　是則量所量　如是不相離
若量成所量　若所量成量　汝若如是者
二種俱不成　量能成所量　所量能量成
若義如是者　云何能相成　所量能成量
量能成所量　若義如是者　云何能相成
爲是父生子　爲是子生父　何者是能生
何者是所生　爲何者是父　爲何者是子
汝說此二種　父子相可疑　量非自能成
非是自他成　非是異量成　非無因緣成
若法師所說　善法有自體　此善法自體
法應分分說　若善法自體　從於因緣生

善法是他體　云何是自體　若少有善法
不從因緣生　善法若如是　無住梵行處
非法非非法　世間法亦無　有自體則常
常則無因緣　善不善無記　一切有爲法
如是說則常　汝有如是過　若人說有名
說言有自體　彼人汝可難　語名我不實
若此名無者　則有亦是無　若言有言無
汝宗有二失　若此名有者　則無亦是有
若言無言有　汝諍有二失　如是我前說
一切法皆空　我義宗如是　則不得有過
若別有自體　不在於法中　汝慮我故說
此則不須慮　若有體得遮　若空得言成
若無體無空　云何得遮成　汝爲何所遮
汝所遮則空　法空而有遮　如是汝諍失
我無有少物　是故我不遮　如是汝無理

枉橫而難我　汝言語法別　此義我今說
無法得說語　而我則無過　汝說鹿愛喻
以明於大義　汝說我能聽　如譬喻相應
若彼有自體　不須因緣生　若須因緣者
如是得言空　若取自體實　何人能遮迴
餘者亦如是　是故我無過　此無因說者
義前已說竟　三時中說因　彼平等而說
若說三時因　前如是平等　如是三時因
與說空相應　若人信於空　彼人信一切
若人不信空　彼不信一切　空自體因緣
三一中道說　我歸命禮彼　無上大智慧

釋初分第三

釋曰論初偈言

若一切無體　言語是一切　言語自無體
何能遮彼體

此偈明何義若一切法皆是因緣則是因緣因緣和合離諸因緣是則更無一切自體如是一切諸法皆空如芽非是種子中有非地非水非火非風非虛空等因緣中有非是一一因緣中有非諸因緣和合中有非離因緣因緣和合餘處別有若此等中一切皆無如是得言芽無自體若如是無一切自體彼得言空若一切法皆悉空者則無言語若無言語則不能遮一切諸法若汝意謂言語不空言語所說一切法空是義不然何以故汝言一切諸法皆空則語亦空何以故以因中無四大中無一一中無和合中無因緣和合不和合中一切皆無如是言語咽喉中無脣舌齒根斷鼻頂等一一皆無和合中無二處俱無唯有因緣因緣和合若離如是因緣和合

更無別法若如是者一切言語皆無自體若如是無言語自體則一切法皆無自體若此言語無自體者唯有遮名不能遮法譬如無火則不能燒亦如無刀則不能割又如無水則不能爛如是無語云何能遮諸法自體旣不能遮諸法自體而心憶念遮一切法自體迴者義不相應又復有義偈曰

若語有自體　前所立宗壞　如是則有過
應更說勝因

此偈明何義若此言語有自體者汝前所立義宗自壞是則有過若爾便應更說勝因若汝意謂語有自體餘法空者如是則違諸法空語汝宗亦壞又復有義言語不離一切法數若一切法皆悉空者言語亦空若言語空則不能遮一切諸法若如是者於六種中諍論相應彼復云何汝不相應汝說一切諸法皆空則語亦空何以故言語亦是一切法故言語若空則不能遮彼若遮言一切法空則不相應又若相應言語能遮一切法體一切法空語則不空語若不空遮一切法則不相應若諸法空言語不空語何所遮又若此語入一切中喻不相當若彼言語是一切者一切旣空言語亦空若語言空則不能遮若語言空諸法亦空以空能遮諸法令空如是則空亦是因緣是則不可又若汝畏喻不相當一切法空能作因緣如是空語則不能遮一切自體又復有義一邊有過以法有空亦有不空彼若有過更說勝因若一邊空一邊不空如是若說一切法空無自體者義不相應又復有義偈曰

汝謂如匆聲　是義則不然　聲有能遮聲
無聲何能遮
此偈明何義若汝意謂聲能遮聲如有人言汝莫作聲彼自作聲而能遮聲如是如是一切法空空語能遮此我今說此不相應何以故以此聲有能遮彼聲汝語非有則不能遮諸法自體汝所立義語亦是無諸法亦無如是若謂如匆聲者此則有過偈言
汝謂遮所遮　如是亦不然　如是汝宗相
自壞則非我
此偈明何義若汝意謂遮與所遮亦如是者彼不相應若汝說言我語能遮一切諸法有自體者彼不相應此我今說是義不然何以故知如是宗相汝過非我汝說一切諸法皆空如是汝義前宗有過咎不在我若汝說言汝遮所遮不相應者是義不然又復有義偈言
若彼現是有　汝可得有迴　彼現亦是無
云何得取迴
此偈明何義若一切法有現可取汝得迴我諸法令空而實不爾何以知之現量入在一切法數則亦是空若汝分別依現有比現比皆空如是無現比何可得現之與比是二皆無云何得遮汝言一切諸法空者是義不然若汝復謂或比或喻或以阿含得一切法如是一切諸法自體我能迴者此我今說偈言
說現比阿含　譬喻等四量　現比阿含成
譬喻亦能成
此偈明何義比喻阿含現等四量若現能成比阿含等皆亦能成如一切法皆悉是空現

量亦空如是比喻亦空彼量所成一切諸法皆悉是空以四種量在一切故隨何等法若爲比成亦譬喻成亦阿含成彼所成法一切皆空汝以比喻阿含等三量一切法所量亦空若如是者法不可得量所量無是故無遮如是若說一切法空無自體者義不相應又復有義偈言

智人知說法　善法有自體　世人知有體
餘法亦如是

此偈明何義法師說善法善法一百一十有九謂心一相一者受二者想三者覺四者觸五者觀察六者欲七者信解脫八者精進九者憶念十者三摩提十一者慧十二者捨十三者修十四者合修十五者習十六者得十七者成十八者辯才十九者適二十者勤二十一者思二十二者求二十三者勢力二十四者不嫉二十五者自在二十六者善辯才二十七者不悔二十八者悔二十九者少欲三十者不少欲三十一者捨三十二者不思三十三者不求三十四者不願三十五者樂說三十六者不著境界三十七者不行三十八者生三十九者住四十者滅四十一者集四十二者老四十三者熱惱四十四者悶四十五者疑四十六者思量四十七者愛四十八者信四十九者樂五十者不順五十一者順取五十二者不畏大衆五十三者恭敬五十四者作勝法五十五者敬五十六者不敬五十七者供給五十八者不供給五十九者定順六十者宿六十一者發動六十二者不樂六十三者覆六十四者不定六十五者愁

惱六十六者求不得六十七者荒亂六十八者懈怠六十九者憂憒七十者怖淨七十一者内信七十二者畏七十三者信七十四者慚七十五者質直七十六者不誑七十七者寂靜七十八者不驚七十九者不錯八十者柔輭八十一者開解八十二者嫌八十三者燒八十四者醒八十五者不貪八十六者不瞋八十七者不癡八十八者不一切知八十九者放捨九十者不有九十一者愧九十二者不自隱惡九十三者悲九十四者喜九十五者捨九十六者神通九十七者不執九十八者不妬九十九者心淨一百者忍捨一百一者利益一百二者能用一百三者福德一百四者無想定一百五者不一切智一百六者無常三昧如是如是善法一百一十有九

如彼善法善法自體彼不善法不善法自體如是無記無記本性無記本性無記欲界欲界色界色界無色界無色界無漏無漏苦集滅道苦集滅道修定修定如是如是見有無量種種諸法皆有自體如是若說一切諸法皆無自體如是無體得言空者義不相應此復有義偈言

出法出法體　是聖人所説　如是不出法

不出法自體

此偈明何義如説出法出法自體如是不出法不出法自體覺分覺分自體菩提分菩提分自體非菩提分非菩提分自體如是餘法皆亦如是若如是見彼無量種諸法自體而如是説一切諸法皆無自體以無自體名爲空者義不相應又復有義偈言

諸法若無體　無體不得名　有自體有名
唯名云何名
此偈明何義若一切法皆無自體說無自體
言語亦無何以故有物有名無物無名以一
切法皆有名故當知諸法皆有自體法有自
體故不得言一切法空如是若說一切法空
無自體者義不相應偈言
若離法有名　於彼法中無　說離法有名
彼人則可難
此偈明何義若汝意謂有法有名離法有名
如是一切諸法皆空無自體成非物無名有
物有名此我今說若如是者有何等人說離
法體別有名字若別有名別有法者則不得
示彼不可示如是汝心分別別有諸法別有
名者是義不然又復有義偈言

法若有自體　可得遮諸法　諸法若無體
竟爲何所遮　如有瓶有泥　可得遮瓶泥
見有物則遮　見無物不遮
此偈明何義有物得遮無物不遮如無瓶泥
則不須遮有瓶則遮無瓶不遮如是如是法
無自體則不須遮法有自體可得有遮無云
何遮若一切法皆無自體而便遮言一切諸
法無自體者義不相應汝何所遮若有遮體
能遮一切諸法自體偈言
若法無自體　言語何所遮　若無法得遮
無語亦成遮
此偈明何義若法無體語亦無體云何遮言
一切諸法皆無自體若如是遮不說言語亦
得成遮若如是者火冷水堅如是等過又復
有義偈言

如愚癡之人　妄取餤爲水　若汝遮妄取
其事亦如是

此偈明何義若汝意謂如愚癡人取焰爲水於無水中虛妄取水有黠慧人爲迴彼心而語之言汝妄取水如是如是於無自體一切法中取法自體爲彼衆生妄心迴故說一切法皆無自體此我今說偈言

取所取能取　遮所遮能遮　如是六種義
皆悉是有法

此偈明何義若當如是有衆生者有取所取有能取者得言虛妄遮所遮等如是六種義成若六義成而說諸法一切空者是義不然偈言

若無取所取　亦無有能取　則無遮所遮
亦無有能遮

此偈明何義若汝意謂無如是過非取所取非能取者彼若如是虛妄取遮一切諸法無自體者彼遮亦無所遮亦無能遮亦無偈言

若無遮所遮　亦無所能遮　則一切法成
彼自體亦成

此偈明何義若非有遮非有所遮非有能遮是則不遮一切諸法則一切法皆有自體偈言

汝因則不成　無體云何因　若法無因者
云何得言成

此偈明何義若一切法空無自體如是義中說因不成何以故一切諸法空無自體何處有因若法無因一切法空以何因成是故汝說一切法空無自體者是義不然偈言

汝若無因成　諸法自體迴　我亦無因成

諸法有自體

此偈明何義若汝意謂我無因成法無自體如汝無因自體迴成我自體法亦無因成偈言

若有因無體　是義不相應　世間無體法
則不得言有

此偈明何義若汝意謂我有因成因無自體若如是者無自體義則不相應何以故一切世間無自體者不得言有偈言

前遮後所遮　如是不相應　若後遮及並
如是知有體

此偈明何義若遮在前所遮在後義不相應未有所遮遮何所遮若遮在後所遮在前亦不相應所遮已成遮何能遮若遮所遮二法同時不相因緣遮不因所遮所遮不因遮皆有自體故則不得言遮如角並生各不相因左不因右右不因左如是若說一切諸法無自體者是義不然釋初分竟

釋上分第四

釋曰如汝所說我今答汝汝說偈言

若一切無體　言語是一切　言語自無體
何能遮彼體

此偈我今答偈言

我語言若離　因緣和合法　是則空義成
諸法無自體

此偈明何義若答言語因中大中和合中無離散中無咽喉脣舌齒根斷鼻頂等諸處皆各有力如是一一處和合中無若離如是因緣和合更無別法以如是故無有自體無自體故我言一切皆無自體空義則成如此言

語無自體空諸法如是無自體空是故汝言汝語空故不能說空是義不然又復有義偈言

若因緣法空　我今說此義　何人有因緣
彼因緣無體

此偈明何義汝不能解一切法空不知空義何能咎我如汝所言汝語言空語無自體無自體故不能遮法此法若是因緣生者生故得言一切法空得言一切皆無自體以何義故知因緣生法無自體汝法一切皆因緣生則一切法皆無自體法無自體則須因緣若有自體何用因緣汝離因緣則無諸法若因緣生則無自體以無自體故得言空如是我語亦因緣生若因緣生則無自體以無自體故得言空以一切法因緣生者自體皆空如與瓶衣蕃等諸物彼法各各自有因緣世間薪草土所作器水蜜乳等將來將去及舉掌等又復寒熱風等障中諸受用法因緣生故皆無自體如是如是我語因緣和合而生如是得言無有自體若無自體如是得言無自體成如是空語世間受用是故汝言無自體故汝語亦空則不能遮諸法自體是義不然又復有義偈言

化人於化人　幻人於幻人　如是遮所遮
其義亦如是

此偈明何義如化丈夫於異化人見有去來種種所作而便遮之如幻丈夫於異幻人見有去來種種所作而便遮之能遮化人彼則是空若彼能遮化人是空所遮化人則亦是空若所遮空遮人亦空能遮幻人彼則是空

若彼能遮幻人是空所遮幻人則亦是空若所遮空遮人亦空如是如是我語言空如幻化空如是空語能遮一切諸法自體是故汝言汝語空故則不能遮一切諸法有自體者汝彼語言則不相應若汝說言彼六種諍彼如是遮如是我語非一切法我語亦空諸法亦空非一切法皆悉不空又復汝說偈言

若語有自體　前所立宗壞　如是則有過

應更說勝因

此偈我今答偈言

言語無自體　所說亦無體　我亦是無過

不須說勝因

此偈明何義我此語言以因緣生非有自體如前所說自體不生故得言空如是得言此語言空餘一切法悉皆是空如是空故我則無過若我說言此語不空餘一切法悉皆空者我則有過我不如是是故無過理實不得語言不空餘一切法皆悉是空我以是故不說勝因若語不空餘一切法皆悉空者可說勝因是故汝言汝諍論壞語則有過應說勝因是義不然又復汝說偈言

若謂如勿聲　是義則不然　聲有能遮聲

無聲何能遮

此偈我今答偈言

汝言勿聲者　此非我譬喻　我非以此聲

能遮彼聲故

此偈明何義此非我喻如何人言莫作聲者彼自作聲以聲遮聲聲非不空我則不爾語言亦空遮法亦空何以故譬如彼聲能迴此聲我不如是我如是說一切諸法皆無自體

以無自體故得言空何以故若無體語迴無自體則一切法皆成自體如言勿聲聲能遮聲如是如是無自體語遮無體法若如是遮無自體者則一切法皆成自體若有自體則一切法皆悉不空我說法空不說不空譬喻如是偈言

如或有丈夫　妄取化女身　而生於欲心
此義亦如是

此偈明何義如化婦女實自體空如或丈夫於化女身生實有想起於欲心彼虛妄取諸法亦爾彼或如來如來弟子聲聞之人爲迴彼人虛妄取心或是如來威神之力如來弟子聲聞威力化作化人如是如是語空如化如化婦女無自體空法如是空取法自體能遮令迴如是如是以此空喻能成空義我則相應非汝相應偈言

同所成不然　響中無因故　我依於世諦
故作如是說

此偈明何義若汝或謂如勿聲者因同所成何以故以因不離一切諸法無自體故非彼聲響而有自體以因緣生故無自體若無自體汝說聲有能遮聲者彼義則壞又我所說不違世諦不捨世諦依世諦故能說一切諸法體空若離世諦法不可說佛說偈言

若不依世諦　不得證眞諦　若不證眞諦
不得涅槃證

此偈明何義如是諸法非是不空一切諸法皆無自體此二無異又復汝說偈言

汝謂遮所遮　如是亦不然　如是汝宗相
自壞則非我

此偈我今答偈言

若我宗有者　我則是有過　我宗無物故
如是不得過

此偈明何義若我宗有則有宗相若我有宗有宗相者我則得汝向所說過如是非我有宗如是諸法實寂靜故本性空故何處有宗如是宗相爲於何處宗相可得我無宗相何得咎我是故汝言汝有宗相得過咎者是義不然又復汝說偈言

若彼現是有　汝可得有迴　彼現亦是無
云何得取迴　說現比阿含　譬喻等四量
現比阿含成　譬喻亦能成

此偈我今答偈言

若我取轉迴　則須用現等　取轉迴有過
不爾云何過

此偈明何義我若如是少有法物則須現比阿含譬喻如是四量復有四量我若如是取轉迴者我則有過我既不取少法轉迴若我如是不轉不迴汝若如是與我過者是義不然若現等量復有量成量則無窮汝如是義不能咎我又復有義偈言

若量能成法　彼復有量成　汝說何處量
而能成此量

此偈明何義若汝意謂量能成物如量所量現比阿含喻等四量復以何量成此四量若此四量更無量成量自不成若自不成能成物者汝宗則壞若量復有異量成者量則無窮若無窮者則非初成非中後成何以故若量能成所量物者彼量復有異量來成彼量復有異量成故如是無初若無初者如是無

中若無中者何處有後如是若說彼量復有異量成者是義不然偈言

若量離量成　汝諍義則失　如是則有過
應更說勝因

此偈明何義若汝意謂量離量成所量之物爲量成者若如是諍量成所量汝則有過有物量成有不量成若如是者應說勝因若說勝因則可得知何者量成何者不成汝不能示如是分別義不相應此我今說如有人言我所說量自他能成而說偈言

猶如火明故　能自照照他　彼量亦如是
自他二俱成

此偈明何義如火自照亦能照他量亦如是自成成他我今答彼偈言

汝說言有過　非是火自照　以彼不相應
如見闇中瓶

此偈明何義彼量如火自他能成難不相應何以故非火自照如初未照闇中瓶等不可得見以火照已然後得見如是如是若火自照初火應闇後時乃明如是得言火能自照若初火明則不得言火能自照如是分別火自他照義不相應又復有義偈言

又若汝說言　火自他能照　如火能燒他
何故不自燒

此偈明何義若汝說言如火自照亦能照他如是如是自照照他如是如是既能燒他亦應自燒而實不見有如是事若說彼火自他能照義不相應又復有義偈言

又若汝說言　火能自他照　闇亦應如是
自他二俱覆

此偈明何義若汝說言火自他照能却闇者闇何以不自他皆覆而實不見有如是事若說彼火自他照者義不相應又復有義偈言

於火中無闇　何處自他住　破闇能殺明
火云何有明

此偈明何義火中無闇火處無闇云何名爲明能破闇若彼火中如是無闇何處有闇火能破闇若當無闇可破滅者云何而得自他俱照此我今說若如是者非火中闇非火處闇如是如是火自他照彼火生照即能破闇如是火中無闇火處無闇如是火生能照自他此我今說偈言

如是火生時　即生時能照　火即生到闇
義則不相應

此偈明何義若火生時能自他照義不相應何以知之如是初火不能到闇何以知之若未到闇不能破闇若不破闇不得有明偈言

若火不到闇　而能破闇者　火在此處住
應破一切闇

此偈明何義若汝意謂火不到闇能破闇者火此處住則應能破一切世間所有處闇何以故俱不到故而實不見有如是事若俱不到云何唯能破此處闇不破世間一切處闇若汝意謂火不到闇而能破闇義不相應又復有義偈言

若量能自成　不待所量成　是則量自成
非待他能成

此偈明何義若汝意謂量與所量如火成者量則自成不待所量何以故若自成者則不待他若待他者非自成故此我今說若不相

待何不自成若待於他則非自成此我今說
若量不待所量之物爲有何過此我今說偈
言
不待所量物　若汝量得成　如是則無人
用量量諸法
此偈明何義若汝意謂不待所量而量得成
則無有人用量量法有如是過若何等人須
用量者不待所量而得有量若不待成彼得
何過則一切法皆不待量若一切法不待量
成彼得何過成得言成未成叵成以無待故
若汝復謂待所量物量得成者如是四量皆
有待成何以故若物未成云何相待物若已
成不須相待未得未成則不待物若已成者
更不待成如物已作無作因緣又復有義偈
言
若所量之物　待量而得成　是則所量成
待量然後成
此偈明何義若所量物待量而成是則以量
成彼所量何以故所成非成量成所量又復
有義偈言
若物無量成　是則不待量　汝何用量成
彼量何所成
此偈明何義若汝意謂不待彼量所量成者
汝今何用求量而成何以故彼量義者爲何
所求彼所量物離量成者彼量何用又復有
義偈言
若汝彼量成　待所量成者　是則量所量
如是不相離
此偈明何義若汝意謂待所量物是故有量
畏有前過汝若如是量所量一不得相離汝

若如是量即所量何以知之所量成量所量
即量量成所量量所量一偈言
若量成所量　若所量成量　汝若如是者
二種俱不成
此偈明何義若汝意謂量成所量見待量故
所量成量見待所量汝若如是二俱不成何
以故偈言
量能成所量　所量能量成　若義如是者
云何能相成
此偈明何義若量能成所量之物彼所量物
能成量者量自未成因緣不成云何能成所
量之物又復有義偈言
所量能成量　量能成所量　若義如是者
云何能相成
此偈明何義若所量物能成彼量彼量能成
所量之物所量未成因緣不成云何成量偈
言
爲是父生子　爲是子生父　何者是能生
何者是所生
此偈明何義如有人言父能生子彼若如是
子亦生父汝今爲説何者能生何者所生汝
如是説量成所量所量成量汝今爲説何者
能成何者所成又復有義偈言
爲何者是父　爲何者是子　汝説此二種
父子相可疑
此偈明何義前説二種所謂父子何者爲父
何者爲子父子二相若相待生彼則可疑何
者爲父何者爲子如是如是若汝説此量與
所量彼何者量何者所量此之二種若能成
物可得言量若物可成得言所量則不疑云

何者是量何者所量如是能成可得言量如是可成得言所量此則不疑何者是量何者所量偈言

量非能自成　非是自他成　非是異量成
非無因緣成

此偈明何義如是量非自成現非現成比非比成喻非喻成阿含亦爾非阿含成非是自他迭互相成現非比喻阿含等成比非現喻阿含等成喻非現比阿含等成阿含非現比喻等成非異現比譬喻阿含別有現比譬喻阿含異量來成如量自分和合不成自他境界和合不成非無因成非聚集成此之因緣如先所說二十三十或四五六二十三十四十五十或有六十若汝所說以有量故得言所量有量所量證一切法皆有自體義不相應又復說偈言

智人知法說　善法有自體　世人知有體
餘法亦如是　出法出自體　是聖人所說
如是不出法　不出法自體

此偈我今答偈言

若法師所說　善法有自體　此善法自體
法應分分說

此偈明何義若彼法師謂彼善法有自體者應分分說此善自體此之善法如彼善心善心自體如是如是一切諸法不如是見若如是說示法自體義不相應又復有義偈言

若善法自體　從於因緣生　善法是他體
云何是自體

此偈明何義若善法體從於因緣和合而生彼是他體善法云何得有自體如是法體餘

亦如是若汝說言如彼善法善法自體如是不善不善體等義不相應又復有義偈言

若少有善法　不從因緣生　善法若如是　無住梵行處

此偈明何義若汝意謂少有善法不因緣生如是不善不善自體無記無記若當如是無住梵行何以故汝若如是是則捨離十二因緣若當捨離十二因緣是則捨見十二因緣若如是無十二因緣則不得見十二因緣如其不見十二因緣不得見法世尊說言若比丘見十二因緣彼則見法若不見法不住梵行若離如是十二因緣則離苦集十二因緣是苦集故若離苦集是則離苦若無集者何處有苦若無苦者云何有滅若無苦滅當於何處修苦滅道若如是者無四聖諦無四聖諦則亦無有聲聞道果見四聖諦如是則證聲聞道果無聲聞果無住梵行又復有義偈言

非法非非法　世間法亦無　有自體則常　常則無因緣

此偈明何義若當如是離於因緣和合生者汝得多過以不得法及非法故一切世間法皆不可得何以故因緣和合生一切法以一切法皆從因緣和合而生若無因緣和合生者則一切法皆不可得又復自體不從因緣和合而生無因緣有則是常法何以故無因緣法則是常故彼若如是無住梵行又復汝法自有過失何以故世尊所說一切有爲皆悉無常彼何自體皆悉無常偈言

善不善無記　一切有爲法　如汝說則常

汝有如是過
此偈明何義若說善法有法自體不善無記亦如是說若如是者汝說一切有爲法常何以故法若無因無生住滅無生住滅非有爲法則一切法皆是無爲若說善等一切諸法皆有自體則一切法皆悉不空義不相應又復汝說偈言
諸法若無體　無體不得名　有自體有名唯名云何名
此偈我今答偈言
若人說有名　說言有自體　彼人汝可難語名我不實
此偈明何義若何人說名有自體彼人如是汝則得難彼人說言有體有名無體無名我不如是說有名體何以知之一切諸法皆無自體若無自體彼得言空彼若空者得言不實若汝有名有自體者義不相應又復有義偈言
若此名無者　則有亦是無　若言有言無汝宗有二失　若此名有者　則無亦是有若言無言有　汝諍有二失
此偈明何義若此名無如是宗失如其是有如是諍失我宗不爾有物有名無物無名如是諸法有自體者義不相應又復有義偈言
如是我前說　一切法皆空　我義宗如是則不得有過
此偈明何義我前以說一切法宗亦說名空汝取空名而有所說若一切法皆無自體名亦無體我如是說義宗無過我不說名有自體故又復汝說偈言

若離法有名　不在於法中　說離法有名
彼人則可難
此偈我今答偈言
若別有自體　不在於法中　汝慮我故說
此則不須慮
此偈明何義彼不須慮汝妄難我我則不遮諸法自體我不離法別有物取何人取法彼人須慮我不取法故不遮法云何有過若我取法有自體者則可難言汝不相應我不如是汝難太賒全不相當又復汝說偈言
法若有自體　可得遮諸法　諸法無自體
竟爲何所遮　如有瓶有泥　可得遮瓶泥
見有物則遮　見無物不遮
此偈我今答偈言
若有體得遮　若空得言成　若無體無空
云何得遮成
此偈明何義法若有者則可得遮法若無者則不得遮汝難我言一切諸法皆無自體實如汝言一切諸法皆無自體何以知之以汝遮法無自體成若遮諸法無自體成得言一切諸法皆空偈言
汝爲何所遮　汝所遮則空　法空而有遮
如是汝諍失
此偈明何義若一切法遮有自體若無自體彼得言空彼空亦空是故汝言有物得遮無物不遮義不相應又復有義偈言
我無有少物　是故我不遮　如是汝無理
枉横而難我
此偈明何義若我如是少有物遮汝得難我我無物遮如是無物我無所遮如是無遮一

切法空如是無物遮與所遮是故汝向如是難言何所遮者此汝無理枉横難我又復汝說偈言

若法無自體　言語何所遮　若無法得遮
無語亦成遮

此偈我今答偈言

汝言語法别　此義我今說　無法得說語
而我則無過

此偈明何義若汝說言無有言語亦成遮者隨何等法彼一切法皆無自體說彼諸法無自體語非此言語作無自體此我今答若說諸法無自體語此語非作無自體法又復有義以無法體知無法體以有法體知有法體譬如屋中實無天得有人問言有天得不答者言有復有言無答言無者語言不能於彼屋中作天得無但知屋中空無天得如是若說一切諸法無自體者此語不能作一切法無自體無但知諸法自體無體若汝說言若無物者則不得言法無自體以無語故不得成法無自體者義不相應又復汝說偈言

如愚癡之人　妄取燄爲水　若汝遮妄取
其事亦如是　取所取能取　遮所遮能遮
如是六種義　皆悉是有法　若無取所取
亦無有能取　則無遮所遮　亦無有能遮
若無遮所遮　亦無有能遮　則一切法成
彼自體亦成

此四行偈我今答汝偈言

汝說鹿愛喻　以明於大義　汝聽我能答
如譬喻相應

此偈明何義汝若說此鹿愛譬喻以明大義

汝聽我答如喻相應偈言
若彼有自體　不須因緣生　若須因緣者
如是得言空
此偈明何義若鹿愛中妄取水體非因緣生汝喻相當鹿愛因緣彼顚倒見顚倒見者以不觀察因緣而生如是得言因緣而生若因緣生彼自體空如是之義如前所說又復有義偈言
若取自體實　何人能遮迴　餘者亦如是
是故我無過
此偈明何義若鹿愛中取水體實何人能迴若有自體則不可迴如火熱水濕空無障礙見此得迴如是取自體空如是如是餘法中義應如是知如是等如取無實餘五亦爾若汝說彼六法是有如是得言一切餘法皆不空者義不相應又復汝說偈言
汝因則不成　無體云何因　若法無因者
云何得言成　汝若無因成　諸法自體迴
我亦無因成　諸法有自體　若有因無體
是義不相應　世間無體法　則不得言有
此偈我今答偈言
此無因說者　義前已說竟　三時中說因
彼平等而說
此偈明何義如是大義於前已說此則無因應如是知如是論義前因已說遮六種迴彼前論義今於此說又復汝說偈言
前遮後所遮　如是不相應　後遮若俱並
如是知有體
此偈我今答偈言
若說三時因　前如是平等　如是三時因

與說空相應

此偈明何義若遮此因三時言語此先已答應如是知何以故因平等故如遮三時彼不相應彼語亦在遮所遮中若汝意謂無遮所遮猶故得遮我已遮竟此三時因與說空人言語相應又復云何先已說竟如向偈言

我無有少物　是故我不遮　如是汝無理枉橫而難我

若汝復謂三時遮成見前時因見後時因見俱時因彼前時因如父以子後時因者如師弟子俱時因者如燈以明此我今說此不如是前說三種彼三種中一一復有三種過失此前已說復次第遮汝立宗失如是等自體遮成偈言

若人信於空　彼人信一切　若人不信空彼不信一切

此偈明何義若人信空彼人則信一切世間出世間法何以故若人信空則信因緣和合而生若信因緣和合而生則信四諦若信四諦彼人則信一切勝證若人能信一切勝證則信三寶謂佛法僧若信因緣和合而生彼人則信法因法果若人能信法因法果彼人則信非法因果若人能信法因法果信非法因信非法果則信煩惱煩惱和合煩惱法物彼人如是一切皆信如是前說彼人則信善行惡行若人能信善行惡行彼人則信善惡行法若人能信善惡行法則知方便過三惡道彼人如是能信一切世間諸法如是無量不可說盡

空自體因緣　三一中道說　我歸命禮彼

無上大智慧

釋迴諍論偈義已竟

作此論者阿闍梨龍樹菩薩摩訶薩一切論義皆能解釋

迴諍論

音釋

鄴 魚怯切地名 萇 宜郎切長國名 齗 語斤切齒根也 蕃 甫元切

叵 普火切不可也 賒 或車切遠也

如實論

陳三藏法師真諦譯

清刻龍藏佛說法變相圖

如實論

天親菩薩造

陳三藏法師眞諦譯

反質難品中無道理難品第一

論曰汝稱我言說無道理若如此者汝言說亦無道理若汝言說無道理我言說則有道理若汝言說有道理稱我言說無道理者是義不然復次無道理者自體中有道理是故無有無道理若自體中無道理者無道理亦應無是故汝說我無道理是義不然又若汝稱我言說無道理自顯汝無智何以故無道理者則無所有言說者與無道理爲一爲異若一者言說亦無汝云何稱我言說無道理若異者言說有道理汝復何故稱我言說無道理耶復次言說自相破故汝難言說共我

言說爲同時爲不同時同時者則不能破我言說譬如牛角馬耳同時生故不能相破若不同者汝難在前我言在後我言未出汝何所難是故不成難若我言在前汝難在後我言已成復何所難若同時者我言汝難是難是可難不可分別譬如江水海水同時和合不可分別又汝難爲難自義爲不難自義若難自義自義自壞我言自成若不難自義難則不成就何以故於自義中不成就難故若成就者自義則壞他義則成復次汝稱我言說無道理者非是言說若是言說不得無道理有言說無道理此二相違譬如童女有兒若是童女不得有兒若有兒則非童女童女有兒此二相違是故稱有言說無道理是義不然復次與證智相違故汝聞我言說而稱無道理者若汝已聞則爲證智所成就證智力大汝言則壞譬如有人說聲不爲耳識得耳識既得聲爲證智所成就證智力大此言則壞復次與比智相違故若汝稱我有言說比智所得則知有道理若無道理言說亦無若有言說知有道理譬如有人說聲常住從因生故一切從因生者則無常住譬如瓦器從因生故不得常住聲若從因生不得常住若常住者不得從因生無常住者比智所成就比智力大常住則壞有道理者若有言說則有道理有道理者比智所成就無道理者則壞復次與世間相違故汝稱我言說無道理是語與世間相違何以故於世間中立四種道理一因果道理二相待道理三成就道理四如如道理因果道理者如種子與芽相

待道理者如長短父子成就道理者如五分言成就義如如道理者有三種一無我如如二無常如如三寂靜如如於世間中言説爲果道理爲因世間中若見果則知有因若見言説則知有道理汝稱我言説無道理是義與世間相違若有言説無道理者無有是處汝稱我言説異不相應故我今共汝辯決是處若人説異則有過失汝自立義與我義異則是自説則是異説是故汝得過失若汝義異我自説則異過失有汝不關於我若不異汝則同我則無有異汝説我異此是邪語復次異與異無異是故無異若異與異異則不是異譬如人與牛異人不是牛若異與異無異則是一若一則無有異汝何故説我爲異復次是道理者我於汝道理中共諍故我説有異若汝與我不異者則不與汝異諍我説汝義故若一切所説異者汝亦有所説是故汝説異過失在汝若汝説不説異者我亦説不説異汝言我説異是義不然汝是邪語餘義如前説汝稱我説義不成就我今共汝辯決是處若説不成就者是所説不成就若所説不成就則不得説若不得説者汝云何説我所説不成就若得説所説則應成就汝説不成就是義不然若一切所説不成就者汝説難難不是難則不成就若汝説難非不成就者我説亦如是非不成就汝説我不成就是義不然不成就者於自體中成就是故無不成就若不成就於自體中無有成就者亦應無有不成就者若有成就則無有不成就是故汝説我不成就無有是處若汝説不誦

我難則不得我意若不得我意則不得難我我今共汝辯決是處若未誦我難則不得說汝難汝爲誦難能難爲未誦難而難若汝不誦而得說難者我亦不誦而得說難若汝誦難得說難者則恒誦難何以故難中復生難難則無窮無有不誦難時無有得說難時復次後難名更有難名若誦此難名故得說難名不誦不得說難名者但得後誦前難名次難名未得誦第三方得誦第二難名第四方得誦第三難名如是則恒誦無盡若汝今不誦而得說難名者初難名亦應不誦而得說難名若初難名不誦不得說難名者第二亦應不誦難名得說難名第二不誦難名得說難名者初亦應不誦難名得說難名而今初難名必須誦方得說難名第二難名亦應必須誦方得說難名不應不誦而說復次若不誦難而說難則墮負處汝不誦自難汝說難亦墮負處若汝不誦難而說難不墮負處者我亦不誦難而說難亦不墮負處復次若汝言說難我我皆當誦我難難汝汝皆當誦唯得互相領誦則不得別立難若恒相領誦則失正義譬如兩船相繫大水若至相牽去來復次汝言皆是音聲出口則失滅云何得誦我語音聲既是失滅之法不得重還故不得重誦若音聲在則不能誦以其常聲故若言失滅則無所誦以其無故若音聲已失滅汝令我誦稱是汝言是邪思惟汝說我語前破後我今共汝辯決是處若我說前破後是道理何以故我語前汝語後若我語破後語我義則勝汝語則壞復次若汝說一切語前破

後汝亦出語前應破後若汝語前不破後我出語前亦不破後復次前破後者於自體無前破後若於自體有前破後則前後俱無是故汝說前破後是語不然若於自體無前破後無有因故前破後亦是無汝說我語前破後是邪思惟汝說我說別因我今共汝辯決是處若人捨前因立別因墮負處者汝則墮負處何以故汝亦捨前因立別因故若汝立別因不墮負處我亦如是復次我所說因與汝所說因異若我說異因則是我道理若不說異因我則說汝因非是對治相違便同汝說汝說我說異因是邪思惟若我同汝立因汝破我因則破汝自因復次若一切語是別因汝亦出語則是別因是故汝墮負處若汝出語不墮負處汝說我立因墮負處是義不然若汝說我說別義今共汝辯決是處我所立義與汝義異即是道理我今與汝對治相違是故說別義若汝思惟我義與汝義不異我義則不與汝義對治相違若汝破我義則是自破復次異義於自體中無異義異義則是無若異義於自體中有異義異義亦是無是故汝稱我說異義是義不然復次若一切所說是異義汝有所說亦應是異義若汝有所說不說是異義汝說一切所說是異義是義不然汝說我今語猶是前語無異語者我今共汝辯決是處我立義與汝立義對治相違若我說自立義對治汝義是正道理何以故我一切處說爲破汝義是故我說無有異若我應說異義者汝立義與我義異若我說異義則說汝義則不共汝相違汝難我則是

難自義復次如我前說聲無常此語自滅自盡今更別出語汝說我說前語是邪思惟復次若汝說我所說無異若我說異則是異若我說不異則是不異若我說是不得成是汝說我無異是義不然若汝言一切所說我皆不許我今共汝辯決是處汝說不許一切此語爲入一切數爲不入一切數若入一切數汝則自不許汝所說若自不許者我義則是汝所許我義自成汝言便壞若不入一切數者則無一切若無一切汝不許一切若不許一切我義便非汝不許我義亦成汝言終壞

反質難品中道理難品第二

論曰難有三種過失一顛倒難二不實義難三相違難若難有此三種過失則墮負處

一顛倒難者立難不與正義相應是名顛倒難顛倒難有十種一同相難二異相難三長相難四無異難五至不至難六無因難七顯別因難八疑難九未說難十事異難一同相難者對物同相立難是名同相難論曰聲無常因功力生無中間生故譬如瓦器因功力生生已破滅聲亦如是故聲無常是義已立外曰若聲無常與器同相者聲即常住與空同相故是故如空聲亦常住同相者同無身故論曰復次聲無常因功力生無中間生故若物常住不因功力生譬如虛空常住不因功力生聲不如此是故聲無常此義已立外曰若聲與常住空不同相故是故聲無常則何所至若與空同相聲即是常同相者是無身是故常論曰此二難悉是顛倒不成難何以故決定一味法立爲因顯一切物因功力

生故無常是顯無常因決定一味是故無常不動欲顯其同類故說瓦器等譬外依不決定一味立難云若汝依同相立聲無常義我亦依同相立聲常義若汝義成就我義亦成就論曰汝難不如何以故汝立因不決定常無常徧顯故我立因三種相是根本法同類所攝異類相離是故立因成就不動汝因不如是故汝難顛倒若汝立因同我因者汝難則成正難若無常立義難常義是難成就何以故立常因難立無常因極不能顯無常顛倒過失常因不決定一味故無常因決定一味故二異相難者對物不同相立難是名異相難論曰聲無常何以故因緣所生故若有物依因緣生即是無常譬如虛空虛空者常住不依因緣生聲不如是是故聲無常外曰

若聲與常住空不同相故無常復何所至若與瓦器不同相聲即常住不同相者聲無身瓦器有身是故瓦器無常聲則是常論曰聲無常依因緣生故譬如瓦器依因緣生故無常聲亦如是外曰若汝立聲無常與瓦器同相者復何所至聲即常住與瓦器不同相故不同相者聲無身瓦器有身故論曰此兩難悉顛倒何以故我立無常因決定一味故汝立常因不決定一味常無常徧顯故是故不定因不能難決定因我立因者是依因緣生故聲無常是因是根本法同類所攝異類相離具足三相故不可動汝立因者是無身故聲常住是因根本法同類異類所攝是故不成因三長相難者於同相顯別相是名長相難論曰聲無常因功力生故譬如瓦器是故

聲無常外曰汝立聲與瓦器同相因功力生故別有所以一可燒熟不可燒熟二爲眼所見不爲眼所見等如是別聲與瓦器各有所以聲因功力生常住瓦器因功力生無常是故聲常住論曰是難顛倒何以故我立因與無常不相離與常相離顯此因爲無常比智譬如爲火比智顯煙煙者與火不相離是故我立因成就不可動汝顯別聲不可燒熟是故常者欲瞋苦樂風等不可燒熟而是無常是故不可燒熟不可立爲常因不爲眼所見者亦不可立爲常因何以故欲瞋苦樂風等亦不爲眼所見而是無常汝因同類異類所攝是故不成若汝因與我因同能難我立義我立義者依三種相因是故不同不同者汝說同是故汝難顛倒四無異難者顯一切同相故立一切無所以是名無異難論曰聲無常依因緣異故聲即異譬如燈若炷大明大炷小明小是義已立外曰若依同相瓦器等無常聲亦如是者則一切物與一切物無異何以故一切物與異物有同相故何者同相有一可知等是名同相若有同相一切物與別物異者聲亦如是與瓦器等有同相聲是常瓦器等無常何以故一切於有等同相中有自性異故如燈聲人馬若依同相比知則不成就論曰是難顛倒何以故於一切物有等同相我亦不捨我檢有別同相具足三相者立無常義說此爲無常因不取唯同相若不如是思擇道理則無別有道理何以故無有一物與異物不同不別是故若有同相則同類所攝一切異類相離若取此立因是因

成就唯同相立因則不成就是故顛倒復次論曰聲無常依因縁生故譬如瓦器等是故聲無常外曰因與立義二無無異何以故依因生是何義因未和合聲未生未生故無有是其義聲無常是何義聲未生得生生巳即滅滅故無有是其義因與立義同無有故論曰是難顛倒何以故我立義無有是壞滅無有我立因無有是未生無有未生無有者一切世間多信故成就立爲無常因滅壞無有者僧佉等不信故不成就爲令成就故立爲義若取成就立義不成就爲因汝難則勝不顛倒我説一切物前世未有後世見無是故聲前世是無後世亦無若前世無汝不信者汝自思惟若前世有聲而無礙者何故耳不聞耶是故汝知前世無猶如蛇足有人競勝心不能成就義意欲成就而無道理是義應捨五至不至難者因爲至所立義爲不至所立義若因至所立義則不成因因若不至所立義亦不成因是名至不至難外曰若因至所立義共所立義雜則不成立義譬如江水入海水無復江水因亦如是故不成因若所立義未成就因不能至若至所立義已成就用因何爲是故因不成就若因不至所立義者則同餘物不能成因是故因不成就若因不至則無所能譬如火不至不能燒刀不至不能斫論曰是難顛倒因有二種一生因二顯不相離因汝難若依生因則成難若依顯因則是顛倒何以故我説因不爲生所立義爲他得信能顯所立義不相離故立義已有於立義中如義智未起何以故愚癡故是故

說能顯因譬如已有色用燈顯之不爲生之是故難生因於顯因中是難顛倒六無因難者於三世說無因是名無因難外曰因爲在所立義前世爲在後世爲同世耶若因在前世立義在後世者立義未有因何所因若在後世立義在前世者立義已成就復何用因爲若同世俱生則非是因譬如牛角種芽等一時而有不得言左右相生是故同時則無有因論曰是難顛倒何以故前世已生依因爲生譬如然燈爲顯已有物不爲生未有物汝以生因難我顯因是難顛倒不成就若汝難言是因若是顯因智慧未有是因是因是誰因是故不成顯因若作如此難者未得因名乃至事未有若事成有即得因名是能顯事是時得因名是言在前未得因名在後方得因名若說因前事後則無過失有人難言若如此者事不從因生此亦不成難何以故是前物於後得因名若物已滅後事生者此難成就既不如此前有未得名後有方得名是故果從因生七顯別因難者依別因無常法顯故此則非因是名顯別因難外曰若依功力聲無常者若無功力處即應是常如雷光風等不依功力生亦爲無常所攝是故立無常不須依功力功力非因故若是因者離功力餘處應無無常譬如離火立煙煙是火正因煙與火不相離故功力則不如此是故不成因復次功力不能立無常義何以故不徧故依功力生若徧者得立無常若不徧者則不得立無常譬如有人立義一切樹有神識何以故樹能眠故譬如尸利沙樹有人難

言樹神識不成就何以故因不徧故一尸利沙樹眠餘樹不眠是眠不徧一切樹是故眠不能立一切樹有神識依功力生亦如是不徧一切無常故是故不能立無常論曰是難顛倒我說不如此不說依功力生是因能顯一切無常餘因不能若有別因能顯無常我則歡喜我事成故我立因亦能顯餘因亦能顯我立義成就譬如依煙知火若言見光火亦成就我義亦如是依功力生能顯無常若別有因能顯無常無常義亦成就是故汝難顛倒不如我意難故若我說一切無常依功力生者汝可難言依功力生是因不徧故不成就此難則勝我說聲等有依功力生者悉是無常不說一切無常皆依功力生是故汝難顛倒八疑難者於異類同相而說疑難論曰聲無常依功力生故若有物依功力生是物無常譬如瓦器是義已立外曰已生依功力得顯譬如根水等依功力得顯非依功力得生聲亦如是是故立依功力因不定未生已生中有故故依此因於聲起疑此聲定如何爲如瓦器未生得生爲如根水已有得顯故非決定若依此生因起疑當知非是立義因何以故能生能顯故論曰是難顛倒何以故我不說聲依功力得顯我說聲依功力得生是故聲無常汝何所難若汝言功力事有二種一生二顯生者瓦器等顯者根水等聲是功力事是故於中起常無常疑是義不然何以故根水等非是功力事故若汝言根水顯了功力事是亦不難我義何以故顯了未生依功力得生是故功力事一種同是無常

故汝難不然若汝又顯功力事有二種無常瓦器生是無常瓦器滅是常聲亦如是是疑亦不然何以故不成就故若汝瓦器滅是有於滅中有有故滅義則無有若滅中無有即是滅無有何以故無體故若汝說如闇闇中無光故有闇滅亦如是滅中無有故有滅是義不然空華石女兒兎角等中無有是則應有若汝不許空華等有瓦器滅亦如是不可說有是故功力事一種同是無常故汝疑不然汝不信爲汝得信故我說了因聲無常何以故前世無障依功力得顯生故是故知聲無有譬如瓦器汝立依功力所得功力所造二義有異是義不然何者爲義一切依功力所得即是無常何以故未生得生巳生滅故是故根水等亦如是無常何用汝立顯了爲常九未說難者未說之前未有無常是名未說難論曰義本如前外曰若說依功力言語爲因聲無常者則何所至未說依功力言語前聲是常是義得至前世聲巳常云何今無常論曰是難顛倒何以故我立因爲顯義不爲生不爲滅若我立因壞滅汝難則勝若汝難我未說前未了聲無常是難相似若以壞滅因難我是難顛倒十事異難者事異故如瓦器聲不如是是名事異難論曰聲無常依因緣生故譬如瓦器是義巳立外曰聲事異瓦器事異在事既異不得同是無常論曰是難顛倒何以故我不說與器同事故聲無常我說一切物同依因得生故無常不關同事譬如瓦器故聲無常煙是異物而能顯火瓦器亦如是能顯聲無常復欲他人說事異難

有別所以說聲常住依空故空是常住若別有物依空物即常住譬如隣虛圓隣虛常住圓依隣虛圓即常住聲亦如是依空故常住復次聲常住何以故耳所聞故譬如聲同異性耳所執故常住聲亦如是是故常住是異立義鞞世師曰若常住由因得立因事故即無常是故聲無常論曰是難顛倒何以故我不說因生無常我說因顯無常他人未知爲他得知我立因是了因非是生因汝依生因難是難顛倒復次論曰汝所說是立義亦是難於我不許何以故我等不信樂常住義是故我說是義此十種名同相等顛倒難故以顛倒立其過失若有難與此相似即墮顛倒難中

二不實義難者妄語故不實妄語者不如義無有義是名不實義難不實義難有三種一顯不許義難二顯義至難三顯對譬義難一顯不許義難者於證見處更覓因是名顯不許義難論曰聲無常何以故依因緣生故譬如瓦器是義已立外曰我見瓦器依因緣生何因令其無常若無因立瓦器無常者聲亦應不依常因得常論曰是難不實何以故已了知不須更以因成就現見瓦器有因非恒有何須更覓無常因是故此難不實二顯義至難者於所對義此義義至是名義至難論曰無我何以故不可顯故譬如石女兒此義已立外曰是義義至若可顯定有不可顯定無者可顯或有或無不可顯亦應如是譬如火輪陽燄乾闥婆城是可顯而不能立有若可顯不能定立有則不可顯不能定立無論

曰是難不實有何道理是義義至不可顯物畢竟不有是義不至可顯物者有二種有義至有非義至有義至者若有雨必有雲若有雲則不定或有雨或無雨由煙知火於此中不必有義至若見煙知有火無煙知無火是義不至何以故於赤鐵赤炭見有火無煙是顯物義至難不實復次唯有色名火輪名陽餤名乾闥婆城以根迷心倒故於現世有後世無唯色實有根迷心倒或時見有汝說可顯物不定有是難不實復次我以石女兒為喻定判此義處不可顯畢竟不動是物決定無有譬如石女兒處不可顯動非是義譬不可顯者於隣虛等處或顯或不顯對汝義至我說義至處可顯畢竟不動是物定有於火輪等思惟輪不定輪不定者轉時有住時無是故非是義至汝取非義至作義至對是難不實復次有餘人說義至難若聲與瓦器同相故聲無常以義至故若不同相則應是常不同者聲耳所執無身瓦器眼所執有身旣不同相故聲是常論曰若如此難同相難義至難無別體故我不許三顯對譬義難者對譬力故成就義是名對譬義難外曰若無常器同相故聲無常者我亦顯常住空常住空同相故聲常住若常同相不得常者無常同相何故無常論曰是難不實何以故唯無有物名空若有物常住此譬則成難亦是實旣無有物常住空無有物不可說常不可說無常此難不成譬非譬為譬故此難不實若人信有物名空即是常住是顛倒難非實義難何以故無身不定故空無身常住心苦樂欲

等無身而是無常聲既無身爲如空是常爲如心等是無常耶無身不定不得成因故此難顛倒復次聲無常有因故若物有因即知無常譬如瓦器等是義已立外曰是義可疑何以故器生有因是無常器滅有因是常聲既有因故於聲起疑爲同器生有因無常爲同器滅有因是常論曰是難不實何以故無有實物而名滅者皆從杖等打物壞滅故得常名復次聲無常何以故根所執故譬如瓦器是義已立外曰此亦可疑根所執如同異性則應是常聲根所執如同異性聲應是常若如同異性非是常者若如瓦器不應無常論曰是難不實何以故牛等同異性若實有離牛等應有別體可執可見離牛同異性不可執不可見無別體故知無常復次無我何以故不可顯故譬如蚝耳是義已立外曰海水滴量雪山斤兩是有而不可顯我亦如是是有而不可顯是故不可顯因不得立無我論曰數量與聚無別體是故數量聚次第而現有若干若干是數量爲攝持念故作一十百千萬等名水滴量山斤兩既無別體故非實有若有別難與此難同相者立其過失名不實義難

三相違難者義不並立名爲相違譬如明闇坐起等不並立是名相違難相違難有三種一未生難二常難三自義相違難一未生難者前世未生時不關功力則應是常是未生難外曰若依功力聲無常者未生時未依功力聲應是常論曰是難相違何以故未生時聲未有未有云何常若有人說石女男兒黑

女兒白此義亦應成就若不有不得常若常不得不有不有而常則自相違此難與義至難不實難相似何以故非是實難故依功力聲無常是義已立是義義至得若不依功力則應是常此義不實何以故不依功力者有三種常無常不有常者如虛空無常者如雷電等不有者如空華等此三種悉不依功力而汝偏用一種為常是故不實二常難者常無常故是聲常是名常難外曰於無常處常有無常一切法不捨性故無常中有常依無常故得常論曰是義相違何以故若已無常云何得常若有人說闇中有光此語亦應成就若不爾汝難則相違不實何以故無有別法名無常於無常處相應更立為常無常者無別體若物未生得生已生而滅名為無常

若無常不實依無常立常常亦不實三自義相違難者若難他義而自義壞是名自義相違難論曰聲無常依因緣生故譬如芽等是義已立外曰若因至無常則同無常若不至無常不能成就無常此因則不成因論曰汝難若至我立義與我立義同則不能破我義若不至我立義亦不能破我義汝難則還破汝義復次外曰若因在前立義在後立義未有此是何因若立義在前因在後立義已成因何所用此亦不成因論曰若汝難在前我立義在後我義未有汝何所難若我立義在前汝難在後我義已立汝難復何用若汝言汝已信我難故取我難更難我若作此說是亦不然何以故我顯汝難還破汝義不依汝難以立我義若有別難與此難同相者立其

過失名相違難論曰正難有五種一破所樂義二顯不樂義三顯倒義四顯不同義五顯一切無道理得成就義外曰有我何以故聚集爲他故譬如卧具等爲他聚集眼等根亦如是爲他聚集他者我故知有我論曰無我何以故是不可顯故若有物定不可顯是物則無譬如非自在人第二頭第二頭者於色香等頭相貌中不可思惟分別是故定無我亦如是於眼等根中分別不顯是故定無汝說我有是義不然是名破所樂義復次若汝說我相不可分別而是有者第二頭不可分別亦應是有若汝不信第二頭是有我亦如是汝不應信是名顯不樂義復次汝若意謂二種同不可分別不依道理說我是有不說第二頭是有者我亦不依道理說第二頭是有不說我是有是義應成若我義不成汝義亦不成是名顯倒義復次若汝言我與第二頭同不可分別而不同無不同過失墮汝項上譬如有人說如是言石女女兒有莊嚴具石女男兒無莊嚴具此語亦應成就若作此說墮不同過失中汝亦如是是名顯不同義復次若汝言不依道理定有我不依道理定無第二頭此言得成就者一切顛狂小兒無道理語亦應成就譬如虛空可見火冷風可熱等並是顛狂之言不依道理如汝所立亦得成就若不成就汝義亦如是是名顯一切無道理得成就義

反質難品中墮負處品第三

論曰墮負處有二十二種一壞自立義二取異義三因與立義相違四捨自立義五立異

因義六異義七無義八有義不可解九無道理義十不至時十一不具足分十二長分十三重說十四不能誦十五不解義十六不能難十七立方便避難十八信許他難十九於墮負處不顯墮負二十非處說墮負二十一爲悉檀多所違二十二似因是名二十二種墮負處若人墮一一負處則不須復與論義

一壞自立義者於自立義許對義是名壞自立義外曰聲常何以故無身故譬如虛空是義已立論曰若聲與空同相故是常者若不同相則應無常不同相者聲有因空無因聲根所執空非根所執是故聲無常外曰若同相若不同相我悉不檢我說常同相若有常同相則是常論曰常同相者不定無身物亦有無常如苦樂心等是故汝因不成就不同相者定顯一切無常與常相離是故能立無常外曰我亦信無常有因常無因是名壞自立義墮負處

二取異自立義者自義已爲他所破更思惟立異法爲義是名取異自立義外曰聲常何以故無觸故譬如虛空是義已立論曰若汝立聲常依無觸因無觸因者不定心欲瞋等並無觸而是無常聲亦無觸是故不可定如虛空等常不如心等無常無觸既不定汝因則不成就因若不成就立義亦不成就是義已破外曰聲及常並非我義我所立義常與聲相攝聲與常相攝我所說聲爲除色等我所說常爲除無常等常不離聲離色等聲不離常離耳所執等不相離名相攝是我立義我不立聲亦不立常汝難聲難常並不難我義是名取異自立義墮負處三

因與立義相違者因與立義不得同是名因與立義相違外曰聲常住何以故一切無常故譬如虛空是義已立論曰汝說一切無常是故聲常者聲爲是一切所攝爲非一切所攝若是一切所攝一切無常聲應無常若非一切所攝一切則不成就何以故不攝聲故若汝說因立義則壞若說立義因則壞是故汝義不成就是名因與立義相違墮負處四捨自立義者他已破自所立義捨而不救是名捨自立義外曰聲聲常住何以故根所執故譬如同異性者根所執故常聲亦根所執是故常住是義已立論曰汝說聲根所執故常住根所執者與無常相攝譬如瓦器等瓦器等根所執故無常聲應無常汝說如同異性常是義不然何以故牛等同異性爲與牛一爲與牛異若一牛是實同異性不實若異離牛同異性自體應可顯離牛既不見同異性不成常住譬汝立義不得成就是義已破外曰誰立此義是名捨自立義墮負處五立異因義者已立同相因義後時說異因是名立異因義外曰聲常住何以故不二時顯故一切常住皆一時顯譬如虛空等聲亦如是是義已立論曰汝說聲常住不二時顯譬如虛空等是因不然何以故不二時顯者不定常住譬如風與觸一時顯而風無常聲亦如是外曰聲與風不同相風身根所執聲耳根所執是故聲與風不同相論曰汝前說不二時顯故聲常住汝今說聲與風不同相別根所執故汝捨前因立異因是故汝因不得成就是名立異因義墮負處六異義者說證義

與立義不相關是名異義外曰聲常住何以故色等五陰十因緣是名異義七無義者欲論義時誦呪是名無義八有義不可解者若三說聽衆及對人不解是名有義不可解若人說法聽衆及對人欲得解三說而悉不解譬如有人說塵無身生歡喜生憂惱不至而有損益捨彌多不捨則滅聲常住何以故無常常故是名有義不可解墮負處九無道理義者有義前後不攝是名無道理義譬如有人說言食十種果三種氈一種飲食是名無道理十不至時者立義已被破後時立因是名不至時外曰聲常住何以故譬如隣虛圓依常住故圓常住聲亦如是論曰汝立常義不說因立五分言不具足汝義則不成就此義已破外曰我有因但不說名何者爲因依常住空故論曰譬如屋被燒竟更求水救之非時立因救義亦如是是名不至時十一不具足分者五分義中一分不具是名不具足分五分者一立義言二因言三譬如言四合譬言五決定言譬如有人言聲無常是第一分何以故依因生故是第二分若有物依因生是物無常譬如瓦器依因生故無常是第三分聲亦如是是第四分是故聲無常是第五分是五分若不具一分是名不具足墮負處十二長分者說因多說譬多是名長分譬如有人說聲無常何以故依功力生無中間生故根所執故生滅故作言語故是名長因復次聲無常依因生故譬如瓦器譬如衣服譬如屋舍譬如業是名長譬論曰汝說多因多譬若一因不能證義何用說一因若能證

義何用說多因多譬亦如是多說則無用是名長分十三重說者有三種重說一重聲二重義三重義至重聲者如說帝釋帝釋重義者如說眼目重義至者如說生死實苦涅槃實樂初語應說第二語不須說何以故前語已顯義故若前語已顯義後語何所顯若無所顯後語則無用是名重說十四不能誦者若說立義大衆已領解三說有人不能誦持是名不能誦十五不解義者若說立義大衆已領解三說有人不解義是名不解義十六不能難者見他如理立義不能破是名不能難論曰不解義不能難是二種非墮負處何以故若人不解義不能難不應與其論義論曰是一種極惡墮負處何以故於餘墮負處若言說有過失可以別方便救之此二種非方便能救是人前時起聰明慢後時不能顯聰明相是愚大可恥是名不能難十七立方便避難者知自立義有過失方便隱避說餘事相或言我自有疾或言欲看他疾此時不去事則不辦遮他立難何以故畏失親善愛念故是名立方便避難墮負處十八信許他難者於他立難中信許自義過失是名信許他難若有人已信許自義過失信許他難如我過失汝過失亦如是是名信許他難十九於墮負處不顯墮負者若有人已墮負處而不顯其墮負更立難欲難之彼義已壞何用難爲此難不成就是名於墮負處不顯墮負二十非處說墮負者他不墮負處說言墮負是名非處說墮負復次他墮壞自立義處若取自立異義顯他墮負而非其處是名非處

說墮負處二十一爲悉檀多所違者先已共攝持四種悉檀多後不如悉檀多理而說是名爲悉檀多所違若自攝持明巧書射與生因律沙門悉檀多不如理說是名爲悉檀多所違墮負處二十二似因者如前說有三種一不成就二不定三相違是名似因一不成就者譬如有人立馬來何以故見有角故馬無角角爲因不成就不能立馬來二不定者譬如有人立㹝牛來何以故見有角故有角不定牛羊鹿等亦有角角爲因不定不能立㹝牛來三相違者譬如有人立晝時是夜何以故日新出故日新出與夜相相違日出爲因不能立夜若人立此三種爲因是名似因墮負處

如實論

音釋

氈（諸連切）　㹝（匠鄰切牛名）

寶行王正論

陳天竺三藏法師眞諦譯

清刻龍藏佛說法變相圖

寶行王正論

陳天竺三藏法師真諦譯

安樂解脫品第一

解脫一切障　圓德所莊嚴　禮一切智尊
衆生真善友　正法決定善　爲愛法大王
我當說由法　流注法器人　先說樂因法
後辯解脫法　衆生前安樂　次復得解脫
善道具名樂　解脫謂惑盡　略說此二因
唯信智二根　因信能持法　由智如實了
二中智最勝　先藉信發行　由癡貪瞋怖
而能不壞法　當知是有信　吉祥樂名器
已能熟簡擇　身口意三業　恒利益自他
說爲有智人　殺生盜邪淫　妄言及兩舌
惡罵不應語　貪瞋與邪見　此法名十惡
翻此即十善　離酒清淨命　無逼惱心施

供養所應敬　略說法當爾　若但行苦行
決不生善法　以離智悲故　若唯有苦行
不能除損他　與救濟利益　施戒修所明
正法大夷路　若棄行邪道　自苦受牛罰
是生死曠澤　無飲食樹陰　惑狼所食噉
長遠於中行　因殺生短壽　逼惱招多病
由盜致乏財　侵他境多怨　妄語連誹謗
兩舌親愛離　惡口聞不愛　綺語他憎嫉
由貪害所求　瞋恚受驚怖　邪見生僻執
飲酒心訥亂　不施故貧窮　邪命逢欺誑
不恭生卑賤　嫉妬無威德　慳恨形色醜
不問聽故癡　此報在人道　先已受惡趣
殺生等罪法　如所說果報　無貪等及業
說名善習因　惡修及諸苦　皆從邪法生
諸善道安樂　皆因善法起　常離一切惡
恒行一切善　由身口意業　應知此二法
由一法能脫　地獄等四趣　第二法能感
人天王富樂　由定梵住空　得受梵等樂
如是略說名　樂因及樂果　復次解脫法
微細深難見　無耳心凡夫　聞則生驚怖
我無當不生　現來我所無　凡人思此畏
智者怖求盡　世間我見生　他事執所繫
佛由至道證　依悲為他說　我有及我所
此二實皆虛　由見如實理　二執不更生
諸陰我執生　我執由義虛　若種子不實
芽等云何真　若見陰不實　我見則不生
由我見滅盡　諸陰不更起　如人依淨鏡
得見自面影　此影但可見　一向不真實
我見亦如是　依陰得顯現　如實撿非有
猶如鏡面影　如人不執鏡　不見自面影

如此若析陰　我見即不有　因聞如是義
大淨命阿難　即得淨法眼　恒爲他說此
陰執乃至在　我見亦恒存　由有我見故
業及有恒有　生死輪三節　無初中後轉
譬如旋火輪　生起互相由　從自他及二
三世不有故　證此我見滅　次業報亦然
如此見因果　生起及滅盡　故不執實有
世間有及無　愚人聞此法　能盡一切苦
由無智生怖　於無怖畏處　涅槃處無此
汝云何生怖　如所說實空　云何令汝怖
解脫無我陰　汝若愛此法　捨我及諸陰
汝云何不樂　無尚非涅槃　何況當是有
有無執淨盡　佛說名涅槃　若略說邪見
謂撥無因果　此令非福滿　惡道因最重
若略說正見　謂信有因果　能令福德滿

善道因最上　由智有無寂　超度福非福
故離善惡道　佛說名解脫　若見生有因
智人捨無執　由見滅共因　是故捨有執
先俱生二因　實義則非因　假名無依故
及生非實故　若此有彼有　譬如長及短
由此生彼生　譬如燈與光　先長後爲短
不然非性故　光明不生故　燈亦非實有
如此因果生　若見不執無　已信世眞實
由亂心所生　見滅非虛故　即證得眞如
是故不執有　不依二解脫　色是遠所見
若近最分明　鹿渴若實色　云何近不見
若遠於實智　即見世間有　證實則不見
無相如鹿渴　如鹿渴似水　非水非實物
如此陰似人　非人非實法　計鹿渴爲水
往彼若飲此　若無執爲水　如此人愚癡

世間如鹿渴　若執實有無　此即是無明
癡故無解脫　執無墮惡趣　執有生善道
若能知如實　不二依解脫　不樂有無執
由擇眞實義　若墮於無執　何不說墮有
若言由破有　義至故墮無　如此破無故
云何不墮有　無言行及心　由依菩提故
若說彼墮無　何因不墮有　僧佉鞞世師
尼揵說人陰　約世汝問彼　若說過有無
是不可言法　以過有無故　汝應知甚深
佛正教甘露　如曉無去來　亦無一念住
若體過三世　何世爲實有　二世無去來
現在實不住　世生及住滅　此言云何實
若恒有變異　何法不念滅　若無念念滅
云何有變異　若言念念滅　分具分滅故
不等證見故　此二無道理　若念滅皆盡
云何有故物　若堅無念滅　故物云何成
如刹那後際　前中際亦有　由刹那三分
故世念無住　是一念三際　應擇際如念
前中後三際　不由自他成　非一多分故
若無分何有　離一多云何　離有何法無
由滅及對治　若言有成無　此無及對治
何法有無故　是故世涅槃　由義不成有
世間有後際　他問佛默然　是尊一切智
故智人識佛　由此甚深法　不說非器處
如此解脫法　甚深無繫攝　諸佛一切智
故說無依底　於無依著法　過有無二邊
世人愛依著　由癡驚怖失　彼自失壞他
怖畏無依處　王願汝不動　莫由彼自壞
爲汝成不壞　我當說眞理　由依無倒合
離有無二執　此過福非福　甚深義明了

非身見怖空　二人境當說　四大及空識
一聚俱非人　若合離非人　云何執人有
如六界非人　聚故虛非實　一一界同然
由聚故非實　陰非我我所　離陰我不顯
不如薪火雜　何依陰成我　地界非三大
地中亦無三　三中亦無地　相離互不成
地水火風大　各自性不成　一離三不成
三離一亦爾　一三及三一　相離若不成
各各自不成　彼相離云何　若各離自成
離薪何無火　動礙及相聚　水風地亦然
若火自不成　三云何各立　三大緣生義
相違云何成　若彼各自成　云何更互有
若各自不成　云何互成有　若言不相離
諸大各自成　不離則不共　若離非獨成
諸大非各成　云何各性相　各成無偏多
故相假名說　色聲香味觸　簡擇義如大
眼色識無明　業生擇亦爾　作者業及事
數合因果世　短長及名想　非想擇亦然
地水風火等　長短及小大　善惡言識智
智中滅無餘　如識處無形　無邊遍一切
此中地等大　一切皆滅盡　於此無相智
短長善惡等　名色諸及陰　如此滅無餘
如此等於識　由無明先有　於識若起智
此等後皆盡　如是等世法　是然識火薪
由實量火光　世識薪燒盡　由癡別有無
後簡擇眞如　尋有既不得　無云何可得
由無色所成　故空但名字　離大何爲色
故色亦唯名　受想行及識　應思如四大
四大如我虛　六界非人法

雜品第二

如分分析樵 無餘盡不有 約六界析人
盡空亦如是 是故佛正說 一切法無我
但六界名法 決判實無我 我無我二義
如實檢不得 是故如來遮 我無我二邊
見聞覺知言 佛說無實虛 二相待成故
此二如實無 如實檢世間 過實亦過虛
則世間依實 故墮於有無 若法遍不如
云何佛得說 有邊及無邊 有二與無二
過去佛無量 現來過筭數 過數眾生邊
三世由佛顯 世間無長因 此際約世顯
世間過有無 云何佛記邊 由法如此深
於凡秘不說 說世如幻化 是佛甘露教
譬如幻化像 生滅尚可見 此像及生滅
實義檢非有 世間如幻化 生滅可見爾
世間及生滅 幻實義皆虛 幻像無從來
去亦無有處 但迷眾生心 由實有不住
世體過三世 若爾世何實 離言說有無
有無實無義 故佛約四句 不記說世間
由有無皆虛 此虛不虛故 是身不淨相
麤證智境界 恒數數所見 尚不入心信
況正法微細 甚深無依底 難證於散心
云何可易入 故佛初成道 捨說欲涅槃
由見此正法 甚深故難解 若法非正了
即害不聰人 由不如執此 墮邪見穢坑
人識法不明 由自高輕法 起謗壞自身
下首墮地獄 譬如勝飲食 偏用遭危害
若如理量食 得壽力强樂 若偏解正法
遭苦亦如此 若能如理解 感樂及菩提
智人於正法 捨謗及邪執 於正智起用
故成如意事 由不了此法 人起長我見

因此造三業　次生善惡道　乃至未證法
能除滅我見　恒敬起正勤　於戒施忍等
作事法爲先　及法爲中後　謂無虛眞理
現來汝不沈　因法現好名　樂臨死無怖
來生受富樂　故應恒事法　唯法是正治
因法天下愛　若主感民愛　現來不被誑
若非法治化　主遭臣猒惡　由世間增惡
現來不歡喜　王法欺誑他　是大難惡道
惡智邪朋論　云何說爲正　若人專誑他
云何說正事　因此於萬生　恒遭他欺誑
若欲使怨憂　捨失取其得　已利由此圓
即今怨憂惱　約施及愛語　利行與同利
願汝攝世間　因此弘正法　王若一實語
如生民堅信　此如尊妄語　不起他安住
實意起無違　流靡能利他　是說名實語

翻此爲妄言　一捨財若明　如能隱王失
如此主慳賄　能害王衆德　若王靜諸惡
德深人愛重　因此教明王　故應事寂靜
由智王難動　自了不信他　永不遭欺誑
故決應修智　依諦捨靜智　王則具四善
如四德正法　人天所讚歎　能伏說清淨
由智悲無垢　恒共智人集　王法智生長
善說人難得　聽善言亦難　第三人最勝
能疾行善教　若善非所愛　已知應疾修
如藥味雖苦　樂差應强服　壽無病王位
恒應思無常　次生猒怖想　後專心行法
見決定應死　死從惡見苦　智人爲現樂
故不應作罪　見一念無怖　若見後時畏
若一念心安　云何後不畏　由酒遭他輕
損事滅身力　由癡行非事　故智人斷酒

圍棊等嬉戲　生貪瞋憂諂　誑妄惡口因
故應恒遠離　婬逸過失生　由想女身淨
尋思女身中　實無一毫淨　女口涎唾器
齒舌垢臭穢　鼻嗅由洟流　目淚種類處
腹屎尿腸器　餘身骨肉聚　癡人迷可猒
故貪著此身　根門最臭穢　是猒惡身因
於中若生愛　何緣得離欲　譬如屎尿器
猪好在中戲　於身不淨門　多欲戲亦爾
此門所以生　爲棄身土穢　癡人邪愛著
不顧已善利　汝自見一分　屎尿等不淨
此聚說名身　云何汝生愛　赤白爲生種
厠汁所沃養　如知身不淨　何意若生愛
穢聚可憎惡　臭濕皮纏裹　若能處中卧
則愛著女身　若可愛可憎　衰老及童女
女身皆不淨　汝何處生欲　設糞聚好色

輭滑相端正　起愛則不應　愛女身亦爾
內臭極不淨　外皮所覆藏　是死屍種性
云何見不知　皮不淨如衣　不可暫解浣
云何穢聚皮　可權時伏淨　畫瓶滿糞穢
外飾若汝憎　此身穢種滿　云何汝不猒
若汝憎不淨　云何不惡身　香華鬘飲食
本淨而能汙　如汝併憎惡　於自他糞穢
云何汝不猒　自他不淨身　如女身不淨
自身穢亦爾　是故離欲人　於內外相稱
九門流不淨　自證自浣濯　若不知不淨
而造愛欲論　希有極無知　無慚及輕他
於最不淨身　何方利益汝　多衆生因此
無明覆其心　爲塵欲結怨　如狗鬬爭糞
如搔癢謂樂　不癢最安樂　如此有欲樂
無欲人最樂　若汝思此義　離欲不得成

由思欲輕故　不遭婬逸過　從獵感短壽
怖苦重逼惱　未來決受此　故應堅行悲
何人若他見　生彼極驚怖　譬糞穢汙身
流出毒惡蛇　是人若至彼　衆生得安樂
譬夏月大雲　田夫見欲雨　故汝捨惡法
決心修善行　爲自他俱得　無上菩提果
是菩提根本　心堅如山王　因十方際悲
及無二依智　大王汝諦聽　此因我今說
感三十二相　能莊嚴汝身　支提聖尊人
供養恒親侍　手足寶相輪　當成轉輪王
手足滑柔軟　身大七處高　由施美飲食
於他等豐足　身圓滿端直　指足跟圓長
汝當感長壽　由悲濟死囚　大王堅持法
令清淨久住　由此足安平　當得成菩薩
行布施愛語　利行及同利　由此指網寄

手足八十文　脚趺高可愛　旋毛端向上
由長不棄背　本所受持法　由恭敬施受
明處及工巧　故得鹿王腨　及聰明大智
他求自有物　我疾能惠施　由此臂牖大
得爲世化主　親愛若別離　菩薩令和集
此感陰藏相　恒服慚羞衣　常施樓殿具
細軟可愛色　故感天色身　潤滑光微妙
由施無上護　如理順尊長　感一孔一毛
白毫端嚴面　常說善愛語　又能順正教
上身如師子　頸圓喻甘浮　看病給醫藥
或令他食護　故得腋下滿　千脉別百味
於自他法事　常能爲端首　頂骨鬱尼沙
橫竪頰匿瞿　由長時巧說　實美滑善言
得八相梵音　及舌根脩廣　已知事實利
數數爲他說　得好如師子　面門方可愛

由尊他不輕　隨順行正理　齒白齊必勝
譬若眞珠行　由數習此言　謂實不兩舌
故具四十齒　平滑堅道淨　由瞻視衆生
滑無貪瞋癡　眼珠青滑了　瞼睫如牛王
由如此略說　大人相及因　轉輪王菩薩
美飾汝應知　隨相有八十　從慈悲流生
大王我不說　爲避多文辭　雖諸轉輪王
同有此相好　淨明及可愛　終不逮如來
從菩薩善心　一念中一分　輪王相好因
尚不能等此　一人萬億劫　修善根生長
於佛一毛相　此因亦不感　諸佛與輪王
相中一分等　譬如螢與日　於光微有似

菩提資粮品第三

諸佛大相好　從難思福生　我今爲汝說
依大乘阿含　一切緣覺福　有學無學福
及十方世福　福如世難量　此福更十倍
感佛一毛相　九萬九千毛　一一福皆爾
如此衆多福　生佛一切毛　復更百倍增
方感佛一好　如是如是多　一一好得成
乃至滿八十　隨飾一大相　如是福德聚
能感八十好　合更百倍增　感佛一大相
如是多福德　能感三十相　復更百倍增
感毫如滿月　能感白毫福　復更千倍增
此福感難見　頂上鬱尼沙　如此無量福
方便說有量　於一切十方　如說十倍世
諸佛色身因　尚如世無量　況佛法身因
而當有邊際　世間因雖小　若果大難量
佛因旣無量　果量云何思　諸佛有色身
皆從福行起　大王佛法身　由智慧行成
故佛福慧行　是菩提正因　故願汝恒行

菩提福慧行 於成菩提福 汝莫墮沈憂
有理及阿含 能令心安信 如十方無邊
空及地水火 有苦諸衆生 彼無邊亦爾
此無邊衆生 菩薩依大悲 從苦而拔濟
願彼般涅槃 從發此堅心 行住及卧覺
或時小放逸 無量福恒流 福量如衆生
恒流無間隙 因果旣相稱 故菩提不難
時節及衆生 菩提與福德 由此四無量
菩薩堅心行 菩提雖無量 因前四無量
修福慧二行 云何難可得 福慧二種行
如此無邊際 菩薩身心苦 故疾得消除
惡道飢渴等 身苦惡業生 菩薩永離惡
行善苦不生 欲瞋怖畏等 心苦從癡生
由依無二智 菩薩離心苦 有苦時若促
難忍何況多 無苦時長遠 有樂云何難
身苦永不有 假說有心苦 悲世間二苦
故恒住生死 故菩提長時 智人心不沈
爲滅惡生善 是時無間修 貪瞋及無明
願汝識捨離 無貪等衆苦 知應恭敬修
由貪生鬼道 由瞋墮地獄 由癡入畜生
翻此感人天 捨惡及修善 此法是樂因
若是解脫法 由智捨二執 佛像及支提
殿堂并寺廟 最勝多供具 汝應敬成立
坐寶蓮華上 好色微妙畫 一切金寶種
汝應造佛像 正法及聖衆 以命急事護
金寶網繖蓋 奉獻覆支提 金銀衆寶華
珊瑚瑠璃珠 帝釋青大青 金剛貢支提
能說正法人 以四事供養 六和敬等法
常應勤修行 於尊恭敬聽 勤事而侍護
菩薩必應行 亡後亦供養 於天外道衆

不應親事禮 因無知邪信 莫事惡知識
佛阿含及論 書寫讀誦施 亦惠紙筆墨
汝應修此福 於國起學堂 雇師供學士
興建永基業 汝行爲長慧 解醫巧曆數
皆爲立田疇 潤老小病苦 於國有濟益
起諸道伽藍 園塘湖亭屋 於中給生具
草蓐飲食薪 於小大國土 應起寺亭舘
遠路乏水漿 造井池施飲 病苦無依貧
下姓怖畏等 依慈悲攝受 勤心安立彼
隨時新飲食 果菜及新穀 大衆及須者
未施莫先用 屐繖瓶鉤鑷 針線及扇等
筌提寢息具 應施寺亭舘 三果及三辛
蜜糖蘇眼藥 恒應安息省 書呪及藥方
塗首身藥油 澡槃燈麨果 水器及刀斧
應給亭舘中 米穀麻飲食 糖膏等相應
恒置陰涼處 及淨水滿器 於蟻鼠穴門
飲食穀糖等 願令可信人 日日分布散
如意前後食 恒施於餓鬼 狗鼠鳥蟻等
願汝恒施食 災疫飢餓時 水旱及賊難
國敗須濟度 願汝恒拯恤 田夫絶農業
願給粮種具 隨時蠲租稅 輕微受調歛
施物濟貧匱 出息不長輕 直防許休偃
以時接賓客 境内外劫盜 方便斷令息
隨時遣商侶 平物價鈞調 八坐等判事
自如理觀察 事能利萬姓 恒恭敬修行
應作何自利 如汝恒敬思 利他云何成
如此汝急思 地水風火等 草藥及野樹
如此或暫時 受他無礙業 七步頃起心
爲捨内外財 菩薩福德成 難量如虛空
童女好色嚴 惠施求得者 故獲陀羅尼

能持一切法 愛色具莊嚴 弁一切生具
施八萬童女 釋迦佛昔時 光明種種色
衣服莊嚴具 華香等應施 依悲惠求者
若人離此緣 於法無安行 則應施與之
過此後莫惠 毒亦許施彼 若此能利他
甘露不許施 若此損害他 若蛇嚙人指
佛亦聽則除 或佛教利他 逼惱亦可行
固謹持正法 及能說法人 恭敬聽受法
或以法施他 莫愛世讚歎 恒樂出俗法
如立自體德 施他亦如此 施聞莫知足
及思修實義 於師報恩施 應敬行莫悋
莫讀外邪論 但起諍慢故 不應讚自德
怨德亦可讚 莫顯他密事 及惡心兩舌
自於他有過 如理觀悔露 若由此過失
智者訶責他 自須離此失 有能拔濟他

他辱已莫瞋 即觀宿惡業 莫報對他惡
爲後不受苦 於他應作恩 莫希彼報答
唯自應受苦 共求衆受樂 若得天富貴
自高不應作 遭枉如餓鬼 莫起下悲行
假設失王位 或死由實言 亦恒說此語
無實利默然 如言如此行 願汝堅行善
因此好名遍 自在成勝量 應作熟簡擇
後則依理行 莫由信他作 須自了實義
若依理行善 好名遍十方 王侯續不斷
王富樂轉大 死緣百一種 壽命因不多
此因或死緣 故恒應修善 若人恒行善
是所得安樂 於自他若等 此善樂圓足
依法爲性人 卧覺常安樂 夢中見善事
由內無過惡 若人養父母 恭敬自家尊
恭善人用財 忍辱有大度 輭語不兩舌

實言同止樂　此九天帝因　盡壽應修行
由昔行九法　天主感帝位　時時處法堂
至今恒說此　一日三時施　美食三百器
福不及刹那　行慈百分一　天人等愛護
日夜受喜樂　免怨火毒伏　是行慈現果
無功用獲財　後生於色界　得慈十功德
若人未解脫　教一切衆生　堅發菩提心
菩薩德如山　菩提心牢固　由信離八難
因戒生善道　數修真如空　得善無放逸
無諂得念根　恒思得慧根　恭敬得義理
護法感宿命　布施聽聞法　或不障他聞
疾得如所愛　與佛相值遇　無貪作事成
不慳財物長　離慢招上品　法忍得摠持
由行五實施　及惠無怖畏　非諸罵能辱
故感大勝力　支提列燈行　幽闇秉火燭
布施續明油　故得淨天眼　供養支提時
即設鼓聲樂　螺角等妙音　故獲淨天耳
於他失默然　不談人德闕　隨順護彼意
故得他心智　由施徒舟乘　運致羸乏人
恭謹瞻尊長　故獲如意通　令他憶法事
及正法句義　或淨心施法　故感宿命智
由知真實義　謂諸法無性　故得第六通
最勝是漏盡　平等悲相應　由修如實智
故自得成佛　恒解脫衆生　由種種淨願
故佛土清淨　衆寶獻支提　故放無邊光
如此業及果　已知義相應　故應修利他
即菩薩自利

正教王品第四

王若行非法　或作非道理　事王人亦讚
故好惡難知　亦有世間人　非愛善難教

何況大國王　能受善人語　我今愍念汝
及悲諸世間　故我善教汝　實益若非愛
眞滑有義利　依時由慈悲　佛令教弟子
故我爲汝說　若聽聞實語　應住於無瞋
可取必須受　如浴受淨水　我今說善言
現來有利益　汝知應受行　爲自及於世
由昔施貧苦　故今感富財　因貪不知恩
廢施無更得　世間唯路粮　不雇無人負
由施借下品　未來荷百倍　願汝發大心
恒興建大事　若行大心事　是人得大果
小意狹劣心　心願未曾觸　好名吉祥事
三寶依應作　望王后等毛　若事非汝法
死亦起惡名　王不作最勝　廣大事能起
大人希有用　能障下人願　以命成此事
無自在棄物　侯身入未來　若於法安財
前至逆相待　先帝諸產業　棄本屬新王
能爲前王生　法樂好名不　用財受現喜
若施感來樂　非此二唐失　唯生苦無歡
將終欲行施　臣礙失自在　祚絕故捨愛
隨新王樂欲　若捨一切物　汝今安弘法
亦常在死緣　譬如風中燈　先諸王所起
平等功德處　謂天神廟堂　願如本修理
離殺常行善　持戒愛容舊　巧增財無諍
勤力恒修善　清淨無積聚　不捨於他事
安立爲導首　受彼功德藏　盲病根不具
可悲匈無依　於廟不得遮　平等與彼食
道德無求人　或住餘王界　供事亦相似
應作無此彼　於一切法事　應立勤力人
無貪聰智善　不侵法畏罪　了正論行善
親愛四觀淨　美語不怯弱　上姓能持戒

識恩知他苦　如理巧決斷　八人互相羞
爲國立八座　柔和有大度　膽勇甚愛王
堅實能用財　無放逸恒善　熟思所作事
能別十二輪　當行四方便　應立爲大臣
持法戒清淨　了事有幹用　能生長護財
解義巧書筭　於他心事等　畏罪親愛王
富財多眷屬　宜立爲職掌　日日應問彼
一切財出入　問已法事等　喜心善教誨
爲法處王位　不求名欲塵　王位勝有利
異此則不如　大王即世間　多互相食噉
立法王位義　汝諦聽我說　長老於王處
上族解是非　畏惡多相順　顧彼看王事
罰繫鞭杖等　若彼依理行　王恒潤大悲
立彼更施恩　爲利一切人　應恒起慈心
若彼最重惡　亦應生大悲　重惡極害心
必於彼行悲　彼即是悲器　正行人非境
貧人若被駐　五日須放散　餘人亦如理
隨一莫拘留　若於一人所　起長繫駐心
隨人生不護　因此惡恒流　乃至彼未散
雖繫亦安樂　粧飾浣飲食　藥扇等相應
王欲他成器　依悲立善教　善惡人皆同
不由瞋及欲　熟思實知已　人增起反逆
不殺不逼彼　顧王擯他土　看自家如怨
由彝人淨眼　恒念無放逸　顧作如法事
賞重加供養　有恩人令得　如恩德勝負
報償亦如是　將接爲饒華　賞施爲大果
王樹忍辱影　民鳥遍依事　王持戒能施
有威得物心　譬如沙糖丸　香辣味相雜
若王依道理　魚法則不行　無難無非法
恒有法歡樂　不從昔世引　不可將入來

王位從法得　爲位莫壞法　王位如肆家
若傳如所價　爲不更求得　此用汝應行
王位如肆家　王傳如所價　爲欲更求得
此用應修行　轉輪王得地　或具四天下
但身心二樂　餘富貴皆虛　但對治衆苦
謂身喜樂受　心樂是想類　皆分別所作
對治苦爲體　及分別爲類　世間一切樂
虛故無眞實　洲處土居止　坐處及衣等
飲食臥具乘　妻象馬用一　若心隨一緣
即由彼生樂　餘境非緣故　是時虛無用
五根緣五塵　若心不分別　雖復得成塵
不由此生樂　此塵根所緣　餘則非能所
故所餘根塵　眞實無有義　此塵根所緣
心取過去相　分別起淨想　於彼生樂受
一塵心所緣　心塵不同世　旣離心非塵
離塵亦非心　以父母爲因　汝說有子生
如此緣眼色　說有識等生　去來世根塵
不成由無義　不出二世故　現塵根無義
如眼見火輪　由根倒亂故　於現在塵中
根緣塵亦爾　五根及境界　是四大塵類
一一大虛故　塵根亦不有　若大各離成
離薪火應然　若離無別離　塵亦同此判
四大二義虛　故不成和同　旣實無和同
故色塵不成　識受想及行　一一體不成
不合乖緣生　非有故無合　如分別喜樂
緣苦對治成　如此所計苦　因樂壞故成
於樂和合愛　緣無相則滅　於苦遠離貪
由此觀不生　若依世言說　心爲能見者
不然離所見　能見不成故　觀行觀世間
如幻實不有　無取無分別　般涅槃如火

菩薩見如此　於菩提不退　由大悲引故
後相續至佛　諸菩薩修道　佛說於大乘
無智憎嫉人　自害撥不受　不識功德失
於德起失想　或憎嫉勝利　故人謗大乘
若知罪損他　功德能利益　故說誹謗人
不識憎嫉善　由不觀自利　一味利益他
大乘衆德器　故謗人灰粉　信人由僻執
不信由嫉憎　信人謗尚燒　何況瞋妬者
合毒爲治毒　如醫方所說　苦滅惡亦爾
此言何相違　諸法心先行　以心爲上首
以苦滅他惡　善心人何過　苦來若能利
應取何況樂　或於自及他　此是本昔法
由能棄小樂　後若見大樂　智人捨小樂
觀於後大樂　若不忍此言　醫師施苦藥
犯罪不可恕　故汝義不然　或見事不宜

智者由義行　或制或開許　此義處處有
諸菩薩威儀　悲爲先智成　大乘說如此
何因可誹謗　無知故沈沒　上乘廣深義
故誹謗大乘　成自他怨家　施戒忍精進
定智悲爲體　佛說大乘爾　有何邪說漏
由施戒利他　忍進爲自利　定慧脫自他
略攝大乘義　略說佛正教　謂解脫自他
此六度爲藏　何人能撥此　福慧爲種類
佛說菩提道　立此名大乘　癡盲不能忍
如空難思量　福慧行成故　諸佛德難思
於大乘頗忍　大德舍利弗　佛戒非其境
故佛德難思　云何不可忍　於大乘無生
小乘說空滅　無生滅一體　自義莫違反
眞空及佛德　若如法簡擇　大小兩乘教
於智人何諍　佛不了義說　非下人易解

一三乘說中 護自體莫傷 若捨無非福
若增惡無善 若欲愛自身 大乘不應謗
菩薩願及行 迴向等彼無 若依小乘修
云何成菩薩 菩薩道四依 於小乘不說
何法佛所修 而說能勝彼 約依諦助道
佛與彼若同 修因旣不異 云何果殊越
菩提行揔別 小乘中不說 於大乘具辯
故智應信受 如毗伽羅論 先教學字母
佛立教如此 約受化根性 有處或說法
令彼離衆惡 或爲成福德 或具依前二
或爲遣此二 甚深怖劣人 或深悲爲上
爲他成菩提 是故聰明人 應捨憎大乘
當起勝信受 爲得無等覺 由信受大乘
及行大乘教 故成無上道 中間種種樂
施戒及忍辱 多爲在家說 此法悲爲上

願汝修成性 由世不平等 王位若乖法
爲好名及法 事及出家勝

出家正行品第五

初學出家人 敬心修禁戒 於木叉毗尼
多學破立義 次起正勤心 捨離麤類惑
數有五十七 諦聽我當說 忿謂心相違
恨是結他失 覆惡罪名祕 及著惡顯善
張他名欺誑 諂謂曲心續 嫉於他德憂
悋心怖畏捨 無羞及無慙 於自他無恥
不下不敬他 動亂瞋方便 醉謂不計他
放逸不修善 慢類有七種 我今當略說
若人起分別 從下下等等 從下及等勝
說此或爲慢 下人計自身 下如於等人
說此名下慢 由自下等類 下人高自身
與勝人平等 此或名高慢 由自高等勝

下人計自已　勝於勝類人　說此名過慢
如癰上起泡　於五種取陰　自性空無人
由癡故計我　說此名我慢　實未得聖道
計自身已得　由修偏道故　說名增上慢
若人由作惡　而計自身勝　兼復撥他德
說此名邪慢　我今無復用　或能下自體
此亦名下慢　但緣自體起　爲求利養讚
故守攝六根　能隱貪欲意　此或名貢高
爲得利供養　於他起愛語　此或緣世法
說此名謝言　爲欲得彼物　若讚美此財
說名爲現相　能示自心故　爲欲得所求
現前非撥他　說名爲訶責　能伏彼令順
由施欲求利　或讚彼先德　說名利求利
此五邪命攝　若人緣他失　心數種種誦
說名爲愔隘　此或習恨心　驚怖不能安

由無知及病　於下麤自具　毀呰及懈著
欲瞋癡汙想　說名種種相　不如現觀察
說名非思惟　於正事懈怠　說名不恭敬
於師無尊心　說名不尊重　上心欲所起
於外名堅著　上心堅欲生　最重名遍著
自財生長欲　無足心名貪　愛著於他物
是名不等欲　於非境女人　求得非法欲
自無德顯德　說名爲惡欲　離知足恒求
說此名大欲　願他知我德　說名爲識欲
不能安苦受　說名爲不忍　於師尊正事
邪行名不貴　如法善言教　輕慢名難語
於親人愛著　思惟名親覺　由欲於方處
思得名土覺　不慮死怖畏　說名不死覺
由真實功德　願他尊重我　此思緣他識
說名順覺覺　由愛及憎心　思自益損他

緣自及餘人　說名害他覺　憂憶染汙心
無依名不安　身沈說名極　遲緩名懈怠
由隨上心惑　曲發身名頻　身亂不節食
說名爲食醉　身心極疲羸　說名爲下劣
貪愛於五塵　說名爲欲欲　於他損害意
從九因緣生　三時疑災横　說名爲瞋恚
由身心重故　事無能名弱　心晦說名睡
身心掉名動　由惡事生悔　憂後燋然名
於三寶四諦　猶豫說名疑　若出家菩薩
須離此麤類　若能免此惡　對治德易生
此中諸功德　菩薩應修治　謂施戒及忍
勤定慧悲等　捨自物名施　起利他名戒
解脫瞋名忍　攝善名精進　心寂靜名定
通眞義名智　於一切衆生　一味利名悲
施生富戒樂　思愛勤燄熾　定靜智解脫
悲生一切利　此七法若成　俱得至究竟
難思智境界　令到世尊位　如於小乘中
說諸聲聞地　於大乘亦爾　說菩薩十地
初地名歡喜　於中喜希有　由三結滅盡
及生在佛家　因此地果報　現前修施度
於百佛世界　不動得自在　於剡浮等洲
爲大轉輪王　於世間恒轉　寶輪及法輪
第二名無垢　身口意等業　十種皆清淨
自性得自在　因此地果報　現前修戒度
於千佛世界　不動得自在　仙人天帝釋
能除天愛欲　天魔及外道　皆所不能動
第三名明燄　寂慧光明生　由定及神通
欲瞋惑滅故　因此地果報　現前修忍度
於萬佛世界　不動得自在　修夜摩天帝
滅身見習氣　一切邪師執　能破能正教

第四名燒然　智火光燄生　因此地果報
精進度現前　多修習道品　爲滅惑生道
兜率陀天主　除外道見戒　由得生自在
於十方佛土　往還無障礙　餘義如前地
第五名難勝　魔二乘不及　聖諦微細義
證見所生故　因此地果報　定度得現前
爲化樂天主　迴二乘向大　第六名現前
正向佛法故　由數習定慧　證得滅圓滿
因此地果報　般若度現前　他化自在天
能教眞俗諦　第七名遠行　遠行數相續
於中念念得　無生及無滅　因此地果報
方便智現前　得爲大梵王　能通第一義
證方便勝智　六度生無間　於二乘世俗
爲最第一師　童子地不動　由不出眞觀
無分別難思　非身口意境　因此地果報
願度常現前　勝遍光梵主　淨土等自在
二乘等不及　於眞俗一義　俱修動靜故
行二利無間　第九名善慧　法王太子位
此中智最勝　由通達四辯　因此地果報
力度常現前　爲遍淨梵王　四答難無等
第十名法雲　能雨正法雨　佛光水灌身
受佛灌頂位　因此地果報　智度常現前
爲淨居梵王　大自在天主　智慧境難思
諸佛祕密藏　得具足自在　後生補處位
如此菩薩地　十種我已說　佛地與彼異
具勝德難量　此地但略說　十力等相應
隨此一一力　難量如虛空　如此等可言
諸佛無量德　如十方虛空　及地水火風
諸佛無量德　於餘人難信　若不見此因
難量如此果　爲此因及果　現前佛支提

日夜各三遍　願誦二十偈　諸佛法及僧
一切諸菩薩　我頂禮歸依　餘可尊亦敬
我離一切惡　攝持一切善　衆生諸善行
隨喜及順行　頭面禮諸佛　合掌勸請住
願爲轉法輪　窮生死後際　從此行我德
已作及未作　因此願衆生　皆發菩提心
度一切障難　圓滿無垢根　具淨命相應
願彼自在事　一切具無邊　與寶手相應
窮後際無盡　願衆生如此　願一切女人
皆成勝丈夫　恒於一切時　明足得圓滿
勝形貌威德　好色他愛見　無病力辯具
長壽願彼然　解脫諸苦畏　一向歸三寶
於方便善巧　佛法爲大財　慈悲喜淨捨
恒居四梵住　施戒忍精進　定智所莊嚴
圓滿福慧行　相好光明照　願彼難思量

行十地無礙　與此德相應　餘德所莊嚴
解脫一切過　願我愛衆生　圓滿一切善
及衆生所樂　能除他衆苦　願我恒如此
若他有怖畏　一切時及處　由唯憶我名
得脫一切苦　敬信我及瞋　若見及憶持
乃至聞我名　願彼定菩提　願我得五通
恒隨一切生　願我恒能生　衆生善及樂
若他欲作惡　於一切世界　願遍斷彼惡
如理令修善　如地水火風　野藥及林樹
如他欲受用　願我自忍受　願我他所愛
如念自壽命　願我念衆生　方倍勝自愛
願彼所作惡　於我果報熟　是我所行善
於彼果報熟　一人未解脫　於有隨生道
願我爲彼住　不先取菩提　能如此修行
福德若有體　於恒沙世界　其功不可量

佛世尊自說　如此因難盡　衆生界無量
利益願亦爾　此法我略說　能生自他利
願汝愛此法　如愛念自身　若人愛此法
是實愛自身　是所愛應增　此增由法成
故事法如身　事行如事法　如行事慧然
如慧事智者　淨順有智慧　伏他說正理
由自惡疑他　此人損自事　是諸善知識
汝應知略相　知足慈悲戒　智慧能滅惡
善友應教汝　汝知敬順行　由內外勝德
汝必至勝處　實誓說愛言　樂性不可動
正事增諂曲　願汝自易教　已捨無有悔
有餤熾心寂　無懈緩掉動　不貢高和同
願清涼如月　有熾盛如日　甚深如大海
堅住如山王　一切果所離　衆德所莊嚴
衆生所受用　願汝一切智　我不但爲王
說如此善法　如理爲餘人　由欲利一切
大王此正論　汝日日諦聽　爲令自及他
得無上菩提　勝戒敬尊長　忍辱無嫉妬
不悋財知足　救濟墮難事　能行善惡人
攝持及制伏　弘護佛正法　求菩提應行

寶行王正論

音釋

訥　內骨切言難也　鞞　府移切　賄　呼罪切財也　浣濯　浣胡玩切濯直角切浣濯洗滌也　搔癢　搔蘇遭切癢余兩切　腨　時兗切腓腸也　臃　丑凶切圓直也　瞼　居奄切目上下瞼也　睫　即葉切月旁毛也　繖　蘇旰切蓋也　屣　蹝士切覆屬　鑷　尼輒切箝也　筌　此緣切　齩　五巧切噬也　辣　盧達切辛也　愔　於金切　隘　烏懈切

百字論　元魏天竺三藏法師菩提流支譯

解拳論　陳三藏法師眞諦譯

掌中論　唐三藏法師義淨奉　制譯

清刻龍藏佛說法變相圖

三論同卷

百字論

解拳論

掌中論

百字論

提婆菩薩造

元魏天竺三藏法師菩提流支譯

我今歸依聰叡師　厥名提婆有大智

能以百字演實法　除諸邪見向實相

說曰何故造論爲破我見等一切諸法各有自相

僧佉曰一切法一相是我要誓說以何因緣立一切法一相以盡同共有一故喻如瓶衣等物體各有一以是義故當知一切法名爲

一相是故一義成內曰非一何以故汝要誓言立一相義爲一爲二若是一者唯有要誓不應有一以是因緣汝所立一此義即破吡舍師曰汝言一破我今立異捨一過故內曰汝若立異我還立一何以故汝若離因立異我亦離因立一吡舍師曰我要立異所以者何諸法差別各異相故喻如象馳鹿馬如是等類其相各異以是故諸法相異一切法皆異是故異義成內曰汝以此彼相不同故言異義成者以相別故法各是一汝所立異要言則壞要言壞故則知異相不立外曰以一異相不成故我今立有相以法各有相故當知有相義成有相成故當知一異亦成內曰汝今立有必應有因若無因而立有我亦無因而立無外曰我要言立一切法有何以故現見諸法各有相故喻如虛空中華無有體相故不可得瓶衣等物現有用故當知一切法皆是有相以是因緣故有義得成內曰汝立有者因有相故有因無相故有此二相俱有過若以現相故成有義者現相是有有亦是有二有理不相成若言因無要誓則壞有無俱非因故有義則破外曰若破我有汝則立無無義得成有還得立喻如世人飲食先因麤澀故有美好以是故汝破我有當知是無內曰汝立無者因何而成汝若無因而成無我亦無因而成有外曰云何而知以無體相故喻如熱時燄自無體相何況而有少水可得以是因緣故一切法無一塵相可得是故我立無義成內曰汝所立無爲有因爲無因若言無因空有要誓若言有因要誓則壞

汝若無無亦不成外曰一切法有因汝破有無者此義則不然何以故如有泥縷蒲葦等故知一切法皆有因內曰無因汝言有因故有有因則是無若泥中先有瓶泥蒲縷等皆非是因何以故因中先有故若因中先無亦非是因喻如沙中無油沙非油因若言亦有亦無義亦不成何以故有二過故復次有亦不生無亦不生若從無因生因復何用爲若從有因生要誓言則壞汝先言一切法皆有因生者此事則不然外曰現有瓶衣等用故則知一切法皆從因生不相形故成內曰汝言有果故有因此義不成何以故相形有故若以見果有用故言有因者果亦是因果若是因則無果無果故則無因是故因果俱壞若言從意自在時方如是等因生則是相形因便是有爲有爲法則無常自在時方相形而有則不因成外曰我所言眞實先舊諸仙作如是說此法決定終無有異內曰汝言法爾此非正說如我所說與汝法異汝法中所有我法中則無我法中所有汝法中則無何以故汝言我法爾故汝法若爾則但自是自是而說則無理趣若無理趣則無所知若有所知更說勝因若無勝因而言法爾則無道理外曰此是我家法內曰汝言我家法其法則不成汝法不自成云何能成法若當離因者終無有所成自是其法者此則非正理外曰無法非因生如兔角龜毛石女兒虛空華等如是無法終不可得以因緣生如見壓油求麻作瓶求泥非以一法爲因能生多法而物各有因如泥能成瓶不爲疊因縷能成疊

不爲瓶因以此類求餘法亦爾内曰汝言因能生者因不能生此因爲有所成爲有所壞若因有所成成汝亦成我若因有所壞壞我亦壞汝以何爲喻如火能燒物燒汝亦燒我若於彼處熱在此亦復然復次更明少義若言有因而成成汝亦成我因雖有所生因法不俱成汝立聲法是常作要誓說以何爲因無身是因以何爲喻虛空爲喻虛空者無身而常以是故名聲作常復有異說名聲無常以何故聲是作法故無常以何爲喻如瓶因泥輪繩人功水等而成瓶以作因生故瓶無常如聲從脣齒喉舌衆緣生故聲亦無常非此二因能有所成汝言眞實其義有成妄說虛因理則不立汝說要誓有要時無誓有誓時無要二字不俱要誓則壞如因法未生非

爲因以滅亦非因如子未生不名爲生以滅亦非生以是故無因外曰汝雖破因果我說有我法故因果則還成内曰汝言有我法以何爲體若以知識爲我知識則無常知瓶智以滅知氎知始生若知識非我我則無知我若無知則無苦樂如是之我則無體相若言我與智合故我有知知與我合故知亦非知外曰有我所以者何瓶衣等物是我所故當知有我内曰有一過故瓶與有一不異故有一若瓶非瓶有一亦應是瓶是則多瓶若有一非瓶是則無瓶外曰有一瓶一故有過我今立異捨一過故内曰汝說異則無瓶有無故無瓶喻如異比丘異婆羅門當知無比丘婆羅門若瓶異有則是無如刀與鞘有異可見瓶有一異亦應可見今有一異不可見故

異義不成外曰一異雖壞現見有瓶喻如虛空中華無故不可見瓶現見故當知有瓶內曰不見何故不見汝言現見爲眼見爲識見若眼見者死人有眼亦應見若識見者盲人有識亦應見若根識一一別不見和合亦不見喻如一盲不能見衆盲亦不見外曰有瓶有色故有瓶內曰汝言有色故有瓶色與瓶爲一爲異瓶色若一見餘色時亦應見瓶若色異瓶瓶非可見則無瓶若以見爲瓶瓶在障處眼不見時瓶應非瓶若色與瓶一瓶壞時餘色亦應壞外曰我法不生不滅見亦不壞不見亦不壞何以故我法常有故因中有果微細不現以先有故後得成大以是故知有因果內曰先有不須作如泥有瓶不須陶師如縷有氎不須織師以瓶氎待功匠成故知因中無果若因中已有果者則無未來法若無未來法則無生滅無生滅亦無善惡無善惡亦無作業罪福果報如是則一切法無復次若因中先有微細果而無麤者是麤便先無而後有是則生滅違汝先說又若微細先有則非生法非生法故則壞三世三世若無當知一切法亦無若因中先有果乳中已有酪若言先無而後有者當知是作法以是故一切法因中先有更不須作外曰若因中先有果是過者今說因中先無而後果生離無生滅是故無過有生滅故亦有亦無內曰無生有生非一時故若瓶泥中已有不須輪繩人功等成若無如龜毛不可紡織令使有用以是故有亦不生無亦不生又受身爲自生從他生二俱有過若自生更何用生以是

故自生無身若不從自生云何而從他若言自他生是亦俱有過以是故一切法無生外曰若無身不應有生住滅有爲三相若有有爲則有無爲有爲無爲成故一切法亦成内曰無有爲法汝言三相爲次第生爲一時生次第亦有過一時亦有過若次第生生時無住滅住時無生滅滅時無生住以是故不得次第生又若生有住生自無體住何所住生體自無住云何有無生無住如石女兒是則無法若有生住爲滅所滅生住既無滅何能滅如壞兎角空有壞名外曰汝言生住滅次第不可得有爲相如二頭三手不可得三相亦不可得若三相一時亦不可得何以故若生中有滅生則非生若滅中有生滅則非滅住中生滅破亦如是生滅相違云何一時以是故三相次第生不可得一時生亦不可得又汝言三相爲與有爲作相爲與無爲作相若與有爲作相生是有爲應有三相住滅亦爾如是之相則爲無窮相若無窮汝不應説有爲法但有三相要誓則壞若相相無爲云何有爲相而能相無爲外曰汝若不欲令作有爲相應作無爲相何以故無爲遍一切處無方所故是故應與無爲作相内曰無爲有方所我今問汝虚空爲有方所爲無方所虚空若有方所應在汝身邊亦在彼身邊若爾便是有分有分則有邊若言虚空無方爲汝身遍虚空虚空遍汝身若虚空遍汝身汝身遍虚空是則有邊際如瓶衣氎等有邊故無常虚空爾者亦是無常又復常因能生常果因若無常果云何常如因泥生瓶泥無常故

瓶亦無常有方所故名爲無常又復汝所言常有因故常無因故常二俱有過若言從因生是常者如瓶衣等物從因生故皆亦無常汝若以離因生法是常我亦以離因生法是無常若必有離因生法而常者爲是稱理言爲是偏黨說今應分明更說其因外曰因有二種作因了因從作因生是無常如瓶衣等物作因生故無常從了因法是常如燈能照闇中衆物闇去物現非作法故是常以是故從作因生者是無常從了因生者是常內曰如瓶等物現見故是有無爲非現見故是無何以故無爲無體相故無法捨有捨無二俱捨故能斷我見及我所見便得涅槃如經中說如智境見一切法空識無所取故心識滅種子滅外曰若有爲法無體相云何而有實

內曰如夢世諦法皆如夢夢非實有又非是無亦非無因如世諦法非有相非無相非無因如似屋宅若有體相未作時應見若言無不應得見假梁椽基壁故而有成用非是無因以是故一切法非是有非是無亦非無因是故如夢外曰若一切法如夢老少中年取瓶時何故不取氎等取氎時何不亦取瓶等今見取瓶不取餘物以名有定故當知一切法不如夢內曰名非是體若名是體如有瓶名即應便有盛乳酪等用如世智人言但瓶空名已有用者不應復須陶師造作出價市瓶如身有三名若男若女非男非女以身取名則統於三若以名求名則三不相攝是故名體有異復次如瓶有聲可聞有色可見瓶觸亦得如是則有多瓶又瓶有口胭底腹

是名非一復應多瓶以此觀察名字虛假當知無實如佛所說偈

世間有假名　相如熱時炎　音聲猶如鼓　世間相如夢

外曰汝雖種種破法是有若言有法則壞汝說若言是無無何所破內曰汝法有體相我則有所破若本無體者則我無所破說曰

大人平等相　心無有染著　亦無有不染　都無有止住
諸有體相者　有欲及斷欲　成就不壞信　而捨諸邪見
蠲除邪見網　衆穢悉滅盡　能棄三毒刺　勤行修此道
善察如是法　深生信敬心　信心求實法　不趣向三有
不取於無有　得證寂滅道　一切法無一　如是法無異
云何是有相　因法則無體　非相形而有　自是法不然
汝法則不成　如此不用因　汝當說體相　一則是有過
若爾則無體　五情不取塵　色法有名字　所見亦無體
以有不須作　彼法無有生　有爲法無體　如此亦有方
等如夢無異　相亦無有體　此是百字論　提婆之所說

百字論

解拳論

陳　那　菩　薩　造

陳三藏法師眞諦譯

三界者唯以言名爲體由强分別非實有法故不得眞由揀擇門諸法自性爲生不顛倒智故立此論

於藤起蛇知　見藤則無境

昏昧時中在非遠處於藤色形見似蛇相爲境所誑未見差別謂彼是蛇生決定解若見藤異相不如分別故虛妄生故昔解但是亂知則無有境

若見藤分已　藤知如蛇知

若分分思量析此藤境藤體不可得若無體此藤知如蛇知但是亂知於藤諸分中亦如是思量分析體相不可得故此知緣藤及藤分悉是亂知

一切假名類　揀擇自性時　假名從他起

乃至俗智境

依分分析觀察藤等不見自體故如蛇知此藤等知但是亂知實無有境一切假名有法瓶衣人等若觀瓶等諸分乃至俗智境在及最後分此中瓶等假名從他而起最後無分析難顯離皆無一切假名類最後分無分析唯一鄰虛若離一大餘大及一大並不可顯現無有體故如兎角等其異云何鄰虛者不可立爲一物若有物必有方異猶如瓶等瓶等諸物是世間有有六方異是故有分不成一物若鄰虛是有應有六方則是有分不成一物若不成一物則爲多物所成與瓶不異亦無實體

智人於俗境　勿起眞實意

由此三界唯有散亂若智人欲求解脫不應起眞實計問曰有亂識答若汝言我信瓶等外物自性不可得故但有分別亂識緣無境起何以故幻化人乾闥婆城等實非有亂識似幻等起而非無是義不然以不成就故云何不成就如所見不如是有故此亂識似無物由物無體云何識得有如所緣塵自性能緣自性亦如是所緣塵既無此亂識不能自起由他功力他既不成起義何在以是義故亂識有義云何得立於世間無如此法種子等生因若無所生芽等果是有則無是處是故說

幻化等譬　亦不可立

一切假名物　若細心思量　智人欲等惑　能除如蛇怖

猶如是說已識三界但假名除瓶等麤識習微細心如世間所立瓶衣等物由假名有約世俗心不違此事後爲遣此俗心方起揀擇心但見唯有亂識無有外塵此亂識因不成就故似無物故體則不成就內外既無所有得會法空一切分別不作欲等諸惑智人易除譬如於藤妄起蛇想而生怖畏若見差別定知是藤能除蛇怖由思量能起欲等諸塵自性速易能滅欲等惑妄亦復如是

智人不違世　隨說世間法　若欲滅惑障　依眞應觀察

如世間瓶衣等物信有不違或說示他如此智人先隨此事後若求解脫應修眞理揀擇世法自性若如理揀擇現起惑滅未起不生是立論用

解拳論

掌中論

陳　那　菩　薩　造

唐三藏法師義淨奉　制譯

論曰謂於三界但有假名實無外境由妄執故今欲為彼未證眞者決擇諸法自性之門令無倒解故造斯論頌曰

於繩作蛇解　見繩知境無　若了彼分時
知如蛇解謬

論曰如於非遠不分明處唯見繩蛇相似之事未能了彼差别自性被惑亂故定執為蛇後時了彼差別法已知由妄執誑亂生故但是錯解無有實事復於繩處支分差別善觀察時繩之自體亦不可得如是知已所有繩解猶如蛇覺唯有妄識如於繩處有惑亂識亦於彼分毫氂等處知相假藉無實可得是故緣繩及分等心所有相狀但唯妄識頌曰

諸有假設事　詳觀自性時　從他皆假名
乃至世俗境

論曰如於繩等支分之處別別分析審觀察時知無實體唯是妄心如是應知一切諸法但是假名如瓶衣等物藉泥縷等成乃至言說識所行境未至破壞名為瓶等言從他者謂從世俗言說而有非於勝義頌曰

無分非見故　至極同非有　但由惑亂心
智者不應執

論曰若復執云諸有假事至極微位不可分析復無方分是實有者此即猶如空華及兔角等不可見故無力能生緣彼識故所執極彼定非實有所以須說不可見因由彼不能安立極微成實有故所以者何由有方分事

差別故猶如現見有瓶衣等物東西南北等方分別故斯皆現有支分可得若言極微是現有者必有方分別異性故是則應許東西北等支分別故此實極微理不成就亦非一體多分成故見事別故一實極微定不可得如是應捨極微之論是故智者了知三界咸是妄情欲求妙理不應執實頌曰

妄有非實故　與所見不同　由境相虛妄
能緣亦非有

論曰若言我亦於彼瓶衣等事許彼自性是不可得皆是妄識之所分別然而緣彼相狀亂識是其實有觀揵達婆城及幻人等其識是有設有此識亦非實故與所見事不相應故此惑亂識於所緣境作有性解彼事自性已明非有境既是無能緣妄識亦非實有云何令彼妄識有耶然於世間不曾見有無能生種子有所生芽等由斯汝說幻城等喻道理不成頌曰

斯皆是假設　善覺者能知　智人斷煩惱
易若除蛇怖

論曰如說三界但有假名瓶等麤覺既除遣已知從名言而有其事善觀察者能了知已即於繩處蛇怖除遣復審思惟了彼差別於繩等處妄執亦無如是觀時一切能生雜染之法易速蠲除煩惱羅網及諸業果自當斷滅有別頌曰

智人觀俗事　當隨俗所行　欲求煩惱斷
要明眞勝義

猶如世人於諸俗事瓶衣等處以爲實有名瓶衣等智者亦爾當順世間而興言說知非

實有若樂觀察煩惱過失求解脫者宜於如是眞勝義中周遍推尋如理作意於諸境處及能緣妄識煩惱繫縛不復生長

掌中論

音釋

叡以芮切深明通達也　鞘私妙切刀室也　齅許救切以鼻擥氣也　釐呂支切　犍渠焉切

方便心論

後魏吉迦夜與曇曜譯

清刻龍藏佛說法變相圖

方便心論

龍樹菩薩造

後魏吉迦夜與曇曜譯

明造論品第一

若能解此論　則達諸論法　如是深遠義
今當廣宣說

問曰不應造論所以者何凡造論者多起恚恨憍逸貢高自擾亂心少柔和意顯現他惡自歎己善如斯衆過智者所呵是故一切諸賢聖人無量方便斷諍論者常幾遠離如捨毒器又造論者內實調柔外觀多過是以若欲自利利人應當捨此諍論之法答曰不然今造此論不爲勝負利養名門但欲顯示善惡諸相故造此論世若無論迷惑者衆則爲世間邪智巧辯所共誑惑起不善業輪迴惡

趣失眞實利若達論者則自分別善惡空相衆魔外道邪見之人無能惱壞作障礙也故我爲欲利益衆生造此正論又欲令正法流布於世如爲修治菴婆羅果而外廣植荊棘之林爲防果故今我造論亦復如是欲護正法不求名聞故汝前說長諍論者是事不然爲護法故故應造論問曰汝先言解此論者達諸論法當說其相答曰此論分別有八種義若有能通達解其義趣則能廣爲其餘諸論如種稻麥以水溉灌則嘉苗滋茂不去稊稗善穀不生若人雖聞此八不解其義則於諸論皆生疑惑設有明解斯八義者決定能達一切論法問曰汝言解此論者決了論法今諸外道有論法不耶答曰有如衛世師有六諦所謂陀羅驃求那總諦別諦作諦不障諦如斯等比皆名論法雖善通達猶不了別諸餘經論如此八種深妙論法我當略說爲開諸論門爲斷戲論故一曰譬喻二隨所執三曰語善四曰言失五曰知因六應時語七似因非因八隨語難喻有二種一具足喻二少分喻隨所執者名究竟義語善者謂語順於義言失者謂言乖於理知因者能知二因一生因二了因語應時者若先說界入後說五陰名不應時若善通達言語次第是則名曰應時語也似因者如餤似水而實非水若有論者嚴飾言辭以爲水者是名似因隨言難者如言新衣即便難曰衣非是味云何名新如是等名隨言難也我已畧說此八種義今當次第廣明其相問曰汝前言喻今立喻者作何方便答曰若就喻者凡聖同解然後

可說如言是心動發猶如迅風一切凡夫知風動故便得決了心爲輕躁若不知者不得爲喻問曰何故不但說正義而說喻也答曰凡說喻者爲明正義問曰汝先言凡聖同解方得爲喻何者名同云何爲異答曰如前風喻名之爲同聖得涅槃而凡不得是名爲異問曰已說喻相執相云何答曰隨其所執廣引因緣立義堅固名爲執相問曰執法有幾答曰有四一一切同二一切異三初同後異四初異後同問曰汝今應當說此四相答曰凡欲立義當依四種知見何等爲四一者現見二者比知三以喻知四隨經書一切同者如說者言無我我所問者亦說無我我所名一切同一切異者說者言異問則說一是名俱異初同後異者如說者曰現法皆有神非現見亦復是有問者或言現見之法可名爲有神若非現何得有耶若言比知而有神者要先現見後乃可比神非現法云何得比若復以喻明神有者有相似法然後得喻神類何等而爲喻乎若隨經書證有神者是事不可經書意亦難解或時言有或時言無云何取信是名初同後異初異後同者如說者言無我無所而問者曰有我有人此二論者俱信涅槃是名初異後同復次執法隨義有無量相如十二因緣苦集滅道三十七品四沙門果如是等法名佛正義如說晨朝禮敬殺生祭祠然衆香木獻諸油燈如是四種名事火外道六十三字四句之義是音聲外道明藥有六一藥名二藥德三藥味四藥勢力五和合六成熟是名醫法如六諦等衛世師有

冥初一義多我異解是僧伽有八微所謂四大空意明無明八自在一能小二爲大三輕舉四遠到五隨所欲六分身七尊勝八隱没是名瑜伽外道有命無命罪福漏無漏戒具足縛解五智聞智思智自覺智慧智義智六障不見障苦受障愚癡障命盡障性障名障四濁瞋慢貪諂是皆名爲尼乾陀法又有説言一切諸法盡是有故當知是一又一切法盡有求那亦名爲一又一切法從冥初生根本一故當知是一又頭足等成身與身爲一又依者是空當知是一如是等名計一外道又言一切法異所以者何如頭足等與身爲異又衆相差別如牛非馬等故知法異如是等名計異外道若言一切法有故一者有法二種一有覺二無覺云何爲一因不同故如是等法皆已總破論者言若有人説苦集滅道十二因緣有無等法爲一異者皆非正因所以者何若言一者則墮苦邊若言異者則墮樂邊是故有説若一若異必墮二邊非佛法義復次如有説言涅槃之性無苦無樂何以知之凡一切法以有覺故有苦樂涅槃無覺云何言樂復有説者而言有樂所以者何樂有三種一樂受樂二無惱害三無希求涅槃之中無所求故是故得名涅槃爲樂又有問言我先已知涅槃是常今與諸行爲異不耶答曰汝若先知涅槃常者云何謂爲同諸行耶諸行之性流轉敗壞涅槃之體是常是樂誰有智者言同於行復有問言神我之性雖有形色而未分別常與無常答曰若一切法有對礙者皆悉無常如瓶有礙則可破

壞我若如是必亦無常然我有形非經所載無有道理如取沙礫名爲珍寶汝亦如是言多虛妄問曰汝何故言我無形耶答曰我先已說瓶有形礙故可毀壞我若如是亦應磨滅云何復問何故而說我無形耶復次復有不定執相如或問言以物爲聲常無常乎答曰爲分成者皆悉無常聲亦分成豈獨常乎問曰何名聲物答曰若未分別云何爲問問曰我身與命於未來世獨受苦樂共身受耶答曰此身滅已我餘身受問曰何者是我於未來世受苦樂乎答曰汝前言我云何復問有我不耶此非道理問曰已說執義云何名爲語善相耶答曰不違於理不增不減善解章句應相說法所演譬喻而無違背無能輕訶以是因緣名爲語善問曰不違於理其事云何答曰有人計識是我以諸行空無我故非一切行皆是於識此非道理行是識因因無我故識云何我問曰一切諸法皆悉無常聲非一切是故爲常答曰汝言一切聲有何義非一切耶此說非因又一切法有造作者皆悉無常如火傳等聲亦如是是故無常是則名爲不相違相問曰云何名爲言不增減答曰我當先說增減之相減有三種一因減二言減三喻減若言六識無常猶如瓶等不說因緣是名因減若言是身無我衆緣成故聲亦無我從緣而有是名喻減若言四大無常如瓶造作是名言減與上相違名爲具足又具足者若人言我應當問言汝所說我爲常無常若無常者則同諸行便是斷滅若令常者即是涅槃更何須求是則名爲具足之

相問曰何名言增答曰增亦三種一因增二喻增三言增若言聲法無常和合成故如瓶造作則爲無常又言聲是空之求那空非對礙聲是色法云何相依是名因增若言五根無常如呼聲響造作法故聲亦如是何以知之爲脣口等之所出故是名喻增如言微塵細小虛空徧大如此二法則名爲常聲不如是故曰無常是名喻增又說聲是無常衆緣成故若言常者是事不然所以者何有二種因一從形出二爲根了云何言常又同異法皆無常故是名言增問曰何語能令世人信受答曰若爲愚者分別深義所謂諸法皆悉空寂無我無人如幻如化無有眞實如斯深義智者乃解凡夫若聞迷沒墮落是則不名應時語也若言諸法有業有報及縛解等作者受者淺智若聞即便言受如鑽燧和合則火得生若所演說應前衆生則皆信樂如是名爲隨時而語問曰何名言證答曰雖多所說善能憶念若宣諸義深得其相所立堅固令人愛樂如言諸法皆空無主現見萬物衆緣成故是名言證問曰何名言失答曰與上相違名爲言失又二種語亦名爲失何等爲二一義無異而重分別二辭無異而重分別云何一義而重分別如言憍尸迦亦言天帝釋亦言富蘭陀那是名義一名異而重分別名義同者如言因陀羅又言因陀羅是名義無異而重分別復次凡所言說但飾文辭無有義趣皆名爲失又雖有義理而無次第亦名言失如偈說

如人讚歎　天帝釋女　名曰金色　足手殊勝

而便說於 釋提桓因 壞阿脩羅 三種之城 如是名爲 無次第語

問曰何名知因答曰知因有四一現見二比知三喻知四隨經書此四知中現見爲上問曰何因緣故現見上耶答曰後三種知由現見故名之爲上如見火有煙後時見煙便知有火是故現見爲勝又如見燄便得喻水故知先現見故然後得喻後現見時始知眞實問曰已知三事由現故知今此現見何者最實答曰五根所知有時虛僞唯有智慧正觀諸法名爲最上又如見熱時燄旋火輪乾闥婆城此雖名現而非眞實又相不明了故見錯謬如夜見杌疑謂是人以指按目則覩二月若得空智名爲實見問曰已知現相比相云何答曰前已分別今當更說比知有三一曰前比二曰後比三曰同比前比者如見小兒有六指頭上有瘡後見長大聞提婆達即便憶念本六指者是今所見是名前比後比者如飲海水得其鹹味知後水者皆悉同鹹是名後比同比者如即此人行至於彼天上日月東出西沒雖不見其動而知必行是名同比問曰聞見云何答曰若見眞實者舊長宿諸佛菩薩從諸賢聖聽受經法能生知見是名聞見譬如良醫善知方藥慈心教授是名善聞又諸賢聖證一切法有大智慧從其聞者是名善聞問曰喻相云何答曰若一切法皆空寂滅如幻如化想如野馬行如芭蕉貪欲之相如瘡如毒是名爲喻如是四事名之爲因能通達者名爲知因問曰何名似因答曰凡似因者是論法中之大過也應當覺

知而速捨離如此似因我當宣說似因隨相有無量義略則唯八一隨其言橫爲生過二就同異而爲生過三疑似因四過時語五曰類同六曰説同七名言異八曰相違問曰如此八法當廣分別答曰言那婆者凡有四名一名新二名九三名非汝所有四名不著如有人言我所服者是那婆衣難曰今汝所著唯是一衣云何言九答曰我言那婆乃新衣耳非謂九也難曰何名爲新答曰以那婆毛作故名新問曰實無量毛云何而言那婆毛耶答曰我先已說新名那婆非是數也難曰今知此衣是汝所有云何乃言非我衣乎答曰我言新衣不言此物非汝所有難曰今現見汝身著此衣云何而言不著衣耶答曰我言新衣不言不著是名似因亦名隨言而爲生過又復隨言而生過者如說燒山難曰實焚草木云何燒山是名隨言生過乃至諸法皆亦如是復次隨言生過凡有二種一如前說二於同異而爲生過如言有爲諸法皆空寂滅猶如虛空難曰若爾二者皆是空無無性之法便同虛空如是名爲同異生過問曰何故名生答曰有故名生如泥有瓶性故得生瓶難曰若泥有瓶性泥即是瓶不應假於陶師輪繩和合而有若泥是有故生瓶者水亦是有應當生瓶若水是有不生瓶者泥云何得獨生瓶耶是名同異尋言生過問曰生疑似因其相云何答曰如有樹杌似於人故若夜見之便作是念杌耶人耶是則名爲生疑似因問曰云何名爲過時似因答曰如言聲常圍陀經典從聲出故亦名爲常難曰汝

今未立聲常因緣云何便言圍陀常乎答曰如虛空無形色故常聲亦無形是故爲常言雖後說義亦成就難曰此語過時如舍燒已盡方以水救汝亦如是是名過時問曰類同云何答曰我與身異故我是常如瓶異虛空故瓶無常是名類同難曰若我異身而名常者瓶亦異身瓶應名爲常若瓶異身猶無常者我雖異身云何常乎是名類同問曰說同云何答曰如言虛空是常無有觸故意識亦爾是名說同問曰何名言異答曰如言五塵無常爲根覺故四大亦爾是故無常難曰龜毛鹽香是無所有而爲意識所得豈無常耶是名言異問曰相違云何答曰相違二種一喻相違二理相違如言我常無形礙故如牛是名喻違理違者如婆羅門統理王業作屠獵等教剎利種坐禪念定是名理違如此二法愚者不解謂爲眞實是名相違問曰何者名爲不相違耶答曰異上二法名不相違是名似因

明負處品第二

論者言已說如上八種論法復有衆多負法今當宣說問曰何名語法答曰如言四大是假名所以者何爲色等法之所成故復有人言四大實有何以知之堅是地性乃至動是風性故知爲實更相違反便生諍訟如有言地是成身因緣餘大亦爾難曰地等亦能成一切物云何而言唯成身乎是名非語若不如是是名是語問曰何爲名負答曰如言聲常無形色故如空難曰聲雖無形而爲根覺有對有礙如瓶造作而虛空性非是作法何

得爲喻此名負義立曰瓶是有形可爲無常聲無形法何得爲喻難曰聲雖異瓶而爲相覺爲耳所聞是故無常問曰何等之義不墮負處答曰諸行與識作故無常涅槃非作故常如此之言句味具正名非負處問曰何者之言而可難也答曰若語顛倒立因不正引喻不同此則可難如言想能斷結問者曰云何以想便斷結耶以不先言智從想發直言想故此語顛倒則爲可難問曰何因緣故重說此語答曰欲令人知立無執義必墮負處故說復次應問不問應答不答三說法要不令他解自三說法而不別知皆名負處又共他論彼義短闕而不覺知餘人語曰此義錯謬汝不知乎即墮負處又他正義而爲生過亦墮負處又有說者衆人悉解而獨不悟亦墮負處問亦如是如比負處是議論之大棘刺爲深過患應當覺知速宜遠離問曰問有幾種答曰有三種一說同二義同三因同若諸論者不以此三爲問答者名爲違錯此三答中若少其一則不具足若言我不廣通如此三問隨我所解便當相問是亦無過說同者如言無我還依此語後方爲問是名語同義同者但取其意是名義同因同者知他意趣之所因起是名因同若能如是名非負處若言經疾聽者不悟亦墮負處問曰唯有此等更有餘耶答曰有所謂語少語多無義語非時語義重捨本宗等悉名負處若以此等爲前人說亦墮負處問曰云何名爲違本宗耶答曰如言識是常法所以者何識體二種一識體生二識體用瓶亦二種一瓶體生二

瓶體用然識生時即有用故故名爲常瓶體生巳後方有用故是無常難曰若以生便有用名爲常者燈生時即用應當是常答曰燈爲眼見聲爲耳聞云何爲喻是捨本宗名墮負處復次有說神常何以知之非根覺故如虛空不爲根覺故常難曰微塵不爲根得而是無常答曰神非作故常微塵造作故無常難曰汝前言非覺今言不作是違本宗答曰汝言我違汝乖我言豈不違乎難曰如此之相可有斯理我言違者汝之所說自乖前義故言違耳又汝前言不大分別故我生疑非我違汝如是以疑爲違亦墮負處

辯正論品第三

論者言若人說有衆生乃至亦有壽者命者何以知之爲根覺故如無餘涅槃不爲根覺故無衆生不爾故知是有神是常法何以故如阿羅漢果唯當時有而前後無故知爲無如第二頭第三手等本無今有故知前無有巳還滅故知後無神不如是是以爲常難曰如樹根地下水不見言無阿羅漢者亦復如是非是無法汝自不證立曰不然水以地障是故不見今阿羅漢有何障礙而不見乎是以知無難曰汝以第二頭第三手不可見故明無羅漢是事不然雖無二頭非無第一言無羅漢乃是悉無何得爲喻又汝言以無覺知無涅槃者是亦不然如大海水不知幾滴可言無耶若不知滴數而猶有海涅槃亦無雖不可覺實自有之而言無者應說因緣若不能說汝義自壞是則名爲如法論也復次若以無覺明無涅槃他則生疑如夜見樹心

便生疑杌耶人耶當知此樹非定人因非定杌因若令無覺定與涅槃爲無因者不應生疑又諸業報不可毀滅故有涅槃所以者何譬如大火焚燒山林故火是滅因今此業報何是滅因而得滅耶若得涅槃則便散壞立曰實有滅因障故不見難曰亦有涅槃但以癡障故不見耳復次汝今若不分別諸業有滅因者汝義自壞若滅因無故而不說者亦無障礙何須說耶以是等緣知業不滅是則名爲如法論也立者曰汝若以海水有故成有涅槃豈復能令二頭有耶若設二頭不可爲有涅槃云何獨得有耶汝海水喻尚不能立涅槃爲有何能成於二頭有乎難曰汝意若謂涅槃無者爲有是無爲當無無若無無者云何覺知無涅槃耶若有此無云何而言都無所有若言雖有是無涅槃之法猶自無者尚有是無何故不得有涅槃耶當說因緣若不能說當知涅槃決定實有是亦名爲如法論也問曰神爲是常爲無常乎立曰神非造作故常瓶等作法故是無常難曰若以無作明神常者是事不然何以知之生人疑故若非造作神即常者不應生疑爲常無常以生疑故當知有過立曰此過非但唯獨我有一切論者皆有斯過如言聲常無形色故有過去身以宿命智知故如是立義如前生疑故一切處皆有是過難曰喻者決疑汝所引喻令我生疑是不成喻喻不成者義則自壞即墮負處而汝乃言一切有過非獨我有斯則自咎非餘過也所以者何如人被誣而不自明而言一切皆悉是盜當知此人即自是

盜汝亦如是故墮負處今汝若欲自宣明者理極於先必欲復說則墮多過汝第一立第二已破第三之義我又爲難欲以第五而止過者不出於初及汝後義是則爲重若有重過即墮負處問曰設第六人更可問乎答曰第五之人已成於過何有第六得爲問耶若必說之則同前過問既有過答應默然復次第六人過而第五人者不得詰之所以者何由第五故是第六人便得爲問既自有過何由過彼如是次第正法論也

相應品第四

問曰汝已分別如法正論云何名爲相應義耶答曰問答相應有二十種若人能以此二十義助發正理是人則名解眞實論若不如是不名通達議論之法此二十種要則有二一異二同以同顯義名同以異顯義名異凡爲義者必依此二故此二者通二十法云何故同如言煩惱盡處是無所有虛空之性亦無所有是名爲同云何名異如說涅槃非作故常則知諸行作故無常是名爲異問曰此同異義云何爲難答曰欲難同者作如是言色以眼見聲爲耳聞云何言同若色異聲色自無常聲應是常若難異者以色根覺故無常我非根覺故常瓶我俱有有若同者瓶既無常我亦應爾若說瓶有異我有者可言我常而瓶無常常有既同我應無常如斯難者有二十種一曰增多二損減三說同異四問多答少五問少答多六曰因同七曰果同八曰徧同九不徧同十曰時同十一不到十二名到十三相違十四不相違十五疑十六不

疑十七喻破十八聞同十九聞異二十不生是名二十問答之法問曰此二十法應分別説答曰增多者如言我常非根覺故虛空非覺是故爲常一切不爲根所覺者盡皆是常而我非覺得非常乎難曰虛空無知故常我有知故云何言常若空有知則非道理若我無知可同虛空如其知者必爲無常是名增多損減者若空無知而我有知云何以空喻於我乎是名損減同異者如立我常引空爲喻空我一者一法何得以空喻我若其異者不得相喻是名同異復次汝立我常言非根覺如虛空非根覺故常然非根覺不必盡常何得爲證是名問多答少復次汝立我常言非根覺非根覺法凡有二種微塵非覺而是無常虛空非覺而是常法汝何得言非覺故常是名第五問少答多復次汝以非覺爲因故知我常者空與我異云何俱以非覺爲因是名因同復次五大成者皆悉無常虛空與我亦五大成云何言常是名果同復次汝以虛空非覺故常然虛空者徧一切處一切處物豈非覺也是名徧同復次微塵非徧而非根覺是無常法我非根覺云何爲常是不徧同復次汝立我常言非根覺爲是現在過去未來若言過去過去已滅若言未來未來未有若言現在則不爲因如二角並生則不得相因是名時同復次汝立我常以非根覺到故爲因爲不到乎若不到則不成因如火不到則不能燒如刀不到則不能割不到於我云何爲因是名不到復次若到因者到便即是無有因義是名爲到復次汝以一切無常

我非一切故常者我即是有故應無常如氈
少燒以多不燒應名不燒是名相違復次汝
以我非根覺同於虛空虛空不覺我亦應爾
若我覺者虛空亦應覺於苦樂虛空與我無
有異故是不相違復次我同有故不定爲常
容可生疑爲常無常是名爲疑復次汝言有
我非根所覺則可生疑有何障故非根覺耶
當說因緣若無因緣我義自壞是名不疑復
次汝以我非根覺故爲常者樹根地下水亦
非根覺而是無常我云何是常是名喻破復
次汝以經說我非覺故知是常者經中亦說
無我我所尼乾法中明我非常我定常者諸
經不應有異有同是名闇同復次若汝信一
經以我爲常亦應信餘經我爲無常若二信
者一我便應亦常無常是名闇異復次汝以

有因知有我者婆羅樹子既是有故應生多
羅若以無故而知無者多羅子中無樹形相
不應得生若有亦不生無亦不生我亦如是
若定有者不須以根不覺爲因我若定無以
根不覺不可令有是名不生若復有人立聲
是常亦以如上二十種法同異破之問曰此
二十種更有因緣自解說耶答曰有應當問
言由有我故汝破於我若無我者汝何所破
以有能破故有所破難曰理實無我汝橫計
爲有故我難汝汝言以有所破故有我者以
有能破故知無我若言汝執我義以明無我
是事不然非用汝義令汝自用我所執耳立
曰汝云何知我執汝義應說因緣難曰我前
已言非執汝義汝執他立何故復問云何知
我執汝義耶汝言自違即墮負處又汝初以

根不覺故知實有我後以衆法而爲證明立因不定違失義宗亦墮負處汝義已壞我若更説不出於初受言多過凡問答者答極至於五過此更言皆名爲過若有智慧思惟深理廣説譬喻能解於義然其所論不出此法論者言已説如上諸論法要此論要者諸論之本由此論故廣生問答增長智慧譬如種子若遇良地根莖滋茂若種惡田無有果實此法亦爾若有智慧能善思量則廣生諸論若愚癡人少於智慧雖習此論不能通達是則不名眞善知見是故諸有欲生實智分別善惡當勤修習此正法論

方便心論

音釋

漑古代切澆也　稊稗稊杜奚切穢草也稗蒲拜切草似穀者　驃毗召切　礫郎擊切小石也　鑽燧鑽借官切燧徐醉切鑽燧穿木出火也　杌五骨切木無枝也

大乘法界無差别論

唐三藏法師提雲般若等奉　制譯

元魏三藏法師菩提流支譯

提婆菩薩破楞伽經中外道小乘四宗論

提婆菩薩釋楞伽經中外道小乘涅槃論

清刻龍藏佛說法變相圖

三論同卷

大乘法界無差別論

提婆菩薩破楞伽經中外道小乘四宗論

提婆菩薩釋楞伽經中外道小乘涅槃論

大乘法界無差別論

堅慧菩薩造

唐三藏法師提雲般若等奉　制譯

稽首菩提心　能爲勝方便　得離生老死

病苦依過失

菩提心略說有十二種義是此論體諸聽慧者應如次知所謂果故因故自性故異名故無差別故分位故無染故常恒故相應故不作義利故作義利故一性故此中最初顯示菩提心果令見勝利次則說彼所起之因然

後安立此出生相及顯異名而無差別於一切位無有染著常與淨法而共相應不淨位中無諸功用於清淨位能作利益一性涅槃應知如是十二種義今此論中次第開闡何者名爲菩提心果謂最寂靜涅槃界此唯諸佛所證非餘能得所以者何唯佛如來能永滅盡一切微細煩惱熱故於中無生永不復生意生諸蘊故無老此功德增上殊勝圓滿究竟無衰變故無死永捨離不思議變易死故無病一切煩惱所知障病及與習氣皆永斷故無苦依無始時來無明住地所有習氣皆永除故無過失一切身語意誤犯不行故此則由菩提心爲最上方便不退失因一切功德至究竟而得彼果彼果者即涅槃界何者爲涅槃界謂諸佛所有轉依相不思議法身以菩提心是不思議果因如白月初分故今頂禮復次頌曰

能益世善法　聖法及諸佛　所依寶處因
如地海種子

復次菩提心如地一切世間善苗生長所依故如海一切聖法珍寶積聚處所故如種子一切佛樹出生相續之因故如是已說菩提心果云何此因頌曰

信爲其種子　般若爲其母　三昧爲胎藏
大悲乳養人

復次云何此因積集應知如轉輪王子其中於法深信爲菩提心種子智慧通達爲母三昧爲胎藏由定樂住一切善法得安立故大悲爲乳母以哀愍衆生於生死中無有厭倦一切種智得圓滿故云何自性頌曰

自性無染著　如大寶空水　白法所成就
猶如大山王
復次應知此菩提心因積集已有二種相謂離染清淨相白法所成相離染清淨相者謂即此心自性不染又出客塵煩惱障得清淨譬如大摩尼寶虛空水等爲灰垢雲土所覆翳時雖其自性無所染著然由遠離灰等故令火等得清淨如是一切衆生自性無差別心雖貪等煩惱所不能染然由遠離貪等故其心得清淨白法所成相者謂如是自性清淨心爲一切白法所依即以一切白淨法而成其性如說須彌山衆寶所依即以衆寶而合成故云何異名頌曰
至於成佛位　不名菩提心　名爲阿羅訶
淨我樂常度　此心性明潔　與法界同體
如來依此心　說不思議法
復次此菩提心永離一切客塵過惡不離一切功德成就得四種最上波羅蜜名如來法身如說世尊如來法身即是常波羅蜜樂波羅蜜我波羅蜜淨波羅蜜如來法身即是客塵煩惱所染自性清淨心差別名字又如說舍利弗此清淨法性即是法界我依此自性清淨心說不思議法云何無差別頌曰
法身衆生中　本無差別相　無作無初盡
亦無有染濁　性空智所知　無相聖所行
一切法依止　斷常皆悉離
復次此菩提心在於一切衆生身中有十種無差別相所謂無作以無爲故無初以無起故無盡以無滅故無染濁以自性清淨故性空智所知以一切法無我一味相故無形相

以無諸根故聖所行以是佛大聖境界故一切法所依以染淨諸法所依止故非常以是雜染非常法性故非斷以是清淨非斷法性故云何分位頌曰
不淨衆生界　染中淨菩薩　最極清淨者是說爲如來
復次此菩提心無差別相故不淨位中名衆生界於染淨位名爲菩薩最清淨位說名如來如說舍利弗即此法身爲本際無邊煩惱藏所纏從無始來生死趣中生滅流轉說名衆生界復次舍利弗即此法身厭離生死漂流之苦捨於一切諸欲境界於十波羅蜜及八萬四千法門中爲求菩提而修諸行說名菩薩復次舍利弗即此法身解脱一切煩惱藏遠離一切苦永除一切煩惱隨煩惱垢清淨極清淨最極清淨住於法性至一切衆生所觀察地盡一切所知之地昇無二丈夫處得無障礙無所著一切法自在力說名如來應正等覺是故舍利弗衆生界不異法身法身不異衆生界衆生界即是法身法身即是衆生界此但名異非義有別云何無染頌曰
譬如明淨日　爲雲之所翳　煩惱雲若除法身日明顯
此復云何於不淨位中現有無量諸煩惱而不爲染譬如日輪爲雲所覆而性常清淨此心亦爾彼雜煩惱但爲客故云何常恒頌曰
譬如劫盡火　不能燒虚空　如是老病死不能燒法界　如一切世間　依虚空起盡諸根亦如是　依無爲生滅
復次云何於此現有生老死而言是常譬如

虛空雖劫災火起不能爲害法界亦爾是故經言世尊生死者但隨俗說有世尊死者諸根隱沒生者諸根新起非如來藏有生老死若没若起世尊如來藏過有爲相寂靜常住不變不斷故云何相應頌曰

如光明熱色　與燈無異相　如是諸佛法
於法性亦然　煩惱性相離　空彼客煩惱
淨法常相應　不空無垢法

復次云何未成正覺而言於此佛法相應譬如光明熱色等與燈無異相諸佛法於法身亦如是如說舍利弗諸佛法身有功德法譬如燈有光明熱色不離不脫摩尼寶珠光色形狀亦復如是舍利弗如來所說諸佛法身智功德法不離不脫者所謂過恒河沙如來法也復次如說有二種如來藏空智何等爲二所謂空如來藏一切煩惱若離若脫智不空如來藏過恒河沙不思議諸佛法不離不脫智云何不作義利頌曰

煩惱藏纏覆　不能益衆生　如蓮華未開
如金在糞中　亦如月盛滿　阿脩羅所蝕

復次衆生法身既與如是功德相應何故無有如來德用應知此如蓮未開諸惡見葉共包裹故如金墮廁在於覺觀糞穢中故如滿月被蝕我慢羅睺所執取故如池水被濁貪欲塵土所混雜故如金山被翳瞋恚泥垢所封著故如虛空被覆愚癡重雲之所蔽故如日未出在無明習氣地中故如世界未成在六處水大藏中故如雲無雨相違緣現前故總爲頌曰

如蓮金等未開顯　佛體客塵翳亦然

是時功德不自益　反此則能爲大利

云何作義利頌曰

如池無垢濁　如蓮大開敷　亦如上好金
洗除衆糞穢　如虛空清淨　朗月星圍繞
離欲解脫時　功德亦如是　譬如日明現
威光徧世間　如地生衆穀　如海出衆寶
如是益衆生　令從諸有脫　了知諸有性
而起於大悲　若盡若不盡　斯皆無所著
佛心如大雲　住於實際空　三昧總持法
甘雨隨時降　一切諸善苗　因此而生長

此偈中義與前相反應知則是清淨法身遠離客塵衆患故成就自性功德故證斯法者則名如來應正等覺於常住寂靜清涼不思議涅槃界恒受安樂爲一切衆生之所歸仰

云何一性頌曰

此即是法身　亦即是如來　如是亦即是
聖諦第一義　涅槃不異佛　猶如冷即水
功德不相離　故無異涅槃

若如來法身異涅槃者經中不應作如是說如彼頌言

衆生界清淨　應知即法身　法身即涅槃
涅槃即如來

復次如有經言世尊即此阿耨多羅三藐三菩提名涅槃界即此涅槃界名如來法身世尊無異如來無異法身言如來者即法身也

復次應知此亦不異苦滅諦是故經言非以苦壞名苦滅諦言苦滅者以從本已來無作無起無生無滅無盡離盡常恒不變無有斷絕自性清淨遠離一切煩惱藏具足過恒河沙不離不脫智不思議諸佛法是故說名如

來法身世尊即此如來法身未離煩惱藏說名如來藏世尊如來藏智是如來空智世尊如來藏者一切聲聞獨覺本所不見本所不證唯佛世尊永壞一切煩惱藏具修一切苦滅道之所證得是故當知佛與涅槃無言差別譬如冷觸不異於水復次應知唯有一乘道若不爾者異此應有餘涅槃故同一法界豈有下劣涅槃勝妙涅槃耶亦不可言由下中上勝劣諸因而得一果以現見因差別果亦差別故是故經言世尊實無勝劣差別法證得涅槃世尊平等諸法證於涅槃世尊平等智平等解脫平等解脫知見證得涅槃是故世尊涅槃界者名為一味所謂平等味解脫味也

大乘法界無差別論

提婆菩薩破楞伽經中外道小乘四宗論

元魏三藏法師菩提流支譯

問曰外道所立四宗法非佛法者何者是答曰謂一異俱不俱　問曰云何言一異俱不俱答曰有諸外道言一切法一有諸外道言一切法異有諸外道言一切法俱有諸外道言一切法不俱是諸外道於虛妄法中各各執著以爲實有物故　問曰何等外道說一切法一答曰言一切法一者外道僧佉論師說言一切法異者外道毗世師論師說言一切法俱者外道尼揵子論師說言一切法不俱者外道若提子論師說

問曰云何僧佉人說一切法一答曰僧佉外道言我覺二法是一何以故二相差別不可得故　問曰云何二相差別不可得答曰如牛馬異法二相差別可見可取言此是牛此是馬而我離覺我不可得離我覺不可得如我經中說我覺體相如火與熱二法差別不可得　問曰云何差別不可得答曰彼法不可說異故譬如白氎不可說言此是白此是氎二法差別如白氎一切法因果亦如是

問曰云何毗世師外道說一切法異答曰所言異者我與覺異何以故以說異法　問曰云何名說異法答曰如說此是白此是氎此是天德此是天德氎我與覺異亦如是此是我此是智故　問曰有何差別彼法不可說一答曰譬如白氎此是白此是氎如是一切因果各異不可說一故

問曰云何尼乾子說一切法俱答曰言一切法俱者如我與覺不可說一不可說異復有

異義可說一可說異故　問曰云何不一不異亦一亦異答曰如我與命用相有異方便異故言如貪瞋癡等得言有異譬如燈明得說言一得說言異以有此有彼無此無彼得言一燈異處明異處故得言異如燈明因果白氎一切法亦如是亦得說一亦得說異故言俱也

問曰云何若提子外道說一切法不俱答曰不俱者謂一切法不可說一不可說異以二邊見過故以說一異俱論師等皆有過失故智者不立如是三法　問曰云何過失答曰若離白別無氎者白滅氎亦應滅若異白更有氎者應有氎非白有白非氎是故一異俱等法我俱不立雖然一異俱等一切法不可得言無答此諸外道虛妄分別是邪見相作是智相皆是不善此義云何又一等法虛妄分別以不得言即彼法彼法一不得言瓶瓶一以瓶即是瓶故亦不得言異法異法一以不得言瓶共氎一以瓶相異氎相異以異法離異法異法不得一不得異以異法不成異法以異法不得言異法若二法說一說異彼二法應說一應說異若不說一不說異者此是虛妄分別若彼二法是一者不得言彼法是異若無二者云何言一以彼法相待成故依世諦虛妄分別第一義諦中無彼外道虛妄分別戲論過故此是總答四種外道邪見之相

自此已下別答四義如是一一觀察迦毗羅優樓佉等外道虛妄分別義不成就此義云何言一切法一者此義不然以滅應滅不滅

不應滅俱滅俱不滅此義云何汝向說我與覺相差别不可得如白氎我破此義何以故以此義不與諸經論相應故汝說諸法差别不可得者此義不然如手爪彼法二相差别不可得故此明何義如爪指掌多之爲手若異此法手不可得如是白氎一不可得何以故無異法故我覺一不可得如是白氎一不可得如手與指掌若此滅者彼亦應滅此義云何若白滅者氎應滅故如截手即截指掌汝意若謂白滅氎不滅者此義不然若氎不滅白亦不應滅如截於手指掌應在如截指掌手亦應在故汝意若謂青黃赤等唯滅白色不滅氎者云何言一若不爾者青黃赤等色不應滅不爾氎不滅者青黃白等色亦不應滅　問曰我青黃赤等覆白色而不滅白此義云何答曰氎亦如是覆氎而不滅氎又此義不然洗氎已還見白色故氎亦如是覆氎不滅氎是故白即是氎氎即是白若氎滅者青黃赤白等色云何見若汝意謂白滅覆非滅氎應滅覆氎不應滅白若爾有法滅覆有法不滅不覆云何言一是故一義不成已

答外道僧佉論師一切法一竟

問曰迦那陀外道論師言一切法異者我與覺異以說異法故此是我此是覺如白氎法是白此是氎故答曰此義不然以無譬喻故如人說言此是手此是指掌彼人雖說此語不能說異法是故不得言我覺異如白氎以見世間有二種差别故一者相二者處相差别者色香味觸不異相有異相故處差别者如穀荳等有白氎不異相有差别如彼色香

味觸若不爾者有四種過此義云何白滅氎亦滅如彼色香味觸譬如火和合燒瓶成赤色已又爲青色香味亦爾若不爾者色香味觸亦不應滅如彼白氎異不可得若白滅者氎亦應滅氎不滅者白亦不應滅　問曰此義不然依彼法有此法譬如畫壁依壁有畫壁滅畫亦滅畫滅壁不滅譬白滅氎不滅義亦如是答曰汝此譬喻事不相似壁是先有畫是後作而彼白氎起無前後不可得言此白先有氎是後作已答外道衛世師論師一切法異義竟

問曰尼揵子外道論師言一切法俱迦毗羅等論師皆有過失以說一異故是故我說俱而不俱譬如燈明有此有彼有此無此無彼無彼無此如有燈有明有明有燈無燈無明無明無燈異者能照所照以燈異處明異處是故說異如我覺白氎等亦得說一亦得說異譬如白於氎中別處不可得言此是白此是氎如世間此是牛此是馬等白氎不爾是故我不說異亦不說一若一者白滅氎應滅　又若一者亦不應說赤氎黒氎等是故我言得說一得說異此義云何答曰此義不然如向說僧佉毗世師等過失與此無異以何等義僧佉一如向說以何等義毗世師異如向說云何向說如向說言燈明一者燈即是明明即是燈此唯有別數而無別義若爾燈亦應明明亦應燈若此二法一者云何異處如手與指掌無差別腳手有差別手指掌無差別若一者云何言異是故不得言一言異此一異義不成已答外道尼揵子論師一

切法俱竟

問曰若提子論師言僧佉等論師說一切法一異俱皆有過失我若提子不說一切法一異俱如我論中不許此義唯許不俱是故我無僧佉等過失雖然不得說言無不俱此義云何答曰此義不然以無譬喻故以無譬喻者我說世諦有如是法第一義諦中無如是相是故此成我所說義此明何義以無彼法即無此法無彼法體亦無此法體以此法不成彼法彼法不成此法以此法畢竟非彼法彼法亦畢竟非此法以白非氎以氎非白以滅不應滅以一者即白是氎氎即是白不爾者滅是滅不滅者不滅若爾云何虛妄分別彼法是一異俱不俱若爾氎亦應非氎非不氎白亦應非白非不白以氎即是氎白即是白是故氎非氎白非白是故非白不得白如是一異俱不俱皆是虛妄分別唯有言說無有實義如是我覺因果等義亦如是故已答外道若提子論師一切法不俱竟

提婆菩薩破楞伽經中外道小乘四宗論

提婆菩薩釋楞伽經中外道小乘涅槃論

元魏三藏法師菩提流支譯

問曰何者外道所說涅槃答曰外道所說涅
槃有二十種是外道等虛妄分別如是等因
能生六道如來爲遮是等邪見故說涅槃因
果正義何等二十一者小乘外道論師二者
方論師三者風仙論師四者韋陀論師五者
伊賒那論師六者倮形外道論師七者毗世
師論師八者苦行論師九者女人眷屬論師
十者行苦行論師十一者淨眼論師十二者
摩陀羅論師十三者尼揵子論師十四者僧
佉論師十五者摩醯首羅論師十六者無因
論師十七者時論師十八者服水論師十九
者口力論師二十者本生安荼論師　問曰
何者外道說諸受陰盡如燈火滅種壞風止
名涅槃答曰第一小乘外道論師說　問曰
何等外道說方名涅槃答曰第二外道方論
師說最初生諸方從諸方生世間人從人生
天地天地滅沒還入彼處名爲涅槃是故方
論師說方是常名涅槃因　問曰何等外道
說風爲涅槃因答曰第三外道風仙論師說
風能生長命物能殺命物風造萬物能壞萬
物名風爲涅槃是故風仙論師說風爲常是
涅槃因　問曰何等外道說梵天是涅槃因
答曰第四外道韋陀論師說從那羅延天齎
中生大蓮華從蓮華生梵天祖公彼梵天作
一切命無命物從梵天口中生婆羅門兩臂
中生剎利兩髀中生毗舍從兩脚跟生首陀
一切大地是修福德戒場生一切華草以爲
供養化作山野禽獸人中猪羊驢馬等於界

場中殺害供養梵天得生彼處名涅槃是故韋陀論師說梵天名常是涅槃因　問曰何等外道說不見分別見常無常是涅槃答曰第五外道伊賒那論師眷屬作如是說伊賒那論師尊者形相不可見遍一切處以無形相而能生諸有命無命一切萬物名爲涅槃是故伊賒那論師眷屬作如是說伊賒那是常名涅槃因　問曰何等外道分別見種種異相名涅槃答曰第六倮形外道論師說問曰何等外道說見一切法自相同相名涅槃答曰第七外道毗世師論師作如是說謂地水火風虛空微塵物功德業勝等十種法常故和合而生一切世間知無知物從二微塵次第生一切法無彼者無和合者無和合者即是離散離散者即是涅槃是故毗世師論師說微塵是常能生一切物是涅槃因　問曰何等外道說身盡福德盡名爲涅槃答曰第八苦行論師說　問曰何等外道說自性人命轉變名涅槃答曰第九外道女人眷屬論師說摩醯首羅作八女人一名阿提傚二名提傚三名蘇羅婆四名毗那多五名迦毗羅六名摩㝹七名伊羅八名歌頭阿提傚生諸天提傚生阿脩羅蘇羅婆生諸龍毗那多生諸鳥迦毗羅生四足摩㝹生人伊羅生一切穀子歌頭生一切蛇蠍蚊䖟蠅蚤蚰蜒百足等如是知者名爲涅槃是故女人眷屬論師說女人是常名涅槃因　問曰何等外道說罪福盡德亦盡故名涅槃答曰第十外道行苦行論師說　問曰何等外道說煩惱盡故依智名涅槃答曰等十一外道淨眼論

師作如是說　問曰何等外道說見自在天造作衆生名涅槃答曰第十二外道摩陀羅論師言那羅延論師論我造一切物我於一切衆生中最勝我生一切世間有命無命物我是一切山中大須彌山王我是一切水中大海我是一切藥中穀我是一切仙人中迦毗羅牟尼若人至心以水草華果供養我我不失彼人彼人不失我摩陀羅論師說那羅延論師言一切物從我作生還沒彼處名爲涅槃是故名常是涅槃因　問曰何等外道說衆生迭共因生名涅槃答曰第十三外道尼揵子論師作如是說初生一男共一女彼二和合能生一切有命無命等物後時離散還沒彼處名爲涅槃是故尼揵子論師說男女和合生一切物名涅槃因　問曰何等外道說證諦道名涅槃因答曰第十四外道僧佉論師說二十五諦自性因生諸衆生是涅槃因自性是常故從自性生大從大生意從意生智從智生五分從五分生五知根從五知根生五業根從五業根生五大是故論中說隨何等何等性修行二十五諦如實知從自性生還入自性能離一切生死得涅槃如是從自性生一切衆生是故外道僧佉說自性是常能生諸法是涅槃因　問曰何等外道說有作所作而共和合名涅槃答曰第十五外道摩醯首羅論師作如是說果是那羅延所作梵天是因摩醯首羅一體三分所謂梵天那羅延摩醯首羅地是依處地主是摩醯首羅天於三界中所有一切命非命物皆是摩醯首羅天生摩醯首羅身者虛空是頭

地是身水是尿山是糞一切衆生是腹中蟲風是命火是煖罪福是業是八種是摩醯首羅身自在天是生滅因一切從自在天生從自在天滅名爲涅槃是故摩醯首羅論師說自在天常生一切物是涅槃因　問曰何等外道說一切物自然而生名涅槃答曰第十六外道無因論師作如是說無因無緣生一切物無染因無淨因我論中說如棘刺針無人作孔雀等種種畫色皆無人作自然而有不從因生名爲涅槃是故無因論師說自然是常生一切物是涅槃因　問曰何等外道說物皆是時作名涅槃答曰第十七外道時論師作如是說時熟一切大時作一切物時散一切物是故我論中說如被百箭射時不到不死時到則小草觸即死一切物時生一切物時熟一切物時滅時不可過是故時論師說時是常生一切物名涅槃因　問曰何等外道說見有物名涅槃答曰第十八外道服水論師作如是說水是萬物根本水能生天地生有命無命一切物下至阿鼻地獄上至阿迦尼吒天皆水爲主水能生物水能壞物名爲涅槃是故外道服水論師說水是常名涅槃因　問曰何等外道說見無物名涅槃因答曰第十九外道口力論師說虛空是萬物因最初生虛空從虛空生風從風生火從火生煖煖生水水即凍凌堅作地從地生種種藥草從種種藥草生五穀從五穀生命是故我論中說命者是食後時還沒虛空名涅槃是故外道口力論師說虛空是常名涅槃因　問曰何等外道說見有無物是涅槃

因答曰第二十外道本生安荼論師說本無日月星辰虛空及地唯有大水時大安荼生如雞子周匝金色時熟破爲二段一段在上作天一段在下作地彼二中間生梵天名一切衆生祖公作一切有命無命物如是有命無命等物散沒彼處名涅槃是外道安荼論師說大安荼出生梵天是常名涅槃因

提婆菩薩釋楞伽經中外道小乘涅槃論

音釋

蝕乘力切侵虧也 裹古火切包也 廁初吏切溷也 腳居勺切 傲直利切 [illegible]奴鉤切 煗乃管切火氣也